rowohlt
HUNDERT AUGEN

Anselm Neft

DIE BESSERE GESCHICHTE

Roman

ROWOHLT HUNDERT AUGEN

1. Auflage März 2019 | | Innentypografie Daniel Sauthoff | Satz Clifford bei Dörlemann Satz, Lemförde | Druck und Bindung CPI books GmbH, Leck, Germany | ISBN 978 3 498 09334 1

«And thus, joy sudddenly faded into horror, and the most beautiful became the most hideous, as Hinnom became Ge-Henna.»

(Edgar Allan Poe, Morella)

ERSTER TEIL

ERSTES KAPITEL

So weit ich auch zurückdenke: Mein Vater war immer schon alt und meine Mutter immer schon tot. Als man sie in ihr Grab hinabsenkte, hatte ich gerade mein zweites Lebensjahr erreicht, und natürlich kann ich mich weder an meinen Geburtstag noch an ihre Totenfeier erinnern, aber auf den Fotos, die ich von ihr habe, sieht sie wunderschön aus: eine fast unwirkliche Erscheinung mit hohen Wangenknochen, hellblonden Haaren, wissendem Blick, gerader Haltung – die Würde einer Königin, die Entrücktheit eines Feenwesens. Es beruhigt und verstört mich, dass ich einmal aus dem Bauch dieser Frau geborgen worden bin, auch deshalb, weil ich ihr tatsächlich ähnlich sehe, selbst heute noch, als erwachsener Mann. Vermutlich ist es Einbildung, aber bisweilen meine ich mich an ihren Geruch zu erinnern, an ihr Gesicht über mir, die Wärme ihrer Arme und die Fülle ihrer Brust. Es gibt Fotos, auf denen sie mich eng an sich gedrückt hält, auf traumverlorene Weise lächelnd oder in die Ferne schauend. Und so seltsam es klingen mag: Ich bin froh, diese schöne Frau kennengelernt zu haben, wenn auch nur für eine kurze, intensive Phase in meinem Leben, die dem Bewusstsein nicht mehr zugänglich ist. Ein Psychoanalytiker könnte mir sicher ebenso interessante wie fragwürdig herbeiassoziierte Zusammenhänge zwischen meiner vergnügten Mutterlosigkeit und der Entwicklung meiner charakterlichen Anomalie aufzeigen, auch wenn übergroße Zartheit und wie aus der Welt gefallene Empfindsamkeit weitaus häufiger mit der Abwesenheit eines Vaters erklärt werden.

Zu meinem Vater drängt sich mir als erster dieser Satz auf: Ein froher Mensch ist er nie gewesen. Auf Fotos, die ihn als 35-jährigen Bräutigam zeigen, wirkt er wie ein ernster, ausgemergelter Mann von Mitte vierzig. Früh zogen sich links und rechts seiner Nase steile Falten herab. Heute glaube ich, mein Vater hat ein Laster mit sich herumgetragen, es aber nicht ins Leben treten lassen: Der Kampf gegen sich selbst zehrte ihn aus, vertiefte die Falten, raubte den Lippen Fleisch und Farbe.

Schon als Kindergartenkind wusste ich, dass ich ihn überforderte. Mein Vater ertrug starke Gefühle nicht, ganz gleich, ob sie eine dunkle oder lichte Färbung hatten. Folglich versuchte ich mich ausschließlich im mittleren Spektrum zu präsentieren. Oft gab ich mich gefasster, als ich mich fühlte, und irgendwann wurde mir klar, dass es mein Vater nicht anders hielt. Manchmal, wenn ich nachts zur Toilette ging, hörte ich ihn hinter der verschlossenen Tür seines Arbeitszimmers weinen. Ich lauschte lange mit pochendem Herzen und berührte mit meiner Hand das Holz der Tür.

Alles Laute, Grobe und Gemeine empfand ich als Zumutung, oft auch als Bedrohung. Meinen ersten Tag im Kindergarten erlebte ich im Schock. Der Lärm machte mich halb irrsinnig. Ich versuchte, mich in eine Ecke oder unter Tische zurückzuziehen, alleine zu sein, wie ich es von zu Hause kannte, ein Spiel in Ruhe und auf meine Weise zu spielen, aber ständig wurde ich gestört. Ich hatte keinen Platz. Ein Junge hielt mir ein Brot vor die Nase und sagte: «Das ist vergiftet. Wenn du das isst, stirbst du.» Das mag drollig klingen, als Kind aber kam mir dieser Satz derart widerwärtig vor, dass ich sofort Bauchschmerzen bekam und nach Hause gebracht werden wollte. Warum sagte der Junge so etwas? Warum bedrohte er mich mit seinem Giftbrot?

Am liebsten hätte ich dem Kindergarten nach diesem ersten Tag für immer den Rücken gekehrt, aber mein Vater ließ das nicht zu. Bliebe ich dem Kindergarten fern, würde ich nur noch weicher werden. Genau wie die verregneten Urlaube an der Nordsee sollte mich der Kindergarten abhärten. Fragte ich meinen Vater, was gut daran sei, abgehärtet zu sein, sagte er, die Welt sei eben, wie sie sei, wer darin leben wolle, müsse ihr gewachsen sein.

Trotz meiner Erschütterbarkeit war ich wohl ein glückliches Kind. Ich konnte mich auf mein Kindermädchen Anja verlassen, ich konnte mich auf meinen Vater verlassen, mehr verlangte ich nicht. Ich erlebte mein Leben als stimmig, nahm mich selbst, wie ich mich vorfand, und es gab nichts Grundlegendes zu hinterfragen. Ich liebte Anja, auch wenn ich das nicht so gesagt hätte. Ich war auf sie angewiesen, fühlte mich aber nicht im Geringsten abhängig von ihr. Ich fand sie schön, ohne sagen zu können, warum. Mein Blick zerfiel nicht in gierige Splitter, hob keine Details hervor und saugte sich nicht an Besonderheiten fest. Aber – und warum hätte es mir anders ergehen sollen als all den anderen Menschenkindern seit unseren Urahnen im Paradies – mein Bewusstsein entrollte sich wie eine Schlange, ich wurde meiner selbst gewahr, indem ich mich durch die Augen anderer sah, nach und nach verlor ich mein einheitliches, schuldloses, stimmiges Ich und stülpte meinem jungen, fließenden Menschsein eine Maske über.

Als ich eingeschult wurde, konnte ich bereits lesen und schreiben. Mein Vater hatte es mir beigebracht; wie mir schien, ohne dass er oder ich es darauf angelegt hätten, es hatte sich einfach so ergeben, und da mir auch das Rechnen nicht schwerfiel, übersprang ich bald eine Klasse und verwandelte mich von einem Tag auf den anderen zum Kleinsten unter meinen Mitschülern. Meine Unfähigkeit zu jeder Art von Grausamkeit, Härte, Spott, Kampflust erschien nun noch mehr wie ein Makel. Ich regte mich bei den geringsten Ungerechtigkeiten furchtbar auf – noch stärker, wenn sie nicht mich, sondern andere zum Opfer machten. Häufig bekam ich Kopfschmerzen, weil mir die anderen zu nah, zu laut, zu stark riechend oder zu hässlich erschienen. Ich musste den Unterricht oft frühzeitig verlassen oder blieb gleich ganz zu Hause. Mich verfolgten Geschichten, die die älteren Jungen erzählten, nicht allein wegen ihres Inhalts (zum Beispiel wie ein Mädchen aus der Gegend versucht habe, sich umzubringen, aber zu doof dazu gewesen sei und sich beim Sprung von einem Turm nur Arm und Bein gebrochen habe), sondern mehr noch wegen der Häme, mit der sie erzählt wurden. Mich irritierte die gehässige Weise, in der über weibliche und männliche Geschlechtsteile gesprochen wurde, als seien sie ein Grund, sich zu schämen. Auch Zuneigung zwischen Jungen und Mädchen schien zunehmend etwas zu sein, wofür man sich schämen musste.

Es galt als peinlich, jemandem nahe sein zu wollen, gleichzeitig galt es als äußerst erstrebenswert. Vieles ergab einfach keinen Sinn. So nannten mich beispielsweise zwei Jungen «Schwuli». Von Anja erfuhr ich, dass Schwule statt Mädchen andere Jungen liebten, und nichts hätte falscher sein können. In der Regel widerten mich Jungen an. Immer wollten sie Löwen, Tiger, Wölfe oder andere Raubtiere sein, wild und gefährlich und am obersten Ende der Nahrungskette. Ihre Angeberei, ihr Gebrüll, ihre ungelenken Bewegungen, ihre ständigen Versuche, besonders abgehärtet zu erscheinen, stießen mich ab. Ich hielt mich fast nur unter Mädchen auf, am liebsten unter jüngeren, sanften, klugen, die die Grausamkeit der Jungen genauso argwöhnisch verfolgten wie ich.

Ich weinte viel und wurde deswegen ausgelacht. Einmal brüllte ein Mann auf dem Schulweg seinen Hund an und schlug ihn dann mit der Leine. Ich stand wie erstarrt, dann kamen mir die Tränen: vor Wut und Mitgefühl und Ohnmacht. Drei Jungen, die mich beobachtet hatten, äfften mich nach. Einer fragte, ob sie meine Mutti rufen sollten. Ein anderer sagte, das sei doch nur ein dummer Hund. Ich verstand sie nicht, sie verstanden mich nicht. Sie sagten auf dem Pausenhof: «Deine Mutter ist tot, deine Mutter ist tot.»

Nachts lag ich wach und fragte mich, was mit mir nicht stimmte. Ich hatte mich mit mir selbst entzweit. Nun empfand ich den Gedanken, nicht richtig zu sein, als bedrückend, konnte ihn aber weitaus leichter ertragen als die Vorstellung, in einer falschen Welt zu leben, die von lauten, grausamen Halbaffen beherrscht wurde. Mir dämmerte, dass es auf eine Entscheidung hinauslief: die Welt und ihre Bewohner zu akzeptieren, zu lernen, mich anzupassen und abzuhärten, also ein wenig so zu werden wie sie, oder zur Welt auf Distanz zu gehen, wenn vielleicht auch nicht auf so extreme Weise wie meine Mutter. Eine Lösung für diesen Konflikt glaubte ich erst viel später bei den Wielands gefunden zu haben.

Mein Elternteilhaus stand in einem Vorort von Köln, in einer Straße am Rande des Forstbotanischen Gartens. Hier sorgte seit meinem fünften Lebensjahr während des Tages Anja für mich. Sie hatte sich meinem Vater und mir als kaugummikauender, redseliger Teenager vorgestellt, der nach der mittleren Reife keine beruflichen Ambitionen entwickelt hatte. Ich mochte sie sofort, und mein Vater ließ mir meinen Willen. Anja kam mir damals groß und erwachsen vor mit ihren schwarz lackierten Fingernägeln und der schwarzen, hochtoupierten Frisur. Wir bauten Höhlen aus Stühlen und Bettdecken, trommelten auf Töpfen und leeren bis halbvollen Waschpulverkartons. Anja brachte mir auch bei, welche Kräuter und Pilze man essen kann und woran man die giftigen erkennt. Einmal verdarb ich mir beim Verzehr solcher Wald-und-Wiesen-Kost den Magen, und Anja versorgte mich so angenehm mit Cola und Salzstangen, dass ich bald darauf sagte, ich würde gerne mal wieder einen «falschen Pilz» essen. In der Folge dieses Erlebnisses wurde ich tatsächlich häufiger krank, um zu Hause bleiben und von Anja versorgt werden zu können.

Manchmal, wenn es mit ihnen besonders gut oder besonders schlecht lief, erzählte mir Anja von ihren «Typen». Redete sie sich in einen Rausch, und das konnte schnell geschehen, dann wollte sie zwischendurch rauchen. Dazu musste sie auf Anweisung meines Vaters auf die Terrasse gehen, obwohl der Hausherr selbst in allen Räumen eine Pfeife an der anderen ansteckte, was ihm zufolge etwas ganz anderes, nämlich «Genussrauchen» war. Anja hatte aber ohnehin nichts gegen Aufenthalte auf der Terrasse. Ohne zu murren, schob sie die gläserne Schiebetür zur Seite und trat ins Freie. Wenn sie weitererzählen wollte, kam ich mit nach draußen, und da standen wir dann, sie rauchend, ich im Bademantel oder Anorak, manchmal unter einem Schirm, manchmal schlotternd vor Kälte, aber froh, in der Nähe des Kindermädchens zu sein, mit dem es mir nicht langweilig wurde. Ich fand es spannend, wenn auch nicht explizit erregend, dass sie mir beispielsweise einmal ihre Brüste zeigte und lachend fragte, ob sie mir gefielen und ob ich sie einmal anfassen wolle. Sie gefielen mir, und ich fasste sie an. Manchmal badeten wir zusammen, und ich wunderte mich über das dichte, krause Haar zwischen ihren Beinen.

Wir tanzten im Wohnzimmer zu Radiomusik, das mochte ich besonders. Dabei ging ich aus mir heraus. Und das war etwas, das ich laut der Direktorin unserer Grundschule lernen sollte: aus mir herauszugehen. Anja brachte auch Musikkassetten mit, von ihr zusammengestellte «Mixtapes», die «fetzten». Einmal sagte sie zu meinem Vater, ich sei ein Super-Tänzer. Mein Vater erwiderte verwirrenderweise, Anja könne ruhig ein bisschen «höhere Maßstäbe» anlegen, zum Beispiel beim Kochen. Dabei fand ich ihr Essen ausgezeichnet. Es gab Kartoffelbrei und Rahmspinat, Spaghetti Napoli, Maultaschen mit Gemüsefüllung und Pizza Tonno. Kam mein Vater schon zum Mittagessen nach Hause, tischte Anja verlässlich Fleisch auf, etwas, das ich nicht essen wollte, seit ich wusste, dass Tiere dafür gezüchtet, eingesperrt und getötet wurden. Bei Fischen sah ich es anders, und den Zusammenhang zwischen Milch und getöteten Kälbern verstand ich damals noch nicht. Anja und mein Vater aßen Fleisch. Aber während es Anja völlig in Ordnung fand, dass ich mich davor ekelte, und mir eben andere Speisen zubereitete, bestand mein Vater immer wieder darauf, dass ich es versuchte.

«Ein Junge, der keine Würstchen mag», sagte er und sah Anja an, aber sie lächelte nur und sagte: «Ist auch ein Junge.»

Denke ich an meinen Vater, sehe ich ihn fast immer in Dunkelheit oder Dämmerung vor mir. Als Gymnasialdirektor kam er nicht selten schon tagsüber nach Hause, verschwand dann aber in der Regel gleich in seinem Zimmer. Mir war das recht, denn so konnte ich weiter mit Anja spielen, was meinen Vater nicht störte, obwohl er dafür vermutlich extra bezahlen musste. Zum Abendessen oder einem sogenannten Fünf-Uhr-Tee ließ er sich dann blicken und zeigte sich nicht unfreundlich. War Anja schließlich gegangen, veränderte sich die Atmosphäre des Hauses. Es wurde stiller, die Möbel erschienen dichter, ich wurde langsamer und schwerer.

Ich erzählte meinem Vater nie, wie es mir unter den Gröberen der Schulkinder erging. Ich verschwieg auch die Albträume, die grässliche Angst, die ich nachts hatte. Bei dieser Verschwiegenheit half mir, dass ich die Schule vergaß, wenn ich mich zu Hause aufhielt, und die Angst der Nächte nicht mehr greifen konnte, wenn das Licht des Tages schien. Aber obwohl ich meinem Vater das Abbild eines halbwegs normalen Jungen präsentierte, ahnte er meine Probleme und versuchte, mir auf seine stille Weise zu helfen. So sagte er einmal, als ich mit gequälter Miene einer immer wieder gegen die Glasscheibe stoßenden Fliege zusah: «Das Leben ist eine Komödie für den Denkenden und eine Tragödie für die, welche fühlen.» Ich wusste nicht recht, worin der Unterschied zwischen Denken und Fühlen bestehen sollte – führte nicht das eine zwangsläufig zum anderen und vermischte sich sogar damit? –, aber mein Vater wollte mir ein Mittel gegen die Verzweiflung in die Hand geben, ein Antidot gegen Gefühlsaufwallungen und Ängste: die Möglichkeit, sich der Welt als Wissbegieriger zu nähern. An manchen Abenden oder Wochenendnachmittagen saß ich neben ihm an seinem Schreibtisch und versank in dieser Welt, die mir Anja nicht hätte zeigen können. Der – in meinen Augen – alte Mann mit der gebogenen Nase las mir Märchen vor, später dicke Bände von Karl May oder Geschichten von Wilhelm Hauff. Er studierte mit mir große Bildbände, die Werke von Dürer, Rembrandt, Goya oder Picasso auf ganzen Seiten und in kräftigen Farben präsentierten. Er fragte mich nach meiner Meinung zu den Bildern, erklärte mir den goldenen Schnitt, verschiedene Maltechniken, Merkmale bestimmter Epochen sowie die Bedeutung wiederkehrender Symbole. Er hielt mich dazu an, auf Details zu achten und der Frage nachzugehen, warum der Maler dieses oder jenes genau so und nicht anders dargestellt hatte.

Ich konnte meinem Vater jede Frage stellen, immer hatte er Geduld mit mir, ich musste mich nie dumm fühlen. Wenn wir beide etwas nicht wussten, es aber wissen wollten, suchte er in Büchern nach einer Antwort oder rief jemanden an. Die Leidenschaft meines Vaters für Wissen erlebte ich nicht als hoch aufleuchtendes, schnell in sich zusammensackendes Feuer, sondern als konstant glühende Flamme. Er hatte Zeit. Er musste niemandem etwas beweisen.

Aber es wurde nicht besser mit mir. Ich ging bereits aufs Gymnasium und litt mehr denn je an Albträumen und Eindrücken, die mich verfolgten. Realistische Darstellungen von Krieg, Folter und der Erniedrigung von Frauen suchten mich ebenso heim wie beispielsweise das schlecht gezeichnete Titelblatt eines Gruselheftes. Es zeigte einen Mann mit zweigeteiltem Gesicht: die eine Hälfte menschlich und schmerzverzerrt, die andere eine Wolfsfratze. Tagelang sah ich das Bild vor mir, es teilte mir etwas mit, das ich nicht wahrhaben wollte. Vor allem nachts füllten solche Bilder meine Vorstellung wie ein Gift, das in der Dunkelheit seine volle Wirkung entfaltete. Wie ein Fieber stieg die Angst in mir auf und setzte meine leicht entzündliche Phantasie in Brand, bis sich mein Denken auf das verengte, was es fürchtete.

Dann, von einem Tag auf den anderen, verließ mich Anja, laut meinem Vater, weil ich zu alt und sie außerdem schwanger geworden war. Sie verabschiedete sich nicht von mir, sondern kam einfach nicht mehr. Ich weinte wochenlang. Später sah ich sie einmal mit einem «Typen» und einem Kinderwagen auf der Straße. Sie wuschelte mir durch die Haare, und es gefiel mir nicht.

Mein Vater veränderte sich in diesen Tagen. Manchmal wurde er seltsam redselig, auf eine überschäumende, unpassende Weise. Etwas stimmte dann nicht mit seinen Augen und seiner Stimme. Er redete von «neuen Konzepten», die er an seiner Schule umzusetzen gedenke, einem «anderen Lernen», einer «fundamentalen Veränderung des Bewusstseins». In manchen Nächten streifte er im Haus umher und kam nicht zur Ruhe. Er trank Rotwein aus Wassergläsern und ließ sie im Haus herumstehen. Ohne Anja fehlte es uns an Ordnung und Struktur.

Es war in diesen Tagen, als mein Vater mit mir während einer unserer gemeinsamen Lektüren an einem Frühlingsabend ein Gemälde aus einem Bildband betrachtete, auf dem nackte Frauen aus einem Teich auftauchen und einen Mann anstarren, der sich zu ihnen hinabbeugt. Mein Vater hielt sich nicht lange mit einer nüchternen Analyse des Gemäldes auf. Er erzählte mir auf sonderbar euphorische Weise von den Nymphen. Das seien keine Menschen, auch wenn sie so aussähen. Naturgeister seien sie, wie Sylphen, Gnome, Salamander und Nixen. Mein Vater sog schmatzend an seiner Pfeife, blies langsam Rauch aus und sagte: «Deine Mutter war eine Nixe.» Seine Stimme klang fremd. Er sprach sonst nie über meine Mutter. Wenn wir zum Friedhof gingen und das Grab pflegten, ersparte mein Vater mir (und sich) jegliche Erinnerungen. Jetzt aber geriet er ins Reden: Eine Mahrtenehe sei das gewesen, eine Hochzeit zwischen einem Sterblichen und einem überirdischen Wesen.

«Aus dem Wasser ist sie gekommen, ins Wasser ist sie wieder gegangen», sagte er und lächelte. «Sie hat es mir vor unserer ersten Nacht gesagt. Und dann noch einmal in der Nacht vor der Hochzeit: Ich bin kein Mensch. Das sieht nur so aus. Ich habe keine Seele.»

Ich zeigte auf das Bild und bat meinen Vater, doch lieber etwas über den Mann darauf zu sagen, aber er hörte mich nicht und redete weiter.

«In Wirklichkeit war sie eine Nixe. Verstehst du, was das bedeutet?», sagte er. Ich schüttelte den Kopf. Ein schwarzes Haar ragte aus dem rechten Nasenloch meines Vaters, als taste ein Krebsfühler aus einer Muschel.

«Ein Teil von dir ist nicht menschlich.» Er lachte und wiegte den eckigen Kopf. «Du hast Nixenblut in dir. Du bist ihr manchmal so unheimlich ähnlich. Das hat Vor- und Nachteile, mein Junge. Du wirst sehen.» Während er das sagte, sah er mich unverwandt an, so wie er es sonst nie tat, und seine Pupillen schimmerten schwarz und feucht und so groß, dass sie seine Regenbogenhäute fast zur Gänze füllten.

In dieser Nacht träumte ich kristallklar, farbig und mit der Fähigkeit, Klänge zu hören: Ich finde mich in dem dunkelgrün gekachelten Badezimmer, in dem sich meine Mutter getötet hat. Dort sitzt sie im schaumgekrönten Wasser der Wanne. Ihr Gesicht strahlt hell und schön. Sie streckt mir eine Hand entgegen. Aus dem Schaum am unteren Ende der Badewanne ragt ihr silbern schillernder und sich sanft schlängelnder Fischschwanz, er wächst mir entgegen, wickelt mich ein und zieht mich ins Wasser. Die Wanne ist bodenlos. Unter ihr ist das Meer. Ich sinke, ich gefriere, doch mein Herz schlägt laut und fest wie ein metallener Klöppel in einem Gehäuse aus Eis.

Nass von Schweiß wachte ich auf und spürte noch den Druck auf der Brust, in der das Herz so fest schlug, dass ich Angst bekam, es könne kaputtgehen. Ich spürte den Fischschwanz auf der Haut. Ich fürchtete mich nicht nur vor ihm und dem Meer, sondern auch vor mir selbst. Etwas stimmte mit mir nicht. Das konnte ich nicht mit mir selbst ausmachen. Also wagte ich mich aus meinem Bett, nahm Decke und Kissen und ging zum Schlafzimmer meines Vaters. Lange blieb ich vor der Tür stehen, weil ich mich schämte und Zurückweisung fürchtete. Aber ich konnte nicht zurück in mein Zimmer. Ich konnte diese Nacht nicht alleine ertragen. Ich legte mein Ohr an die Tür. Ich wartete darauf, dass mir jemand die Entscheidung abnahm. Als mir kalt wurde, klopfte ich und hörte sofort ein Räuspern, dann ein belegtes «Ja?». Ich öffnete die Tür und sah im Schein einer Nachttischlampe das Doppelbett. Mein Vater saß darin wie ein Schiffbrüchiger auf einem Floß. Während er mich ansah, wurde mir bewusst, dass er eine Pfeife in der Hand hielt, also noch nicht geschlafen hatte. Er nickte mir zu, brillenlos und fremd, und ich richtete mich ohne ein Wort neben ihm auf dem großen Bett ein. Peinlich laut raschelte mein kindlich und lächerlich wirkendes Bettzeug. Dann lag ich da und fühlte mich unwohl: Der Rauch biss mir in Lunge und Augen, ich schämte mich für meine Bedürftigkeit, die Situation erschien mir zu körperlich. Mein Vater war kein Mensch, neben den man sich ins Bett legte. Er beugte sich zu mir und berührte meine Schulter. Während er sie lange und auf gleichzeitig verhaltene wie fordernde Weise streichelte, sah ich zum ersten Mal bewusst seine Hand. Ich sah die kurzen, flachen, irgendwie schief erscheinenden Daumennägel, die Adern, die seinen Handrücken wie Wälle aus aufgeschüttetem Fleisch überzogen, die geriffelte Haut über seinen Fingergelenken. Dann löschte er das Licht. Der Schalter klickte viel lauter als gewöhnlich. Seine Hand kehrte zurück.

Ich hätte mich meinem Vater nicht aufdrängen dürfen. Ich übernachtete nie wieder in seinem Zimmer. Seine Unnahbarkeit war ganz plötzlich, wenn auch nur für kurze Zeit, von ihm abgefallen und dauerhaft auf mich übergegangen. Kurz nach dieser Übernachtung und lange bevor ich in die Familie der Wielands aufgenommen wurde, zeigte sich meine Fähigkeit, mir selbst gegenüber so unberührbar zu sein, dass ich mich wie betäubt fühlte, ein Zustand, der mir ungeheure Möglichkeiten eröffnete. Ich rollte keineswegs als ungeprägte Rohmünze in die Freie Schule Schwanhagen, sondern als jugendliche Verkörperung eines Charakters, der – ich weiß, dass viele das anders sehen – bereits in der Zeugung in mir angelegt und im Laufe der Jahre lediglich deutlicher wurde, vergleichbar mit einem Bild auf dem Grund eines Sees, das man immer genauer erkennt, je länger man durch das Wasser blickt.

Im gleichen Frühling – ich war mittlerweile dreizehn

Jahre alt – leiteten zwei Ereignisse den entscheidenden Wechsel in meinem Leben ein: Mein Vater lernte eine Frau kennen, oder sie ihn. In kürzester Zeit verlor er das Interesse daran, mich in seinem Arbeitszimmer privat zu unterrichten, Bildbände mit mir zu betrachten, aus Büchern vorzulesen oder gemeinsam großen und umfassenden Fragen nachzugehen. Und mir war es ganz recht, da ich mich nicht nach der Nähe meines Vaters sehnte. Kam es doch noch einmal zu einer solchen Sitzung, erlebte ich ihn als wenig konzentriert und unterschwellig gereizt, weil auch ich nicht recht bei der Sache zu sein schien. Ich kann nicht sagen, dass mich sein Verhalten störte, in gewisser Weise nahm ich es als folgerichtig wahr. Auch ich veränderte mich und wollte weder ewig der Lehrling meines Vaters bleiben, noch wusste ich, welche Rolle ich stattdessen einnehmen sollte. Ich fühlte mich nicht wirklich unwohl auf dem Gymnasium, auf das ich ging. Mein Vater unterrichtete an einem anderen. Rückblickend würde ich sagen: Ich fühlte mich so gut wie gar nicht. Ein dumpfer Schleier hatte sich über meine intensiven Empfindungen gelegt, die mein Wesen nur noch manchmal erschütterten, dann jedoch heftig und als hätten sie sich über einen längeren Zeitraum aufgestaut. Anstelle starker Empfindungen beherrschten mich nun häufiger grelle Phantasien, die um Abseitiges, Grausames und Abgründiges kreisten und mich geradewegs zum zweiten wichtigen Ereignis führten: Eines Nachmittags stöberte ich in der Stadtteilbibliothek unseres Viertels und entdeckte einen Band, den eine dekolletierte Frauenbüste mit geschmücktem Haar vor schwarzem Hintergrund zierte. Anstelle des Gesichts hatte die Erscheinung einen Totenkopf, dessen leere Augenhöhlen in mein Innerstes zu glotzen schienen. Das Buch trug den Titel «Geschichten des Grauens» und enthielt ausgewählte

Erzählungen von Edgar Allan Poe. Ich wollte es unbedingt haben. Ich, der Furchtsame, ich, der Dünnhäutige, wollte dieses Buch besitzen wie ein magisches Objekt, das mir Stärke verleihen musste. Die Bibliothekarin hielt mich für zu jung, also lieh mein Vater, der mir in derlei Dingen nie einen Wunsch ausschlug, den Band für mich. Ich las ihn und fand meine Erwartungen nicht nur erfüllt, sondern übertroffen. In Geschichten wie «Hopp Frosch», «Der Doppelmord in der Rue Morgue» oder «Das verräterische Herz» war von Grausamkeiten die Rede, wie ich sie bisher so präzise noch nicht geschildert gefunden und folglich auch nicht gedacht und gefühlt hatte. Ich verstand nicht jedes Wort, doch das erhöhte nur den Reiz. Ich las wie im Rausch und lief danach mit mir selbst redend durch die nun verändert wirkenden Straßen unseres Viertels. In der Art, wie der Autor sich dem Grauen näherte, fand ich – zunächst mehr als Ahnung denn als klare Idee – einen Weg für mich, mit den Schrecken der Welt umzugehen: Ich würde ihnen nicht mehr ausweichen, und ich würde nicht ihr dummes Werkzeug werden. Ich würde mich weder auf die eine noch auf die andere Weise als ihr Opfer fühlen. Vielmehr würde ich sie erforschen und ihr unbestechlicher Chronist werden, mit nicht nachlassender Neugier und ohne zu werten. Ich würde in lichtlose Abgründe steigen, tiefer als all die angeblich abgehärteten Jungen mit ihrem dummen Gerede.

Von meiner Faszination für Poe erzählte ich nur einem anderen Menschen. Johanna ging in meine Klasse. Sie trug eine Zahnspange, und fettige Haare hingen ihr ins verpickelte Gesicht. Sie galt als uncool, wer sich mit ihr abgab, galt ebenfalls sofort als uncool. Nichts an ihr stimmte. Sie sagte wenig, ließ die Schultern hängen, trug die falsche Kleidung und wirkte eigentlich immer verletzt. Ich mochte sie.

In meinen Augen erschien sie still und sanft und tief. Anders als die meisten ging sie mir nicht auf die Nerven. Und sie hörte zu, wenn ich von meinen Erlebnissen mit Poe erzählte, von meiner Liebe für Dupin, den Meisterdetektiv, und seine atemberaubende Methode der Schlussfolgerung. Wegen Johanna bekam ich allerdings bald noch mehr Probleme in der Schule, als ich sie ohnehin schon hatte.

Der Unterricht fiel mir entweder ermüdend leicht, oder ich konnte ihm nicht folgen und verlor den Anschluss. Letzteres betraf vor allem das Fach Chemie, aber auch Physik, Mathematik und Biologie. Es kam mir vor, als solle ich genötigt werden, ein Phantasiesystem aus willkürlichen Bezeichnungen und Zahlen zu erlernen, das mir keinerlei Vergnügen oder Nutzen bescherte. Mir war es gleichgültig, wie viele Protonen sich im Kern des Wasserstoffatoms befanden. Genauso gut hätte man mir auftragen können, ich solle die Namen sämtlicher Handballtorwarte der tschechischen Regionalliga von 1950 an auswendig lernen und auf Wunsch rückwärts aufsagen. Natürlich spiegelte sich mein Desinteresse bald in meinen Noten wider. Die Lehrer reagierten verständnislos auf mein Schweigen und meine wachsende Lustlosigkeit. Sie hielten Johanna und mich für hoffnungslose Fälle.

Johanna war Einzelkind wie ich; sie verriet mir, dass ihr Vater und ihre Mutter täglich Alkohol tranken und danach stritten. Sie habe ihre Mutter immer wieder gebeten, das Trinken zu lassen, und ihre Mutter habe es ihr versprochen, sich dann aber nicht daran gehalten. Manchmal, sagte Johanna, glaube sie, sie würde verrückt. Sie sagte es beiläufig und so, als hätte es nichts mit ihr zu tun, aber ich war erschüttert. Ich versuchte sie zu ermuntern, bei anderen Erwachsenen Hilfe zu suchen, doch sie sagte, das hätte sie schon vergeblich getan. Ich erzählte es meinem Vater, der meinte, es gebe eben solche traurigen Schicksale, wir könnten daran nichts ändern.

Einmal machten sich zwei Jungen kurz vor der Schulstunde in einer Regenpause im Klassenzimmer über Johanna lustig. Sie sei flach wie ein Brett, und ihre Eltern seien asozial. Mir falle das wohl nur nicht auf, weil ich so ein Homo sei. Der eine Junge machte Johannas Mutter nach, wie sie lallend mit seiner Mutter gesprochen habe. Dafür könne Johanna doch nichts, sagte ich. Meine Stimme zitterte. Der Junge sah mich grinsend an: «Du bist so ein Schwächling. Oder warum hältst du sonst zu dem Müllmädchen?»

Ich fühlte mich sonderbar ruhig, als ich den Zirkel nahm und mit der Spitze in das Gesicht des Jungen stach. Anschließend gab es wegen mir eine Lehrerkonferenz. Es hieß, ich hätte dem Jungen ein Auge ausstechen können. Ich musste mich bei ihm entschuldigen, auch wenn er das gar nicht wollte. Außerdem musste ich mit einer Psychologin reden, die mich nicht mochte. Man überlegte, ob ich nicht in einer Sonderschule besser aufgehoben wäre. Mein Vater schlug vor, dass ich besser auf eine alternative Schule wechseln sollte. Tatsächlich hatte er schon eine ganz bestimmte «Lehranstalt» im Sinn: die Freie Schule Schwanhagen. Dort gebe es keine Zensuren, sondern ein «Lernen vom Kinde aus», also einen «ressourcenorientierten Ansatz», dem zufolge ich nicht als Mängelwesen zugerichtet, sondern als Individuum mit einzigartigen Fähigkeiten gefördert werden solle. Die blassen Worte und die blutleere Begeisterung meines Vaters erzeugten bei mir blitzartig Müdigkeit.

Wie sich bald zeigte, stammte die Idee, mich auf diese freiste aller Freien Schulen zu schicken, von der neuen Frau (Konstanze Schallmeyer: blonde Haare, schwarzer Kajal, grüne Augen, dunkle Kleidung, Silberschmuck). Mein Vater lud sie und mich zu einem Abendessen in einem italienischen Restaurant ein, damit wir uns einmal besser kennenlernen konnten. Frau Schallmeyer unterrichtete Französisch und Philosophie am Gymnasium meines Vaters, interessierte sich sehr für Pädagogik, vor allem in ihren progressiven Ansätzen, und sie kannte ein Paar, dessen Tochter seit einem Jahr «mit großem Erfolg» die Freie Schule Schwanhagen besuchte. Es handele sich um eine ganz neue, alternative Einrichtung, entstanden aus einer privaten Initiative. Das Ganze sei so neu und so alternativ, es gebe noch nicht einmal einen Prospekt. Alles laufe derzeit über persönliche Empfehlungen.

«Für einen intelligenten jungen Mann wie dich ist das sicher ein ausgesprochen gedeihliches Umfeld», sagte sie zu mir. «Gedeihlich» – mit solchen Ausdrücken konnte man mich in diesem Lebensabschnitt tatsächlich für sich und seine Pläne einnehmen. Ich fühlte mich geschmeichelt und zugleich verunsichert. Zu meiner Verunsicherung trug bei, dass es sich bei Frau Schallmeyer eindeutig um ein sexuelles Wesen handelte. Als ich an diesem Abend einmal aufstand, um auf die Toilette zu gehen, sah ich ihre ausgiebig beringte Hand auf dem cordumhüllten Oberschenkel meines Vaters liegen. Schlimmer als diese besitzergreifende Hand fand ich die seit Wochen stattfindende Verwandlung meines Vaters: Er zeigte mittlerweile ebenfalls verstörende Anflüge von Sinnlichkeit, lächelte manchmal völlig untypisch, um nicht zu sagen: dämlich, und ließ sich tatsächlich von Madame Schallmeyer zu Mundküssen vor aller Augen hinreißen. Obendrein sprach er in ihrer Gegenwart mit einer weicheren, höheren Stimme. All das verstärkte die Abneigung, die ich ihm gegenüber zunehmend empfand.

Im Laufe des Gesprächs kam ans Licht, dass es sich bei der Freien Schule Schwanhagen um ein Internat an der Ostsee handelte, in der ehemaligen DDR, gut 600 Kilometer von meinem Heimatort entfernt.

«Das scheint mir sehr weit weg», sagte ich.

«Das hat Julia am Anfang auch gesagt», erwiderte Frau Schallmeyer. «Mittlerweile hat sie so viele Freunde gefunden, dass sie es fast schade findet, wenn Ferien sind und sie nach Hause fährt.»

«Das klingt, als ob sie dort eine zweite Heimat gefunden hätte», assistierte mein Vater weit unter seinem Niveau.

«Aha», sagte ich. Frau Schallmeyer lächelte mich an und spießte dann ein Stück Kalbfleisch auf die Zinken ihrer Gabel.

«Sie wohnen dort in Familien», sagte sie. «Immer sechs bis elf Schüler und zwei Pädagogen.»

«Ich finde, das klingt interessant», sagte mein Vater.

«Was findest du daran interessant?», fragte ich.

«So ein Umfeld bietet doch ganz andere und vielfältigere Einflüsse als ein fast leeres Haus mit einem einzigen Lehrervater.»

Ich sagte nichts und wühlte mit der Gabel in meinen Spaghetti Vongole, einem Gericht, das ich aufgrund seines exotisch klingenden Namens ausgewählt hatte.

«Tilman», sagte mein Vater fast feierlich, «du bist mittlerweile zu alt, als dass ich dir noch geben könnte, was du brauchst.»

Ich wollte fragen, was genau ich denn brauchte, wusste aber schon die Antwort: ganz andere und vielfältigere Einflüsse.

«Ich habe die Gründer der Schule kennengelernt», sagte Frau Schallmeyer. «Beeindruckende Persönlichkeiten.»

«Und was ist an diesen Persönlichkeiten so beeindruckend?», fragte ich.

«Sie sind wirklich frei und lassen anderen ihre Freiheit. Ihr Motto ist: ‹Werde, der du bist.› Sie möchten den Heranwachsenden helfen, zu tun und zu lassen, was sie aus sich heraus wollen. Allerdings glaube ich, dass das nicht für jeden etwas ist.»

«Wie meinst du das?», fragte mein Vater. Mich störte, dass er Frau Schallmeyer duzte.

«Ehrlich gesagt gibt es auch Jugendliche, die die FSS nach wenigen Monaten wieder verlassen. Manche Menschen brauchen Vorschriften und bevorzugen die Sicherheit, die ein Dasein als Befehlsempfänger mit sich bringt. Sie quälen sich lieber jahrelang durch Fächer, deren Sinn sie nicht verstehen, als selbst zu bestimmen, was sie lernen wollen.»

«Ich kann an dieser Schule selbst bestimmen, was ich lernen will?», fragte ich.

«Ja», sagte mein Vater. «Ich habe dir doch von dem Prinzip erzählt: Bildung vom Kinde aus. Oder in deinem Falle: vom jungen Mann aus.»

«Tatsächlich ist die Schule umstritten. Dic Wielands sind es sowieso», warf Frau Schallmeyer ein. «Manche konservativen Pädagogen wittern da geradezu eine Art Terrorzelle.»

«Wieso denn das?», fragte ich.

«Die Wielands und ihre Ideen haben schon was Wildes», sagte Frau Schallmeyer, nun fast so, als habe sie schon genug gesagt.

«Was heißt das?» Ich sah abwechselnd Frau Schallmeyer und meinen Vater an.

«Das kann ich jetzt nicht erklären», sagte Frau Schallmeyer. «Zumindest muss deren Familie einfach spitze sein. Und sehr speziell. Aber natürlich ist nicht gesagt, dass du dort hineinkämst. Genau genommen ist gar nicht sicher, dass du überhaupt an der FSS genommen wirst.»

«Ich kann mir die Schule ja einmal ansehen», sagte ich und fand mich dabei recht erwachsen.

ZWEITES KAPITEL

Am Morgen, bevor mein Vater mit mir die weite Fahrt zu dem fortschrittlichen Internat an der Ostsee unternehmen wollte, litt ich plötzlich an Halskratzen, verstopfter Nase, Mattigkeit und Kopfdruck. Ich bat meinen Vater, die Tour zu verschieben. Er zeigte sich erstaunlich gleichgültig und meinte, das sei meine Entscheidung. Ich wurde wankelmütig, fühlte mich nach einem ans Bett gebrachten Becher Tee und einer Dusche schon frischer und stimmte der weiten Fahrt schließlich doch zu.

So fuhren wir mit unserem schwarzen Saab Hunderte von Kilometern und weiter, als ich es mir hatte vorstellen können, nach Schwanhagen bei Wismar, in eine Gegend, die noch vor wenigen Jahren zur DDR gehört hatte und nun als so etwas wie der wilde Osten der Bundesrepublik angesehen wurde, ein fremdes Land. Wir fuhren und fuhren und schwiegen die meiste Zeit. Wir hörten Radio (Klassiksender, später Deutschlandfunk) und zwei Hörspiele (die Sherlock-Holmes-Geschichte *Eine Studie in Scharlachrot* und Poes *Der Untergang des Hauses Usher*), die ich eigens für die Fahrt von CD auf Kassette überspielt hatte. Neben der Schweigsamkeit und dem Fahren bei gleichförmigem Tempo durch gleichförmige Landschaften lullte mich die aufziehende Erkältung ein. Irgendwann hielt mein Vater mir aus dem Nichts einen Vortrag, der sich mir tief ins Gedächtnis grub, vermutlich, weil er so gut zu meiner neuen Ausrichtung als Erforscher der Finsternis passte. Er erklärte mir, dass es in Bezug auf Wissen drei Arten von Menschen gebe, wobei sich natürlich in jede Art etwas von den anderen mischen könne. Der erste Menschenschlag interessiere sich für Wissen nur, wenn es seinen Zwecken nutze, und habe auch kein Problem damit, sich die Dinge so zurechtzubiegen, wie es den eigenen Bedürfnissen entspreche. Dem zweiten Menschenschlag fehle diese rücksichtslose Entschlossenheit, aber ebenso die Energie, sich für Zusammenhänge und Hintergründe zu interessieren. Dieser Typus wolle vor allem seine Ruhe haben, dabei aber vor sich und anderen als durchaus interessiert und verantwortungsbewusst dastehen. Daher orientiere er sich an den Meinungen der Mehrheit, die wiederum auf anerkannte Experten höre, sofern es ihr nachvollziehbar und genehm sei. Der dritte Menschenschlag interessiere sich mehr für das Wissen als für sich selbst. Etwas wirklich zu verstehen sei ihm tiefster Antrieb, ein Streben, in dem der Wunsch aufschimmere, sich selbst durch das Eingehen in etwas Größeres zu überwinden. Solchen Menschen gehe es nicht darum, recht zu bekommen oder Macht-, Geld- und Anerkennungsgelüste zu befriedigen, vielmehr verschaffe ihnen das Wissen selbst die größte Lust. Allerdings müsse auch der wirklich Wissbegierige darauf achten, dass sich seiner Absicht, die Erkenntnis zu mehren, nicht doch andere Absichten beigesellten, unter denen die Eitelkeit die häufigste und heimtückischste sei. Ich solle es mir so vorstellen: Man müsse still werden wie ein Bergsee, in dessen glatter Oberfläche sich umso besser der Himmel spiegele, je weniger Bewegung im Wasser sei.

Ich fand mich ganz versunken in Gedanken über die Worte meines Vaters, als wir uns dem Ziel allmählich näherten: Die Sonne schien aus frühlingsblauem Himmel auf eine Landschaft, der ich die Meeresnähe anzusehen glaubte, und überzog die Gegend mit einem ganz eigenen Glanz, in dem Büsche und Bäume wie fein ziselierte Messingarbeiten wirkten. Der Himmel, die Wiesen, die Felder und die Dörfer mit ihren buckligen Kopfsteinpflastern, Storchennestern und Kirchtürmen entrückten mich in ein Mittelalter, ein Sagenland, kein unpassendes Umfeld für einen wie mich, und während ich mich fragte, was diese Umgebung mit mir und aus mir machen würde, vergaß ich meine anschwellende Erkältung und den Ärger darüber, dass mein Vater ohne Rücksicht darauf Pfeife rauchte.

Als wir Schwanhagen etwa eine halbe Stunde später erreichten, schlug das Wetter um. Über dem Ort mit seinen wenigen Straßenzügen und einigen wahllos in die Wiesen gewürfelten Häusern trieben jetzt schwarze Wolken durch einen dunkelblau-violetten Himmel. Die Internatsgebäude, die ich vom Parkplatz aus sah, erschienen mir in diesem plötzlich veränderten Licht wie die letzte Zuflucht nach einer Endzeit: Ringsherum ist alles wüst und leer, liegen verwaiste Felder, stehen uralte Jagdsitze, verkrüppelte Weiden, Totendörfer, Ruinen, die als riesige Grabmale den

Strand überschatten. Die letzten Überlebenden hausen in den Bauten, die den rechteckigen Platz einschließen, auf dem ich klein und matt stehe: geradeaus das ehemalige Gutshaus mit dem Turm einer Sternwarte (wie mein Vater wusste), links fünf kastenförmige, dreistöckige Neubauten, rechts das sogenannte Gesindehaus aus rotem Backstein und renovierte Stallungen.

Ich weiß nicht, wie ich mir das Internat vorgestellt hatte, aber sicher anders, vor allen Dingen weniger entlegen. Als ich wenige Minuten später bei Keksen und Kakao in einem typischen Schulbüro saß, zu dem wir durch typische Schulkorridore gelangt waren – Selbstgemaltes, Klassenfotos auf bunten Pappen, maschinengetippte Aushänge –, fühlte ich mich wieder auf vertrautem Terrain und gleichzeitig – aufgrund des abrupten Szenenwechsels und eines zunehmend dumpfen Schädels – wie weggetreten. Zähe Masse verklebte meine Atemwege und trübte meine Wahrnehmung, ich interessierte mich kaum für die Schule und die freundliche Frau mit den rot gefärbten Haaren und dem bunten Halstuch, die enthusiastisch auf mich und meinen Vater einredete. Ich bemerkte seine Gereiztheit (Wieso stellt der Junge keine Fragen? Wieso zeigt er kein Interesse? Und warum präsentiert man ihm ausgerechnet diese Frau, die keine gute Werbung für ihre Schule ist?), aber was sollte ich gegen meine Willenlosigkeit und das Gerede der Lehrerin tun?

Ich wurde durch die Anlage geführt und fühlte mich derart unter Druck gesetzt, begeistert oder zumindest interessiert zu wirken, dass ich kaum etwas mitbekam. Schau doch mal, wie freundlich der Speisesaal aussieht! Wie nah das Meer ist! Was es für tolle Werkstätten gibt! Ach, und erst der Fußball- und der Grillplatz! Ist das etwa nichts? Das ist doch etwas! So klein sind die Zweier-Zimmer gar nicht!

Das Areal wirkte auf unserem Rundgang sonderbar leer, so als wäre es eigentlich unbewohnt und eigens für mich vorübergehend mit ein paar jugendlichen und erwachsenen Darstellern bevölkert, die lieb lächelnd und aufmerksam schauend unseren Weg kreuzten und dabei sanft wie Rehe blickten. Nicht nur ich schien in Watte gepackt, sondern auch das Gelände und alle, die darin wandelten.

Aus meiner Halb-Trance tauchte ich erst auf, als die rothaarige Lehrerin – Frau Kastner – auf dem Weg zurück ins Hauptgebäude auf die Wielands zu sprechen kam, das Ehepaar, das diese Schule gegründet hatte und das nun mit mehreren Jugendlichen in dem ehemaligen Gesindehaus aus rotem Backstein lebte. Ich weiß nicht mehr, was genau sie sagte, aber in ihrer Stimme schwang etwas mit, das mich neugierig machte. Gerne hätte ich endlich das freiheitsliebende Paar gesehen, über das ich nach Frau Schallmeyers Andeutungen bereits allerlei, wenn auch verschwommene Vorstellungen entwickelte hatte: die Wielands, Herz, Kopf und Seele der Freien Schule Schwanhagen. Aber «leider, leider» befanden sich die beiden mit «ihrer Familie» auf einem Ausflug. Dabei hätten sie mich laut Frau Kastner doch so gerne kennengelernt. Mein Vater runzelte die Stirn. Vermutlich hätte er den Schulleiter und seine Frau auch gerne kennengelernt, nachdem er mich fast sieben Stunden durch die Republik kutschiert hatte.

«Es tut mir wirklich leid», sagte Frau Kastner. «Hier ist immer so viel los, da kann es schon einmal zu einem Missverständnis kommen.»

«Schon gut», sagte mein Vater und zog seine Pfeife aus der Jackettasche. «Wir fahren heute sicher nicht noch einmal über 600 Kilometer. Wir übernachten in der Nähe und kommen morgen Vormittag wieder.»

«Ah», sagte Frau Kastner verlegen. «Dann wird es sicher klappen.» Dabei klang das «sicher» aus ihrem Mund reichlich unsicher, und ich bemerkte, dass mein Vater kurz davor stand, laut zu werden.

«War das hier eigentlich schon immer eine Schule?», fragte ich schnell und ohne dass es mich interessiert hätte.

Mein Vater und Frau Kastner sahen mich an. Dann sagte die Lehrerin: «Nein. Ganz früher war es ein Gutshof, das ist so eine Art Bauernhof mit einem adeligen Besitzer, weißt du?»

Ich nickte brav.

«Dann hat hier ein reicher Kaufmann gewohnt. Ich glaube, er hatte etwas mit Wertheim in Stralsund zu tun, also diesem Kaufhaus-Konzern, der heute Karstadt gehört. Karstadt kennst du sicher.»

Ich nickte wieder.

«Ich weiß jetzt aber nicht, ob er selbst ein Wertheim war. Vermutlich nutzte er die Gebäude nur als Sommerresidenz, also als Haus für die Ferien. Tja und dann ...»

«Kamen die Nazis», unterbrach ich. Das war zwar neunmalklug, aber ich hatte keine Lust darauf, die Geschichte in kindgerechter Sprache vorgesetzt zu bekommen.

«Genau. Die haben dem Kaufmann den Gutshof abgenommen.»

«Und was haben sie damit gemacht?», fragte ich, nun doch interessiert. Die Lehrerin sah ratlos aus.

«Vermutlich haben sie ihn auch als Sommerresidenz genutzt.»

«Auch Nazis brauchten mal Ferien», sagte mein Vater.

«Und dann kam die Rote Armee, also russische Soldaten», fuhr Frau Kastner unbeirrt fort. «Die haben die Nazis vertrieben, und später, ich glaube, da war das hier schon DDR, also später war dann hier ein Kinderheim. Das musste geschlossen werden. Ich weiß jetzt gerade nicht, wieso. Ein schlimmer Unfall oder ...»

In diesem Moment hörte ich hinter mir ein Geräusch und fuhr herum. Die Tür des Lehrerzimmers stand plötzlich offen, herein kam ein Mann, der wie das genaue Gegenteil meines Vaters wirkte. Salvador Wieland strotzte vor Frische und Kraft. Seine Augen brannten bernsteinfarben in einem Gesicht, das vielleicht deshalb so groß erschien, weil der restliche Mann so klein und schlank war. Wieland trug ein weißes Hemd, dessen obere Knöpfe offenstanden und den Blick auf üppig sprießendes Brusthaar erlaubten. Einem Mann von dieser Erscheinung hätte man viele Rollen zuschreiben können: vom Abenteurer, der nur selten lange an einem Ort blieb, über den undurchsichtigen Zirkusdirektor bis zu einem jenseits der Konventionen forschenden Wissenschaftler, der lächelnd monströse Entdeckungen erläutert. Auf einer seiner Expeditionen oder in einer Stadt, in der der Zirkus Station machte, vielleicht aber auch in einem entlegenen Forschungslabor musste er die Frau kennengelernt haben, die mit ihm in den Raum trat: Sie trug ihre rotblonden Haare in einer jungenhaften, auf mich sehr mondän wirkenden Frisur, überragte Salvador Wieland um einen Kopf und erinnerte mich mit ihren scharf konturierten Gesichtszügen sofort an einen Fuchs. Ihr dunkelblaues Kleid fand ich schicker als alles, was ich bisher gesehen hatte. Neben Salvador Wieland wirkte sie zugleich wie seine groß geratene Tochter und wie seine erfahrene Betreuerin. So sehen Lehrer nicht aus, dachte ich.

«Ach», sagte Frau Kastner. Salvador Wieland lächelte, kam mit entschlossenen Schritten auf mich zu und gab mir mit kräftigem Druck eine kleine, harte Hand.

«Du bist Tilman», sagte er, und etwas von seiner Lebenskraft ging auf mich über. «Herzlich willkommen in Schwanhagen.»

Die rotblonde Frau musterte mich interessiert und überhaupt nicht so, als ob ich ein Kind wäre. Schlagartig fühlte ich mich nicht mehr krank.

«Na», sagte sie mit einer leicht hochgezogenen Augenbraue, «hast du dich schon umgesehen?»

Ich nickte und wollte etwas Geistreiches antworten, kam aber nicht dazu, weil die Frau nun meinem Vater die Hand gab, als kenne sie ihn längst.

Salvador Wieland schlug die Hände zusammen und sagte laut: «Schön. Irgendwelche Fragen bis hierher?»

Ich weiß nicht genau, was wir im Folgenden besprachen, erinnere mich aber deutlich daran, dass es um mich ging. Man befragte mich nach meinen Interessen, meinen Eindrücken, meinen Vorlieben und Abneigungen. Ich fühlte mich gut. Diese schönen, energiegeladenen Menschen gaben mir das Gefühl, vollkommen in Ordnung zu sein. Wenn es nach mir gegangen wäre, hätte ich mich sofort als neuer Schüler in das Internat eingeschrieben. Die Erwachsenen aber meinten, eine Entscheidung von dieser Tragweite müsse man überschlafen. Mein Vater sagte in unglaubwürdiger Strenge: «Wenn du erst einmal angemeldet bist, musst du wenigstens ein Schuljahr lang hierbleiben. Alles andere wäre unnötiger Aufwand und viel zu kompliziert.»

Valerie Wieland nickte, wobei ich ihrem Lächeln ansah, dass sie meinen Vater in diesem Moment nicht anders wahrnahm als ich.

«Du hast gesagt, du liest gerne.» Sie neigte sich in meine Richtung. «Hast du denn schon die Bibliothek gesehen?»

Ich schüttelte den Kopf.

«Na, komm. Ich zeig sie dir.» Sie stand auf und nahm mich bei der Hand. Die Berührung geschah ganz selbstverständlich, meine Finger glitten in ihre, und ich kam mir dabei gar nicht kindlich vor. Valerie Wieland ließ meine Hand auch nicht los, als wir durch einen langen Schulkorridor gingen.

«Was liest du denn gerne?»

«Poe», sagte ich, weil ich glaubte, damit den meisten Eindruck zu schinden.

«Cool. Gibt es eine Geschichte von ihm, die dir besonders gefällt?»

Mir fiel als Erstes «Der Untergang des Hauses Usher» ein, da ich die Geschichte noch frisch in Erinnerung hatte. Dann aber sagte ich, ohne weiter nachzudenken: «Das verräterische Herz.»

«Oh ja, die ist ganz großartig!» Valerie Wieland schien ernsthaft begeistert. «Was gefällt dir daran besonders?»

«Alles», sagte ich gedankenlos, dann fügte ich hinzu: «Dass man nicht weiß, wer der alte Mann eigentlich ist und warum er ihn umbringt.»

«Na, wegen des Auges», sagte Valerie. «Ich dachte, er bringt den alten Mann um, weil er sein Auge so hässlich findet.»

Ich schwieg kurz und wurde mir wieder der warmen Frauenhand bewusst, die sich immer noch mit meiner zu einem Fleisch verband.

«Aber deswegen bringt man doch niemanden um», sagte ich.

«Auch wenn du glaubst, dass dich das Auge eines Menschen verhexen kann?», fragte Valerie Wieland in einem ebenfalls vorsichtigen Tonfall.

«Ja, dann vielleicht», sagte ich. «Aber vor so etwas sollte ein erwachsener Mann doch keine Angst haben.»

«Wer sagt dir denn, dass der Mörder kein Jugendlicher ist?»

Ich fühlte mich verwirrt. Stillschweigend war ich davon ausgegangen, dass es sich bei dem Icherzähler wie beim Autor um einen Erwachsenen handelte.

«Und der alte Mann ist vielleicht der Vater», fügte Valerie Wieland hinzu.

Ich sagte nichts. Diese Deutung hatte mir die Sprache verschlagen. Wir stiegen eine Treppe hinauf, passierten einen weiteren Korridor und traten schließlich durch eine helle Holztür in einen hohen, großen Raum, in dessen Halbdunkel Regale voller Bücher standen, wie Riesen, die sich tot stellten. Mein Blick fiel durch das Spalier dieser Riesen und dann durch ein großes Fenster in das Zwielicht dort draußen. Valerie Wieland ließ meine Hand los und schaltete das Licht an. Das vom Fenster gerahmte Bild veränderte sich. Plötzlich wurde das Drinnen gespiegelt, vor allem der Schein der Lampen, deren weiße Schirme wie große umgedrehte Tulpenköpfe an langen, schwarzen Kabeln von der Decke hingen. Vor der gegenüberliegenden Fensterfront erkannte ich nun schlichte Holztische und -stühle, klösterlich strenge Studierplätze, die meine Phantasie entzündeten: Hier wollte ich sitzen und in alten Büchern lesen, während draußen vor dem Fenster die Flocken einer Winternacht wirbelten.

Ich spürte etwas in meinem Gesicht. Valerie Wieland hatte mit zwei Fingern die Lippen meines weit offen stehenden Mundes geschlossen. Dann schaltete sie das Licht wieder aus. Eine Weile standen wir dunkel und still wie die Riesen.

Ich schlief schlecht in dieser Nacht. Mein Lager in der Pension bestand aus einem durchgelegenen Beistellbett (ein Kindermöbel, eigentlich schon zu klein für mich). Im

Zimmer war es zu dunkel. Mein Vater roch nach Rauch. Draußen rief ein Käuzchen. Ich schwitzte. Mein Körper kribbelte vor Aufregung. In eine kaum auszuhaltende erwartungsfrohe Spannung mischte sich eine Ahnung von Furcht, wie ein ungebetener, unheimlicher Gast auf eine ausgelassene Feier.

In den Sommerferien, bevor ich auf die FSS wechselte, fuhr ich zum letzten Mal mit meinem Vater in den Urlaub. Wir hatten uns auf Mallorca geeinigt und darauf, dass Frau Schallmeyer nicht mitkommen sollte. In den Urlaubstagen bemerkte ich, dass sich mein Vater oder zumindest mein Blick auf ihn endgültig verändert hatte. Er erschien mir kleinlicher, weniger souverän, eigentlich überfordert von den einfachsten Dingen (Formulare beim Mietwagenservice ausfüllen, ein Restaurant aussuchen, sich in Palma zurechtfinden). Jeder Tag bestand aus Gereiztheiten, Phasen des Schweigens, Phasen der Annäherung, symbolischen Entschuldigungen und neuen Gereiztheiten. Wir benahmen uns wie ein Paar, das den Zenit seiner gemeinsamen Zeit längst hinter sich gelassen hatte.

Am vorletzten Tag besuchten wir eine Kunstgalerie im Nordosten der Insel. Es handelte sich um eine große weiße Villa in einem riesigen Garten an der Küste. Sie lag am Ende eines sehr langen Schotterwegs, über den mein Vater den kleinen Mietwagen angestrengt hatte holpern lassen. Die Anlage gehörte einem Künstlerpaar, das die zahlreichen Räume und den Garten mit eigenen und fremden Bildern, Statuen, Installationen und Design-Möbeln angefüllt hatte. Mein Vater und ich wurden von einer deutsch sprechenden Führerin durch die Sammlung geführt und gelangten am Ende in kühle, dunkle Räume, in denen sich Kinderdarstellungen aus früheren Jahrhunderten befanden. Wir schritten über schwarzen Marmor und betrachteten die Ölgemälde, die ausnahmslos Adelssprösslinge zeigten, wie uns die Frau erklärte. Man habe die Kinder sehr früh mit Hilfe dieser Bilder zur Heirat angeboten. Sie erläuterte uns verschiedene Symbole, Hunde, Affen oder Kreuze, die vermitteln sollten, dass es sich um besonders treue, kluge oder fromme Kinder handelte. Sie zeigte auf eine Halskette und sagte, das Schmuckstück sei ein Symbol für eine große Mitgift. In meinem Alter hatten viele der Abgebildeten ihr Elternhaus längst verlassen, lebten und lernten bei Verwandten, der Familie ihres Ehepartners oder in katholischen Internaten. Ich betrachtete interessiert die steifen Leiber und alten Gesichter.

Auf einem Bild sah ich drei Kinder, bei denen das Geschlecht nicht deutlich zu bestimmen war, und die Frau erklärte meinem Vater und mir, man habe Jungen aufgrund ihrer weitaus höheren Sterblichkeit in der frühen Neuzeit oft bis zum siebten Lebensjahr in Mädchenkleider gesteckt, um so Tod und Teufel zu überlisten.

Je länger ich die Bilder ansah und den Ausführungen der Museumsführerin lauschte, desto mehr fühlte ich mich von einer bisher unvertrauten Stimmung durchdrungen. Und als ich schließlich vor der Abbildung eines vielleicht dreizehnjährigen Mädchens stand, verdichtete sich diese Stimmung zu einem mein Innerstes zerwühlenden Wunsch. Ich wollte nicht von dem Bild weggehen: von diesen wunderschönen, klugen, neugierigen, in ihrem erwachten Selbstbewusstsein vielleicht auch ein wenig spöttisch schauenden braunen Augen einer Heranwachsenden namens Marie-Anne. Sie trug in der schlanken Hand einen Jagdbogen und schien geradewegs in mich hineinzublicken. Mir kam zum ersten

Mal die Einsicht, dass Bilder einen vergänglichen Moment für immer festhalten, über den Tod hinaus. Ich sah Marie-Anne und wollte zu ihr in das Bild steigen. Ich wollte kein sich wandelnder Mensch sein. Ich wollte kein verschrecktes Kind mehr sein und kein hässlicher Erwachsener werden. Ich wollte für immer bei ihr sein, auf ewig an der Seite ihrer Jugend und Schönheit erstarrt.

DRITTES KAPITEL

An einem Nachmittag im Spätsommer führte Frau Kastner meinen Vater und mich zu den «Eulen» im ersten Stock von «Haus 4». Wir trafen auf einige wenige Jugendliche und ihre Eltern oder Erzieher, grüßten artig und wurden in ein kleines Zweibettzimmer geführt.

«Soll ich dir beim Auspacken helfen?», fragte mein Vater, nachdem er eine von zwei Reisetaschen abgestellt hatte. Ich stand da und schüttelte den Kopf.

«Tja, dann ...», sagte er.

Ich nickte. Er kam zwei Schritte auf mich zu und klopfte mir mit der Hand auf den Oberarm: «Du schaffst das. Ruf mich an, wenn was ist.»

«Okay», sagte ich. Dann schloss sich die Tür, und ich hörte ihn den Flur hinuntergehen. Mein Blick fiel auf eine blaue Adidas-Reisetasche, die besitzergreifend auf dem oberen Teil des Etagenbettes stand. Von mir aus konnte der unbekannte Mitbewohner ruhig das obere Bett belegen. In meinen Augen bot das untere Bett mehr Vorteile. Schnell kam man hinein, schnell kam man hinaus, und im Stauraum unter dem Bettrahmen ließ sich beispielsweise ein Stock deponieren oder ein Vorrat an Lebensmitteln. Wenn auf dem Flur etwas Interessantes vor sich ginge, wäre ich lange vor dem Obenschläfer draußen, vielleicht unbemerkt, wenn ich mich leise genug verhielt. Zwar konnte mein Mitbewohner theoretisch zu mir hinabspähen und ich nicht zu ihm hinauf, aber dazu musste es entweder hell im Zimmer sein, oder er brauchte eine Taschenlampe. Auch musste er sich dafür entweder weit über den Rand beugen oder die Matratze anheben, was ihn nicht nur sofort verraten würde, sondern auch wenig nutzte, wenn ich mich genau in der Mitte meines Bettes positionierte.

All das überlegte ich mir, als ich die Reisetasche auf der oberen Matratze stehen sah und meine eigenen Sachen in einen der beiden Spinde räumte. Ich legte gerade meine Socken auf ein Ablagebrett des weißen Metallschranks, als die Zimmertür aufging und ein Junge mit den Worten «Servus, grüezi und hallo» hereinkam.

«Hallo», erwiderte ich wenig schlagfertig und wollte dem Neuankömmling die Hand geben. Er aber spazierte an mir vorbei und stieg die ersten Sprossen der Leiter hinauf, um seine Tasche zu holen.

«Ich heiße Tilman», sagte ich und kam mir ein wenig doof vor.

«Dominik», antwortete der Junge, ohne sich mir zuzuwenden. «Was hat dich hierher verschlagen?»

Ich wusste nicht, was ich auf diese altväterlich vorgetragene Frage antworten sollte. Ging es den Jungen überhaupt etwas an? Hatte man solche Fragen zu beantworten, um sich als ordentlicher Mitbewohner auszuweisen?

Dominik trug seine Tasche zu dem noch freien Spind, der gleich neben meinem stand. Während er seine Kleidung einzuräumen begann, legte ich mich auf die unbezogene Matratze und betrachtete abwechselnd die Unterseite des Bettes über mir und den fremden Jungen im Raum. Dominik hatte ungefähr meine Größe, trug jedoch auf einem ähnlich dürren Gestell eine sonderbare Fettschicht, die ihn speckig machte, ohne dass er deswegen prall, dick oder kräftig hätte genannt werden können. Er gehörte zur seltenen Gruppe der dicklichen Dünnen. Auf seiner Oberlippe stand dunkler Flaum. Die dunkelbraunen Haare trug er zum Zopf gebunden. Seine auffällige randlose Brille mit den dicken, runden Gläsern passte in meinen Augen nicht zu seiner schwarzen Jeans und dem schwarzen T-Shirt, auf dem ein vollmondbeleuchtetes Baum-Monster die Krallen ausstreckte (Band: Iron Maiden, Album: Fear of the Dark).

Nach einer Weile unangenehmen Schweigens sagte der fremde Junge: «Tja, willkommen an der FSS, der Freakschule Schwanhagen. Welche Art von Freak bist du?»

«Keine Ahnung», sagte ich. «Und du?»

«Ich bin einfach nur sehr, sehr intelligent und auf einem alternativen Internat besser aufgehoben. An den Regelschulen regiert das Mittelmaß.» Es klang wie auswendig gelernt. Der Tonfall des Jungen brachte mich gegen ihn auf. Ich verschränkte die Arme hinter dem Kopf und sagte: «Deine Eltern sind bestimmt traurig, dass ihr kluger Sohn jetzt nicht mehr bei ihnen wohnen kann.»

«Sind deine etwa nicht traurig?», gab Dominik zurück.

«Doch», sagte ich, «klar».

«Also: Weswegen bist du hier?» Ich meinte etwas Lauerndes aus seinem Tonfall herauszuhören. Die Frage überforderte mich. Die ganze Situation überforderte mich. Der Gedanke, mit diesem Jungen nicht nur heute Nacht in einem Zimmer zu schlafen, sondern auch all die Nächte, die da noch kommen sollten, presste mir die Brust und den Magen zusammen.

«Du bist nicht so der gesprächige Typ, was?» Dominik wartete keine Antwort ab. «Auch gut. Ist mir egal, solange du dich hier an meine Regeln hältst.»

Ich nickte. Kurz darauf folgte ich ihm zum Abendessen in den Speisesaal. Dabei war ich mir auf peinliche Weise meiner selbst bewusst: ein dünner, auf mädchenhafte Weise hübscher Junge mit blonden Haaren und zarten Wimpern, der unsicher einem Typen mit Brille hinterherlief, weil er nicht wusste, was er sonst hätte tun sollen. Auf dem Weg kamen uns im Flur des Neubaus zwei andere Schüler entgegen, begrüßten meinen Zimmergenossen mit klatschendem Handschlag und nannten ihn «Oertel». Mich musterten sie mit freundlicher Neugier, dann gingen sie mit großen, schnellen Schritten weiter.

Der Speisesaal lag im Erdgeschoss des schlossartigen Hauptgebäudes. Als wir eintraten, fiel das rötliche Licht der sommerlichen Abendsonne durch eine große Fensterfornt. Aus dem unangenehmen Vielklang von Stimmen, über den Boden gezogenen Stühlen sowie klappernden Tabletts und Bestecken stachen spitze Schreie, schrille Lacher oder laute Rufe heraus. Während ich mich mit Dominik an der Essensausgabe einreihte, sah ich immer wieder Jugendliche, die sich kreischend um den Hals fielen (die Mädchen), auf die Schulter boxten (die Jungen) oder sich fröhlich anschrien. Auch «Oertel» wurde noch zweimal begrüßt.

Mich sah man an. Inmitten all der Wiedersehensfreude und erwartungsfrohen Ausgelassenheit fühlte ich mich fremd. Von einer Sekunde auf die andere wurde mir bewusst, dass ich hier niemanden kannte und niemand mich, dass ich ein Niemand war. In diesem Moment machte mein Herz einen Sprung: Ein Mädchen mit langen schwarzen Haaren stand mit einem Tablett in der Hand da und sah sich um. Sie trug ein dunkelrotes T-Shirt, das durch die schwarzen Haare besonders rot wirkte. Das Mädchen hielt Ausschau – mit einer Ruhe, die in völligem Gegensatz stand zu dem überdrehten Treiben rings um uns herum. Ihr Blick wanderte ausdruckslos über die Tische und fiel schließlich auf die Schlange, in der ich stand. Ich konnte nicht anders, als sie anzustarren. Für einen Moment schaute sie mir direkt in die Augen. Dann wanderte ihr Blick weiter. Aber ich wusste, dass sie mich wahrgenommen hatte, wenn auch nur wie einen neuen Gegenstand in einem vertrauten Zimmer.

Ich wählte irgendein Essen aus und ließ mir von einer ungesund aussehenden Frau in schmutzig weißem Kittel einen Teller mit Sülze und Bratkartoffeln geben. Dominik Oertel stieß mich in die Seite, damit ich nicht vergaß, mir Nachtisch zu nehmen. Ich griff die Quarkspeise von der Ablage neben der Theke und folgte meinem Zimmergenossen. Kurz darauf fand ich mich in einer Gruppe wieder, stellte mich vor, erfuhr Namen, die ich sofort wieder vergaß, und schaute mich immer wieder um, ohne die Schwarzhaarige noch einmal zu Gesicht zu bekommen.

In der Nacht lag ich auf meiner Matratze, hellwach. Die Bettwäsche fühlte sich seltsam an und roch fremdartig, so wie das ganze Zimmer einen leicht sauren Geruch verströmte, den ich in meiner Phantasie mit Dominik Oertel verknüpfte. Dominik Oertel – der Name schien die wortgewordene Essenz des Namensträgers, mit seinem ins Auge springenden Kontrast zwischen dem herrischen «Dominik» und dem nach eingeschlafenen Füßen, Genöle und Bettnässerei klingenden Nachnamen.

Ich dachte an das Mädchen im roten T-Shirt. Ich sah sie genau vor mir, rückte ihr Gesicht näher an mich heran, ihre wilden, ruhigen Schlittenhund-Augen. Ich fragte mich, was sie von Oertel halten würde und was sie über mich dächte, wenn sie wüsste, dass ich mit ihm ein Zimmer teilte. Und ganz unabhängig von Oertel: Was würde sie von mir halten, einem Menschen, der sich zwar nicht normal fühlte, der aber vermutlich ängstlich und einschläfernd langweilig wirkte? Mir kam ein tröstlicher Gedanke: Niemand hier kannte mich. Ich konnte ganz von vorne anfangen. Ich konnte jemand anders sein. Ich wusste nur noch nicht, wer.

Die größte Veränderung in meinem Leben ist wahrscheinlich meine Geburt gewesen: raus aus der schwebenden Dunkelheit und nährenden Wärme einer Mutter-Kind-Verwachsung und hinein in eine grelle Welt des Kampfes, für immer abgeschnitten. Die zweitgrößte Veränderung geschah, als ich Schüler der FSS wurde. Ein Teil von mir kehrte dort wieder zurück in jene vorgeburtliche Schwärze, in jene zyklische, mit etwas Größerem verwobene Existenz, während ein anderer Teil sich der von allen und allem trennenden Konturen der eigenen Person bewusster wurde als je zuvor. An der FSS wurde mir klar, wie viele Stunden ich bisher für mich verbracht hatte, noch dazu in einem großen Haus, voller stiller Räume, in denen ich tun und lassen konnte, was ich wollte. Im Internat bestand mein Leben plötzlich aus zahlreichen enggetakteten Terminen, die den Tag vom

Wecken um 6.45 Uhr bis zum «Zapfenstreich» um 21.30 Uhr strukturierten und fast immer mit anderen Menschen zu tun hatten. Ich stand mit anderen auf, wartete mit anderen vor den Waschräumen, frühstückte mit anderen, saß mit anderen im Klassenzimmer, nahm mit ihnen das Mittagessen ein, leistete zusammen mit anderen Putzdienst, lernte, sang und spielte mit ihnen und teilte mir mit einem Unbekannten ein Zimmer.

Neben der zeitlichen Struktur existierte eine räumliche. Zwar ist es gut möglich, dass ich auch vor dem Besuch der FSS im Laufe einer Woche nur eine recht überschaubare Anzahl an Orten in einem weitgehend vorgegebenen Rhythmus aufgesucht hatte, aber erst im Internat kam es mir so vor, als bewegte ich mich auf den immer gleichen Wegen durch eine Kulisse von wenigen hundert Quadratmetern Umfang, wie eine Maus unter vielen in einem hübsch gestalteten Labyrinth, in dem es an der einen Stelle Futter, an anderen Stellen Übungsplätze und schließlich in einem Winkel einen Schlafplatz gibt. Der Versuch, mich in die Taktung der Zeit und das repetitive Arrangement der Räume einzufügen, band meine Aufmerksamkeit derart, dass ich zunächst gar nicht dazu kam, Heimweh zu empfinden. Ich stand, saß, lag oder ging nie weiter als wenige Meter von anderen Menschen entfernt und vermisste weder meine früheren Klassenkameraden noch die Spielgefährten aus der Straße, noch meinen Vater, noch mich selbst in Rodenkirchen.

Die Schülerschaft der FSS teilte sich in zehn sogenannte Familien, die jeweils zwischen sieben und zwölf, in einem Falle auch dreizehn Schüler umfassten. Zu jeder Familie gehörten zwei erwachsene Erzieher, oft ein Mann und eine Frau, und jede Familie trug einen Namen und hatte ein Tier als Maskottchen. So gab es die «Birkenfamilie», geleitet von

Anneke Berkenwoude und Daniel Blaurock, die sich einen Schmetterling (vielleicht einen Birkenspinner?) zum Wappentier erkoren hatten. Es gab die «Hexenfamilie», assoziativ benannt nach der Erzieherin Gretel Gonzales, die gemeinsam mit Thien Siau Peng (die beiden Frauen hießen wirklich so) elf Kinder unter dem Zeichen einer Katze betreute. Wappentier und Name schienen zu verpflichten: Die «Hexenfamilie» galt als ein bisschen wild und somit natürlich als cool. Das konnte man von der «Bayernfamilie» nicht behaupten. Meist wurde diese Wohngemeinschaft kurz «die Bayern» genannt. Den Namen verdankte sie dem Umstand, dass die Betreuung in den Händen eines von dort stammenden Ehepaares (Josef und Veronika Gmeiner) lag, dessen Spießigkeit auf die acht Schülerinnen und Schüler abfärbte, zumindest, was den Ruf betraf. Der Löwe als Wappentier half da wenig. Besser, man beschied sich mit einem Igel und gehörte dafür zu den dreizehn Kindern der «Großfamilie», von deren Erziehern Petra Groß und Francis Bartel es hieß, sie seien sehr nett, sehr lässig und ein bisschen sonderbar.

Eine rundum freie Wahl gab es für mich als Neuling nicht. Angeblich aufgrund von Kapazitäten stand mir offen, entweder Mitglied der bescheuert benannten «Hubsifamilie» (Delfin) zu werden oder bei der «Eulenfamilie» unterzukommen, deren Name auf die Brillengestelle der Erzieher Frank Gabriel und Stefanie Brunshagen zurückging. Frau Brunshagen erschien mir auf nichtssagende Weise verlässlich und verantwortungsbewusst; ernst, aber nicht unfreundlich – eine Erziehungsberechtigte, mit der man nicht viel falsch machen konnte, solange man sich nichts Besonderes versprach. Frank Gabriel brachte etwas mehr Glamour mit sich. Viele himmelten ihn an, nicht nur die Mädchen. Er war groß, schlaksig, hatte braune Locken («Wuschellocken», sagten manche Mädchen, einige nannte ihn kichernd «Curly Wurly»), blaue Augen, Grübchen beim Lächeln und wirkte ein wenig schüchtern und gleichzeitig verschmitzt. Ich fand ihn vor allen Dingen nett, und nachdem es bei den Wielands (Wappentier Salamander) keinen Platz mehr gab, sagte ich auf Frank Gabriels Frage, ob ich nicht noch bei den Eulen mitflattern wollte, ohne großes Nachdenken zu.

Mein Unterricht an der neuen Schule begann mit der Epoche antikes Griechenland. Epochenunterricht bedeutete, dass wir über mehrere Wochen jeden Morgen zunächst einmal zwei Schulstunden zum gleichen Thema (in diesem Falle eben zur griechischen Antike) beim gleichen Lehrer (in diesem Falle Frank Gabriel) besuchten. Auch in den meisten anderen Fächern des Tages ging es in den Epochenphasen um das Oberthema. In Mathematik behandelten wir beispielsweise den Satz des Pythagoras, den Satz des Thales und ein paar Grundbegriffe der Geometrie, die von dem «antiken Griechen» Euklid stammten. Im Deutschunterricht brachte uns Francis Bartel mit atemberaubender Schnoddrigkeit ein paar Werke näher, in denen die griechische Antike eine Rolle spielte. Dabei musste sich nicht jeder Schüler mit den gleichen Büchern beschäftigen, man konnte sich je nach Neigung und Auffassungsgabe etwas aussuchen. Viele blätterten in für Kinder und Jugendliche gemachten Bänden mit den «schönsten» griechischen Sagen. Andere befassten sich mit den sprachlich etwas weniger schlichten Sagen-Nacherzählungen Gustav Schwabs. Einige wenige Schüler, vermutlich Mitglieder der FSS-Theatergilde, lasen mit verteilten Rollen Passagen aus Goethes «Iphigenie auf Tauris». Außerdem gab es zwei Schülerinnen, die der Aufgabe nachgingen, ein Register sämtlicher Personen anzulegen, die in Christa Wolfs Erzählung «Kassandra» vorkamen.

In den Epochenstunden am Vormittag kamen Schüler aller Klassen zusammen, und ganz gleich, ob die einen von uns «Hyperion» lasen und die anderen währenddessen trojanische Pferde aus Lego bauten oder Zeus und seine Blitze malten – wir lernten in diesen zwei Stunden gemeinsam, wobei das Lernen oft einem Spielen glich. Ich erinnere mich noch deutlich an meine ersten Unterrichtsstunden. Frank Gabriel hieß mich und etwa 25 andere Jugendliche an einem Montag im August 1992 freundlich willkommen, bevor er kurz das Konzept des Epochenunterrichts erklärte. Dann fragte er uns, was wir unter dem Begriff «antikes Griechenland» verstünden, und sammelte Stichworte an der Tafel: «Männer mit langen Bärten», «der Trojanische Krieg», «Alle tragen weiße Gewänder», «Athen», «Olympische Spiele», «Philosophen», «Homer», «die Spartaner», «Demokratie», «das Orakel von Delphi» und «die Schlacht von Marathon». Danach durften wir abstimmen, mit welchem Begriff wir uns heute beschäftigen wollten, und das Orakel von Delphi gewann knapp vor der Schlacht von Marathon und den Olympischen Spielen. Das alles ging ohne Reibereien vonstatten. Die Schüler zeigten sich viel ruhiger und interessierter, als ich es aus meiner ehemaligen Schule kannte. Es gab nicht diesen stetig schwelenden und immer wieder einmal offen ausbrechenden Konflikt zwischen einem Teil der Schülerschaft und dem Lehrer, was vermutlich auch daran lag, dass man jederzeit und ohne aufzeigen zu müssen, die Klasse verlassen konnte, wenn man Lust hatte, draußen herumzutoben oder am Kiosk einen Schokoriegel zu kaufen. Diese erste Doppelstunde ging damit weiter, dass sich ein Freiwilliger für den Posten der Pythia melden sollte. Mehrere Kinder zeigten auf. Herr Gabriel wählte ein pausbäckiges Mädchen mit Pferdeschwanz aus, das mich an eine Schale Wackelpudding erinnerte: eine erfreulich geheimnislose Erscheinung.

«Moni, such dir doch bitte noch zwei Priesterinnen oder Priester aus, die dir assistieren», sagte Herr Gabriel in einem Tonfall, als würde gleich etwas Großartiges geschehen. Moni kicherte und zeigte auf zwei Mädchen, bei denen es sich vermutlich um ihre Freundinnen handelte.

«So», sagte Herr Gabriel. «Du nimmst jetzt hier vorne auf dem Tisch als Pythia Platz, und die Priesterinnen reichen dir heiliges Quellwasser und ein Lorbeerblatt. Und da stehen die Schalen mit den weißen und mit den schwarzen Bohnen. Ihr anderen kommt jetzt bitte nach vorne.»

Die Kinder standen auf und versammelten sich um den Tisch, auf dem die pummelige Pythia im Schneidersitz Platz genommen hatte.

«Ihr dürft nun zwei Fragen stellen», sagte Herr Gabriel. «Die eine Frage muss mit Ja oder Nein zu beantworten sein. Das nennt sich Binärorakel. Die zweite Frage soll so gestellt sein, dass man sie eben nicht mit Ja oder Nein beantworten kann. Das sind die W-Fragen: wann, wo, wer, wie, warum? Solche durften damals nur die reicheren Menschen dem Orakel stellen. Wenn ihr das nicht verstanden habt – macht nichts. Ihr seht es dann gleich bei denen, die es verstanden haben.»

«Sollen wir das Licht ausmachen?», fragte ein blasses, rothaariges Mädchen mit Sommersprossen, das ich später als Julia Wuttke kennenlernen sollte. «Für die Stimmung?»

«Au ja», rief ein dünner Junge, der fast in seinem Kapuzenpullover verschwand. «Und mit Kerzen.»

«Okay, Licht aus!», sagte Herr Gabriel. «Kerzen haben wir nicht. Die müsst ihr euch dazudenken.»

Die Pythia bekam von ihren Priesterinnen ein Lorbeerblatt gereicht und kaute darauf herum, dann nahm sie einen Schluck «heiliges Quellwasser» aus einem Glas, das ihr eines der Mädchen sehr andächtig hinhielt. Schließlich trat der erste Schüler vor – der Junge, der gerne Kerzen gehabt hätte. Er fragte: «Werde ich später eine Schlange haben?»

Die Pythia mühte sich, ernst und versunken dreinzuschauen. Sie fingerte in den beiden Bohnenschalen und reichte dem Fragenden schließlich eine schwarze Bohne: nein.

Der Junge wirkte nicht übermäßig enttäuscht und stellte gleich die nächste Frage: «Wann endet der Krieg?»

Die Pythia kehrte ihren Blick nach innen. Eine der beiden Priesterinnen kicherte und riss damit auch das Orakel aus der Versenkung. Die Pythia fing sich jedoch schnell wieder und sagte in gespieltem Ernst: «Niemals!»

«Okay», sagte der Junge kleinlaut und trat zurück, um den Weg für andere freizugeben.

Es folgten Fragen über weitere Haustiere und über Fußballerkarrieren. Dann wurde die Pythia ausgewechselt, und Dominik Oertel nahm auf dem zum Tisch angeschwollenen Dreifuß Platz.

«Wird mir heute Mittag das Essen schmecken?», fragte das ehemalige Orakel Moni mit kaum gezügelter Albernheit. Oertel reichte emotionslos eine weiße Bohne.

«Welchen Beruf werde ich später haben?»

«Pflegerin verrückter Menschen», sagte Oertel, und ein paar Kinder lachten.

Es fiel mir zunehmend schwerer, mich auf die Fragen der anderen und die Antworten des Orakels zu konzentrieren. Zum einen, weil ich darüber nachdachte, was ich selbst fragen sollte, zum anderen, weil mich quer durch den Raum ein Asiate mit hohen Wangenknochen und vollen Lippen gleichzeitig interessiert und abschätzig musterte. Er strahlte eine arrogante Zurückhaltung aus, die mir den Spaß trübte. Vielleicht benahmen wir uns ja unter Herrn Gabriels Anleitung wirklich wie Kinder. Der Asiate wirkte größer und älter und machte mich mit seinen Blicken nervös.

Schließlich trat ein dünnes und blasses Mädchen mit strohblondem Pottschnitt vor. Mit sehr leiser Stimme fragte sie: «Wird es mir bald gutgehen?»

Oertel schien seine Machtposition zu genießen. Nach langem Hin und Her gab er der Fragenden eine schwarze Bohne. Das Mädchen zeigte sich von dem Urteil sichtlich niedergedrückt. Ihre Stimme wurde noch leiser, als sie zu ihrer zweiten Frage ansetzte. Weil niemand sie verstehen konnte, ermunterte Herr Gabriel die Schülerin, etwas lauter zu sprechen. Das spindeldürre Mädchen stand mit hochgezogenen Schultern da.

«Du musst keine weiteren Fragen stellen», sagte Herr Gabriel, aber die Schülerin schien ihn gar nicht zu hören. Plötzlich hob sie den Kopf, richtete ihren Blick auf den Pythia-Darsteller und fragte, ohne auf ihren vorbereiteten Zettel zu schauen: «Wie wird mein Leben in Zukunft sein?»

Dominiks Blick wanderte von dem Mädchen zu Herrn Gabriel, zu mir und zurück zu dem Mädchen. Dann sagte er mit netter Stimme: «Du wirst ein sehr gutes Leben haben.»

«Tatsächlich?», meldete sich plötzlich der Asiate.

«Was findest du denn daran seltsam, Yukio?», fragte Herr Gabriel, aber der Junge schüttelte nur leicht den Kopf und murmelte: «Ach nichts.» Die entspannte Stimmung hatte sich eingetrübt, und ich war froh, dass ich an diesem Vormittag gar nicht mehr an die Reihe kam, weder als Fragender noch als Orakel.

Am Nachmittag ging ich nicht bei der «Strandwanderung für Neulinge» mit, zu der mich Frank Gabriel eingeladen hatte. Stattdessen lag ich erschöpft auf dem Bett und konnte mich nicht dazu aufraffen, meinen Discman aus dem Spind zu holen, als Oertel, ohne anzuklopfen, in unser Zimmer platzte. Er sah aus dem Fenster und sagte: «Tilly Schmalz ist voll Panne.» Obwohl ich mich nicht unmittelbar angesprochen fühlte, fragte ich: «Wer ist Tilly Schmalz?»

«Na, die Dürre mit der Piepsstimme.» Oertel äffte das Mädchen nach: «Werde ich bald ein gutes Leben haben?»

«Wird es mir bald gutgehen», sagte ich. «Das hat sie gefragt.»

«Ja. Und dann irgendwas mit ihrem Leben.»

«Na und?»

«Ich meine, wer heißt denn bitte Tilly Schmalz? Und dann guckt sie immer auf den Boden und redet so nervtötend leise. Und jeden Scheiß nimmt sie ernst. Ich meine, das war doch nur ein Spiel. Oder glaubst du etwa an Orakel?»

«Was weißt du über sie?», überging ich seine Frage.

«Oh, wie pädagogisch. Urteile über niemanden, wenn du nicht einen Monat lang in seinen Mokassins gelaufen bist ...»

«Ich will bloß wissen, wer sie ist und in welcher Familie sie wohnt.»

«In welcher wohl? In der gleichen, in der auch Yes wohnt.»

«Wer?»

«Yukio. Sie nennen ihn manchmal Yes. Superwitzig, oder?»

Ich antwortete nicht. «Bei den Wielands natürlich», sagte Oertel, mit gespielter Empörung in der Stimme. «Bei den schweren Fällen.» Ich richtete mich im Bett auf. Irgendwie fühlte ich mich durch Oertels Ablehnung der Wielands persönlich angegriffen.

«Was hast du denn gegen die Wielandfamilie?», fragte ich.

«Die halten sich für was Besseres, dabei sind sie einfach nur Freaks.»

«Hmm», machte ich. Gestern hatte Oertel noch *alle* Schüler der FSS als Freaks bezeichnet. Mein Mitbewohner kletterte die Leiter zu seinem Bett hoch, und kurz darauf hörte ich seine Stimme von oben: «Das hat der Wieland selbst gesagt. Sie nehmen die Schüler, bei denen die anderen nicht weiterwissen.»

«Was stimmt denn zum Beispiel mit Yukio nicht?»

«Der? Der ist doch zu arrogant, um ‹Hallo› zu sagen. Seine Eltern sind irgendwelche Superreichen. Künstler oder Diplomaten, auf jeden Fall Leute, die in der Welt rumreisen und ihren Erziehungsfehler hier abgeben. Und sein bester Freund ist so ein verhaltensgestörter Typ, den die Wielands aus einem Kinderheim geholt haben. Vor dem würde ich mich mal echt in Acht nehmen. Der hat schon mehr als einen zusammengeschlagen.»

«Wer?»

«Ronny», sagte Oertel mehr zu sich selbst. Ich wollte wissen, wer noch mit den Wielands zusammenwohnte, und Oertel erzählte bereitwillig und mit einer ähnlichen Mischung aus Ablehnung und Bewunderung von «den Echterhoff-Geschwistern», deren Eltern vor einem Jahr bei einem Autounfall ums Leben gekommen waren. Oertel zufolge hatte es sich natürlich keineswegs um normale Eltern gehandelt, sondern um Musiker, wobei er das Wort auf eine Weise betonte, in der all das Halbseidene des Berufsstandes mitschwingen sollte.

«Die sind ja nicht einfach so in die Schlucht gebrettert»,

sagte er. «Wenn du mich fragst: Die waren bis obenhin vollgepumpt mit Drogen.»

«Dafür können aber doch die Kinder nichts», antwortete ich.

«Jaja. Die beiden sind einfach nicht ganz richtig im Kopf. Luis sagt so gut wie gar nichts, und Luna redet pausenlos. Außerdem ist sie eine Schlampe», sagte Oertel. Ich wusste nicht genau, was er damit meinte, aber seine Schmähungen steigerten mein Interesse an der Wielandfamilie.

«Hast du schon die mit dem Pizza-Gesicht gesehen?», fragte Oertel, der nun ins Reden gekommen war. Genüsslich erzählte er mir von der heftigen Akne, die das Gesicht von Nadja von der Grün überzog. Ihren Nachnamen sprach er absichtsvoll affektiert aus, erzählte dann von ihrem Vater, der angeblich als Offizier im Ausland arbeitete, und meinte schließlich, Nadja würde später bestimmt selbst Soldatin. Sie benehme sich wie ein Junge.

«Was heißt das?», fragte ich.

«Die lacht wie ein Maschinengewehr und hat mir mal auf den Hintern gehauen.»

«Wieso hat sie dir auf den Hintern gehauen?», fragte ich.

«Was weiß ich», sagte Oertel gereizt. «Die ist voll gestört. Aber noch unheimlicher finde ich Ella.» Er machte eine theatralische Pause.

«Wieso? Was ist mit der?», fragte ich und gönnte Oertel seinen kleinen Triumph.

«Tja, wo fange ich da an?» Er schnalzte mit der Zunge. «Wenn du eine siehst, die aussieht wie Schneewittchen – das ist Ella Winter. Aber verknall dich bloß nicht in die. Guck dir vorher mal genau die Augen an.»

«Was ist denn mit den Augen?»

«Da läuft es dir kalt den Rücken runter.»

«Wieso?»

«Frag nicht, schau sie dir einfach an. Ich denke, die könnte jemanden töten, einfach so.» Von oben erklang ein Geräusch, als ob Oertel mit zwei Fingern geschnippt hätte. Für ein paar Momente fühlte ich mich zu aufgeregt, um eine weitere Frage zu stellen. Ich hegte keinen Zweifel daran, dass es sich bei Ella Winter um das Mädchen mit dem roten T-Shirt handelte. Oertel nutzte mein Schweigen, um sich vergnügt weiter zu empören: «Ich habe gehört, ihre Eltern sind bei einer Sekte gelandet. Und die Tochter haben sie einfach zurückgelassen. So, ich geh jetzt essen.»

Da mir nichts Besseres einfiel, folgte ich Oertel in den Speisesaal, aß diesmal Butterbrot mit Spiegelei, trank Hagebuttentee und hielt Ausschau nach Ella. Auf irgendeine Weise schaffte sie es auch in den kommenden Tagen, immer wieder nicht dort zu sein, wo ich mich gerade befand. Ich sah sie vielleicht einmal aus der Ferne über den Schulplatz gehen oder den Speisesaal genau dann verlassen, wenn ich ihn betrat. Aber gemeinsamen Unterricht hatten wir in den ersten Wochen kein einziges Mal. Stattdessen fand ich mich ständig mit Oertel und Julia Wuttke in einem Klassenzimmer. Julia entpuppte sich als das Mädchen, mit dem Frau Schallmeyer Werbung für die FSS gemacht hatte. Ich fand sie auf eine unspektakuläre Weise nett und hatte trotz Oertel nichts dagegen, dass wir zu dritt die «Hyperion-Gruppe» bildeten. Vielleicht stimmte ich auch zu, weil es mir schmeichelte, dass Herr Bartel das Buch als «kompliziert» und «abgefahren» darstellte, mich aber für «fit» genug hielt. Ich behaupte nicht, damals besonders viel von dem eigenwilligen Briefroman verstanden zu haben, aber die Sprache und die Götter und Helden und das tiefe Leiden, das immer wieder aus den Zeilen sprach, nahmen mich für das Buch ein. Herr Bartel erwartete auch gar nicht, dass wir alles ganz genau lasen und jedes Wort begriffen. Und ihm war nicht daran gelegen zu erklären, was wir nicht verstanden.

Im Laufe der Zeit merkte ich, dass es die anderen Lehrer ähnlich hielten. Ich erlebte den Unterricht an der FSS als wesentlich flexibler, aber auch undurchsichtiger, als ich es bisher kennengelernt hatte. Vorher lief das Lernen wie auf Schienen, und diese Schienen führten zu einer Prüfung, an deren Ende feststand, ob man genug Kenntnisse erworben hatte oder nicht. An der FSS glich das Lernen einem Spaziergang in freier Natur, bei dem einem niemand sagte, wohin man zu gehen hatte. Man konnte nach einer Wanderkarte fragen oder darum bitten, einen Weg gezeigt zu bekommen, aber letztlich blieb der Eindruck, dass es eine Unzahl von möglichen Pfaden durchs Gelände gab, und von diesen Pfaden galt keiner an sich als besser oder schlechter, sondern höchstens als für den einzelnen Wanderer mehr oder weniger geeignet. Aufgrund dieses Zugangs zum Lernen gab es auch keine kontinuierliche Steigerung des Niveaus. Die Spaziergänge fingen nicht leicht an und wurden dann immer schwerer. Vielmehr ging es je nach eigener Auswahl immer wieder einmal steil bergauf oder talwärts, sodass man sich beizeiten vorkam, als wechsle man innerhalb weniger Stunden von der Oberstufe an den Kindergarten. Gerade noch hatte man gescheit wie die Erwachsenen dahergeredet, da spielte man auch schon giggelnd «Der Plumpsack geht um». Mich störten diese Wechsel nicht im Geringsten, sie kamen den verschiedenen Seiten meines heranwachsenden Charakters vielmehr entgegen, und ich glaube, dass es viele andere ganz ähnlich erlebten.

Die Freie Schule Schwanhagen bildete ein eigenes Dorf,

ein fast autarkes System, das zwar Lebensmittel und andere Waren importieren musste, dessen Struktur aber alles bereithielt, was eine Gemeinschaft benötigte: einen Kiosk mit Pausensnacks, Duschen und Waschmaschinen im Keller der Neubauten, eine Krankenstation im Erdgeschoss von «Haus 1». Im alten Gutshaus gab es eine Schlosserei, ein Chemie- und ein Fotolabor, eine Schreinerwerkstatt, einen Raum, in dem Elektrotechnik, einen anderen, in dem Design gelehrt wurde. Zur Anlage gehörten außerdem zwei Fußballplätze, drei Münztelefone, ein Süßigkeiten- und zwei Getränkeautomaten, ein Musik- und ein Entspannungsraum, mehrere Aufenthaltsräume für die Schüler, zwei davon mit Fernsehapparaten, eine Sternwarte, die man im Beisein eines Erwachsenen betreten durfte, ein Partykeller, ein Abstellraum für Fahrräder, eine Kantine samt Küche, sowie eine Aula für Theateraufführungen, Konzerte und Ansprachen.

In dieser Aula versammelten sich alle FSSler drei Tage nach meiner Ankunft an der Ostsee. Gemäß der Tradition begrüßte nun der Schulleiter die Schüler und Lehrer und läutete das neue Schuljahr ein.

Ich saß mit anderen aus der Eulenfamilie ziemlich in der Mitte des großen Raumes zwischen Moni und dem Mittelgang und drehte mich in der lärmenden Menge nach allen Seiten um. Irgendwo unter den Anwesenden musste sich Ella befinden. Als ich meinen Hals so verrenkte, dass ich bis zur hinteren Wand des Raumes blicken konnte, sah ich dort ein paar freie Plätze nebeneinander und fragte mich, warum niemand sie besetzte. Ich drehte mein Gesicht wieder nach vorne und sah Salvador und Valerie Wieland den Raum betreten. Sie wirkten in ihrer sommerlichen Garderobe und mit ihrem lässigen Gang, als kämen sie gerade von einem langen gleichermaßen erholsamen und inspirierenden Urlaub. Hinter dem Paar ging ein großer Typ – Typ, nicht Junge – mit schwarzer, dichter Lockenmähne. Er trug einen schwarzen Trenchcoat – ein Anblick, der mir vermutlich kurz den Mund offenstehen ließ. An seiner Seite bewegte sich mit atemberaubender Selbstsicherheit eine ebenfalls großgewachsene Person, die ich für mich nicht Mädchen nennen konnte, da ich sie dadurch mit Moni oder Julia in eine Kategorie gesteckt hätte. Tatsächlich aber war dieses Wesen mit den glatten rotblonden Haaren und dem geschmeidigen, die eigene Hüfte genießenden Gang nicht mit anderen Schülerinnen zu vergleichen. Sie trug Jeans und ein ärmelloses schwarzes Oberteil, das ihre gebräunten Schultern sichtbar machte. Hinter ihr und dem Trenchcoatträger ging leicht vornübergebeugt ein schlaksiger, braunhaariger Junge, der in seinem weißen Hemd zur schwarzen Hose wie ein Konfirmand wirkte. An seiner Seite kam ein gutgelaunter Yukio in die Aula: Jeans, T-Shirt mit englischer Aufschrift und Baseballkappe – der Sportliche aus einem amerikanischen Collegefilm. Als Nächstes folgte in dieser Prozession Nadja von der Grün. Ich erkannte sie nicht anhand ihres Gesichts, sondern weil ich plötzlich ein Lachen hörte, mit dessen Klang man tatsächlich ein feuerndes Maschinengewehr assoziieren konnte. Sie trug Tarnhose und ein schwarzes Hemd, von dem sie den unteren Teil der Ärmel abgerissen hatte. Ihre Haare hatte sie millimeterkurz rasiert. Dann sah ich Ella Winter.

Sie ging neben Nadja. Ein Lächeln erhellte ihr Gesicht. Sie strahlte schlau und schön wie Marie-Anne auf dem Bild in der Mallorquiner Villa. Ich fühlte mich gleichzeitig wach, aufgeregt und wie weggetreten, sah aber aus dem Augenwinkel noch, wie Tilly Schmalz der Gruppe in weißer Stoffhose, gelbem T-Shirt und Sandalen folgte. Während Salvador und

Valerie Wieland die Bühne der Aula betraten, schlug der restliche Tross den Weg durch den Mittelgang ein, und ich konnte nicht anders, als Ella anzustarren. Als sie nur noch wenige Schritte von mir entfernt war, sah sie mir geradewegs in die Augen, mit einem Blick, in dem sich Aggression und Amüsement mischten.

«Was glotzt du so?», fragte sie. Ein paar Schüler drehten sich nach uns um. Ich stand regungslos da, sah Ella weiterhin in die jetzt tatsächlich unheimlichen Augen und hatte in mir keinen Platz für Schamgefühle.

Ella ging weiter. Meine Gedanken rasten. Auf Salvadors Rede konnte ich mich nicht konzentrieren. Nach ein paar Sekunden kam es mir so vor, als brenne Ellas Blick in meinem Rücken. Es kostete mich Mühe, mich nicht nach ihr umzudrehen. Monis intensive Gegenwart, ihr Atmen, Kaugummischmatzen und Achselschweißgeruch, störte mich sehr. Plötzlich lachten alle, und ich hatte nicht mitbekommen, worüber. Dann hörte ich Salvador Wieland sagen: «Hier sollt ihr alles tun, was ihr wollt. Was ihr wirklich wollt. Das heißt nicht, dass an der FSS keine Regeln gelten. Aber wenn euer Wille stärker ist als die Angst vor den Konsequenzen – brecht die Regeln. Findet heraus, wer ihr seid. Für das *Leben* lernen wir.» Während dieser Worte wanderte sein Blick über die Zuhörer und ruhte plötzlich auf mir. Ich spürte es: Er meinte mich. Er erkannte mich.

VIERTES KAPITEL

Am Gymnasium in Köln-Rodenkirchen war es mir vorgekommen, als habe der Unterricht von Tag zu Tag weniger mit mir zu tun. An der FSS dagegen schien es in manchen Schulstunden um mich persönlich zu gehen. So sprach Anneke Berkenwoude, eine zierliche Lehrerin, die nichts aus der Ruhe bringen konnte, mit uns über das Schicksalsverständnis in einem räumlich und zeitlich entrückten Griechenland, und je länger wir darüber diskutierten, desto mehr sah ich meine ureigenen Fragen verhandelt. Frau Berkenwoude fragte uns, ob wir unser Schicksal selbst bestimmten oder ob es unserere Meinung nach festgelegt sei. Niemand in der Klasse hielt sein Schicksal für vorbestimmt. Dann erzählte sie uns von dem blinden Dichter Homer und von einer philosophischen Schule namens Stoa; dort habe man es ganz anders gesehen als wir, was aber keinesfalls heißen müsse, dass wir uns irrten. Sie fragte uns, wie man die Frage denn anders beantworten könne, als wir es hier getan hätten, und arbeitete so Stück für Stück ein antikes Schicksalsverständnis heraus: Jedem Menschen war demzufolge nicht nur die exakte Dauer seines Lebens zugeteilt, sondern auch sein Charakter, der sich aus einer zwingenden Abfolge von Ursache und Wirkung ergab, so wie sich aus diesem Charakter in einer zwingenden Abfolge von Ursache und Wirkung sein Schicksal ergab. Wann immer wir etwas täten, täten wir es aus einem Grund. Und auch wenn wir glaubten, diesen Grund selbst zu schaffen, gehe er doch seinerseits wieder auf einen Grund zurück, den wir vielleicht bereits nicht mehr selbst geschaffen hatten, so wie wir uns ja auch nicht selbst geboren und mit braunen oder blonden Haaren ausgestattet hatten.

In einer anderen Stunde sprachen wir darüber, was ein solcher Blickwinkel für das eigene Leben bedeuten mochte. Wir kamen überein: Glücklich konnten sich dann diejenigen nennen, die ihr Schicksal begrüßten. Natürlich war es leichter, sich eines angenehmen Schicksals zu erfreuen, aber man konnte auch versuchen, ein zu großen Teilen leidvolles Leben zu bejahen. Durch die Annahme veränderte sich das Leiden. Letztlich ging es in dieser Perspektive darum, die Rolle, die einem zufiel, mit Würde und Hingabe auszufüllen und vielleicht auch ihren geheimen Sinn für das Ganze nach und nach zu entschlüsseln und zu verwirklichen. Wer sich gegen sein Schicksal zur Wehr setzte, mochte zum tragischen Helden taugen und häufte noch größere Leiden auf sich und andere. Frau Berkenwoude erzählte uns von Ödipus, der sein unausweichliches Schicksal gerade dadurch erfüllte, indem er davor zu fliehen trachtete, ganz so wie bereits zuvor sein Vater. Es leuchtete mir sofort ein: Ob man sein Schicksal kannte oder nicht, änderte nichts an seiner Wirkmacht. Wer es jedoch so unverstellt wie möglich erfasste, der konnte es am ehesten bejahen oder aber, wenn es für ihn nichts zu bejahen gab, seinem Leben ein Ende setzen.

Was Frau Berkenwoude uns da in vereinfachter Form über einen Teil des antiken Denkens beibrachte, lief der allgemein verbreiteten Auffassung zuwider, die mal ausgesprochen, häufiger aber unausgesprochen den Geist meiner Jugendjahre prägte: *Nichts ist festgelegt. Wir erfinden uns und die Welt selbst. Du kannst werden, was du willst.*

Diese Auffassung gab allerdings keine Antwort auf die Frage, wie man etwas zielstrebig wollen sollte, wenn auch der eigene Wille keiner Festlegung unterlag. Sollte ich mir irgendein beliebiges Ziel und einen beliebigen künftigen Charakter aus einer endlosen Reihe von Möglichkeiten auswählen und dann plötzlich so tun, als sei das für mich fortan das einzige lohnende Ziel, die einzig lebbare Existenz? Und wenn ich wirklich völlig frei sein wollte, konnte mir dann ein Charakterentwurf attraktiver erscheinen als ein anderer? Mit welcher Begründung?

Diese Frage beschäftigte mich sehr. Ich wollte wissen, ob ich mich selbst erfinden oder einfach nur «geschehen» lassen musste. Vielleicht verbrachte ich auch so viel Zeit mit dieser Frage, um keine Entscheidung treffen zu müssen. So musste ich weder alles daransetzen, Teil der Wielandfamilie zu werden, noch mich mit der Eulenfamilie zufrieden geben, jener kleinen Gemeinschaft in Haus IV des Neubaukomplexes, in der es mir ja eigentlich ganz gut ging. Ich wünschte mir einen Weg, dem ich einfach nur folgen musste, wie einem Pfad aus Feuer durch einen Wald in stockfinsterer Nacht.

Einen Tag nach der Begrüßungsrede wollte ich am Nachmittag meine Ruhe haben und ging in die Bibliothek. Wegen des schönen Wetters rechnete ich damit, ganz alleine in dem großen nach Bücherstaub riechenden Raum zu sein, wenn ich von der grauhaarigen, griesgrämigen Frau absah, bei der man sich anmelden musste. Als ich mir aber einen Platz am Fenster suchen wollte, durch das man zwar nicht das Meer, aber den Himmel über dem Wasser sehen konnte, saß dort Ella. Der Anblick ihres Rückens und ihres von Sonnenlicht erhellten Scheitels versetzte mir einen elektrischen Schlag. Ich wollte weglaufen und gleichzeitig zu ihr hingehen, blieb deshalb einfach stehen und heftete meinen Blick so intensiv auf Ellas Hinterkopf, dass sie sich umdrehte. Sie sah mich an, ausdruckslos, und wandte sich dann wieder ihrem Buch zu. Die Unergründlichkeit dieses kurzen Blickes faszinierte mich, lähmte mich und regte mich an. Mit energisch pumpendem Herzen setzte ich mich neben sie, sah nicht zu ihr herüber und sagte mit einer Stimme, die nicht nach mir klang: «Ich heiße Tilman.»

«Aha», sagte Ella. Dann schwieg sie. Ich wusste, dass ich schnell etwas erwidern musste, und redete einfach drauflos: «Bist du auch neu an der FSS?»

«Nein.»

«Findest du es gut hier?»

«Wenn ich in Ruhe lesen kann, dann schon.» Sie blätterte eine Seite ihres Buches um.

«Was liest du denn?»

Ella hob den Kopf und sah mich an: «Merkst du eigentlich nicht, dass du nervst?» Der Blick aus ihren blauen Augen fesselte mich so sehr, dass ich ihm nicht ausweichen konnte und trotz der schroffen Anrede in eine eigenwillige Art von Hochstimmung geriet.

«Das ist mir egal», sagte ich. «Die besten Dinge nerven oft am Anfang.»

«Mag sein», antwortete sie, das Gesicht ganz glatt. «Ich werde aber einfach nicht gerne vollgequatscht, egal wie toll du bist.»

«Okay», sagte ich, ohne dass ich meinen Blick von ihr abwenden konnte.

«Pass auf», schlug sie nach einer kurzen Pause vor. «Du sagst jetzt irgendwas. Wenn es mich interessiert, unterhalten wir uns. Wenn nicht, suchst du dir einen anderen Platz.»

«Okay», sagte ich und versuchte, dabei cool zu wirken. Dann mischten sich in kurzer Zeit die Farben so vieler Gedanken, dass Schwarz entstand. Als ich den Mund aufmachte, wusste ich noch nicht, was ich sagen würde. Ich tastete mich von einem Wort zum nächsten: «Mein Mitbewohner meint, alle Sekten wären gleich. Immer gibt es einen Meister, der die anderen einer Gehirnwäsche unterzieht, und die haben dann keinen eigenen Willen mehr. Meinst du, dass das stimmt? Meinst du, man kann anderen Leuten den Willen rauben?»

Ellas linkes Augenlid flatterte.

«Natürlich sind nicht alle Sekten gleich», sagte sie kühl. «Vielleicht ist dein Mitbewohner ja gehirngewaschen. Und was das andere angeht ...» Ella stockte, sah aus dem Fenster, dann wieder zu mir: «Ja, man kann anderen Leuten den eigenen Willen rauben. Dafür braucht es aber keine Sekte. Das nennt sich einfach Erziehung.»

Ich fühlte mich elektrisiert. Ella sprach mit mir. Ich hatte ein Thema gefunden. Und auch, was sie sagte, versetzte mich in Aufregung. Ellas Worte rührten an einem Geheimnis. Sie wusste etwas, das ich noch nicht wusste und das mit meinen bohrenden Fragen zusammenhing.

«Wie meinst du das?», fragte ich.

«Wieso denkst du nicht selbst darüber nach?»

Ich wollte wieder «Okay» sagen, unterdrückte aber den Impuls.

«Früher in Griechenland», sagte ich schließlich so professoral wie schwammig, «da kam der Wille vom Schicksal. Man konnte sich dem entgegenstellen, aber dann wurde alles nur noch schlimmer.»

«Weiß ich», sagte Ella. «Ich geh hier auch zur Schule.»

«Aber ich sehe dich selten.»

«Das ist auch besser so.»

«Warum?»

«Einfach so.»

«Glaubst du, dass wir alle dem Schicksal unterworfen sind?»

«Puh», sagte Ella. Ich erwartete, dass sie meine Frage als Wichtigtuerei abtun würde, dann aber sagte sie ernst: «Alle nicht. Aber die allermeisten.»

Ich hörte, wie hinter uns die schwere Eingangstür ins Schloss fiel, dann leise Stimmen. Ellas Antwort wühlte mich auf, und ich hätte gerne eine kluge Frage gestellt. Meine Geistesgegenwart befand allerdings, dass sie für heute schon genug geleistet hätte, und ließ mich im Stich.

«Was liest du da?», fragte Ella mich und bewegte ihr rundes Kinn ein wenig in meine Richtung. Überrascht blickte ich auf das Buch vor mir und klappte es zu, damit sie den Titel sehen konnte. Es handelte sich um den ersten von zwei Bänden mit Erzählungen von Poe, illustriert von Alfred Kubin.

«Interessantes Titelbild», sagte Ella.

«Da sind noch viel mehr Zeichnungen drin. Hier ...» Ich blätterte weiter und zeigte ihr eine ganzseitige Illustration zu «Der Doppelmord in der Rue Morgue»: ein nackter, lebloser Frauenkörper, von hinten umklammert und einen Fußbreit über dem Boden gehalten durch die haarigen Pranken eines mehr als menschengroßen Affen. Sofort bereute ich, Ella das Bild gezeigt zu haben: Sie wurde starr, sagte emotionslos «schön» und wandte sich ihrem Buch zu. Ich wagte nicht, sie nach ihrer Lektüre zu fragen oder ihr ein anderes Bild zu zeigen. Und als ich gerade fragen wollte, ob ich sie erschreckt hätte, standen Ronny und Nadja hinter uns.

«Kommst du?», fragte Ronny mit einer Stimme, die höher und unfertiger klang, als es zu seinem erwachsenen Gesicht und seiner Erscheinung passen wollte. Außerdem sprach er mit einer leichten mundartlichen Färbung.

«Schon so spät?», fragte Ella. Nadja nickte.

Ella nahm ihr Buch, stand auf und sagte «Tschüs», ohne mich anzusehen. Ronny blickte mir in die Augen und verzog einen Mundwinkel zu einem ironischen Lächeln. Ich lächelte zurück.

Nach dieser Begegnung war ich so unruhig, dass ich nicht länger stillsitzen konnte. Gerne hätte ich mit jemandem über Ella geredet, aber natürlich nicht mit Oertel oder Julia und auch nicht mit meinem Vater oder seiner Frau Schallmeyer. Also ging ich hinunter an den Strand und sprach mit mir selbst. Ich wiederholte jeden Satz, den Ella oder ich gesagt hatten. Ich rief mir jedes Detail ins Gedächtnis, spürte jedem Zwischenton der Unterhaltung nach, versuchte, Ellas Körpersprache zu ergründen, und fragte mich, was sie von mir halten mochte. Ich dachte an ihr Gesicht und empfand dabei ein mir bisher unbekanntes Wohlgefühl, in das sich Trauer und ein schmerzhaftes Sehnen mischten. «Ella», sagte ich halblaut in das schläfrige Rauschen des Sommermeeres. «Ella Winter. Ella. Ella. Ella.»

Als mir Oertel am Abend auf dem Zimmer von irgendwelchen Computerspielen erzählte, die er jetzt gerne spielen würde, fühlte ich mich so weit von ihm entfernt, dass ich eine desinteressierte Sympathie für ihn empfand. Er dozierte über «Monkey Islands», ein Piratenspiel voller Rätsel, von dem ich doch gehört haben müsse, und fragte, ob ich denn wenigstens den Vorläufer namens «Maniac Mansion» kenne. Ich hatte das Spiel tatsächlich einmal bei einem Schulfreund gespielt und sagte ja, was Oertel dazu verleitete, mir von seinen Lösungswegen zu erzählen und wie er dieses und jenes Rätsel «geknackt» habe. Ich lag auf meinem Bett und lauschte seinem Monolog über Kettensägen und Tentakel wie dem Plätschern eines Zimmerbrunnens. Oertel redete sich so in eine Computerspiel-Gier hinein, dass er ganz unruhig wurde und schließlich aus seinem Bett kletterte, im Zimmer auf und ab ging und klagte, er würde sofort sein ganzes Monatstaschengeld dafür hergeben, wenn er jetzt einfach irgendwo in diesem Internat ungestört zocken könnte.

Von da aus kam Oertel zum Thema Fantasy-Solospielbücher, Geschichten, deren Verlauf man selbst bestimmen könne, indem man bei jedem Absatz Entscheidungen treffe. Natürlich seien die Auswahlmöglichkeiten begrenzt, aber trotzdem. Er werde mir mal eins mitbringen. Sein Gerede fing an, mich zu beschäftigen. Vielleicht verhielt es sich so mit dem Leben: Der Startpunkt war festgelegt, und es gab eigentlich auch nur ein einziges nennenswertes Ziel zu erreichen oder aber eben zu verfehlen. Auf dem Weg dorthin konnte man jedoch immer wieder bessere und schlechtere Entscheidungen zwischen einer stets überschaubaren Auswahl von Möglichkeiten treffen. In diesem Moment wusste ich, was mein Ziel war: so zu werden wie die Jugendlichen in der Wielandfamilie, Seite an Seite mit ihnen in die Aula zu gehen. Auf dem Weg zu diesem Ziel musste ich die richtigen Entscheidungen treffen, und um mich dabei nicht verrückt zu machen, musste ich mir vor Augen führen, dass es eigentlich immer nur wenige wirkliche Entscheidungen zu fällen gab.

Ich versuchte, mit Ella so bald wie möglich an unsere Begegnung in der Bibliothek anzuknüpfen. Aber wenn ich sie auf den Treppen des Hauptgebäudes oder dem Schulhof sah, spürte ich eine Barriere. Wir grüßten uns, wobei Ella weder freundlich noch unfreundlich wirkte. Sie nickte mir zu oder hob cool die Hand, als ob wir uns schon lange kennen würden und nicht mehr viele Worte wechseln mussten. Von sich aus unternahm sie keine Schritte, um mit mir zu reden, und wenn ich zu einem Versuch ansetzte, schien immer jemand im Wege zu stehen, die Zeit zu knapp zu sein oder das Interesse des Umfeldes an Ella und mir unangenehm groß zu werden. Einmal tauchte beispielsweise Valerie Wieland aus einem Klassenzimmer auf dem Korridor auf, in dem ich Ella gerade mit in der Halsschlagader pochendem Herzen fragen wollte, ob sie Lust habe, am Nachmittag mit mir am Strand spazieren zu gehen. Sie sah uns, lächelte und kam auf uns zu. «Tilman. Endlich sehe ich dich einmal. Wie geht es dir?» Und während ich von ihrer Freundlichkeit wie eingelullt dastand, nickte Ella uns beiden zu und ging.

Erst am letzten Samstag vor meinem ersten Heimaturlaub ergab sich durch Zufall endlich eine Gelegenheit, Ella näher kennenzulernen. Drei der Älteren aus meiner Eulenfamilie erzählten beim Frühstück, sie wollten am Abend in den «Kakadu» gehen, eine Kneipe im Nachbarort, deren Wirt sich nicht für das Alter seiner Gäste interessierte.

«Da sind am Wochenende immer welche aus allen Familien», sagte Konrad, ein hochaufgeschossener Junge mit braunen, schulterlangen Haaren.

«Ja?», fragte ich unsicher. «Auch von den Wielands?»

«Komm doch einfach mit», überging Konrad meine Frage. «Wir feiern da den Geburtstag von Yes.» Er klopfte mir auf die Schulter, und ich fühlte mich gut. Später bat ich Konrad um zehn Mark von meinem Taschengeld. Er zählte zu den sogenannten Finanzbeamten, älteren FSS-Schülern, die das Taschengeld der übrigen Familienmitglieder verwalteten. Laut den Schulstatuten sollten Eltern oder Erziehungsberechtigte ihren Kindern höchstens 50 Mark im Monat schicken (ab dem 14. Lebensjahr durften es 70 Mark sein). Überschüsse wurden so aufgeteilt, dass alle Familienmitglieder gleich viel Taschengeld bekamen. Aber natürlich steckten viele Eltern ihren Kindern bei den Heimwochenenden heimlich Extrascheine zu. Andererseits spielte die Höhe des Taschengeldes hier an der Ostsee keine allzu große Rolle, da man sich, soweit ich wusste, im näheren Umkreis ohnehin kaum etwas kaufen konnte.

Konrad gab mir meine zehn Mark aus einer grünen Metallschatulle. Mit dem Geld in einem Brustbeutel unter meinem ausgewaschenen blauen T-Shirt und Oertel an meiner Seite traf ich ihn nach dem Abendessen mit zwei anderen Schülern auf dem großen Platz zwischen den Häusern. Guter Dinge spazierten wir vom Internatsgelände, und die Frage, ob man sich bei einem Erzieher abmelden musste, kam mir gar nicht erst in den Sinn. Wir zogen ja mit den Älteren los, was sollte daran falsch sein?

Bald gingen wir in breiter Reihe mitten auf einer Landstraße, während hoch über uns die Schwalben flogen und links und rechts die Blätter der Pappeln silbrig im Abendlicht glänzten. Konrad teilte aus einem Rucksack Bierflaschen aus. Lübzer Pils – der Schriftzug auf der Flasche sah so altbacken wie verlässlich aus. So etwas tranken gestandene Männer. Und jetzt ich. Da ich bisher in meinem Leben kaum Bier getrunken hatte, wurden mir bald die Wangen taub und die Zunge schwer. Die Gegend erschien mir zunehmend ansehnlich und das Leben schön. Konrad begann ein Lied zu singen, seine beiden Freunde stimmten mit ein. Die Jungen schmetterten die Strophen mit ironischer Inbrunst und betonten überdeutlich Wörter wie «hurtig», «Speier und Spötter» oder «Veit oder Velten». Oertel und ich sangen beherzt eine wiederkehrende Zeile des Kehrverses mit: «Uns geht die Sonne nicht unter!»

Keiner von uns kam aus dieser Gegend, die bis vor kurzem zu einem abgeriegelten Staat gehört hatte. Wir wohnten hier wie dauerhafte Urlaubsgäste, die mit den Feldern und Orten und Menschen rundumher nichts verband. DDR, Mauer, Sozialismus – ich hatte natürlich davon gehört, nur interessiert hatte es mich nicht. Und während wir über die Betonplatten einer Landstraße und schließlich über holpriges Kopfsteinpflaster wanderten, fühlte ich mich wie in einem Niemandsland, ohne Grenzen und Geschichte.

Wir gingen vorbei an marode wirkenden Scheunen und Häusern in Farben, wie ich sie noch nicht gesehen hatte. Die Gebäude sahen aus, als seien sie mit einer Patina überzogen: grau-, braun- und gelbstichig. Andererseits wirkten die Bäume grüner und irgendwie edler, als ich es aus meiner Heimat kannte. Ein Storchennest thronte auf einem Schornstein. Hinter der zerbröckelnden Kulisse des Arbeiter-und-Bauern-Staates lag ein von der Zeit vergessenes Märchenland verborgen.

Die Wirtschaft hieß mit vollem Namen «Der grüne Kakadu». Auf den ersten Blick stand solche behauptete Exotik in deutlichem Kontrast zu der dumpfen Bierstube, in die wir aus dem Sommersonnenlicht eintraten. Vom Tresen her nickte uns ein verwegen aussehender Wirt zu. Mit seinen schulterlangen schwarzen Haaren und dem Musketierbart hätte er durchaus aus einem von Oertels Abenteuerspielen stammen können. Er musterte mich, sagte aber nichts, als ich mit den anderen am Tresen vorbei in den hinteren Teil der Gaststube ging. Etliche farbige Plaketten hoben sich vom rauchgeschwärzten Holz der Wände ab, Reklametafeln für Vita-Cola, Blauer Würger, Original Ritterguts-Gose und etwas, das Aecht Bockauer Wilde Sau hieß. Die flirrenden Farben schälten sich aus dem dunklen Braun und erweckten bei mir nun tatsächlich den Eindruck, in einen Urwald geraten zu sein.

Im hinteren, abgetrennten Teil der Gaststube saßen an drei zusammengeschobenen Tischen bereits ein paar Schüler der FSS. Wir begrüßten uns übertrieben laut und fröhlich, dann verteilten wir Neuankömmlinge uns auf den freien Stühlen und der wandseitigen Bank, wobei der schon sichtlich angeheiterte Oertel mit seinem Rücken ein Emailleschild von der Wand fegte. Die ohnehin gute Laune wurde dadurch nur noch prächtiger, und als Konrad mit einem Tablett voller Biergläser am Tisch auftauchte, griff ich mir eins, ohne weiter nachzudenken. Während ich trank, erklärte mir «die Moni», jetzt werde «Mäxchen» gespielt. Man schüttelte zwei Würfel in einem Würfelbecher auf einem Bierdeckel, sah sich das Ergebnis unter dem angehobenen Becher an, sagte einen Wert und gab Becher samt Würfel und Deckel weiter.

Der Nächste musste nun entweder die genannte Zahl mit einem eigenen Wurf übertreffen, oder die Angabe des Vorgängers anzweifeln und den Becher aufdecken. Stimmte die Zahl, musste der Aufdecker trinken, stimmte sie nicht, dann hatte der lügnerische Vorgänger einen kräftigen Schluck zu nehmen. Einer- bis Sechserpäsche bildeten die höchsten Werte, wobei der Sechserpasch noch vom sogenannten «Mäxchen» (eine 1 und eine 2) übertroffen wurde.

Ich hatte gerade ein solches «Mäxchen» geworfen, als ich erst Yukio und dann Ella in der Mitte der Gaststube stehen sah. Ich lächelte. Ella lächelte ebenfalls. Konrad begann für Yukio «Happy Birthday» zu singen, und wir anderen stimmten mit ein. Mein «Mäxchen-Wurf» war vergessen. Yukio hob die Hände wie ein erfolgreicher Sportler und ließ sich von uns besingen und bejubeln.

«Was ist jetzt?», lallte mich schließlich Oertel von der Seite an.

«Hier, du Sau!», rief ich laut. «Sechserpasch. Verbock es nicht.» Ich hatte absichtlich eine niedrigere Zahl gesagt, damit Oertel den Becher weitergeben und «Mäxchen» sagen konnte. Ich hatte dieses Vorgehen eben bei Konrad und einem seiner Freunde beobachtet und wollte zeigen, dass ich – sogar mit Oertel als Partner – ebenfalls zu solchen coolen Manövern in der Lage war.

«Scheiße», sagte Oertel.

«Gib doch einfach weiter», sagte ich laut und schaute zu Ella, die sich nach einer Lücke umsah, um in unserer Runde Platz zu finden.

«Willst du nicht schon die ganze Zeit auf Toilette?», fragte ich die neben mir sitzende Moni.

«Stimmt auffallend», sagte sie, und ich stand auf, um sie durchzulassen.

«Hier», rief ich über das Lärmen des Tisches zu Ella. «Hier wird was frei.»

«Arschloch», sagte Moni, ohne wirklich böse zu sein. Ella überlegte kurz, dann zwängte sie sich zu mir auf die Bank, während Oertel den Würfelbecher anhob, das «Mäxchen» erblickte und «So eine Scheiße» sagte.

«Das ist doch Pfusch», protestierte er, fand aber kein Gehör.

«Das ist einen Schnaps wert», rief Konrad und rückte ein Stück, damit sich Yukio neben ihn setzen konnte.

«Lass mal», quäkte Oertel, aber die Tischgemeinschaft rief jetzt: «Schnaps, Schnaps, Schnaps», und es dauerte nicht lange, bis der Wirt mit einem vollen Tablett an die Tische mit uns Dreizehn- bis Sechzehnjährigen kam.

Todesmutig kippte Oertel seinen Schnaps. Ella nahm sich ungefragt ein Glas und sagte zu mir: «Ihr habt ja schon Vorsprung hier.»

Erst merkte ich es nicht, aber nach einer Weile fiel mir auf, dass Ellas rechter Oberschenkel meinen linken berührte. Ob ich mein Bein an das ihre oder sie ihres an meins geschoben hatte, konnte ich in meinem rauschhaften Zustand nicht beurteilen. In mir staute sich Energie. Ich stand kurz davor, in einer hochaufschießenden Flamme zu bersten und als Funkenregen über dem Tisch niederzugehen. Die Farben der Wandplaketten zerflossen mit den Gesichtern der Tischgesellschaft, wobei einmal die Köpfe und einmal die Plaketten in den Vordergrund rückten. Draußen schien die Sonne, und wir saßen frivolerweise hier drinnen im Halbdunkel: im Verhau der Piraten, im Bauch des Wals, im Zentrum der Welt.

«Auch einen?», fragte Ella und tippte gegen ein Schnapsglas.

«Klar», sagte ich, leerte den Inhalt, und sofort brannte mir der Rachen. Ich machte große Augen, dann verzog ich das Gesicht.

«Was für ein edler Tropfen», sagte ich. Ella lachte. Zum ersten Mal lachte sie in meiner Gegenwart, und ich hatte sie dazu gebracht.

Ella stieg ins Spiel mit ein, und immer wenn sie mir die Würfel gab, konnte ich darauf vertrauen, dass sie eine niedrigere Zahl nannte, um nicht mich, sondern Oertel hineinzureiten. Sie hielt zu mir. Wir waren ein Team. Ich spendierte ihr ein Bier. Dann musste ich auf Toilette. Auf dem Weg dorthin schwankte ich und stützte mich an den Wänden des Korridors ab. Als ich mich auf die Kloschüssel setzte, drehte sich der kleine, gelbe Raum um mich herum – ein neues, aufregendes Gefühl. Plötzlich saß ich wieder neben Ella. Alles ergab sich von alleine. Ella spendierte mir eine Cola. Das Spiel geriet für uns in Vergessenheit. Ich sprach über Poe. Ella erzählte von einem Buch namens «Demian», das zum Teil «kitschig» sei und «schwul», aber das mich interessieren könnte.

«Das heißt jetzt nicht, dass ich dich für schwul halte», sagte sie. Ich lachte und redete wieder über Poe, über «Das verräterische Herz». Ella schaute interessiert und fragte, ob ich ihr das Buch mit der Geschichte einmal leihen würde. Ich hätte nicht glücklicher sein können. Nicht einmal Oertel konnte mich jetzt stören. «Ihr lenkt mich voll ab mit eurem Gelaber», lallte er, dann beugte er sich an mein Ohr: «Ich habe dich vor der gewarnt.» Seine Augen waren nur noch Schlitze; er saß schief und hatte seine Stimme nicht unter Kontrolle; Ella konnte alles hören.

«Du weißt, warum der da an der FSS ist?», fragte sie mich.

«Weil er zu intelligent für eine normale Schule ist», sagte ich. Zum zweiten Mal lachte Ella.

«Wie geil», sagte sie und lachte weiter. «Lass den mal ‹Legasthenie› schreiben. Der macht mehr Fehler, als das Wort Buchstaben hat.»

«Schwachsinn», sagte Oertel. «Ich bin trotzdem hochintelligent.»

«Hörst du?», sagte Ella zu mir. «Trotzdem.»

«Ach lass ihn», sagte ich mit schwerer Zunge. «Der ist doch betrunken.»

«An einer normalen Schule wär der sitzen geblieben», stichelte Ella weiter. «Da haben ihn seine Alten schnell in die FSS gegeben.»

«Dafür sind meine Eltern keine total verblödeten Sektenfuzzis», sagte Oertel sehr laut und hatte damit die Aufmerksamkeit der Würfelrunde. Ich griff ihn am Arm und sagte leise: «Lass mal.»

«Kinder», rief Konrad. «Was soll der Zwist? Lasst uns froh und munter sein! Schnäpschen, Oertel?»

Im anschwellenden Gelächter nahm ich wahr, wie Yukio und Ella einen langen, ernsten Blick tauschten.

«Macht mal wieder mit», rief Konrad zu Ella und mir. «Wir spielen jetzt Trinken oder Pflicht.»

Diese Regelmodifikation brachte tatsächlich neuen Schwung in die Runde. Oertel wurde immer betrunkener und verlor immer häufiger, und um nicht noch betrunkener zu werden, erfüllte er die ihm aufgetragenen Pflichten. Er sagte dem Gastwirt, dass er in ihn verliebt sei, was dieser mit einem «Ich weiß» quittierte. Oertels nächste Pflicht bestand darin, dem Wirt den blanken Hintern zu zeigen, woraufhin dieser meinte: «Du kriegst hier nur noch Limo, Kunde.»

Als dritte Aufgabe dachte sich Yukio aus, Oertel, der jetzt nur noch «Kunde» hieß, solle auf dem Tisch tanzen. Wir halfen dem betrunkenen Jungen hoch, er tappte unter Anfeuerungsrufen und Gelächter zwischen den schnell weggezogenen Gläsern, schwankte, kreiselte mit den Armen und krachte schließlich auf die Bank. Dabei zersplitterte ein Bierglas auf dem Boden. Wir unterdrückten unser aufgeregtes Lachen, als der Wirt kam, den an der Hand blutenden Oertel am Kragen packte, ihn durch die Stube zog und vor die Tür warf. Ich blieb sitzen. Dann aber sagte Ella: «Willst du nicht nach deinem Kumpel sehen?»

«Das ist mein Mitbewohner, nicht mein Kumpel.»

Ella stand auf: «Komm», sagte sie. «Ich will sehen, in welchem Zustand Oertelchen ist.»

Wir gingen am Tresen vorbei.

«Der kommt hier nicht mehr rein», rief uns der Wirt nach.

«Der Kunde», sagte Ella.

Oertel stand draußen in der Dämmerung. Ich hatte ihn liegend oder an der Wand lehnend vermutet, aber er stand mitten auf der Straße und hielt sich verhältnismäßig gerade.

«Alles klar?», fragte ich. «Sollen wir gehen?»

Oertel sah mich verdutzt aus glasigen Augen an, dann beugte er sich vor und übergab sich auf den Asphalt. Ella hatte die Hände in die Taschen ihrer Jeans gesteckt.

«Ich will noch nicht gehen», sagte sie ungerührt zu mir.

«Findest du alleine den Weg?», fragte ich Oertel, der mit gebeugtem Oberkörper und den Händen auf den Knien dastand. Er nickte, dann übergab er sich wieder.

Kurz darauf saßen Ella und ich wieder in der Würfelrunde.

Konrad verlor, und Ella stellte die Pflichtaufgabe: «Küss Yes. Mit Zunge.»

«Ihh», sagte Yukio. «Das ist ja voll pervers. Wieso muss ich büßen, wenn der da verliert?»

«Jetzt stell dich nicht so an», sagte Konrad. «Pflicht ist Pflicht. Außerdem ist dein Geburtstag.» Unter Gelächter zog er Yukio zu sich heran. Kurz wurde es still am Tisch. Nach ein paar langen Sekunden ließ Konrad von ihm ab und sagte: «Wenn man sich ein hübsches Mädchen vorstellt – gar nicht mal so übel.»

Yukio schüttelte sich und wischte sich mit einer ungewohnt heftigen Geste mehrmals den Mund ab. Ein paar lachten oder riefen wieder «Ihhh». Ich merkte, wie mich Ella aus den Augenwinkeln beobachtete, sah zu ihr, aber sie schaute bereits wieder woandershin.

Obwohl ich mir Mühe gab – ein paar Runden später verlor auch ich. Um nicht als Spielverderber dazustehen und weil ich mich betrunken genug fühlte, wählte ich Pflicht. Meine Aufgabe erhielt ich von Yukio: «Du siehst mir nach einer echten Sportskanone aus. Also: Kletter aufs Dach und berühr den Schornstein!»

«Hier?», fragte ich blöde.

Yukio nickte und lächelte dabei freundlich.

«Das fällt aber auf, wenn wir jetzt alle rausgehen», sagte ich geistesgegenwärtig.

«Ich nehme einen mit, du nimmst einen mit», erklärte Yukio. «Wir gehen nacheinander.»

Ohne nachzudenken, wählte ich Ella als Begleitung und verließ mit ihr die Kneipe. Während wir gingen, fragte ich mich, ob ich wirklich von ihr bei meinem Versuch einer Dachbesteigung beobachtet werden wollte. Aber nun war es zu spät. Schon stand ich mit Ella in der hereinbrechenden

Nacht auf der Landstraße vor dem «Grünen Kakadu» und sah zum Schornstein empor. Das Dach erschien mir ziemlich steil und die Regenrinne erstaunlich weit von meinen ausgestreckten Armen entfernt.

«Wie soll das denn gehen?», sagte ich halb zu mir und halb zu Ella, als Konrad und Yukio aus der Tür der Gaststätte kamen. Yukio beobachtete mich eine Weile dabei, wie ich ratlos zum Dach hinaufblickte, dann nahm er Anlauf, sprang in die Höhe und zog sich mit beiden Händen an der Regenrinne empor. Er berührte mit dem Oberkörper das Dach, dann ließ er sich an ausgestreckten Armen die Rinne herabhängen und zu Boden fallen. Zum Glück versuchte ich erst gar nicht, Yukios Einlage nachzuahmen. Selbst wenn ich hoch genug hätte springen können – ich hätte nicht die Kraft gehabt, mich an der Regenrinne hochzuziehen.

«Na, was ist?», sagte Yukio.

«Wie wär's mit Räuberleiter?», fragte Konrad und hielt mir die Handflächen hin. Unsicher stieg ich mit dem rechten Fuß darauf und ließ mich anheben, bis ich tatsächlich das Blech der Rinne zu fassen bekam. Es folgte ein entwürdigendes Schauspiel, bei dem es mir trotz Unterstützung von unten nicht gelang, mich aufs Dach zu hieven.

«Es geht nicht», sagte ich. Konrad sah das anders. Ich musste mich auf seine Schultern setzen, dann schob er meine Beine mit aller Kraft nach oben, während ich mich gleichzeitig keuchend an der Regenrinne nach oben zog und schließlich mit dem Bauch platt auf den Ziegeln lag. Mein Herz schlug heftig. Das Dach drehte sich unter mir. Ich richtete mich ein Stück auf und kletterte wie eine bucklige Katze in Richtung Schornstein. «Ich bin so besoffen», dachte ich halb verblüfft und halb erfreut. Die Ziegel machten unter meinen Füßen knackende Geräusche. Ich drehte mich um und sah schräg unter mir und sonderbar klein Konrad, Yukio und Ella stehen. Ella hatte die Arme vor der Brust verschränkt. Ihr winziges Gesicht sah zu mir hoch wie ein Puppenkopf. Konrad streckte einen gespreizten Daumen in die Höhe, was mir tatsächlich Mut gab. Als ich kurz darauf mit zitternden Beinen den Schornstein erreichte, hörte ich unten ein Rufen und drehte mich um. Erst hörte ich das Getrappel auf dem Beton, dann sah ich die drei, wie sie die Straße hinunterliefen, und schließlich erkannte ich die Gestalt des Gastwirtes im schmutzig gelben Zwielicht der Laterne. Er brüllte, ich solle sofort runterkommen. Ich stand mit zitternden Beinen da und hörte, wie er die Worte «Polizei» und «Hackfleisch» zu mir heraufschrie. Ohne nachzudenken, setzte ich mich auf die Ziegel und rutschte auf Po, Handflächen und Fußsohlen die andere Seite des Daches herunter. Im Rutschen versuchte ich, mich zu drehen und an der Regenrinne festzuhalten, was nur halb gelang, sodass ich vom Schwung mitgerissen abrutschte und auf eine geflieste Terrasse stürzte. Ich kam mit den Füßen zuerst auf, schlug aber sofort auf die Knie, die sich mit einem Mal taub anfühlten – ein in kalte Watte verpackter Schmerz. Ich blickte auf eine Glastür, hinter der jetzt Licht anging. Gedämpft hörte ich von drinnen wütendes Bellen. Ich spürte keinen Schmerz mehr und dachte nicht nach. Alles ging wie von alleine. Ich rappelte mich auf, hörte, wie die Glastür geöffnet wurde, rannte nach rechts, kam an einen Maschendrahtzaun, fühlte den Hund hinter mir, sprang hoch, zog mich mit aller Kraft über das umknickende Hindernis und ließ mich unter dem neu einsetzenden Bellen des Hundes auf die andere Seite fallen. Dann rannte ich, so schnell ich konnte, durch einen weiteren Garten. Ein Licht ging an. Ich hörte jemanden rufen. Ich sah mich nach dem besten

Fluchtweg um und sprang schließlich über einen Jägerzaun in ein Feld und rannte weg vor Hund und Wirt und wer immer mich verfolgen mochte.

Getragen von einem nicht gekannten Hochgefühl lief ich über die Wiesen, und als ich meinte, weit genug vom Kakadu entfernt zu sein, kehrte ich zur Landstraße zurück. Vielleicht schaffte ich es, Ella einzuholen und ihr von meinem Dachsturz zu erzählen. Natürlich konnte es sein, dass sie mit den anderen Schleichwege nutzte, die mehr Sicherheit boten, aber wenn sie mich suchte, dann kam dafür eigentlich nur die Straße in Frage.

Ich blickte die baumgesäumte Straße in Richtung des Internats hinunter, dann blickte ich die hausgesäumte Straße in Richtung des Kakadu. Dort, neben einer zerschlagenen Straßenlaterne am Ortsausgang, stand Ella mit dem Rücken zu mir in einer Garageneinfahrt und wartete. Sie hielt Ausschau nach mir. Es konnte gar nicht anders sein. Mein stolzes Hochgefühl vermischte sich mit dankbarer Freude. Ich rief leise ihren Namen. Sie drehte sich um, schaute erst verblüfft und lächelte dann.

Wir begannen gleichzeitig zu reden. Ich erzählte, wie es mir ergangen war, Ella erzählte, sie habe auf mich gewartet, während die anderen schon weitergegangen seien.

«Ich habe beim Hölzchenziehen verloren», sagte sie und zog eine Augenbraue hoch. Dann erkundigte sie sich nach meinen Knien. Ich winkte ab, im Stillen bedauernd, dass mir der Hund (in meiner Nacherzählung ein ziemlich großer Schäferhund) nicht einen Teil der Jeans zerfetzt hatte. Wir gingen nebeneinander die Landstraße hinunter und flüsterten, was einerseits nicht hätte sein müssen, andererseits aber auf angenehme Weise die Atmosphäre verstärkte, die uns umfangen hielt. Wir hörten einen Wagen kommen und sprangen in den Graben auf unserer Straßenseite. Das Auto rauschte vorbei, aber Ella zischte: «Liegen bleiben!» Tatsächlich kam wenige Minuten später ein Auto aus der Gegenrichtung. Vermutlich handelte es sich um dasselbe. Wir rappelten uns auf, klopften die Hosen ab, sahen uns noch einmal um und gingen schließlich weiter.

Ich war völlig betrunken und doch glasklar. Wir sprachen über den Abend, den Wirt, über Oertel, Yukio und Konrad, und wieder über den Wirt des Kakadu, und dass wir uns nun eine Weile dort nicht blicken lassen konnten. Ich fragte Ella, woher sie ursprünglich kam, und sie erzählte von der Bremer Neustadt, in der es schön sei. Ich erzählte von Rodenkirchen, dem Vorort von Köln, und versuchte, Parallelen zu entdecken. Es schienen jedoch die Unterschiede zu überwiegen. Ich beschrieb mein Wohnviertel als langweilig und vermutlich eher reich, sie ihres als nicht langweilig und sicher nicht reich. Meinen Vater beschrieb ich als Gelehrten, sie stellte ihre Großeltern als einfache Leute dar. Ich verstand, dass ihre noch jungen Eltern sie vor die Wahl gestellt hatten, mit in eine christliche Gruppe zu kommen oder eben zu den Großeltern zu ziehen. Ich verstand allerdings nicht, was Ella in die FSS gebracht hatte, denn sie beschrieb ihre Großeltern als «nett» und ihre Schulzeit in Bremen als «normal».

Während unseres gemeinsamen Weges durch die Sommernacht fiel mir auf, dass ich Ella viele Fragen stellte, die sie oft einsilbig beantwortete, während sie mich so gut wie nichts fragte. Ich kam gerade zu dem Schluss, dass sie mich wohl bei weitem nicht so interessant fand wie ich sie, als sie plötzlich sagte: «Bei dir passt was nicht zusammen.»

«Was denn?», fragte ich nach einer irritierten Pause.

«Ich meine, du wirkst so harmlos, und dann liest du diese Horrorsachen.»

Das Wort «harmlos» verletzte mich, aber vermutlich hatte Ella recht. Wenn ich mich von außen betrachtete, dann sah ich einen niedlichen Chorknaben.

«Und du wirkst gleichzeitig jünger und älter, als du bist», fuhr Ella fort. «Wie ein kleiner Angsthase und dann aber irgendwie erfahren und sogar gefährlich. Nicht ganz von dieser Welt.» Für den Bruchteil einer Sekunde glühte im Himmel vor unseren Augen eine Sternschnuppe. Hätte ich meine Hand vor das Firmament gehalten, wäre der Meteor kaum weiter geflogen, als mein ausgestreckter Zeigefinger reichte. Der Anblick der Sternschnuppe versetzte mich in eine blitzartige Wachheit. Die hohen Pappeln am Wegesrand, die dunklen Äcker, die Aromen des Sommers in der lauen Luft, das sich windende Band der schwarzen Landstraße, Ellas ebenfalls schwarzes T-Shirt, ihre nackten, hellen Arme, ihre Haare, ihre Stimme – all das war vollkommen echt. Diese Eindrücke machten mich zu ihrem Wirtskörper, wuchsen in mir, füllten mich und dehnten die Grenzen meiner Wahrnehmung. Einerseits verfeinerte sie sich: Ich schaute Ella an und sah ihr Profil kristallklar, es brannte sich in meine Netzhaut ein und ist dort bis heute gespeichert. Andererseits reichte sie weiter als sonst: über die Felder, in den Nachthimmel. Vergangenheit und Zukunft bildeten einen Kreis, ich befand mich dort, wo sich ihre gebogenen Linien berührten, und spürte, dass ich nun zu jedem beliebigen Punkt des Kreises gelangen konnte. Jetzt war ich wach, jetzt war ich wirklich bei Bewusstsein, jetzt lebte ich. Ich wollte mit Ella über alles reden und ihr alles erzählen. Ich sagte: «Ich frage mich eigentlich nicht, wer ich bin. Ich frage mich, wer ich sein kann.»

«Und?», sagte Ella. «Schon eine Idee?»

«Ja», sagte ich.

Schließlich erreichten wir das Schulgelände. Ich erschrak, als sich zwei Schatten auf einer Bank regten: Konrad und Yukio. Sie empfingen Ella und mich geschäftsmäßig wie Profigangster und zeigten auch keine Anzeichen von Aufregung, als ich von meiner Flucht durch den Hintergarten erzählte. Konrad klopfte mir auf die Schulter und sagte: «Lass uns mal in die Koje gehen.»

Ich hatte keine Ahnung, wie spät es war und ob die Türen der Gebäude nachts abgeschlossen sein würden. Es interessierte mich auch nicht besonders. Ich wollte nicht, dass diese Nacht endete. Ich brauchte ein Versprechen. Es sollte so weitergehen. Allerdings wirkte Ella verändert, seit wir Konrad und Yukio wiedergetroffen hatten. Ihre Aufmerksamkeit galt nun den beiden größeren Jungs, und ich begriff, dass ich mich hier und jetzt nicht einfach mit ihr verabreden konnte.

«Ey, Dachhase», sagte Yukio. «Ella meint, du liest Horrorgeschichten.»

«Ja», antwortete ich.

«Magst du auch Horrorfilme?»

«Klar», sagte ich. Yukio und Ella tauschten einen Blick aus.

«Warum kommst du dann nicht morgen nach dem Abendessen mit Konrad bei uns vorbei. Ron hat was Indiziertes besorgt.»

«Okay», sagte ich.

Als ich mit Konrad in Richtung unseres Neubaus ging, glaubte ich, Ellas Blick in meinem Rücken zu spüren. Ich drehte mich um, ich konnte gar nicht anders, aber Ella und Yukio sahen uns nicht nach, sondern öffneten bereits die Tür zum Wielandhaus. Ich wandte meinen Blick von dem Backsteingebäude ab und schaute wieder in die Richtung, in die wir liefen. Die Neubauten standen schwarz und still in der Sommernacht. In ihnen brannte nur ein einziges Flurlicht. Ansonsten füllte alle Fenster Dunkelheit. Als wir die Eingangstür erreichten, bückte sich Konrad, hob einen Stein an und förderte einen Schlüssel zutage.

FÜNFTES KAPITEL

Erst hörte ich das Klopfen wie aus einer Welt, die nichts mit mir zu tun hatte. Dann kehrte mein Bewusstsein aus Träumen von Wasser und Pflanzen zurück in das Etagenbett eines Internatszimmers, das Klopfen wurde real, ich hörte ein Singen auf dem Flur. Am Wochenende ließ es sich Frank Gabriel nicht nehmen, mit einer Gitarre durch den Flur zu laufen, an den Zimmertüren zu klopfen und uns dann zum «guten Start in den Tag» ein Ständchen darzubringen. An diesem Morgen sang er «Schlechte Noten» von der Band «Die Ärzte». Und weil er dieses Lied noch einige Monate sang, konnte ich den Text bald auswendig:

Gabi kommt nach Hause mit dem Zeugnis in der Hand.
Das, was sie in den Händen hält, bringt sie fast um den Verstand.

Wenn die Eltern kommen, gibt es einen Riesenstreit.
Zum Fälschen der Zensuren hat sie nur zwei Stunden Zeit.
Der Fünfer in Mathematik wird schnell zu einer «3», in Deutsch, da übertreibt sie und gibt sich eine «2».
Sie malt grad eine schöne «1» für Bio aufs Papier, viel zu spät bemerkt sie, da ist jemand hinter ihr.
«Is' ja interessant», meint Vater für diese böse Tat. «Jetzt wanderst du direkt, mein Fräulein, und zwar ins Internat.»
Schlechte Noten, schlechte Noten, schlechte Noten gehören verboten.

Mit diesem Wecklied zeigte Frank Gabriel genau jene Art von Humor, die viele Lehrer an der FSS kultivierten. Man machte sich über das Lehrersein lustig und dadurch deutlich, dass man selbst etwas Besseres darstellte. «Schlechte Noten gehören verboten» – an der FSS gab es sie erst gar nicht. Und mit den «Ärzten», die anderswo damals noch als jugendgefährdend galten, untergrub er jeden Protest, noch bevor er sich entwickeln konnte. Hätten die «Ärzte» auch einen Song über die Spießigkeit solcher Weckliedsingerei im Repertoire gehabt – Frank Gabriel hätte uns bestimmt genau diesen Morgen um Morgen in die Ohren geträufelt.

Als ich die Augen öffnete, sah ich Oertel im Zimmer stehen. Er suchte gerade das passende Loch für den Dorn seiner Gürtelschnalle. Kaum bemerkte er, dass ich nicht mehr schlief, redete er in einem halb erschöpften, halb vorwurfsvollen Tonfall auf mich ein: «Auch schon wach? Brummt dir der Schädel? Wenn du mich fragst: Die Hähne bei diesem Wirt sind völlig verdreckt. Das Bier ist eh Ossiplörre. Kein Wunder, dass einem übel wird.»

«Mir ist nicht übel geworden», sagte ich.

«Dann hast du einen Schweinemagen», erwiderte Oertel. «Wie die Ossis.»

Ich richtete mich auf und setzte mich auf die Bettkante. Jetzt spürte ich das dumpfe Dröhnen in meinem Kopf, die schweißtreibende Wattigkeit in meinen Gliedern und einen gewaltigen Durst.

«Du hältst dich für schlauer, als du bist», sagte Oertel. «Du bist gerade ein paar Tage hier und glaubst, den Durchblick zu haben.»

Ich erhob mich vom Bett, stöhnte leise und begann, mich anzuziehen. Oertel ließ sich von meiner Schweigsamkeit nicht ausbremsen. Er stand fertig bekleidet im Zimmer und sagte: «Die wird dir nicht nur das Herz brechen, sondern vermutlich auch mindestens noch einen Arm. Vielleicht auch den Schädel.»

«Aha.»

«Du kannst es ja nicht wissen, aber der letzte Junge, der an sie ranwollte, wurde mit dem Krankenwagen abgeholt. Seitdem ist der nicht mehr gesehen worden.» Jetzt drehte sich Oertel mir zu und zog seine Mundwinkel in einem kurzen, fiesen Grinsen nach oben.

Kurz darauf saßen wir in großer Runde in der Wohnküche unseres Hauses. Es roch nach Kaffee und Aufbackbrötchen. Manche aus der Eulenfamilie hatten sich komplett angezogen, andere saßen in Schlafanzügen und Strümpfen am Frühstückstisch. Während uns Frank Gabriel mit einem Erlebnisbericht von einem «Ärzte»-Konzert unterhielt und ich mir eine von Konrad fürsorglich eingeschenkte Coca-Cola schmecken ließ, koordinierte Frau Brunshagen mit steiler Stirnfalte das Frühstücksgeschehen. Mal reichte sie die Kaffeekanne, mal sagte sie, wo sich der Honig befand, oder fragte, ob sie noch eine Runde Brötchen aufbacken solle.

Ein solches Gemeinschaftsessen hätte ich mir vor kurzem nicht einmal vorstellen können. Es erschien mir lange her und weit weg, dass ich an den Abenden und Wochenenden mit meinem Vater schweigend am Tisch gesessen und manchmal geglaubt hatte, meine eigenen Schluckgeräusche nicht mehr ertragen zu können. Jetzt saß ich in dieser lebhaften Runde, und nichts wurde mir zu viel. Ich konnte in der Gruppe untergehen und bei Bedarf wieder aus ihr hervortauchen, fast nach Belieben. Während dieser Tauch-gänge genoss ich die Schwere meines ersten Katers geradezu. In diesem Zustand mischten sich halb beruhigende und halb aufregende Gedanken zu einem neuartigen Gefühl: Schon heute Abend würde ich Ella Winter wiedersehen.

Nach dem Frühstück ging ich zum Münzfernsprecher in der Eingangshalle des Nachbarhauses, steckte 50 Pfennig in den Schlitz und rief meinen Vater an. Nach zweimal Läuten nahm er ab.

«Weber.»

Kurz glaubte ich, einen Unbekannten angerufen zu haben, so fremd erschien mir die nur sehr selten durch einen Telefonhörer gehörte Stimme meines Vaters.

«Ich bin's», sagte ich.

«Hallo, Tilman. Schön, von dir zu hören. Wie ist es an der Ostsee?»

«Angenehm. Wir haben gerade gefrühstückt.»

«Wir sind sogar noch dabei», sagte mein Vater und klang dabei nicht glücklich, obwohl er es versuchte.

«Heute Abend besuche ich eine andere Familie», sagte ich. «Die wohnen in diesem älteren Gebäude. Das mit den roten Backsteinen.»

«Ich erinnere mich. Und die Lehrer? Bist du zufrieden?»

«Ja. Wir beschäftigen uns gerade viel mit der griechischen Antike, und ich lese Hyperion von Hölderlin.»

«Gut. Wie ist das Essen?»

«Könnte schlimmer sein», sagte ich.

«Das klingt tapfer. Wenn du nach Hause kommst, gehen wir in ein Restaurant deiner Wahl.»

«Ja, gut», sagte ich. «Super.»

«Tja, also», sagte mein Vater und blieb danach eine Weile still. Um das Schweigen zu beenden, sagte ich: «Ich muss mal wieder zu den anderen.»

«Einen schönen Sonntag noch. Auch von Konstanze.»

«Ja, dir auch.»

Ich legte auf und wusste, dass ich in Zukunft nicht oft mit meinem Vater telefonieren würde.

Ich verbrachte den Tag mit unkonzentriertem Lesen und einer Mischung aus Träumerei und Nachdenken. Ich spielte Situationen des bevorstehenden Abends durch, erprobte mich in Selbstgesprächen und redete mir Mut zu. Das Abendessen in unserer Eulenfamilie brachte ich schnell hinter mich und ging dann mit Konrad zum Haus der Wielands. Auf dem Weg erzählte er, er mache sich nicht viel aus Horrorfilmen. Aber Yes finde sie toll, und wenn Yes sie toll finde, dann heiße es «mitgefangen, mitgehangen». Ich verstand damals nicht, was Konrad damit zum Ausdruck bringen wollte, und interessierte mich auch nicht dafür. Mich beschäftigte eine andere Frage, und ich wartete ungeduldig, bis ich sie endlich stellen konnte: «Hast du von dem gehört, der ins Krankenhaus musste und noch nicht wieder zurück ist?»

«Du meinst Paul?» Konrad klang nicht besonders beteiligt. «Das ist Monate her.»

«Was ist denn passiert?»

«Ist im Schloss rumgeklettert und abgestürzt. Aber der müsste eigentlich längst aus dem Krankenhaus raus sein.»

«Ja und?»

«Keine Ahnung. Vermutlich ist er einfach auf eine andere Schule gewechselt. Manchen gefällt es hier nicht. Die sind dann schnell wieder weg.»

«Was für ein Schloss?»

«Keine Ahnung. Wieso interessiert dich das?»

«Wie findest du die Wielands?»

Konrad blieb stehen und sah mich belustigt an: «Meinst du alle aus der Familie oder bestimmte Exemplare?»

«Na ja, alle.»

«Coole Truppe. Manchmal aber ein bisschen unlocker. Ich hab da mal gewohnt. Ganz am Anfang.»

Am liebsten hätte ich Konrad eine Frage nach der anderen gestellt, aber ich gab mir Mühe, meine Neugier vor ihm zu verbergen, und sagte lediglich möglichst unbeteiligt: «Wieso bist du nicht mehr da?»

«Diese ganze Einweihungssache ist einfach nichts für mich. Können die ja gerne machen, aber mir ist das zu anstrengend.»

Mehr Gesprächszeit blieb nicht, denn wir hatten das Haus der Wielands erreicht. Die Tür stand weit offen. Wir traten ein und fanden uns in einer dunklen, hölzernen Diele wieder. Von dort führte eine Treppe in den ersten Stock, auf der uns in langsamen, geschmeidigen Bewegungen Luna in blauer Jeans und schwarzem Top entgegenkam.

«Welch hoher Besuch», sagte sie und lächelte Konrad zu. Mich streifte sie mit einem katzenhaften Blick. «Wait, I call the others.»

Wir hörten Geräusche von oben. Zuerst kamen Ronny und

Yukio die Treppe hinunter, dann Ella und Nadja. Yukio hielt mir eine Hand zum Einschlagen hin, Ella dagegen sah mich nicht einmal an.

Während wir um das Haus herum zu einem Seiteneingang gingen, fragte ich mich, ob ich etwas falsch gemacht hatte. Zum ersten Mal sah ich Nadja aus der Nähe und konnte nun bestätigen, was Oertel erzählt hatte: Eine grobe Akne ließ ihr Gesicht an einigen Stellen zerfurcht und wie verwundet erscheinen. Trotzdem fand ich sie nicht hässlich, eher abenteuerlich. Mit kratziger Stimme sagte sie: «Bist du nicht der, der uns in der Aula so angeglotzt hat?»

«Ja.»

«Und warum bist du an der FSS? Auch so hochbegabt wie Oertelchen?»

«Eher das Gegenteil», sagte ich und erntete damit anerkennendes Grinsen von Nadja und Ella

Ronny schloss eine Tür auf, und wir betraten nacheinander einen sehr großen und sehr hohen Raum, der einmal eine Scheune gewesen sein mochte. Durch die geöffnete Tür und ein ovales Fenster fiel trübe das Sonnenlicht und färbte in der Luft schwebende Staubflocken weiß. Das Glas durchbrach die Wand linker Hand des Eingangs ab ungefähr zweieinhalb Metern Höhe, während an den drei anderen Seiten des Raumes eine Galerie verlief, zu der eine Holzleiter hinaufführte. Beim Eintreten knarzten unter uns Holzbohlen, die etwa in der Mitte des Raumes ein großer, abgewetzter Orientteppich bedeckte. Darüber schlängelten sich Verlängerungskabel und führten zu Steckdosenleisten, die zwei großmütterliche Stehlampen, eine Stereoanlage und ein wuchtiges Fernsehgerät mit Strom speisten. Im schwarzen TV-Altar, auf dem die Bildröhre samt Gehäuse thronte, konnte ich zwei Videorecorder erkennen. Als Möbel dienten mehrere alte Polstersessel, zwei durchgesessene Sofas und ein runder Couchtisch. An den Wänden unterhalb der Galerie standen stockfleckige Regale voller Bücher, Comics, Zeitschriften, CDs und Videokassetten. Schräg versetzt vor einem solchen Regal schien ein abgenutzt aussehendes Klavier darauf zu warten, weiter abgenutzt zu werden.

Ehrfürchtig schaute ich mich in diesem mit Sperrmüllschätzen ausgestatteten Refugium um, während alle anderen zu wissen schienen, was sie zu tun hatten. Ella und Nadja warfen sich in das größere der beiden Sofas, Ronny und Konrad verteilten Gläser auf dem Couchtisch, und Luna holte aus einem der Regale eine Flasche und redete währenddessen davon, dass man hier auch einmal wieder saubermachen könne.

«Ist nicht Tilly dran?», sagte Ronny. Luna lachte laut: «Sure, as always.»

«Bald werden wir eine neue Putzkraft brauchen», sagte Ronny.

«Ich wüsste da schon wen», sagte Luna, die jetzt die Flasche mit goldbraunem Inhalt auf den Couchtisch stellte. Sie warf Ella einen Blick zu, die andeutungsweise den Kopf schüttelte. Luna ließ sich auf das kleinere Sofa fallen, sah zu mir herüber und schlug dreimal leicht mit der flachen Hand neben sich. Ich setzte mich zu ihr, halb geschmeichelt durch die Einladung, halb irritiert. Luna sah mich prüfend an.

«Darf ich mal?», sagte sie plötzlich, griff nach meinen Schultern und drückte sie nach hinten. «Du musst dich gerade halten, sonst siehst du in ein paar Monaten aus wie mein Brother Lui. Was bedrückt dich denn, mein Kleiner?»

«Nichts», sagte ich.

«Glaube ich nicht», sagte Luna. «Mir kannst du es sagen.

Luna meint es gut mit dir. Luna erfüllt dir jeden Wunsch. Also fast jeden.»

«Gestatten?» Ronny ließ sich zwischen mich und Luna fallen. Ich spürte sein Gewicht auf meinem rechten Oberschenkel und zog mein Bein weg.

«Ist doch noch Platz hier, oder?», fragte er und sah mich an. Ich fühlte mich klein und unwissend, und nur eine wachsende Neugier verhinderte, dass ich mich davon einschüchtern ließ.

Wir tranken Whiskey. Ich mühte mich, das Gesicht nicht allzu sehr zu verziehen, und bemerkte, wie mich Ella beobachtete. Ich lächelte ihr zu, aber sie erwiderte mein Lächeln nicht, sondern wandte sich Nadja zu, um mit ihr leise zu sprechen.

Ich fühlte mich zunehmend unwohl. Einerseits lag in diesem Raum eine große Verheißung, und ich durfte hier sein. Andererseits gehörte ich nicht dazu. Ich verstand kaum eine der Anspielungen, wusste Blicke, Gesten und Worte nicht zu deuten und fragte mich zunehmend, was ich eigentlich hier sollte. Ich wusste nicht, was die anderen von mir hielten, ob sie mich ernst nahmen oder nur als lustigen Idioten betrachteten, mit dem man sich eine Weile die Zeit vertreiben konnte. Was nutzte schließlich das schönste Refugium, wenn man es nicht hin und wieder einem staunenden Neuling zeigen konnte? Und was hatte ich außer meinem Staunen schon anzubieten?

Ich verspürte zunächst Erleichterung, als Ronny aufstand und eine kleine Ansprache über das «in Deutschland indizierte Meisterwerk» hielt, das er von einem Freund «zugespielt» bekommen habe und uns nun vorführen werde, auf dass wir unsere «Unerschrockenheit beweisen konnten». Einen Film gucken – dabei konnte ich nicht viel falsch machen. Ich musste lediglich darauf achten, mir meine Angst nicht anmerken zu lassen. Mein Vater besaß keinen Videorecorder, und «Videogucken» hatte für mich etwas Proletenhaftes und Voyeuristisches an sich.

Ich starrte auf den erst blauen, dann schwarzen und schriftdurchzogenen Bildschirm und störte mich an dem Klackern des im Recorder ablaufenden Bandes. Wenige Sekunden später nahm ich dieses Geräusch nicht mehr wahr. Jetzt glitt mein Blick zu unheimlichen Klängen rasend schnell zwischen den Bäumen eines Waldes hindurch. Fünf Menschen in einem Auto, jedes Bild erschien mir eigenwillig und voller dunkler Ahnungen. Die schlechte Ton- und Bildqualität des Videos verstärkte das Gefühl, etwas Schäbigem und Gefährlichem beizuwohnen. Ich versuchte, einen distanzierten Blick einzunehmen: Das waren Schauspieler, außerhalb meines Sichtfeldes stand eine Kamera. Allerdings fand ich es bereits verstörend, dass Menschen solche Filme überhaupt drehten. Verriet das nicht etwas über ihre Unheimlichkeit?

Als sich im Film die Tür einer Blockhütte öffnete, dachte ich daran, wie sich eben die Tür zu diesem Aufenthaltsraum der Wielandschüler geöffnet hatte. Im Zwielicht war ein ausgestopfter Hirschkopf an der Wand zu erkennen. Dazu erklang unheilschwangere Musik.

Stimmen rufen, Nebelschwaden ziehen über den Boden, eine Frau rennt in den Wald, die Zweige eines Baumes winden sich um ihre Arme und Beine, zerfetzen ihr die Hose, reißen sie zu Boden, ein dicker Ast rammt zwischen ihre Beine. Luna reibt Ronny vorne an der Hose. Er sitzt einfach da und tut, als ob er es nicht merkt. Die Frau flüchtet aus dem Wald zurück in die Hütte. Die Nacht ist dicht und drückend und voller Scheinwerferlicht. Jetzt ist die Frau von einem Dämon besessen. Ihr Gesicht verändert sich. Es kann aber auch wieder normal werden. Ich vergesse immer wieder, dass es nur ein Film ist. Die Bilder und Geräusche kriechen in mich hinein und wecken dort etwas. Eine andere Frau wird ebenfalls zum Dämon, aber statt zu fauchen, sitzt sie in einem weißen Kleid auf dem Boden, spielt mit ihren glatten Haaren und kichert. Ihre Augen sind glasig. Ein Mann schlägt sie. Sie kichert weiter. Sie greift den Mann an. Er schlägt ihr den Kopf mit einem Spaten ab. Blut schießt als Fontäne aus dem Hals, während die kopflose Dämonenfrau auf dem Mann reitet und ihn würgt. Schließlich sind alle zu Dämonen geworden bis auf den Mann, der wahnsinnig wird. Die Gesetze von Zeit und Raum sind aufgehoben. Es gibt keine Sicherheit. Vertrauen ist Blindheit. Die Wirklichkeit zu erkennen bedeutet, den Verstand zu verlieren.

Als der Abspann lief, hörte ich das Reden der anderen, vor allem Lunas muntere Stimme. Es ging mir nicht schlecht. Wie ferngesteuert nahm ich ein weiteres Glas Whiskey entgegen.

«Du bist ja ganz blass», sagte Luna und lachte. «Für mein Brüderchen sind solche Filme auch nichts. Der hat schon nach ‹Poltergeist› Schlafstörungen bekommen. Na, genau genommen hatte er die Schlafstörungen schon vorher. Dreht sich immer so im Bett hin und her, wie eine Aufziehpuppe.» Luna imitierte mit ihrem Oberkörper eine mechanisch anmutende Bewegung des Hin-und-her-Drehens.

Ronny stand auf und ging durch den Raum. «Yes, hast du Lust auf ein paar Runden?», fragte er.

«Lass mal, Ron», sagte Yukio freundlich. «Ich geh lieber mit Konrad zur Rampe.»

«Scheiß auf Skaten, Yes! Ich brauche einen Sparringspartner.»

«Komm in mein Zimmer», sagte Luna zu Ronny. «Dann erlebst du den Infight deines Lebens.»

«Da hängt Luis rum.» Ronny machte ein paar federnde Schritte, während er seine Arme vor dem Oberkörper in Boxerpose hielt.

«Let's turn him to the wall.»

Wenige Sekunden verließen erst Konrad und Yukio und kurz darauf «Ron» und Luna den Raum. Ich hockte allein auf dem einen Sofa, Ella und Nadja saßen auf dem anderen. Sie hielten die Köpfe nah beieinander und unterhielten sich so leise, dass ich außer einzelnen Wörtern nichts verstand. Ich hatte nicht die Kraft aufzustehen, obwohl ich mir so überflüssig vorkam wie ein in die Ecke gelegtes Stofftier. Zweimal beobachtete mich Nadja aus den Augenwinkeln, ihre schwarzen Augen wirkten dabei unheimlich.

Dann fielen mir die Bücher in den Regalen auf, und mir floss genug Kraft zu, um aufzustehen und sie mir anzugucken. Die meisten der Bücher, Magazine, CDs und Videos, die dort versammelt waren, kannte ich nicht, aber es fiel sofort ins Auge, dass es sich um eine chaotische Mixtur handelte, ähnlich wild und doch nicht unstimmig zusammengestellt wie die Einrichtung des großen Raumes, in dem ich stand wie ein Tourist in einer Kirche. Mein Interesse erregten zunächst mehrere Ausgaben einer «Zeitschrift für Kinder- und Jugendpsychiatrie und Psychotherapie». Dann glitt mein Blick über die Rücken überspielbarer Videokassetten, auf deren Etiketten rätselhafte Kombinationen aus Buchstaben und Zahlen standen. Ich blätterte in einem Buch voller glatt glänzender Bilder, in denen nackte Frauen mit Maschinen und Tentakeln verschmolzen. Es gab eine Reihe violetter Taschenbücher, auf denen Namen wie Blackwood, Dick, Hoffmann, Le Fanu, Lovecraft oder Machen standen.

Ich hielt gerade einen Comic mit einem keltischen Muskelmann namens Sláine in der Hand, als Ella neben mich trat und mir über die Schulter blickte.

«Was meinst du», sagte sie und tippte auf ein Bild des Barbaren, «ist Lesen ein Ersatz? Ron meint das.»

«Wofür?», fragte ich.

«Fürs Leben.»

Ich antwortete nicht. Das schien Ella jedoch nur anzuspornen: «Oder führt dich das Lesen tatsächlich zu einem anderen Leben?»

«Keine Ahnung», sagte ich. «Hängt wohl vom Leser ab, also, ob der mutig ist oder eher feige.»

«Bist du mutig?»

Ich konnte auf diese Frage nicht antworten. Ein «Ja» hätte dämlich, ein «Nein» nach Tiefstapelei und beides nach einem Eingeständnis meiner Lächerlichkeit geklungen. Ich wollte gerade ein weiteres Mal «Keine Ahnung» sagen, als mir etwas anderes einfiel: «Ob man mutig ist, weiß man doch eigentlich immer erst hinterher.»

Ella lächelte. Sie griff in einer spontanen Geste nach ihrem rechten Ohrläppchen und hielt es einen Augenblick lang zwischen Daumen und Zeigefinger.

«Vielleicht sind unsere Ängste unsere Grenzen.» Sie sah mich herausfordernd an, als erwarte sie eine Entgegnung von mir.

«Na ja», sagte ich. «Wenn ich da drüben gegen die Wand laufe, ist es egal, ob ich Angst habe oder nicht. Da ist dann Schluss.»

«Du könntest einen Vorschlaghammer holen und die Wand einschlagen und durchspazieren. Aber auf die Idee kommst du nicht, weil du Angst hast – zu aufwendig, zu teuer, zu verboten ...»

«Zu blöd», sagte ich. Ella lachte. Nadja rief vom Sofa: «So, ihr Süßen. Ich geh mich jetzt woanders langweilen.»

«Warte», rief Ella. «Ich komm mit.» Sie drehte sich noch einmal zu mir um: «Langweilen ist meine Lieblingsbeschäftigung.»

Wir verließen den Raum. Nadja hatte den Schlüssel von Ron bekommen und schloss hinter uns ab. Kurz stand ich unschlüssig draußen herum. Gerne hätte ich noch Zeit mit Ella verbracht, aber ich fühlte mich nicht eingeladen, ihr und Nadja zu folgen, und verabschiedete mich daher so rasch wie unbeholfen. Ohne einen bewussten Plan zu verfolgen, ging ich hinter dem Hauptgebäude über eine Wiese, durchquerte ein angelehntes Gittertor und folgte einem sandigen Pfad zwischen gedrungenen Kopfweiden hinunter zum Strand. Ich hatte wahrscheinlich damit gerechnet, alleine am Meer zu sein, und wunderte mich, als ich dort Salvador und Valerie Wieland mit Luis antraf. Sie machten Fotos im Schein der Sonne, die linker Hand als Halbkreis über den Horizont ragte. Luis trug eine rote Badehose und posierte etwas gezwungen, während ihn Herr Wieland fotografierte und Frau Wieland Anweisungen gab. Die beiden trugen Sommerkleidung, sie ein blaues Kleid und Sandalen, er ein weißes Hemd mit kurzen Ärmeln und eine weite Stoffhose, die aussah wie aus dem Leinentuch eines Segelschiffes hergestellt.

Luis sah mich als Erster kommen und blickte sofort zu Boden. Dann drehte sich Valerie Wieland nach mir um und lächelte.

«Tilman», rief sie. «Schön, dich zu sehen. Möchtest du auch mal fotografiert werden?»

Ich schüttelte den Kopf. Irgendwie war es mir peinlich, dass Luis nur eine Badehose anhatte, obwohl es mir ja völlig egal hätte sein können.

«Ach komm», sagte Frau Wieland. «Du bist so ein hübscher Junge. Wir bringen zum Jahresende ein großes FSS-Magazin heraus. Da können ein paar Sonnenuntergänge mit Charakterköpfen nicht schaden.»

Eigentlich hatte ich keine Lust, mich von Herrn Wieland unter diesen Umständen fotografieren zu lassen, aber ich hatte auch keine Lust, als Spielverderber zu gelten. Also posierte ich für den munter sein großes Objektiv auf mich richtenden Mann, während mich seine Frau anfeuerte und Luis still und steif danebenstand. Schließlich sollte ich ihm noch den Arm umlegen, er den Blick in die Ferne gerichtet und ich herausfordernd direkt in die Kamera schauend. Ich fand die Situation peinlich: mein Arm an der nackten Hüfte des fremden Jungen, dem das Ganze auch spürbar nicht behagte.

«Danke», sagte Salvador in einem ironisch-professionellen Tonfall und so, als ob wir Models wären. «Ich denke, wir haben ein paar sensationelle Bilder im Kasten.»

«Sag mal, Tilman», sprach mich Frau Wieland auf dem Rückweg an. «Du hast dich doch anfangs dafür interessiert, bei uns zu wohnen.»

Ich nickte.

«Eine von uns muss die FSS leider verlassen. Tilly. Vielleicht kennst du sie?»

Obwohl ich wusste, um wen es sich handelte, schüttelte ich den Kopf.

«Bei uns wird also ein Platz frei.» Valerie Wieland sah mich halb amüsiert, halb ernst an. Ich wunderte mich darüber, dass ich mich nicht freute. Genau das hatte ich mir doch gewünscht: in die Familie der Wielands eingeladen zu werden. Jetzt trottete ich hier mit dem stummen Luis den sandigen Pfad entlang und wusste nicht, was ich sagen sollte.

«Also», sagte Herr Wieland, ohne mich anzusehen, «wenn die anderen einverstanden sind, ziehst du bei uns ein.»

«Ja», sagte ich.

In der Nacht fand ich keinen Schlaf. Einzelne Bilder des Films standen mir deutlich vor Augen: die kichernde Dämonin im weißen Kleid, die Kellerluke, die mit den Daumen in den Höhlen zerdrückten Augen, die Bäume des Waldes, die eingestürzte Brücke. Mit den Bildern stiegen heftige Gefühle von Bedrohung und Ausweglosigkeit in mir auf. Ich fühlte mich wie mit Angst vergiftet. Woher sollte ich wissen, dass sich Oertel im Bett über mir nicht auch in einen Dämon verwandelte? Ich konnte mir immer wieder sagen, dass es sich nur um einen Film handelte, dass geschminkte Schauspieler nach Drehbuch agiert hatten, dass es keine Dämonen gab. Aber mein heftiges Angstgefühl überzeugte mich mehr als die lahmen Beschwörungsformeln einer antrainierten Vernunft. Wenn es sich nur um einen Film handelte und all das Schreckliche nur ausgedacht war, warum fürchtete ich mich dann so? Konnte ich meinen eigenen Gefühlen nicht trauen? Und war das dann nicht ebenfalls furchteinflößend?

Ich lag mit offenen Augen da. Mein Gesicht hatte ich raumwärts gewendet. Auf keinen Fall durfte ich dem Zimmer den Rücken zukehren. Auf keinen Fall durfte ich die Augen schließen. Ich verfluchte mich dafür, den Film gesehen zu haben. Ich wusste doch um meine Ängstlichkeit, warum musste ich mich immer wieder überfordern? Die

Angst ergriff von mir Besitz wie ein Fieber. Mein ganzes Wesen verengte sich auf wenige, ständig wiederkehrende Eindrücke, die aus meinem Inneren in die Außenwelt zu schwappen drohten. Sie durften nicht wahr werden. Mein Körper krümmte sich unter der Anspannung.

Mehrmals sah ich unter das Bett, mit angehaltenem Atem, Schweiß auf der Stirn. Einmal zwang ich mich dazu aufzustehen, obwohl mir das halbblinde Wandern durch das Zimmer mit seinen dunklen Ecken mehr Angst machte als der Aufenthalt in meinem Bett. Für Augenblicke richtete sich meine ganze Aufmerksamkeit auf meinen rechten Fußknöchel in Erwartung eines spitzen Gegenstandes, der unter dem Bett hervorschnellen und sich in mein Fleisch bohren würde. Ich fühlte mich schwach und unwürdig. Ich schämte mich. Die Angst verdrehte mich. So wollte ich nicht sein. Ich ging zum Fenster und zog die Vorhänge ein Stück nach außen, damit mehr Licht hineinfiel. Wieder einmal sah ich über den großen, leeren Platz hinüber zum roten Gesindehaus, in dem Ella nun schlief. Ich versuchte, mir ihr Zimmer auszumalen, ihr Bett. Ob sie mich lächerlich finden würde, wenn sie wüsste, wie es mir in dieser Nacht erging? Ich überlegte, was Ella zu meiner Angst sagen würde, und wurde dadurch ruhiger. Die Schreckgestalten aus dem Film existierten noch immer in meiner Nähe, aber nun, da ich einen großen Teil meiner Aufmerksamkeit von ihnen abziehen konnte, wirkten sie blasser und weniger wirklich.

«Ella», sagte ich leise, wie ich es in den letzten Tagen häufig tat. Ich streichelte den Namen mit meiner Zunge. «Ella, Ella, Ella, meine Ella.»

Auch in den nächsten Nächten hatte ich Angst. Tags erschien es mir, als ob es diese Nächte gar nicht gäbe, aber wenn ich das Licht meiner Bettlampe löschte, wünschte ich mir, dass Oertel noch auf mich einreden und ich dabei einschlafen würde. Auch zwischen meinem Leben in der Eulenfamilie und meinen Kontakten zu den «Kindern» der Wielands klaffte ein Graben. Tagsüber dachte ich, dass ich natürlich bei den Wielands einziehen wollte, womöglich sogar in einem Einzelzimmer, ganz in der Nähe von Ella. Ich würde in dieser Gemeinschaft mehr lernen als ein wenig Schulstoff und gegenseitige Akzeptanz. Nachts aber, wenn ich auf den von draußen über das Linoleum gegossenen Lichtstreifen blickte, mischte sich wieder Furcht in meinen Wunsch.

Die folgende Woche verlief ereignisreich, und ich hatte kaum Zeit, über mich und die Wielands nachzudenken. Wir machten einen Klassenausflug nach Wismar, besuchten ein Museum zur Stadtgeschichte und wohnten einem klassischen Konzert im Hafen bei. Nachher sollten wir über den Tag schreiben und das Geschriebene vorlesen. Mein Aufsatz fand großen Anklang bei den anderen. Ich beschrieb den eindrucksvollen Marktplatz und würzte meine Schilderung mit dem besonders feierlich formulierten Lobpreis einer Eisdiele. Nach der Stunde fragte mich Julia Wuttke, ob sie den Text im «Wellenbrecher», der Schülerzeitung der FSS, abdrucken dürfe. Ich hatte nichts dagegen und freute mich, als sie sagte, ich könne in Zukunft auch ruhig andere, nicht für den Unterricht produzierte Texte für den Abdruck im Wellenbrecher einreichen.

Beim Mittagessen in der Schulkantine erzählte ich Ella davon. Sie nickte und sagte: «Ich kann mir gut vorstellen, dass dir das liegt. Vielleicht hast du ja bei deinem Poe gelernt.»

Ich hätte gerne länger mit ihr darüber gesprochen, aber wenn Nadja oder Luna oder Ronny in der Nähe waren, fühlte ich mich beobachtet und hatte keine Lust, zumal Ella in diesen Situationen auch nicht gerade mitteilsam wirkte. Manchmal hatten wir eine gemeinsame Schulstunde, aber so gut wie nie kam sie ohne die Begleitung mindestens eines anderen Wielands, und nie saß sie neben mir. Allerdings sahen wir uns manchmal im Unterricht an, und wenn ich dann unwillkürlich lächelte, wurden auch ihre Züge weicher, und ihre Augen leuchteten kurz, und ich fühlte mich so wohl, dass ich noch Stunden später nur an diese leuchtenden Augen denken musste, um mich gleichzeitig geborgen und erhaben zu fühlen, als wäre ich in ein Geheimnis eingeweiht, das mich unbesiegbar machte.

An einem Donnerstagabend traf ich Tilly im Waschkeller von Haus 3. Sie stand vor einer Maschine und sah den kreisenden Kleidern zu, die wie Ertrinkende hinter einer schaumig-nassen Scheibe auftauchten und untergingen. Ich grüßte sie und begann damit, meine Schmutzwäsche aus zwei Stoffbeuteln in eines der wuchtigen, gelblich weißen Geräte einzuräumen. Anschließend hantierte ich mit der Großpackung gemeinschaftlich genutzten Waschpulvers. Tillys Schweigen ging mir zunehmend auf die Nerven. Ihre dünne, eingesunkene, piepsstimmige Gegenwart in dem muffigen, dunklen Waschkeller machte mich aggressiv. So hatte ich noch nie empfunden, und meine Stimme klang gezwungen, als ich sagte: «Ich habe gehört, du gehst von der Schule ab?»

Tilly nickte und starrte weiter stumm in die Waschtrommel.

«Warum?»

Sie stand da, hob ein wenig die Schultern und sagte leise: «Ist halt so.»

In diesem Moment bemerkte ich eine kleine, runde Narbe an ihrem Handgelenk, deren Anblick mir sofort Ekel einflößte. Meine Wut auf Tilly wuchs, aber gleichzeitig fiel mir Oertel ein, und ich wollte sicher nicht so empfinden und erst recht nicht so reden wie er.

«Ist das denn in Ordnung für dich?», fragte ich geduldig, aber meine Stimme klang weiterhin fremd.

«Ich passe hier nicht hin», sagte Tilly und drehte sich zu mir um. Sie sah mir kurz in die Augen, als sie sagte: «Ob ich woanders hinpasse, weiß ich nicht.»

Am nächsten Nachmittag klopfte es an meiner Zimmertür. Ich saß gerade auf dem Bett und blätterte in einem schlecht gezeichneten Comic, der die Idee hinter dem Periodensystem erklären sollte. Noch während ich «Herein» sagte, schwang die Tür auf, und Luna betrat den Raum. Sie trug einen Jeansrock, weiße Sandalen mit Absätzen und ein dunkelgrünes Oberteil mit Spaghettiträgern. Durch den dünnen, enganliegenden Stoff zeichneten sich ihre Brüste ab. Sogar die Brustwarzen konnte ich erkennen. Ich wich Lunas intensivem Blick aus und sagte: «Na, was gibt's?»

Luna lachte.

«Ich mag dich, Kleiner», sagte sie. «Du hast so eine ganz eigene Coolness. Von mir aus könntest du direkt bei uns einziehen. Du willst doch bei uns einziehen?»

«Ich glaube schon», sagte ich, und Luna lachte wieder.

«The problem is ...» – Luna machte eine Pause, bevor sie fortfuhr –, «Ella ist dagegen. Darf ich?» Sie setzte sich neben mich – so nah, dass ich das Gefühl hatte, von ihr berührt zu werden. Sie roch nach Parfüm und ein bisschen nach Schweiß. Sie sah aus wie eine Frau aus einem Heft oder einem Film.

«Pass auf», sagte sie. «Du hast ja sicher schon geschnallt, dass wir ein bisschen anders sind.»

Ich nickte.

«Wir versuchen, aus dieser ganzen verschissenen Programmierung rauszukommen, unser Bewusstsein zu erweitern, uns selbst zu entwerfen. Verstehst du?»

«Ich glaube schon», sagte ich.

«Meinst du, das ist was für dich? To awake, to create, to be responsible for your creation?»

Ich nickte. Dann sagte ich: «Ich kann noch nicht so gut Englisch.»

«Du», sie zeigte auf meine Brust, «erschaffst deine Wirklichkeit.»

Ich wusste nicht genau, was Luna meinte, und es klang auch ein bisschen verrückt oder zumindest übertrieben, aber mir erschien es allemal besser, Teil von etwas Übertriebenem oder Verrücktem zu werden, als ein kleiner Angsthase zu bleiben.

«Wir praktizieren Magie», sagte Luna in ihrem üblichen Plauderton. «Not what you think. Es spielt keine Rolle, ob es Geister gibt oder nicht. Auch wenn ich mit denen kommuniziere. Es geht darum, was du mit deinen Gedanken und Gefühlen und deiner Wahrnehmung machst. Du kannst das auch kreative Psychologie nennen, oder what the fuck.»

«Wieso will Ella nicht, dass ich bei euch wohne?», fragte ich.

«Da musst du sie selbst fragen. Vielleicht denkt sie, du bist nicht entschlossen genug. So wie Tilly. Vielleicht bist du hier bei den Eulen ja auch besser aufgehoben.» Alleine wie Luna das Wort «Eulen» aussprach, ließ mich sofort den Kopf schütteln.

«Also ich erkenne ja Menschen, die sich für Einweihung interessieren», sagte Luna. «Ich habe den Blick. Ella hat da weniger Erfahrung. Mach dir keine Gedanken. Wenn du wirklich zu uns willst: Komm morgen Nacht zwischen elf und Mitternacht zum Schloss Broockhorst.»

«Okay», sagte ich, bevor ich zaghaft nachschob: «Wo ist denn das?»

Luna zog aus der Gesäßtasche ihres Jeansrocks einen zerknitterten Zettel, auf den jemand eine Landkarte gezeichnet hatte. Sie strich mit dem Zeigefinger über das Papier: «Wenn du außen rum gehst, sind es gut 25 Kilometer. Oder du kürzt ab. Hier: durch den Lenorenwald. Da drin hat sich allerdings ein unglückliches Mädchen erhängt. Jetzt spukt es dort.» Luna legte mir eine Hand aufs Knie. «Nimm eine Taschenlampe mit, Süßer.»

Am Samstagabend packte ich meinen Schulrucksack: Jacke, Taschenlampe, eine Flasche Wasser und eine aus der Küche genommene Packung Toastbrot. Dann duschte ich zum zweiten Mal an diesem Tag. Mir gefiel das Duschen nicht, weil ich die Kellerräume und die Anwesenheit anderer Jungen in meiner nackten Gegenwart nicht mochte, aber ich bildete mir ein, durch diese Reinigung kurz vor dem Aufbruch besser auf die Nacht vorbereitet zu sein. Ich rechnete damit, alleine im Keller zu sein. Aber kaum hatte ich mich mit Handtuch und Seife in den schlauchförmigen, von Neonröhren erhellten Raum begeben, hörte ich hinter mir die Tür gehen. Konrad kam herein. Als er mich sah, lächelte er und begann eine Melodie zu pfeifen. Ich mochte es nicht, dass ich mir in Gegenwart des größeren und viel reiferen

Jungen blass, schmal und klein vorkam. Dennoch zog ich mich tapfer aus. Konrad hatte schon üppige Schambehaarung und einen großen Penis. Er schaute mich an, und es kam mir vor, als gleite er mit Tastorganen über meinen Körper, der mir dadurch in seiner mangelnden Entwicklung noch deutlicher bewusst wurde. Ich senkte den Blick, drückte einen Knopf und prüfte mit flach ausgestreckter Hand die Temperatur.

«Hast du heute noch was vor?», fragte Konrad und seifte sich langsam unter den Achseln ein.

«Ich geh noch ein bisschen spazieren», sagte ich.

«Und dafür duschst du extra? Ich dachte, du triffst vielleicht noch jemanden.» Er machte eine Pause, bevor er hinzufügte: «Ein Mädchen, vielleicht. Oder machst du dir nichts aus Mädchen?»

Ich konnte nicht antworten. Meine Luftröhre zog sich auf Höhe des Brustbeins zusammen. Das waren irgendwie falsche Fragen. Musste man sie in so einer Situation in einem Internat gegenüber einem Jungen beantworten, der einen betrunken auf das Dach eines Gasthofes gehievt hatte? Ich wusste nicht, wie ich mich zu verhalten hatte, und fühlte mich immer unwohler.

«Na, das ist wohl dein Geheimnis», sagte Konrad fröhlich und reinigte sich mit der flachen rechten Hand zwischen den Pobacken. Ich verspürte keine Lust, mich in seiner Gegenwart «untenrum» zu waschen, wollte allerdings auch nicht die Dusche sofort verlassen und wie ein Feigling wirken. Also wartete ich, bis er endlich das Duschwasser abgestellt hatte und in den Nebenraum ging. Beim Abtrocknen pfiff er nervtötend vor sich hin, während ich versuchte, mich auf den Abend vorzubereiten.

Gegen acht brach ich auf. Ich meldete mich bei niemandem ab und wich den Fragen zweier Mädchen aus der Eulenfamilie aus, die mir entgegenkamen, als ich das Gelände in Richtung Landstraße verließ. Diesmal führte mein Weg in die dem Kakadu entgegengesetzte Richtung. Hörte oder sah ich ein Auto näher kommen, verschwand ich hinter einem Baum oder im Graben am Wegesrand. Ich hielt es für durchaus möglich, dass Lehrer der FSS abends in der Gegend herumfuhren, und ich hatte keine Lust, meinen Ausflug erklären zu müssen.

Nach einer halben Stunde erreichte ich den Lenorenwald. Zum ersten Mal an diesem Abend schlug mir das Herz fester und schneller. Die Landschaft lag friedlich im Licht des Sommerabends, aber die Bäume hatten etwas Hämisches. Als ich zwischen die Stämme trat, stand die Luft kühler, und die Geräusche um mich herum veränderten sich. Immerhin verlief der Weg durch den Wald breit und gerade: eine Schneise, die sich über mir als freier Himmel zwischen den Buchen und Eichen spiegelte. Erste Sterne (vielleicht auch Satelliten) blinkten. Die Farbe des Himmels verdunkelte sich in einem fließenden, aus zahllosen Zwischenstufen bestehenden und so an keiner Stelle optisch greifbaren Übergang von Blau über Dunkelblau zu Blauschwarz. Mit der Dämmerung kroch die Angst aus ihrem Versteck in meinem Inneren. Sie hatte dort eingeringelt wie eine Schlange geschlafen, um sich nun zu entrollen und durch mich hindurchzugleiten: vom Bauch in den Hintern und die Beine, den Rücken und die Stirn. Sie spritzte ihr Gift in meine Gedanken. Meine Wahrnehmung veränderte sich. Die Dämoninnen aus dem Film standen wieder in scharfen Konturen vor mir. Ich hatte eine Zwischenwelt betreten – nicht alleine meine Phantasie, aber doch auch nicht die greifbare Wirklichkeit vor meinen Augen.

Ich dachte an das tote Mädchen und glaubte fast, es an diesem oder jenem Baum hängen oder neben einem Stamm stehen zu sehen. Kindheitsbilder von Kobolden und Hexen und Wolfsmenschen suchten mich heim. Selbst das Baummonster auf Oertels T-Shirt sah ich im Stamm einer knorrigen Eiche, die linker Hand ihre Äste ausstreckte wie gefrorene Blitze. Ich fürchtete mich vor der Dunkelheit, vor dem, was ich nicht sehen konnte, ich fürchtete mich aber auch davor, die Taschenlampe zu benutzen, deren Lichtkegel mich verraten würde.

So folgte ich mit von Überaufmerksamkeit entzündeten Sinnen dem Waldweg. Ich bereute meine Selbstüberschätzung und hasste mich dafür, dieses Treffen nicht abgesagt zu haben. Umkehren konnte ich jedoch auch nicht. Dann wäre nicht nur die ausgestandene Angst umsonst gewesen – ich wäre auch auf ewig vor mir und den anderen als Feigling entlarvt.

Der Weg zog sich. Die Angst regierte mich in anschwellenden und abebbenden Schüben. Je mehr ich meine manischen Gedanken unter Kontrolle zu bringen versuchte, desto gewalttätiger wühlten sich die Bilder und Empfindungen in mein Bewusstsein. Ich fürchtete mich nicht vor Wildschweinen, bösen Männern oder sonstigen halbwegs realen Gefahren. Ich fürchtete mich vor etwas in meinem Inneren, das jetzt hervortreten und mich zerstören würde. Dann, wie eine Gnade, stieg ein neuer, nicht in den üblichen Kreisen verlaufender Gedanke auf: Ich musste mich dem unterwerfen, was mir Angst machte. Ich musste nur die Seite wechseln. Was war denn das Böse, vor dem ich mich fürchtete? Hässlichkeit? Schmerz? Grausamkeit? Verlust? Entzweiung? Tod?

Ich lernte auf dem Weg durch den Wald einen anderen

Tilman Weber kennen. In der Gestalt des dünnen, blassen Jungen hielt sich jemand anders verborgen. Dieser andere machte mir nur so lange Angst, wie ich versuchte, ihm zu entkommen.

Schließlich trat ich ins Freie. Meine Armbanduhr zeigte 22.37 Uhr. An meinem Kragen klebte Schweiß. Ich sah die Landstraße, die Felder, die Bäume am Wegesrand und fühlte zum ersten Mal eine Erschütterung darüber, dass die Welt existierte und ich in ihr. Plötzlich erschien mir nichts mehr selbstverständlich, und ein tiefgehendes Staunen erfüllte mich.

Nach einer weiteren halben Stunde erreichte ich eine hüfthohe Mauer aus Feldsteinen, hinter der sich ein kleines, abgegrenztes Waldstück befand. Nach Lunas Karte musste es sich bei diesem zugewucherten Viereck um den Park von Schloss Broockhorst handeln. Ich stieg über die Mauer und fand mich in der dichten Schwärze des verwilderten Anwesens wieder, über mir das unruhige Muster der Baumkronen. Ohne die Taschenlampe benutzen zu müssen, stieß ich nach ein paar Minuten auf eine Allee. Sie führte direkt auf die Fassade des Schlosses zu. Die Angst in mir schlief nicht, aber sie war müde und kraftlos geworden. Ich wandelte wie durch einen Traum, beobachtet von den schwarzen Vierecken im Mauerwerk des Gebäudes. Beim Näherkommen sah ich im präzisen Licht eines kleinen, weißen Mondes, dass in manchen dieser Vierecke die Reste zersplitterter Scheiben glitzerten. Aus einem Fenster irrlichterte eine Fledermaus ins Freie, und ich hörte genau von dort oben gedämpfte Stimmen, die mir den ungefähren Standort der anderen verrieten. Ich bewegte mich leise und mit dem Wunsch, möglichst beiläufig zwischen ihnen aufzutauchen, sie vielleicht sogar zu erschrecken. Im Dunkeln passierte ich einen türlosen Torbogen und gewöhnte dann meine Augen an die muffige Finsternis, die mich dahinter empfing: Stein, Holzbalken, Blätter, Gerümpel – die wenig herrschaftlichen und seltsam modern wirkenden Überreste eines einst sicher prächtigen Herrensitzes. Ich lauschte auf die sonderbar an- und abschwellenden Stimmen meiner Mitschüler, die klangen, als suche jemand einen Radiosender, ohne ein stabiles Signal zu finden. Konzentriert horchend, tastete ich mich zu einer Treppe vor. Der Gedanke, den anderen durch mein plötzliches Erscheinen vielleicht Angst zu machen, gab der Angst in mir neuen Auftrieb. Eine Treppenstufe knarzte laut. Mein Atem setzte für die Länge eines Herzschlags aus. Ich horchte: Die anderen redeten ungestört weiter. Ich erreichte den ersten Stock. Große Teile des Bodens fehlten, sodass ich etwa drei Meter in die Tiefe sehen konnte. Über mir sah ich die Lichter von Taschenlampen oder wohl eher Kerzen. Deutlich hörte ich jetzt Lunas Stimme: «Doch, doch, das hat Salvador gesagt. Ein adeliger Widerstandskämpfer. Deshalb haben die Nazis seine Familie hier gestellt und aufgehängt. Right here.»

Was die anderen sagten, konnte ich nicht richtig verstehen. Ich atmete ein paarmal tief aus und ein. Dann tat ich ein paar unbedachte Schritte, geriet zu nah an die Abbruchkante und fand einen Augenblick lang mit dem rechten Fuß keinen Halt mehr. Es gelang mir, mich nach hinten auf den Rücken zu werfen, anstatt nach vorne ein Stockwerk tiefer zu fallen. Die Gespräche verstummten. Ich hörte Schritte, dann erfasste mich der Strahl einer Taschenlampe, und Ronny sagte: «Pass auf, du brichst dir den Hals.»

Ich klopfte mir den Staub von der Hose und folgte Ronny hinauf in den zweiten Stock. Im gelbstichigen Licht zweier Pechfackeln, die in Weinflaschen steckten, sah ich Luna,

Luis und Yukio. Der Raum war provisorisch eingerichtet; drei billig und unsolide wirkende Holzstühle, ein Schemel, zwei mit Decken belegte, ansonsten unbezogene Matratzen, mehrere Holzkisten und ein Sofa.

«Machen wir es kurz», sagte Ronny und reichte mir eine Rotweinflasche. Ich nahm einen Schluck und gab ihm die Flasche zurück.

«Von mir aus auch lang», sagte Luna. «Ich finde das so glamourös, wenn sich ein Neuer bewirbt.»

«Kann man auch lassen», sagte Yukio leise. Luna tat so, als hätte sie es nicht gehört.

«Wo sind denn Ella und Nadja?», fragte ich.

«Nicht da», sagte Luna. Mein Herz zog sich schmerzhaft zusammen. Ich fühlte mich ernüchtert und enttäuscht und regelrecht gekränkt, als mir wieder einfiel, was Luna über Ella gesagt hatte: dass sie mich nicht bei den Wielands haben wollte.

«Also pass auf», sagte sie. «Ich erklär dir das kleine Game.» Sie packte mich von hinten an den Schultern und drehte mich ein wenig: «Guck, da!»

Yukio leuchtete auf ein gerade einmal 20 Zentimeter breites Brett, das mehrere Meter über ein großes Loch im Boden des Stockwerks bis zur gegenüberliegenden Wand führte.

«Du fällst sechs Meter tief», sagte Luna. «Bumm.»

«Einmal bis zur Wand, umdrehen und zurück», sagte Ronny.

«Klar», sagte ich.

«Oder halt die hier», sagte Luna und hielt die Zigarette vor sich hoch, an der sie gerade noch gezogen hatte. «Die würde sonst einer von uns an dir ausdrücken.»

Ronny, Luna und Yukio sahen mich an, während Luis

unbeteiligt bei einer Fensteröffnung stand und hinausblickte.

«Kleiner», sagte Luna schließlich wie eine große Schwester, «du musst das nicht machen. Du kannst auch einfach sagen: He, Leute, nette Idee, ist mir aber zu *sick* mit euch. Ich find's bei den Eulen voll geil. Kein Ding. Erzähl's nur nicht rum. Das wäre supercool, klar?»

Ich weiß nicht, warum ich eine derartig kalte Wut in mir aufsteigen spürte. Ich fühlte mich verraten und im Stich gelassen. Die Wut verlieh meinen Gedanken eine ungewöhnliche Schärfe. Ich sah ganz klar, dass ich mir durch die Wahl meiner Prüfung selbst eine Position in der Gruppe geben würde. Ließ ich mich mit einer Zigarette verbrennen, wie es Tilly offensichtlich getan hatte, stempelte ich mich zum Opfer. Ging ich über das Brett, erwies ich mich als mutig, aber auch als tollkühn.

«Ich mache beides», sagte ich ruhig. «Ich fange mit dem Brett an.»

Die Aufregung der anderen bemerkte ich nur am Rande, als ich auf das Brett zuging.

«Licht bitte», sagte ich und wartete, bis der Strahl über den größten Teil des Brettes bis zur gegenüberliegenden Wand fiel.

«Warte, Kleiner!», sagte Luna, aber Ronny stoppte sie mit einem «Lass ihn».

Ich ging los. Nicht schnell, nicht langsam, sondern so, wie ich über einen Bordstein balanciert wäre. Ich sah auf das Brett vor mir, ich sah nicht links und rechts an seinen Rändern vorbei nach unten. Ich fühlte keine Angst, und ich dachte nicht daran, dass ich stürzen konnte. Auf diese Weise erreichte ich die Wand. Während ich mich in kleinen ruckartigen Schritten drehte, überkam mich ein mulmiges

Gefühl. Mein eisiges Vertrauen schlug in Selbstzweifel um. Jedoch nur für einen Augenblick, dann bemerkte ich etwas Sonderbares: Es war mir egal, ob ich stürzte oder nicht, ob ich mir einen Arm, ein Bein, den Hals brach. Ich lächelte. Dann ging ich zurück.

Das Lob von Yukio, Luna und Ronny nahm ich ohne besondere Gefühlsregung zur Kenntnis. Wie ein Automat hielt ich meinen Arm hin und fragte: «Wer will?»

Ich bemerkte Lunas Zögern und verfolgte mit den Augen ihre brennende Zigarette, die sie langsam an Ronny weitergab.

«Setz dich besser hin», sagte er wie ein hilfsbereiter Arzt. Ich hockte mich auf einen der Stühle und hielt wieder mein rechtes Handgelenk in die Luft. Zuerst hörte ich nur ein seltsames Geräusch, dann spürte ich an einem einzelnen Punkt einen starken Schmerz, in dem ganz plötzlich ein noch viel stärkerer Schmerz explodierte und der wie eine Druckwelle durch meinen Körper schoss. Ich hatte mich zusammengekrümmt, aber nicht geschrien und nicht die Besinnung verloren. Mein Handgelenk pochte. Mir wurde ein wenig übel. Ich wartete eine Weile, dann stand ich auf und sagte in die Stille hinein: «Noch was?»

SECHSTES KAPITEL

Während sich in den Neubauten die Zimmer in Größe, Schnitt und Position der Möbel zum Verwechseln ähnelten, stellte jedes Zimmer im Wielandhaus ein Unikum dar. Das sogenannte Einzelzimmer, in dem Tilly zuletzt gewohnt hatte, war das kleinste, verfügte aber über ein Waschbecken und einen Spiegel und lag einem der beiden Bäder im ersten Stock am nächsten. Luna bezog dieses «von Tilly verseuchte» Einzelzimmer nicht ungern, und ich hatte nichts dagegen, ihren Platz in einem Doppelzimmer mit Luis zu übernehmen. Das Alleinstellungsmerkmal meiner neuen Unterkunft bestand in einem hässlichen geknüpften Teppich: schwarze Rechtecke auf weißem, beigem und grauem Grund. Das Zimmer von Ella und Nadja lag gleich nebenan und gefiel mir am besten. Die Mädchen hatten ihre Bettrahmen weiß und lila gestrichen und Dalí-Kunstdrucke an den ebenfalls weiß gestrichenen Wänden aufgehängt. Außerdem gab es eine kleine Kommode, die mir elegant und mädchenhaft erschien, obwohl alle möglichen Sticker von Bands, Kleidermarken, Kneipen und Discos an ihr klebten. Manchmal roch es unter der Tür hindurch nach Räucherstäbchen. Das Zimmer, das sich Ronny und Yukio teilten, lag gleich neben dem anderen Bad. Es handelte sich um den größten der Räume, und seine auffälligste Eigenart bestand darin, dass er ein Quadrat bildete und die Betten seiner Bewohner im rechten Winkel zueinander standen. Über Ronnys Bett zeigte ein Poster Muhammad Ali bei einem Boxkampf, über dem Bett von Yukio hing ein Ninja-Poster. Sah man genauer hin, erkannte man an den Augen der vermummten Gestalt, dass es sich um eine Frau handelte. Die Betten wirkten schmucklos und der Couchtisch in der Mitte abgenutzt, aber ich habe dieses Zimmer und seine Einrichtung immer gründlich gereinigt und aufgeräumt vorgefunden.

Der ganze erste Stock bestand weitgehend aus Holz, das verräterisch knarzte, egal wie sacht und behutsam man seine Schritte auf die Dielen oder Treppenstufen setzte – früher oder später erzeugte das Holz ein Quietschen und Knarren, als bewege man sich über die Planken eines Seelenverkäufers. Und so stellte ich mir unsere Behausung manchmal als das Deck eines Schiffes vor und uns Bewohner als verschworene Mannschaft. Tatsächlich schien kein Boden völlig gerade, gab es keinen rechten Winkel, und wenn ich versuchte, mit meinem Blick den Teil eines Raumes oder des Flures oder des Treppenabsatzes zu fixieren, erschien es mir, als schwanke das Fixierte und mit ihm der gesamte erste Stock sachte, aber doch merklich. Ich hörte es bald nicht nur, wenn jemand die Treppe hinaufkam, den Flur passierte oder sich in seinem Zimmer bewegte, ich konnte auch auseinanderhalten, um wen es sich dabei handelte. Jeder hatte seinen eigenen Schritt, seine eigene Art, sich zu bewegen.

Luis bildete als Mitbewohner einen denkbar deutlichen Kontrast zu Oertel. Während mein früherer Zimmergenosse immer seinen Vorteil gesucht und sich mir gegenüber als eine Art Stubenvorgesetzter präsentiert hatte, zeigte sich Luis auf eine Weise entgegenkommend, die an Unterwürfigkeit grenzte. Als ich ihn beispielsweise fragte, ob es ihm etwas ausmachen würde, das Bett mit mir zu tauschen, raffte er sofort und ohne nachzufragen sein Bettzeug zusammen, beinahe so, als müsse er sich beeilen, um mich nicht zu verstimmen. Natürlich erklärte ich meinem Mitbewohner nicht, dass ich an der Wand liegen wollte, hinter der ich Ellas Bett wusste.

Luis war anderthalb Jahre älter als ich, zeigte mir gegenüber aber eine gewisse Scheu. Ich fragte mich, ob er bei jedem Mitbewohner so reagiert hätte oder ob es damit zusammenhing, dass ich in seinem Beisein beide Prüfungen absolviert hatte. Dann fiel mir jedoch ein, wie befangen Lunas Bruder mir gegenüber bereits vor der Nacht in Schloss Broockhorst gewirkt hatte. Was auch immer in ihm vorgehen mochte: Ich fand in Luis einen guten Mitbewohner, wenn ich davon absah, dass er manchmal nachts laut aufschrie oder sich im Bett hin und her warf und Unverständliches sagte, mit einer Stimme, die sonderbar alltäglich klang.

Auch ich selbst träumte in den ersten Nächten im Wielandhaus schwer. Erst konnte ich lange nicht einschlafen, da ich auf die neuen, ungewohnten Geräusche aus den Nebenzimmern und aus dem Erdgeschoss lauschte. Sackte ich dann endlich weg, träumte ich vom Fallen und schreckte hoch, kurz bevor ich auf einen Traumboden aufschlagen konnte. Später in der Nacht driftete ich durch dunkle Kanäle, von denen ich wusste, dass sie zum Meer führten. Dort in der offenen See wartete eine Bestimmung auf mich, allerdings nichts, was ich herbeisehnte oder auf das ich mich freute. Es hatte etwas mit im Wasser lebenden Menschen zu tun, mit einem unlösbaren Problem, wobei mir nicht dieses Problem Angst machte, sondern etwas dahinter Liegendes. Kurz nach dem Aufwachen glaubte ich, eine deutliche Erinnerung an dieses Etwas zu haben. Sobald ich jedoch darüber nachdachte, blieb nur eine Atmosphäre zurück, die sich bald auflöste wie Frühnebel im Sonnenlicht.

Neben der größeren akustischen Nähe zu den anderen, fiel mir schnell auf, dass es im Wielandhaus kaum klar zu benennende Regeln gab. Während bei den Eulen ein Plan aushing, in den man sich für gemeinsame Frühstücke oder Abendessen zu festgesetzten Zeiten eintragen konnte, fügten sich solche Mahlzeiten bei den Wielands ohne Voranmeldung und Terminabsprachen.

Im Erdgeschoss gab es links vom Eingang eine sehr große Wohnküche. Wie im scheunenartigen Aufenthaltsraum fand sich darin eine zusammengewürfelte Auswahl unterschiedlicher Holzstühle, ausrangierter Sofas und antik wirkender Stehlampen. Vor ockerfarbener Wand und dunkelrot angestrichenen Küchenschränken stand ein mit Holzscheiten zu befeuernder Ofen, dessen Rohr in der Decke verschwand und der nun im Sommer Pause hatte. Getrocknete Pflanzen hingen in Bündeln von fast schwarzen hölzernen Deckenbalken, Küchenkräuter standen in kleinen Töpfen auf der Fensterbank, an der Wand über der Spüle hing ein ausgestopfter Rehbockkopf.

Hörte ich aus dieser Wohnküche Stimmen und Töpfeklappern und roch es durch die meist offenstehende Türe nach gebratenen Zwiebeln, frisch aufgebrühtem Kaffee oder Spiegeleiern, ging ich hinein und setzte mich auf einen der Stühle an dem langen, hölzernen Tisch. Wer frühstücken wollte, konnte sich einfach etwas aus den Schränken nehmen und es alleine oder mit anderen zubereiten und essen. Es gab keinen Privatbesitz, keine «persönlichen Fächer» und keine Verpackungen, auf die jemand seinen Namen geschrieben hatte. Genauso wenig existierte ein Putzplan oder ein festgelegter Spüldienst. Wem zu viel dreckiges Geschirr herumstand, der konnte spülen oder es lassen und hoffen, dass sich ein anderer der benutzten Teller, Tassen, Messer und Gabeln annahm. Dabei ging es überhaupt nicht gerecht zu. Luna sah ich in meiner Zeit bei den Wielands nicht ein einziges Mal den Abwasch machen, Yukio hingegen spülte fast jeden Tag und putzte obendrein den Boden, den Tisch, die Regale und hin und wieder die Fenster. Natürlich kam mir das zuerst ungerecht vor. Aber war es das tatsächlich? Bedeutete Gerechtigkeit, dass alle gleich viel bekamen und gleich viel leisteten? Ein Motto der FSS lautete ja: Jeder nach seinen Möglichkeiten. Konnte ich dieses Motto auch auf Tätigkeiten wie den Küchen- oder Putzdienst anwenden? Durfte Luna ihre geringere Putzlust als geringere Möglichkeit ausgeben, oder verrannte ich mich damit in einen unsinnigen Gedanken?

Es erstaunte mich, wie gut diese Regellosigkeit im Zusammenleben funktionierte. Bisher hatte ich immer gedacht, dass ohne feste Pläne und Absprachen sofort Chaos ausbrechen musste. Stattdessen schien sich im Haus der Wielands auch so alles zu fügen, und das besser, organischer. Vor diesem Hintergrund wunderte es mich auch nicht, dass man ein wenig spöttisch auf die anderen Familien blickte. Mit ihren Weckliedern, Putzplänen, persönlichen Süßigkeitenfächern und organisierten Freizeitangeboten erinnerten sie noch zu sehr an die Regelschulen. In diesem Licht erschien das Leben in den anderen Familien nur oberflächlich reformiert und keineswegs frei von einem für Erwachsene typischen Kontrollzwang, der sie auch bei lockerer Fassade immer ein wenig angestrengt wirken ließ.

Schnell übernahm ich den distanzierten Blick auf die restlichen Familien und glaubte gerne, dass «wir Wielands» die Ideale der FSS tatsächlich lebten, während die übrigen Familien mehr oder minder gelungene Annäherungen an uns darstellten. Mehr noch als mit der Wieland'schen Nonchalance in Bezug auf feste Regeln hing diese Wahrnehmung jedoch mit einem anderen Umstand zusammen, der im Widerspruch zu dieser Lässigkeit zu stehen schien. Es ist nicht leicht zu schildern, was ich meine, weil es sich um eine Mischung aus Ausgesprochenem und Unausgesprochenem handelt, innerhalb deren das eine das andere beeinflusst, sodass sich nicht getrennt darüber sprechen lässt, ohne einen wesentlichen Punkt dessen zu verpassen, was ich zum Ausdruck bringen will. Ich könnte schlicht schreiben, dass es bei den Wielands aller Lässigkeit zum Trotz um maximale Leistung ging, ja, dass gerade die Nachsicht in vielen handelsüblichen Bereichen der Erziehung nur deshalb geübt wurde, um die Kräfte aller Beteiligten für eine Erziehung anderer, tiefer greifender Art aufzusparen. Aber schon wenn ich das Wort «Leistung» verwende, schreibe ich am Kern der Sache vorbei, zumal die Wielands – hätten sie das Wort für unsere Entwicklung benutzt – darunter sicher etwas anderes verstanden hätten, als landläufig üblich ist. Und wenn ich von einem «Kern der Sache» schreibe, bin ich mir überhaupt nicht sicher, ob es so etwas wie einen Kern oder ein zentrales Thema überhaupt gab.

Den sichtbarsten Ausdruck dieser Mischung aus Lässigkeit und Disziplin bildeten die Zimmer von Valerie und Salvador. Ich fand es faszinierend, dass das Ehepaar kein gemeinsames Zimmer bewohnte, sondern jeder ein kleines Reich für sich geschaffen hatte. Valeries Raum lag vom Eingang aus betrachtet hinter der Wohnküche und wirkte dadurch verborgener, ein geräumiger Schlupfwinkel, in dem nicht nur Stühle, ein Lesesessel, eine gebogene Stehlampe und ein kleiner Schreibtisch Platz fanden, sondern auch ein Frisiertisch und ein Himmelbett – verborgen hinter wuchtigen Bücherregalen. Ich hatte so eine Art der Inneneinrichtung vorher noch nie gesehen. Sie inspirierte mich und gab mir ein Gefühl von Freiheit: Ich konnte anders leben, anders sein, wenn ich es nur wollte, es gab so viele Möglichkeiten.

Salvadors Zimmer faszinierte mich noch mehr: die gefährlich aus dem Boden wachsenden Bücherstapel, die aufgeblätterten, kaffeefleckigen Zeitschriften und Zeitungen auf dem großen Schreibtisch, die sich von Grün zu Grau verfärbenden Blätter tropisch anmutender Topfpflanzen, die fast noch sichtbaren Rauchschwaden, in denen Staubpartikel wie winziges Schneegestöber trieben, die ausrangiert wirkenden Sessel und das gemütliche braune Sofa, das große Futonbett hinter einem japanisch anmutenden Paravent. Das Zimmer wirkte zugleich chaotisch und streng, wie ein Clubzimmer und wie ein Büro, einladend und abweisend, verlottert und mönchisch. Es veränderte sich mit der Perspektive, die ich als Betrachter darauf einnahm. Und so ging es mir mit dem, was ich als die Wieland'sche Ausbildung bezeichnen möchte. Ich versuche, mich ihr zu nähern, indem ich einzelne Erlebnisse schildere, in denen sich wiederkehrende Motive und zentrale Themen auf besonders anschauliche und miteinander verwobene Weise begegnen.

So fand zum Beispiel am ersten Samstagabend, den ich bei den Wielands verbrachte, ein gemeinsames Abendessen statt, in dessen Verlauf ich mit Themen bekannt gemacht wurde, die mich in den nächsten Jahren begleiten sollten. Dabei verstehe ich in diesem Fall unter Themen nicht allein gedankliche Inhalte, sondern auch atmosphärische Eindrücke, Stimmungen, die sich auf mich übertrugen und zusammen mit dem Gesagten einen Eindruck auf mich machten, den als Schulung zu bezeichnen ich mich nicht scheue.

Ich saß mit der ganzen Wielandfamilie an dem langen Holztisch, den Yukio tagsüber nicht nur ausgiebig geputzt, sondern abends auch auf geradezu festliche Weise gedeckt und dekoriert hatte. Zumindest erschienen meinen Fast-noch-Kinderaugen zwei große Kerzenleuchter als etwas Besonderes, auch wenn das Licht der Kerzen auf eine Ansammlung nicht zusammenpassender Teller und Besteckteile fiel. Im Elektroofen brutzelten in zwei roten Keramikformen Röhrennudeln, Hähnchenstücke, Sahne, Champignons und Käse, und ich glaubte, den braun werdenden Käse zu riechen und in gewisser Weise sogar die Wärme, die von den Formen abstrahlte. Salvador öffnete den Ofen, kniete sich davor und stocherte mit einer Gabel erst in dem einen, dann in dem anderen Auflauf.

«Noch zwei Minuten», sagte er mit dem ironischen Unterton, den er so oft benutzte und der fast alles zumindest andeutungsweise in sein Gegenteil verkehrte, aber nicht so eindeutig, dass es nicht zu einer fortgesetzten Kippschwingung der Deutungsmöglichkeiten gekommen wäre.

«Das hast du schon vor zwei Minuten behauptet», sagte

Ronny, der zwischen einem putzmunter wirkenden Yukio und einer gelangweilt mit ihren Haaren spielenden Luna saß. Auf der anderen Seite des Tisches unterhielten sich Ella und Nadja mal wieder in trauter Zweisamkeit, während Luis und ich einfach herumsaßen. Ich weiß noch, dass ich dachte: «Das ist jetzt meine Familie.» Mit diesem Gedanken erzeugte ich ein vertrautes Gefühl und zugleich eine seltsame Vision, in der ich mit den Wielands auf einem Ölgemälde zu sehen war, das genau diesen Moment festhielt.

«Nehmt euch doch schon mal Wein, Kinder», sagte Salvador und klang absichtsvoll wie die treusorgende Mutti eines blitzblanken Werbespots. «Wo ist denn Wein?», fragte Luna maulig. Valerie, die an einem Ende des Tisches saß, seufzte und sagte: «Das weißt du genau. Du bist nur zu faul, ihn zu holen.»

«True», sagte Luna, wartete einen Moment, handelte sich einen ausdruckslosen Blick von Valerie ein und sagte: «Aber Ronny ist bestimmt nicht zu faul.»

«Ron hat jetzt keine Zeit», sagte Valerie. «Er muss mir noch die Schultern massieren. Sonst bin ich heute nicht mehr zu gebrauchen.»

«Kann ich verstehen», sagte Luna süßlich. «Mit dem Alter kommen die Wehwehchen.»

«Ach, Luna, die kommen mit der Verantwortung, die man trägt. Das wirst du auch noch eines Tages lernen.»

Ronny stand auf, stellte sich hinter Valerie und begann, ihre Schultern zu drücken, die nackt aus einem ärmellosen Kleid ragten.

«Na, die Stimmung nähert sich ja bereits jetzt ihrem Höhepunkt», sagte Salvador und stellte zwei Flaschen Wein auf den Tisch, die er aus dem Unterkasten der Spüle hervorgeholt hatte.

«Ellapopella, sei doch so gut», sagte er und deutete auf einen Korkenzieher. «Du hast so geschickte Hände.»

Während Ella die Weinflaschen entkorkte, versuchte ich, einen Blick mit ihr zu wechseln, aber sie ignorierte mich. Trotz meiner Verunsicherung über ihr Verhalten bemerkte ich, dass Luna immer nervöser wurde. Sie rutschte herum, spielte mit dem linken Träger ihres giftgrünen Oberteiles, den sie mechanisch herab- und wieder hochzog, und stand schließlich auf, um sich ein paar Schritte vom Esstisch entfernt in Pose zu werfen und (meinen wenig maßgeblichen Ohren zufolge) in sehr gutem Englisch durchaus mitreißend zu skandieren:

«To be, or not to be, that is the question:
Whether 'tis nobler in the mind to suffer
The slings and arrows of outrageous fortune,
Or to take arms against a sea of troubles,
And by opposing, end them? To die: to sleep ...»

Dann verbeugte sie sich, und Salvador applaudierte in die Stille hinein. Das Geräusch seiner klatschenden Hände schillerte ebenso zwischen Ernst und Ironie wie die meisten seiner verbalen Äußerungen.

«Und jetzt frage ich euch ...», Luna machte eine Pause. «Tobi? Or not Tobi? Who the fuck is Tobi?»

Ronny und Yukio lachten. Ich verstand den Witz erst später und fand ihn dann nicht lustig. Trotzdem beeindruckte mich Luna an diesem Abend und auch später oft mit solchen spontanen Darbietungen, obwohl sie in der Regel einen leichten Beigeschmack von Peinlichkeit hatten.

«Könnte Schönheit wohl besseren Umgang haben als mit der Tugend?», sagte Valerie und lächelte rätselhaft. Dann sah sie mich an und sagte: «Luna spielt natürlich nicht den Hamlet, sondern die Ophelia, falls sie es dir noch nicht erzählt hat.»

Ich nickte stumm. Ich wusste, dass es eine Theatergruppe gab und dass sie derzeit an einem großen Stück probte. Worum es dabei ging, wusste ich nicht; ich kannte «Hamlet» nur vom Hörensagen: irgendein grübelnder Prinz in Dänemark, ein Totenschädel, und am Ende sind fast alle tot.

Luna setzte zu einer weiteren Deklamation an, diesmal auf Deutsch: «Kommt, meine Kutsche! Gute Nacht, Damen! Gute Nacht, süße Damen! Gute Nacht! Gute Nacht!»

«Ist ja gut», sagte Valerie. Salvador stellte mit einem zufriedenen «Voilà!» die erste Auflaufform auf den Tisch. Die roten Ofenhandschuhe, die er trug, ließen ihn wie einen Hummermann erscheinen. Valerie mit ihren hohen Wangenknochen und den bergseeblauen Augen hätte ich dagegen als Königin besetzt, vielleicht als die böse Königin aus Schneewittchen, auch wenn ihre Haare weder schwarz noch lang waren.

«Klar spiele ich die Ophelia», rief mir Luna zu. «Big tragedy. Von allen verarscht, und dann schnappt sie über.» Sie stieß urplötzlich ein irres Gelächter aus. Ich schrak zusammen. Dieser Ausbruch gellte so schrill und energiegeladen in meinen Ohren, dass ich eine Weile brauchte, um mich davon zu erholen. Das Licht der Kerzen flackerte auf Valeries Gesicht. Ronny, der hinter ihr stand, wirkte wie ein Schlagschatten. Luis saß da wie abgeschaltet, ein Roboterjunge, der gerade nicht gebraucht wurde. Seine Schwester war dafür umso lebendiger: «Brother Lui ist natürlich Hamlet», sagte sie und sah mich an. «Den kennt jeder. Kennst du Ophelia?»

Ich schüttelte den Kopf.

«Die wurde ganz oft gemalt. Als Wasserleiche.»

«Na, so oft wurde sie nun auch nicht gemalt.» Salvador stellte die zweite Auflaufform auf den Tisch, entledigte sich der Ofenhandschuhe und rieb sich die Hände.

«Du kennst die Story von Hamlet gar nicht, oder?», redete Luna unbeirrt weiter auf mich ein, und weil ich wieder den Kopf schüttelte, holte sie aus: «Also, Hamlet ist superschlau. Der durchschaut die Mega-Intrige gegen seinen Vater. Seine Mutter und ihr Lover haben den nämlich umgebracht. Aber weil Hamlet der Einzige ist, der das checkt, denken alle, der Typ hat einen an der Waffel. Und das ist voll spannend, verstehst du: Du bekommst als Einziger was mit, was die anderen gar nicht raffen.»

«Ja», sagte ich, während Salvador einzelne Auflaufstücke aus der Form schnitt und auf hingehaltenen Tellern verteilte.

«Dieser Hamlet nervt nur rum», sagte Ronny, ließ von Valeries Schultern ab und setzte sich fast zeitgleich mit Luna wieder an den Tisch.

«Was meinst du?» Valerie sah mir freundlich ins Gesicht. «Wäre es besser gewesen, wenn Hamlet das Verbrechen nicht mitbekommen hätte? Dann hätte er seinen Vater zwar nicht rächen können, aber am Ende wären entschieden mehr Leute wesentlich länger am Leben geblieben.»

Ich konnte Valeries Worten nicht ganz folgen. Ich kannte das Stück nicht und wollte nichts Falsches sagen.

«Mach mir den Jungen nicht verrückt», sagte Salvador und setzte sich neben sie. Sitzend wirkte er weniger klein als stehend.

«Hamlet sucht sich das ja nicht aus», hörte ich plötzlich von rechts Ellas Stimme. Sie sah mich nicht an, aber ich hatte den Eindruck, dass sie zu mir sprach: «Er trifft den

Geist und stellt sich Fragen und kann doch dann nicht so tun, als sei nichts.»

«Jaja», sagte Valerie. «Aber müssten wir uns nicht wünschen, dass er den Geist nicht trifft?»

«Damit er friedlich mit seiner ätzenden Mutter und diesem Mörder zusammenlebt?» Ella verzog das Gesicht.

«Was ist denn die Alternative?», fragte Valerie. «Was passiert ist, ist passiert. Und Rache ist doch etwas für Idioten.»

«Hört, hört», sagte Salvador. «Wir bewegen uns in Richtung dessen, was man an anderen Schulen Philosophie-Leistungskurs nennt.» Er nahm eine der Weinflaschen, zeigte Valerie das Etikett, und als diese ihn anlächelte, goss er mit schwungvoller Geste ihr Glas voll. Dann tänzelte er um den Tisch herum und bediente Ronny und Luna. Yukio und Luis gingen leer aus.

«Ihr bedient euch selbst», sagte er zu Nadja und Ella und sah dann auch mich an. «Das gilt auch für dich.»

Mich trieb noch viel zu sehr Valeries Frage um, als dass ich mich daran gestoßen hätte, dass meine neuen Erzieher mir als Dreizehnjährigem das Trinken von Alkohol erlaubten. Bisher hatte ich immer gedacht, dass Übeltaten gerächt werden mussten. Natürlich musste Hamlet seine Mutter und ihren neuen Mann bestrafen. Und natürlich war es besser, dass Hamlet herausfand, was geschehen war, als dass er fälschlicherweise glaubte, seine Mutter und ihr neuer Mann seien gute Leute. Mir fiel die Geschichte von Ödipus ein. Auch dort kam die Wahrheit ans Licht, und obwohl Ödipus nichts dafür konnte, musste er die Verantwortung für seine Taten übernehmen, weil die zornigen Götter wegen des Frevels das ganze Königreich verfluchten und mit einer Seuche straften. Ungerächte Verbrechen führen zu Krankheit, Verfall und Tod – das war die Lehre, die man aus dieser Geschichte ziehen konnte. Und war es nicht die Idee unzähliger Geistergeschichten, dass ein Toter so lange keine Ruhe gab, bis man seine Schuld oder die eines anderen zumindest anerkannt hatte? Hörte nicht deshalb der Mörder aus Poes Geschichte das Herz des Ermordeten unter den Dielen schlagen – weil wir eben nicht auf Dauer mit den unaufgedeckten Verbrechen leben können? Andererseits: Gab es denn wirklich Götter, die uns mit Seuchen straften? War Rache notwendig? Stellte sie die Ordnung her? Musste immer alles ans Licht gezerrt werden? Oder handelte es sich dabei nur um Märchen für Erwachsene, damit diese zu besseren Menschen erzogen wurden und am besten erst gar nichts Übles taten? Vielleicht führte diese Idee von einer Welt, in der unbedingt immer wieder Gerechtigkeit hergestellt werden musste, unterm Strich zu viel mehr Gewalt und Leid, als wenn Verbrechen unaufgedeckt oder zumindest ungerächt blieben.

Natürlich dachte ich an diesem Abend nicht so klar über die von Valerie aufgeworfene Frage nach, aber sie begann in mir zu arbeiten, trieb Keime und half mir dabei, im Laufe der nächsten Wochen zu hinterfragen, was ich bisher über Schuld mehr oder minder ungefiltert gelernt hatte.

«Weißt du», sagte Valerie zu Ella, «ich frage mich, ob der Geist nicht nur deshalb Hamlet erscheint, weil Hamlet selbst seinen Vater töten wollte, um mit der Mutter allein sein zu können.»

Ich dachte in diesem Moment: Sie redet auch mit mir. Das ganze Gespräch findet vor allen Dingen meinetwegen statt. Und ich dachte: Sie spricht mit uns wie mit Gleichaltrigen. Sie nimmt uns komplett für voll.

«Schräg», sagte Ella nach einem Moment des Nachdenkens. «Wo steht denn, dass Hamlet seinen Vater töten wollte?»

«Das ist nur eine Idee von mir.» Valerie stieß ihre Gabel in das rechteckige Stück Auflauf auf ihrem Teller. «Ich versuche zu verstehen, warum er den Geist sieht und sich dann so in die Sache hineinsteigert.»

«Er hat doch recht», sagte Ella. «Die anderen sind nur zu blöd, zu sehen, was läuft.»

«Das kann man so und so sehen», schaltete sich Salvador ein. Dabei sprach er mit vollem Mund, was Yukio und Ronny zu einem breiten Grinsen anstachelte.

«Oder auff ganff anderff», sagte Ronny.

«Auf jeden Fall», sagte Yukio auf die gleiche alberne Weise, «wollen alle Hamleff Mutter ficken.»

Nadja ließ ihr charakteristisches Rattern vernehmen, wobei sie zwischen den einzelnen Lachsalven Luft holte.

«Oh», sagte Yukio immer noch in Voller-Mund-Sprechweise. «Jetzt nicht das Maschinengewehr!», womit er Nadja erst recht in einen Lachanfall versetzte. Salvador meckerte wie ein Ziegenbock, und aus Valerie brach ein wieherndes, kehliges Lachen, so ungestüm, dass es überhaupt nicht zu ihrer üblicherweise ein wenig strengen Erscheinung passen wollte.

Das Gespräch über Hamlet erschien plötzlich nicht mehr wichtig. Luna, Ronny und Yukio versuchten, sich gegenseitig zu übertreffen, indem sie Sätze sagten, die mit vollem Mund besonders lustig klangen. Luna gewann den Wettbewerb, indem sie Ella aufforderte, «Ich liebe dich» auf Französisch zu sagen. Bevor Ella antworten konnte, sagte Luna bereits mit einem scheinbar komplett gefüllten Mund: «Iff liebe diff.» Alle lachten. Nadja ließ ihr Maschinengewehr rattern, Ella verzog erst das Gesicht, lachte dann aber auch. Auch ich lachte mit, dabei hatte ich den schmutzigen Witz nicht verstanden. Nur Luis saß da, als befände er sich eigentlich in einem komplett anderen Raum. Er wechselte, schien mir, ständig zwischen zwei Zuständen: Einmal verfolgte er hinter unbeteiligter Fassade in nervöser Wachheit alles, was um ihn herum geschah. Dann wieder driftete seine Aufmerksamkeit in eine Welt jenseits der Wohnküche.

«So ist das immer bei uns», sagte Luna und kam zu meinem Platz getänzelt. «Eigentlich ist es nur auszuhalten, wenn man ...» Sie griff sich eine Weinflasche und begann, mein Glas zu füllen. Ich nahm das Glas in die Hand, hielt es gegen das Kerzenlicht, machte eine Kennermiene, nippte dann vorsichtig an der roten Flüssigkeit und kaute auf dem Schluck herum, wie ich es einmal bei einem Komiker im Fernsehen mitverfolgt hatte, der einen Weinverkoster parodierte. Die kleine Einlage schien den anderen zu gefallen. Angesporn trank ich das Glas in wenigen Schlucken leer und schob es Luna zum Nachschenken hin. Die Laune wurde immer besser. Hinter den Scheiben der Wohnküche zog die Nacht herauf. Das Kerzenlicht erzeugte jetzt andere Konturen auf den Gesichtern der Wielands und den Einrichtungsgegenständen des Raums. Dabei hatte ich den Eindruck, dass sich die Proportionen um mich herum verschoben. Mal wirkte die Wohnküche kleiner, dann wieder größer, so als befände sie sich im Inneren eines atmenden Wesens. Aber ich fürchtete mich nicht. Ich fühlte mich aufgenommen und angeregt, die Älteren trauten mir etwas zu. Manchmal spürte ich Valeries Blicke auf mir, als sei ich jemand Besonderes. Auch Salvador mochte mich, das glaubte ich deutlich zu spüren. Er achtete auf mich, manche seiner Späße schien er in erster Linie für mich zu machen. Ich war mir sicher, dass er auch von mir gemocht werden wollte. Ich fühlte mich berauscht, aber eine Scheu hielt mich zurück, meine Freude zu zeigen. Meinen Vater hatten

Gefühle immer angestrengt. Ich sah die Gesichter und Oberkörper von Valerie und Salvador und Luna und Ronny, sie wirkten im Kerzenlicht der unruhig atmenden Wohnküche im einen Moment so vertraut, als säße ich schon seit Jahren Abend für Abend hier, im anderen Moment fand ich mich vier Fremden gegenüber, unter deren Gesichtern sich noch andere versteckten.

Natürlich verschwimmen in meiner Erinnerung die vielen Mahlzeiten in der Wohnküche der Wielands zu einem einzigen großen Essen, von dem ich mal das eine, mal das andere Gespräch oder Ereignis in Erinnerung habe. Ich kann also beispielsweise nicht mit Gewissheit sagen, ob Salvador gleich bei meinem ersten Abendessen im Wielandhaus über die Schamanenkrankheit sprach oder ob er mir davon erst ein paar Tage oder Wochen später erzählte. Sicher bin ich mir nur, dass ich früh von ihm davon hörte und dass er während meiner Zeit auf der FSS mehrmals darauf zurückkam.

Vielleicht sprach ich also gleich am ersten Abend vor Valerie und Salvador über meinen ehemaligen Mitbewohner Oertel und erzählte, dass er die Familie der Wielands als Ansammlung von Freaks bezeichnet hatte.

Salvador, der eben noch wie ein Clown gewirkt hatte, veränderte sich in Sekundenschnelle in einen ganz anderen Menschen: älter, ernster, fast ein wenig bedrohlich. Eben hätte man noch meinen können, er sei einer von uns, kaum älter als Ronny und Luna. Jetzt wurde er nicht nur zu einem erwachsenen Mann, sondern zu einem Magier, zu jemandem, der Zugang zu verborgenem Wissen hatte, und zwar, anders als mein Vater, nicht nur in theoretischer Hinsicht.

«Hast du von der Schamanenkrankheit gehört, Tilman?», fragte er und sah mich ernst und lange an. Ich schüttelte den Kopf. Darauf erzählte Salvador von Stämmen in den Steppen

Sibiriens und ihren spirituellen Führern, den Schamanen. Laut Salvador konnte niemand Schamane werden, der nicht vorher die Krankheit durchlitten hatte. Ich solle aber nun nicht denken, was früher manche Forscher behauptet hätten, nämlich dass schwächliche, kranke, eigentlich lebensuntüchtige Personen in ihrem Stamm eben zum Schamanen abgestellt würden, wie vielleicht mancher weniger robuste oder verhaltensauffällige oder einfach den Hof nicht erbende Bauernsohn in Europa bis in unsere Tage hinein zum Priesterseminar geschickt würde. Entscheidend für den Schamanen sei nicht die Krankheit, sondern was er daraus mache. Nur durch die Krankheit könne der Schamane den gewohnten Kreis der Wahrnehmung verlassen und lernen, was Heilung ist. Das müsse mir einleuchten: Jeder wahre Künstler, jede bedeutende Forscherin, jeder Mensch, der Außergewöhnliches leiste, sei durch innere oder äußere Umstände aus der allgemeinen Konsens-Trance gerissen worden. Erst ein Schock, ein Trauma, eine das Gewohnte schmerzhaft in Frage stellende Andersartigkeit befähige dazu, den antrainierten, allgemein üblichen Blickwinkel aufzugeben. Dies heiße nicht, dass alle Kranken besonders viel sähen, sondern nur, dass die Krankheit für einige wenige zu einer Initiation werden könne.

Als Salvador merkte, dass ich seine Worte zwar interessiert, aber nicht in direkter Beziehung zu Oertels Bemerkung oder mir aufnahm, lächelte er und sagte: «Der Schamane sieht dem Tod ins Gesicht, der Auflösung seiner Persönlichkeit. Sein Körper wird von wilden Tieren zerstückelt und wieder neu zusammengesetzt. Wer das überlebt, hat die Kräfte der Zerstörung und der Heilung besser kennengelernt als jeder andere. Und wir hier», Salvador Wieland machte eine weiträumige Handbewegung über die Tischgesellschaft, «haben nicht das Geringste mit irgendwelchen nordasiatischen Steppenlümmeln zu tun.» Dann lachte er, freute sich an meinem verblüfften Gesicht und lachte noch lauter, wobei er sich vor Vergnügen mit einer Hand auf den Oberschenkel schlug.

Einerseits fand ich diesen Umschlag ins Heitere ernüchternd. Gerade hatte ich angefangen, den Sinn in Salvadors Worten zu sehen und den Zusammenhang zwischen Krankheit und Erkenntnis zu verstehen. Andererseits fühlte ich mich erleichtert: Zum Glück hatte Salvador uns nicht ernsthaft als künftige Schamanen bezeichnet. Als er in den folgenden Wochen das Thema wieder aufgriff, begann ich zu verstehen, dass das, was er mitteilen wollte, in einem Niemandsland zwischen tödlichem Ernst und größtem Unfug siedelte.

An dem Abend zumindest, an dem Salvador zum ersten Mal in meiner Gegenwart von der Schamanenkrankheit sprach, bemerkte er meine Reaktion, lachte zunächst noch mehr und sagte dann zu Ella: «Zeig Tilman doch bitte den Keller. Und erzähl ihm ein bisschen was. Okay?»

«Jetzt?», fragte Ella wenig begeistert, und Salavdor antwortete mit blitzenden Augen: «Wann, wenn nicht jetzt, wo, wenn nicht hier, wer, wenn nicht du?»

Ella seufzte und sagte, ohne mich anzusehen: «Komm!». Ich folgte ihr aus der Wohnküche hinaus auf den Flur und von dort zu einer Stelle unter der Treppe. Sie schob einen Teppich zur Seite und griff in ein kleines Loch im Holzboden, um eine Bodenklappe aufzuziehen.

«Nicht schlecht», sagte ich. Ella blieb stumm und betätigte einen Lichtschalter. Hinter der Klappe führte eine steile, schmale Stiege in die Tiefe. Ich folgte ihr in einen großen, quadratischen, mit dunkelblauer Auslegware ausgestatteten Raum. Auf dem Boden lagen Sitzkissen und ein paar Matten. In der Mitte stand ein niedriger, kreisrunder Tisch. Von der Decke fiel gedämpftes, indirektes Licht. An der Wand links von der Treppe hing ein großes Banner. Am Ende des Raumes deckte ein nüchterner Schrank die gesamte Wandseite ab.

«Unser Meditations- und Ritualraum», sagte Ella. «Dir ist klar, dass du das niemandem erzählst?»

«Ja», sagte ich, obwohl es mir überhaupt nicht klar war. Ella führte mich zu dem Banner. Es zeigte als schwarze Zeichnung auf weißem Grund eine aufrecht sitzende Figur mit nackten Brüsten und dem Kopf und den Hufen eines Ziegenbocks. Zwischen sich gabelnden Hörnern wuchs ein drittes Horn und mündete in eine brennende Fackel. Aus dem Rücken des Mischwesens wuchsen Flügel, wie bei einem Engel. Der rechte Arm wies nach oben zu einer weißen Mondsichel, der linke nach unten zu einer schwarzen. Auf dem einen stand das Wort «Solve», auf dem anderen das Wort «Coagula» zu lesen. Im Schoß des Wesens ragte ein Stab mit kugelförmiger Spitze auf, umwunden von einer weißen und einer schwarzen Schlange.

«Das ist Baphomet», sagte Ella mit monotoner Stimme. «Mann und Frau, Tier und Mensch, Dämon und Engel, oben und unten, Tag und Nacht, Leben und Tod, Gut und Böse. Also kurz: die Vereinigung der Gegensätze. Wie in diesem Buch, von dem ich dir erzählt habe. Salvador nennt das Bild manchmal die Quintessenz oder das quintessenzielle Leben.»

Ich stand da, in dem stillen, dichten Raum, mit einer in sich verkapselten Ella und starrte auf die Darstellung, die das indirekt von der Decke fallende Licht mit einem matten Schimmer überzog. Mir gefiel der Baphomet. Sein Anblick erfüllte mich mit einer Energie, die im Zusammenspiel mit all dem, was ich an diesem Abend gehört, gesehen, gedacht und gefühlt hatte, eine lange nachhallende Wirkung auf mich entfaltete.

«Was bedeuten die Worte auf den Armen?», fragte ich.

«Das ist Latein, zwei Imperative. *Solve* heißt ‹löse› und *coagula* heißt ‹binde›.»

«Und was soll das?»

«Findest du schon noch raus.»

«Hast du keine Lust, mit mir darüber zu reden?»

Ella seufzte. «Es ist ein Wandlungsprozess», sagte sie dann. «Es bringt nichts, darüber viele Worte zu verlieren.»

Ich stand eine Weile schweigend da. Mir ging zu viel durch den Kopf, um etwas Sinnvolles sagen zu können. Schließlich fragte ich aber doch: «Ist das jetzt Spaß, oder was?»

«Was wäre dir denn lieber?», fragte Ella.

Etwas stimmte nicht, und ich hätte gerne erfahren, was, wusste aber nicht, wie ich danach fragen sollte.

«Wenn es für dich Spaß ist, ist es für dich Spaß», sagte Ella in die Stille hinein. «Also ich geh jetzt wieder hoch.»

«Warte mal», sagte ich.

Ella hielt in ihrer Bewegung inne, sah mich aber nicht an.

«Du wolltest gar nicht, dass ich zu euch ziehe. Habe ich recht? Du warst auch letzten Freitag nicht in Schloss Broockhorst.»

«Ich war mit Nadja bei meinen Großeltern. Was willst du?»

«Ich will bloß wissen, warum du so komisch bist.»

«Oh, Mann, dann bin ich eben komisch. Lass mich komisch sein. Du bist auch komisch.»

Ellas Ausbruch schüchterte mich ein. Ich wagte nicht, sie

noch einmal zu fragen, ob sie mich jetzt in der Wielandfamilie haben wollte oder nicht. Ich fand es in Filmen immer doof, wenn ein Mann von einer Frau theatralisch Erklärungen verlangte, als habe er ein Recht auf ihr Innenleben, als gehöre es eigentlich ihm und er könne jederzeit darauf zugreifen.

«Okay», sagte ich daher nur. Dann folgte ich Ella die Treppe empor. Sie ging nur eine Armlänge vor mir. Ich spürte ein intensives Ziehen in meiner linken Brust.

Ella öffnete die Klappe, drehte sich zu mir um und sagte leise: «Ich kann dir so viel sagen: Valerie freut sich sehr, dass du hier bist. Nimm dich besser in Acht.»

Ein paar Tage später wachte ich in der Nacht auf und sah jemanden im Zimmer stehen. Der dichte, dunkle Körper beugte sich über das Bett von Luis. Ein Flüstern erfüllte das kleine Zimmer. Luis stand auf. Luna drehte sich zu mir um.

«Psst», machte sie. «Schlaf wieder ein, Baby.» Dann verließ sie mit ihrem Bruder das Zimmer. Ich horchte auf die barfüßigen Schritte der beiden. Sie gingen nicht nach links in Richtung von Lunas Zimmer, sondern nach rechts zur Treppe. Ich hörte das Knarren einzelner Stufen, lauschte weiter und meinte, noch einzelne Geräusche aus dem Erdgeschoss zu hören. Nicht viel später muss ich wieder eingeschlafen sein, und als ich am nächsten Morgen aufwachte und Luis in seinem Bett vorfand, erschien mir der nächtliche Vorfall weit weg wie ein verblassender Traum.

SIEBTES KAPITEL

Der Wechsel in die Familie der Wielands weckte meinen Lerneifer. Mehr denn je verspürte ich Lust, mir Wissen und Fähigkeiten anzueignen, mithalten zu können, zu wachsen. Damals fragte ich mich nicht, woher dieses gesteigerte Interesse an Weiterbildung rührte. Heute sehe ich den Grund für meinen plötzlichen Lernwillen (diese Mischung aus Neugier, Selbstvertrauen und Verlangen nach Stärke) in der spezifischen Atmosphäre aus Verunsicherung und Zuspruch, die in der Familie der Wielands herrschte. Da ich oft nicht sicher sein konnte, wie Salvador etwas meinte, achtete ich ganz genau auf seine Worte, erinnerte mich daran, was er zu einem anderen Zeitpunkt gesagt hatte, und registrierte feine Veränderungen in seiner Gestik, Mimik oder Stimmfärbung. Auch bei Valerie, ja bei allen in der

Familie schien das Eigentliche oft unausgesprochen zu bleiben oder sich hinter Doppeldeutigkeiten oder schwer zu greifender Ironie zu verbergen. Ich wurde wachsamer und gewöhnte mir ab, alles, was gesagt wurde, dem oberflächlichen Wortsinn nach zu begreifen. Ich konnte mich nicht darauf verlassen, dass mir die anderen das Beurteilen abnahmen, ich musste selbst denken. Genau genommen lebte ich in einer ständigen inspirierenden Verunsicherung, die womöglich belastend gewesen wäre, hätte ich nicht durch Salvador und Valerie so viel Zuspruch erfahren. Ich spürte, dass sie mich mochten. Ihre Augen strahlten, wenn sie mich sahen, sie verbrachten Zeit mit mir und sprachen mit mir wie mit einem Gleichen unter Gleichen. Salvador machte in meiner Gegenwart (und vielleicht extra für mich) Witze, imitierte andere Lehrer (zum Beispiel den Wecklieder singenden Frank Gabriel) und bezichtigte sich selbst (wie so oft in Form einer selbstironischen Performance), wenn er beispielsweise vergessen hatte, mir, wie versprochen, ein bestimmtes Buch aus der Stadt mitzubringen oder an einem bestimmten Abend mein Lieblingsessen (Grünkohl mit eingerührtem Kartoffelbrei und Mettwurst) zu kochen.

Beim nächsten Mal brachte er mir dann nicht nur das Buch mit, sondern auch Süßigkeiten oder einen Comic und sagte: «Das ist das Mindeste, was ich tun kann, um meinen unverzeihlichen Fauxpas zu büßen. Ich erwarte keine Vergebung, sondern bitte nur um ein milderes Urteil am Ende meiner Tage.»

Valerie lachte in meiner Gegenwart viel, erkundigte sich danach, wie es mir ging, berührte mich oft und fragte mich nach meinen Interessen und Vorlieben. Wenn ich antwortete, merkte ich, dass ich ihre ungeteilte Aufmerksamkeit hatte.

Viele Erwachsene sind nett, aber als Kind oder Jugendlicher spürt man, dass die meisten nicht viel Zeit mit einem verbringen wollen. Sie meinen, mit einem Dreizehnjährigen keine interessanten Gespräche führen zu können. Er ist nur eine Ablenkung von ihren wichtigen Erwachsenenthemen. Sie trauen einem Kind oder Jugendlichen nicht viel zu und nehmen sich selbst im Gespräch zurück oder verstellen sich sogar. Mit den Wielands verhielt es sich völlig anders: Ich bin mir sicher, dass sie mit mir und in meiner Gegenwart über die gleichen Themen sprachen, die sie auch unabhängig von mir interessant fanden, und dass sie sich mit mir nicht langweilten.

Es schien mir so, als ob Salvador und Valerie gerne noch mehr Zeit mit den «Kindern» ihrer Familie verbracht hätten und sich in deren Gesellschaft wohler fühlten als unter den Lehrern oder Eltern, mit denen sie tagtäglich an der FSS zu tun hatten. Zumindest sagte Salvador des Öfteren, er könne sich Besseres vorstellen, als «wieder zu einer Konferenz zu latschen» oder «Seelsorger für Eltern» zu spielen. Ihn nervten Abstimmungen, Besprechungen, Elternabende, ratsuchende Lehrkräfte und das «ganze basisdemokratische Gelaber». Dabei kam er bei den Erwachsenen gut an. Sie suchten seinen Rat, seine Anerkennung. Ich erkannte nach und nach, dass sich wichtige Leute als Freunde und Gönner der Wielands verstanden und die Idee hinter der FSS unterstützten. Bei einer der Versammlungen, die wir in der Aula der Schule abhielten, erwähnte Salvador beiläufig, er habe gerade «irgendeinen» Pädagogenpreis «abgesahnt». Und wenn «Freunde der Schule» zu Besuch kamen, führte er sie dienstbeflissen herum und plauderte stundenlang mit ihnen über die FSS und die hier gelebte Pädagogik. Uns Wielandkindern erklärte Salvador allerdings im Schutz unserer Backsteinwände, dass ihm «solche Erwachsenendinge» ständig die Zeit für das stahlen, was er liebte: Zeit mit uns zu verbringen, Luna, Ronny und Luis bei den Theaterproben zuzusehen, zu lesen, zu fotografieren.

Salvador fotografierte viel. Ständig sah man ihn mit seiner schweren Kamera mit dem großem Objektiv über das Schulgelände gehen. Gelegentlich lichtete er Details ab, die ihm ins Auge fielen, eine rote Cola-Dose auf dem Asphalt, einen noch glimmenden Zigarettenstummel, die Verschluss-Schnalle am Ranzen einer Schülerin, hin und wieder auch einen Vogel, einen Sonnenuntergang oder einen besonders eindrucksvollen Himmel über dem Schulgelände. In der Regel fotografierte er aber Menschen, vor allem Schülerinnen und Schüler. Dabei bevorzugte Salvador Einzel- und Zweierporträts, die selten den oder die Jugendlichen zur Gänze zeigten. Er wählte in der Regel Bildausschnitte, die den Kopf und Hals und einen Teil der Schultern und der Brust zeigten. Seltener fotografierte er Halbfiguren, Hüftbilder und sogenannte Kniestücke.

Als ich ihn einmal dabei beobachtete, wie er zwei Mädchen ermunterte, vor der weißen Wand des Hauptgebäudes die schlanken, sommersonnenbraunen Arme umeinanderzulegen und in die Kamera zu lächeln, fragte er mich anschließend, ob ich Interesse am Fotografieren hätte. «Ich glaube schon», antwortete ich.

«Komm mit!», sagte er und nahm mich mit in den Keller des Hauptgebäudes, in dem es ein Fotolabor gab: ein gestauchter, dunkler, entrückter Ort, in dem es ein wenig nach Schnaps roch. Hier brachte mir der Schulleiter nach und nach ein Handwerk bei, näher an der Magie als alles andere, was ich bisher kennengelernt hatte.

Wie hatte ich das Fotografieren für etwas Selbstverständliches halten können? Wie konnten alle so tun, als sei es nichts Besonderes, auf einen Apparat zu drücken und später Bilder von Menschen, Tieren, Gegenständen zu besitzen? Durch Salavdor wurde mir das Grenzüberschreitende und Mystische dieses Aktes bewusst: jemanden in einem einzigen Moment festzuhalten, dieses Abbild ansehen zu können, ohne selbst angesehen zu werden, sich ungestört mit den Augen daran satt zu essen, bis sich das Angesehene durch Gewöhnung verwandelte: Das Schöne wurde gewöhnlich, vielleicht sogar hässlich, das Hässliche wurde erträglich, vielleicht sogar schön. Das Abbild veränderte sich mit der Intention, die der Betrachter mit dem Anschauen verband.

Gleich am ersten Tag im Fotolabor zeigte mir Salvador Bilder, die er von Ella gemacht hatte. Ich versuchte, mir mein großes Interesse nicht anmerken zu lassen, aber Salvador schien zu wissen, dass ich die Fotografien haben wollte, denn am Ende unserer Sitzung sagte er: «Du kannst dir drei Bilder von ihr aussuchen.» Das Angebot überforderte mich. Es gab ein Foto, das Ella in einem roten Bikini zeigte. Ihre nassen Haare klebten an ihren geraden, leicht gebräunten Schultern. Ihre Augen blickten skeptisch, fast verkniffen, zugleich hatte sie den Mund ein wenig geöffnet und eine Hand an den schräg gehaltenen Kopf gestützt – wie ein Model. Das Bild erregte mich, es beschämte mich aber auch. War ich spießig oder verklemmt, wenn ich es unpassend fand, dieses Bild zu besitzen? Ich nahm schließlich drei andere, ohne mir erklären zu können, warum ein Bild im Bikini ein größeres Tabu darstellte als die Fotos, die ich auswählte: Ella in einem schwarzen Pullover, wie sie mit zwei fast weißen Händen einen dunkelblauen Becher hält und verschlafen an der Kamera vorbeisieht, Ella, die kess über die Schulter lächelt (im Hintergrund ein kleines Rechteck sommerblauen Himmels), Ellas Kopf schlafend auf einem Kissen, die Gesichtszüge entspannt und zu zwei Dritteln gerahmt von Haarsträhnen, schwarze Wimpern wie zarte zerbrechliche Lebewesen, die stumm Wache halten.

«Ella ist etwas ganz Besonderes», sagte Salvador und gab mir das Bild. Ich steckte es ein, obwohl gerade dieses letzte Foto mich ebenfalls beschämte. Ich besitze diese drei Bilder noch heute, geschützt durch Plastikfolie in einem Album mit vielen anderen Fotos.

Das Magische der Fotografie lag nicht nur im Akt des Aufnehmens, des «Schießens» eines Objekts, sondern auch im eigentlichen Vorgang der Verwandlung und Haltbarmachung des Flüchtigen: die Dunkelheit eines vom Alltag abgegrenzten Raumes, das Entwicklerbad, in dem ich das beschichtete Papier des Negativs mit einer Zange schwenken durfte (vorsichtig, wie ein Hohepriester seinen Zeremonienstab), das rasche und doch achtsame Wechseln des Objekts ins Unterbrechungs- und ins Fixierbad und schließlich das Reinigen im finalen Wasserbad, bevor wir das Foto mit einer Klammer an einer Schnur befestigten und zum Trocknen aufhängten. Allein das Wort «Lichtbild» versetzte mich in einen besonderen Zustand. Nicht anders erging es mir, wenn Salvador von «Silbersalzen» oder dem «Negativ» sprach – er selbst ein machtvolles Wesen in der Dunkelheit des Labors, ein ruhig sprechender Umriss aus dichter Schwärze.

Auch Valerie verbrachte viel Zeit mit mir. Mal durfte ich sie beim Kochen unterstützen (Risotto mit Steinpilzen und Salat), mal nahm sie mich mit zu den Theaterproben, saß dort die ganze Zeit neben mir und fragte mich anschließend nach meiner Meinung. Sie sprach mit mir über Poe, über andere Autoren oder die Geschichte des Herrenhauses, in dem heute die Klassenzimmer der FSS lagen. Sie fragte mich, ob mir ihr Kleid oder ihre Schuhe gefielen, und ich sagte immer ja. Auch wenn andere zugegen waren, hatte ich den Eindruck, dass Valeries Aufmerksamkeit vor allen Dingen mir galt. Manchmal erschien es mir, als sei ich für sie wichtiger als Salvador, was mir gut gefiel und mich vielleicht ein wenig übermütig machte und Ellas Warnung vergessen ließ. Zumindest wuchs mein Selbstbewusstsein in diesen Wochen, und das Lernen fiel mir leichter als je zuvor.

Theoretisch konnten wir jedes Wochenende heimfahren, in der Praxis tat das aber nur ein Teil der Schülerschaft, viele sahen die FSS als ihr Zuhause an. Noch bevor ich das erste Mal die weite Reise nach Köln antrat, nahm mich Valerie an einem Freitagabend mit zur «Datscha», einem kleinen Ferienhaus, das sie sich mit Salvador gekauft hatte, um hin und wieder etwas Abstand von der Schule zu gewinnen. Ich weiß nicht, warum ich mitfuhr, denn eigentlich verbrachte ich meine freie Zeit gerne mit den anderen Wielandkindern. An diesem Wochenende hatte sich Ella allerdings wieder einmal mit Nadja zu ihren Großeltern verabschiedet, und Konrad hatte Yukio mit nach Hamburg zu seinen Eltern genommen. Außerdem hatte Valerie so überzeugend beteuert, mir würde es ganz sicher gefallen, dass ich neugierig wurde und den Gedanken aufregend fand, Zeit mit einer erwachsenen Frau alleine zu verbringen. Warum Salvador nicht mitkam, sagte sie nicht, und ich fragte auch nicht danach.

Wir fuhren eine Weile in Valeries rotem VW-Käfer durch den Sommerabend. Sie hatte eine Kassette von den Rolling Stones eingelegt, die ich nicht besonders mochte, aber da Valeries Laune davon offensichtlich nur noch besser wurde, störten mich die hopsenden Rhythmen und der flach gebellte Gesang auch nicht. Wir hielten in einem größeren Ort und kauften in einem Supermarkt ein. Ich fühlte mich sehr erwachsen, als ich mit Valerie abstimmte, was wir am Abend und am nächsten Tag essen wollten. Ich legte Fischstäbchen, Kartoffeln, einen Salatkopf, Malzbier und Tomaten in den Einkaufswagen.

Schließlich holperte der Käfer über Kopfsteinpflaster, vorbei an einigen wenigen, weit voneinander entfernt stehenden Häusern. Valerie parkte den Wagen auf einem kleinen Wiesenstück vor einem von Gebüsch überwucherten Jägerzaun. Ich stieg aus und fand mich in meinen dreiviertellangen Jeans und den Turnschuhen in milder Luft und märchenhafter Stille, die einzig vom Gesang verschiedener Vögel durchbrochen wurde. Wir betraten einen Garten, in dem die Vegetation so üppig wuchs und so fremdartig roch, dass meine Phantasie Dschungel-Szenarien produzierte, Spiele, die ich hier gerne mit Ella und den anderen gespielt hätte. Mein Blick fiel auf unbekannte Büsche und unwirklich in die Höhe ragende Stauden, aber auch auf Sträucher mit Johannis- und Stachelbeeren, eine verwitterte Steinfigur, die einen nackten Jungen darstellte (ein Arm fehlte, der Pausbäckige guckte vergnügt über den Stumpf an seiner Schulter), und eine Holzbank, deren weißer Anstrich an manchen Stellen abblätterte. Hinter der Datscha fand ich einen kleinen Teich, in dem später zwischen den Blättern echter Seerosen unsichtbare Frösche quakten.

Die Datscha selbst war ein sogenanntes Schwedenhaus mit längs verlaufenden Holzplanken in einem ähnlichen Dunkelrot wie der Käfer der Wielands. Die Rahmen der Fenster, der Giebel des flachen Satteldaches und die Umgrenzung einer kleinen Veranda glänzten in reinem Weiß. Im Inneren wirkte das Häuschen geräumiger als vermutet. Das Erdgeschoss bestand aus einem kleinen Bad und ansonsten aus einem einzigen großen Raum mit Einbauküche, Holztisch, Regalen, Sofas, Schuhschrank und Kleiderständer. Eine steile Holztreppe führte in eine Kammer unter dem spitzen Dachgiebel.

Ich half Valerie dabei, die Vorräte aus dem Auto in das Ferienhaus zu bringen, und hatte Freude daran, sie mit System zu verstauen. Das Schnellverderbliche tat ich in den kleinen Kühlschrank, der neben der Spüle surrte. Den Rest reichte ich Valerie an, die die Lebensmittel in einem leicht muffenden Spind unterbrachte neben bereits dort stehenden Vorräten wie einer Flasche Bino-Würze, Bautzener Senf oder Suppenbrühe im undurchsichtig-braunen Glas. Anschließend entkorkte sie eine Flasche Rotwein und bot mir davon an. Ich lehnte ab. Später trank ich doch ein Glas und schließlich noch eins und konnte mir weder erklären, warum ich zuvor abgelehnt hatte, noch, warum ich nun den Alkohol trank, der mir eigentlich nicht besonders schmeckte. Einen Fernseher gab es nicht, aber ein Radio, das Valerie bald einschaltete, weil ihr das Ticken der Küchenuhr auf die Nerven ging. Während im Radio Top-Ten-Songs gespielt wurden, bereiteten wir einen Salat vor. Ich schnitt Tomaten, Valerie Zwiebeln. Ich öffnete eine Dose mit Thunfisch, Valerie wusch die Salatblätter. Dabei redeten wir ohne längere Unterbrechungen. Valerie erzählte, das Häuschen sei überhaupt keine typische DDR-Datsche, Schwedenhäuser gebe es hier eigentlich nicht. Es sei genau genommen ein Rätsel, wie ein Schwedenhaus hierhin gekommen sei. Zumindest habe es samt Grundstück so gut wie nichts gekostet. Valerie erzählte von der Sanierung und den Umbauarbeiten, und ich konnte heraushören, dass die Wielandkinder den Ort kannten, die anderen Schüler und Lehrer der FSS hingegen nicht.

Valerie hörte gar nicht mehr auf zu erzählen: Die Veranda sei erst neulich gemacht worden, auch das Dach und die Außenwände habe sie vor nicht allzu langer Zeit mit Salvador und anderen gestrichen. Sie finde Schwedenhäuser cool. Wie ich es fände? Auch schön? Es sei ein bisschen klein, um mit der ganzen Familie herzukommen, aber das hätten sie auch schon einmal gemacht, und das sei sehr lustig gewesen. Sie hätten ein richtiges Feuer im Garten gemacht, und Yukio habe einen Bogen gebaut und damit auf eine selbstgebaute Strohscheibe geschossen. Die beste Schützin sei aber Nadja gewesen. Noch vor Ella und Yukio. Ob ich mich für irgendeinen Sport interessierte? Nicht? Sie könne sich nicht vorstellen, dass ein sehniger, gutgewachsener Junge wie ich sich nicht gerne bewege. Okay, es müsse ja nicht nach irgendwelchen Spielregeln sein. Ach so, Völkerball hätte ich gerne auf der Straße gespielt. Und Verstecken. Ach, das sei für mich kein Sport gewesen? Ja, das verstehe sie. Ich setzte Sport vermutlich mit schulischem Zwang gleich – dem albernen «Kerzemachen» auf müffelnden blauen Matten, mit Geräteturnen und kürbisgroßen Medizinbällen. Aber was sei mit der Lust, den eigenen Körper besser und besser zu beherrschen? Ihn schneller, wendiger, kräftiger und ausdauernder zu machen? Alle Wielands übten ihre Körper auf die eine oder andere Weise. Ron boxe, Yukio sei ein guter Läufer und Skater, Luna tanze, Nadja sei nicht nur eine gute Schützin, sondern auch eine starke Schwimmerin, Luis auf lange Distanzen ein guter Läufer, Ella sei ein Allroundtalent, sie sei schnell, könne weit springen, sich allgemein gut bewegen und schaffe mehrere Klimmzüge. Sport werde an der FSS leider nicht sonderlich gefördert. Ich müsse mich selbst darum kümmern. Ob ich eine Idee hätte, was mir liegen könnte?

Ich zögerte, dann sagte ich: «Ich glaube, ich kann gut balancieren.»

«Dann hast du schon mal eine gute Motorik», sagte Valerie. «Das ist für viele Dinge nützlich. Hast du eine bestimmte Vorliebe beim Dressing? Sonst mache ich das einfach so, wie ich es mag.»

Wir aßen draußen im Garten, an einem wackeligen Plastiktisch, zu dem mehrere weiße Plastikstühle gehörten. Insekten flogen durch die Luft. Einmal hörte ich ein tiefes Surren und sah ein Tier, das ich für eine große Wespe hielt. Valerie erklärte mir, das sei eine Hornisse. Irgendwo in der Nähe müsse es ein Nest geben. Ich wisse ja, dass Bienen nur einmal stechen könnten und dann keinen Stachel und bald auch kein Leben mehr hätten. Bei Wespen und Hornissen sei das anders. Ich nickte und stocherte in meinem Salat und stellte dann eine Frage, die mir schon seit ein paar Minuten durch den Kopf ging: «Warum ist Tilly gegangen?»

«Tilly war zu schwach», sagte Valerie so, als sage sie: «Tilly war erkältet.» Ich glaubte, sofort zu verstehen, was sie meinte, und fragte nicht weiter. Valerie goss sich Wein nach und kam ins Reden: Schon die FSS sei nicht für jeden etwas. Ein Lernen vom Kinde aus setze ja voraus, dass ein Kind nicht nur lernen wolle, sondern irgendwie auch einen Plan habe, was es wolle. Klar, sie versuchten den Schülern dabei zu helfen herauszufinden, was sie wollten, aber für manche seien eben klare Ansagen besser. Und in unserer Familie sei die Situation noch einmal komplizierter. Bei uns gehe es um echtes Lernen.

Ich stimmte allem zu und verstand auch, dass das eben nichts für Tilly gewesen war.

«Es hat sie unglücklich gemacht», sagte Valerie. «Sie ist besser bei der Herde aufgehoben.»

Ich nickte und spießte ein Tomatenviertel mit meiner Gabel auf.

«Jetzt ist sie erst einmal bei ihren Pflegeeltern und wird nächstes Jahr auf einer Schule in Lübeck weiterlernen. Du, Tilman?» Valerie sah mich mit Augen an, deren Blau plötzlich heller, fast durchscheinend glänzte. «Ich bin so froh, dass du jetzt bei uns bist.»

Ich fühlte, wie meine Brust weit und frei wurde. Valerie sprach so offen mit mir, dass auch ich ganz offen und leicht wurde. Und sie gab mir Raum, damit ich meine Gedanken entfalten konnte. Gerne hätte ich ihr an diesem Abend viele Fragen gestellt – über die FSS, die Wielands, Ella, die Ziegenbockfigur im Keller, das wahre Lernen. Aber Valerie stellte mir ihrerseits so viele Fragen, dass ich kaum dazu kam. Sie wollte alles über meine Familie wissen, meine Heimat, meine dortigen Freunde und Bekannten und Verwandten. Sie wollte wissen, ob ich Heimweh hatte, wie es meinem Vater ging und ob ich seine neue Partnerin mochte. Sie wollte wissen, ob ich mich im Wielandhaus wohl fühlte und ob ich mich mit Luis gut verstand.

So gebündelt die Fragen in dieser Aufzählung wirken: Valerie stellte sie beiläufig, nach und nach, oft unterbrochen von kleinen Geschichten, die sie über sich und Salvador erzählte.

Irgendwann sprachen wir über Beziehungen. Mittlerweile saßen wir im Licht der sinkenden Sonne auf der Veranda. Valerie hatte ihre Sandalen ausgezogen, sich die Hosenbeine ihrer Jeans hochgekrempelt und damit begonnen, mit einem kurzen Pinsel roten Nagellack auf die Zehen ihres linken Fußes aufzutragen. Dazu zog sie das linke Bein heran und krümmte ihren Rücken. Ich saß neben ihr, ein Glas Wein in der Hand.

«Hattest du schon einmal eine Freundin?», fragte mich Valerie, während sie ihre Zehen betrachtete.

Ich dachte kurz nach, dann schüttelte ich den Kopf. Ich hatte Freundinnen gehabt, aber nicht so, wie Valerie es meinte.

«Ich finde es schade, dass man über das Thema so wenig lernt an der Schule.» Valerie tunkte den kleinen Pinsel in das Fläschchen mit Lack. «Mit den wichtigen Dingen soll jeder allein zurechtkommen.»

«Aber wie soll man das denn lernen?», fragte ich.

«Na, zum Beispiel, indem einem Menschen mit Erfahrung einmal ehrlich etwas darüber erzählen.»

«Ach so», sagte ich. Ich wusste nicht, ob ich ehrliche Erfahrungen hören wollte.

Valerie lächelte mich an. Dabei bildeten sich Grübchen auf ihren Wangen.

«Du kannst damit noch gar nicht so viel anfangen, stimmt's?», sagte sie und wandte sich wieder ihrem Fuß zu. Ich starrte auf die Zehen, auf denen der Lack rot glänzte. Valerie bemerkte meinen Blick: «Jetzt muss der Lack noch trocknen. Wie findest du es?»

Ich dachte kurz nach, dann fragte ich: «Warum malen sich Frauen die Zehen an?»

Valerie lachte ihr wieherndes, kehliges Lachen. Wenn sie so lachte, wirkte sie wie eine eigentlich souveräne Schauspielerin, die plötzlich aus der Rolle fiel.

«Coole Frage», sagte sie und sog im Ausklingen ihres Lachens Luft in die geweiteten Löcher der Nase. Dann drehte sie sich blitzschnell zu mir und gab mir einen schmatzenden Kuss auf die Wange.

Die Dämmerung mündete in die Nacht. Als wir ins Haus gingen, stolperte ich über die Türschwelle. Valerie fing mich auf und hielt mich eine Weile fest. Dann glitten ihre Hände mit unlackierten Nägeln über meinen Rücken und lösten sich von mir.

«Die Bettfrage», sagte Valerie, und ihre Stimme klang ein wenig wackelig. «Ich kann dir hier unten das Schlafsofa fertig machen, oder du kommst mit zu mir nach oben.»

«Ist denn oben genug Platz?», fragte ich.

«Schau es dir an», sagte sie. Ich stieg die Stufen zur Dachkammer hinauf. Valerie drückte im Erdgeschoss auf einen Lichtschalter, und das eben noch Dunkle leuchtete im Schein einer Deckenlampe vor mir auf: ein kuschelig wirkendes Bett unter der Dachschräge. Genau genommen handelte es sich nur um eine große Matratze, auf der zwei Decken und zwei Kissen lagen. Daneben stand ein Nachttisch, darauf eine kleine Lampe. Davon abgesehen enthielt der Raum keine weiteren Möbel als einen Stuhl und eine große Truhe.

Einerseits wollte ich in Valeries Nähe bleiben, ich spürte ja, dass sie auch in meiner Nähe bleiben wollte, andererseits schien mir das gemeinsame Schlafen auf einer einzigen, wenn auch großen Matratze doch etwas sonderbar. Dann wiederum dachte ich, dass es nur Umstände machte, jetzt noch das Sofa auszuklappen und mit Bettwäsche zu beziehen. Was würde Valerie von mir denken, wenn ich jetzt auf Abstand ging, nachdem sie mir so viel Aufmerksamkeit geschenkt hatte? Wie erstarrt stand ich auf der Holzsprosse. Ich konnte mir weder vorstellen, alleine unten auf dem ausgezogenen Sofa zu liegen, noch neben Valeries großem Körper in der Dachkammer.

«Du kannst auch oben schlafen, und ich mach mir hier

unten das Bett», rief Valerie und klapperte mit irgendetwas in der Küche. Sicher meinte sie es lieb, aber eigentlich wünschte ich mir, dass sie mir einfach befahl, wo ich zu übernachten hatte. Und tatsächlich rief sie: «Bist du festgewachsen? Komm, ich mach dir hier unten ein Bett.»

Ich half Valerie dabei, das von ihr bereits ausgezogene Sofa zu beziehen. Ich stellte mich dabei etwas ungeschickt an, aber Valerie wurde nicht ungeduldig. Allerdings griff sie fast am Ende des Vorgangs nach meinem rechten Handgelenk, drehte es und besah sich die kreisförmige Wunde, die mir Ronny ins Fleisch gebrannt hatte.

«Das hätte ich nicht von dir gedacht», sagte sie. «Vielleicht hat Ella doch recht.»

«Womit?», fragte ich, aber Valerie schien mich nicht zu hören. Trotz einer wachsenden Spannung, die mir die Lippen zu verschließen drohte, wiederholte ich meine Frage, lauter sogar. Aber Valerie machte nur eine wegwerfende Handbewegung: «Ach, egal», sagte sie. «Willst du zuerst ins Bad?»

Schließlich lag ich alleine auf dem großen, frisch bezogenen Ausziehsofa und konnte nicht schlafen. Draußen quakten die Frösche. Drinnen surrte der Kühlschrank. Außerdem nervte mich das laute Ticken der Wanduhr. Ich dachte an das, was Valerie zuletzt gesagt hatte. Vielleicht glaubte sie, dass ich für das wahre Lernen doch nicht taugte, dass ich Tilly mehr ähnelte, als sie gehofft hatte. Und Ella sah es genauso. Es konnte gar nicht anders sein. Nichts erklärte ihr Verhalten mir gegenüber besser. Es drängte mich, Valerie zu erzählen, wie ich mich in jener Nacht in der Schlossruine tatsächlich verhalten hatte, und sie bei der Gelegenheit darum zu bitten, Ella davon zu berichten, für den Fall, dass die anderen es nicht getan hatten. Gleichzeitig stand mir vor Augen, wie kleinlich ich wirken musste, wenn ich mich selbst in ein gutes Licht rücken musste, in dem wahrhaft starke Menschen von ganz alleine standen.

Je länger ich lag, desto unruhiger wurde ich. Irgendwann stand ich auf und kletterte die Leiter nach oben. Valerie schlief noch nicht.

ACHTES KAPITEL

Mein Vater hatte mich nicht aufgeklärt. Vielleicht hatte er gedacht, dafür sei die Schule zuständig. Vielleicht hatten die Lehrkräfte dort ihrerseits die «sexuelle Früherziehung» als die Aufgabe der Eltern betrachtet, oder es hatte Aufklärungsunterricht gegeben, und ich war in diesen Tagen wegen einer meiner Erkältungen zu Hause geblieben. In der fünften Klasse des Gymnasiums erfuhr ich durch eindeutiges Bildmaterial, was ich mir unter Masturbation bei Männern und bei Frauen vorzustellen hatte, und nicht viel später sah ich ein Foto, auf dem ein Mann sein Glied in die Scheide einer Frau steckte. Dieses Bild verfolgte mich eine Weile. Es lag etwas Rohes, Aufreizendes und zugleich Befremdliches in dem Akt. Ich hätte damals nicht genau sagen können, was mich an den Bildern verstörte. Ich spürte lediglich ein Unbehagen und zugleich eine Gier. Ich glaubte mehr und mehr, dass es wichtig sei, Mädchen und Frauen zu begehren und von ihnen begehrt zu werden. Man wurde ein wertvollerer Mann, wenn man eine Frau beschlief. Genau genommen schien der Wert bei diesem Akt von der Frau auf den Mann überzugehen. Sie wurde eine Schlampe und er ein Kerl.

Nach der Nacht mit Valerie hätte ich mich wertvoller fühlen müssen. Stattdessen machte ich mir Vorwürfe: Ein normaler Junge hätte sich gefreut und wäre stolz und dankbar gewesen, wenn eine erwachsene Frau wie Valerie ihn so angefasst und ihm erlaubt hätte, sie so anzufassen. Ich machte mir auch Vorwürfe, weil ich mich nicht so verhalten hatte, wie es sicher richtig gewesen wäre. Ich schämte mich, weil ich Valeries Geruch plötzlich nicht mochte. Der Nagellack ihrer Zehen ätzte in meiner Nase, vermischt mit einem aus ihrem Körper strömenden Kümmelgeruch. Dann wieder roch ich gar nichts, stand neben dem Bett und blickte unbeteiligt auf zwei ungleich große Körper.

Ich weiß nicht, ob Valerie mit mir zufrieden war. Irgendwann zuckte ein Schauder durch ihren Körper, und sie schob meine Hand zur Seite, deren Existenz ich vorübergehend vergessen hatte. Ich sah ihr Profil über mir, die spitze Fuchsschnauze, die sich als dichtere Schwärze auf mein Gesicht zubewegte. Mehr weiß ich nicht. Ich bin sofort eingeschlafen.

Am anderen Tag sah sich Valerie mit mir einen Pornofilm an. Sie sagte, ich solle herausfinden, was mir gefalle und was es für Möglichkeiten gebe, «ein Mädchen wie Ella zu befriedigen». Ich hatte Ella völlig vergessen, und jetzt, da ihr Name fiel, kam es mir so vor, als befände ich mich schon seit Wochen hier draußen in der Hütte, in einem anderen Leben.

Die Geschlechtsteile der Männer erschienen mir sehr

groß. Die Scheiden der Frauen sahen aus, als wären sie aus Wachs geformte Wunden. Ich hatte schon auf dem Schulhof von «blasen» und «lecken» und «von hinten nehmen» gehört und noch viel öfter grobe und kalte und letztlich kindische Wörter wie «bumsen» und «ficken». Jetzt bekam ich das Anschauungsmaterial zu diesen Begriffen. Draußen schien die Sonne. In der Stube summte eine Fliege, verstummte, summte wieder. Valerie saß neben mir auf dem Sofa.

«Vielleicht ist das noch nichts für mich», sagte ich. Ein unscheinbarer Arzt untersuchte gerade seine Patientin, die sehr geschminkt und auch sonst irgendwie übertrieben wirkte. Er untersuchte ihren Mundraum mit einem Holzstück (ich musste an einen Eisstiel denken) und sagte dann, sie habe es mit dem Rachen und brauche eine spezielle Salbe, die sie sich bei ihm abzapfen dürfe.

«Ich denke, es ist zu früh, um das zu sagen», sagte Valerie. Ich nickte. Die Frau kniete sich vor den Mann und blickte fragend zu ihm hoch. Valerie legte die Hand auf mein Knie, dann rieb sie mir im Schritt, wie es Luna bei Ronny gemacht hatte. Ich spürte, dass Valerie mich ansah, blickte aber weiter geradeaus auf den Bildschirm. Ich bemerkte die Veränderung an meinem Körper und fand es sehr peinlich. Ich fand auch Valerie peinlich. Sie stand auf, kniete sich vor mich und öffnete mir die Hose.

«Guck ruhig auf den Film», sagte sie. Ich konnte mich nicht bewegen. Ich hörte die Fliege. Der Arzt im Film sagte: «Machen Sie ruhig ein paar Geräusche. Das fördert den Heilungsprozess.» Die Frau begann sofort, mit vollem Mund zu stöhnen und Schmatzgeräusche zu machen. Mein Glied richtete sich weiter auf, ohne dass ich etwas dafür tat und ohne dass ich es verhindern konnte.

Auf der Rückfahrt sprachen wir über Poe, Hermann Hesse und über die von Salvador erwähnte «Konsens-Trance», einen Zustand, in dem sich laut Valerie die meisten Menschen befanden. Ich fragte sie, ob ich mich auch in dieser Trance befände, und sie sagte ja, während sie ihre Arme am Lenkrad durchdrückte.

«Dafür kannst du nichts», fügte sie hinzu. «Das geht erst einmal allen so.» Dann erklärte sie mir, dass wir von Kindesbeinen an in eine bestimmte Kultur eingegliedert würden. Im Kern gehe es dabei immer um schlichte Einteilungen: richtig und falsch, normal und anormal, wirklich und nicht wirklich, begehrenswert und abstoßend. Ich müsse mir das wie eine milde, aber andauernde Hypnose vorstellen, einen Lernprozess, bei dem ich die Urteile der Gesellschaft nach und nach verinnerliche. So stabilisiere sich die Gesellschaft, und so stabilisiere sich der Einzelne in ihr. Schließlich würden sich die «richtigen» Wahrnehmungen und Urteile und Gefühle ganz automatisch einstellen und uns nicht wie etwas Erlerntes, sondern wie die Wirklichkeit selbst erscheinen. Und wo es nicht passe, gäben wir uns selbst die Schuld.

«Das ist alles gar nicht schlimm», sagte Valerie, wohl als Reaktion auf mein brütendes Schweigen. «Es geht uns Menschen ganz gut damit.»

«Aber es ist langweilig, oder?»

Valerie lächelte mich an und sagte: «Es engt den Spielraum ein wenig ein.»

Ich lächelte zurück.

Wir kehrten am späten Sonntagnachmittag nach Schwanhagen zurück. Valerie parkte ihren roten Käfer auf dem «Lehrerparkplatz» am Rande des Schulgeländes. Wir gingen zusammen über den großen Platz, als uns Ronny entgegenkam. Er rauchte eine Zigarette, wirkte gelangweilt, blieb stehen und sah erst Valerie an, dann mich. Ich rechnete mit einem spöttischen Gesichtsausdruck, aber Ronny sah mich mit einer traurigen Herzlichkeit an, die mich den Blick senken ließ.

Nach dem Abendessen fragte er mich, ob ich gerade Zeit habe, er wolle mir etwas zeigen. Ich folgte ihm nach draußen bis zu einer Wiese in der Nähe des Refugiums. Schon auf dem Weg dorthin redete er vom Boxen und dass er glaube, das sei womöglich etwas für mich. Ich wusste nicht, ob ich Lust hatte, Boxen zu lernen, aber ich freute mich über Ronnys Interesse an mir. Also machte ich mit.

Zunächst zeigte er mir, wie ich stehen musste: den Abstand der Füße, ihre exakte Stellung, bei der meine Fersen knapp über dem Boden schwebten, die minimale Beugung der Knie, die Haltung des Oberkörpers. Ich stand da wie eine Puppe, und Ronny schob und drückte an mir herum. Dann fragte er mich, ob ich Rechtshänder sei, und erklärte den Unterschied zwischen Schlag- und Führhand und wie ich meine Arme positionieren sollte. Dabei wirkte er angespannt. Wenn ich nicht sofort verstand, was er meinte, wurde er ungeduldig, schob aber sofort etwas Versöhnliches hinterher, wenn er mich angeschnauzt hatte.

Obwohl ich diese plötzlichen Wechsel zwischen Zurechtweisungen und Ermunterungen als unangenehm empfand, trainierte ich von nun an fast jeden Tag mit Ronny. Die Wielands kauften uns einen Sandsack, den wir im Refugium aufhängten und auf den wir oft im Wechsel einschlugen. Ob mir das Boxen lag, konnte ich nicht sagen, aber mir lag, merkte ich, etwas daran, Zeit mit Ronny zu verbringen. Erst bei der dritten Trainingseinheit durfte ich auch Boxhandschuhe anziehen. Ronny besaß zwei Paar, die er in einem Schrank im Refugium aufbewahrte. Was er über das Boxen wusste, hatte er von anderen Jungen in dem Heim gelernt, aus dem ihn die Wielands geholt hatten.

«Wenn du die Grundlagen kennst», erklärte er, «dann kannst du auch alleine üben und besser werden. Durch die Wiederholung, verstehst du?»

Ronny zeigte mir Aufwärmübungen, Ausweich- und Schlagtechniken, simple Kombinationen und beendete das Training mit einem Sparring, das immer gleich ablief: Zunächst verhielt er sich defensiv, lud mich ein, ruhig härter anzugreifen, und dann, wenn ich seiner Aufforderung beherzt genug nachkam, schlug er mich, dass ich zu Boden fiel, und sagte: «Du musst auf deine Deckung achten.»

Anschließend saßen wir nebeneinander auf einem Sofa des Refugiums oder einer Bank im Freien und rauchten eine Zigarette. Genau genommen rauchte Ronny eine Zigarette und ließ mich, der ich keine ganze wollte, zwischendurch mal ziehen. Zog ich auf Lunge, wie er es tat, musste ich husten. Ronny lachte dann und sagte: «Es ist wie mit dem Boxen. Üben macht den Meister.»

Ein Meister wurde ich durch diese Trainingseinheiten zwar nicht, aber ich lernte bald, dass ich nicht die Augen zusammenkneifen und mich wegducken musste, wenn Ronny einen Schlag antäuschte oder tatsächlich vollführte. Und ich verlor die Hemmung, meinen Trainer auch ins Gesicht zu schlagen. Ich weiß noch, wie ich Ronny das erste Mal mit aller mir zur Verfügung stehenden Wucht traf. Ich glaubte, dass nun mindestens seine Nase gebrochen sein müsste. Stattdessen stand er ungerührt da und sagte: «Nicht schlecht, Kleiner. Wenn du die Hüfte mehr mit reinnimmst, hast du noch mehr Punch.»

Ich redete mit Ronny selten über etwas anderes als über das Boxen. Er stellte mir keine Fragen, und ich spürte, dass er auch nichts gefragt werden wollte, das über unser Sportthema hinausging. Einmal zeigte Ronny jedoch besonders wenig Geduld und erklärte seine schlechte Laune schließlich mit Luna, die ihm auf die Nerven gehe.

«Wenn ich hier raus bin», sagte er, «dann werde ich eine normale Freundin haben. Weißt du? Ich will eine eigene Familie, eine normale Familie.»

Ich fragte, wie er sich denn seine normale Familie vorstelle. Wir saßen im Licht der Abendsonne an das Tor des Refugiums gelehnt, Ronny hatte die Zigarette zwischen den Lippen und blickte angestrengt über ein Stück Wiese zu einer Reihe von Pappeln. Eine ganze Weile sagte er nichts, und ich hatte meine Frage schon fast wieder vergessen, als er antwortete: «Na, wir wohnen in einem Haus. Mit Garten. Vielleicht haben wir einen Hund. Ich gehe arbeiten, und meine Freundin macht das Haus und den Garten und kocht für uns. Und wir haben zwei Kinder. Einen Jungen und ein Mädchen. Und ich habe ein eigenes Zimmer und meine eigenen Sachen. So halt. Verstehst du?»

Später, als ich im Bett lag, versuchte ich, mir ein solches normales Erwachsenenleben vorzustellen, aber es gelang mir nicht richtig. Das Leben bei den Wielands erschien mir viel zu interessant und verheißungsvoll, um es gegen eine ferne Zukunft irgendwo anders eintauschen zu wollen, und sei es auch nur in der Phantasie. Wenn ich mir überhaupt etwas für mein späteres Leben vorstellte, dann hatte es mit einer Normalität, wie sie Ronny anstrebte, nicht das Geringste zu tun. Ich sah mich alleine in finsteren Villen über alten Büchern brüten, ich litt an einer Krankheit, Ella, meine einzige Liebe, war durch eine namenlose Tragödie verstorben, sprach mit mir aber in meinen Träumen und leitete mich auf einem Pfad verbotenen Wissens in ihr Reich. Ich sehnte mich nicht nach einer heilen Familie, und ich litt auch nicht darunter, dass ich nur wenig Kontakt mit meinem Vater hatte und er mich nicht besuchte. Im Gegenteil: Ich hätte es peinlich gefunden. Auch die anderen erhielten keinen oder wenig Besuch. Einmal tauchten zwei ältere Brüder von Nadja auf, einmal sah ich die elegant gekleideten und sehr gut aussehenden Eltern von Yukio. Sie holten ihn mit einem schwarzen Mercedes ab, von dem Ronny noch ein paar Tage lang sprach.

Hin und wieder kamen Freunde der verstorbenen Eltern von Luna und Luis: faszinierende Gestalten mit langen Haaren und in Rocker- und Hippie-Kleidung, die ganz anders wirkten als die Erwachsenen, die ich kannte. Sie sprachen und bewegten sich wie Jugendliche mit alten Gesichtern. Luna flirtete mit den Männern, die Frauen küssten Luis und wuschelten ihm durchs Haar. Ich erinnere mich noch daran, wie ich diese «Rocker» das erste Mal sah und ihnen und den anderen in unser Refugium folgte, weil sie dort mit Luis «Mucke machen» wollten. Schließlich spielte Luis Eigenkompositionen auf dem Klavier, und alle lobten ihn. Bei einer besonders romantischen Darbietung begann eine der Frauen zu weinen, schwarze Schminke verlief ihr im Gesicht. Luis hatte das Stück in seiner schüchternen, aber dennoch selbstbewussten Art angekündigt: «Dieses Lied habe ich ‹Winter› genannt. Ich widme es meiner liebsten Jahreszeit.»

Nachher spielten noch zwei Männer gleichzeitig auf ihren Gitarren, während die Frau mit der schwarzen Schminke mit den Händen auf einem Stuhl trommelte und eine andere sang. Ich fand das aufregend und beneidete Luis ein wenig um sein Talent, vermutlich auch deshalb, weil ich während seines kleinen Konzertes Ellas Gesicht beobachtet hatte.

Seit ich das Wochenende mit Valerie im Ferienhaus verbracht hatte, geschah es manchmal, dass ich mich plötzlich irgendwo wiederfand, wie aus einem tiefen Traum gerissen und verblüfft über meine Umgebung, das Licht, die Geräusche, die sonderbare Plastizität der Dinge. In diesen Momenten des Aufwachens glaubte ich, die Welt um mich herum zum ersten Mal tatsächlich zu sehen. Ein Film, der sonst über meinen Augen lag, schien nun fortgewaschen zu sein. Ich erlebte solche kurzen Phasen staunenden Erwachens als Mysterien und mich als einen Menschen auf der Schwelle zur Einweihung. Ich fühlte mich als etwas Besonderes. Ich verstand nicht, warum Ronny «normal» sein wollte. Es klang beinahe so, als ob er sich nach jener Konsens-Trance sehnte, die Valerie «nicht schlimm» fand, die sie aber doch belächelte, weil es etwas viel Besseres gab. Noch hatte ich nicht verstanden, was dieses Bessere genau sein sollte, aber ich ahnte, welcher Weg mich dorthin führen würde: «Solve» bedeutete, Urteile aufzugeben, Vertrautes loszulassen, dem scheinbar Selbstverständlichen zu misstrauen, sich unbewusste Reaktionen bewusst zu machen und die Dinge wie zum ersten Mal zu sehen.

«Das, was wir Wirklichkeit nennen», sagte Salvador bei einem unserer Abendessen in seinem üblichen halb spöttischen Tonfall, «ist die Summe unserer Urteile und Bewertungen. Die meisten davon fällen wir, ohne etwas davon mitzubekommen. So lässt sich nichts Nennenswertes aus eigener Kraft erschaffen.»

Ich fühlte mich durch solche Sätze derartig inspiriert, dass es sich manchmal wie eine Entzündung im Kopf anfühlte:

eine Kettenreaktion von Gedanken, bei denen der eine zur Initialzündung des anderen wurde. Die Ideen der beiden veränderten meine Art zu lernen. Ich verstand, dass Informationen kaum als neutral gelten konnten, sondern anhand bestimmter Urteile ausgewählt und formuliert wurden. Dadurch wandelte ich mich von einem passiven Empfänger von Informationen zu einem Teilnehmer in einem Spiel. Jetzt hatte Lernen etwas mit mir zu tun. Selbst wenn es um ferne Gegenstände wie die griechische Antike oder das Periodensystem ging, ging es doch zugleich auch immer um die Frage, wie ich ganz persönlich die Welt sah, wie ich sie sehen sollte und wie ich sie sehen wollte.

Ich lernte zu lernen, zu fotografieren und zu boxen. Bei den Fotos hielt ich es etwas anders als Salvador: Hin und wieder fotografierte ich Menschen. Öfter aber fing ich Details ein: ein Graffiti auf unserer Skaterrampe, eine Plastiktüte, die sich in den Zweigen eines Baumes verfangen hatte, eine Raupe, die einen Joghurtbecher hochkroch. Manchmal versuchte ich mich auch in Landschaftsaufnahmen, fand aber, dass diese leichter missglückten und die Detailfotografien irgendwie künstlerischer wirkten. Salvador lieh mir dafür eine alte Kamera; ich fühlte Aufregung, wenn wir meine Bilder entwickelten, und Freude, wenn er bestimmte Aufnahmen lobte.

Auch Valerie widmete mir weiterhin ihre Zeit. Sie nahm mich zwei weitere Male mit ins Ferienhaus und lud mich bald auch in der FSS in ihr Zimmer ein, wenn Salvador andernorts zu tun hatte. Ich befürchtete, dass wir entdeckt werden könnten, aber Valerie beruhigte mich und erklärte, Salvador habe gar nichts dagegen, er wisse davon. Diese Offenbarung erschreckte mich mehr, als wenn Salvador ins Zimmer geplatzt wäre und mich beschimpft hätte. Solange nur Valerie und ich davon wussten, erschienen mir diese Zusammenkünfte lediglich in den Momenten real, in denen sie stattfanden. Nun aber fühlte ich mich vor Salvador entblößt. Ich fragte Valerie, ob noch jemand davon wüsste. Sie lachte und schüttelte den Kopf. Dann küsste sie mich auf die Stirn, sagte, ich sei süß, aber man müsse mich noch ein bisschen «entklemmen».

Einmal, als ich in ihrem Bett lag und Valerie gerade die «niedliche» Menge meines Ejakulats kommentiert hatte, fragte ich, warum wir das eigentlich täten. Sie richtete sich auf und sagte: «Na, hör mal. Das weißt du ganz genau. Ich mache das für dich, damit du etwas lernst.» Dann stand sie auf, zog sich an und ließ mich allein zurück. Ich bekam heftige Angst, dass sie mich verstoßen würde.

Beim Verlassen ihres Zimmers wiederum fürchtete ich immer, dass mich jemand sehen könnte. Vermutlich war ich wirklich verklemmt und obendrein (und wie sich später ja auch bestätigen sollte) sexuell anormal: Zwar konnte ich eine Erektion bekommen, aber ich fühlte mich währenddessen seltsam abwesend und danach leer. Ich nahm mir vor, mir mehr Mühe zu geben, meine unbewussten Urteile zu identifizieren und zu verändern. Ich wollte nicht, dass Valerie mich für undankbar oder gar feige hielt.

Beim nächsten Mal gab ich mir mehr Mühe. Trotzdem fragte mich Valerie hinterher, wovor ich eigentlich Angst hätte.

«Ich habe keine Angst», sagte ich.

Valerie lächelte und stieß mich an. «Du hast ja sogar Angst davor, es mir zu sagen.»

Ich versuchte etwas zu erwidern, fühlte mich aber plötzlich, als hätte jemand meine Stimmbänder durchtrennt.

In der Stille fürchtete ich, dass Valerie gleich wütend werden würde. Ich hatte sie noch nie wütend gesehen, fürchtete mich aber in manchen Augenblicken davor, ohne dass ich hätte sagen können, woher diese Furcht rührte.

«Es ist ganz normal, Angst zu haben. Das ist keine Schwäche. Die Frage ist, wie du damit umgehst.»

Ich nickte. An den inneren Rändern meiner Augen stiegen Tränen auf. Valerie legte mir eine Hand auf die nackte Schulter.

«Angst ist ein Wegweiser zu deinen Möglichkeiten. Sie zeigt dir, wo du langgehen kannst.»

Ich hätte gerne etwas Verständiges erwidert, blieb aber in meiner Lähmung gefangen. Etwas stimmte nicht mit mir. Valerie sagte, dass es normal sei, Angst zu haben. Aber ich fühlte mich nicht normal. Wollte ich, dass mich Valerie in Ruhe ließ? Wollte ich, dass Valerie mich tröstete? Wollte ich, dass Valerie mir versprach, es nie irgendjemandem zu erzählen? Oder wollte ich, dass mir das alles egal wurde? Wollte ich, dass es aufhörte? Wollte ich, dass ich mich dabei anders fühlte?

Valerie stand auf und fing an, sich anzuziehen. Ihre Beine waren groß und weiß. Die bemalten Zehen bewegten sich über den Boden wie selbstzufriedene Tiere.

«Bevor du jetzt da ewig wie ein Trauerkloß sitzt», sagte sie mit einer coolen Stimme, «kann es sein, dass du Angst hast, entdeckt zu werden? Dass Salvador reinkommt?»

Ich nickte, obwohl sie nicht zu mir rübersah.

«Wenn du vor etwas Angst hast, kannst du versuchen, dieses Etwas zu vermeiden. Wir könnten nur noch in der Datscha miteinander üben.» Valeries Kopf verschwand unter dem grünen Kleid. «Hilf mir mal!», sagte sie. Ich stand auf, ohne nachzudenken, und zog das enganliegende Kleid über ihren fast nackten Körper. Sie drehte sich zu mir um und sah mir in die Augen: «Auf diese Weise wirst du immer Angst haben, auch wenn du es nicht mehr merkst.» Sie machte eine Pause und schien in meinen Augen ergründen zu wollen, ob ich sie verstanden hatte.

«Oder du suchst genau das, was dir Angst macht», sagte sie schließlich. «Bis sich die Angst verpisst.» Sie legte ihre rechte Hand auf eine meiner Pobacken.

«In dir steckt noch so viel mehr», sagte sie dann und drehte mir wieder den Rücken zu. «Ein paar Empfindlichkeiten werden dich nicht aufhalten.»

Ich zog den Reißverschluss ihres Etuikleides nach oben.

«Was meinst du, wie die bedeutenden Menschen bedeutend werden? Die Musiker, Autoren, Forscher, Entdecker, Abenteurer?»

Ich kannte die Antwort.

Beim nächsten Mal stand plötzlich Salvador neben dem Bett. Mein Körper schien sich in sich selbst verkriechen zu wollen. Meine Haut schrumpfte und quetschte die inneren Organe zusammen. Salvadors fröhliches «Na, da schau her» bildete den perfekten Gegensatz zu meiner dramatischen Reaktion.

«Nur keine falsche Scham», sagte er, als ich mich mit geschlossenen Augen wegdrehte.

Valerie drehte mich zu sich, nahm meinen Kopf in ihre Hände und führte ihn zur Mitte ihres weißen Fleisches. Irrsinnige Gedanken schossen mir in hohem Tempo durch das Innere dieses Kopfes. Im Äußeren wurde er eine Attrappe mit Zunge. Ich hörte, wie Salvador die Schnalle seines Gürtels löste.

NEUNTES KAPITEL

Zwei Tage vor Beginn der Herbstferien klopfte es nach Einbruch der Dunkelheit an der Türe. Luis sagte: «Herein!», und ich sah, wie Nadja und Ella auf Strümpfen in unser Zimmer kamen.

«Es ist Vollmond», flüsterte Nadja. «Und Ella hat gleich Geburtstag. Kommt ihr mit an den Strand?»

Ella hob eine Flasche Wein, die sie in der Hand hielt, und sah mich mit absichtsvoll geweiteten Augen an, bevor sie ihren Blick auf Luis richtete.

«Klar», sagte ich.

«Geht mal ohne mich», sagte Luis. «Ich fühl mich nicht gut.»

«Ach komm!» Nadjas Drängen klang halbherzig. «Gleich geht's dir besser.»

«Nee», sagte Luis. Ich sah ihm an, dass wir ihn nicht umstimmen würden. Ich kannte seine Phasen; Nadja und Ella genauso. Zu dritt schlichen wir ins Erdgeschoss hinunter. Ich wusste mittlerweile, welche Stufen besonders laut knarzten. Aber auch mit diesem Wissen konnte man die Treppe nicht passieren, ohne dass es aufmerksame Ohren im Haus mitbekommen hätten. Wenn es um Schlafenszeiten, Alkohol, Zigaretten oder Aus-dem-Haus-Schleichen ging, erteilten Salvador und Valerie generell keine Verbote. Entsprechend fürchteten wir nicht, für diesen Ausflug bestraft zu werden. Allerdings konnte eine Entdeckung dennoch peinlich sein. Mal taten Salvador und Valerie so, als sähen sie überhaupt nicht, was ihre Schützlinge trieben, ein anderes Mal wurde es spöttisch kommentiert und nachher vor den anderen mit stichelnden Bemerkungen ausgebreitet.

Wir erreichten die Diele, ohne nennenswerten Lärm gemacht zu haben. Nadja öffnete die Haustür, wir stahlen uns nach draußen in die bereits kühle Luft des späten Herbstabends, lehnten uns an die roten Ziegel des Gebäudes und zogen die Schuhe an, die wir bisher in den Händen gehalten hatten. Dann huschten wir wie drei Schatten an der Hausfront entlang und wählten einen Weg, der vom Schulgelände führte, ohne dass man von den Fenstern der anderen Häuser gesehen werden konnte. Schließlich erreichten wir einen von Krüppelweiden gesäumten Pfad, der geradewegs auf die Ostsee zuführte. Der volle Mond ließ die Bäume und Büsche unwirklich hell leuchten. Auch die Mädchen schienen das Besondere der Szenerie zu empfinden; ihr Schweigen hatte etwas Andächtiges. Der Pfad öffnete sich zum Strand. Schwarze Wolken zogen wie die Spiegelungen zerfetzter Meerestiere über das Anthrazit des Himmels. Ella und Nadja begannen, auf Englisch ein Lied zu singen, das ich nicht kannte. Nadja neigte bei solchen Gesängen zu gespieltem Pathos, während Ella mit schöner, klarer Stimme und einer ungekünstelten Ernsthaftigkeit sang. Ich blickte immer wieder zu ihr hinüber und sog den Anblick ihres Profils in mich hinein wie ein Zaubermittel. Kurz schien ich alles zu besitzen, was ich brauchte, hatte ich alles erreicht, was es zu erreichen gab. Dann stellte sich das Gefühl ein, dass etwas fehlte, dass ich mehr von Ella wollte, als ihr schönes, singendes Gesicht in einer Vollmondnacht zu betrachten.

Wir setzten uns an den Rand einer kleinen, mit Strandhafer bewachsenen Düne, vielleicht zehn Schritte entfernt vom weißschaumigen, sachte vor- und zurückgleitenden Saum des Wassers. Weit hinten am Horizont glaubte ich den dunklen Kasten einer Fähre auszumachen. Ronny hatte mir erzählt, dass man von hier bis nach Schweden fahren konnte, und für einen Moment verlor ich mich in eine Träumerei, in der Ella und ich übers Meer in ein wundersames Schweden reisten. Unter anderen Umständen hätte ich diese Phantasie vielleicht mit Ella geteilt, aber nun saß Nadja zwischen uns, eine gutgelaunte Anstandsdame, die gerade begonnen hatte, über ein mir bis zur Lästigkeit gleichgültiges Thema zu reden: Von irgendeiner Band gab es eine neue Platte, die aber sicher nicht so gut wie die Platte davor sein konnte, denn besser als diese ging es nun wirklich nicht mehr. Ella machte ein paar zustimmende Geräusche und sagte dann: «Warten wir es mal ab.»

Ich fragte, wo die anderen seien, konnte das Gespräch damit aber nur kurz von der Musik wegführen. Nachdem Nadja erst geseufzt und dann erklärt hatte, Luna und Ronny seien nach Lübeck getrampt und Yukio unternehme etwas mit Konrad, fragte sie mich übergangslos und wie befürchtet, was meine Lieblingsbands seien. Aus der Not heraus sagte ich: «Die Ärzte.» Jetzt begann Nadja, von einzelnen Songs dieser Band zu reden, und ich stimmte ihr mal zu, mal sagte ich, dass ich gerade dieses Lied nicht ganz so gut fände, und konterte Warum-Fragen mit kernig vorgetragenen Plattitüden («Ist halt so. Geschmackssache.»).

Schließlich meinte Nadja, es sei so verdammt schade, dass «Die Ärzte» sich aufgelöst hätten. Ich nickte vorsichtig. Vielleicht handelte es sich um einen Test. Vielleicht hatten sich «Die Ärzte» gar nicht aufgelöst, und wenn ich zustimmte, entlarvte ich mich als Schwindler.

Nadja holte ein Schweizer Offiziersmesser aus der Innentasche ihrer Armeejacke und öffnete grimassierend die Flasche. Dann schaute sie auf die Uhr, füllte den Inhalt der Flasche in Gläser, die sie in einem Beutel aus der Küche mitgenommen hatte, und zählte einen Countdown. Zwölf Uhr. Wir stießen auf Ellas vierzehnten Geburtstag an. Sie war die Prinzessin, Nadja die loyale Zofe und ich der unerfahrene Bewerber. Da es sich bei Ella um eine noch junge und unsichere Prinzessin handelte, hatte ihre handfestere Zofe ein gewichtiges Wort mitzureden, wenn es um die Anwärter ging. Gröbere Schnitzer durfte ich mir nicht erlauben. Und was als solcher zu gelten hatte, darüber entschied keinesfalls die Prinzessin allein. So durfte es mich nicht verwundern, dass das Gespräch einem Interview glich. Nadja gab die Stichworte, Ella hörte scheinbar unbeteiligt zu, und ich versuchte, meine Ansichten zu Musik, Fächern, Lehrern, Schülern und alles in allem also meine Ansichten über die Ansichten anderer sowohl diplomatisch klug als auch individuell glaubwürdig vorzubringen.

Vermutlich verliert ein Mensch die Unschuld zu dem Zeitpunkt, an dem er gefallen möchte. Er spricht und handelt und gibt sich aus Berechnung. Er will das Gegenüber manipulieren, indem er sich selbst manipuliert. Das Wort «Manipulation» hat heute einen finsteren Klang, dabei bedeutet es doch nur Hand- oder Kunstgriff. Und Kunstgriffe sind es, die bereits ein Kind anwendet, wenn es verstanden hat, welche Verhaltensweisen erwünscht und welche unerwünscht sind. Es lernt, das Erwünschte zu betonen und das Unerwünschte zu verschleiern. Es lernt, zum Schauspieler seiner selbst zu werden. Vielleicht lernt es sogar, das Erwünschte zu seinem tiefsten Wunsch und das Unerwünschte zu seinem Feind zu machen. So oder so: Lernen heißt in erster Linie begreifen, was von den echten Lehrern, also den Menschen, die wir bewundern und verehren oder fürchten und verabscheuen, als richtig und was als falsch betrachtet wird. Nun lernte ich von Nadja und Ella. Ich achtete in dieser Herbstnacht besonders aufmerksam auf feinste Hinweise, die mir verrieten, ob meine Bemerkungen als gut, schlecht oder neutral aufgenommen wurden. Ich achtete auf Tonfälle, Gesten, kleine Veränderungen in der Körperhaltung. Ich nahm einzelne Worte und Redewendungen wie «obergeil», «abkotzen» oder «Das muss ich mir nicht geben» noch mehr als sonst in mein Sprechen hinein und signalisierte durch spiegelbildliche Bewegungen Übereinstimmung auf einer Ebene jenseits der Worte. Ich tat das nicht völlig bewusst, aber auch nicht ganz arglos.

Der säuerlich am Gaumen prickelnde Weißwein wirkte schnell. Ich verwandelte mich in einen Luftgeist, der mit zwei weiteren Wunderwesen am Rand des Meeres schwebte, verbunden mit unsichtbaren Dingen zwischen schwarzem Wasser und dunkelgrauem Himmel. Der Flascheninhalt hielt nicht lange vor, wir wollten mehr. Ich wusste, dass ich mich bisher bewährt hatte, als Nadja sagte, sie gehe mal noch eine

Flasche holen. Vom Triumphgefühl übermütig geworden, bot ich mich an zu gehen. Nadja warf Ella einen kurzen Blick zu und sagte dann wie in Nachahmung einer Erwachsenen: «Nein, lass mal, ich will eh noch pissen.»

Jetzt wagte ich es, Ella anzusehen, deren Mundwinkel in einem unwillkürlichen Lächeln zwei Grübchen erschufen. Dann veränderte eine plötzliche Eingebung ihren Gesichtsausdruck.

«Warte!» Ella sprang auf. «Ich komm mit, ich muss auch mal.» Sie war schon ein paar Schritte hinter Nadja hergegangen, als sie ihren Kopf in meine Richtung drehte und mit Nachdruck (und vielleicht angetrunken) «Bis gleich!» sagte.

Ich saß alleine auf der Düne: vor mir das Meer, in meinem Rücken ein Streifen Wald, zur Linken und zur Rechten der sichelförmige Bogen des von Steinen, Muscheln, Algen, Treibgut und Krebsscheren besprenkelten und durchsetzten Sandstrandes. Meine Gedanken schaukelten zwischen der Größe des Alls (und meiner Größe darin) und kleinteiligen Überlegungen hin und her: Würde Ella vielleicht gleich ohne Nadja zurückkommen, und – was für eine Nacht, was für ein Glück ich hatte – was würde ich mit Ella reden, wenn sie alleine käme – ich war allerdings auch etwas ganz Besonderes, deshalb empfand ich so besonders, so einfach war das.

Während ich noch diesen Gedanken nachhing, stand plötzlich Ella neben mir. Sie hatte die Finger in die Taschen ihrer Jeans geschoben, streckte den Rücken durch und sah aufs Meer. Der Wind machte mit ihren Haaren, was er wollte. Eine Weile stand sie so, dann setzte sie sich neben mich.

Wenn ich mir heute meine Erinnerungen als die vielen Räume eines Palastes denke, dann ist diese Erinnerung ein Kinosaal, in dem ich gerne die meiste Zeit säße. Auf der

Leinwand sehe ich überlebensgroß das Mädchen, wehende schwarze Haare, ein Auge wie ein Negativ des Vollmonds über dem Meer, im Hintergrund wogende Gräser im Sand. Ich bin zerrissen zwischen dem Wunsch, diesen Film nur für mich zu behalten, und dem Wunsch, ihn der ganzen Welt zu zeigen, und in diesem Widerstreit wird die Synthese gezeugt: die Sehnsucht, mit der Ella von einst in diesem Kino zu sitzen und den Film zu sehen und zu wissen, dass wir in diesem Moment erlöst sind.

Ella nahm meine Hand, ohne mich anzusehen. Ihre Finger fühlten sich kühl und glatt an, und ich spürte, wie eine Energie aus dieser Hand in meine und von dort bis in meine Brust strömte. Dann hielt ich die gleichzeitig beruhigende und aufregende Empfindung nicht mehr aus und begann zu denken – ein Vorgang, der mein Bewusstsein aus der Hand, dem Arm, der Brust zog. Es drängte mich, etwas zu sagen. Ich überlegte, ob ich erzählen sollte, was ich eben alleine auf der Düne sitzend gedacht oder vielmehr empfunden hatte, ob ich von der Erhabenheit der Nacht und damit von der Erhabenheit meiner Gefühle sprechen sollte, aber jetzt erschien mir das als reine Angeberei und alles Gerede über Größe kleinlich.

Aber es musste etwas passieren. Es konnte nicht so bleiben. Gerade wollte ich mein Gesicht zu Ella drehen und meinen Mund gegen ihren drücken, als sie meine Hand losließ und sagte: «Ich möchte dich etwas fragen.»

Wie aus einem Traum geweckt, nickte ich.

«Kannst du Geheimnisse für dich behalten?» Ella sah mich an. Natürlich nickte ich erneut. Wer hat je diese Frage verneint?

«Kannst du Gefühle verbergen?»

Wieder nickte ich.

«Kannst du das hier und alles andere für dich behalten?»

Ich wusste, was Ella meinte, und gleichzeitig wusste ich es nicht. Gerade setzte ich zu einer Frage an, als sie mir zuvorkam: «Keiner darf es wissen, hörst du? Du musst das nicht verstehen, aber du musst dich dran halten.» Ellas Augen waren schmaler geworden. Ihr ganzes Gesicht wirkte verengt. Ich spürte einen Anflug von Furcht, ohne sagen zu können, ob Ellas Miene die Empfindung auslöste oder ob vor allem der Nachdruck in ihren Worten eine Ahnung künftigen Unheils heraufbeschwor.

Anstatt Ella zu fragen, warum ihr diese Heimlichkeit so am Herzen lag, nickte ich ein weiteres Mal, als drücke eine sanfte Gewalt mehrmals kurz und schnell meinen Kopf nach unten.

«Gut.» Ella hauchte das «t» in die Nachtluft und sackte ein wenig in sich zusammen. Dabei sank ihr Kopf gegen meine Schulter. Wir saßen eine Weile so, dann sagte Ella leise: «Kennst du das? Du bist so voller Gefühle und dann wieder so leer, taub und kalt?»

Ich machte ein zustimmendes Geräusch und spürte das Gewicht ihres Kopfes auf meiner rechten Schulter.

«Ich habe einen dritten Zustand kennengelernt», sagte sie. Es klang, als spräche sie mit sich selbst.

«Ich nenne ihn das *sichere Haus*. Wenn ich mich eine Weile auf meinen Atem konzentriere und mir dieses Haus vorstelle, dann werde ich ruhig.»

Der Algengeruch mischte sich in den Duft, der von Ella aufstieg.

«Ich habe dann das Gefühl, dass mir nichts passieren kann. Nichts ist zu viel oder zu wenig. Nichts muss irgendwie anders sein.»

«Das klingt gut», sagte ich.

«Vielleicht hilft es dir ...» Ella brach ab. Sie richtete sich auf.

«Nadja kommt gleich zurück», sagte sie mit einer Sicherheit, als hätte sie mit den scharfen Sinnen eines Tieres gelauscht. «Vergiss nie, was ich dir gesagt habe.»

Zwei Tage später nahmen mich auf Vermittlung von Valerie zwei Lehrer nach Unterrichtsschluss in ihrem dunkelgrünen Saab mit nach Hamburg. Ansgar Bock und Paul von Hammerstein hatten dort offenbar eine Wohnung, und obwohl ich einerseits das Wort «schwul» oft hörte und manchmal selbst benutzte, brachte ich es nicht mit homosexuellen Männern in Verbindung. Theoretisch wusste ich, was «schwul» eigentlich bedeutete, aber im Alltagsgebrauch bedeutete es für mich etwas anderes. Zumindest mochte ich Herrn Bock und Herrn von Hammerstein nicht. Sie wirkten herablassend und dabei angreifbar. Ronny hatte von Hammerstein mal gefragt, ob er eigentlich der Vater von Herrn Bock sei, und dieser hatte mit vibrierender Stimme gefragt, ob man Ronny in seinem Unterschichtsheim neben Manieren auch logisches Denken beizubringen vergessen habe. Auch empfand ich das Benehmen der beiden Lehrer als so künstlich wie das «von» vor «Hammerstein». Sie wirkten jederzeit kontrolliert und auf Wirkung bedacht, was mir in den wenigen Schulstunden, die ich bisher mit ihnen verbracht hatte, gleichgültig gewesen war. Nun aber, da ich meine Tasche in ihr Auto stellte und mich auf dem Rücksitz anschnallte, ging ein Teil dieses steifen Betragens auf mich über, und ich fühlte mich unwohl. Es fing schon mit der absichtsvoll altmodischen Kleidung der beiden Lehrer an. Ich bildete mir ein, dass meine Ablehnung dieser Kostümierung nicht in ihr selbst begründet lag (sollte doch jeder anziehen, was er wollte), sondern in dem Gewese, das die beiden um ihren «Stil» machten, in der Zwanghaftigkeit, die aus den stets sauberen, ordentlichen, gedankenvoll kombinierten Stücken sprach. Diese Kleidung wollte mehr zum Ausdruck bringen als die Kleidung anderer und schien daher in meinen Augen ein anmaßendes Kostüm zu sein. Genau genommen fing ich angesichts der beiden zum ersten Mal in meinem Leben an, tatsächlich über Bekleidung nachzudenken. Vorher hatte ich lediglich versucht, nicht unangenehm aufzufallen. Und wenn sogenannte Marken-Turnschuhe (Nike, Adidas, Reebok, Asics) als «in» galten, dann dachte ich nicht lange nach und kaufte vom Geld meines Vaters Markenturnschuhe. Dazu Jeans, einen «sportlichen» Pullover, vielleicht auch mit Kapuze – schon besaß ich die Grundausstattung des unauffälligen Jugendlichen dieser Tage.

Während wir durch die mecklenburgische Landschaft fuhren und aus dem CD-Spieler des Autos klassische Musik kam, die in meinen Ohren klang, wie manche sorglos aufgetragenen Damenparfüms riechen, dachte ich über mein Verhältnis zur Kleidung nach und gestand mir schließlich ein, dass sich mein Mitläufertum auch im Zorn auf die Abweichler ausdrückte und festigte. Vielleicht galt er aber insgeheim mir selbst, weil ich so viele Möglichkeiten für mich ausschloss. Wenn ich Valerie richtig verstanden hatte, befand ich mich immer dann in der Konsens-Trance, wenn ich unhinterfragt etwas dachte oder fühlte. Ging ich dem Gefühl und den Gedanken, die das Gefühl erzeugten, jedoch nach, fand ich dahinter bald Werturteile, die gar nicht von mir stammten, sondern die ich brav übernommen hatte. So übte ich mich also auf dieser Autofahrt darin, die geschwollene und mit Fremdwörtern und lateinischen Redewendungen gespickte Unterhaltung der beiden Männer, die süßliche, oft von einer Querflöte dominierte Musik und das Desinteresse der Lehrer an mir mit anderen Gedanken zu verknüpfen als mit denen, die sich ungerufen und sehr wahrscheinlich zunächst unterhalb der Schwelle meines Bewusstseins eingestellt hatten. Ich fand es erstaunlich anstrengend, gegen meine Vorurteile anzudenken. Sie hatten sich schließlich zuerst in mir angesiedelt und betrachteten mein Bewusstsein als ihr Terrain, als Besitz, den sie nicht mit anderen Urteilen oder gar wertfreien Anschauungen gemeinsam zu bewirtschaften gedachten. Sagte ich mir: «Die beiden haben zusammen etwas gefunden, was ihnen Freude macht», folgte unweigerlich der Gedanke: «Ja, sehr schön. Und was anderen auf die Nerven geht.» Sagte ich mir: «Du musst nicht über andere urteilen», dachte ich gleich darauf: «Ich tu es aber. Wie soll ich das bitte abstellen?» Erst folgender Gedanke brachte mich in meinen Bemühungen voran: «Diese Kleidung und dieses Sprechen schaden mir nicht.» Zwar dachte ich gleich darauf: «Ich finde es aber affig.» Dann aber wiederholte ich: «Es schadet dir nicht.» Und ergänzte: «Es hat nichts mit dir zu tun. Wenn du dich darüber aufregst, ärgerst du dich über etwas, das du weder ändern kannst noch musst. Es geht dich einfach nichts an.»

So verbrachte ich die Fahrt nach Hamburg mit meinen Übungen und achtete nur hin und wieder auf die Unterhaltung von Herrn Bock und Herrn von Hammerstein, die sich mal um die «feinen farblichen Abstufungen frühherbstlichen Laubes», mal um irgendeine «Einspielung der Londoner Symphoniker» und mal um andere Lehrerinnen und Lehrer der FSS drehte. Dabei fielen Sätze wie, dass «Frau Zabel ja eines der vielen Exempel dafür sei, welch subalterne Rolle Kompetenz als Einstellungskriterium an der FSS spiele», oder dass «Herr Buntschuh in seiner Rolle als Koch es ja durchaus verstehe, die Unwuchten seines Innenlebens auf die Teller der Mensa zu veräußern». Ich wusste nicht, was «subaltern» bedeutete, verstand aber doch den Sinn solcher Worte, die im Plauderton gesprochen wurden und so, als säße kein Schüler auf der Rückbank.

Als ich am Hamburger Hauptbahnhof ausstieg und mich bedankte, schlug mir die Gleichgültigkeit einer nichts als höflichen Verabschiedung entgegen, und ich dachte ein weiteres Mal: «Das schadet mir nicht.»

Im Zug saß ich in einem dämmrigen, nach Salami riechenden Sechser-Abteil und blickte von meinem Fensterplatz in die vorbeigeschobene Kulisse einer flachen Landschaft. Als Zwischenwesen – nicht Kind, nicht Erwachsener – hatte ich unter den anderen Reisenden auf dieser ersten längeren Fahrt alleine ein starkes Empfinden für das Besondere meines Zustandes. Ich konnte regelrecht fühlen, wie ich wuchs: meine Gliedmaßen, mein Geist, meine Seele. Ich verwandelte mich, und da ich mir besondere Lehrmeister gewählt hatte, verwandelte ich mich in etwas Besonderes. Ich dachte an Ella, ihr Gesicht in der Herbstnacht auf der Düne, die Ernsthaftigkeit ihrer Mahnung, die vielleicht nichts Gutes, aber etwas Aufregendes verhieß, das Versprechen, Teil einer großen Geschichte zu werden. Mir fiel die Baphomet-Figur im Keller des Wielandhauses ein. Ich sah die weißen Arme vor den schwarzen Flügeln, die weiße und die schwarze Mondsichel, die brennende Fackel, die aus dem Bockskopf wuchs. Ich dachte über die Verbindung der Gegensätze nach und über das Motto jeder Verwandlung: Solve et coagula. Ich fühlte mich an der Schwelle zu einer mein schwaches Ich verbrennenden Einweihung. Danach würde mir nie wieder etwas geschehen können.

Ich fand den Kölner Vorort, unsere Straße, das Vaterhaus und den Vater selbst in stabiler Verfassung vor. Ich wurde nicht am Hauptbahnhof abgeholt, mit der Begründung, dass die S-Bahn-Fahrt wesentlich kürzer ausfalle als ein Gekurve mit dem Auto durch den Berufsverkehr. Mein Vater hatte ein Hähnchen im Backofen zubereitet und auf einem weiteren Backblech Pommes frites. Auf dem Tisch standen drei Teller. Frau Schallmeyer ließ nicht lange auf sich warten und machte sich nach einer übertrieben gut gelaunten Begrüßung und dem Ablegen ihres schwarzen Pelzmantels mit einer Selbstverständlichkeit in der Küche zu schaffen, die mir mehr erzählte, als mein Vater es je getan hätte. Frau Schallmeyer bereitete einen Salat zu. Ein Salat musste sein.

Beim Essen zeigte sich mein Vater mehr an Frau Schallmeyer als an mir interessiert und Frau Schallmeyer mehr an mir als an meinem Vater. Um die Sache rundzumachen, hätte ich mich nun mehr für meinen Vater als für Frau Schallmeyer interessieren müssen, aber mein Interesse galt in erster Linie dem Brathähnchen. Mein Vater freute sich glücklicherweise im Stillen, dass ich an der FSS wieder Fleisch zu essen begonnen hatte. Ich fühlte mich ihm dennoch überlegen: Während er Fleisch aus Gewohnheit aß und weil es alle taten, hatte ich einen neuen Bezug zum Töten von Tieren gefunden. Ich sah sie als Augenblicksgeschöpfe, denen man durch den Tod nichts wegnahm, Schmerzen betrachtete ich mittlerweile als einen Zustand unter vielen, der zum Leben dazugehörte und keineswegs als schlecht bewertet werden musste. Und schließlich: Wenn wir Schweine, Kühe und Hühner nicht äßen, dann gäbe es sie gar nicht.

Leider wurde ich durch unablässiges Fragen von Frau Schallmeyer zu einer Antwort nach der anderen genötigt.

Sie wollte alles Mögliche über meine Zeit an der FSS wissen und zeigte sich glaubwürdig erfreut, als ich zwischen zwei Bissen erwähnte, ich sei in der Familie der Wielands untergekommen.

«Das sind tolle Leute, Salvador und Valerie, nicht wahr?», sagte sie, und ihre Augen blitzten wie Brillanten aus einer Kajalfassung. Ich nickte und fragte, woher sie die beiden überhaupt kannte.

«Ach, das weißt du gar nicht. Ich habe ja früher an der Ecole d'Humanité unterrichtet. Du weißt sicher, dieses Internat in Hasliberg.»

«Schweiz», assistierte mein Vater.

«Salvador ist mein Kollege gewesen», fuhr Frau Schallmeyer begeistert fort. «Ein ganz außergewöhnlicher Mann. Als die Ecole schon ein wenig bieder und visionsarm wurde, da verkörperte er in Gedanken, Worten und Taten den wahren reformpädagogischen Geist. Kein Wunder, dass er irgendwann da weg und etwas eigenes gründen wollte.»

«Und Valerie?», unterbrach ich mit halbvollem Mund.

«Valerie.» Frau Schallmeyer lächelte, ein halbdurchlässiger Vorhang schob sich vor das Feuer ihrer rundgeschliffenen Diamanten. «Die ist unsere Schülerin gewesen. Und später dann wurde sie Salvadors Frau. Die beiden sind Seelenverwandte. Ich habe noch nie zwei Menschen erlebt, die so stark miteinander schwingen.»

«Dein Salat ist ein Gedicht», trug mein Vater erstaunlich bieder und visionsarm zur Konversation bei, ohne Beachtung zu finden. Ich ließ mich ein wenig mitreißen und erzählte vom Fotografieren, vom Refugium, das ich nun Hobby-Scheune nannte, vom Boxtraining mit Ronny und vom Unterricht, der mir im Großen und Ganzen wesentlich besser gefalle als auf der Regelschule.

Als Frau Schallmeyer das dreckige Geschirr in die Spülmaschine räumte, sagte mein Vater beim Anstecken einer Pfeife, dass er sehr stolz auf mich sei.

«Endlich kommt raus, was in dir steckt», sagte er. «Das wurde auch Zeit.»

Kurz darauf spielten wir «Trivial Pursuit» (Frau Schallmeyer und ich gewannen gemeinsam gegen meinen Vater), und keine zwei Stunden später zog Frau Schallmeyer vorübergehend mit meinem Vater auf seine ehemals einsame Insel.

ZEHNTES KAPITEL

Bei meiner Abreise aus Schwanhagen hatte ich mir kaum vorstellen können, zehn Tage in Rodenkirchen zu verbringen. Nun aber genoss ich die vertraute Umgebung, die selbstvergessenen Nachmittage mit Freunden aus dem Viertel, ein Zimmer für mich allein. Ich geriet weder mit meinem Vater aneinander noch mit Frau Schallmeyer und fühlte mich in Gegenwart der beiden ganz passabel, zumal die Phase des öffentlichen Küssens bereits ein Ende gefunden hatte. Ich konnte mich auf dieses Leben in meiner alten Heimat wunderbar einlassen (das Wort hatte ich von Frank Gabriel und fand es nun zum ersten Mal mit «lebendiger Erfahrung» gefüllt). Schließlich war ich nur Gast in ihr und hatte einen zweiten Lebensort in der Hinterhand. Ich musste nur an Ella und die FSS denken – schon betrachtete ich das Geschehen mit der Gelassenheit des Durchreisenden. Und als ich am Ende der Herbstferien in den Zug stieg, verlangsamte mich eine angenehme, der Jahreszeit angemessene Melancholie.

In Hamburg wartete ich an der Seite des Hauptbahnhofs, an der sich die Polizeiwache befand. Per Telefon hatte ich mit Salvador verabredet, dass mich jemand gegen drei abholen würde. Bald zeigte meine schwarze Swatch-Armbanduhr 15.30 Uhr. Ich stand neben meinem Reiserucksack am roten Mäuerchen vor der «Sicherheitswache» und hielt Ausschau. Einmal sah ich einen roten VW-Käfer, aber als ich dem parkenden Wagen schon entgegenging, stieg eine Frau aus, die mit Valerie nichts gemeinsam hatte.

In mir zunehmend kürzer erscheinenden Abständen streiften mich die neugierigen, fragenden oder mitleidigen Blicke einzelner Passantinnen – als sei ich ein kleines, schutzloses Wesen, in eine raue Welt geworfen, fern von Mutter und Vater. Ich fand diese Passantinnen auf andere Weise hässlich als die Penner und Drogensüchtigen, die am Eingang in den Hauptbahnhof standen und Bier aus Flaschen tranken. Die Penner hatte ein hässliches Leben hässlich gemacht, die Passantinnen wirkten auf mich hässlich, weil sie nicht mich sahen, sondern ihre minderbemittelten Gedanken über mich. Ich brauchte keine Mutter und keinen Vater.

Ich wühlte gerade in meinem Rucksack, um ein Netz mit winzigen, von rotem Wachs umschlossenen Käserädern hervorzuholen, als eine vertraute Stimme «Hi Tilman» sagte. Ich drehte mich um, vor mir stand Ella (dunkelblaue Windjacke, schwarze Reisetasche), die mich mit einer hochgezogenen Augenbraue anlächelte. Sie blickte sich um, trat einen Schritt näher und küsste mich rasch auf den Mund.

«Bekomme ich einen?», fragte sie und deutete mit dem

Kinn in Richtung meiner Mini-Käseräder. Verdattert gab ich ihr eines, und kurz darauf knisterten wir gemeinschaftlich mit den Plastikverpackungen. Beinahe synchron zogen wir an den winzigen Laschen, mit denen sich der Wachsmantel in zwei Hälften teilen ließ. Dann kauten wir Käse und sahen uns an.

«Es gibt eine Neue», sagte Ella, als sie an der nächsten Wachshülle knibbelte. «Ich weiß es von Nadja. Die weiß es von Luna. Salvador hat da ein neues Mädchen, das angeblich super zu uns passt. Ich glaub, die ist schon bei Luna eingezogen.»

Ich hatte das Gesagte noch gar nicht richtig verstanden, als ein roter VW-Käfer hupend auf uns zufuhr. Als Erstes erkannte ich Valeries blonde Haare, dann ihr spitzes Gesicht. Ella veränderte ihren Gesichtsausdruck und ihre Haltung. Emotionslos sagte sie: «Denk an unsere Abmachung.»

Auf der Rückfahrt spürte ich zum ersten Mal Gereiztheit gegenüber Valerie, ohne dass ich mir diesen Zustand erklären konnte. Ihre Freude, mich nach «so langer Zeit» wiederzusehen, empfand ich als unangenehm, ihr kehliges Lachen aufdringlich, und die Art, wie sie sich während des Fahrens breit lächelnd zu mir (Rücksitz) oder zu Ella (Fahrersitz) drehte, nervte mich so sehr, dass ich sie am liebsten angebrüllt hätte.

Sie wollte von uns wissen, wie wir unsere Ferien verbracht hatten, und hakte mehrfach nach, obwohl wir uns alles andere als auskunftsfreudig zeigten. Dann begann Valerie von Simona Vuković zu erzählen, die «sehr cool» sei, «eine richtig wilde Hexe».

«Ist es jetzt nicht ein bisschen voll im Haus?», fragte ich. Valerie beäugte mich durch den Rückspiegel: «Finde ich gar nicht. Wir kriegen das schon hin.» Dann schob sie eine

Kassette ein, und kurz darauf hörten wir «Hanging on the Telephone» von Blondie.

Wir erreichten die FSS im violetten Zwielicht des frühen Herbstabends. Ich wäre nun gerne mit Ella allein gewesen, stattdessen folgten wir Valerie in die Küche des Wielandhauses. Dort saßen und standen im gelbstichigen Licht der Deckenlampe bereits alle anderen und erzeugten mit ihren Stimmen in der mit Wärme und Gerüchen gefüllten Wohnküche einen sonderbar rhythmischen Vielklang.

Ronny boxte mir gegen die Schulter, Nadja sagte lachend «Hi», und Luna gab mir einen Kuss auf den Mund. Dann stand ich der Neuen gegenüber: einem großen, blassen Mädchen mit katzenhaft rundem Kopf, großen, dunklen Augen und einem silbern glänzenden Piercing im rechten Nasenflügel. Sie hatte die schwarzen Haare straff zu einem kleinen Zopf zurückgebunden und erinnerte mich mit der Blässe ihrer Haut an eine Figur aus einem alten Vampirfilm. Zu diesem Eindruck trugen auch Simonas osteuropäische Gesichtszüge bei, das schlichte, schwarze Kleid sowie der tiefe Ansatz ihrer Augenbrauen, von denen sich nun eine wölbte, als sie mich erst prüfend, dann lächelnd betrachtete.

«Ich bin Simona», sagte sie mit einer tiefen, vollen Stimme, die für mich weniger aus einem anderen Land als aus einer anderen Zeit zu stammen schien.

«Tilman», sagte ich. Dann begrüßte ich Yukio und Luis.

«So, Kinder», sagte Salvador. «Nun, da wir alle wieder glücklich vereint sind und auch noch ein neues Familienmitglied begrüßen dürfen – nun also schlage ich vor, dass wir uns in den Keller begeben und uns dem ‹Solve› widmen.»

Kurz darauf saß ich unter gedämpftem Licht in einem unbequemen Schneidersitz zwischen Ella und Luis im Kellerraum auf einer der Matten und spürte wachsende Wut in mir aufsteigen. Wieso durfte Simona einfach bei uns einziehen, obwohl es bei mir zunächst geheißen hatte, es gebe nicht genug Platz? Wieso hatte sich Simona keiner Prüfung unterziehen müssen, zumindest keiner, bei der ich oder Ella anwesend gewesen wären? Und wieso schien sie bereits jetzt zu wissen, was «Solve» bedeutete? Klar, sie sah cool aus in ihrem Vampirfrauenkleid, aber ich fand es unfair, dass für sie andere Maßstäbe galten als für mich. Eine Weile erfüllte mich die Wut derart, dass ich Salvadors Ansprache nicht folgen konnte. Dann sagte er etwas, das genau zu meiner Empfindung passte und ihr eine neue Richtung verlieh: «Gleiche Regeln für alle gelten heutzutage als gut und gerecht und unhinterfragbar richtig. Dabei sind sie oft schlecht und noch öfter reine Illusion. Mit dieser Selbsttäuschung beruhigen sich die Vielen. Das ist okay. Sie sollen beruhigt sein und brav bleiben. Sie sollen den Staat und die Religion und die Gesellschaft zu ihrer Mami und ihrem Papi machen. Ihr hier aber sollt wissen: Was du wirklich willst, wird dir nicht zugeteilt, weil du brav bist. Was du willst, nimmst du dir. Es zieht dein Wesen dorthin, wenn es nicht schon durch zu viele Kompromisse verwirrt und geschwächt ist. Macht und Herrschaft folgen dem Willen. Und die, die herrschen, wissen das.» Salvador machte eine Pause und sah jeden von uns an. Als er mir vom anderen Ende des Raums ins Gesicht blickte, schlug ich die Augen nieder, obwohl ich das nicht wollte. Keiner von uns störte, rutschte herum und flüsterte mit seinem Nachbarn. Mir ging es mit seinen Worten wie mit dem Baphomet-Bild, das links von mir an der Wand hing: Ich verstand nicht genau, was damit gemeint sein sollte, aber ich spürte die erweiternde Kraft, eine dunkle, brodelnde, befreiende Energie.

Meinen Ärger über Simonas scheinbare Bevorzugung hatte ich vergessen. Jetzt wollte ich mehr von diesem Zustand, in den mich Salvadors Worte versetzten.

«Tja, liebe Kinder», sagte er. «Was zeichnet einen Sklaven aus, also jemanden, der nicht seinen Willen leben kann, sondern dem Willen anderer gehorcht?»

«Er weiß nicht, was er will», sagte Ronny.

«Und warum weiß er es nicht?», fragte Salvador mit sanfter Stimme.

«Weil er den Willen der Gesellschaft mit seinem Willen verwechselt», sagte Luna. «Er hinterfragt seine Prägung nicht.»

«Seine Kondi…, Konditionierung», sagte Ronny stockend.

«Das ist dasselbe», sagte Luna. «Ich habe das jetzt auch oft genug gehört. Zeig uns lieber mal was Neues zum Dekonditionieren, Salva-Baby.»

«Sehr gerne, Luna-Honey», sagte Salvador und stützte seine Hände wie ein Yogalehrer auf den Oberschenkeln auf. «Aber ich denke, du kannst das schon genauso gut wie ich. Zeig du uns eine Übung.»

«O-kay», sagte Luna, das O dehnend und die letzte Silbe wie bei einer Frage höher intonierend. «Also, jeder hat ja so seine eigenen Sachen am Laufen. Die meisten sind zum Beispiel voll schräg drauf, wenn es um ihren Körper geht. Deshalb ziehen wir uns jetzt alle aus, setzen uns nackt wieder hin und beobachten dabei unsere Gedanken und Gefühle.»

«Muss das sein?», fragte Nadja.

«Nee, wer will, kann gehen», sagte Valerie, deren Gegenwart mir erst jetzt bewusst wurde. Simona stand auf. Alle sahen sie an. Mit einer fließenden Bewegung zog sie sich das Kleid über den Kopf und stand in dunkler Unterwäsche vor uns. Sie griff hinter ihren Rücken. Ich konnte nicht anders, als ihre runden, hellen Brüste anzustarren, die beim Ausziehen des BHs kurz wippten.

«Egal, was ihr denkt oder fühlt», sagte Salvador, «beurteilt es nicht. Es gibt kein Gut oder Schlecht.» Mit diesen Worten erhob er sich aus dem Schneidersitz und öffnete die Knöpfe seines Hemdes. Keiner von uns stand auf, um zu gehen. Wir zogen uns alle aus. Ich dachte dabei vermutlich so viele verschiedene Gedanken auf einmal, dass ich im Prinzip nichts dachte. Ella warf mir einen kurzen Blick zu und sagte leise: «Oh, Mann.» Diese kleine verschwörerische Geste versöhnte mich mit der Situation, noch bevor ich sie als beunruhigend wahrgenommen hatte.

Ich hatte zu meinem Körper kein besonderes Verhältnis. Er gehörte zu mir, aber ich identifizierte mich nicht mit ihm. Am wenigsten mochte ich meine Füße, was mir bewusst wurde, als ich die Socken auszog. Die anderen zunehmend enthüllten Körper um mich herum lenkten mich allerdings viel zu sehr ab, als dass die kleine Irritation lange angehalten hätte. Ich sah nicht zu Ella herüber. Ich wollte sie hier nicht nackt sehen. Und ich spürte, dass auch Ella nicht zu mir herübersah. Vielleicht zeigte sich in dieser Schamhaftigkeit ein Teil meiner spießigen Prägung.

Luis stand unschlüssig neben mir. Bisher hatte er nicht mehr als seinen Pullover ausgezogen.

«Soll ich dir helfen?», fragte Luna und kam in Unterwäsche auf ihren Bruder zu.

«Lass das!», sagte er mit einer Gereiztheit, die ich bisher von ihm nicht gekannt hatte.

«Ach, Brother, Brother Lui», sagte Luna und ließ einen Moment lang ihre Hüften kreisen. Simona trat komplett nackt dazu, ich spürte ihre heiße, unruhige Energie.

«Oder soll ich helfen?», sagte sie zu dem starr dastehenden Luis. «Immerhin sind wir nicht verwandt.»

«Jetzt lasst den mal», sagte Ronny, der sich ohne Scheu seine Unterhose auszog. Dann setzte er nach: «Weiber, ey, nur am Abnerven.»

Simona trat einen Schritt auf ihn zu.

«Nerve ich dich?» Sie legte den Kopf zur Seite und löste mit einer Hand das Band aus ihrem kurzen Zopf. Ronny versuchte, unbeteiligt zu schauen, aber ein schiefes Lächeln grub sich in sein Gesicht.

«Na, den da scheine ich nicht zu nerven», sagte Simona und machte eine Kopfbewegung in Richtung Ronnys Körpermitte.

«So, Kinder», Salvador klatschte in die Hände. «Ich bitte um Ruhe. Keine Sexkapaden.»

«Sehr lustig», kommentierte Valerie die Worte ihres Mannes. Ich vermied, zu ihr rüberzusehen.

«Ernsthaft», sagte Salvador, «je mehr ihr babbelt, desto weniger bekommt ihr mit, was in euch vorgeht. Und das ist natürlich der interessante Teil der Übung.»

«Ich bezweifle ja, dass sich Ronny so konzentrieren kann», sagte Simona ruhig und setzte sich auf ihre Matte.

«Doch, das geht», sagte Salvador. «Ich habe auch einen Ständer.»

«Stimmt», sagte Simona gelassen. Ich empfand diesen Moment als den peinlichsten von allen, fragte mich aber sofort, warum ich so empfand. Da mir der Schneidersitz nicht lag, saß ich mittlerweile mit ausgestreckten Beinen auf der Matte. Ich schloss die Augen. Links von mir atmete Ella. Vor meinem geistigen Auge sah ich, wie sich ihr Brustkorb mit den kleinen Brüsten hob und senkte. Rechts von mir raschelte Luis noch immer mit einem Teil seiner Kleidung.

«Konzentriert euch bitte nur auf euren Atem», sagte Salvador in beruhigendem Tonfall. «Die Gedanken und Gefühle, die kommen und gehen. Registriert sie, und lasst sie weiterziehen.»

Ich hörte, wie Nadja kicherte und ein, zwei andere (vermutlich Yukio und Ronny) daraufhin zu glucksen anfingen. Ella hingegen atmete ruhig und bedächtig. Sie und ich, wir nahmen die Aufgabe ernst. Wir verstanden, dass es etwas Entscheidendes zu lernen gab. Wir mussten nicht alles an Salvador oder Valerie toll finden, aber wir akzeptierten, dass sie über besonderes Wissen verfügten. Wie einfallslos und langweilig erschienen gegen sie selbst der nette Frank Gabriel, der kauzige Francis Bartel oder die entspannte Anneke Berkenwoude? Wie kindlich wirkten die Mitglieder anderer Familien im Vergleich zu uns Wielands?

Für einen kurzen Augenblick spürte ich mein inneres Kraftzentrum. Einen Punkt in meinem Bauch, zu dem der Atem floss, von dem der Atem strömte, eine tiefe Ruhe, ein Wissen, um eine Sicherheit, die in mir lag, eine Stärke, die alles aushalten, alles überwinden, alles verwandeln konnte.

Die Sitzung endete damit, dass uns Salvador aufforderte, eine persönliche Inventur zu machen. Er händigte Bögen aus, auf denen zahlreiche Begriffe standen. Sie reichten von Lieblingsessen, Lieblingsfarbe oder Lieblingsmusik bis zu «tiefster Wunsch», «größte Angst» und «Was, glaube ich, wird nach meinem Tod mit mir sein?». Wir sollten so genau und gründlich wie möglich auflisten, was wir angenehm und was wir unangenehm fanden, seien es bestimmte Klänge, bestimmte Freizeitaktivitäten oder wiederkehrende innere Zustände. Wir sollten ergründen, welche Urteile hinter diesen Empfindungen standen, und wir sollten überlegen, woher diese Urteile stammten und was wir, nun bei Licht betrachtet, von ihnen hielten.

«Das ist eine Aufgabe für Wochen», sagte Salvador. «Genau genommen ist es eine Aufgabe, die ihr euer Leben lang wiederholen könnt. Aber jetzt würde ich erst mal sagen: Bis zur Halloweendisco am 31.10. solltet ihr fertig sein. Wer will, kann seine Inventur bei Valerie oder mir abgeben. Und ihr könnt uns natürlich immer Fragen dazu stellen.»

Beim Verlassen des Kellers berührte Ella kurz und sachte meine rechte Seite mit ihrem linken Arm. Ich trug das warme, rieselnde Gefühl bis in mein Bett. Dort verwandelte es sich in eine prickelnde Unruhe, die mich vom Schlafen abhielt. Verstärkt wurde die lästige Wachheit durch Luna und Simona, die sich im Zimmer nebenan laut unterhielten und manchmal noch lauter lachten oder mit den Füßen aufstampften. Luis lag wie üblich still in seinem Bett, aber ich sah, dass er die Augen geöffnet hatte.

«Scheiße», sagte ich. «Wenn das jetzt jede Nacht so geht.»

«Wird schon nicht», sagte Luis nach einer kurzen Pause, in der wir beide einem besonders lauten Knall hinterherhorchten.

«Dass denen das nicht zu eng ist da im Tillyzimmer», setzte ich nach.

«Wird denen schon noch zu eng werden», sagte Luis leise.

«Du kennst das wohl?», verstand ich plötzlich. «Sofort beste Freundinnen, und dann gibt es Ärger.»

«Das ist zumindest gut möglich.»

Ich richtete mich im Bett auf. So informativ hatte ich meinen Zimmergenossen bisher nicht erlebt.

«Du findest es doch eigentlich bescheuert hier», sagte ich und sah zu Luis hinüber. «Wieso gehst du nicht in eine andere Familie?»

«Und wer passt dann auf Luna auf?» Luis klang erstaunlich vorwurfsvoll. Ich musste lachen.

«Passt die nicht eher auf dich auf?»

«Du siehst auch nicht alles», sagte Luis. «Du bist noch nicht lange hier.»

«Was sehe ich nicht?»

Luis räusperte sich. In Momenten wie diesem wirkte er wie ein alter, langweiliger Professor. Nach kurzem Zögern erklärte er mir in knappen Sätzen, dass Luna glaube, Salvador werde sie irgendwann zur neuen Valerie machen. Er sei der Einzige, der wenigstens versuche, ihr das auszureden. Die anderen nähmen Lunas Verliebtheit einfach nicht ernst.

Ich versuchte zu begreifen, was ich gerade gehört hatte. Ein neuer Lachanfall von nebenan störte meine Denktätigkeit. Als ich mich halbwegs gesammelt hatte, sagte ich: «Du meinst, Luna denkt, dass er sie heiratet?»

«Ach, was weiß ich», sagte Luis. «Du checkst das eh alles nicht. Die meisten Menschen sehen nur sich. Und du bist wie die meisten.»

Ich saß still da und stellte überrascht fest, dass mich die Worte meines sonst so zurückhaltenden Zimmergenossen getroffen hatten.

«Okay», sagte ich nach einer Weile. «Was sollte ich sehen? Was checke ich nicht?»

Luis räusperte sich. «Dass es Luna nicht gutgeht. Dass sie immer weniger sie selbst ist. Dass sie immer mehr irres Zeug redet. Dass sie hier den scheiß Verstand verliert, und alle gucken zu.» Seine Stimme hatte zunehmend lauter und erregter geklungen. Ich saß da, als hätte mich gerade ein Schwinger von Ronny mitten ins Gesicht getroffen. Luis wandte sich mir zu. Seine grünen Augen blitzten. Ohne dass ich sagen konnte, warum, wurde ich plötzlich ruhig, klar und distanziert. Das hier hatte nichts mit mir zu tun, Luis' Probleme sollten seine bleiben.

«Vielleicht verlierst auch nur du den Verstand», sagte ich und drehte mich auf die Seite.

Am nächsten Tag hätte ich mich am liebsten sofort mit der Inventur befasst, musste aber zum Unterricht. Da an der FSS genau so viel Wert auf kreative und handwerkliche Begabungen gelegt wurde wie auf kognitive, verbrachte ich die ersten zwei Stunden des Schultages wieder einmal mit dem mir verhassten Basteln. Wir sollten Collagen herstellen, die irgendetwas mit dem Mittelalter zu tun hatten (die Antike lag mittlerweile hinter uns). Für die Umsetzung der Aufgabe sollten wir Fotos und Bilder aus Zeitschriften und Magazinen ausschneiden, die in großer Zahl auf einem der Tische lagen. Wie Frau Berkenwoude erklärte, war es ausdrücklich erwünscht, dass wir uns untereinander absprachen und Bilder tauschten, die beim jeweils anderen besser ins Gesamtkonzept passten. Auch durften wir andere Materialien in unsere Collagen kleben und Zwischenräume nach persönlichem Geschmack ausmalen. Wieder einmal waren unserer «Kreativität keine Grenzen gesetzt» – ein Satz, den Frau Berkenwoude gerne sagte. Ich überlegte, ob ich einfach mit meiner Inventur beginnen und diese zur Wortcollage über das Mittelalter erklären sollte, aber zum einen erschien mir der Gedanke dann doch nicht besonders kreativ, zum anderen wollte ich natürlich meine Notizen nicht öffentlich machen.

Luis und Yukio ignorierten sowohl mich als auch sich gegenseitig. Das taten wir Wielandkinder häufig, wenn wir uns in den größeren Zusammenhängen der FSS bewegten:

Wir wussten um unseren Zusammenhalt, trugen ihn aber nur selten zur Schau. Simona kannte diese Gepflogenheit noch nicht, und während ich mit Julia Wuttke brav am Tisch saß und Zeitschriften durchblätterte, kam sie zu uns und fragte mich, ob ich in meinen Heften ein paar Tote hätte, sie brauche Leichen für ihre Mittelalter-Collage. Sie redete laut genug, dass es auch alle anderen einschließlich unserer Lehrerin hören mussten.

«Hier sind keine Leichen», sagte ich. «In was für Zeitschriften sind schon Leichen?»

«Oder wenigstens Wunden», sagte Simona. «Wenn ich an Mittelalter denke, dann denke ich an Leichen und Wunden. Und an Folterkeller und brennende Hexen.»

«Tja», sagte ich und blätterte weiter in einer leicht vergilbten Ausgabe von «Peter Moosleitners interessantes Magazin» («Perspektive Mittelalter», 1989, DM 9,00).

«Hier», sagte Simona mit ihrer tiefen, irgendwie anrüchigen Stimme und beugte sich über mich. «Das sieht doch gut aus.» Sie tippte auf den Aufmacher eines Artikels über die Pest («Wie der schwarze Tod ganz Europa heimsuchte»). «Kann ich die Seiten haben?»

«Von mir aus.» Ich hielt ihr das Heft hin.

«Hast du schon deine Inventur angefangen?», fragte sie, während sie vorsichtig die Seiten heraustrennte. Mich erschreckte die Frage. Das gehörte nicht hierher. Die Ausbildung bei den Wielands ging nur uns Wielandkinder etwas an.

«Was für eine Inventur?», fragte Julia, und ich wäre am liebsten aufgestanden und rausgegangen.

«Ach, wir betreiben so ein wenig Selbsterforschung», sagte Simona und hielt mir das Titelbild des Magazins vors Gesicht. Es zeigte eine Badehausszene. «Kann ich das auch noch haben? Ob die im Mittelalter wirklich solche Brüste hatten? So aprikosig?»

Ich sagte nichts und atmete lange aus, als Simona an ihren Tisch zurückkehrte.

«Was für eine Selbsterforschung?», fragte Julia leise, aber für meine Ohren noch immer zu laut.

«Ist eher so ein Kennenlernspiel», sagte ich. «Was ist dein Lieblingstier? Was hörst du für Musik? So Zeug. Ziemlich öde.»

«So was haben wir auch mal gemacht», antwortete Julia und fragte nicht weiter.

Nach diesen kindergartenhaften Stunden fand ich mich endlich in der Kantine an einem Tisch mit Ella wieder. Wann immer es ging, versuchte ich, mit ihr zusammen zu sitzen. Mich mit ihr verabreden oder meinen Wunsch auf andere Weise offen zur Schau stellen wollte ich aber nicht. Unsere Begegnungen sollten wie Zufälle wirken. Ich glaube, Ella handhabte es genauso, und wir fanden oft zusammen. Natürlich saßen wir auch diesen Mittag nicht alleine vor unseren Tabletts. Neben Ella hockte wie üblich Nadja, Nadja gegenüber saß Luis. Als ich mich dazusetzte, begrüßte er mich betont aufmerksam und freundlich. Am liebsten hätte ich gleich erzählt, was ich mit Simona erlebt hatte. Stattdessen fragte ich beiläufig: «Wie findet ihr die Neue?»

Nadja wechselte einen Blick mit Ella. «Darüber haben wir uns auch eben unterhalten. Also, ich finde sie ja cool, aber ob eine zweite Luna das Richtige für uns ist?»

«Salvador scheint voll auf sie abzufahren», sagte Ella leise. Luis hielt sich wie erwartet zurück, aber als ich ihn ansah, sagte er: «Das wird Probleme geben.»

«Wie meinst du das?» Ella legte ihre Gabel zur Seite und sah Luis aufmerksam an. Aufmerksamkeit – etwas, nach dem sich die meisten Jugendlichen sehnten – mochte Luis allerdings meist gar nicht. Er senkte den Blick und schob Erbsen mit dem Messer hin und her.

«Ach Gottchen, Luis», sagte Nadja mit kratziger Stimme. «Nicht erst gackern und dann kein Ei legen.»

«Lass ihn», sagte Ella, aber das gefiel Luis noch weniger.

«Ihr müsst mich nicht behandeln wie einen Spacko», sagte er. «Wenn ich die Klappe halte, dann denke ich mir was dabei, okay? Manche denken lieber erst mal ein bisschen gründlicher nach, bevor sie loslabern.»

«Was ist denn mit dir los?» Nadja ließ ihren Blick von Luis erst zu Ella und dann zu mir schweifen.

«Wir sehen alle nur uns selbst», sagte ich. «Nur Luis sieht die größeren Zusammenhänge.» Nadja lachte, Ella nicht. Ich spürte die Wut, die den Körper meines Tischnachbarn versteifte.

«Habt ihr euch mal überlegt, was passieren kann?» Luis' Stimme zitterte. «Was los ist, wenn uns das Ganze hier um die Ohren fliegt? Meint ihr, das ist normal? Meint ihr, das hätte keine Folgen?»

«Luis», sagte Ella leise und bestimmt. «Lass jetzt mal gut sein.»

«Red mit mir nicht wie mit einem Behinderten!»

«Dann red halt nicht so behindert», sagte ich in einem wenig ritterlichen Versuch, Ella zu verteidigen.

«Ich check gar nichts mehr», sagte Nadja. Ella saß sehr gerade am Tisch. Sie wirkte nicht im Geringsten beunruhigt oder nervös. Ihre Ruhe und Kraft und Schönheit übertrugen sich auf mich. Der magische Akt im Zentrum allen Begehrens.

«Ich gehe heute mit den Homos in die Pilze», sagte Ella. «Und ihr?»

«Ach ja richtig, die Pilztour.» Nadja hielt inne und sagte dann mit leicht veränderter Stimme: «Ich glaube, das ist nichts für mich.»

«Theaterprobe», sagte Luis. Er klang schon wieder leicht abwesend.

«Klingt doch ganz nett», sagte ich. «Ich mag Pilze.»

Der Ausflug in die Pilze zählte zu den vielen Angeboten an der FSS. Immer gab es etwas zu tun: «Werknachmittage», «Singkreise», «Geführtes Muschelsammeln», «Freies Tanzen», «Wir basteln eine Laterne». Und dann gab es auch noch die «Gilden», zum Beispiel die «Theatergilde». Jeder Schüler sollte sich in mindestens einer davon einbringen. Wir Wielandkinder schienen dabei von einem besonderen Status zu profitieren und konnten oft unter uns bleiben, ohne dass es thematisiert wurde. Aber auch dann verbrachte ich so gut wie nie Zeit mit Ella alleine, und es waren immer nur wenige Minuten: ein gemeinsamer Weg zum Schulgebäude, ein kurzer Aufenthalt in der Küche, bis jemand anders hereinkam, Momente wie der im Keller, als mir Ella das Baphomet-Bild gezeigt hatte.

Immerhin kam kein weiteres Mitglied der Wielandfamilie mit zur Pilzwanderung. Wir trafen uns um halb drei auf dem Parkplatz mit Ansgar Bock, Paul von Hammerstein und vier anderen Schülern, um dann von Bock in einem orangefarbenen VW-Bus an den Rand des Lenorenwaldes gefahren zu werden. Während der Fahrt saß ich neben Ella, unsere Beine berührten sich, während unsere Münder über Belangloses sprachen, das sich von ganz alleine ergab und sich für mich mit Bedeutung auflud, eben weil es Ella und ich waren, die miteinander sprachen. Wir redeten beispielsweise über Sissi, die Hündin, die Herr Siefert, der Hausmeister, von einem Schüler übernommen hatte. Der Schüler hatte dem lispelnden Mann erzählt, die Hündin hieße «Sissi». Seitdem erfreute sich die FSS daran, wenn Herr Siefert seine «Tssitssi» rief. Geringer Aufwand, große Wirkung – davor konnten wir nur den Hut ziehen.

Was die eigentliche Pilzsuche anging, bekamen wir nicht viel mit. Bock und von Hammerstein in ihren Wanderschuhen, dreiviertellangen Knickerbockern und Barbourjacken trugen Henkelkörbe durchs Unterholz und interessierten sich wenig für uns «Kinder». Hin und wieder stritten sie wegen der Bestimmung eines Röhrlings oder über angebliche Anzeichen, dass «der Fuchsbandwurm hier sein Unwesen» treibe. Einmal jauchzte Bock, als er unweit eines Kiefernstammes ein «Pfifferlingsnest» entdeckte.

Ella und ich schenkten der Pilzsuche genau so viel Aufmerksamkeit wie nötig, um nicht unangenehm aufzufallen. Ich entdeckte immerhin einen Maronenröhrling. Zwischendurch lächelten wir uns an, berührten uns wie zufällig und sprachen über uns, als wir einmal ein paar Meter von der Gruppe entfernt standen.

«Ich will, dass wir uns Briefe schreiben», sagte Ella.

«Okay», sagte ich. «Wie?»

«Wir nutzen ein Geheimversteck. Die besten Verstecke sind die offensichtlichen. Das müsstest du aus dieser einen Poegeschichte ja wissen.»

«Der entwendete Brief.»

Ella machte ein zustimmendes Geräusch, dann klärte sie mir über unser künftiges Briefversteck auf.

ELFTES KAPITEL

Im Keller des Hauptgebäudes befand sich schräg gegenüber der Dunkelkammer ein «Übungsraum». Schüler, die in Ruhe etwas lesen, schreiben oder rechnen wollten, konnten das entweder in der Bibliothek oder hier tun. Es gab Fächer, in denen man seine Bücher und Hefte verstauen konnte, und jeweils eines unserer Hefte nutzten Ella und ich für den Briefwechsel. Ella schrieb für mich in ihr Heft, ich für sie in das meine – mitten zwischen Aufsätze und Notizen aus den einzelnen Fächern.

Ellas Handschrift erinnerte an Wellen, meine an Blitze. Ich las und schrieb diese Briefe nur im Übungsraum, und nie kam jemand, sah mir über die Schulter und sagte: «Was schreibst du denn da?» Der fensterlose, von Neonröhren erhellte Raum mit seinen weißen, billig wirkenden Tischchen und den einfachen Holzstühlen zwischen weiß gestrichenen Wänden erstickte jegliche romantische Assoziation, aber ich liebte es, in diesem kargen Ambiente Ellas Briefe zu lesen und meine Antworten an sie zu schreiben. Schon damals verschaffte es mir einen vom Geist in den Körper einschießenden Genuss, das Geheime vor den Augen aller zu praktizieren. Ich bewunderte Ellas Intelligenz, ihre Verschwiegenheit, die Undurchdringlichkeit, die oft von ihr ausging und die manchmal unvermittelt von ihr abfiel – ein atmosphärischer Umschwung, ein plötzlicher Wechsel des Lichtes, das sich nun ungehindert über alles in ihrer Nähe ergoss.

Die Heimlichkeit schlug sich nicht nur in Art und Ort des Briefwechsels nieder. Nie hätte einer von uns etwas Plattes geschrieben wie «Ich mag dich so sehr» oder «Ach, könnten wir doch endlich ungestört sein», alles war codiert. So schrieb Ella beispielsweise in ihrem ersten Brief, dass sie sich für Pilze nicht interessiere – von der tödlichen Wirkung bestimmter Exemplare abgesehen – und die Gegenwart von Bock oder von Hammerstein nur dann in Kauf nehme, wenn es sich so gut wie nicht mehr vermeiden ließe. Und wie ich ja nun sähe, habe auch Unerfreuliches sein Gutes.

Da Ella den ersten Brief schrieb, skizzierte sie die Möglichkeiten und Grenzen unserer Korrespondenz. Ich lernte von ihr, las genau, versuchte zu zeigen, dass ich die Spielregeln verstand, erweiterte sie vielleicht hier und da, brach sie aber nie komplett. Ich las Ellas Zeilen oft mehrmals, merkte mir, was in ihnen stand, trug die Worte mit mir, wiederholte sie mir abends im Bett und morgens nach dem Aufwachen. Heute besitze ich keines der Hefte mehr, die Ella und ich in den nächsten Monaten mit Briefen an den anderen vollschrieben.

Auf andere Weise lernte ich von Salvador, vor allem, wenn

ich mit ihm Zeit in der Dunkelkammer verbrachte. Ich dachte in diesen Momenten nicht daran, dass ich wenige Tage zuvor nackt mit ihm und Valerie in einem Bett gelegen hatte. Es handelte sich um einen anderen Salvador und um einen anderen Tilman. Wie bei den Fotografien gab es zwei Welten: Die eine konnte nur sichtbar werden, wenn die andere im Dunkel versank.

Erleichtert wurde meine Vergesslichkeit dadurch, dass Salvador mit mir weder über das Vorgefallene sprach noch überhaupt über «Sex». Anders als Valerie berührte er mich auch nicht oft. Als Salvador doch einmal in der Dunkelkammer mit mir über Sex sprach, ging es im Kern um etwas anderes. Er fragte mich, was mir am Thema «griechische Antike» am besten gefallen habe, und ich antwortete, mich fasziniere die Idee einer philosophischen Ausbildung, die Hochachtung für Wissen und Weisheit. Dann fügte ich hinzu, ich fände aber auch die Kämpfer toll: Achilles oder den listenreichen Odysseus.

«Habt ihr auch über die Details der damaligen Erziehung gesprochen?», fragte Salvador, und es ärgerte mich, dass ich verneinen musste.

«Pass auf!», sagte er. «In allen wirklich hochstehenden Kulturen gilt Lernen als etwas Ganzheitliches: Körper, Geist, Seele – alles wird einbezogen, alles wird geformt. Der gestandene Mann lehrt den Jungen, was er wissen muss. Dafür ist ein inniges Verhältnis hilfreich, eine echte Verbindung, verstehst du?»

Ich nickte ohne rechte Überzeugung. Es konnte sein, dass Salvador recht hatte.

«Du musst persönlich betroffen sein, um wirklich zu lernen. Heute gehen die meisten in die Schule und haben hinterher fast alles vergessen, weil es nichts mit ihnen zu tun hat. Und weil der Körper wie abgeschaltet stundenlang auf einem Stuhl sitzen soll.»

Salvador erzählte mir von den Geschenken, die die älteren Männer den Jünglingen machten: Speisen, Waffen, Tiere, Schmuck, vor allem aber: geistige Schätze. Die Jünglinge schenkten den Männern im Gegenzug Lust. Sie erfüllten sexuelle Wünsche und lernten dabei ihre eigenen kennen. Was der ältere Mann begehrte, würde der jüngere Mann irgendwann auch begehren.

«Das ist wichtig», sagte Salvador und hob eine Hand. «Je mehr der Schüler seinen Lehrer liebt und von ihm geliebt wird, desto besser lernt er von ihm. Verstehst du?»

Ich sagte nichts.

«Vieles findet man anfangs vielleicht seltsam», fuhr Salvador nach einer kurzen Pause im gleichen Tonfall fort. «Meinst du, ein Junge kämpft gerne? Er muss erst lernen, Schmerzen zuzufügen und Schmerzen auszuhalten. Alle großen Kulturen vermitteln das ihren Stärksten. Du kennst doch die Samurai?»

Salvador erzählte mir von den japanischen Rittern und ihrer Ausbildung. Dabei habe der Junge den Meister ausgesucht, um mit ihm Bidō zu praktizieren, den schönen Weg.

Salvador sprach von Jünglingen in der persischen und in der arabischen Oberschicht, von afghanischen Lustknaben, dem jahrhundertealten Geheimnis christlicher Männerorden, den elitären Jungeninternaten in England und in den USA. Er sprach vom George-Kreis, dem «geheimen Deutschland», dem Castrum Peregrini, intimen Einweihungen und einem Reich der Kunst, einer Gegenwelt, in der Vergangenheit und Zukunft zusammenfielen.

«Das sind ganz normale, jahrhundertealte Praktiken»,

sagte er. «Allerdings werden sie verschwiegen. Jede Gemeinschaft, jede Gesellschaft bildet sich um ein Geheimnis. Gemeinschaften, die etwas bewegen, wissen um ihr Geheimnis. Die Gesellschaft aber versteckt die Geheimnisse vor sich selbst, weil sie ihr aus irgendwelchen Gründen unangenehm sind. Dir ist es ja auch peinlich.»

Ich konnte nichts sagen. Übelkeit breitete sich von meiner Körpermitte aus. Zu gerne hätte ich das Thema gewechselt. Allerdings gab es einen anderen Teil meiner Person, der Salvadors Ausführungen nicht nur interessant fand, sondern auch richtig. Auf einmal hörte Salvador auf zu sprechen und sah mich im Fast-Dunkel des engen Raumes an. Ich versuchte dem Blick seiner Tieraugen standzuhalten.

«Verurteile Angst und Ekel nicht, Tilman. Sie sind Lehrmeister.»

«Ich weiß», sagte ich.

«Was die Menschen in der Konsens-Trance ‹böse› nennen, ist in Wirklichkeit ein erhöhter Energiezustand, die Fähigkeit, den Schmerz in sich und anderen nicht zu bejammern, sondern Kraft daraus zu ziehen. Jeder Krieger muss das lernen. Ob mit Schwert und Schild oder mit den Waffen des Geistes. Und keiner sagt, dass das immer angenehm ist.» Salvador legte mir seine kleinen, harten Hände auf die Schulter.

«Ich möchte, dass du dich hinkniest. Und ich möchte, dass du dir vorstellst, du seist ein Mädchen und ich sei du.»

«Okay», sagte ich und ließ mich von Salvadors Händen nach unten drücken.

«Aber du erzählst es keinem», sagte ich und ekelte mich vor mir selbst, weil meine Worte so intim klangen.

«Nein», sagte Salvador. «Ich erzähle es keinem. Mach es so, wie du es dir später von einem Mädchen wünschst. Ich weiß, dass du Mädchen magst. Ich mag auch Mädchen. Dich mag ich auf andere Weise.»

Als ich wenige Tage später Salvador wieder in die Dunkelkammer folgen sollte, spürte ich plötzlich mein Herz unangenehm fest bis in meine Lippen pochen. Ich wischte mir über den Mund. Mein Körper, mein Denken, mein ganzes Wesen verengte sich, während aus den Poren meiner Handflächen Schweiß quoll und einen Film bildete. Ich schämte mich für diese Angst und versuchte, sie nicht zu zeigen. Während Salvador mit mir Fotos entwickelte, die zum Teil er, zum Teil ich geschossen hatte, rechnete ich ständig damit, dass er wieder von mir verlangen würde, was ich nicht wollte. Ich dachte darüber nach, ob ich ihm den Wunsch abschlagen sollte, ob das nicht als genau so mutig gelten musste, wie ihm nachzukommen. Ich würde ihm erklären, dass ich gerne von ihm lernte, aber diese Kriegerkulturgeschichte ablehnte, dass ich es einfach nicht wollte. Sofort stellte ich mir seine Entgegnung vor. Dass ich es natürlich nicht tun müsse, aber so eben kein wirklich guter Schüler sein könne, das sei ja der Witz, dass ich es nicht wolle, und das sei ja die Übung: die Grenzen des eigenen Wollens oder Nichtwollens zu überwinden, für ein höheres Gut: eine größere Freiheit. Ich dachte so schnell und so viel und so aufgebracht, dass alles, was Salvador sagte und tat, an mir vorbeirauschte wie ein im Hintergrund ablaufender Film mit undeutlicher Tonspur.

Wir traten aus der Dunkelkammer, und ich hatte ganz umsonst gegrübelt. Auch beim nächsten Mal kam es zu keinem Vorfall. Stattdessen erzählte mir Salvador von seiner Mutter. Ich wusste nicht, worauf er hinauswollte, vielleicht sprach er mehr mit sich selbst, und ich hielt mich nur zufällig in seiner Nähe auf. Er verdanke seiner Mutter so viel. Die «gute Frau» sei ein leuchtendes Beispiel dafür gewesen, wie man es nicht machen solle. Eine Künstlerin habe sie sein wollen, sich dabei aber dauernd darum geschert, was andere dachten. Eine starke Frau habe sie sein wollen, sich aber dauernd zum Opfer erklärt. Frei habe sie sein wollen, aber Haltungen kultiviert, mit denen sich Menschen seit alters selbst versklaven. Diese Haltungen zählte Salvador in aller Ruhe auf, während er hin und wieder ein Foto per Zange von einer Plastikwanne in die andere beförderte: Neid, der nicht zu eigener Leistung ansporne, Wut, die zu Groll gerinne, Rachegedanken, mit denen man niemandem schade außer sich selbst, und Träumereien, in denen man sich behaglich einrichte wie in einem zunehmend unfähig machenden Vollrausch.

«Ich meine das nicht geringschätzig», sagte Salvador. «Ich verdanke dieser Frau wirklich etliche Erkenntnisse. Ich wusste früh, dass ich nicht so sein will wie sie. Jetzt musste ich nur noch verstehen, wie sie dachte und fühlte, also warum sie tat, was sie tat. So lernte ich. Auch das geht, mein Lieber.»

«Aber woher wusstest du, dass es falsch ist?»

«Sie hat mir selbst immer wieder gesagt, wie unglücklich sie ist. Und sie hat richtig erkannt, dass ich dieses Unglück hinter mir lassen werde.»

«Hattest du keinen Vater?», fragte ich.

«So wie du keine Mutter. Allerdings hat er sich nicht umgebracht, sondern das Interesse an meiner Mutter verloren. Sie war noch ganz jung, ganz dumm, er wollte das Kind wegmachen lassen, sie wollte es behalten, damit er bei ihr bleibt.»

«Das Kind? Das bist du gewesen?»

Salvador ließ ein kurzes, meckerndes Lachen erklingen.

«Ja, reingespritzt vom geilen Kurt, nicht weggemacht von Marion, der kleinen Klette.» Salvador legte mir eine Hand auf die Schulter, die sich unwillkürlich verhärtete, ohne dass ich meinen Blick oder meine sonstige Position veränderte.

«Warum hat sich deine Mutter getötet?»

«Depressionen», sagte ich.

«Hmm», machte Salvador. «Das hat dir dein Vater erzählt.»

«Das haben mir alle erzählt», sagte ich halb verblüfft, halb aufgebracht. Ich wusste doch wohl besser, was es mit Ereignissen in meiner Familie auf sich hatte.

«Und diese alle haben es von deinem Vater. Dein Vater ist der einzige Zeuge für diese Geschichte.»

«Nee», sagte ich verwirrt. «Die Polizei ist doch auch da gewesen.»

«Schon gut», sagte Salvador. «Ich weiß aus eigener Erfahrung, dass Familien oft jahrzehntelang ihre ganz eigenen Wahrheiten erzählen. Und alle glauben es. Meine Mutter glaubte jahrelang, Kurt kommt zurück, wenn er reifer ist und sich ausgetobt hat und sie eine erfolgreiche Künstlerin geworden ist. Jeden Tag hat sie mir das erzählt. Und Kurt hat mir später gesagt, dass er mich immer vermisst habe.»

«Vielleicht hat er das ja auch», sagte ich.

«Wie soll man jemanden vermissen, den man nicht kennt?»

«Ich dachte ...» Ich wusste eigentlich nicht, was ich dazu sagen sollte.

«Reg dich nicht auf, Tilman. Es ist alles in bester Ordnung. Merk dir einfach: Du bist genau wie ich. Du brauchst diese Leute nicht mehr. Du bist nicht abhängig von Menschen. Und du bist kein Opfer. Niemals. Du musst dein Los nicht bejammern, du musst nicht neidisch sein, und du musst dich nicht rächen. Hier drin» – er schlug mir mit der flachen Hand auf die Brust – «ist alles, was du wirklich brauchst.»

Ich kaufte mir in einem Kiosk in der Nähe der Schule ein DIN-A4-Notizbuch mit schwarzem Einband. Auf die Blanco-Seiten trug ich alles ein, was mir zu der von Salvador angeregten Inventur einfiel. Zusätzlich notierte ich täglich eine Übung, um meine Prägungen, Intuitionen und Angewohnheiten aufzudecken und abzulegen. So aß ich einmal trotz Hunger nicht zu Mittag, beobachtete meine Empfindungen und versuchte, sie nicht als unangenehm wahrzunehmen. Dabei stellte ich interessante Prozesse und Regungen in mir fest. Mein Zustand veränderte sich. Es hatte etwas vom An- und Abschwellen einer Windbö, dem Vordrängen und Zurückweichen des Meeressaumes, dem Übergang des Tages in die Nacht – ein rhythmisches Pendeln zwischen Unwohlsein und Behaglichkeit, Mangelgefühl und genügsamem Wohlsein. Je mehr ich mich darauf konzentrierte, desto genauer konnte ich die Wechsel registrieren, den Umschlagpunkt von einer wachsenden Unzufriedenheit in eine tatsächliche freudvolle Übereinkunft mit mir und meinem Zustand. Das Unangenehme wurde dadurch nicht weniger unangenehm (genau genommen intensivierte es sich durch die genaue Betrachtung), aber ich konnte in ihm nun die Vorstufe zu etwas Angenehmem sehen. Diese Beobachtung, notierte ich in meine Kladde, stelle sicher erst den Anfang dar. Irgendwann würde ich so weit sein, angenehm und unangenehm gar nicht mehr als sinnvolle Kategorien zu empfinden und das eine beliebig mit dem anderen vertauschen können.

An einem anderen Tag machte ich alles, was ich für

gewöhnlich mit der rechten Hand erledigte, mit der linken. Dabei handelte es sich genau genommen nicht um eine einzige Übung, sondern um ganz viele. Immer wieder musste ich mich darauf konzentrieren, und immer wieder stellte ich fest, wie automatisch die meisten meiner Handlungen abliefen. Das galt nicht alleine für Körperbewegungen, sondern auch für Urteile und etliche andere Gedanken, die sich rasch und ohne mein Zutun manifestierten.

Nach dem Abendessen ging ich in den Übungsraum und notierte meine Überlegungen zu der «Linke-Hand-Übung». Erst dann sah ich nach, ob Ella etwas in ihr Übungsheft geschrieben hatte. Ein Freudenschauer durchströmte mich, als ich ihre kleine, akkurate Handschrift auf einer am Vortag noch unbeschriebenen Seite entdeckte. Nach einer eröffnenden Frage, die ich ironisch lesen konnte («Wie geht es dir? Wie geht es dir wirklich?»), schrieb Ella gleich über das Thema, das mich derzeit am meisten interessierte: unsere Ausbildung. Sie berichtete von ihren Konzentrationsübungen, dem sicheren Haus, der Freude am Atmen, den Fortschritten, die sie mit der Ausdauer ihrer Vorstellungskraft mache. Mittlerweile könne sie sich fast immer für mindestens eine Minute ohne nennenswerte Störungen eine brennende Kerze in einem dunklen Raum vorstellen oder eine behagliche Holzhütte in einem verschneiten Wald. Sie sähe den Kamin vor sich, höre die Scheite knacken und rieche das Feuer. Sie versuche, sich die Hütte, ihren Rückzugsort, im Geiste immer detaillierter einzurichten. Ella beendete ihren Brief an mich mit einem Absatz, den ich auswendig lernte: «Ich weiß ja nicht, was du in den Weihnachtsferien vorhast. Am besten hast du nichts vor. Am besten lernst du einmal einen grauenhaften Ort kennen. *Da* kannst du Gleichgültigkeit einüben. Anderes Thema: Irgendwas schimmelt hier. Entweder die Wand oder ich. PS: Meine Oma kocht wirklich gut.»

Die Aussicht auf gemeinsame Weihnachtsferien mit Ella versetzte mich in einen Zustand der Verzückung. Als hätte ein gütiger Gott meine Augen mit Heilwasser gewaschen, sah ich die Welt im allermildesten Licht, ihre unfassbare Schönheit in so mannigfaltigen Facetten. Am liebsten hätte ich jemandem davon erzählt, aber es durfte keiner wissen, dass zwischen Ella und mir etwas Besonderes entstand. Selbst bei meinen Notizen ließ ich größte Vorsicht walten und umschrieb meine Gedanken und Gefühle so, dass eigentlich nur ich verstehen konnte, was ich da formulierte.

Der Anblick einer Katze, die im Herbstmorgen durch die taubetupften Gräser streift, durchaus in mörderischer Absicht – und nichts an dieser Szene muss verklärt oder verdrängt werden, und nichts an ihr ist düster oder traurig oder besorgniserregend, auch wenn dann plötzlich die Absicht zur Tat wird und die Katze eine Maus fängt, beißt, laufen lässt, wieder fängt, wieder beißt und schließlich den kleinen Leichnam zwischen den Zähnen davonträgt. Schmerz ist nur eine Woge, die uns das Wohlbefinden köstlicher macht, der Tod ist kein Ende, sondern ein Tor. Nur von einer Seite sieht es aus wie ein Grab, und nur wenn wir die Erscheinung mit der Substanz verwechseln, nur dann beklagen wir den Tod.

Derlei und Ähnliches schrieb ich in diesen Tagen in mein Notizbuch, und ich teilte, in weniger pathetischen Worten, auch Ella meine neue Einsicht mit. Ihr konnte ich von meinem Zustand erzählen, aber ich tat es sehr zurückhaltend, um sie nicht zu belästigen. Ich hatte längst begriffen, dass Ella Art und Geschwindigkeit unseres Kontakts vorgab, und ich sah darin nichts Einseitiges oder Ungerechtes. Ella wusste mehr als ich, sie übernahm die Führung.

Lange bevor es in Deutschland allgemein populär wurde, feierte man in Schwanhagen Halloween. Die Idee stammte von Salvador und sollte am 31.10.1992 zum zweiten Mal umgesetzt werden: ein morbider Maskenball zu Ehren der Geister und Dämonen. Mit dem Halloweenfest begann die Feten-Saison an der FSS. Von nun an und bis zum 1. Mai gab es jeden Freitag im großen Kellerraum in Haus 1 einen «Disco-Abend».

Laut Salvador bildete Halloween den dunklen Pol und das Maifest den hellen. An beiden Terminen sei der Schleier zwischen den Welten besonders dünn. Wer also schon immer einmal mit Verstorbenen oder ein paar Elfen oder Elementargeistern sprechen wolle, sei gut beraten, diese Nächte weise zu nutzen. Salvador ließ wieder einmal offen, ob er diese Ausführungen ernst meinte oder nicht. Luna dagegen kündigte an, dass sie in dieser Nacht mit ihren verstorbenen Eltern Kontakt aufnehmen wolle. Mich beschäftigte eher die Frage nach dem richtigen Kostüm. Ella hatte mir in einem Brief verraten, dass sie und Nadja als vampirische Schwestern in schwarzen Umhängen zu erscheinen gedächten, und kurz gefiel mir die Vorstellung, der dritte Vampir im Bunde zu sein. Dann aber kam mir das zu kumpelhaft vor. Die Mädchen sollten ihre Sache machen, ich würde mir etwas Eigenes ausdenken. Ronny sagte mir beim Boxtraining, er werde sich eine Hockeymaske besorgen und als «Jason» gehen. Das sehe voll übel aus. Nun überlegte ich, ob ich auch eine Figur aus einem Horrorfilm darstellen sollte: Freddy Kruger mit dem Klingenhandschuh, Leatherface mit der Kettensäge oder gleich Michael Myers aus dem Film «Halloween». Aber zum einen hatte ich noch keinen dieser Filme gesehen und fühlte mich entsprechend nicht kompetent, zum anderen empfand ich die Maskerade als

Filmfigur irgendwie als zu amerikanisch, also als zu poppig und unseriös.

Nach und nach hatten alle ihre Rolle und machten sich an die Beschaffung oder Herstellung ihrer Kostüme: Yukio würde sich als untoter Pirat verkleiden, Luis einfach sein Hamletkostüm zweckentfremden, und Luna erzählte uns bei einem Abendessen, sie und Simona würden als Jüngerinnen von Charles Manson gehen. Auch das klang nicht schlecht, aber ich blieb weiterhin auf der Suche nach meiner eigenen Idee. Dann fiel mir eine Poe-Geschichte ein, die ich in den Herbstferien gelesen hatte: *Die Maske des roten Todes*. Eine bessere Rolle konnte ich mir nicht vorstellen: Egal welche Monster und gefährlichen Menschen die anderen darstellten – ich würde durch die Reihen gehen und jeden vernichten. Ich wäre die tödlichste Bedrohung von allen.

Valerie und Salvador halfen uns mit den Kostümen. In einem Kellerraum des Hauptgebäudes gab es zwei Kisten mit Masken, Kleidern und Accessoires. Leider fand ich keine Robe, wie sie der rote Tod in meiner Vorstellung trug. Valerie stand daneben, während ich den Inhalt der Truhen durchsuchte.

«Ich besorge dir, was du brauchst», sagte sie.

«Wie denn?»

«Ich hab da so meine Quellen. Hast du Lust, morgen Abend mit mir zur Hütte zu fahren und einen Film zu sehen?»

Valerie stellte die Frage so selbstverständlich, dass ich mich über meine eigene Verstörung wunderte. Bevor ich wusste, was in mir vor sich ging, sagte ich ja. Eigentlich spielte es auch keine Rolle, was ich jetzt empfand, da ich nur in der Hütte mit Valerie herausfinden konnte, warum ich mich in dieser Frage so hin- und hergerissen fühlte.

Valerie brauchte wahrscheinlich den Sex mit mir, sie fand es irgendwie toll. Das schmeichelte mir. Ich brauchte ihn nicht, verspürte kein Verlangen nach Valerie und fühlte mich eher überfordert und angestrengt von ihren Vorschlägen.

Als ich am nächsten Abend (es war längst dunkel) mit Valerie auf dem Sofa im Erdgeschoss des Häuschens saß, interessierte ich mich mehr für den neuen Film als für Valeries fast nackten Körper. In dem Film wurde eine schwarze Frau anal «entjungfert». Der Mann sagte dabei: «Ich fick dich, bis du schwarz wirst.» Valerie fragte mich, ob ich *Schokobräute* scharf fände, und ich antwortete fachmännisch: «Hängt von der Schokobraut ab.»

Ich trug nur noch T-Shirt und Unterhose, als von draußen Schritte und Stimmen zu hören waren. Erschrocken stand ich auf.

«Keine Angst», sagte Valerie, während ich hastig meine Hose anzog. Wenige Atemzüge später hörte ich Salvadors meckerndes Lachen, dann ging die Türe des Ferienhauses auf, und der Schulleiter und Simona kamen herein. Ich stand da, den Blick auf den Boden gerichtet, und konnte mich nicht rühren – ein dummes, prüdes, ängstliches Kind.

«Schönen guten Abend», sagte Salvador.

«Du wusstest das», sagte ich leise. Valerie trat zu mir, hob mein Kinn mit ihren Fingerspitzen und sagte ebenso leise: «Tilman, mein Lieber. Wann wirst du endlich aufhören, dich zu schämen?»

Salvador kam näher: «Ich hätte da ein Hilfsmittel», sagte er und küsste seine Frau beiläufig auf den Mund. Dass sie in einem Negligé dastand, schien völlig alltäglich. Der Einzige, der sich mit Hemmungen herumschlug, war ich.

«Glückspillen», sagte Salvador. «Eine für jeden.» Er griff

in seine Manteltasche, zog eine kleine Dose hervor und entnahm ihr eine winzige weiße Tablette.

«Geil», sagte Valerie. «Das ist richtig cool. Tilman, hast du Lust auf ein bisschen Ecstasy?»

«Was ist das?», fragte ich wie ein kleiner Prinz, den man erst noch überzeugen musste.

«Eine Droge, die dich glücklich macht», sagte Simona und grinste mich breit an. Ihre ohnehin großen Augen wirkten durch die reichliche Verwendung eines Kajalstiftes noch größer.

«Jaja, wie alle Drogen», sagte ich. «Machen total glücklich.» Mir fiel ein, dass Edgar Allan Poe Drogen genommen haben musste. Zumindest schrieb er hin und wieder darüber, und es las sich so, als berichte er aus eigener Erfahrung.

«Ist auch so», sagte Simona. «Nur können manche damit nicht umgehen.»

«Cola?» Valerie sah mich an. Ich nickte geistesabwesend. Sie hantierte im Küchenbereich herum und kam mit einem Tablett wieder, darauf eine Flasche Cola, eine Flasche Wodka und vier Gläser. In der Zwischenzeit hatte sich Simona neben mich gestellt. Sie schaute mich an.

«Du hast beide Aufgaben angenommen, obwohl eine gereicht hätte.»

«Ja, und du hast erst gar keine gemacht, vermutlich, weil du so eine tolle Fickmaus bist!», entfuhr es mir, und alle lachten.

«Ey», sagte Valerie versöhnlich. «Du bist auch eine tolle Fickmaus. Ich finde, wir ficken alle nicht schlecht.»

«Ficken ist gesund», sagte Salvador ernst, und wieder lachten die anderen. Weil ich nicht mitlachte, stieß er mich in die Seite. Jetzt musste ich lächeln. Ich ließ mir einen Fingerbreit Wodka in die Cola schütten.

«Mit dem Ficken ist es wie mit dem Alkohol.» Salvador redete weiterhin in seinem ironisch-lehrerhaften Tonfall. «Anfangs schmeckt es einem noch nicht richtig. Man will die Wirkung, aber die Sache selbst, ist eher so na ja.»

Valerie legte eine Kassette ein. Musik mit einem langsamen, coolen Rhythmus erfüllte den Raum. Valerie kam mit wiegenden Bewegungen zu uns zurück. Wir saßen mittlerweile auf dem Sofa. Sie tanzte ein paar Takte vor uns herum. Auch das empfand ich als peinlich, aber ich dachte: Es schadet mir nicht. Ich sitze auf dem Sofa. Valerie tanzt. Das ist alles.

Salvador hielt mir mit einem Lächeln von Mann zu Mann ein Tablettenviertel hin. Ich nahm es und spülte es mit einem Schluck Cola-Wodka hinunter. Simona sah mich an. Sie wirkte mir gegenüber freundlicher als bisher. Vielleicht mochte sie mich. Sie sah gut aus, hatte aber etwas Jungenhaftes und machte mir ein wenig Angst. «Habt ihr einen Film geguckt?», fragte Simona mit ihrem slawischen Akzent und dieser Stimme, die aus einem tiefen, kühlen Brunnenschacht zu kommen schien.

«Ja, *Die Sexklinik*.» Valerie lachte.

«Na, mach doch mal wieder an», sagte Salvador mit seiner schnurrenden Verführerstimme, die ich an ihm so cool und lustig fand. Valerie ging zum Videorecorder, und wenige Sekunden später stöhnte die Schwarze und sagte, es tue ihr weh.

«Wo gehobelt wird, da fallen Späne», sagte der bleiche, hühnerbrüstige Mann mitleidslos, der die junge, schmale Frau von hinten auf einem Ledersofa nahm. Ein anderer Mann kam nackt ins Zimmer geschlendert, sah sich das Ganze gelangweilt an und fragte: «Brauchst du noch lange? Ich will auch mal.»

«Nicht drängeln», sagte der Hühnerbrüstige. «Sei froh, dass ich dir die Nutte geschmeidig stoße.»

In Großaufnahme sah ich das sehr dicke Glied des Mannes in die auseinandergedrückten Schamlippen der Frau vordringen, sich zurückziehen und wieder vordringen. Hin und wieder gab es eine Totale, und ich sah Mann und Frau von der Seite, wobei der Mann ein verkniffenes und die Frau ein halb verdutztes, halb empörtes Gesicht machte. Hin und wieder schlug er ihr mit der flachen Hand auf eine Pobacke, wie bei einem Pferd, das man mit einem Gertenhieb antreibt. Ich fand es gemein und schäbig, wie die Männer die Frau behandelten, und gleichzeitig erregte es mich sehr.

Salvador musste mich eine ganze Weile von der Seite beobachtet haben. «Das ist nur ein Film, Tilman», sagte er. «Nachher klatschen alle in die Hände, weil sie ordentlich Geld verdient haben.»

«Ich will auch ordentlich Geld verdienen», sagte Simona und stand auf. «Ist euch auch so warm?» Mit diesen Worten zog sie ihren schwarzen Wollpullover aus. Darunter trug sie ein knittriges, kragenloses Hemd. Es war blassviolett und sah an ihr sehr gut aus.

«Darf ich helfen?», fragte Salvador.

«Das kostet, Herr Lehrer», erwiderte Simona und sah dabei zu mir herüber. Es geschah so viel auf einmal, dass ich gar nichts mehr dachte oder empfand. Salvador begann mit sicheren Handgriffen, Simonas Oberteil aufzuknöpfen.

«Spielen wir das nach?», fragte Simona, und ich wusste zunächst nicht, was sie meinte. Ich befand mich in einem Zustand, den ich weder als angenehm noch als unangenehm bezeichnet hätte. Dann begann die Tablette zu wirken.

Der Raum veränderte sich. Seine Ränder brachen weg, dafür erhielt er mehr Tiefe. Valerie neben mir wurde ungeheuer plastisch. Ich sah die rotblonden Härchen auf ihrem Oberarm. Ich sah, wie sich Simona und Salvador küssten und zur Musik wiegten und wie Valerie ihnen verträumt zusah. Ihr Gesicht wirkte schön, glatt und friedlich. In meiner Brust löste sich etwas. Ich fühlte wieder diese außergewöhnliche Dankbarkeit, die Freude an der Schönheit um mich herum, nun gepaart mit dem Stolz darüber, dass ich mit diesen besonderen Menschen zusammen sein durfte. Ohne nachzudenken, fragte ich Valerie: «Du magst mich doch, oder? Du magst mich.»

Sie wuschelte mir in den Haaren, lächelte mich an und sagte: «Aber ja, doch.» Dann küsste sie mich, und ich spürte ihre Zunge in meinem Mund und fühlte mich getröstet. Ich wurde zu einem kleinen, süßen, jungen Automaten. Ich musste noch viel lernen, aber sie mochten mich. Sie alle mochten mich, ich musste gar nichts dafür tun oder unter Beweis stellen. Die Musik war so cool. Es gefiel mir, mit Valerie zu knutschen. Das hätte ich nicht gedacht. Ich bestand aus blubbernder Freude und einer Lust, die wie auf Schienen lief, es gab nur eine Richtung, es konnte gar nicht anders sein. Es gab nicht den geringsten Grund, sich zu schämen.

Zwei Tage später hatte ich mein Kostüm zusammen. Zunächst hatte Valerie vorgeschlagen, ich könne doch Yukios roten Bademantel nutzen und sie würde mich noch schminken. Ich hätte in dem roten Frottee-Stück allerdings ziemlich lächerlich ausgesehen und ließ mich auch nicht von Valeries Argument überzeugen, in der Dunkelheit wirke das ganz anders. Meine Vorfreude auf das Fest hatte sich ohnehin verflüchtigt, zusammen mit aller anderen Freude, Dankbarkeit und Heilsgewissheit. Ich fühlte mich, als ob die Luft in meinem Körper verschmutzt und alle Flüssigkeiten in mir verseucht wären. Ich wusste, dass ich an keiner Krankheit im engeren Sinne litt, aber dass es dennoch keine bessere Bezeichnung für meinen Zustand gab als «krank». Dass ich die Welt noch vor wenigen Tagen als heil betrachtet hatte, konnte ich kaum noch glauben. Dachte ich jetzt an die Katze, die sich an der Maus zu schaffen machte, stiegen Furcht und Beklemmung in mir auf. Eine sinnlose und grausame Veranstaltung, in die man gegen den eigenen Willen hineingeschleudert und aus der man in der Regel gegen den eigenen Willen herausgerissen wurde. Dazwischen: eine Ansammlung von Zufällen, die man in vernebelten Zuständen als schön wahrnehmen konnte.

Als mir Valerie am Freitagnachmittag voller Begeisterung in ihrem Zimmer eine weiße Robe präsentierte, die sie in einem Kostümgeschäft hatte auftreiben können – sie war tatsächlich extra nach Lübeck gefahren –, sagte ich nur mürrisch: «Die ist ja weiß.»

«Klar», sagte Valerie fröhlich. «Aber wir färben sie blutrot. Ich weiß schon, wie.»

Sie hatte eine Packung Textilfarbe «Rosenrot» mitgebracht und wedelte damit vor meiner Nase herum. Ich fand mittlerweile alles scheiße und überlegte laut, dem Fest fernzubleiben.

«Ach Quatsch», sagte Valerie. «Du hast einen Psycho-Kater. Das kann bei Ecstasy mal vorkommen. Aber das vergeht auch wieder. Ich färbe dir schon mal die Robe ein.»

«Nee», sagte ich ernst. «Ich bin kaputt. Ihr habt mich kaputtgemacht.»

Valerie hockte sich vor mir auf den Boden.

«Tilman», sagte sie. «Du bist down. Das war zu viel für dich. Aber du bist nicht kaputt, okay? Solche Tiefs hatten wir alle mal und ich hab sie manchmal noch heute. Wehr dich nicht dagegen. Auch das ist eine wichtige Erfahrung.»

Ich wurde schon wieder wankelmütig, sagte aber: «Wichtige Erfahrungen. Immer dieses Gelaber von den Erfahrungen.»

Valerie lächelte, stand auf und sagte: «Warte mal.» Dann suchte sie in den Schubladen ihrer Kommode herum und drückte mir schließlich eine Tablette in die Hand.

«Tryptophan», sagte sie. «Füllt deinen Serotonin-Speicher wieder auf. Ich hol dir ein Glas Wasser.»

Ich weiß nicht, ob es mehr an der Tablette lag oder mehr an der Einbildung, aber am nächsten Tag, dem 31. Oktober 1992, fühlte ich mich tatsächlich ein wenig besser. Als ich Ella und Nadja in ihren Vampirkostümen sah, ging mir das Herz einen Spaltbreit auf, weit genug, um einen Lichtstrahl aufzunehmen, der als Sendbote einer fernen Sonne durch staubige, verlassene Hallen aus Stein geisterte. Ella hatte sofort gemerkt, dass mit mir etwas nicht stimmte, fragte mich aber zum Glück nicht aus. Nur als wir einmal ein paar Meter zur Kantine alleine zurücklegten, sagte sie: «Du bist in so einer Usher-Stimmung, oder?»

Als ich nichts erwiderte, erklärte sie, sie habe gerade angefangen, «Der Untergang des Hauses Usher» zu lesen, und finde es wirklich interessant, vor allem die Frage, wie Stimmungen entstehen, warum das Äußere bei manchen Menschen so stark auf das Innere wirke und wie da der Zusammenhang sei. Ich unterbrach sie grob und ohne nachzudenken: «Es gibt gar kein Inneres. Das ist auch nur Äußeres, das in dich reingestopft wurde.»

«Das Gefühl kenne ich», sagte Ella. Sie sagte es so, wie man sagt, morgen ist Mittwoch. Das beruhigte mich. Ich vertraute ihr. Sie würde mich sicher führen.

Am Abend warf ich mich nicht nur in die von Valerie rot gefärbte Robe, sondern ließ mir von ihr auch mit Lippenstift Gesicht und Handrücken blutrot malen. Grimmig betrachtete ich das Ergebnis im Spiegel. Natürlich sah ich nicht so aus, wie ich es mir zurechtgesponnen hatte: Da stand ein angemalter Dreizehnjähriger in einem gefärbten Karnevalskostüm. Dennoch half mir selbst die halbherzige Verkleidung, mich in meine Rolle als alles vernichtender Roter Tod einzufühlen.

Zusammen mit den anderen ging ich an diesem Samstagabend vom Wielandhaus zum Hauptgebäude. Ein fetter gelber Mond hing wie ein Lebensmittel in einem sehr schwarzen Himmel. Ella hakte sich bei mir ein, kurz darauf tat sie das auch bei Yukio und sogar bei Luis, dem sein Hamletkostüm sehr gut stand. Ronny sah mit seiner Hockeymaske zwar gruselig aus, konnte damit aber weder besonders gut sehen noch etwas trinken. Außerdem musste er sich vom feixenden Yukio anhören, dass hinter der Hockeymaske ja nicht Jason steckte, sondern dessen Mutter.

Am besten gefielen mir Luna und Simona in ihren Kostümen. Bei dem Wort «Sektenjüngerinnen» hatte ich mir nichts Bestimmtes vorstellen können. Jetzt trugen sie dunkle, bodenlange Gewänder und Amulette (Luna ein Auge des Horus und Simona ein großes Pentagramm). Ihre Haare hatten sie glatt heruntergekämmt und mit schlichten, silberfarbenen Stirnreifen verziert. Schminke verwandelte ihre Gesichter in schwarz-weiße Flächen, aus denen die Augen blickten wie aus Masken. Auch Salvador hatte sich sein Gesicht mit einer dicken Schicht weißer Schminke und die schmalen Lippen rot bemalt. Seine echten Augenbrauen verschwanden hinter der weißen Schicht. Dafür hatte er sich zwei lange, schmale Bögen gezeichnet. Sein schwarz-rotes Kostüm mit den gepufften Ärmeln und der schwarzen Kappe wirkte mittelalterlich. Er sprach den Abend über oft in Zitaten: «Sie ist die Erste nicht», sagte er, als Valerie endlich auch zu unserer Gruppe aufschloss. Sie hatte sich als turbantragender, blauhäutiger Flaschengeist verkleidet: ein Djinn, wie ich längst von ihr wusste. Zu den Sektenhexen, oder was immer Luna und Simona darstellten, sagte Salvador in seiner Mephistorolle: «Das Heidenvolk geht mich nichts an. Es haust in seiner eigenen Hölle.»

Zu mir sagte er: «Es lebe, wer sich tapfer hält!»

Kostümierte Kinder, Jugendliche und Erwachsene bevölkerten die Aula wie Bienen einen Stock. Aus großen Boxen wummerte Musik und verband sich mit dem Stimmengewirr zu einem akustischen Brodeln. Als wir eintraten, lief «I'm too sexy» von Right Said Fred, und alle möglichen Schulkinder machten alberne Bewegungen mit ihren Armen und Beinen. Andere standen mehr oder minder cool in den Ecken, wobei oft die Jungen bei den Jungen und die Mädchen bei den Mädchen standen.

Ich sah all diese Menschen, die sich als Zombies, Werwölfe, Vampirinnen, Stephen-King-Clown oder Dämonen mit Hörnern verkleidet hatten. Ich sah die lachenden Münder, die gespielt selbstbewussten Bewegungen, die mühsam versteckte Unsicherheit. Ich schritt langsam und ohne eine Regung in meinem Gesicht am Rand der Tanzenden entlang. Ich sah sie in sich zusammensacken, gekrümmt auf dem Boden liegen, Blut spucken und sterben. Verendet alle, flüsterte ich. Verendet. Ich dachte an die Geschichte, an die sieben Säle Prosperos. Hinter den Masken der Festgäste verbargen sich noch Menschengesichter, unter meiner roten Robe befand sich nichts.

Ich wurde angerempelt und angesprochen, ließ mich aber nicht aus der Ruhe bringen. Gemessenen Schrittes ging ich weiter und weiter. Mit dem letzten Atemzug würden die Uhren stehen bleiben. Alle Augen und Lichter würden verlöschen. Ich würde alleine in der Finsternis stehen.

Valerie tanzte mich an. Ich konnte nicht reagieren. Sie lachte.

«Du bist so süß», schrie sie mir ins Ohr. Ich berührte mit meiner Hand ihre Seite, sachte, unmerklich. Schon bald würde sie zusammenbrechen, sich in Krämpfen winden, Blut aus den Poren der Haut schwitzen und schließlich mit erloschenen Augen auf dem kalten Boden liegen.

Dann sah ich Ella. Sie stand am Rand der Versammlung, allein und mit nachdenklichem Blick. Sie war wie ich. Sie gehörte nicht dazu. Und ich sah Mephistopheles, der sie aus einer anderen Ecke des Raumes mit blitzenden Augen betrachtete. Plötzlich fühlten sich meine Beine ganz schwach an, mein Herz pochte immer fester und schneller. Um mich herum wirbelten die Gesichter. Ich fühlte es genau: Gleich würde mir das Herz in der Brust platzen. Es würde für immer stehen bleiben. Sein Blut würde durch meinen Körper sickern. Es pochte so laut und heftig. Jetzt erst verstand ich, worüber Poe geschrieben hatte. Das Herz klopfte im ganzen Raum, in den Bässen aus den Boxen, im Boden. Ich wollte aus der Aula, aber die Verbindung zwischen meinem Wollen und meinem Körper war durchtrennt. Ich bemerkte, dass ich zitterte, wohl auch schwitzte. Mein Herzschlag setzte aus. Etwas schnürte meinen Atem in der Brust ab. Schwärze zog vor meinem Blick auf, dann setzte der Herzschlag erneut ein, und ich sah wieder diese abartigen Gesichter um mich herum. Ich sterbe, dachte ich. Ich sterbe, und niemand merkt es. Plötzlich sah ich Ellas Gesicht. Sie schaute mich an. Sie nahm meine Hand. Sie wusste Bescheid. Sie war die Einzige, die mich sah und Bescheid wusste.

«Atmen», sagte sie ernst. Ich schüttelte den Kopf.

«Doch, das geht. Los!»

Ihre Worte wirkten wie ein Zauberspruch. Die Schnüre um meinen Brustkorb lockerten sich.

«Dir passiert nichts», sagte Ella ganz nah an meinem Gesicht. «Das fühlt sich nur so an.»

«Mein Herz platzt», hörte ich mich sagen.

«Nein, tut es nicht.»

«Hohoho», sprang uns irgendein als Teufel verkleideter Schüler in den Weg.

«Verpiss dich», sagte Ella konzentriert und zog mich an der Hand durch die Menge zur Tür, auf den Gang und ins Freie. Da stand ich in der flüssig wirkenden Luft und spürte stärker als vorher, wie ich am ganzen Körper zitterte. Ella blickte sich um, dann umarmte sie mich. Sie wiegte mich sachte in ihrem sicheren Griff.

«Sschht», machte sie. «Ganz ruhig. Ich kenne das.»

Jetzt, da sie mich hielt, steigerte sich mein Zittern noch, aber ich vergaß dabei immerhin, mich auf mein Herz zu konzentrieren. Ich roch Ellas Haut, ihre Haare. Sie wiegte mich leicht, ich wurde ein kleiner Baum im Wind.

«Schhht», machte sie erneut. «Das fühlt sich beschissen an, aber dir passiert nichts. Ich passe auf.»

Ich nickte an ihrer Schulter und schämte mich nicht.

Später gingen wir zum Strand, verbargen uns hinter einer Düne und küssten uns.

ZWÖLFTES KAPITEL

In den nächsten Wochen widmete ich mich mit Eifer dem Auflösen festgefahrener Denk- und Verhaltensweisen. Hilfreiche Hinweise erhielt ich von Salvador und Valerie, teilweise ergaben sie sich auch aus den Briefen, die ich mir mit Ella schrieb. Auch die anderen aus der Familie halfen mir auf meinem Einweihungsweg. So saßen wir wieder einmal nackt im Übungsraum auf unseren Matten, als Salvador vorschlug, wir sollten uns gegenseitig Aufgaben geben. Ich trug Ella auf, in den nächsten Tagen alles mit der linken Hand zu machen, wozu sie üblicherweise die rechte verwendete. Luna gab Ronny die Aufgabe, eine Woche lang das Wort «ich» nicht mehr zu benutzen und jedes Mal eine halbe Stunde lang zu schweigen, wenn er gegen diese Regel verstieß. Luna wiederum sollte sich Nadjas Anordnung gemäß eine Woche lang nicht schminken und nur das anziehen, was Nadja ihr herauslegte. Ich erhielt von Simona die Aufgabe, eine Woche lang ihr Diener zu sein und ihren Anweisungen unwidersprochen Folge zu leisten, solange sie meiner Gesundheit nicht schadeten. Also bediente ich sie in der Schulkantine, lief die meiste Zeit hinter ihr her, erzählte ihr auf Zuruf Geschichten oder Witze, massierte ihr den Nacken, kaufte Dinge am Kiosk für sie, wusch ihre Kleidung im Waschkeller oder küsste ihr vor allen anderen die Füße und sagte Sätze wie «Ich bin ein Wurm, vergebt mir, Herrin».

Ich fühlte mich dabei die meiste Zeit nicht schlecht. Im Gegenteil: Es stellte sich als überraschend angenehm heraus, nichts weiter tun zu müssen, als Befehle zu befolgen. Ich fand es auch nicht peinlich, vor anderen als unterwürfiger Lakai dazustehen, wussten doch alle mir wichtigen Menschen, dass es sich um eine Übung handelte. Und je mehr Mühe ich mir gab, Simonas Befehle auszuführen, desto mehr empfand ich eine regelrechte Lust dabei. Ihr lag das Befehlen. Es wurde ihr nicht lästig oder langweilig. Selbst wenn niemand zusah, ließ sie mich niederknien und ihr sagen, dass sie meine einzige und wunderschöne und immer treu geliebte Herrin sei, und ich gehorchte und glaubte für einen Augenblick, was ich sagte.

Simonas Aufgabe für die Woche kam von Luis und bestand darin, keine Zigaretten zu rauchen und keinen Alkohol zu trinken. Das traf Simona empfindlich. Ihre Laune litt schon nach wenigen Stunden und verschlechterte sich noch im Laufe der Tage. Ich zog Selbstbewusstsein daraus, dass ich als Untergebener doch mehr Herr meiner selbst blieb als meine Herrin, die mich manchmal anblaffte oder auf den Rücken schlug.

Ich schilderte Ella diese Gedanken in einem meiner Briefe,

aber sie ging nicht darauf ein. Ich fand es auffällig, dass sie meine Rolle als Diener Simonas weder schriftlich noch auf andere Weise zum Thema machte. Aber wir tauschten uns über andere Aspekte der Ausbildung aus, zum Beispiel über die von mir verordnete Handübung, und ich fühlte mich motivierter denn je. Morgens stellte ich mir den Wecker früh und meditierte eine Viertelstunde im Bett. Abends versuchte ich oft, das Gleiche zu tun. Ich versprach mir von diesen täglichen Übungen nicht nur Weiterentwicklung, sondern mittlerweile ganz konkret Abhilfe gegen Anflüge einer heftigen Angst, wie sie mich in der Halloweennacht heimgesucht hatte. Ich glaubte, durch ein Training meiner Konzentration beim nächsten Angstanfall meine Aufmerksamkeit so verlagern zu können, dass mein krankhaft pochendes Herz, meine rasenden Gedanken, mein stockender Atem und die Ahnung, sterben zu müssen, mir gleichgültig oder zumindest weniger unmittelbar und wirklich erschienen. Tatsächlich machte ich schnell Fortschritte und konnte mir während der Meditationen nicht vorstellen, je wieder von solch einer bodenlosen Angst befallen zu werden. Dann aber saß ich in der Mensa oder ging über den großen Platz oder stand mit Salvador im Fotolabor und fühlte plötzlich, wie etwas in mir aufstieg, wie ein riesiges Wesen aus einem schwarzen Graben der Tiefsee. Bemerkte ich es rechtzeitig, konnte ich meinen Fokus verlagern und fühlte mich kurz darauf, als sei nichts gewesen. Manchmal aber erhob das Wesen sein Haupt so weit, dass ich ein schreckensstarres Gehäuse wirbelnder Furcht wurde. Dann gebar ein ängstlicher Gedanke den nächsten, noch schlimmeren.

Als Salvador einmal bemerkte, wie ich steif und still im Labor stand und zitterte, sah er mich im roten Schein der Fotolampen an, ballte seine Faust und schlug mir damit so fest ins Gesicht, dass ich zu Boden ging. Als ich wieder aufstand, fragte er lächelnd: «Besser?» Ich nickte und hatte die Angst tatsächlich hinter mir gelassen.

Ich notierte diese Begebenheit in meine schwarze Kladde und schloss meine Aufzeichnung mit dem, was mir Salvador im Labor gesagt hatte: «In dir ist immer nur Platz für eine starke Emotion. Wenn du dich erschreckst oder wütend wirst, hast du keine Zeit mehr für Angst. Da siehst du, was du auf diese evolutionären Querschläger geben kannst. Vermeide nie etwas, nur weil du Angst hast. Tu es dann erst recht. So lernst du Mut, sonst lernst du Angst.»

Auch andere Erkenntnisse meiner fortgesetzten Selbstbeobachtungen notierte ich. Dabei schrieb ich nie Ellas Namen nieder, sondern ersetzte ihn durch «mein Vater». Ich schrieb immer so, als läsen Valerie und Salvador mit. Sollten sie doch alles von mir wissen, nur nicht, dass ich Ella liebte.

Ich notierte, dass ich nicht wusste, was ich von Simona halten sollte. Sie war verrückt, verrückter als alle in der Wielandfamilie, aber war das nun eine Stärke, eine Schwäche oder einfach nur eine nicht zu bewertende Andersartigkeit? Natürlich war ich bestrebt, meine Wertmaßstäbe zu entlarven und entweder ganz aufzugeben oder durch neue, bewusst erzeugte zu ersetzen. Gegenüber Simona konnte ich mich aber nur schwer von einem zwiespältigen Gefühl distanzieren: Ich empfand sie einerseits als die beste Verkörperung unserer Gemeinschaft, andererseits als ihre größte Bedrohung. Simona schien in vielerlei Hinsicht befreit. Sie kannte keine Scham, zeigte keine Angst und wirkte nicht so, als ob sie sich viel aus der Meinung anderer machte. Einmal sagte Ansgar Bock, sie lache wie ein Junge, und sie lachte laut und sagte: «Bock, du bist so geil», woraufhin Bock aus dem Klassenzimmer stürmte. Einmal meinte Salvador, sie solle doch bitte pünktlich zu unseren Treffen kommen, und Simona sagte, sie komme, wenn sie komme, das wisse er doch. Und als Valerie sie beim Abendessen bat, in Zukunft nicht vor anderen in der Schule über gewisse Dinge zu sprechen, lächelte Simona quälend lange und sagte schließlich: «Ach, wir haben hier Geheimnisse?»

«Oh ja», sagte Salvador mit seiner schnurrenden Katerstimme. «Und eines davon ist, dass wir Verräter fertigmachen.» Dann lachten Simona und Salvador gleichzeitig los. Ich bemerkte, wie Valerie ihrem Mann unter angestrengter Stirn einen Blick zuwarf, und fühlte ein Ziehen im Magen.

Obwohl Simona die Atmosphäre in unserer Familie veränderte, reagierte niemand von uns darauf. Nur Luna zeigte sich euphorisch und sagte mehrmals am Tag, sie habe ihre Seelenverwandte gefunden, dank Simona fühle sie sich endlich vollständig, und erst jetzt bemerke sie, dass sie es vorher eben nicht gewesen sei. Wir anderen akzeptierten Simona, wie man akzeptiert, dass es abends dunkel wird.

Als die Woche meiner Dienerschaft zu Ende ging, verabredete ich mich mit Ella zu einem nächtlichen Treffen am Strand. Ich schrieb ihr, dass ich wieder mit ihr Hausaufgaben machen wolle, und sie schrieb, dass sie das auch wolle und wie ätzend es sei, so lange warten zu müssen. In der Nacht stahl ich mich zur vereinbarten Zeit aus dem Zimmer, verließ das Haus so leise wie möglich und machte mich auf den Weg zu einer bestimmten Düne. Ich hatte eine Decke dabei, in die ich mich wickelte, während ich auf Ella wartete. Wie verabredet erschien sie eine halbe Stunde später. Sie hatte Wein mitgebracht. Ohne dass wir etwas sagten, hüllte ich sie in einen Teil der Decke ein, und wir küssten uns. Ich fühlte ihre kalten Finger an meinem Hals und an meinen Wangen, während sich ihre Lippen warm an meine drückten. Ihre Zungenspitze schien durch meine Zungenspitze hindurch bis in mein Herz zu reichen. Ich spürte Ellas Haare, die meine Nase kitzelten, und roch ihren Duft, der sich mit der Meeresbrise mischte. Zwischendurch wurde ich mir meiner selbst bewusst, öffnete die Augen und zog Erregung aus Ellas ungewohnt nahem Anblick: ihre Wimpern, die Ahnung ihres bereitwillig geöffneten Mundes, ihr hingebungsvoller Ausdruck. Ich fühlte mich so unendlich wertvoll, weil ich Ella so unendlich wertvoll fand. Dann wurde ich wieder eins mit dem Kuss und ließ Gedanken und Betrachtungen zurück.

Später tranken wir den Wein und redeten, ohne dass ich mich eine Sekunde unwohl fühlte, ein Schweigen als peinlich empfand oder das Gefühl hatte, irgendetwas nicht sagen zu können, weil Ella es nicht verstehen würde oder nicht hören wollte. Ella wollte alles hören, was mich beschäftigte, und ich wollte alles hören, was Ella beschäftigte. Ich sprach vor allem von Simona, sie sprach vor allem von Luis. Sie meinte, Luis sei in sie verliebt und fresse diese Gefühle in sich hinein, und es sei vermutlich nicht gut, dass er mit mir in einem Zimmer liege. Ich war skeptisch, musste mir dann aber eingestehen, dass Ella wahrscheinlich besser als ich beurteilen konnte, wie sich Luis ihr gegenüber verhielt. Ich versprach Ella, was ich ihr ohnehin längst versprochen hatte: Unsere Liebe würde geheim bleiben. Und ich versprach ihr, Luis nicht zu provozieren und auf ihn zu achten.

Ella bestätigte meine Beobachtung, dass wir anderen angesichts der Neuen so taten, als sei alles wie immer, dabei verändere sich etwas und sie könne nicht sagen, in welche Richtung. Ihre Gefühle gegenüber Simona ähnelten meinen.

Ich erlebte mich als stark und wichtig, während wir so sprachen wie zwei reife, ehrliche Menschen, die gemeinsam alle Probleme meistern und alle Hindernisse überwinden können, weil sie sich gefunden haben.

Am letzten Wochenende vor den Weihnachtsferien planten Luna und Simona eine Fahrt zu einer Disco in Wismar. Es stand außer Frage, dass Ronny sie begleiten würde, aber ich war überrascht, als Luna außer Yukio, Ella und Nadja auch mich fragte, ob ich mitkommen wolle. Ich sagte zu und stand also mit den anderen in der Dunkelheit eines Dezemberabends trampend am Straßenrand. Nicht nur Luna und Simona, auch Nadja und Ella hatten sich «aufgedonnert», was hauptsächlich bedeutete: Sie hatten sich von Luna schminken und die Haare «machen» lassen. Ella sah einerseits toll aus, andererseits auch viel älter und unnahbarer, sodass ich beim ersten Anblick ihrer zurechtgemachten Erscheinung ein leichtes Unwohlsein spürte. Der Gedanke, nicht zu ihr zu passen, obwohl ich immerhin eine Lederjacke von Luis trug, löste eine hintergründige Furcht aus, die mich in Wellen heimsuchte: Während wir am Straßenrand standen, fühlte ich mich beklommen. Als ich schließlich mit Luna und Simona in einem Auto saß, lenkten mich deren offensichtlichen Flirtereien mit dem schnauzbärtigen und Dialekt redenden Fahrer und Lunas Hand auf meinem Oberschenkel ab. Als wir im Ostseebad Boltenhagen auf einem tristen Platz nahe der fast menschenleeren Strandpromenade die anderen trafen, stieg die Beklemmung beim erneuten Anblick Ellas wieder in mir auf, diesmal heftiger. Phasenweise fühlte ich mich von dem Gedanken, Ella zu verlieren, regelrecht besessen. Wie ein dämonischer Ohrwurm drängte er sich dann in mein Bewusstsein und war nur schwer zu überhören. Glücklicherweise ging Ronny in ein Restaurant und kam mit sechs Flaschen Lübzer Pils heraus, die er an uns verteilte wie eine gütige Mutter Äpfel an ihre Kinder. Dafür bezahlt hatte allerdings wie üblich Yukio, der Ronny bei solchen Gelegenheiten beiläufig Münzen oder Scheine zusteckte. Nach nur wenigen Schlucken zog der gnädige Alkohol eine breite Dämmung zwischen mich und meine Angst. Wir brauchten nicht lange, um weitere Autos anzuhalten, und als wir uns alle in Wismar wiedertrafen, musste ich daran denken, wie ich die Wielandfamilie vor wenigen Monaten in der Aula hatte auflaufen sehen. Ich dachte daran, wie mich der Anblick fasziniert hatte und wie ich mir schon damals gewünscht hatte, zu ihnen zu gehören, so zu werden wie sie. Nun ging ich hier, inmitten stark geschminkter Mädchen und an der Seite meines Boxtrainers Ronny, in einer braunen, eng geschnittenen Lederjacke und halbhohen Wanderschuhen, die etwas Militärisches hatten. Hier ging ich unter den melodramatischen Himmeln eines milden Spätherbstabends an der See, zwischen den aus der Zeit gefallenen Bürgerhäusern und Backsteinbauten Wismars, den heruntergekommenen Fassaden eines verwunschenen Landes.

Unser Weg vom Bahnhof zur Disco führte durch die Altstadt. Wir liefen über Kopfsteinpflaster, zwischen unwirklich erscheinenden Häuserfassaden. Ella hatte mich seit Beginn unseres Trips kaum beachtet. Nur bei der Begrüßung und beim Aussteigen aus dem Zug hatte sie mir Blicke zugeworfen, aus denen ich Vertrautheit und Sehnsucht hatte lesen können. Ich kannte dieses Verhalten von ihr, dennoch fühlte ich mich an diesem Abend zu sehr auf schwankendem Grund, um mich nicht nach Ellas Zuwendung zu sehnen. Aufmerksamkeit erhielt ich stattdessen von Simona, die mich immer wieder aufzog. Sie spielte immer wieder auf die Zeit meiner Dienerschaft an und wuschelte mir einmal durch die Haare und sagte grinsend: «Geboren, um zu gehorchen, das bist du.»

Mindestens so überdreht wie Simona präsentierte sich Luna. Auf dem Weg durch die Altstadt redete sie sich geradezu in einen Rausch. Sie erzählte von einem früheren Leben, in dem sie «phasenweise» in Wismar gelebt und als reiche Witwe die Handelsgeschäfte ihres Mannes übernommen habe. Manchmal blieb sie stehen und sagte etwas wie: «Hier bin ich schon vor Jahrhunderten entlanggegangen.» Oder: «Den Brunnen da gab es damals schon.» Dabei sah sie ausschließlich Simona an, hakte sich manchmal bei ihr ein und flüsterte hin und wieder etwas in ihr Ohr.

«Komm», sagte Simona. «Zeig mir, wo du gewohnt hast.»

Ob Simona ihrer neuen Freundin tatsächlich glaubte, ihr einen Gefallen tat oder sich über sie lustig machte, konnte ich nicht erkennen. Zumindest kosteten uns Lunas Erinnerungen an ein früheres Leben einiges an Zeit, und als wir endlich unser Ziel – die Disco «Alte Mensa» – erreichten, fühlte ich mich müde und durchgefroren. Obwohl ich sicher nicht aussah, als wäre ich bereits sechzehn, zeigte sich der gefährlich wirkende Mann an der Tür gönnerhaft. Vielleicht färbten das erwachsene Aussehen der geschminkten Mädchen und Ronnys markantes Gesicht auf mich ab, vielleicht lagen die Dinge auch so, wie es Simona mir später am Tresen mit einem Wort erklärte: «Mädchenbonus.»

Wir gingen durch einen dunklen, schlauchartigen Gang, gaben unsere Jacken an einer versifften Garderobe ab und verabredeten auf Nadjas Vorschlag hin einen Treffpunkt außerhalb der Disco: zwischen zwei und drei Uhr an dem Brunnen in der Altstadt, den Luna aus einem früheren

Leben kannte. Wie wir dann von dort zur FSS kommen würden, fragte ich mich nicht.

Während ich den anderen zu einem langen Tresen folgte, starrten uns ein paar andere Jugendliche an. Zum Glück zog ich nicht besonders viel Aufmerksamkeit auf mich, die meisten Blicke galten Luna und Simona. Außerdem betraten wir bald einen ziemlich großen und dunklen Raum, und meine Sorge, wie ein mitgeschlepptes Kind zu wirken, verebbte. Ich hatte noch nie eine Disco von innen gesehen und hätte die gespenstischen Lichtverhältnisse und die pumpende Lautstärke, den dunkel wogenden Menschenpulk und die Geruchsalchemie aus Schweiß, Qualm, Bier, Schnaps, Hormonen, Parfüm und Rasierwasser sicher mit großer Neugier in mich aufgesogen, hätte ich mich nicht wieder mit meiner Angst befassen müssen. Unwillkürlich musste ich an die Aula am Halloweenabend denken, die tanzende Menge und die Furcht, die mich wie aus dem Nichts befallen hatte. Nun lief mit «This Corrosion» ein Song der «Sisters of Mercy», und ich hörte aus der gefälligen Eingängigkeit des Liedes etwas Abgründiges heraus. Ella stieß mich von der Seite an und fragte, ob sie mir etwas ausgeben könne.

«Ein Bier», sagte ich.

«Hast du auch einen phantasievolleren Vorschlag?» Sie hielt den Blick auf die Tanzenden gerichtet.

«Einen Longdrink», sagte ich ins Blaue hinein.

«Grüne Wiese oder Whiskey Cola?»

Ich entschied mich für Whiskey Cola, darunter konnte ich mir etwas vorstellen. Während Ella bestellte, wurde sie von einem Typen angesprochen, der eine schwarze Lederjacke trug und mindestens achtzehn war. Die Koteletten reichten ihm bis zum Kinn. Ella zeigte auf mich, der Junge grinste und beugte sich zu ihr. Ich konnte nicht anders als dastehen und mich mickrig fühlen. Ella wandte sich mir zu, drückte mir ein gefülltes Glas in die Hand und sagte: «Prost.»

«Wie findest du die Leute hier?», fragte ich in ihr Ohr. «Ich meine die Ossis?»

«Keine Ahnung», sagte sie. «Ich sehe kaum was.»

«Und der grad eben?»

«Roch nach Leberwurst.»

Ich konnte eine Weile nicht aufhören zu lachen.

Der Whiskey wirkte schnell. Meine Gedanken veränderten sich.

«Komm mit», sagte Ella plötzlich und obwohl ich mein Glas noch nicht ausgetrunken hatte. Ich folgte ihr auf die Tanzfläche, und noch bevor wir ganz am Ziel waren, explodierte die Musik mit einer Wucht, die ich so noch nicht erlebt hatte. Ella begann die Haare zu schütteln und den Oberkörper zu bewegen, als würde sie von einer unsichtbaren Macht hin und her geworfen. Ich stand anfangs nur da und starrte ergriffen auf das Schauspiel, dann bewegte ich mich, wie ich es für angemessen hielt. Es fiel mir schwer, der Rhythmik des Songs zu folgen, der obendrein lauter und leiser wurde und mit seiner Dynamik alles niederzufegen schien.

«Was war das?», fragte ich.

«Nirvana», sagte sie, verschwitzt und strahlend. «So geil.»

Es folgte ein ähnlich brutales Lied – *Killing in The Name* von Rage Against the Machine. Tänzerisch stellte es mich vor noch größere Herausforderungen.

Später standen wir verschwitzt am Tresen, an dem uns Simona grinsend den Koteletten-Mann vorstellte.

«Mike», sagte sie. «'ne alte Fickbekanntschaft von mir.» Anders als Ella und mir schien Mike die Situation überhaupt nicht peinlich zu sein. Keine Minute später schob er

Simona seine Zunge in den Mund. Mein Blick fiel auf Luna, die uns an eine Wand gelehnt beobachtete und diesen Gang der Dinge offenbar nicht begrüßte. Allerdings brauchte sie nicht lange, um selbst jemanden aufzureißen, einen großen, breitschultrigen Jungen mit Stoppelfrisur, den ich noch unangenehmer fand als Simonas Mike.

Diesem Jungen folgten wir auf Lunas Geheiß etwa zwei Stunden später zu einer «spontanen Privatsause» im Haus eines Freundes. Ich hatte noch zwei Bier getrunken, fragte nicht nach, sondern lief einfach mit. Auf dem Weg durch die nächtlichen Straßen flüsterte mir Ella ins Ohr, Lunas Lover sei bestimmt ein Nazi. Er trug zwar Turnschuhe statt Springerstiefeln und einen Kapuzenpulli statt Bomberjacke, aber vielleicht hatte Ella für Nazis einen besseren Blick als ich. Trotzdem fragte ich: «Meinst du?»

«Ja», sagte Ella. «Der hat eben zu Ron gesagt: Klar könnt ihr mit, wenn ihr keine linken Zecken seid.» Ich schwieg, dachte aber, dass man ja noch kein Nazi sein musste, weil man keine Linken mochte. Über Politik hatte ich mir bisher kaum Gedanken gemacht. Ich hatte aufgeschnappt, was andere sagten, und wusste, dass sich Erwachsene über politische Themen streiten und regelrecht definieren konnten. Ich wusste auch, dass eigentlich alle Skinheads und Neonazis ganz schlimm fanden, was sie mir interessant erscheinen ließ.

«Egal», sagte ich großspurig zu Ella. «Politik interessiert mich nicht.»

Wir folgten dem Jungen – er hieß Sandro – zum Eingang eines Mehrparteienhauses mit abblätternder Fassade. Er klingelte, und bald öffnete uns ein ebenfalls kantiger Typ, dessen Haare wie ein Toupet auf dem an den Schläfen rasierten Kopf lagen und als lakritzschwarze Tolle in die

Stirn fielen. Er musterte uns und fragte Sandro dann mit einer Kopfbewegung zu Simona, wer das Zigeunermädchen sei. Sandro stammelte irgendetwas, während Simona angriffslustig den Kopf schief legte. Dann sah er auf Yukio, der mit Händen in den Taschen seiner Skaterhose dastand.

«Und einen Fidschi haben die auch dabei! Bist du mit dem Boot gekommen? Verstehen Deutsch?»

«Erste Frage: nein. Zweite Frage: ja», sagte Yukio ohne Aggression. Plötzlich lachte der Typ im Türrahmen laut auf und sagte dann seltsam gönnerhaft in seinem ostdeutschen Akzent: «Immer rein in die gute Stube. Aber hübsch leise sein, bis wir im Keller sind.»

Wir folgten unserem Gastgeber durch eine weitere Tür im Erdgeschoss und eine enge, nach Kohl riechende, irgendwie omahafte Wohnung zu einer Kellertreppe.

«Da entlang, die Herrschaften», sagte Sandros Freund und zeigte theatralisch die Stufen hinab. Wir gelangten in einen traditionellen deutschen Partykeller, der mit seiner Holzvertäfelung und den vielen Wandplaketten an die Inneneinrichtung des «Grünen Kakadu» erinnerte. Acht Jungen und zwei Mädchen lümmelten bei anstrengender Brüllmusik in einer zusammengewürfelten Sitzgruppe um einen hässlichen Couchtisch herum. Darauf standen Bier- und Schnapsflaschen und Gläser. Ohne langes Vorstellen boten uns zwei der Jungen Getränke und Zigaretten an, wobei sie «die Damen» besonders hofierten. Die Musik schallte aus den Boxen einer Stereoanlage, die auf einem kleinen Tisch stand, zuoberst ein Plattenspieler.

Ich wusste nicht recht, was wir hier sollten, und kam mir ein wenig vor wie bei einem von wohlmeinenden Erwachsenen organisierten Schüleraustausch zwischen Städten. Obwohl ich die gleiche Sprache wie die Ostdeutschen sprach, betrachtete ich sie doch als Fremde, fremder als etwa Bayern oder Ostfriesen. Es kam mir vor, als wäre ich weit, weit in den Osten geraten – näher an der Sowjetunion als an Deutschland. Ich ließ mir einen «Blauen Würger» einschenken und hörte mir an, das sei etwas «ganz Feines», das mir Bübchen die Lichter ausblasen werde. Luna schaffte es über Sandro auf den Gastgeber einzuwirken, andere Musik zu spielen, und schließlich fand die Platte «Appetite for Destruction» von Guns N' Roses allgemeine Zustimmung. Der Gastgeber wurde richtig aufgeregt, weil er das Album besaß und dafür von Luna und Simona Lob erhielt. Stolz redete er von seiner Sammlung und was schon alles «Fetziges» über die «Grundig» gelaufen sei. Ich unterhielt mich mit einem netten, breitgesichtigen Jungen über Wismar, Köln und die Wende und trank dabei ein weiteres Bier, bis mein Blick sich verschleierte und die Umgebung verschwommen und unwirklich wurde.

Irgendwann stand ich mit Ronny in der Mitte des Raumes und boxte. Im betrunkenen Überschwang traf ich den gleichfalls besoffenen Ronny unvermutet mit einem Haken am Kinn, er stolperte nach hinten und fiel mit dem Rücken in die Stereoanlage. Sie krachte auf den Boden. Die Musik war aus. Ich verstand nicht genau, was gerade passierte, versuchte, Ronny aufzuhelfen, und bekam plötzlich eine Faust ins Gesicht. Ich schlug auf den Boden und fühlte zuerst meine pochende Wange und dann ein großes Gewicht auf mir.

«Du Jude», schrie der Gastgeber. Seine verzerrten Züge flackerten über mir auf, seine Fäuste schlugen in mein Gesicht. Ich hatte keine Angst. Ich fühlte keinen Schmerz. Ich erlebte alles klar und deutlich und gleichzeitig wie in einer anderen Dimension geborgen. Etwas schützte mich: ein gnädiger

Mechanismus in meinem Gehirn, auf den ich mich verlassen konnte. Ich war sehr wohl für diese Welt gemacht. Um das zu erkennen, musste ich erst in unmittelbare Gefahr geraten, in einen Moment, nach dem ich keine Panikattacken mehr hatte.

Plötzlich fiel mein Angreifer zur Seite, eine Hand zog mich hoch, ich sah Ella, ihren entschlossenen Gesichtsausdruck, ich hörte ihr «Komm», ich spürte mehr, als ich sah, wie Ronny Sandro einen Kinnhaken versetzte und Simona eine Flasche nach jemandem warf, ich stolperte die Treppe hoch, ich folgte Ella auf die Straße, und dann rannten wir.

DREIZEHNTES KAPITEL

Unsere Schritte hallten in der Nacht, ich rannte, ohne zu denken, wir erreichten den Brunnen, blieben an seinem Rand stehen, atmeten heftig. Plötzlich hörten wir Schritte und Rufe. Anstatt wegzulaufen, redete ich wirres Zeug: Die hauen mich zusammen. Scheiße. Was jetzt? Ich werde mich stellen. Die sollen nur kommen.

Als ich Ronny, Luna, Simona, Nadja und Yes auf uns zustürmen sah – aufgeputscht von Adrenalin und Triumph –, spürte ich Erleichterung und merkte nun, dass ich Angst gehabt hatte. Ronny rief: «Weiter», wir liefen, Simona rief: «Nicht zum Bahnhof, da kommen die doch hin», und so folgten wir ihr zu einer Telefonzelle, von der aus sie mitten in der Nacht und ohne zu zögern Salvador anrief. Sie sprach mit ihm wie mit einem Vater, der seiner Tochter keinen Wunsch abschlagen und ihr nie böse sein kann: Halb fordernd und halb flehend, halb flirtend und halb motzig bestellte sie ihn zur Psychiatrie am Dahlberg.

«Du weißt ja, wo das ist», sagte sie und legte auf. Danach warteten wir lange im Schatten gruseliger Backsteinbauten unter einem schmalen Dezembermond und im mattgelben Licht der Laternen und vertrieben uns die Zeit mit Zigaretten und den immer wieder neu und detailreicher erzählten Begebenheiten der Nacht. Yukio, den sonst nichts aus der Ruhe brachte, sagte mehrmals mit Nachdruck: «Was für Spastis. Was für Scheiß-Nazis.»

Schließlich fuhr Salvador mit dem VW-Bus vor. Wir stiegen gut gelaunt ein und rollten durch die stille Nacht wie Soldaten – nach dem Einsatz eingesammelt von ihrem Kommandanten. Nadja hatte eine Beule, Simonas linke Hand war angestaucht, die stärksten Verletzungen allerdings hatte ich davongetragen. Was sich in den nächsten Tagen zu einem blauen Auge, einer langsam wieder zuwachsenden Oberlippe und mehreren schmerzhaft pochenden Prellungen im Gesicht entwickeln sollte, fühlte ich jetzt nur als dumpfe Unwucht des Kopfes. Ella saß neben mir, sah mich an und legte einmal kurz und vorsichtig ihre Hand auf mein Knie.

Drei Tage später begannen die Weihnachtsferien. Yukio hatte von seinen Eltern eine Flugreise nach New York spendiert bekommen. Simona, Luna, Luis und Ronny hatten mit den Wielands eine VW-Bus-Reise nach England geplant. Wochenlang hatten sie davon gesprochen und mir das Gefühl gegeben, etwas Großartiges zu verpassen. Als mich Valerie zusammen mit Ella und Nadja zum Hamburger Hauptbahnhof brachte, fragte ich mich tatsächlich, ob ich die beste Entscheidung getroffen hatte. Vor allem nun, wo ohne vorherige Ankündigung plötzlich Nadja mit nach Bremen kommen sollte.

Zum Abschied trat Valerie nah an mich heran, streichelte meine Wange mit der einen Hand, schob mit der anderen einen Brief in die linke Tasche meines Wintermantels und sagte leise: «Mach mir keine Dummheiten, mein Schöner.» Dann knutschte sie uns alle ab und fuhr schließlich aus dem Fenster des Käfers winkend davon. Ich stand schlechtgelaunt mit den Mädchen da. Nadjas Gegenwart bedeutete nicht das Ende meiner Ferienträume, aber ich fühlte mich von Ella übergangen.

Den Zug nach Bremen fanden wir an diesem 23. Dezember so gut gefüllt vor, dass wir mit unseren Taschen im Bereich zwischen Abteil- und Großraumwagen stehen mussten. Als Nadja auf die Toilette ging, sagte Ella: «Nadja kann nicht zu ihren Eltern. Das musst du nicht verstehen.» Dann küsste sie mich auf den Mund, und ich legte meine schlechte Laune ab wie einen albernen Hut.

Als wir bei Ellas Großeltern in der Bremer Neustadt ankamen, hatte ich längst eine andere Haltung gegenüber gemeinsamen Ferien mit Nadja entwickelt: So würden Ella und ich vor den Großeltern nicht wie ein Paar wirken, was womöglich peinlich gewesen wäre. Und bestimmt hatten wir zu dritt genauso viel Spaß, solange ich nur genug Zeit mit Ella alleine verbringen konnte.

Ellas Großeltern hießen Inge und Herbert und wirkten auf mich nicht so alt, wie ich sie mir vorgestellt hatte. Sie begrüßten mich und Nadja ganz selbstverständlich und ohne dass es mir peinlich wurde. Inge trug bunte Blusen und eine blondierte Dauerwelle, was eigentlich billig aussah, mich bei ihr aber nicht störte. Herbert erinnerte mich in seiner beigen

Strickjacke, dunklen Cordhose und mit der von einem Kranz brauner Haare umwachsenen Glatze an einen Wissenschaftler in einer Sitcom.

Die Wohnung der beiden befand sich in einem Gründerzeithaus inmitten eines ruhigen Viertels, in dem die Straßen die Namen von Flüssen trugen. Sie erschien mir zwar etwas klein und auch nicht schön eingerichtet, aber sie war gemütlich – das Gegenteil vom Haus meines Vaters in Rodenkirchen. Im Erdgeschoss befanden sich Wohnzimmer, Küche, Bad und das Schlafzimmer der Großeltern. Hier roch es eigentlich überall nach Essen. Im ersten Stock gab es eine Diele, von der drei Türen abgingen: Eine führte zu Ellas Schlafzimmer, in dem früher ihre Mutter gelebt hatte, eine weitere Tür zu Herberts Büro und eine dritte zu einem kleinen, braun gekachelten WC samt Waschbecken. Inge wies mir eine ins Büro gestellte Schlafcouch als Nachtlager zu. Nadja sollte auf einer Matratze auf dem Fußboden in Ellas Zimmer schlafen.

Nach dem Abendessen mit Leberwurst- und Käsebroten, Tomaten, Gewürzgurken und Hagebuttentee durften wir noch einmal raus, um uns von Ella die Gegend zeigen zu lassen. Wir erwarteten keine große Führung. Es genügte Nadja und mir, einmal zur großen Hauptstraße zu laufen, dort an den Geschäften und Kneipen vorbeizuflanieren und eine Zigarette zu rauchen.

«Ist es okay, wenn ich im Arbeitszimmer schlafe?», fragte Nadja, als wir gerade an einer Kneipe namens «Fluss-Hexe» vorbeiliefen.

«Okay», sagte Ella beinahe teilnahmslos, während ich noch gar nicht verstand, was hier gerade verhandelt wurde.

Als ich nach dem Zähneputzen allein mit Ella in ihrem Zimmer stand und mich auszog, fühlte ich mich unsicher und aufgeregt. Die Umgebung erschien mir mit einem Mal sehr ungewohnt. Von unten wummerten Stimmen und Musik aus dem laufenden Fernsehapparat. Von mir weggedreht und ohne mich anzusehen, zog Ella sich aus, so wie sie sich vermutlich immer auszog, während ich meine Kleider ablegte und gleichzeitig verstohlen zu ihr rübersah. Ella schlüpfte in ihren Schlafanzug, drehte sich zu mir um, lächelte und sagte: «Sexy, was?»

Ich wusste nicht, was sie meinte. Der Begriff «sexy» erschien mir viel zu abgenutzt und grob und albern, um zu beschreiben, was ich empfand. Dann verstand ich, dass Ella den Schlafanzug meinte.

«Ist dir nicht kalt?», fragte sie, und erst jetzt wurde mir bewusst, dass ich in T-Shirt und Unterhose dastand, eine Gänsehaut auf den Armen. Ella bewegte sich auf ihr Bett zu und legte sich hinein. Ich wusste nicht, ob ich ihr folgen oder mich auf die für Nadja bereitgelegte Matratze legen sollte. Da ich mich nicht aufdrängen wollte, entschied ich mich für die zweite Möglichkeit. So lag ich wie in einem Beiboot neben Ellas Mutterschiff, mit offenen Augen. Es wurde sehr still im Zimmer.

«Guck mal!», sagte Ella plötzlich. Ich richtete mich auf, sah zu ihr hoch und folgte dann ihrem ausgestreckten Zeigefinger. Er wies auf das Fenster über dem kleinen Schreibtisch. Ich brauchte eine Sekunde, um zu verstehen: Dicke Flocken fielen gemächlich aus schwarzgrauem Himmel, verwunschen und altertümlich wie in einem Stummfilm. Wir stellten uns ans Fenster und betrachteten den Schnee, der nach und nach die Gehwege, Straßen und Autodächer bedeckte. Es kam mir so vor, als hätte ich noch nie etwas so Schönes gesehen, alles lud sich auf mit Wunder und Sinn.

«Wenn es dir nicht zu eng ist, kannst du mit in mein Bett», sagte Ella nach einer Weile. Ich nickte stumm.

Gemeinsam in ihrem Einzelbett konnten wir gar nicht anders, als uns zu berühren. Ich fühlte Ella unter ihrem Schlafanzug, und ich spürte ihre Hand auf meiner Hüfte. Wir küssten uns. Ich fühlte mein Glied hart werden. Obwohl ich ja schon Erfahrungen mit Sex hatte, wusste ich nicht, was ich tun sollte. Sollte ich auf Anweisungen warten wie bei Valerie und Salvador, oder sollte ich als der Junge die Anweisungen geben, wie ich es aus den Pornofilmen kannte? Ella wusste es entweder auch nicht oder wollte nichts anderes, als zu küssen.

Irgendwann wurde ich müde, die Erregung ließ nach, die Unsicherheit wuchs. Ella bemerkte, wie ich mich verspannte, lockerte ihre Umarmungen und streichelte mich sanft.

«Ich bin müde», sagte sie. «Wenn es dir zu eng wird, kannst du ja auf die Matratze.»

«Ist es dir zu eng?», fragte ich.

«Nö», sagte sie, drehte mir den Rücken zu und schmiegte sich an mich.

«Nadja weiß ja nun Bescheid», sagte ich.

«Ja», sagte Ella mit leiser Stimme.

«Und du vertraust ihr?»

«Ja.»

«Die plaudert auch nichts aus?»

«Nein.»

Ich grübelte eine Weile vor mich hin, entwarf mögliche Szenarien, wie die Beziehung zwischen Ella und mir auffliegen konnte, und fragte mich, ob das eigentlich so schlimm wäre. Da mich diese Gedanken aufwühlten, ging ich davon aus, dass auch Ella nachdachte, aber als ich mich wieder auf sie konzentrierte, bemerkte ich ihre tiefen, gleichmäßigen

Atemzüge. Ich lag lange wach, und bald legten sich dumpfe Schmerzen wie ein zu enger Helm um meinen Kopf.

Beim Aufwachen am nächsten Morgen fühlte ich mich deutlich besser. Ich lag noch immer mit Ella in ihrem Bett. Unsere Gliedmaßen fügten sich mühelos ineinander. Als ich die Augen aufschlug, hatte Ella ihre bereits geöffnet und sah mich fröhlich an.

«Hello», sagte sie und drückte ihren Kopf gegen meinen. Dann seufzte sie, streckte sich und rief so laut, dass ich mich erschreckte: «Hab ich einen Hunger!»

Tatsächlich fanden wir den Frühstückstisch bereits gedeckt und die Großeltern in bester Laune vor. Mir gefiel der Kaffeegeruch. Beim Frühstück kicherten Nadja und Ella immer wieder plötzlich los, was mir nur recht sein konnte, wirkte es auf diese Weise doch so, als hätten die beiden die halbe Nacht miteinander herumgealbert. Ich konnte mich als ernster junger Mann in Szene setzen, der höflich und interessiert Fragen stellte. Ich erfuhr, dass Herbert Winter ein Fotogeschäft betrieb und sich daher als Gesprächspartner für das Thema Fotografie empfahl.

Allzu lange hielt es uns allerdings nicht am Esstisch. Wir wollten in die Stadt, Weihnachtsgeschenke besorgen. Tatsächlich hatte ich mich bisher noch nicht darum gekümmert, vertraute aber darauf, für Ella, Nadja sowie Inge und Herbert in den wenigen Stunden vor der Bescherung noch das Passende zu finden. Als ich beim Hinausgehen in die von Schnee und Sonnenschein verzauberte Straßenkulisse die Hände in die Taschen meines Wintermantels steckte, berührte ich mit der linken Hand den Briefumschlag, den mir Valerie zugesteckt hatte. Ich erschrak. Seit der Zugfahrt nach Bremen hatte ich kein einziges Mal an die Wielands oder die FSS gedacht. Jetzt wollte ich mit einem Mal unbedingt wissen, was in dem Brief stand. Ich bezähmte meine Neugier, bis ich mit Ella und Nadja die Weser überquert, ein paar Schaufenster betrachtet und einen Weihnachtsmarkt auf dem Rathausplatz durchstreift hatte. Erst dann sagte ich, dass ich eine Weile alleine herumziehen und nach Geschenken suchen müsse. Auf einer Toilette in der Galeria Kaufhof öffnete ich endlich den Brief, entnahm ihm zwei handbeschriebene DIN-A4-Bögen und las.

Lieber Tilman,

nun bist du fast zwei Wochen in den Ferien, und ich werde dich ein bisschen vermissen. Nicht zu viel und nicht zu wenig, sondern genau richtig. Du bist etwas ganz Besonderes für mich, und ich freue mich sehr, dass du zu uns gekommen bist. Ich empfinde so etwas wie Stolz für dich, weil du ein so guter Schüler bist. Du lernst, denn in dir brennt ein Feuer der Neugier und Leidenschaft. Du willst wirklich wissen, gehst Dingen auf den Grund, scheust nicht vor Unannehmlichkeiten zurück und pfeifst auf die trügerische Sicherheit der Vielen. Einen besseren Schüler kann man sich nicht wünschen. Ich möchte dir sagen, dass ich dich liebe. Und ich möchte dir gleich dazu sagen: Diese Liebe ist nicht besitzergreifend oder exklusiv. Ich halte die Idee für dumm und ungesund, dass man genau den einen richtigen Menschen trifft, und der ist dann der Allerallerbeste, und nur den liebt man so ganz. Da soll dann ein Einzelner möglichst ein Leben lang so etwas sein wie

Vater und Mutter, und ich glaube, gerade deswegen wiederholen so viele das Elend, das sie schon mit ihren Eltern erlebt haben. Sie wünschen sich die eine, bedingungslose Liebe und haben sie schon bei Vater und Mutter nicht gefunden. Verstehst du? Viele glauben, sie sind nur dann etwas Besonderes, wenn ihnen ein anderer sagt: Du bist der Einzige für mich. Und dem sagen sie dann: Du bist auch der Einzige für mich. So lassen sich Menschen kontrollieren. Früher war es der Glaube an Gott, heute ist es der Glaube an die romantische Liebe, der die Leute klein und schwach hält. Sie dürfen nur bestimmte Gefühle zulassen und müssen einen Krieg mit sich selbst beginnen. Alles, was nicht ins Schema passt, macht ihnen Angst. Es macht ihnen zum Beispiel Angst, wenn ihre Gefühle gegenüber ihrem «Schatz» nicht so freundlich sind, wie sie sein sollten. Es macht ihnen Angst, wenn ihre Gefühle gegenüber anderen zu freundlich sind, und es macht ihnen Angst, einfach zu leben und zu lieben und zu begehren, wen und wie sie wollen.
Okay, das war jetzt vielleicht ein bisschen theoretisch. Aber du bist sehr schlau. Du wirst die für dich wichtigen Schlüsse aus dem Brief ziehen. Du wirst verstehen, was ich mit «exklusiv» meine und warum wir bei den Wielands nicht viel davon halten.
Jetzt genieß deine Weihnachtsferien in Köln oder wo auch immer. Ach so: und frohes Fest!

Deine Heidin Valerie

Ich las den Brief zweimal, vergaß dabei die Umgebung und hörte das Türenklappern und Spülungsrauschen wie aus weiter Ferne. Schließlich verließ ich die Toilette, fuhr auf Rolltreppen in die oberste Etage des Kaufhauses, ließ mich im Saturn von einem Verkäufer beraten und kaufte für Nadja eine CD der «Toten Hosen», auf der sie die Songs anderer Punkbands gecovert hatten. Für Ella suchte ich in der Schreibwarenabteilung ein besonders dickes Notizbuch mit schönem, altehrwürdig aussehendem Einband und blassgelbem Papier. Für Inge hatte ich schon eine Lavendelseife auf dem Weihnachtsmarkt gekauft. Zu guter Letzt und auf Ellas Rat hin besorgte ich für Herbert einen Beutel seines Lieblingstabaks. Der Verkäufer fragte mich, ob ich schon sechzehn sei. Ich sagte nein, aber der Tabak sei ein Geschenk für meinen Großvater. Das reichte dem Mann als Begründung.

Als ich mich am Treffpunkt einfand, konnte ich mich nicht mehr daran erinnern, wie ich den Weg dorthin gefunden hatte, so sehr hatten mich meine Gedanken eingelullt. Ella und Nadja standen mir in einer fremden Stadt am Steinstandbild eines Ritters gegenüber und sahen mich an.

«Alles klar?», fragte Ella. Ich nickte.

Ich bemerkte, dass Nadja mich beobachtete, und schlug vor, etwas zu essen. Auf dem Weg zu einer Konditorei kamen wir an einem Schmuckladen vorbei. Ella blieb vor dem Schaufenster stehen und sah in die Auslage. Ihr Blick fiel auf einen mattsilbernen Anhänger – ein etwa fünfpfennigstückgroßes Labyrinthsymbol an einer schlichten, dünnen Kette.

«Cool», sagte sie.

«95 Mark», sagte Nadja.

«Ich liebe Labyrinthe.»

«Dann zieh sie doch mal an», sagte ich.

«Quatsch.» Ella wandte sich vom Schaufenster ab. «Viel zu teuer.»

Während wir in einer kleinen, in einem Kellergeschoss liegenden Konditorei in der Nähe des riesigen mittelalterlichen Rathauses Schneemustorte in verschiedenen Geschmacksrichtungen aßen und dazu Limonade und Kakao tranken, kreisten meine Gedanken wie besessen um den Anhänger. Ich musste ihn für Ella besorgen. Da ich keine 95 Mark mehr hatte, aber mit einem Geldgeschenk seitens meines Vaters rechnete, gab es zwei Möglichkeiten: Entweder ich versuchte, den Anhänger auf Kredit zu bekommen, oder ich stahl ihn. Ich konnte natürlich nicht darauf bauen, dass man mir als Dreizehnjährigem gegen ein Pfand wie meinen Personalausweis den Anhänger auf Pump aushändigen würde. Andererseits konnte ich auch nicht sicher sein, dass mir ein Diebstahl glücken würde. Zunehmend fiebrig spielte ich alle Eventualitäten durch, verabschiedete mich dann ein zweites Mal von Ella und Nadja, ging zum Schmuckgeschäft zurück und erklärte der Verkäuferin eingedenk meiner guten Erfahrung mit dem Tabakhändler, ich wolle meiner Freundin gerne den Anhänger schenken, hätte aber erst nach Weihnachten Geld. Als Pfand könne ich meinen Personalausweis dalassen. Die elegante, kurzhaarige Frau schaute etwas verblüfft, dann lächelte sie und schien sich zu freuen, dass sie mir diesen Gefallen tun konnte. Sorgfältig verpackte sie den Anhänger für mich und sagte: «Bitte, junger Mann. Und frohe Weihnachten.»

Am frühen Abend klingelte bei den Winters das Telefon. Kurz darauf rief Inge meinen Namen.

«Dein Vater», sagte sie und reichte mir den Hörer.

«Hallo, Tilman.» Die Stimme meines Vaters schien sonderbar nah an meinem Ohr. «Ich wollte dir eine frohe Weihnachtszeit wünschen.» Ich bedankte mich, sagte schnell, mein Geschenk käme diesmal später, und versuchte dann herauszufinden, ob mein Vater mir Geld schenken würde. Er sagte aber nur: «Kein Problem. Das Geschenk für dich dürfte längst bei den Winters angekommen sein. Aber man weiß ja nie.» Dann erzählte er, dass er dieses Jahr zum ersten Mal in den Skiurlaub fahren und sich dort sicher nicht sonderlich geschickt anstellen würde. Aber er sei ja in vielem nicht sonderlich geschickt. Es entstand eine Pause, bevor ich ihm und nach kurzem Zögern auch Frau Schallmeyer ein frohes Fest und einen erholsamen Skiurlaub wünschte. Dann legten wir auf. Kurz danach vergaß ich das Gespräch und erlebte das bisher schönste Weihnachtsfest meines jungen Lebens. Es gab ein unspektakuläres, aber meinem Geschmack entgegenkommendes Essen: Würstchen mit Kartoffelsalat. Ich durfte ein Glas Bier trinken. Ella und Nadja kicherten wieder so viel, dass ich mich vergleichsweise erwachsen fühlte. Wir alle redeten ohne Scheu über alles Mögliche. Nur wenn es um die FSS ging, wog jeder von uns seine Worte genau ab, jedoch so routiniert, dass die Leichtigkeit kaum und nur für wenige Momente litt. Im Hintergrund lief der Fernseher, was für mich die Behaglichkeit steigerte. Hier musste ich mich nicht an bürgerliche Konventionen halten. Ich konnte vom Tisch aufstehen, ohne zu fragen, konnte mit offenem Mund kauend zum Fernseher gucken oder etwas Dummes sagen. Nach dem Essen räumte Inge das Geschirr ab, die Mädchen halfen ihr dabei. Herbert zündete sich eine Pfeife an und bat mich, die Geschenke unter dem Baum zu verteilen. Ich könne mich sicher besser bücken als er.

Die Bescherung verlief zur allgemeinen Zufriedenheit.

Nadja meinte zwar, dass sie die Toten Hosen eigentlich nicht ausstehen könne, die Punksongs aber cool fände. Ich bekam von ihr ein 5er-Pack BASF-Chrome-Super-II-Cassetten 90 Minuten, damit ich mal «ein paar ordentliche Mixtapes» zusammenstellen konnte. Inge und Herbert freuten sich offenbar aufrichtig über meine «hübsch verpackten» Präsente, und mir erschienen die schuhkartongroßen Proviantpakete, die Nadja und ich von ihnen bekamen, zumindest nicht peinlich. Mein Vater hatte tatsächlich einen Umschlag geschickt, in dem 150 Mark und eine, auch von Frau Schallmeyer unterschriebene Karte steckten: «Lieber Tilman, diesmal aufgrund der Umstände ein wenig originelles, aber deine Originalität sicher inspirierendes Geschenk. Dein Vater und Birgit.» Ich war zufrieden.

Ella schenkte ich zunächst nur das Tagebuch. Sie bedankte sich mit einem bedeutungsvollen Blick, und ich spürte, dass ich zumindest nichts falsch gemacht hatte. Anschließend packte ich ihr Geschenk für mich aus: ein großes, dickes Buch, auf dem das Konterfei Edgar Allan Poes prangte.

«Die erste deutschsprachige Biographie», sagte Ella, und ich umarmte sie.

«Herrschaftszeiten, was für ein Schmöker», sagte Inge ein wenig überdreht, während ihr Mann beinahe ehrfurchtsvoll murmelte: «Ihr seid doch noch halbe Kinder.»

Erst als ich mich mit Bier und etwas Punsch im Blut mit Ella in ihrem Zimmer wiederfand, gab ich ihr das andere Geschenk. Sie lachte und sagte: «Du bist genau wie ich.» Dann packte sie die Kette aus, strahlte über ihr ganzes traumschönes Gesicht und schüttelte den Kopf.

«Du spinnst», sagte sie mehrmals, bevor sie mir ein längliches, mit Schleife verziertes Geschenk in die Hand drückte. «Kann mit deinem nicht ganz mithalten», sagte sie, während ich auspackte: ein silberner Füllfederhalter, darin eingraviert fand ich meinen vollständigen Namen.

In dieser Nacht küssten wir uns wieder, und ich wagte mich mit meinen Händen unter Ellas Pyjama-Oberteil. Aber ich machte wohl irgendetwas falsch, denn sie schob meine Hände weg. Dabei konnte ich gar nicht sagen, ob ich Ellas Brüste tatsächlich hatte berühren wollen oder nur in einer Mischung aus Unsicherheit und Übereifer das getan hatte, was mir von Valerie beigebracht worden war. Ich versuchte es schließlich noch einmal anders, griff Ella zwischen die Beine und rieb hart dort, wo ich ihre Scheide vermutete. Sie schrie kurz und spitz auf.

«Lass das!», sagte sie laut. Ich fuhr zusammen und zog abrupt meine Hand weg. Ich schämte und ekelte mich, vor mir selbst, vor Ella, vor der Situation. Vielleicht hätte ich gerne gesagt, dass ich das alles so gar nicht wollte, aber ich fand keine Worte dafür. Also lag ich mit klopfendem Herzen da und spürte wieder die Schwere der Stille auf mir.

«Ist nicht schlimm», sagte Ella ein paar Augenblicke später, aber ihre Stimme klang unnatürlich. «Wir haben aber wirklich Zeit.»

Sosehr mich Valeries Brief und die seltsame Nacht mit Ella aufwühlte: Die Tage in Bremen verliefen insgesamt angenehm. Die Winters sorgten für uns, wir konnten essen und fernsehen, bekamen Kuchen mit Sprühsahne, Toffifee, Choco Crossies, Campino-Bonbons und abends auch mal ein Glas Bier. Wir konnten bis acht Uhr abends in der Stadt und bis neun im Viertel unterwegs sein. Manchmal spielten wir abends mit Inge und Herbert Rommé oder Therapy, ein seltsames Spiel, das Ella ihren Großeltern nicht ganz ohne Eigennutz geschenkt hatte. Bei dem Spiel musste man erraten, wie andere sich selbst sahen, und Wissensfragen rund um Psychotests und wissenschaftliche Studien beantworten.

Tagsüber zeigte uns Ella das aus engen Gassen bestehende Schnoorviertel, die Krypta unter dem Dom und das zwischen zwei Giebeln aufgehängte Glockenspiel in der Böttcherstraße. Sie führte uns auch zum sogenannten Himmelsaal im obersten Stockwerk eines Hotels und erwähnte zum ersten Mal ihren Vater, der ihr von den Nazis und deren Phantastereien und einem Künstler namens Bernhard Hoetger erzählt hatte. Andächtig wiederholte sie alles, was er ihr gezeigt und erklärt hatte, und ich wagte nicht, einzelne Informationen anzuzweifeln, auch wenn sie mir unglaubwürdig vorkamen.

Zweimal fuhren wir Schlitten im Bürgerpark und lernten dabei andere Jugendliche kennen. Dreimal saßen wir im Café Litfass und fühlten uns erwachsen mit unseren Kaffeebechern und Gesprächen. Am Silvesterabend sahen wir dämliche Sendungen im Fernsehen, spielten wieder Therapy, gossen Blei, stießen um Mitternacht mit Sekt an und ließen mit einem kindlich begeisterten Herbert Raketen in den Nachthimmel steigen. Auch in dieser Nacht ging es zwischen Ella und mir nicht übers Küssen hinaus. Ich fühlte mich ein wenig angestrengt, fast aggressiv, und fragte mich zum ersten Mal, ob mit mir oder mit Ella etwas nicht stimmte oder ob wir sogar beide ein Problem hatten.

In der letzten Nacht vor unserer Abreise an die Ostsee hätte ich mit Ella gerne darüber gesprochen. So schnell würden wir nicht wieder ungestört in einem Bett liegen. Aber als ich das Thema gerade zur Sprache bringen wollte, fragte sie: «Vermisst du die FSS?»

«Keine Ahnung», sagte ich. «Du?»

«Kein Stück.»

«Warum fragst du dann?»

Ella drehte sich mir zu und sah mich an: «Weil ich mich frage, was wir da eigentlich machen.»

Ich fühlte Ärger in mir aufsteigen.

«Lass uns nicht über die Schule reden», sagte ich. «Jetzt sind Ferien.»

«Es geht doch gar nicht um die Schule», sagte Ella, und ihre Stimme klang gereizt.

«Um was denn dann?» Ich versuchte, halb gelangweilt, halb abfällig zu klingen, damit Ella von selbst das Thema fallenließ. Stattdessen drehte sie sich wieder auf den Rücken und sah an die Decke. «Ich frage mich, ob ich nicht genauso bekloppt bin wie meine Eltern.»

«Was?»

«Ich habe dir doch von diesem Kaff bei Berlin erzählt», sagte Ella. «Wo die den ganzen Tag beten, kuscheln, die Bibel lesen, was weiß ich.»

«Kuscheln?»

«Sie nennen es ‹Raufen›. Ich war einmal da, da wollte mich gleich so ein Typ befummeln, zur Begrüßung. Und ein anderer meinte, ich sei keine echte Christin, da solle er das mal lieber lassen. Meine Eltern wünschen sich, dass ich auch eine von denen werde, aber freiwillig. Sie beten für mich. Scheint nichts zu nutzen.»

Ich lachte. «Was für Freaks», sagte ich und merkte sofort, dass ich besser den Mund gehalten hätte. «Egal», sagte ich in die Stille.

Ella drehte sich plötzlich in meine Richtung. «Du merkst es nicht, oder?»

«Was?»

«Schon gut», sagte Ella. Dann schwieg sie. Die Luft zwischen uns und der Zimmerdecke reicherte sich mit nicht gesagten Wörtern an, wurde schwerer und abgestandener, bis sie als spürbares Gewicht auf meinem Brustkorb lastete. Ich sagte aufs Geratewohl und so ruhig wie möglich: «Ja klar sind die Wielands schräg drauf. Aber ich habe noch nie so viel gelernt wie da.» Ich machte eine Pause. Als Ella mich bloß stumm ansah, fuhr ich fort: «Durch die werde ich zu jemandem. Halt nicht bloß so ’n Allerweltstyp.» Ich rechnete damit, dass Ella mir zustimmen würde, schließlich gehörten wir zur gleichen außergewöhnlichen Familie, eine bessere gab es nicht.

«Und wenn du das bereust?», fragte sie ruhig. «Wenn es dich zu jemandem macht, der du gar nicht sein willst?»

«Das sind nur deine Ängste», sagte ich.

«Und sind Ängste immer falsch?»

«Man muss sie überwinden.»

«Sagt wer?»

Ich stöhnte, dann sagte ich aggressiver als beabsichtigt: «Soll ich bei deinen Großeltern einziehen, oder was?»

«Warum nicht?»

«Das», sagte ich betont, «*das* würde mich zu jemandem machen, der ich nicht sein will.»

«Warum denn?», fragte Ella.

«Weil die langweilig und spießig sind. Und dumm. Hier steht ja kaum ein Buch. Ich kann nicht monatelang Fernsehen gucken und Leberwurstbrote essen. Davon werde ich blöd im Kopf.»

«Okay», sagte Ella.

«Du veränderst dich hier schon nach einer Woche», setzte ich noch einmal an. «Die sehen in uns halbe Kinder, und du wirst dann auch so. Du grinst und kicherst wie ein kleines Mädchen, und wenn wir alleine sind ...»

«Okay», sagte Ella noch einmal.

«Oh Mann, wie mich dieses ganze Mittelmaß ankotzt», sagte ich laut.

«Okay», sagte Ella.

«Okay, okay, okay», äffte ich sie nach. Danach sprachen wir nicht mehr über die Wielands.

VIERZEHNTES KAPITEL

Wir wollen Frieden und ziehen in den Krieg. Wir suchen Liebe und betrügen unsere Liebsten. Wir sehnen uns nach Zufriedenheit und akzeptieren nicht, wer wir sind: Tiere mit der Phantasie von Göttern. Satt vom Mangel verhungern wir in der Fülle.

Natürlich muss mein Verhalten als fragwürdig bezeichnet werden. Natürlich ist es erklärungsbedürftig, dass ich nicht bleiben wollte, wo es mir gutging, wo man mir freundlich begegnete. Aber es ist sinnlos, Entscheidungen zu bereuen. Es zeugt von Schwäche, sich als Opfer und nicht als bewusst Handelnder zu betrachten.

Ich gebe zu, dass mich ein Wille lenkte, den ich bis heute bejahe oder zumindest verstehe. Ich wollte mich nicht möglichst wohl fühlen. Ich wollte unter Menschen sein, deren

Gegenwart mich verwandelte. Der ängstliche Junge aus Rodenkirchen – bei den Wielands war daraus innerhalb weniger Monate ein selbstbewusster, kämpferischer junger Mann geworden. Hätte ich vor meiner Zeit bei Valerie, Salvador und den anderen in einem Schmuckladen nach einer Kette gefragt, ohne Geld in der Tasche zu haben? Wäre es vorher denkbar gewesen, dass ich mit Ella Winter ging, dass ich boxte, dass ich in eine Prügelei geriet und keine Angst hatte?

Hätte ich in Bremen auf Ella gehört, hätte ich die Grundlagen unserer Beziehung verraten. Ich hätte nicht nur die wichtigsten Lehrmeister meines Lebens verloren, sondern am Ende auch Ella, denn bei den Großeltern wäre ich bald nicht mehr der Tilman gewesen, dem sie ihre Gedanken und ihr Herz öffnete. Ich wollte lernen, nicht selbstvergessen und zufrieden sein.

So klar sah ich das damals nicht. Aber ich musste auch nichts erklären. Ella ließ das Thema auf sich beruhen, und ich ging davon aus, sie von meiner Sicht überzeugt zu haben.

Nach unserer Rückkehr an die FSS war ich trotz der winterlichen Stille an diesem abgeschiedenen Ort rasch wieder in dem engen Takt, in dem die Tage verliefen: Unterricht, Hausaufgaben, einen Brief an Ella schreiben, Unterweisungen der Wielands, Boxtraining mit Ronny, Sex mit Valerie, Abendessen mit allen.

Abgelenkt wurde ich außerdem durch wachsende Spannungen in unserer Familie, die sich gleich beim ersten gemeinsamen Abendessen nach den Ferien zeigten: Wir saßen vollzählig in der Wohnküche. Der Rehbockschädel starrte sinnlos über uns hinweg. Ich hatte mich gefreut und zugleich davor gefürchtet, die anderen wiederzusehen. Umso mehr spürte ich nun die atmosphärischen Veränderungen. Salvador kam mir alt und ernst vor. Er schien kaum anwesend, auch Valerie wirkte ein wenig zurückgenommen, dabei aber eher wachsam als ausgelaugt. Luna und Simona saßen nicht nebeneinander wie sonst, sondern schräg versetzt auf der je anderen Seite des Tisches, Luna zwischen Luis und Ronny, Simona zwischen Salvador und Nadja.

Yukio hatte gekocht: zwei große Töpfe voll Spaghetti und einen Topf mit Bolognese. Als er das Essen auf den Tisch stellte, wirkte er – wie gewohnt – mit sich und der Welt im Reinen. «Lasst es euch schmecken», sagte er in die Stille hinein und grinste mich an. Das Teller- und Besteckgeklapper ohne begleitendes Gespräch zerrte an meinen Nerven, und ich war dankbar, als Yukio fragte: «Na, wie waren eure Weihnachtsferien? Dass unsere etwas eigen waren, merkt ihr ja.» Weil mir Ella einen Blick zuwarf, antwortete ich zuerst.

«Langweilig», sagte ich. «Mein Vater, seine Neue und ich.»

«Das nächste Mal kommst du einfach mit uns», sagte Valerie freundlich. Ich sah vorsichtig zu Salvador herüber, aber er beachtete mich nicht.

«Hmm», machte ich nur.

«Es war gar nicht so eigen, wie Yukio behauptet», sagte Valerie und sah mich an. «Das Wetter war bloß ein bisschen scheiße.»

«Hallo?», meldete sich Luna genervt. «Das waren die fucking Simona-Vuković-Spezialferien.»

«Ach komm, Luna», sagte Valerie. «Nur weil du mal nicht rund um die Uhr im Mittelpunkt stehen konntest.»

«Wie bitte?» Luna war lauter geworden. «Salvador, sag ihr, dass sie Scheiße labert!»

Salvador sah nicht von seinem Teller auf und sprach ungewöhnlich gedämpft: «Ich höre nicht so gerne das Wort Scheiße, wenn ich 'ne Bolognese auf dem Teller habe.»

Yukio und Ronny lachten, aber Luna wurde nun erst richtig wütend: «Ey fuck, die hat eben auch ‹Scheiße› gesagt, und da war es voll okay. Spinnst du jetzt total, oder was?»

«Jetzt flipp mal nicht aus», sagte Salvador halb defensiv, halb gereizt.

«Ich flippe aus? Ich?» Luna beugte den Oberkörper aggressiv in Salvadors Richtung.

«Na», sagte Simona, «ich laber nicht ständig von irgendwelchen früheren Leben, in denen ich zufälligerweise immer etwas total Besonderes gewesen bin.»

«Nee», sagte Luna, «du laberst lieber vom Krieg und wie hart das alles war und von deinem Onkel, der dich fingert und sein Ding in dich reinsteckt, und keinen interessiert es.»

«Schluss», sagte Salvador laut. «Ich bekomme Kopfschmerzen. Ihr hört jetzt beide mit dem Theater auf.»

Kurz blieb es still. Wir kauten betreten auf unseren Nudeln herum. Nur Luna saß da und stierte wütend vor sich hin. Simona tupfte sich den Mund mit der Serviette ab und sagte in ruhigem Tonfall: «Das muss ja echt mieses Karma sein, wenn man erst eine Prinzessin ist, dann im nächsten Leben eine Magierin, dann irgendwann eine reiche Händlerwitwe und am Ende eine mäßig begabte Hobbyschauspielerin, die's im Bett nicht bringt. Was für ein Absturz.»

«Ey», sagte Ronny in unbeholfener Ritterlichkeit, «jetzt halt mal die Fresse.» Allerdings kam sein Schlichtungsversuch spät. Luna sprang von ihrem Stuhl auf, blieb kurz im Raum stehen, als überlege sie sich, Simona anzugreifen. Dann sagte sie nur laut:

«Wenigstens bin ich keine Nutte, die nur Geld im Kopf hat.»

«Du hast gar nichts im Kopf», sagte Simona und lächelte Salvador an. Er senkte den Blick, in den sich aber für einen kurzen Moment ein Leuchten geschlichen hatte. Luna sah es und erstarrte.

«Fickt euch doch alle», rief sie und stürmte aus dem Raum.

«Super», sagte Ronny. Simona lächelte nur. Mit ihren Augen stimmte etwas nicht.

Spät am Abend desselben Tages hörte ich Schreien und Poltern aus dem Zimmer von Luna und Simona. Dann wurde die Tür zu dem Raum aufgerissen, in dem ich mit Luis lag und nicht schlafen konnte. Luna kam herein, stellte sich vor mein Bett und sagte außer sich vor Wut: «Zieh du zu der durchgeknallten Fotze. Ich bleib bei meinem Bruder.»

Hinter ihr tauchte Simona im Türrahmen auf. «Reg dich ab, Süße. Ich geh eh nach unten.»

«Das tust du nicht», schrie Luna.

«Und wer will mich davon abhalten?», fragte Simona wie eine Schauspielerin in einem Film. «Du etwa?»

«Ich mach dich fertig.»

Simona lachte auf, ging zurück in ihr Zimmer und räumte dort herum.

«Lass sie», sagte Luis, als Luna ihr hinterherlaufen wollte. «Lass sie jetzt einfach mal.»

Wider Erwarten hörte Luna auf ihren Bruder, blieb noch eine Weile da, um uns in verschiedenen Varianten immer wieder das Gleiche zu erzählen – Simona ist ein Miststück, eine Wahnsinnige, die glaubt, sich alles rausnehmen zu können –, und ging dann zurück ins Nebenzimmer. Dort schlief sie in den folgenden Nächten allein, ganz so wie in der Zeit, bevor Simona zu uns an die FSS gekommen war.

Einen Tag nach dem ungemütlichen Abendessen sprach mich Nadja im Unterricht an, als die anderen bereits das Klassenzimmer verlassen hatten.

«Ella geht es nicht gut», sagte sie. «Du solltest mir ihr reden.» Ich nickte.

«Und sei lieb zu ihr, hörst du?» Nadjas Augen funkelten, als sie das sagte.

Ich nutzte die nächste Gelegenheit, um mich heimlich mit Ella für diese Nacht in der Scheune zu verabreden, und wartete den Rest des Tages nervös darauf, dass ich mich endlich aus dem Zimmer schleichen konnte, in dem Luis vielleicht schlief, vielleicht aber auch nicht.

Die Nacht war kalt und windig, und das Schulgelände wirkte wie erfroren, als ich den kurzen Weg aus dem Wielandhaus zum Refugium zurücklegte. Ella, die den Schlüssel von Ronny organisiert hatte, stand mit Schal und Mütze in der Dunkelheit des hohen Raumes, das Gesicht angeleuchtet von der Flamme des Pelletofens, den sie bereits befeuert hatte. «Alles klar?», flüsterte sie.

«Alles klar», sagte ich.

«Komm zum Ofen, es ist schweinekalt.»

Ich stellte mich dicht neben sie und streckte meine Hände aus. Kurz überlegte ich, ob ich sie zur Begrüßung küssen sollte, aber es passte nicht.

«Luis hat mir gesagt, dass die Ferien grauenhaft waren», begann sie ohne Umschweife. Dann erzählte sie von einem Einbruch in ein Bestattungsunternehmen, den Simona angeleiert hatte. Am Ende hätten sogar Luna und Ronny es mit der Angst bekommen, als Simona Särge geöffnet und Leichen aufgerichtet und dabei irre gelacht habe. Allerdings stamme die Geschichte von Luna, der man womöglich nicht alles glauben könne. Aber sie habe schon recht: Auch Luis und Ronny meinten, dass sich Salvador zum Trottel mache, indem er Simona alle möglichen Wünsche erfülle und auch ganz offensichtlich Geld zustecke. Ihre Eltern zahlten ja auch nichts für ihren Aufenthalt an der FSS, stattdessen werde sie wegen angeblich besonderer Begabung als Stipendiatin durchgefüttert.

«Mir ist dieses ganze Geldthema eigentlich egal», sagte Ella. «Aber meine Großeltern können sich das hier kaum leisten. Von meinen Eltern kommt nämlich gar nix, verstehst du?»

Ich nickte. Auch mir war das ganze Geldthema egal. Ich wusste noch nicht einmal, wie viel mein Vater für die FSS bezahlte. Ella öffnete die Klappe des Ofens und stocherte mit einem Stab darin herum. «Gefällt es dir hier wirklich so gut?»

Ich verstand ihre Frage nicht. Wie konnte sie etwas so Offensichtliches von mir wissen wollen? Hatten wir nicht ausführlich darüber gesprochen?

«Und dir?», fragte ich, anstatt zu antworten, «dir gefällt es doch auch.»

«Immer weniger», sagte sie.

«Aber warum?»

«Es wird gar nicht besser. Nichts wird besser. Schau dir mal Luis an oder Luna. Oder jetzt Simona.»

«Simona ist ein Problem», sagte ich mit einer Ernsthaftigkeit, die ich mir selbst nicht ganz abkaufte. «Seit sie bei uns ist ...» Ich wusste nicht, wie ich den Satz zu Ende bringen sollte.

«Sie holt doch nur ans Licht, was hier eh nicht stimmt. Ich kann gar nicht darüber reden, so ekelhaft ist das alles.»

«Ja», sagte ich schnell, «aber das ist doch nur so nebenher. Wir lernen doch so viel. Das kriegt man eben nicht geschenkt.»

Ella wandte ihren Blick von den Flammen ab und sah mich an. Ruhig, unverwandt und forschend.

«Ich habe Angst», sagte sie.

«Brauchst du nicht.»

«Ich habe Angst», wiederholte sie entschlossen, «dass du auch wahnsinnig wirst.»

«Was meinst du damit?»

«Hast du gehört, was Simona getan haben soll?»

«Die tut dauernd irgendwas. Ich komm da nicht mehr mit.»

«Sie hat Frank Gabriel einen Zettel gegeben, auf dem *Solve et coagula* stand. Sie hat nichts weiter dazu gesagt und auch keine Fragen beantwortet. Aber Gabriel hat es den anderen Lehrern erzählt.»

«Und?» Ich hatte den Eindruck, nichts mehr zu verstehen.

«Sie droht denen. Kapierst du das nicht?»

«Denen? Du meinst uns?»

Ella hielt die Hände über den Ofen und sah auf die Flamme, die sich hinter einer beschlagenen Scheibe wie eine Tänzerin bewegte. «Vielleicht kommt bald alles ans Licht», sagte sie dann, «Und vielleicht ist das besser so.»

Die nächsten Wochen verliefen in gespenstisch ruhigen Bahnen. Ich lebte in einer ständigen angespannten Erwartung, die sich vor allem deshalb ins Unerträgliche steigerte, weil Salvador mich weitgehend ignorierte. Er richtete kaum ein Wort an mich, lächelte mich nicht an und legte mir nicht die Hand auf den Kopf. Er fragte nie, ob ich mit ihm ins Fotolabor wolle, und er machte auch keine Anspielung, keinen einzigen Spaß, bei dem ich fühlte, dass er ihn extra für mich machte. Ich hatte mich von einem Liebling in einen x-beliebigen Schüler verwandelt. Und wenn ich Salvador auf dem Schulhof andere Jugendliche lustig grüßen sah, verschmolzen in mir Schmerz und Groll zu einem dicken Klumpen. Seine plötzlich erloschene Aufmerksamkeit erlebte ich als etwas Physikalisches: eine Kraft, die auf meinen Körper einwirkte, die mich zu Salvador hinzog und mich zugleich erstarren ließ vor Furcht, er könne mich dann erst recht abweisen. Halbherzig versuchte ich, mir sein Verhalten damit zu erklären, dass Simona ihn gerade so vereinnahmte und er deshalb nun keine Reserven für mich hatte. Dennoch nagte weiterhin die Angst an mir, etwas falsch gemacht zu haben. Ich hatte mich nicht als würdig erwiesen, und Salvador gab mir nun Gelegenheit, selbst darauf zu kommen.

Valerie zeigte sich mir gegenüber weiterhin freundlich und zugewandt. Sie schenkte mir Bücher oder Wein und lud mich zu Ausflügen ins Ferienhaus ein. Als ich eines Nachmittags in ihrem Bett lag, sprach sie mit mir über eine Geschichte von Poe, die ich in diesen Tagen gelesen hatte und die mich beschäftigte. Eigentlich war «Der Geist des Bösen» keine richtige Geschichte, sondern eher ein Aufsatz. Ich verstand nicht jedes Wort, was den Reiz nur erhöhte. Es gab mir das Gefühl, durch die Lektüre an besonderem Wissen teilzuhaben, zu dem ich mich strecken, für das ich erst innerlich wachsen musste. Poe führt in dem Text eigenwillige Beispiele auf, um einen bestimmten inneren Drang darzustellen: den Antrieb, ein Gegenüber mit langweiligen Ausschweifungen zu quälen, das zwanghafte Aufschieben einer wichtigen Aufgabe und den Wunsch, sich einen Abgrund hinunterzustürzen, einfach nur, weil von der Tiefe plötzlich ein Sog auszugehen scheint. Schließlich beschreibt Poe einen Mord und die Selbstanklage des Mörders.

Ich fragte Valerie, was sie von diesem Drang hielt, das offenbar Falsche zu tun.

«Ich würde es einen evolutionären Vorteil nennen», sagte sie.

«Was hat es denn für einen Vorteil, wenn man sich einen Abhang hinunterstürzt?»

Sie lachte ihr kehliges Lachen. «Stimmt, das ist eher scheiße. Dann bist du raus. Aber der Rest weiß dann wenigstens, dass man nicht fliegen kann.» Sie lachte noch einmal, bevor sie hinzufügte, der Evolution sei doch der Einzelne egal, aber der Drang, zu tun, was als verboten, gefährlich oder falsch erscheint, könne neue Wege aufzeigen. «Unsere Vorfahren mussten ja alles Mögliche ausprobieren», erklärte sie gut gelaunt. «Und das sollten wir auch, wenn wir nicht ewig das Gleiche wiederholen wollen.»

«Was mussten unsere Vorfahren ausprobieren?», fragte ich.

«Was essbar ist und was nicht, ob die Götter wirklich strafen, wenn man ihre angeblichen Gebote übertritt, und ob der Hohepriester vielleicht nur Blödsinn redet.» Sie lachte wieder. «Ist so eine Faustregel: Was die Menschen böse nennen, ist meistens einfach nur eine starke Energie, ein Drang nach Freiheit.»

«Der Typ in der Geschichte von Poe wirkt aber gar nicht frei, sondern irgendwie krank.»

«Kann sein», sagte Valerie. «Aber was genau ist denn das Kranke? Dass er jemanden umbringt oder dass er sich nach Jahren selbst anzeigt? Das eine ist ja angeblich böse und das andere angeblich gut. Aber mit dem angeblich Guten vernichtet er sich selbst, und mit dem angeblich

Bösen hat er sich jede Menge Geld und ein gutes Leben verschafft.»

«Nicht so einfach», sagte ich und nickte versonnen.

«Nicht so einfach», wiederholte Valerie. Ich überlegte, ob ich Salvadors ablehnendes Verhalten ansprechen sollte, als Valerie von sich aus auf Salvador zu sprechen kam, wenn auch nur indirekt: «Die Welt hat ein wildes Herz, Baby. Ich weiß, dass wir gerade durch eine irre Zeit gehen. Ich kenne das schon. Bedeutende Menschen haben oft große Eigenheiten. Wenn du einen sehr hohen Turm bauen willst, brauchst du ein tiefes Fundament, verstehst du?»

Ich tat so, als ob ich nachdächte, dann schüttelte ich den Kopf.

«Du kennst doch die Redensart: Wo viel Licht ist, ist auch viel Schatten. Ich glaube, das eine bedingt das andere. Poe zum Beispiel hat als erwachsener Mann seine dreizehnjährige Cousine geheiratet, Drogen genommen und sich in Rachegedanken gesuhlt. Du kannst dir nicht nur das Tolle rausnehmen und den Rest ablehnen, das gehörte alles zu ihm, das ergibt erst zusammen seine Einzigartigkeit. Besondere Menschen haben eben besonders scharfe Konturen. Verstehst du?»

«Ja», sagte ich und fühlte mich durch die Worte getröstet.

Am darauffolgenden Nachmittag, als ich bleich und verloren über den Schulhof ging, kam mir Salvador entgegen und fragte ernst, ob ich mit ihm ins Fotolabor wolle. Mein Herz sprang wie ein Rehbock, den man aus einem Käfig befreit. Auf dem Weg in den Keller fragte mich Salvador nach meinen Weihnachtsferien, und ich log ein paar belanglose Sätze über die Zeit mit meinem Vater und Frau Schallmeyer zusammen. Salvador nickte und fragte genauer nach: ob ich mich gelangweilt hätte, ob ich lieber auch in Schottland oder ganz woanders gewesen wäre, was ich Silvester gemacht, ob ich an unsere Familie gedacht hätte.

Als wir das Labor erreicht hatten, schob er mich hinein und schloss die Tür hinter uns. Dann sagte er mit einer Stimme, die ich noch nie bei ihm gehört hatte: «Warum lügst du mich an?»

Ich erstarrte zu Eis.

«Hältst du mich für doof? Hältst du dich für schlauer?»

«Nein», brachte ich leise hervor.

«Du weißt, dass du dir damit nur selbst schadest, oder?»

«Ja.»

«Warum glaubst du, dass du dich verstecken musst?»

«Weiß nicht», sagte ich und begann zu weinen.

«Warum meinst du, dass du uns nicht vertrauen kannst?», fragte er weiter. Ich schüttelte den Kopf, und die Tränen liefen mir übers Gesicht.

«Hat je einer so gut für dich gesorgt?»

Ich schüttelte den Kopf.

«Bist du ein Schwächling?»

Ich schüttelte wieder den Kopf.

«Gut», sagte Salvador und legte mir eine Hand auf die Schulter. «Mach dich selbst nicht verrückt, okay?»

Ich nickte, dankbar, dass Salvador mich verstand. Er legte mir seine andere Hand auf die andere Schulter und drückte mich sanft nach unten. Ich ging auf die Knie und öffnete eifrig seine Hose, aus der mir sein halberrichtetes Glied entgegenkam. Ich wollte es gehorsam in den Mund nehmen, ich wollte es gut machen, aber Salvador hielt mich zurück.

«Ist gut, Tilman», sagte er, schob mich weg und zog den Reißverschluss wieder hoch. «Lass uns heute lieber sehen, ob du mit deinem Verständnis der Fotografie weiterkommst.»

Ich wischte mir die Tränen ab und stand auf.

Eine Nacht vor Frühlingsbeginn träumte ich, dass ich zur Mittagszeit mit den anderen im vollbesetzten Speisesaal saß. Sonnenlicht fiel auf die Tische und Gesichter. Als uns gerade niemand beobachtete, lächelte mich Ella von der anderen Seite des Tisches an. Plötzlich ertönte ein Fiepen, dann sagte eine Stimme durch den Lautsprecher: «Ellapopella und Tilman machen heimlich miteinander rum. Es klappt nur leider nicht so ganz.» Alle drehten sich zu mir und Ella um.

Ich schrak hoch. Mein Herz schlug stark in der Dunkelheit des Zimmers. Ich versuchte mich zu erinnern, wem die Stimme aus dem Lautsprecher gehört hatte. Eben hatte ich es noch gewusst, jetzt konnte ich nicht einmal sagen, ob sie alt oder jung, männlich oder weiblich geklungen hatte.

Am Samstag, den 20.3.1993 begann laut Kalender der Frühling. Für den Abend hatte Salvador eine besondere, von allen mit Spannung erwartete Zusammenkunft im Keller unseres Hauses anberaumt. In den letzten Wochen hatte er viel Zeit darauf verwandt, uns wegen Simona zu beruhigen. Wieder und wieder hatte er gesagt, alles werde ins Lot kommen. Er bereite ein Ritual für unsere Gemeinschaft vor. Danach werde sie stärker sein als je zuvor.

Es gab kein Abendessen. Wir stiegen um sechs schweigend die Treppe in den Keller hinab und hockten uns auf die Matten. Salvador saß im Schneidersitz auf seiner, eingerahmt von Simona und Luna. Ich saß ihm auf der anderen Seite des Raumes direkt gegenüber, es fühlte sich an wie eine Auszeichnung. Luis flankierte mich auf der rechten und Ella auf der linken Seite. Von beiden strahlte eine Unruhe aus, die auf mich abfärbte. Die wachsende Spannung im gesamten Raum verstärkte den schweißigen Geruch der Matten in meiner Nase und beschwor die Gefühle des Traumes wieder in mir herauf.

«Schön, dass ihr alle gekommen seid», sagte Salvador. Simona grinste und wollte etwas sagen, bremste sich dann aber.

«Ich weiß, dass es in den letzten Wochen bei uns nicht so geil gewesen ist, und das ist gut», fuhr unser Familienoberhaupt fort. «Von Zeit zu Zeit sammeln sich in jeder Gemeinschaft Konflikte an, und wenn das erträgliche Maß überschritten ist, dann kann man nicht länger wegsehen, dann muss man sich den Konflikten stellen. Bevor wir alles, wirklich alles aufarbeiten – ist hier jemand, der das nicht will?» Salvador sah jedem von uns ins Gesicht. «Ich meine: Ist hier jemand, der lieber in eine andere Familie oder an eine andere Schule möchte? Der soll nun bitte gehen und sich das Aufarbeiten von Konflikten sparen, die ihn nicht mehr betreffen.»

Obwohl ich wusste, dass es keinesfalls so gemeint sein musste, bezog ich jedes Wort von Salvador auf mich. Ich kam jedoch gar nicht dazu, mich zu fragen, was ich wollte. Viel zu sehr beschäftigte mich die Sorge, Ella könne plötzlich aufstehen und gehen.

«Ob es klappt, kann ich nicht sagen, aber ich will jetzt wissen, ob ihr bereit seid, es zu versuchen.» Salvador sah sich wieder in der Runde um. Luna nickte als Erste, Simona als Letzte. Ella bewegte weder ihren Kopf, noch stand sie auf und ging. Keiner von uns ging. Salvador begann wieder einmal von Schamanen zu reden. Werde einer in der Sippe krank, gehe der Schamane von Hütte zu Hütte, von Zelt zu Zelt und frage nach Problemen, Konflikten, ungelösten Streitigkeiten. Die Gruppenseele sei immer nur so gesund wie die Seele des Einzelnen. Dann forderte er uns auf, uns auszuziehen.

«Keine Scheu», sagte er. «Niemand von uns hat etwas zu verbergen. Legt euch hin, entspannt euch.»

Ich legte mich hin. Ella berührte meinen Unterarm mit ihrem Handrücken – kurz und als sei es eine Frage.

«Ich weiß, dass viele von euch irritiert sind», sagte Salvador. «Ihr seid genervt, weil es viel Streit gibt, weil ich viel Zeit mit Simona verbringe, weil ich ihr Geld gegeben und Wünsche erfüllt habe und mir scheinbar auf der Nase herumtanzen lasse. Ich kann gut verstehen, wenn ihr wütend seid. Ihr müsst aber wissen: Ich denke mir bei alldem etwas. Ich kümmere mich um jeden Neuen so, wie es am besten ist. Ich habe mich um jeden von euch gekümmert, und ich werde mich auch wieder um jeden von euch kümmern. Keiner wird auf lange Sicht bevorzugt, und keiner wird vernachlässigt. Gerade deshalb behandele ich euch nicht gleich. Jede und jeder von euch ist etwas Besonderes. Und aus jedem von euch wird ein bedeutender Mensch werden, wenn ihr euch nicht selbst im Weg steht, sondern eurem wahren Willen folgt.»

«Amen», hörte ich Simonas Stimme und hielt die Luft an.

«Simona», sagte Salvador ruhig. «Du bist frei. Du kannst dich gegen uns stellen. Du kannst versuchen, uns zu erpressen. Du kannst unsere Gemeinschaft verraten. Wenn du das wirklich willst: Tu es.» Er machte eine Pause. «Und lebe mit den Konsequenzen.»

«Soll ich jetzt Angst haben, großer Meister mit dem kleinen, frechen Schwanz?» Simonas Stimme klang anders als sonst. Es kam mir vor, als spreche nicht sie selbst, sondern etwas aus ihr heraus. Eine Gänsehaut bildete sich auf meinen Unterarmen.

«Valerie gibt jetzt jedem von euch eine tolle Tablette», hörte ich die Stimme unseres Familienoberhauptes, als schwebe sie über mir durch den Raum. «Die wird euer Bewusstsein erweitern. Fortgeschrittene brauchen solche Pillen nicht, sie können diesen Zustand selbst erzeugen. Für uns hier und heute sind die Drogen aber eine große Hilfe.»

Wir richteten uns auf. Ich spürte, dass Ella mich ansehen wollte, es aber nicht tat, so wie ich sie ansehen wollte, aber meinen Kopf gerade weit genug in ihre Richtung wandte, um zu erkennen, dass sie mich nicht ansah.

Valerie kniete sich lächelnd vor mich hin. Ihre vollen Brüste schwappten ganz in der Nähe meines Gesichtes.

«Hier», sagte sie. «Du kennst sie ja schon.» Mit diesen Worten legte sie mir die kleine, weiße Tablette in den Mund.

«Der Leib Christi», hörte ich Simona sagen, die die Droge aus der Hand von Salvador empfing.

«Das kann jetzt 15 oder 20 Minuten oder etwas länger dauern», sagte Salvador, als leite er ein wissenschaftliches Experiment. Ich entspannte mich ein wenig. Alles würde sich jetzt von alleine ergeben. Ich musste einfach nur folgen.

«Gemeinschaften scheitern immer aus dem gleichen Grund», sagte Salvador ruhig. «Einzelne wollen mehr für sich. Wenn nur für einen Einzigen der Egoismus wichtiger ist als die Gemeinschaft, bildet sich ein Riss. Und dieser Riss wird schnell größer. Besonders gefährlich sind dabei nicht aufmüpfige Menschen, die die Stärke der Führung und den Zusammenhalt der Gruppe testen, weil sie nicht vertrauen können, so wie du, Simona. Besonders gefährlich ist das, was unter dem Deckmantel der Liebe daherkommt.» Salvador machte eine Pause. Ich öffnete die Augen. Die Decke über mir schimmerte im diffus rötlichen Licht, das aus dem Deckenstrahler quoll.

«Ihr wisst, wovon ich spreche», fuhr Salvador fort. «Ein Mensch will einen anderen nur für sich haben. Will der andere das auch, sondern die beiden sich ab. Will der andere das nicht, kommt es zu Eifersucht, Liebeskummer, Neid, Missgunst und anderen blockierenden Gefühlen.» Dann sprach er ausführlich von König Artus und den Rittern der Tafelrunde. Sie hätten eine ideale Gemeinschaft gebildet, solange sich alle als Gleiche unter Gleichen begriffen und keiner dem anderen etwas geneidet hätte. Dann aber habe ein Ritter die Frau des Königs nur für sich gewollt, und der König habe seine Frau als seinen Besitz betrachtet. Wieder hielt Salvador inne. Ich empfand die Stille als schwer erträglich, hoffte aber gleichzeitig, dass er nicht weitersprechen würde, zumindest nicht über dieses Thema.

«Auch in unserer Gemeinschaft breitet sich dieses alte Gift aus», sagte er. «Luis träumt davon, Ella nur für sich zu haben, aber Ella träumt von Tilman und Tilman von Ella, und beide überlegen, ob ihre Liebe nicht größer ist als diese Gemeinschaft hier. Luna glaubt, sie wäre meine Auserwählte, und wird fuchsteufelswild, wenn sie feststellt, dass das nicht stimmt.» Salvador sprach so ruhig und sicher, dass man hätte meinen können, alles sei gut. Dabei fühlte ich mich nicht nur nackt, sondern so, als stülpe mich Salvador mit seinen Worten von innen nach außen. Meine rohen Eingeweide lagen offen zutage, für jeden sichtbar, verletzbar durch den kleinsten Windhauch.

«Ich weiß, dass nicht jeder hier versteht, warum ich all das sage. Aber wenn ihr einmal wirklich vorurteilsfrei auf die Sache seht, ahnt ihr bestimmt: Die besitzergreifende Liebe sorgt seit Jahrtausenden für viel mehr Qual als Freude. Sie ist eine Sucht, ein Glücksspiel. Die Menschen spielen es wieder und wieder, und es gibt fast nur Verlierer. Und warum das Ganze?»

In mir wirbelten die Gedanken. Ich wusste nicht, ob ich meinen Gefühlen für Ella trauen konnte. Ich wusste noch nicht einmal, wem ich eher glauben wollte, ganz unabhängig davon, was die Wahrheit war. Vielleicht gab es ja auch keine.

«Entspannt euch», sagte er. «Achtet auf euren Atem, oder denkt an was Schönes. Aber nicht an etwas, das ihr nur für euch alleine haben wollt.»

Ronny lachte. Auch Yukio kicherte und sagte halblaut: «Schade.» Nun sah ich doch zu Ella hinüber, aber sie schien völlig in sich und ihre Gedanken versunken.

«Valerie verbindet jetzt ein paar von euch die Augen», sagte Salvador. «Ich mache ein bisschen Musik an und weise dann jedem Blinden einen Sehenden zu. Ganz leise. Der Sehende küsst und streichelt den Blinden ganz nach Belieben. Lasst es einfach zu. Macht euch locker. Baut eure kleingeistigen Hemmungen ab.»

Mein Herz schlug schneller. Ich hoffte, dass ich zu den Blinden gehören würde und für alles Folgende keine Verantwortung tragen musste. Und ich hatte Glück. Valerie verband mir die Augen, und dann saß ich da. Anhand von Geräuschen versuchte ich herauszufinden, wer sich mir schließlich näherte, meinen Arm streichelte, meine Lippen mit seinen Lippen berührte und schließlich mein aufsteigendes Glied erst sanft, dann zupackender berührte. Ich stellte mir vor, dass es sich um Ella handelte, dann dachte ich an Nadja, an

Luna, schließlich an Valerie und wieder an Ella. Ich ließ es zu, dass mir eine Zunge in den Mund geschoben wurde. Ich bewegte mich, um mit dem Arm gegen den Brustkorb meines Gegenübers zu kommen und sicherzustellen, dass es sich nicht um einen Jungen handelte.

«Nicht bewegen, bitte!», hörte ich Salvador ganz in meiner Nähe sagen, aber ich hatte schon etwas Weiches berührt, das nur eine Brust sein konnte.

«Ihr Blinden», rief Salvador theatralisch in die etwas kitschige Entspannungsmusik hinein. «Versucht, nicht zu kommen. Und ihr Sehenden, verhindert, dass eure Partner kommen.»

Ich kam tatsächlich nicht, obwohl mich die Berührungen zunehmend erregten. Es war nur ein Spiel. Es bedeutete nicht mehr als das, was es in diesem Moment bedeutete. Ich konnte nichts falsch machen. Ich musste nichts gut oder schlecht finden. Die Beklemmung und Unsicherheit, die ich mit Ella in ihrem Mädchenbett erlebt hatte, schienen wie aus einem anderen Leben: unwirklich und ein bisschen albern.

Schließlich wurde mir die Binde abgenommen. Nadja saß mit einem Grinsen vor mir. Zum ersten Mal sah ich sie wirklich an und versank einen Moment im Blick ihrer in verschiedenen Brauntönen gesprenkelten Augen mit den großen Pupillen. Dann schaute ich mich nach Ella um. Mit wem hatte sie es gemacht? Den Stich im Herzen versuchte ich, so gut es ging, zu ignorieren. Ich wollte nicht spießig sein, nicht wie die vielen, die sich an einen anderen klammerten wie an eine Rettung, die sich jeder nur selbst sein konnte.

Als Nächstes tauschten die Sehenden und die Blinden die Rollen. Ich fühlte mich gleichzeitig erleichtert und verstört, als Salvador mit einem freundlichen Kopfnicken auf Ella wies. Es war sehr erregend, wie sie nackt im rötlichen Dämmerlicht vor mir lag. Ohne Unsicherheit küsste ich ihre Schultern, ihre Oberarme, ihre Brüste, ihren Bauch, ihre Oberschenkel. Ich fühlte keine Scham, als ich ihre Beine mit meinen Handflächen sanft auseinanderdrückte. Ella lag reglos da, aber ich widerstand dem Drang, ihr meinen Namen ins Ohr zu flüstern. Als ich einmal aufsah, lächelte mich Salvador an und streckte den Daumen in die Höhe. Ich fühlte mich immer freier und leichter. Ich war stark. Ich konnte alles meistern. Ich konnte alle Blockaden, Zweifel und Ängste abschütteln.

«Nimm sie richtig», sagte mir Salvador ins Ohr. «Du bist der Beste, Tilman.» Dann reichte er mir einen Tiegel mit Vaseline.

Ella wehrte sich nicht, als ich mit etwas Mühe in sie eindrang. Sie wehrte sich auch nicht, als ihr Salvador die Augenbinde abnahm. Sie zeigte keine Freude, Erleichterung oder Lust, wie ich sie von Valerie, Salvador oder – in anderer, irgendwie kälterer Form – von Simona kannte. Sie sah mich kurz eher erstaunt an und schloss dann wieder die Augen. Ihr Mund stand ein wenig offen, was sehr gut aussah. Ich stützte mich mit den Händen auf der Matte ab und bewegte mich in meiner tollen, schönen Ella. Es dauerte eine Weile, bis ich merkte, dass uns die anderen zusahen. Es störte mich nicht. Ich machte weiter. Vielleicht genoss ich die Blicke. Ich spürte, wie ein Beben durch Ella lief. Vielleicht zeigte sie auf diese Weise ihre Lust. Ich schloss selbst die Augen, fühlte mich im Fluss meiner Bewegungen und meines lauter werdenden Atems, bis dieser in einem kurzen Stöhnen aus mir herausfloss.

Simona, Salvador und Valerie applaudierten, als ich Ella

noch einmal auf den Hals küsste und mich dann von ihr zurückzog. Ansonsten herrschte Stille. Ella lag da wie tot. Ich richtete mich auf und fühlte ein von innen aufsteigendes Grinsen, das mein ganzes Gesicht erfasste.

FÜNFZEHNTES KAPITEL

Später am Abend stellte Salvador ein paar Flaschen Wein und Wasser auf den Küchentisch. Aus einem tragbaren CD-Player schepperten Songs des letzten Depeche-Mode-Albums: *World in My Eyes, Sweetest Perfection, Personal Jesus*. Ich fühlte mich glücklich. Und Ella sah zumindest nicht unglücklich aus. Sie wirkte nur sehr in sich gekehrt. Ich sah, dass Luna und Simona miteinander redeten. Schließlich gingen sie mit Valerie und Salvador hinaus. Für einen Moment fühlte ich mich ausgegrenzt. Ich sprach in Ellas abwechselnd sanft verschwimmende und strahlend klare Konturen: wie schön, wie schön ich sie fände, die Haut, die Augen, vor allem die Augen, wunderschön. Es gab jetzt keinen Grund mehr zur Zurückhaltung. Irgendwann gingen sie und Nadja auf Toilette, und ich redete mit Luis, der so freundlich und wach wirkte. Ich sagte ihm das, und er freute sich. Er versicherte mir, ich sei ein guter Zimmergenosse, und trank sogar ein Glas Wein mit mir, was er sonst nie tat. Ella und Nadja kamen nicht wieder. Auch Ronny und Yukio hatten die Küche und vielleicht auch das Haus verlassen. Ich fand es gut so. Alles hatte seinen Sinn. Ich vertraute darauf, dass jeder von uns genau das Richtige tat. Und ich saß nun mit Luis hier, dem eindrucksvollen Hamlet, dem begnadeten Klavierspieler. Der Wein schmeckte gut. Die Musik klang toll. So hatte ich sie noch nie gehört. Wir sprachen über verschiedene Bands, Musikstile und kompositorische Kniffe. Luis wusste darüber einiges. Das fiel mir erst jetzt auf. Warum habe ich das nicht früher bemerkt, sagte ich erst still zu mir selbst und dann laut. Hätten wir den Schlüssel zum Refugium gehabt, dann wären wir dorthin gegangen, hätten den Ofen angefeuert, Luis hätte Klavier gespielt, und ich hätte gelauscht, wie sich die Töne im Raum verteilen und entfalten, vordringen und zurückziehen, aufgehen und verhallen. Wir tranken noch ein Glas von dem rot glühenden Wein. Ich stand auf. Der Raum verdunkelte und verengte sich. Die Umgebung verschmierte, löste sich auf, und ich sank in Schwärze. Ein Lichtstrahl und eine Stimme folgten mir. Wie aus meinem Inneren hörte ich Luis meinen Namen rufen.

Als ich die Augen aufschlug, bot sich mir eine stille, heimelige Szene dar: Das Licht einer Nachttischlampe leuchtete in der Dunkelheit. Valerie saß auf meiner Bettkante und hielt mir eine Flasche Sprudel hin.

«Hier», sagte sie. «Du brauchst jetzt viel Flüssigkeit.»

Ich griff nach dem Wasser und trank.

«Tut mir leid», sagte ich schließlich. «Plötzlich bin ich weggesackt.»

«Ist mir auch schon passiert», sagte Valerie mit gedämpfter Stimme. Mir selbst fiel es schwer, leise zu sprechen. Ich fühlte mich aufgedreht und redselig. Aber Valerie meinte, ich solle liegen bleiben und viel Wasser trinken. Luis würde auf mich aufpassen. Dann ging sie. Ich redete noch eine Weile auf Luis ein und wartete ungeduldig, bis es hell wurde und das Haus aufwachte. Schließlich hörte ich Bewegung in den Nachbarzimmern. Und so hartnäckig ich versuchte, ihn zu verscheuchen – immer wieder fand ich mich bei dem Gedanken, dass es Ella vielleicht doch nicht gutging, dass ich etwas falsch gemacht hatte. Ich musste sie sehen.

Als ich sie endlich zusammen mit Nadja am Küchentisch antraf, setzte ich mich neben sie und fragte – noch immer in leicht überdrehter Stimmung –, wie es ihr gehe.

«Ganz gut», sagte sie, ohne mich anzusehen. Ich versuchte, in ihrem Gesicht zu lesen.

«Bin echt noch voll müde», sagte sie.

«Okay», sagte ich und fand mich selbst bescheuert mit meiner Unsicherheit und Aufdringlichkeit. Dann betrat Salvador in seinem giftgrünen Bademantel die Küche.

«Na?», sagte er. «Habt ihr auch so gut geschlafen?» Das Brummeln, Kopfschütteln und Auflachen kommentierte er mit zufriedenem Grinsen. «Das war eine besondere Nacht. Da hat sich etwas gelöst. Wir sind ein gutes Stück weiter miteinander. Da ist viel hochgekommen. Am besten schreibt ihr auf, was euch zu gestern alles durch den Kopf geht. Macht das heute, solange eure Eindrücke, Gedanken und Gefühle noch frisch sind. Und morgen gebt ihr mir eure Aufzeichnungen, okay? So, jetzt brauch ich Kaffee!»

Den Tag über steigerten sich meine Unruhe und meine Schuldgefühle. Ich versuchte, mit Ella alleine zu sein, aber ständig war Nadja an ihrer Seite. Ein klärendes Gespräch erschien mir plötzlich auch zu bedeutungsschwanger, zu pärchenhaft, zu sehr im Gegensatz zu dem, was uns Salvador gestern beigebacht hatte. Wahrscheinlich hatte ich auch Angst vor dem, was sie hätte sagen können.

Am Nachmittag ging ich in zunehmend düsterer Laune in die Bibliothek, um dort meine Überlegungen zum Versöhnungsritual aufzuschreiben. Wie vor einigen Monaten, als ich noch als Fremder durch die FSS geirrt war, sah ich Ellas Hinterkopf und Rücken vor einem der großen Fenster aus einer Stuhllehne herauswachsen. Bevor ich mich neben sie setzen konnte, fuhr sie herum, sah mich kurz an und sagte: «Ach, du bist's.»

«Kann ich mich neben dich setzen?»

«Klar», sagte sie tonlos. Ihre Augen schimmerten.

«Hast du geweint?»

Sie schüttelte den Kopf.

«Ich bin nur müde», sagte sie. «Und ich weiß nicht, was ich schreiben soll.» Sie deutete auf das weiße Blatt vor sich.

«Vielleicht können wir ja zusammen etwas schreiben.»

Wieder schüttelte sie den Kopf, und ich kam mir blöd vor. Ich versuchte, mich auf mein eigenes Schreiben zu konzentrieren, was mir aber nicht gelang. Zu intensiv fühlte ich eine Wand zwischen mir und Ella. Oder bildete ich mir diese Barriere bloß ein?

«Ist irgendwas?», fragte ich noch einmal behutsam.

«Verdammt», fuhr mich Ella plötzlich an. Ich erschrak. Ihr Gesicht sah fremd und bedrohlich aus.

«Hör zu», sagte sie dann in ruhigerem Ton. «Ich kann mich

so nicht konzentrieren. Entweder du bist jetzt still, oder du setzt dich weg.»

Ich saß noch eine Weile da, ohne dass ich etwas aufschreiben oder auch nur einen klaren Gedanken fassen konnte. Dann stand ich auf und ging. Als ich mich noch einmal zu Ella umdrehte, wirkten ihre Schultern so schmal. Ich fühlte den Impuls, zu ihr zu gehen, aber etwas hielt mich davon ab. Wenn Ella sich beruhigt hatte, würde schon alles in Ordnung kommen. Ich musste nur warten und sie in Ruhe lassen.

Tatsächlich suchte Ella in den nächsten Tagen meine Nähe. Allerdings wich sie sofort aus, wenn ich die Nacht erwähnte oder es auch nur so schien, als käme ich möglicherweise darauf zu sprechen. Außerdem wirkte Ella körperlich verändert; es war, als sei ihr eine neue, etwas zu enge Haut gewachsen. Ihre Bewegungen wurden eckiger, ihr Ausdruck gespannter und ihre Aura abweisender. Fasste ich sie an, fühlte sie sich völlig neutral an, nicht weich und fließend, aber doch auch nicht hart und abweisend. Sie ließ es zu, wenn ich sie am Arm oder Knie berührte, erwiderte solche Gesten aber nie. Trotzdem schlich sie um mich herum wie ich mich um sie. Sie schrieb mir auch weiter Briefe. Als ich fragte, ob wir das jetzt vielleicht auch lassen sollten, erwiderte sie entrüstet: «Wieso das denn? Und was meinst du mit *auch*?»

Ich sehnte mich danach, Ella zu berühren, sie zu küssen, ihre Brüste anzufassen und mit ihr zu schlafen. Endlich phantasierte ich auch sexuell von ihr, nicht nur morgens und abends, wenn ich im Bett lag und mich eigentlich auf meine Meditationen konzentrieren wollte, sondern auch zu allen anderen erdenklichen Zeiten des Tages. Ich stellte mir Ella nackt vor, erinnerte mich an ihre geschlossenen Augen, als sie auf der Matte vor mir gelegen hatte, phantasierte den Geschmack ihrer Haut und den Geruch ihrer Haare und wurde immer verrückter. Ich wollte sie, wie ich zuvor nie etwas gewollt hatte. Es hätte sich gut und stark und richtig angefühlt, wäre da nicht diese unsichtbare, aber massive Wand gewesen, die – ich hielt es für immer wahrscheinlicher – nicht allein in meinem Kopf existierte. Ständig wollte ich Ella fragen, ob sie denn nicht auch an Sex mit mir dächte, ob wir es wieder tun sollten, wie sie es überhaupt aushalten könne. Aber aller Mut, den ich alleine entwickelte, verflog, wenn ich ihr gegenüberstand.

So vergingen ein paar Tage, in denen ich zunehmend nervöser und unzufriedener wurde. Dann plötzlich, an einem Donnerstagnachmittag, rief uns Salvador eilig in der Wohnküche zusammen und drückte jedem von uns ein Blatt in die Hand.

«Lesen und unterschreiben», sagt er. «Oder einfach nur unterschreiben. Es sei denn, ihr wollt, dass die Schule geschlossen wird.»

Ich überflog das Schreiben. Es begann offiziös: «Hiermit erkläre ich …» Und dann ging es weiter mit dem Bekenntnis, man fühle sich in der Wielandfamilie wohl und sicher. Nie sei man Zeuge einer Gewalttat oder eines Übergriffs geworden, und sämtliche Anschuldigungen sexueller Natur fußten auf haltlosen Gerüchten. Man wisse nicht, wer derlei in die Welt setze, und ob es aufgrund überhitzter Phantasie, Geltungssucht oder verleumderischer Absicht geschehe, aber man stehe fest zu seinen Erziehern, Salvador und Valerie Wieland, die sich nichts hätten zuschulden kommen lassen.

«Wer?», fragte Luna mit funkelnden Augen und sah in die Runde.

«Ich nicht», sagte Simona. «Wirklich!»

«Vielleicht hat Yes seinem Konrad ein bisschen viel erzählt», sagte Luna und sprach damit über den Einzigen von uns, der gerade nicht anwesend war.

«Egal. Darüber können wir uns später den Kopf zerbrechen», meldete sich Salvador geschäftig. «Gebt mir die Blätter. Und macht morgen im Plenum keinen Blödsinn.» Dann ging er mit Ronny in den Keller, um das Baphometbanner abzuhängen.

Den Rest des Tages wirkten alle außer Simona nervös. Ich fragte Luis, was er von der Sache halte, ob er einen Verdacht habe, aber er schüttelte den Kopf und erklärte, es gebe zu viele Möglichkeiten. Einer plaudere etwas aus, ein anderer erzähle es weiter, bausche es auf. An einer kleinen Schule gingen eben viele Gerüchte um.

Später fragte ich Ella, ob sie eine Ahnung hätte, wer uns angeschwärzt hatte. Sie reagierte rätselhaft: «Wen meinst du mit uns?»

«Uns», rief ich. «Uns Wielands.»

Nadja, die in diesen Tagen fast nie von Ellas Seite wich, sah mich skeptisch an und sagte: «Jetzt mach dir mal nicht ins Hemd.»

Ich schlief schlecht. In der Nacht spielte ich halb träumend, halb grübelnd verschiedene Szenarien durch. Quälende Minuten lang stand mir deutlich vor Augen, wie ich an eine andere Schule kam, weit weg von Ella und meiner Wahlfamilie. Ich erkannte darin nicht nur einen Verlust, einen Wechsel, wie er nun einmal vorkam. Ich sah darin eine Vernichtung meiner Persönlichkeit. Meine ganzen Opfer würden sinnlos werden, meine Träume zu Asche zerfallen. Hatten nicht selbst Salvador und Valerie nervös gewirkt? Sie, die sonst immer genau zu wissen schienen, was zu tun war? Würde Simona uns allen plötzlich in den

Rücken fallen, aus dem einfachen Grund, dass sie den Verstand verloren hatte? Ich wünschte mir, sie würde in dieser Nacht sterben. Ich betete darum. Ich flehte zu einem unbekannten Gott, dass er unsere Gemeinschaft schützte und alle Verräter vernichtete. Nie wieder würde ich Salvador und Valerie anlügen. Ich wollte ein Wielandkind sein. Ich würde mich als würdig erweisen.

Anderntags kamen wir in der Aula zum zweiwöchentlichen Plenum zusammen. Normalerweise handelte es sich um eine ziemlich lahme Veranstaltung, bei der ein neuer Lehrer vorgestellt oder darüber abgestimmt wurde, ob wir künftig auch Bananenmilch im Kiosk kaufen wollten. Wir Wielands hockten dann gelangweilt in der hinteren Reihe und unterhielten uns, riefen etwas dazwischen oder träumten vor uns hin. Diesmal saßen wir alle still und gespannt. Links von mir war Ella, rechts Simona, die sich an diesem Morgen die Fingernägel schwarz lackiert hatte und noch nach Nagellack roch. Ich forschte in ihren Augen, aber sie grinste nur und wirkte nicht anders als sonst.

Frank Gabriel trat in seiner Rolle als Vertrauenslehrer der Schule ans Mikrophon und sagte auf seine jungenhafte Art: «Hallo, guten Morgen. Wie manche von euch bereits wissen, geht es heute um wirklich ernsthafte Vorwürfe gegen eine unserer Familien. Ich habe versprochen, dass der Anschuldiger anonym bleibt. Das versteht ihr sicher.» Wir Wielandkinder blickten still geradeaus. Vermutlich wirkten wir bereits dadurch verdächtig.

Gabriel rang sichtlich mit den Worten. Vermutlich wollte er weder zu viel noch zu wenig sagen. Etwas holprig erklärte er, es gebe den Vorwurf, Salvador und Valerie hätten den Jugendlichen ihrer Familie Drogen zugänglich gemacht und mit ihnen Sex gehabt. Außerdem sei von sonderbaren

Ritualen die Rede gewesen. An dieser Stelle lächelte Gabriel schüchtern und wie zur Entschuldigung.

«Ich gebe nur wieder, was mir zugetragen worden ist», sagte er. «Das heißt nicht automatisch, dass die Anschuldigungen stimmen. Aber ich will sie auch nicht unter den Teppich kehren. Wir müssen darüber sprechen.»

Ein paar Schüler hatten bei der Erwähnung von Sex zu lachen angefangen, ein paar saßen still und mit großen Augen da. Es hatte schon öfter Gerüchte über die Wielands gegeben, und auch wenn keines davon im Plenum zur Sprache gebracht worden war, fanden die meisten Schülerinnen und Schüler solche Vorwürfe vermutlich weniger überraschend, als ich mir in meiner nächtlichen Angst zusammenphantasiert hatte. Sie hielten diese Gerüchte einerseits durchaus für wahr, andererseits hatte es nichts mit ihnen zu tun, solche Dinge spielten sich in einem nicht greifbaren Zwischenreich ab. Die Volljährigen sollten einem sagen, welche Meinung man dazu haben sollte. Die anwesenden Erwachsenen wirkten allerdings vor allem betreten, ratlos und so, als seien sie selbst auf die Meinung noch erwachsenerer Menschen angewiesen.

«Will sich jemand dazu äußern?», fragte Gabriel. Jetzt wurde es sehr still. Ich spürte Ellas Unruhe neben mir. Es kam mir so vor, als wolle sie gleich aufstehen und etwas sagen. Ohne genau zu wissen, was ich tat, erhob ich mich. Vermutlich wollte ich ritterlich sein, vermutlich wollte ich Ella die Last abnehmen, unsere Gemeinschaft zu verteidigen, obwohl sie doch weniger dahinterstand als ich. Vielleicht konnte ich so alles ein wenig gutmachen. Wie ferngesteuert zeigte ich auf. Ich spürte Ellas Blick auf mir. Auch Gabriel sah mich an, alle sahen mich an.

«Ja, Tilman? Bitte», sagte Gabriel. Die Worte kamen, ohne

dass ich sie suchen oder erzwingen musste: «Das ist natürlich totaler Blödsinn.» Ich merkte, wie sich die angespannte Stille in Ausatmen, Tuscheln, Kichern und Stühlerücken verwandelte.

«Danke, Tilman», sagte Gabriel. «Ist das alles?»

«Mehr gibt es dazu wirklich nicht zu sagen.»

«Okay, danke. Andere Stimmen?»

Ich setzte mich. Ein Gefühl rauschte durch mich hindurch wie eine Woge. Ich schaute zu Ella. Sie sah bleich aus und senkte den Blick.

Simona meldete sich, und noch bevor sie aufgerufen wurde, sagte sie laut: «Also ehrlich. Wenn Sie was von echten Sex- und Drogenpartys hören, dann sagen Sie uns aber bitte Bescheid, Herr Gabriel.»

«Und was ist *Solve et coagula*?», fragte der Vertrauenslehrer. Seine Augen wirkten klein hinter den Gläsern seiner Brille.

«Ein Begriff aus der Alchemie», sagte Simona nur.

«Das weiß ich», sagte Gabriel. «Aber warum hast du mir einen Zettel gegeben, auf dem das stand?»

Ich bemerkte, dass Ella neben mir heftig zu zittern begonnen hatte. Ich legte meine Hand auf ihr Knie. Sie schob sie nicht weg.

«Ich wollte mal gucken, ob Sie Latein können.»

«Das ist mir jetzt echt zu blöd», sagte Gabriel. «Veräppeln kann ich mich selbst.»

«Müssen wir das hier vor allen klären?», fragte Simona und schlug die Augen provokativ nieder.

«Ja», sagte Gabriel wider Erwarten. So kannte ich den Vertrauenslehrer nicht, aber vermutlich kannte ich ihn eben einfach nicht gut.

«Okay», erwiderte Simona mit gespielter Resignation. «Ich

habe eine Wette verloren und musste Ihnen deswegen was Abgedrehtes auf einem Zettel geben.»

Danach kamen keine Fragen mehr, und das Plenum wurde bald beendet.

Natürlich erklärte uns Salvador beim Abendessen in der Wohnküche dennoch, was wir uns selbst schon alle gedacht hatten. Wir sollten Augen und Ohren offenhalten, da uns offenbar jemand Schlechtes wollte. Außerdem sollten wir noch mehr als sonst darauf achten, was wir redeten. Und wir sollten bedenken, dass immerhin zwei aus unserer Familie die Erklärung nicht unterschrieben hätten. Dadurch sei sie natürlich nicht wirklich brauchbar. Wir könnten uns ja mal untereinander austauschen, er halte sich da aber raus.

Ich brauchte nicht lange, um zu erfahren, dass Ella und – vermutlich aus Ergebenheit ihrer Freundin gegenüber – Nadja nicht unterschrieben hatten.

«Ich finde die Erklärung blöd», sagte Ella, als wir nach dem Abendessen im Refugium zusammensaßen und schlecht gelaunt Whiskey tranken.

«Ist doch nur eine fucking Sicherheitsmaßnahme», sagte Luna.

«Das wirkt aber voll aufgesetzt», sagte Nadja.

«Wollt ihr zwei uns irgendwie spalten?» Luna klang wie die vernünftige, ältere Schwester, die es noch ihm Guten versucht.

«Ist doch egal», sagte Yukio. «Solange keiner fragt, brauchen wir diese Erklärungen auch nicht.»

Luna sah ihn lange und misstrauisch an, sagte aber nichts.

«Kommt», sagte Ronny. «Lassen wir das. Gucken wir 'nen Film. Ich hab Hellraiser 3 im Angebot.»

«Warte mal, Darling», sagte Luna. «Ellapopella? Hallo, ich rede mit dir. Du stehst aber noch hinter uns, oder?»

«Klar», sagte Ella.

Am Abend vor den Osterferien traf ich mich alleine mit Ella am Strand. Wir reichten eine aus der Wohnküche mitgenommene Flasche Rotwein hin und her und sprachen wieder mal über die Urlaubsplanung. Ich wusste längst, dass Ella und Nadja wieder zu den Winters nach Bremen fahren würden, sie hatte mich eingeladen mitzukommen. Allerdings sollte diesmal ich in dem kleinen Bürozimmer schlafen. Beleidigt von diesem Vorschlag und um mich nicht verdächtig zu machen, hatte ich daraufhin den Wielands zugesagt, mit ihnen, Ronny und Simona im VW-Bus nach Schottland zu fahren. Luis und Luna würden nicht mitfahren, sie wollten in diesen Ferien etwas mit ihren musikalischen Ersatzeltern unternehmen.

«Meine Großeltern freuen sich sehr, wenn du kommst», sagte Ella nach einem Schluck aus der Flasche. «Vielleicht kannst du mit Herbert auch mal ein paar richtig teure Kameras testen.»

«Und was soll ich dann in Bremen fotografieren?», fragte ich.

«Mich», sagte Ella, und es klang beinahe flehend.

«Aber wir sind doch gar nicht mehr richtig zusammen», sagte ich, ermutigt durch ihren Tonfall.

«Nicht?», fragte sie.

«Du weißt, was ich meine.»

«Du hast keine Geduld», sagte sie traurig.

«Doch», entgegnete ich, ohne nachzudenken. «Aber dann kann ich auch mit den anderen mitfahren, statt allein in der Kammer in Bremen zu liegen.»

«Was hast du davon?»

«Ich sehe Schottland. Ich lerne was. Ich zeige, dass ich kein Feigling bin.»

«Warum musst du das zeigen?» Ella klang müde. Ich antwortete nicht.

«Nein, wirklich», fuhr Ella fort. «Wem musst du denn etwas beweisen. Salvador? Valerie? Ron?»

«Mir selbst», sagte ich pathetisch und nicht rundum ehrlich. Dann nahm ich einen langen Schluck aus der Flasche.

«Dir selbst», wiederholte Ella leise.

Dann richtete sie ihren Blick auf mich, sah mir zum ersten Mal seit vielen Wochen fest in die Augen und sagte: «Bitte tu das nicht. Das mit Schottland. Du brauchst nicht mit nach Bremen zu fahren, aber tu das nicht.»

«Seit wann bist du eigentlich so weinerlich?», fragte ich.

Ella schüttelte den Kopf. Eine Träne lief ihre Wange hinunter.

«Siehst du?», sagte ich. «Du heulst.»

Schon auf der langen Fahrt nach Schottland vermisste ich Ella und sehnte mich nach dem Kaffeegeruch in der einfachen Wohnung in der Moselstraße. In der ersten Nacht in einer Pension in Calais fühlte ich mich fremd in dem Zimmer, das ich mir mit Ronny teilte. Lange lag ich wach; ich fragte mich, was schlimmer war: in eine Familie hineingeboren zu werden, der nur schwer zu entkommen ist, oder sich eine Familie freiwillig auszusuchen, dann aber unsicher zu werden, ob man nicht eine andere Wahl hätte treffen sollen. Mir fielen die Zweifel wieder ein, die ich ganz am Anfang gehabt hatte: die Frage, ob ich denn wirklich so unbedingt zu den Wielands wollte.

Tagsüber, wenn ich mit den anderen aß, Karten spielte

und durch die Gegend gefahren wurde, kamen mir die Zweifel übertrieben vor, und doch fühlte ich mich ein wenig fremd, vielleicht ebenfalls so wie am Anfang meiner Zeit mit den Wielands. Auch nagte immer wieder eine Sehnsucht an mir, die sich nicht hoffnungsvoll anfühlte, sondern einfach wie ein Verlust. Salvador schien meinen Zustand als Erster zu bemerken und zeigte sich ungewöhnlich sanft. Er sprach nicht viel mit mir, forderte nichts und zeigte durch kleine Gesten, dass er meinen inneren Rückzug respektierte. Als wir unser Ferienhaus am Rand der Highlands erreicht und bezogen hatten, erklärte er mir, ich solle nichts tun, zu dem ich keine Lust hätte. Sie würden hier einen Film drehen, aber ich müsste nicht mitmachen.

«Okay», sagte ich, einerseits dankbar für diese Rücksichtnahme, andererseits noch stärker verwirrt. Hatte ich nicht alles bisher freiwillig mitgemacht? Was musste ich überhaupt unter freiwillig verstehen? Manchmal wollte man etwas nicht, machte es aber trotzdem, weil man etwas anderes wollte, was nur so zu bekommen war. Hatte mir das nicht Salvador – oder vielleicht auch Valerie – selbst gesagt? Hatte ich jetzt eine neue Stufe erreicht, dass ich ausdrücklich gebeten wurde, nur mitzumachen, wenn ich es wirklich, wirklich wollte, oder begannen die anderen damit, mich auszusondern, weil ich nicht geeignet war und wegen ein paar Drogen schon umfiel und betreut werden musste? Sahen sie die nächste Tilly Schmalz in mir?

Der kleine Küstenort namens Ullapool, an dessen Rand unser Ferienhaus lag, inspirierte mich zu weiten Spaziergängen, verschlungenen Gedanken und dem Verfassen eines langen Briefes an Ella, in dem ich jedoch eigentlich nur meine Gedanken sortierte. Ich schickte ihn nicht ab. Die zweite Version schrieb ich an einem verregneten Nachmittag in einem Pub. Ich fühlte mich allein und erwachsen, traurig und ein wenig erhaben. Ich beendete den Brief mit den Sätzen: «Ich habe Geduld. Das sollst du wissen. Dein Tilman.»

Von Ullapool aus machten wir Ausflüge. Wir sahen das Eilean Donan Castle, das als Kulisse für den Film «Highlander» gedient hatte, vor Ort aber weniger eindrucksvoll wirkte als in dem Film. Wir stoppten den VW-Bus an den Ufern des Loch Ness und hielten nach dem Ungeheuer Ausschau. Wir fuhren nach Fort William und stiegen auf den Ben Nevis, den höchsten Berg Schottlands. Auf dem Weg nach oben fragte mich Valerie, wie es mir gehe und ob ich die Ferien genieße. Ich sagte, dass mir Schottland und der ganze Urlaub sehr gut gefielen.

«Und worüber grübelst du immer nach? Oder ist das privat?»

«Ich frage mich, ob Ella verklemmt ist», sagte ich, ohne dass ich es wollte. In dem Satz verdichtete ich eine lange Kette miteinander verflochtener Gedanken so stark, dass er meine Überlegungen verzerrte und viel zu einseitig wiedergab. Am liebsten hätte ich ihn sofort zurückgenommen, aber da hatte Valerie bereits zu ihrer überraschenden Antwort angesetzt: «Meinst du? Das glaube ich nicht. Letzten Frühling hier in Schottland ist sie gar nicht so verklemmt gewesen. Wir haben total coole Filmaufnahmen mit ihr.»

Das Innere meines Mundes dörrte blitzartig aus. Ich nickte nur. Als wir zwei Abende später nach dem Abendessen einen Pornofilm sahen, musste ich immer wieder an Ella denken. Wie klein und unpassend sie in dem Film gewirkt hätte. Ob sie sich geschminkt hatte? Mit wem hatte sie was gemacht? Hatte ich Valerie überhaupt richtig verstanden? Während auf dem Bildschirm eine sehr dünne Frau mit kurzen Haaren von zwei gesichtslosen Männern genommen wurde und Salvador selbstgemixte Cocktails reichte, bekam ich starke Kopfschmerzen. In der Nacht masturbierte ich und stellte mir dabei Ella vor, die das große Glied eines fremden, ansonsten unsichtbaren Mannes in den Mund nahm. Auch den zweiten Brief schickte ich nicht ab.

Auf der Rückreise fragte ich mich ständig, wie das Wiedersehen mit Ella sein würde. Ich malte mir ein ernstes, vielleicht sogar dramatisches Gespräch vor passender Kulisse aus: die mondbeschienenen Kopfweiden in der Frühlingsnacht, der Saum des Meeres. Als wir Samstagabend endlich in Schwanhagen ankamen, machte ich mich sofort auf die Suche, fand aber weder Ella noch Nadja noch eine Nachricht von Ella an mich. Stattdessen lagen zwei Briefumschläge auf meinem Bett. Aus dem ersten zog ich eine Einladung zur Beerdigung meines Vaters. Auf dem festen, schlichten Papier war ein Kreuz abgebildet. Über den Daten fand sich ein Spruch:

«Was vorüber ist
Ist nicht vorüber
Es wächst weiter
In deinen Zellen
Ein Baum aus Tränen
Oder vergangenem Glück»
(Rose Ausländer)

In dem anderen Umschlag steckte ein Brief von Frau Schallmeyer, den sie mit «Lieber Tilman» und «mein herzlichstes Beileid» eröffnete. Sie schrieb, es sei schlimm, dass ich es so erfahren müsse, aber sie habe mich in Schottland nicht anrufen können. Außerdem habe sie mir mit dieser Schreckensnachricht nicht den Urlaub verderben wollen. Mein

Vater habe einen Herzinfarkt erlitten. Sie habe ihn tot im Bett gefunden. Offenbar sei das Herzproblem durch das Rauchen und einen nie verarbeiteten Kummer begünstigt worden. Sie wolle mir mitteilen, dass mein Vater mich sehr geliebt habe und sehr stolz auf mich gewesen sei. Einmal habe er ihr gesagt, er bedaure so sehr, dass er mich nicht besser vor meiner Mutter habe schützen können. Und er bedaure, dass er mich später manchmal mit ihr verwechselt habe. Er hoffe sehr, dass ich ihm das verzeihen könne und meinen Weg gehe.

Frau Schallmeyer schrieb am Ende des Briefes, ich könne mich jederzeit an sie wenden. Sie sei für mich da. Nun, da wir in der Trauer und im Verlust vereint seien.

Ich setzte mich auf das Bett meiner Unterkunft und fühlte keine Trauer und keinen Verlust.

Am nächsten Tag, dem Sonntagnachmittag vor dem Wiederbeginn der Schule, wurde ich zunehmend nervös. Schließlich fragte ich Luna in unserer Wohnküche, ob sie etwas von Ella oder Nadja gehört habe.

«Ella?», sagte sie. «Verräterbitch, die kommt nicht mehr.»

«Was?», sagte ich laut.

«Und die Pickelfresse auch nicht.»

Ich stand auf und lief ziellos über den großen Platz zwischen den Schulgebäuden. Es kam mir so vor, als sähe ich Ella auf mich zukommen, dann wieder schien sie in einer Ecke des Platzes zu stehen, die Hände in den Taschen, den Kopf ein wenig zur Seite geneigt. Ich ging zum Parkplatz. Vielleicht würde gleich das Auto ihrer Großeltern vorfahren, und Ella und Nadja würden aussteigen. Oder Valerie brachte sie in ihrem roten VW-Käfer. Luna musste Quatsch erzählt haben, sonst hätte ich es doch längst erfahren. Ella selbst hätte mir von ihrer Entscheidung erzählt. Sie hätte mich nicht erst über die Osterferien zu sich nach Bremen eingeladen und mich dann nicht in ihre Pläne einbezogen. Sie hatte sich doch Geduld von mir gewünscht. Vielleicht hatte sie sich erkältet und lag noch in der Moselstraße. Sie tat mir leid. Ich hätte sie gerne besucht. Ich stand auf dem Parkplatz. Ein paar Eltern brachten ihre Kinder. Darunter die eleganten, schönen Eltern Yukios, die mich freundlich begrüßten. Es wurde kühl. Es begann zu dämmern. Ich stand da und hörte das Rauschen des Windes in den Bäumen. Ein großer, dunkelblauer Audi kam vorgefahren und parkte schwungvoll ein. Ein Mann mit Mantel und Hut stieg aus und öffnete einer Frau die Tür. Wegen ihrer Kleidung und ihres Auftretens hätte ich sie als Dame bezeichnet. Auch eine der Hintertüren öffnete sich nun, und Oertel stieg aus, in der Hand eine schwere Sporttasche. Links und rechts eingerahmt von seinen vornehm wirkenden Eltern, ging er an mir vorüber.

«Na, Weber», rief er mir zu. «Wartest du auf deine Mami?»

ZWEITER TEIL

ERSTES KAPITEL

Es sollte 27 Jahre dauern, bis ich Ella wiedersah.

Natürlich stellte ich mir damals viele Wochen lang vor, sie in Bremen bei ihren Großeltern aufzusuchen. Natürlich malte ich mir auf Spaziergängen, im Bett liegend oder in der Klasse sitzend aus, wie ich vor ihr stehen und sich ihr Gesichtsausdruck von Verblüffung in Freude verwandeln würde, und alles wäre wieder gut. Doch je mehr ich mich an Phantasien betrank, desto apathischer wurde ich. Die Tagträume von einem glücklichen Wiedersehen zerstörten meinen Wirklichkeitssinn. Ich verschloss nicht nur die Augen davor, dass Ella ihre Entscheidung lange und genau abgewogen hatte. Ich übersah auch, dass ich ja tatsächlich noch eine Möglichkeit hatte: Hätte ich der FSS den Rücken gekehrt und Ella gesagt, dass ich ihre Ablehnung der Wielandfamilie mittlerweile verstehen konnte, dann hätte ich womöglich mit ihr in Bremen zusammen sein können, ganz ohne Heimlichtuerei. Vielleicht hätten mich ihre Großeltern aufgenommen, vielleicht hätten wir zusammen ein normales Gymnasium besucht, ohne «Familien» und ohne Meditationsraum im Keller. Aber diesen Ausweg sah ich nicht. Ich wollte ihn gar nicht sehen, denn eine Macht hielt mich bei den Wielands, die stärker war als Liebe. Ich kann bis heute nicht sagen, ob ich Salvador und Valerie gern hatte. Ich bewunderte sie, und das war es, wonach ich mich als Jugendlicher verzehrte: Erwachsene zu bewundern. Denke ich an Salvador und Valerie, fühle ich mich abwechselnd mächtig und ohnmächtig, manchmal beides so unmittelbar nacheinander, dass es gleichzeitig erscheint. Ich habe den Eindruck, dass ich bei ihnen immer kurz davor stand, auf eine Weise angenommen zu werden, auf die ich weder davor noch danach angenommen worden bin. Sie sahen mich vollständiger als alle anderen, und zugleich sahen sie mich doch nicht ganz genau. Es fehlte etwas, aber es fehlte auf andere Weise als bei meinem Vater oder bei Lehrern wie Frank Gabriel. Bei ihnen war ich näher dran an demjenigen, der ich sein wollte, und gleichzeitig in manchen Momenten endlos weit davon entfernt. Ich fühlte mich wie an einer Schnur in schwindelerregende Höhen gezogen und in pechschwarze Abgründe heruntergelassen. Ich glaube tatsächlich, dass diese Flüge und Abstürze Einfluss auf meine Biochemie hatten, auf mein Erleben der Welt. Dennoch glaube ich nicht, dass meine Art zu begehren bei den Wielands ihren Ursprung hat. Sie wurde dort lediglich moduliert.

Ich wurde meiner Veranlagung auch nicht auf einen Schlag gewahr, sondern in vielen kleinen Erkenntnisschritten. Mit fünfzehn oder sechzehn fiel es noch nicht sonderlich auf, dass ich die zwölf- oder dreizehnjährigen Mädchen attraktiver fand als Gleichaltrige. Mit achtzehn dachte ich zum ersten Mal darüber nach. Mit 21 ging ich eine Beziehung zu einer Frau von 25 Jahren ein und erklärte mir die Beklemmung, den Widerwillen und letztlich das Scheitern der Beziehung mit ihrem Alter und damit, dass ich den Kontakt mehr aus Vernunft- als aus Herzensgründen gesucht hatte. Als ich selbst 25 Jahre alt war und mich in ein Mädchen aus der Nachbarschaft verliebte, sagte ich mir, dass ein Altersunterschied von zwölf Jahren doch bei vielen Paaren vorkommt. Ich erkannte aber zum ersten Mal, dass die Jugend meiner Geliebten kein Zufall sein konnte. Und doch brauchte ich noch einige Jahre, bis ich mich als das sehen konnte, was ich bin: ein Parthenophiler, ein Girl Lover, ein Humbert Humbert. Und natürlich sind alle diese Begriffe unzutreffend und verzerrend. Ich liebe bestimmte Mädchen, das Alter (oder vielmehr die Jugend) ist dabei nur ein, wenn auch notwendiges Kriterium. Dass ich so viele Jahre benötigt habe, um mir diesen Umstand einzugestehen, schiebe ich nicht auf Schuldgefühle zurück, denn eigentlich fühle ich mich nicht schuldig. Ich erlebte meine Verliebtheiten als echt, intensiv und unvermittelt. Sie kamen über mich, es lag nicht in meiner Macht. Ich liebte die Mädchen wirklich, ich wollte ihnen nichts Böses. Ihnen zuliebe stellte ich meine Wünsche zurück, in einem höheren Maße vermutlich als viele «Normal-Liebende».

Ich brauchte deshalb so lange, um meine spezifische Ausrichtung zu verstehen, weil sie ein Tabu ist, also etwas, über das nicht oder nur sehr verhalten gesprochen wird. Die Parthenophilie erregt weniger Aufsehen als die Pädophilie; kaum einer kennt den Begriff, und sie gilt daher zur gleichen Zeit als verwerflich, normal und nichtexistent. Als eigene

Störung ist sie bisher nicht anerkannt, auch wenn einzelne Wissenschaftler nahelegen, sie in das «Diagnostics and Statistical Manual of Mental Disorders» aufzunehmen. Andere argumentieren, viele Männer begehrten Jungfrauen, und geschlechtsreife Mädchen seien ganz natürliche Objekte der Begierde. Sie verweisen auf jahrhundertealte Praktiken, andere Kulturen und können eine Reihe bekannter Persönlichkeiten anführen, um ihre These zu stützen.

Edgar Allan Poe heiratete mit 26 Jahren seine dreizehnjährige Cousine. E.T.A. Hoffmann verliebte sich als Musiklehrer in die fünfzehnjährige Julia Marc. Thomas Mann fühlte sich zeitlebens zu Knaben hingezogen, lebte diese Neigung jedoch anders als William Burroughs wohl nie aus. Paul Gauguin verließ seine Ehefrau nicht allein für die malerischen Landschaften einer Pazifikinsel, sondern auch für die minderjährigen Mädchen, denen er sich dort straffrei nähern konnte. Dante formte sein Frauenideal nach einer Beatrice, die er das erste Mal als Achtjährige sah, Petrarcas Laura war so alt wie Fausts Gretchen. Stefan George lockte pubertierende «Süßschaften» in seinen Dichterkreis. Georg Christoph Lichtenberg lebte drei Jahre mit einer minderjährigen Elendsprostituierten namens Maria zusammen, bis diese im Alter von sechzehn Jahren verstarb. Rockstars wie Mick Jagger oder Lemmy Kilminster haben mit etlichen Minderjährigen geschlafen, wenn auch wohl im Zuge erotomaner Wahllosigkeit und nicht als strukturierte Mädchenfreunde, wie Udo Jürgens einer gewesen sein dürfte. In den 1980ern sagte er fast fünfzigjährig in einem Interview, Frauen über achtzehn seien ihm viel zu alt. In einem Gespräch im Jahr 2014 erhöhte er auf «Mädchen unter 20», denn die Zeiten ändern sich und mit ihnen das, was die Mehrheit für angemessen oder zulässig hält. Heute ist es allgemeiner Glaube, wer als Erwachsener Teenager liebe, liebe in Wirklichkeit die Macht und die Gewalt. Mich macht der Zeitgeist vorsichtig und traurig. Ich stehe mitten im sogenannten gesellschaftlichen Leben und bin ihm zugleich völlig entrückt. Dieses von Heimlichkeit und Unausgesprochenem verzerrte Dasein fühlt sich für mich sonderbar folgerichtig an: wie eine Strafe, in der zugleich eine Belohnung liegt. Ich selbst misstraue der misstrauischen Gesellschaft und versuche, mich nicht durch ihre Augen zu sehen. Ich halte meine Neigung für so richtig oder falsch wie die Wolken, die über den Himmel ziehen.

Nachdem Ella damals die FSS verlassen hatte, drehten sich meine Gedanken mit jedem Tag stärker um sie. Anders, als es mir wohlmeinende Jugendliche oder Erwachsene sagten, nahm der Schmerz über ihr Verschwinden im Laufe der Wochen und Monate keineswegs ab. Ich stand am Grab meines Vaters, umgeben von Fremden, und weinte erst, als mich keiner von ihnen mehr sah. Dabei weinte ich nicht wegen meines Vaters, der wenige Meter von mir entfernt in der Erde lag. Ich weinte wegen Ella. Ich weinte wegen mir. Ich weinte wegen etwas, das ich bis heute nicht in Worte fassen kann. Und je niedergeschlagener ich wurde, desto mehr verloren Valerie und Salvador das Interesse an mir.

Ein neuer Junge kam in unsere Familie, der sehr hübsch und witzig war und sicher auch klug. Ich verfolgte Mareks Aufnahmeprüfung teilnahmslos und hatte in mir keinen Platz für Eifersucht oder andere Gefühle. Das Einzige, was mich in diesen Monaten mit einer Art von Genugtuung erfüllte, war das Schreiben. Ich verfasste weiterhin Briefe an Ella, und da sie nicht mehr antwortete, übernahm ich das an ihrer Stelle. Nur wenn ich in dem weißen Kellerraum saß und in meinem oder in ihrem Namen Schulhefte vollschrieb, konnte ich mich ganz auf das konzentrieren, was ich tat. Bei allen anderen Gelegenheiten driftete ich in meinen Gedanken zu Ella, zu Erinnerungsbildern oder Phantasien, mit deren Hilfe ich den ständig in mir streuenden Schmerzherd zugleich beruhigte und vergrößerte. Nur morgens, gleich nach dem Aufwachen, empfand ich für einige Sekunden eine Freiheit, als hätte ich über Nacht einen neuen Geist und einen neuen Körper erhalten. Doch dann fiel mir wieder ein, wer ich war, wo ich mich befand, wer fehlte.

Ohne Ella und Nadja wirkte unsere Familie zu ihrem Nachteil verändert. Ein Maßstab war abhandengekommen. Es fehlte der beruhigende Hintergrund, vor dem die anderen ihr Stück aufführen konnten, und es fehlte zugleich das Publikum für dieses Stück. Ohne Publikum funktionierten Luna, Simona und Ronny nicht richtig. Sie spielten – abgesehen von einem mit Yukio besetzten Platz – ins Leere, wurden unzufriedener und gieriger, büßten dadurch einen Teil ihrer Aura ein und wurden darüber nur noch unzufriedener und gieriger. Marek konnte den Verlust nicht ausgleichen, da er selbst im Mittelpunkt der Bühne stand. Zu Simonas und Lunas Ärger hatte er die dramatischere Hintergrundgeschichte zu erzählen: Sein Vater hatte seine Mutter in der Badewanne erstochen und saß nun im Gefängnis. Marek zeigte eine gespenstische Fröhlichkeit. Ich wirkte in seiner Nähe wie ein Schatten und wunderte mich, dass Valerie und Salvador überhaupt noch mit mir verkehrten. Bald musste ich all meine Ressourcen zusammennehmen, um einen normalen Schultag zu meistern. Die Probleme begannen mit dem Aufstehen, wenn ich wie ein Sack Blei in meinem Bett lag. Sie gingen weiter mit dem Frühstück, auf das ich keinen Appetit hatte, in einem lärmenden Saal, den ich kaum aushielt, oder in einer Wohnküche, in der Ella nicht mehr saß. Im Unterricht konnte ich mich nicht konzentrieren, beim Mittagessen fühlte sich mein Magen immer noch an, als sei er auf die Größe einer Walnuss geschrumpft. Erst abends kam zum Hunger auch der Appetit.

So ähnlich ging es mir, als ich gut drei Jahre später die FSS verließ, um mein Abitur auf einem Gymnasium in Köln zu machen. Die Schwester meiner Mutter nahm mich auf, was ich als etwas unangenehm empfand, denn sie hatte sich gerade scheiden lassen und war nun auf kaum verhohlene Weise anhänglich. Je mehr sie redete, desto stiller wurde ich. Immerhin verfügte sie über ein großes Haus mit Garten, in dem ich die meisten Stunden des Tages alleine tun konnte, was mir beliebte. In dieser Zeit schrieb ich meinen ersten Roman, eine Geschichte über ein wildes, unabhängiges, wunderschönes Mädchen, das aus einem kalten Elternhaus in ein kauziges Internat kommt und dort über ein paar Umwege die sinnliche und geistige Liebe erlernt. Der Text erhielt standardisierte Absagebriefe von den sieben Verlagen, deren Namen ich kannte und an den ich ihn schickte. Ich schickte ihn auch an Salvador, der mir einen langen Brief schrieb, mein Talent rühmte und mir mitteilte, dass ihn gerade die liebevolle und detailreiche Schilderung der jugendlichen Heldin sehr bewegt habe. Ich solle auf jeden Fall weiterschreiben und ihm meine Geschichten auch in Zukunft zusenden, vielleicht könne er mir Kontakte vermitteln.

Ich überspringe fast ein Jahrzehnt, wenn ich Salvadors erfolgreiche Vermittlung meines dritten Manuskripts an einen Verlag erwähne. Die FSS und vor allem Salvador und Valerie konnten auf ein Netzwerk an Gönnern und Fürsprechern zurückgreifen, zu dem auch Künstlerinnen, Autoren oder Verlagsleiter zählten. Und so erschien mein Roman «In einem anderen Sommer» bei einem großen Verlag, erhielt überwiegend gute Presse, wurde im Fernsehen besprochen, verkaufte sich danach sehr ordentlich und begründete meine Karriere als Schriftsteller. Diesmal hieß mein wunderschönes Mädchen Merle, aus deren jugendlicher Sicht die Trennung der Eltern von den ersten Rissen in der Ehe bis zur rechtsgültigen Scheidung beschrieben wurde. Man lobte mein Gespür für «Beziehungsdynamiken» ebenso wie die stupende Einfühlung in die Psyche eines jungen Mädchens. Ich wurde der «unbestechliche Chronist moderner Beziehungen», der sowohl «kalt» die «doppelbödige Welt der Erwachsenen» zu «sezieren» weiß als auch «unverbrüchlich Treue hält» zu den «Noch-nicht-Verformten», den Kindern und Jugendlichen, die sich an der «Welt der Erwachsenen stoßen und manchmal verbrennen».

In meinen späteren Romanen behielt ich das Beziehungsthema bei, reduzierte aber die Rolle des wunderhübschen Mädchens, um nicht irgendwann unangenehme Fragen beantworten zu müssen. Je mehr ich die Beziehungen zwischen Mann und Frau hasste, weil sie überall beworben und nicht ins Verborgene gedrängt wurden, desto lauter hallte das Lob dafür, wie genau meine Bücher Idealbild und Wirklichkeit moderner Paarbeziehungen bis in kleinste Sprachspiele hinein erfassten.

Meine Erfahrungen mit erwachsenen Partnerinnen beschränken sich auf die Affäre mit Valerie, eine verunglückte Nacht mit einer Kellnerin, von der ich später gerne erzählte, den Beziehungsversuch mit der älteren Kommilitonin und eine weitere, eigentlich schon lächerliche Geschichte mit einer Dozentin für Literaturwissenschaft. Sie hieß Sonja, und ich verbrachte zweieinhalb Jahre damit, ihr und mir vorzuspielen, dass wir ein normales Sexualleben hätten. Wenn ich mit ihr schlief, dachte ich an Mädchen, die ich auf der Straße, auf Fotos oder im Internet gesehen hatte. Wenn sie nicht mit mir schlafen wollte, empfand ich Erleichterung. Genauso fühlte ich mich regelmäßig erleichtert, wenn ich ihre Wohnung verließ oder sie meine, wenn sie zu einem Kongress fuhr oder ich auf eine Lesereise. In ihrer Gegenwart, vor allem dann, wenn es auf irgendeine Weise intim zu werden drohte, empfand ich von leichter Beklemmung über Anspannung bis hin zu Panik ein weites Spektrum unangenehmer Gefühle, was bald dazu führte, dass wir über alles Mögliche redeten, nur nicht darüber, wie ich jeden Tag verstohlen junge Mädchen betrachtete.

Manchmal konnte ich Sonjas Geruch nicht ertragen, manchmal verursachte mir ihre Stimme schlechte Laune, manchmal hasste ich mich an ihren breiten Hüften fest und manchmal an dem, was ich sexuelle Gier nannte: ein so wissendes wie hohles Leuchten in ihren Augen, eine kaum verkappte Zielstrebigkeit der Bewegungen, all die kleinen Signale, die locken sollten, mich aber abstießen. Ich erklärte mir meinen Widerwillen mit fehlender Liebe, dabei hing ich an Sonja, die ich als klug, gebildet, tiefsinnig und – wenn es nicht um uns ging – auch als witzig erlebte. Ich empfand einen Mangel, weil ich ihr nicht geben konnte, was sie sich in meinen Augen wünschte, und meine Schuldgefühle führten dazu, dass ich wie eine unterwürfige Kreatur um sie herumschlich und mit künstlich-sanfter Stimme redete und immer alles richtig machen wollte. Gleichzeitig träumte ich mich in eine andere Welt, in der es normal war, mit der Kindfrau seines Herzens zusammenzuleben, in schwereloser Jugend und umgeben von Frische und Schönheit. Diese

Erfahrungen brachte ich in verschlüsselter Form in meine Romane ein und ergänzte sie um Beobachtungen, die ich bei anderen erwachsenen Paaren anstellte und aus Gesprächen mit Freunden destillierte. Offenbar reichte das, um als scharfsinniger Analyst moderner Beziehungen zu gelten und vielen Tausenden Leserinnen und Lesern aus der sogenannten Seele zu sprechen.

Gerne wäre ich mit Sonja befreundet geblieben, ich vermisse bis heute den Austausch mit ihr, aber ich hatte sie mit meinem Wesen in ihrem Wesen tief verletzt, und sie konnte sich unsere Beziehung nur total vorstellen: exklusiv oder gar nicht.

Wenige Wochen später lernte ich in einem Forum Martha kennen. Drei Monate später hatten wir eine gemeinsame Wohnung in Berlin bezogen, und wir gelten seitdem in der Öffentlichkeit als Paar. Martha weiß um meine Eigenheit und ich um ihre, uns bindet das gemeinsame Interesse, nach außen nicht als die gesehen und verurteilt zu werden, die wir sind. Martha ist sechs Jahre jünger als ich, aus gewisser Perspektive selbstbewusst, lustig, fotogen, konversationsstark und verfügt über ein erstaunliches Charisma. Ihre Erscheinung kann sich in wenigen Minuten von einer unscheinbaren Frau zu einer Diva verändern. Mindestens einmal in der Woche gehen wir zusammen aus, besuchen Freunde oder ein Theaterstück, tanzen, trinken, fassen uns in der Öffentlichkeit an. Hin und wieder reisen wir auch zusammen und teilen uns ein Hotelzimmer. In Foren nennt Martha sich «Lou Salome», «China Blue84», «Rahab» oder «Thaïs». Hauptberuflich leitet sie die Presseabteilung einer großen Kulturinstitution. Nebenbei arbeitet sie als Hure. Es gibt zwischen uns ein paar Übereinkünfte: Wir reden nicht über unsere Kindheit und Jugend, wir geben uns keine ungefragten Ratschläge, wir schweigen konsequent gegenüber Dritten, wir belügen uns nicht. Es ist die beste Beziehung, die ich bisher zu einer erwachsenen Frau hatte.

Aber die guten Gefühle, die ich mit Martha verbinde, sind etwas ganz anderes als das, was ich gegenüber Ella empfand und in gewisser Weise bis heute empfinde. Lewis Carroll beschreibt in seinem Spätwerk «Sylvie und Bruno» eine erste Begegnung mit einem «überirdisch schönen Kind» in durchaus pathetischen Worten, aber ich kann jedes einzelne davon nachempfinden. Er spricht von einem Erlebnis, das die ganze Person erfasst, von einer Begegnung mit dem eigenen Ideal, vom Eindruck, sich die eigene Seele aus purer Verzückung auszuweinen, und von einer Ehrfurcht, die an Schrecken grenzt und die den Übertritt in ein Heiligtum markiert. Ich denke, Lewis Carroll wusste genau, worüber er schrieb. Als junger Mann freundete er sich mit der kleinen Alice Liddell an. Er erzählte ihr und ihren Geschwistern phantastische Geschichten, in denen sie die Hauptrolle spielte. Er fotografierte das Kind auch in ungewöhnlichen Posen, bis eines Tages – Alice war elf – die Liddells von einem Tag zum anderen den Kontakt abbrachen. Über die Ursache hätten womöglich seine Tagebücher Auskunft geben können. Aber alle Seiten, die in die Jahre dieser ungewöhnlichen Freundschaft fallen, haben die Erben Carrolls entfernt, während die Mutter von Alice alle Briefe entsorgte, die Carroll ihrer Tochter geschrieben hatte. Wie gerne hätte ich sie gelesen.

Sooft und so intensiv ich an Ella dachte, ich näherte mich ihr nicht mehr. Als Teenager hatte ich Angst vor einer Zurückweisung, mit der ich auch meine Phantasien hätte opfern müssen, meinen kostbarsten Besitz. Als junger Mann beschäftigten mich meine literarischen Ambitionen, das Erschaffen einer Gegenwelt, die Idee, mein Wesen durch Kunst heilen zu können, und dazu das durchaus anstrengende Handhaben meines heimlichen Liebeslebens. Ich redete mir ein, mein Glück alleine im Schreiben finden und dort alles überwinden zu können. Später, als ich bereits meinen dreißigsten Geburtstag hinter mir hatte und nicht mehr an die verwandelnde Wirkung der Kunst glaubte, hielt mich eine neue Furcht davon ab, Ella tatsächlich wiedersehen zu wollen. Irgendein Teil von mir hatte sich zurechtgelegt, dass ich Ella noch immer liebte und ihr nur wiederzubegegnen brauchte, um mein Interesse an jungen Mädchen zu verlieren. Mein Leben nach der gemeinsamen Schulzeit mit Ella würde sich als gigantischer Umweg herausstellen. Diese These wollte ich nicht dem Test der Wirklichkeit unterziehen, um nicht am Ende um eine liebgewonnene Illusion ärmer zu sein. Kurzum: Es war Ella, die Kontakt zu mir aufnahm.

Im März 2010 erhielt ich eine E-Mail von ihr. Nach einleitenden Sätzen – sie habe sich längst einmal melden wollen, alle meine Bücher gelesen und immer wieder einmal an mich gedacht – kam sie schnell zum eigentlichen Thema: ob ich das über die Odenwaldschule gelesen habe? Und über das Canisiuskolleg? Die Betroffenen, die endlich Gehör fänden. Ob mich das nicht aufwühle?

Ich hatte einige Artikel gelesen. Für ein paar Monate hatte es sich keine Zeitung nehmen lassen, die boulevardeske Fallhöhe auszuschlachten, die zwischen mal reformpädagogischer, mal katholischer Vorzeigeschule und sexuellen Übergriffen klaffte. Priester, die sich an Schützlingen vergingen, gefeierte Reformpädagogen, die sich an Knaben rieben – nichts, was die Welt noch nicht gehört hatte, aber die Welt vergisst offenbar schnell und ist immer wieder aufs Neue zu empören und zu erregen.

Ich brauchte ein wenig, um zu verstehen, dass Ella die Skandale um die genannten Schulen mit unserer FSS in Verbindung brachte und nun dasselbe erreichen wollte: Wir sollten unsere Geschichten erzählen und alles ans Licht bringen.

Es hätte manches gegeben, über das ich mich gerne mit Ella ausgesprochen hätte, aber nicht über «Missbrauch» und «sexuelle Gewalt», «Opfer» und «Betroffene», «Öffentlichmachen», «Gerechtigkeit» und «Verantwortung». Mich stießen bereits die phrasenhaften Formulierungen ab, die Versuche, etwas Komplexes und Individuelles in ein Schema zu pressen, dem letztlich eine märchenhafte Vorstellung von Gut und Böse zugrunde lag.

Also antwortete ich Ella, ich würde in der Gegenwart leben und auf meine Zukunft hinarbeiten. Die Vergangenheit erscheine mir sehr weit weg und mittlerweile wenig bedeutsam. Am Ende trug ich mich aber doch in einen von ihr ins Leben gerufenen Mailverteiler ein. Zum einen, um meinen guten Willen zu demonstrieren, zum anderen, um ein Auge darauf zu haben, wie weit der aufklärerische Furor der Gruppe ging. Im April 2010 bestand die Mailinggruppe aus Ella, Nadja, Luna, Luis und Ronny. Im Mai kam noch Tilly dazu. Sie hatte über Facebook Kontakt mit Ronny aufgenommen und wurde ohne weitere Prüfung aufgenommen.

Ich las alle Mails, schrieb aber selbst so gut wie keine. An manchen Tagen fand ich morgens Dutzende von Nachrichten in meinem Postfach, ein chaotisches Durcheinander von Meinungen, Zurechtweisungen, Rachephantasien, sentimentalen Solidaritätsbekundungen und hysterischem Detektivgetue. Vor allem Nadja und Ella schienen über erstaunliche

Kapazitäten an Zeit und Nervenkraft zu verfügen. Welchen Lehrkräften mochte schon damals etwas aufgefallen sein? Wer würde heute auf unserer Seite stehen und sich zu einer Aussage bereit erklären? Wer war Mitwisser? Gab es andere «Betroffene»? Gab es ein «System Wieland»? Gab es verräterische Dokumente, Fotos, Filme?

Gerade der letzte Punkt sorgte für Unruhe und wühlte auch mich auf. Ich versagte mir jeden Gedanken an möglicherweise erhaltene Foto- und Filmaufnahmen. Ein, zwei Nächte schlief ich schlecht, dann dachte ich kaum noch daran. Den anderen schien es ähnlich zu gehen. Als Ella empfahl, die eigenen Erlebnisse so genau wie möglich aufzuschreiben, damit wir unsere scheinbar isolierten Erfahrungen wie die Teile eines Puzzles zusammenlegen konnten, schickte nur Tilly einen so wirren wie verstörenden Bericht. Darin behauptete sie, bereits an ihrem zweiten Schultag von einem Mann unter dem Einfluss von K.-o.-Tropfen vergewaltigt worden zu sein. Tilly beschrieb, sie sei kurz darauf von einer schwarzen Limousine abgeholt und zu irgendeiner Villa gefahren und dort weiter missbraucht worden. Von mehreren Männern. Auch an einen Dobermann erinnere sie sich. Davon seien Filme gemacht woren. An den Wänden habe ein umgedrehtes Kreuz gehangen.

Ella mutmaßte in unserer Gruppe unter Aussparung von Tillys Mailadresse, es handele sich um phantastische «Deckerinnerungen», die das Leid des «tatsächlichen Missbrauchs» in starke Bilder kleideten, ohne die wahren Täter zu benennen. Luna hielt das für Blödsinn. Die anderen äußerten sich gar nicht. Allgemein wurde es nun stiller in der Mailinggruppe. Ella fragte Tilly, wie Yukios Spitzname gelautet habe, und erhielt die korrekte Antwort. Dann fragte sie, welche Prüfungen sie an welchem Ort absolviert habe, und erhielt keine Antwort. Auf Nachfragen schrieb die angebliche Tilly, es habe gar keine Prüfungen gegegben. Nun spekulierte Ella, es handle sich bei der Mailschreiberin nicht um Tilly, sondern um einen anderen Ehemaligen, vielleicht gar um Salvador oder Valerie, die versuchten, unsere Gruppe zu sprengen. Luna schrieb daraufhin, sie halte Ella und Nadja für paranoid, davon abgesehen habe sie sowieso kein Interesse an einer Karriere als Opfer. Sie habe damals alles freiwillig gemacht. Jeder von uns hätte jederzeit das Wielandhaus verlassen können. Sie glaube auch nicht, dass solche zwanzig Jahre alten Geschichten irgendjemand außer den Beteiligten etwas angingen. Ronny sekundierte, es sei sicher nicht alles korrekt gelaufen bei den Wielands, aber Luna habe recht. Luis und ich hielten uns aus der Debatte heraus. Schließlich verebbten die Mails. Mir war es nur recht. Ich brauchte keine Erzieherinnen, die mir bei der Anerkennung meiner «schweren Traumata» auf die Sprünge halfen. Ich schrieb den anderen ja auch nicht vor, wie sie ihre Erlebnisse für sich zu deuten hatten. Wenn Ella ein Opfer sein wollte, so war das ihr gutes Recht, auch wenn sie sich damit keinen Gefallen tat. Es tat mir fast weh, sie in ihren Mails so aggressiv und zwanghaft zu erleben. Immer wieder kam sie auf die gleichen Punkte zurück, immer wieder versuchte sie, an unser Gewissen zu appellieren: Altes Unrecht aufzudecken heiße, gegenwärtiges Unrecht zu beenden und künftiges zu verhindern. Wir seien mitverantwortlich für das, was wahrscheinlich noch immer an der FSS geschehe. Die Frage der Verantwortung beschäftigte allerdings auch mich. Durch welches Verhalten lud ich mehr Schuld auf mich: indem ich die Wielands und damit die ganze FSS an den Pranger stellte und im Rückblick die Biographien aller Schülerinnen und Schüler besudelte oder indem ich es eben nicht tat?

Ich vertraute mich Martha an und hörte ihre Meinung: Die Opfer sexueller Gewalt seien nicht verantwortlich für die Taten der Täter, nicht in der Vergangenheit und nicht in der Gegenwart. Wenn ich nicht anzeigen wolle, wolle ich nicht anzeigen. Diese Antwort gefiel mir nur zum Teil. Ich fragte Martha, ob sie denn glaube, dass ich ein Opfer sexueller Gewalt geworden sei, und sie sagte: «Natürlich.»

«Und?», fragte ich. «Ist das so schlimm, wie Ella schreibt?»

«Das kann keiner für dich entscheiden», sagte Martha. «Hast du denn Flashbacks?»

Ich verneinte.

Zwei Tage später kam ein neues Mädchen in meine Schreibwerkstatt für Jugendliche, und ich verliebte mich. Die Überlegungen über Schuld und Opferschaft verblassten wie ein Traum, der nur kurz nach dem Aufwachen bedeutsam erscheint.

Weitere acht Jahre vergingen, bis ich einen Brief von Ella erhielt. Als ich ihn öffnete und las, hatte ich das dritte Glas Rotwein getrunken und ein leichtes Taubheitsgefühl in den Wangen. Wie ich es von ihr kannte, kam Ella ziemlich schnell zur Sache. Luna hatte sich umgebracht.

Luna, die Große, die Wilde, die Verruchte. Die Beerdigung sollte in einer Woche in einem Friedwald an der Ostsee stattfinden. Seit damals war Luna offenbar nicht weit gekommen, oder sie hatte sich im Laufe ihres kurzen Lebens einmal im Kreis bewegt. Ella drängte darauf, die Beerdigung zu einem Ehemaligentreffen zu machen. Wir sollten der Toten die letzte Ehre erweisen und darüber reden, wie nun weiter vorzugehen sei. Sie beendete den Brief ungewohnt pathetisch.

«Du weißt, dass wir mit der Vergangenheit noch nicht fertig sind. Lass es uns diesmal zu Ende bringen. Deine Ella.»

Ich stand auf, um die CD, deren letzter Akkord gerade verklungen war, noch einmal von vorne abzuspielen und mir vielleicht einen letzten Rotwein einzuschenken. Mein Blick fiel auf das Fenster neben der Hi-Fi-Anlage. Auf der Scheibe saß ein großes Insekt. Es erinnerte an einen Schneider, aber auch an eine Libelle, allerdings in einer wulstigen, gelbstichig gesprenkelten Version. Der fingerförmige Leib pulsierte, während die sechs Füße reglos am Glas verharrten. Irgendwie hatte das Insekt den Winter bisher überstanden und würde ihn wahrscheinlich komplett überstehen. Ich fühlte Hochachtung und noch etwas anderes, das ich nicht in Worte fassen konnte.

ZWEITES KAPITEL

In einem angenehm tranceartigen Zustand steuerte ich meinen schwarzen Saab über die A24 und ließ mich vom gleichmäßigen Rauschen des Motors, dem sich stetig selbst neu gebärenden Band der Autobahn und der Stimme aus dem Radio einlullen. Dem Beitrag über Landgrabbing in Afrika konnte ich stets nur wenige Sätze lang folgen, bevor meine Gedanken wieder abdrifteten, um auf die eine oder andere Weise zu dem Treffen mit Ella und den anderen vorauszueilen. Am Vorabend hatte ich mich mit Martha betrunken; ich freute mich über den Kater, der mich matt und duldsam machte und mir kaum Ressourcen für Anspannung und Angst ließ. Allerdings würde ich nicht den ganzen Tag so wohlig entrückt erleben. Früher oder später würde ich mich den Hoffnungen ausgeliefert sehen, die ich mit der Fahrt verband: Ich wollte mir beweisen, dass ich nicht vor der Vergangenheit davonlief. Dass alles gut war. Ich wollte von Ella hören, dass sie mir vergeben hatte, besser noch, dass es nichts zu vergeben gab.

Da ich mich früh in Berlin auf den Weg gemacht hatte, kam ich eine Stunde vor der verabredeten Zeit in Lübeck an. Ich suchte in Ruhe einen Parkplatz und spazierte noch ein wenig durch die von den Wassern der Trave umschlossene Innenstadt. An diesem unter grauen Wolken begrabenen Februarsamstag wirkte das Holstentor vor allem plump, ein aufgeblasenes Kinderspielzeug. Die Türme des Doms ließen mich an riesige, gen Himmel ragende Vampirzähne denken, und die an den Ufern aufgereihten Zeugnisse norddeutscher Backsteingotik standen da wie Grabkapellen.

Als ich Luis kurz darauf in der Eingangstür seiner Wohnung gegenüberstand, fühlte ich schon beim Handschlag eine längst vergessene Vertrautheit. Auf den zweiten Blick sah Luis Echterhoff genauso aus wie früher. Unter den stark ergrauten Haaren blickten die gleichen dunklen Augen halb in sich gekehrt, halb misstrauisch aus dem jungenhaften Gesicht. Noch immer klang seine Stimme, als hätte sie den Stimmbruch nur zu drei Vierteln gemeistert, noch immer hatte er etwas von einem Chorknaben, der gleichzeitig in einer unglaublichen coolen Band sang. Tatsächlich spielte Luis in einer sogenannten Post-Rock-Band. Sein Geld verdiente er mit Klavierunterricht. Ich freute mich, als er mich nicht nur sofort erkannte, sondern auch ein Anflug von Freude seine Züge erhellte. Wir sahen uns einen Moment lang ein wenig unsicher an.

«Schön, dass du gekommen bist», sagte er, nachdem ich ihm mein Beileid ausgesprochen hatte. Er führte mich durch einen dunklen Flur in ein nach Filterkaffee riechendes

Wohnzimmer. Der mit wenig Inventar, aber einem aufdringlich schlichten Wandkreuz ausgestattete Raum verbreitete Pfarrhausatmosphäre, und die robuste Frau, die mir nun die Hand gab, fügte sich störungsfrei in dieses Szenario ein. Für eine schreckliche Sekunde gab mir ihr wissender Blick die Idee ein, es könnte sich bei der bodenständigen Erscheinung um Ella handeln. Als sie sich als «Marion, die Frau von Luis» vorstellte, verfiel ich gleich in eine etwas überdrehte Freundlichkeit und lobte in zusammenhanglosen Sätzen ihr Kleid und die Wohnung. Erst dann sprach ich mein Beileid aus und begrüßte weitere Anwesende, die sich leise redend oder gänzlich still über den Raum verteilten. Ich konnte zwei Gruppen ausmachen. In die eine sortierte ich die bieder Aussehenden, in die andere die eher Prolligen. Bevor ich mich entscheiden konnte, zu welcher Gruppe ich mich gesellen wollte, kam Ronny mir aus der Küche entgegen, in der Hand einen großen Becher mit Kaffee. In seinem dunklen Anzug wirkte er ein wenig unseriös.

«Hey», rief er laut über die gedämpft geführten Unterhaltungen hinweg. «Gut, dich zu sehen, Alter!»

«Freut mich auch», sagte ich und klopfte ihm auf die Schulter. Anders als bei Luis hatten sich seine Haare kaum, die Physiognomie jedoch stark verändert. Markante Falten durchzogen sein hartes und zugleich trauriges Gesicht.

«Hab alles von dir gelesen», sagte er, und in seiner Sprache klang immer noch das Sächsische durch. Er sah mich an, als erwarte er Lob für seine Leseleistung. «Krasser Scheiß. Ich hab's ja nicht so mit Büchern, aber da konnte ich wirklich kaum aufhören.»

Ich nickte und legte ihm noch einmal meine Hand auf die Schulter, als ließe sich dadurch die Lautstärke drosseln.

«Luna hätte auch eine Romanfigur von dir sein können, was?»

«Ich habe seit damals nichts von ihr gehört», sagte ich.

«Na ja.» Ronny senkte seine Stimme. «Ich dachte, ihr wärt euch mal in Berlin über den Weg gelaufen.» Leise und mit einem Blick zur Frau von Luis erzählte er mir, Luna habe unter dem Künstlernamen «Tyra Golden» Karriere bei einem Studio namens Magmafilms gemacht; sie sei sogar «bei ein paar Produktionen im San Fernando Valley» dabeigewesen.

«Die hätte es vielleicht noch bis nach Hollywood geschafft», sagte er nachdenklich. Dann sah er mich mit schimmernden Augen an: «Neben dir die Einzige von uns, die es wirklich zu was gebracht hat. Ein Jammer, dass sie tot ist.»

«Ja, ein Jammer.»

«Wir hatten ja noch mal was miteinander», sagte Ronny mehr zu sich selbst. «War schon 'ne coole Sau, die Luna. So eine hältst du natürlich nicht.»

«Du bist doch auch 'ne coole Sau», sagte ich.

Ronny lachte kurz auf. «Jaja, 'ne coole Sau mit Schulden. Nicht so ein Traumprinz wie du.»

«Ich bin kein Millionär», sagte ich.

«Aber Schriftsteller, da fahren sie doch drauf ab.»

«Viele Frauen sind vernünftiger, als man denken mag», sagte ich.

Ein Lächeln verzog die immer noch vollen Lippen meines ehemaligen Boxtrainers. «Das spielt Typen wie uns nicht gerade in die Karten, was?» Ronny sah sich um und sagte halblaut: «Ich könnte jetzt was mit Prozenten vertragen. Aber da fragt man hier wohl besser nicht nach, oder? Soll ich dir einen Kaffee holen?»

In diesem Moment klingelte es. Ich fuhr zusammen. Erst jetzt merkte ich, dass die dämpfende Wirkung des Katers bereits nachgelassen hatte und ich mich längst in einer angespannten Erwartung befand. Die Tür ging auf, und Erschüttertung befiel mich.

Bei der geschminkten Frau in dem eleganten dunklen Kleid, die mit geschäftig-erwachsenen Bewegungen ins Zimmer trat und Luis erst die Hand gab, dann eine halbe Umarmung wagte, handelte es sich eindeutig um Ella und zugleich um jemand anderen. Die echte Ella, meine Ella, hielt sich in dieser Erwachsenen verborgen und wirkte auf schwer fassbare Weise noch durch sie hindurch. Ihr Blick fiel auf mich. Erkennen leuchtete darin auf. Sie lächelte, ging mit klackernden Absätzen auf mich zu und gab mir die Hand: «Hi, Tilman, schön, dich zu sehen.»

Ich nickte und musste unwillkürlich lächeln.

«Gut siehst du aus», sagte sie und lächelte noch etwas mehr.

«Du auch», sagte ich mit echter Freude in der Stimme. Dann stand mit einem Mal Nadja neben Ella, schlanker, verhärmter und mit ganz anderer Frisur. Sie war stark geschminkt und wirkte wie ein in die Jahre gekommenes Model. Ich gab auch ihr die Hand und sagte den Satz, den ich heute so ähnlich schon dreimal gehört hatte: «Schön, dich zu sehen.»

«Der Herr Schriftsteller», sagte Nadja und deutete eine Verbeugung an. Während ich zusammen mit ihnen Kaffee trank, erfuhr ich, dass sie beide in Hamburg wohnten und zusammen mit der Bahn gekommen waren. Zum ersten Mal fragte ich mich, ob Nadja vielleicht auf Ella stand und die Freundschaft womöglich schon damals eine gewisse Schieflage gehabt hatte. Zumindest waren die beiden über die Jahre miteinander eng befreundet geblieben, hatten in Hamburg zusammen Psychologie studiert und arbeiteten nun als Psychologinnen: Ella als Psychotherapeutin, Nadja in einem psychosozialen Dienst. Ich wusste, warum ich gegenüber Psychologen Vorurteile hegte. Sein Geld damit zu verdienen, anderen zu Einsichten zu verhelfen und sie auf einen besseren Weg zu begleiten, hatte etwas Anmaßendes. Und je unglücklicher jemand blieb, desto länger konnte man an ihm oder ihr Geld verdienen. Bei dieser Tätigkeit verschwamm meiner Ansicht nach regelmäßig die Grenze zwischen Klarsicht und Scharlatanerie. Dabei hätte ich das Gleiche über Schriftsteller sagen können, nur dass diese bei ihrer Kunst seltener auf die Lüge der Wahrheit zurückgriffen und sich etwas weiter vom Magier und Schamanen entfernt hatten, den schillernden Urvätern beider Gewerbe.

Während des Gesprächs bemerkte ich mehrmals, wie Ella mich musterte. Neugier und Skepsis hielten sich in ihrem Blick die Waage, und ich begann mich zu fragen, ob sie mich noch mochte.

«Du scheinst ja unter die großen Aufklärer gegangen zu sein», sagte sie irgendwann unvermittelt. «Also, wenn man deine Romane so liest.»

Ich drückte ein Lächeln in meine Mundwinkel und war froh, dass Ronny sich in diesem Moment zu uns stellte und die beiden Frauen mit Komplimenten bedachte.

«So geht das», sagte Nadja in meine Richtung, nachdem Ronny Ellas Kleid, ihre Frisur und ihr jugendliches Aussehen gelobt hatte.

«Ich dachte, die Zeiten wären vorbei», sagte ich. «Wer lobt, nimmt sich das Recht heraus zu beurteilen. Wer das Lob annimmt, müsste auch den Tadel akzeptieren. Im Prinzip sind solche Komplimente positiver Sexismus.»

«Wow», sagte Nadja. «Du redest wie eine zwanzigjährige Feministin im Internet. Ist das deine übliche Zielgruppe?»

«Vielleicht ist das auch Tilmans etwas sperrige Art, unserem Intellekt Komplimente zu machen», sagte Ella.

«Alter!» Ronnys Blick wanderte zwischen uns hin und her.

Ich bemerkte, wie uns die Ehefrau aus einem Winkel des Zimmers beäugte. Vermutlich waren wir ihr zu fröhlich für den Anlass.

«So», rief sie und klatschte in die Hände. «Wir sollten mal langsam los.»

Ella und Nadja stiegen in ein Großraumtaxi, das Luis und Marion hatten kommen lassen. Bei mir fuhr lediglich Ronny mit. Ich fühlte mich ein wenig gekränkt.

Während der Fahrt befand ich mich in einem merkwürdigen Zustand zwischen Nervosität und traumartiger Entrückung. Ronnys Anwesenheit beruhigte mich ein wenig. Kaum rollten wir über die A1, schlug er vor, bei der nächsten Tankstelle zu halten, Fahrtbier kaufen, Luna hätte es so gewollt. Er kam mit zwei Flaschen Lübzer zurück.

«Top-Auswahl hier», sagte er und hebelte den Kronkorken mit seinem Feuerzeug auf. «Haben wir das nicht früher getrunken? Im Kakadu?»

Ich nickte und ließ mir eine Flasche reichen. Wir prosteten uns zu und tranken. Danach kam Ronny ins Reden. Nadja und Ella seien ja richtig scharf. Ob ich ihm Nadja lassen würde? Ich schwieg, er nickte und versuchte es dann mit der eher rhetorischen Frage, was Marion wohl über die Filmkarriere ihrer Schwägerin dachte. Vielleicht wisse sie auch gar nichts darüber, Luis sei ja nicht gerade eine Plaudertasche, aber andererseits habe ja ein Blinder gesehen, dass sich unter den Trauergästen ein paar Typen und Mäuse aus dem Fickfilm-Business befänden. Das sei doch mal was: ein frömmelnder Drache und dann die beiden Silikonmiezen und dieser Sonnengebräunte und der Muskelmann, die bestimmt mördermäßig bestückt seien.

«Alter», sagte Ronny, als ich nichts erwiderte, und hob seine Bierflasche. «Das ist doch alles der Wahnsinn.»

«Hast du eine Idee, warum sich Luna umgebracht hat?», fragte ich.

«Keine Ahnung.» Ronny starrte eine Weile nachdenklich durch die Windschutzscheibe. «So wie in Deutschland alles den Bach runtergeht, wundert mich gar nichts mehr. Oder findest du das etwa gut, was die Merkel da macht?»

«Keine Ahnung», sagte ich.

Als wir auf einem der Parkplätze des Ruheforstes bei Gut Brodau parkten, hatte das Wetter aufgeklart. Von der nahen Ostsee trieben weiße Wolken über einen blassblauen Himmel. Allerdings blies ein ungemütlicher Wind, und ich überkreuzte beim Gehen die Arme vor der Brust. Wir bildeten eine Gesellschaft von etwa dreißig Menschen, die den beiden Herren vom Bestattungsinstitut über einen Feld-, dann Waldweg folgten. Die Bäume trugen kaum Laub. Hier und da rankte sich Efeu einen Stamm empor. Auf einigen Stümpfen und abgebrochenen Ästen wuchs Moos. Der Wald wirkte schmutzig. Meine Gedanken wanderten zu Luna, die sich diesen Begräbnisort selbst ausgesucht, aber wahrscheinlich auf eine weniger triste Kulisse spekuliert hatte.

Auf Höhe einer Buche mit der Nummer 76 kam die Gesellschaft zum Stehen und gruppierte sich im Halbkreis. Die Herren vom Bestattungsinstitut stellten die mit bunten Bändern verzierte Urne neben ein am Fuß des Baums ausgehobenes Loch. Eine der beiden «Silikonmiezen» machte ein Foto mit ihrem Smartphone. Marion sah zornig zu ihr herüber. Eine Weile standen wir einfach da. Der Wind ging durch die blattlosen Äste, ich fror und schmeckte noch Bieraroma in meinem Mund. Schließlich trat Luis neben die Urne, senkte den Kopf eine Weile, hob ihn dann und ließ seinen Blick über die Anwesenden gleiten.

«Ich freue mich sehr, dass ihr gekommen seid», sagte er mit fester Stimme. «Auch wenn der Anlass ein sehr trauriger ist. Meine Schwester Luna ist gestorben, und es gibt nichts, was das ändern kann.»

Die blondierte Frau, die eben noch die Urne fotografiert hatte, begann plötzlich zu schluchzen. Ihr braungebrannter Begleiter stützte sie.

«Luna ist 43 Jahre alt geworden», fuhr Luis fort. «Mit Blick auf die Ewigkeit davor und danach ist das nichts, und es wäre immer noch nichts, wenn sie hundert oder tausend Jahre gelebt hätte. Ich glaube, sie hat ein intensives Leben gelebt. Ich glaube, sie hatte Gelegenheit, einigen von uns ihr Wesen zu zeigen. Ich glaube, sie hat sich genau bis zu dem Punkt entwickeln können, der ihr möglich gewesen ist. Und ich denke nicht, dass es uns zusteht, darüber zu urteilen.» Luis machte eine Pause. Erst jetzt merkte ich ihm die Anstrengung an. Seine Stimme blieb jedoch weiterhin fest. «Luna hat sich das Leben genommen. Eine von euch hat mir gesagt, sie hat es nicht getan, weil sie tot sein wollte, sondern weil sie anders leben wollte. Aber sie konnte keinen Weg mehr in dieses andere Leben erkennen. Das ist sehr traurig. Wir hoffen, dass es immer einen anderen Weg gibt, dass es nie zu spät ist, dass wir immer unseren Blickwinkel verändern können. Ein solches Ende erschüttert diese Hoffnung. Ich weiß nicht, was in Luna vorgegangen ist. Hätte sie es mitteilen können, dann wäre sie vielleicht noch am Leben.»

Ich hörte ein Schnäuzen neben mir. Jetzt weinte auch der Braungebrannte.

«Ich glaube, sie ist letztlich an einem gebrochenen Herzen gestorben», sagte Luis. «Ich glaube, sie hat sich ihr Leben lang nach Liebe gesehnt und geglaubt, nicht genug davon zu bekommen. Vielleicht hat sie auch vor allem dort gesucht, wo nicht viel zu holen war. Sie hat versucht, auf ihre Weise Liebe zu geben. Sie hat uns mit ihren Geschichten, ihrem Hang zum großen Auftritt, ihrer Sinnlichkeit, ihrer Schauspielkunst, ihrem naiven Glauben an das Besondere, ihrem Humor, ihrer Bodenständigkeit, ihrer Traumtänzerei, ihrer Lebensfreude und ihrer Verzweiflung viele Geschenke gemacht. Ich bin sehr froh darüber. Meine große Schwester. Ich werde sie vermissen.» Luis nickte, trat zur Seite und machte so Platz für die beiden Männer vom Bestattungsunternehmen. Bedächtig ließen sie die Urne in das ausgehobene Loch hinab. Wir standen still wie die Bäume. Marion trat vor. Sie wirkte ein wenig ärgerlich, als sie sagte: «Nun wollen wir ein paar Minuten in unseren Herzen für Luna beten oder einfach ihrer gedenken.» Sie faltete die Hände vor dem Bauch, schloss die Augen und senkte den Kopf. In diesem Augenblick sah ich wenige Schritte von ihr entfernt die Wielands stehen. Sie trugen schwarze Mäntel und sahen genau so aus wie früher. Salvador blickte zu mir hinüber und deutete ein Nicken an. Ich erwiderte es automatisch. Dann lächelten Valerie und ich uns zu, und ich schloss die Augen, um mich auf so etwas wie ein Gebet zu konzentrieren. Stattdessen dachte ich an die Wielands.

Sie hatten Luna nicht vergessen. Sie hielten ihren Ehemaligen die Treue. Vielleicht inszenierten sie sich auch selbst. Vielleicht liebten sie uns, vielleicht liebten sie nur sich. Meine Gedanken fanden erst ein wenig Ruhe, als ich statt eines Gebetes über mein Verhältnis zur Religion nachdachte:

Ich glaubte nicht an Gott, das aber auf eine undogmatische Weise. Vielleicht gab es doch ein höchstes Wesen, einen Urgrund mit Bewusstsein. Was wusste ich schon? Machte der Glauben Horizont und Herz eines Menschen weit, hielt ich ihn für eine gute Sache. Verengte er den Blick auf sich und andere, erzeugte er Ängste und Vorurteile, dann lehnte ich ihn ab. Letzteres war die Regel. Dennoch wünschte ich mir manchmal, gläubig zu sein, auf eine Existenz jenseits des irdischen Lebens oder einen Heilsplan vertrauen zu können, aber meistens dachte ich nicht an solche Fragen. Ich versuchte, an Luna zu denken, aber sie erschien mir weit weg: eine blasse Erinnerung, die verschwommen und in rasch zerfließenden Versionen vor meinem inneren Auge stand. Ich dachte an die Rede ihres Bruders und tat, was er eben getan hatte: Ich dankte Luna. Ich dankte ihr dafür, dass sie mich in der Wielandfamilie akzeptiert und an meine Stärke geglaubt hatte. Ich dankte ihr dafür, dass sie mich mit ihrer Art inspiriert hatte: Jemanden wie sie hatte ich vorher nicht gekannt.

Erst als ich plötzlich wieder vereinzelt Vogelgezwitscher hörte und die Kälte des Februartages spürte, erwachte ich aus meiner Versunkenheit. Luis schüttete etwas Erde auf die Urne, dann reichte er die kleine Schaufel seiner Frau. Als ich an die Reihe kam, war von der Urne bereits nichts mehr zu sehen.

Schließlich bewegte sich die Trauergesellschaft wieder zurück zum Parkplatz. Es zog mich zu Ella, also schloss ich zu ihr auf und sprach sie von der Seite an: «Hast du gesehen, wer auch da ist?»

«Hmm.» Sie deutete ein Nicken an.

«Meinst du, Luis hat die eingeladen?»

«Sicher nicht.»

Ellas einsilbige Antworten und Nadjas Gegenwart hielten mich davon ab, das Gespräch fortzusetzen, und ein paar Meter ging ich schweigend neben den beiden.

«Auf welcher Seite bist du eigentlich?», fragte mich Ella plötzlich und warf mir einen Blick zu.

«Es gibt Seiten?», fragte ich.

«Damals warst du doch der große Wieland-Fan.»

«Das ist lange her», sagte ich.

«2010 hast du auch eher gebremst», sagte Nadja.

«Das ist hier vielleicht nicht der Rahmen», sagte Ella und blieb stehen. «Aber dir ist schon klar, dass deine Stimme damals ziemlich entscheidend gewesen ist.»

«2010?»

«Nein, in den Neunzigern. Ich meine damals im Plenum. Du erinnerst dich?»

«Ich habe uns beschützt», sagte ich nach einer kurzen Denkpause. «Einer musste es machen.»

«Du hast die Wielands beschützt.»

«Wäre es dir lieber gewesen, ich hätte die Anschuldigungen bestätigt?»

Ella sah mir direkt in die Augen. «Ja.»

«Wir standen kurz davor», sagte Nadja, «und dann hast du dich gemeldet.»

Ich lachte. «Ich war dreizehn Jahre alt. Und ihr tragt mir das nach?»

«Nein», sagte Ella. «Ich trage dir das nicht nach. Ich will nur wissen, wie du es heute siehst.»

«Moment mal», sagte ich. «Du hast die Wielands damals angeschwärzt und hast dann gehofft, dass wir anderen da fröhlich mitmachen?»

«So war es nicht», sagte Ella.

«Sie hat es jemandem erzählt», sprang ihr Nadja bei. «Und

du hast es dann dem Vertrauenslehrer gesagt. Wie hieß der noch?»

«Gabriel», sagte Ella.

«Wem hast du es erzählt?», fragte ich.

«Julia Wuttke, die mit der Schülerzeitung. Die wollte auch etwas darüber machen.»

«Hat sie aber nicht», sagte ich.

«Nee, hat sie nicht. Nach dem Plenum war die Luft raus. Aber heute würde es gehen.»

«Du willst allen Ernstes wieder damit anfangen?», fragte ich.

«Willst du sie denn wirklich immer noch schützen?», fragte Ella.

«Sie sind mir egal», sagte ich. «Das ist bald drei Jahrzehnte her.»

«Mir kommt es manchmal vor, als wäre es gestern gewesen», sagte Ella. Auf einmal wünschte ich mir heftig, dass sie mich mochte, dass sie in mir keinen Feigling oder Mitläufer sah.

«Das tut mir leid für dich», sagte ich. «Vielleicht sollten wir es versuchen.»

Wir erreichten den Parkplatz. Marion übernahm wieder die Rolle der Organisatorin, nannte uns Namen und Adresse eines nahgelegenen Gasthauses; sie werde mit Luis vorfahren. Salvador und Valerie standen am Rand des Parkplatzes. Plötzlich setzten sie sich gleichzeitig in Bewegung und kamen auf uns zu. Ich spürte Ellas Anspannung. An ihrer Schläfe bildeten sich kaum sichtbare Falten. Dann geschah etwas Verblüffendes: Als Salvador die Hand in ihre Richtung ausstreckte, griff sie nicht nur danach, sondern lächelte auch.

«Lange nicht gesehen», sagte sie. Auch Nadja und Ronny

ließen sich sowohl von Salvador als auch von Valerie die Hand geben und wirkten keineswegs wütend oder auch nur abweisend.

«Ihr wart eine tolle Truppe», sagte Salvador. «Es tut mir so leid, dass Luna nicht mehr da ist.»

«Ja», sagte Ronny.

Nadja nickte. Sie sah blass aus, als sie Ella am Ärmel zog. «Wir fahren mal los», sagte Ella. «Also, danke.»

Dann gingen sie mit Ronny davon. Alles ging so schnell, dass es mir unwirklich vorkam, wie ein zu schnell abgespulter Traum.

«Tilman», sagte Salvador und lächelte mich wissend an. Ich freute mich darüber, dass er sich an meinen Namen erinnerte. Valerie umarmte mich nun sogar. Sie hatte ein Parfüm aufgetragen, das ich nicht kannte. Aus der Nähe sah ich deutlich, dass die beiden gealtert waren. Valeries Haut hatte sich verändert, vor allem an ihren Händen. Nun konnte ich auch die weißen Fäden erkennen, die silbrig in ihren blonden Haaren glänzten. Auf Salvadors Kopf wuchsen mittlerweile nur noch weiße Haare, so fluffig wie Spinnennetze im Morgentau. Das Gesicht erinnerte an eine verschrumpelte Apfelsine. Aber sein Blick war der alte.

«Wir sind so stolz auf dich», sagte er.

«Und wir sind so traurig wegen Luna», sagte Valerie. «Warum hat sie sich mit ihren Sorgen nicht an uns gewendet? Wir haben es ihr noch vor ein paar Jahren gesagt: Du kannst immer zu uns kommen. Mit allem. Egal, was es ist.»

Ich deutete ein Nicken an. «Wir sehen uns ja gleich noch», sagte ich und wandte mich zu meinem Wagen, an dem Ronny rauchend lehnte.

«Heute nicht mehr», sagte Valerie. «Wir fahren nach Hause.»

Ich brauchte einen Moment, bis ich verstand, dass Valerie damit die FSS meinte.

«Aber komm uns doch mal besuchen», sagte sie und strahlte mich an. «Muss ja kein besonderer Anlass sein.»

«Ja, komm uns besuchen, Tilman», sagte Salvador. «Du bist unser bestes Pferd im Stall. Ein Aushängeschild wie dich gibt es an der FSS kein zweites Mal.»

Ich lächelte, nickte und fühlte einen unerklärlichen Schmerz in der Brust. Salvador gab mir die Hand.

«Komm noch mal her», sagte Valerie und breitete ihre Arme aus, um mich an sich zu drücken.

Im Landgasthof hätte ich mich gerne neben Ella gesetzt, aber zum einen war kein Platz in ihrer Nähe frei, zum anderen beachtete sie mich nicht, als ich mit Ronny die Gaststube betrat. Ronny drängte sich gleich in Nadjas Nähe. Ich setzte mich in einem anderen Teil des Raums, zu Lunas ehemaligen Arbeitskollegen. Wie es schien, hatte Arbeit in der Pornoindustrie einen bestimmten Einfluss auf das Gesicht. Die beiden stark geschminkten Frauen wirkten aus der Nähe glanzlos, schmallippig, ohne Grazie. Auch die beiden Männer sahen aus wie Parodien auf handelsübliche erotische Phantasien: trainierte Muskulatur, breite Schultern, kantige Gesichter, die Kens zu den Barbies. Auf den zweiten Blick wirkten die Männer noch leergesogener als ihre Kolleginnen, sie sahen mich aber freundlich, fast schüchtern an, als ich fragte, ob bei ihnen noch ein Platz frei sei, und hielten mir sonderbar förmlich ihre Hände über den Tisch entgegen. Auch die Frauen reichten mir ihre mit künstlichen Nägeln verzierten Hände und nannten ihre Namen. Ich stellte mich als ehemaliger Schulkamerad vor.

«Ja, cool», sagte Simone.

Während wir zusammen Gulaschsuppe oder «Fitnesssalat» aßen, erzählte ich von der FSS und wie ich Luna dort damals erlebt hatte.

«Das passt», sagte Maik, der Gebräunte. «Luna war ’ne ganz Phantasievolle.»

«Und die hatte echt was Magisches», sagte Simone. «Heilende Hände oder so.»

«Nur sich selbst konnte sie nicht heilen», sagte Eileen ernst.

Ich fragte, ob sie eine Ahnung hätten, warum sich Luna umgebracht hatte.

«Weißt du», meinte Maik. «Unser Business ist in den letzten Jahren härter geworden. Und wenn du dann als Frau älter wirst ...» Er wiegte den Kopf.

«Als Mann auch», warf Eileen ein und lächelte mich an.

«Ja, auch», sagte Maik. «Wir werfen ziemlich viel Chemie. Kannste dir ja denken. Da musst du schon was abkönnen.»

«Aber ihr lebt noch», sagte ich, und alle vier nickten stumm.

«Luna hatte immer richtig große Pläne», sagte Eileen. «Und wenn das dann nichts wird.»

«Die hätte es echt schaffen können», sagte Simone. «So richtig Film, weißte? Wie die Kekilli. Aber dann verarscht sie dieses Schwein.»

Ich nickte. Tony, der schon eine Weile mit den Fingern auf der Tischplatte herumgetrommelt hatte, stand auf und zog auf dem Weg nach draußen eine Zigarettenschachtel aus seinem straff anliegenden Oberhemd.

«Alles eine Frage der Fallhöhe», sagte Maik. Seine Stimme klang ein wenig verändert, jetzt, da Tony nicht mehr neben ihm saß. «Je mehr du vom Leben erwartest, desto mehr kannst du enttäuscht werden.»

«Oh ja», sagte Simone. «Und von der Liebe.»

«Ich glaube ja echt, das war das eigentliche Problem bei Luna.» Eileen sah mich nun besonders ernst an. «Ich glaube, die ist nie über ihren Salvador weggekommen. Und eigentlich hat sie immer einen wie ihn gesucht. Hatte halt nur echt keinen guten Geschmack bei Männern.»

«Sie hat von Salvador erzählt?», fragte ich.

«Ja», sagte Eileen. «Dieser Lehrer, den sie verführt hat. Kennst du den nicht auch?»

DRITTES KAPITEL

Die Eindrücke des Tages höhlten meinen Willen aus, und die beiden Schnäpse, die ich im Landgasthof trank, taten das Ihre. Als Ella vorschlug, wir Ehemaligen sollten zusammen in meinem Auto nach Hamburg fahren und dort ein Mini-Klassentreffen abhalten, stimmte ich weder zu, noch lehnte ich ab. Luis hob abwehrend seine Hände. Ein anderes Mal gerne, aber heute hätten sie Gäste zu beherbergen, und er wolle seine Frau damit nicht alleine lassen. Ich nickte verständnisvoll und glaubte schon, damit sei der Plan verworfen, da rief Ronny, das Mini-Klassentreffen sei eine Spitzenidee. Nach Hamburg wolle er ohnehin seit längerem mal wieder, und er sehe es genau wie Ella: Die Feste müsse man feiern, wie sie fielen. Dann schlug er mir mit seiner Hand auf den Rücken und sagte: «Tilman ist gut drauf!»

«Und wo sollen wir übernachten?», fragte ich matt.

«Da findet sich was», sagte Nadja. «Ich kann fahren.» Damit schien die Sache beschlossen, und kurz darauf saß ich auf dem Beifahrersitz meines eigenen Wagens. Ich fühlte mich nicht schlecht. Vermutlich empfand ich es sogar als angenehm, dass ich die Verantwortung über den weiteren Verlauf des Tages abgegeben hatte. Üblicherweise passierte mir so etwas nicht, ich behielt in Begegnungen die Kontrolle, vor allem über mich selbst. Meine Neigung verlangte ein hohes Maß an Selbstbeherrschung und vorausschauendem Handeln. Auch im Umgang mit Erwachsenen. Jetzt allerdings hatte ich mich drei Menschen ausgesetzt, die mir fremd hätten sein müssen, denen ich mich aber so verbunden fühlte, als läge unsere gemeinsame Zeit nur Wochen zurück. Meinem Gefühl nach hätten wir gleich so zur FSS fahren und dort wieder zusammen wohnen können, stattdessen fuhren wir zu einer Tankstelle, an der Ronny noch drei «Fahrtbiere» kaufte. Für Nadja brachte er eine Cola Zero mit.

Das frische Bier löste Ronnys Zunge noch mehr. Schon vor dem ersten Schluck fragte er uns fröhlich, ob wir mal einen der Filme mit «Tyra Golden» gesehen hätten. Nadja und Ella verneinten emotionslos.

«Tilman?», hörte ich Ronnys Stimme vom Rücksitz.

«Ich habe den Kopf geschüttelt», sagte ich, «aber das konntest du nicht sehen.»

«Also, ich muss sagen, die hatte es drauf, unsere Luna.»

Es war kurz still, dann sagte Nadja: «Wisst ihr noch, wie sie von ihren früheren Leben erzählt hat? Und dass sie mal eine Heilerin gewesen ist?»

«Ich dachte Kaufmannswitwe», sagte Ella.

«Man hat ja wohl mehr als bloß ein früheres Leben», sagte Nadja und setzte zur Überholung eines LKW an.

«Ihr wisst gar nicht, was die mir alles erzählt hat, wenn wir alleine waren», sagte Ronny. Seine Fahne wehte bis zu mir nach vorne, als er begann, uns Anekdoten über Luna in Erinnerung zu rufen. Manche davon kannte ich, oder ich war selbst dabei gewesen, andere hörte ich zum ersten Mal. So musste es vor meiner Zeit gewesen sein, dass sich einige Wielandkinder mit Wasserpistolen über das Gelände gejagt und nass gespritzt hatten. Ronny schwärmte von den sogenannten «Super-Soakern», ihrer Füllmenge und Reichweite. Noch mehr schwärmte er von Lunas Brüsten, die schließlich durch das von Yukio nass gespritzte T-Shirt in ganzer Pracht sichtbar geworden seien. Und so habe sie plötzlich vor Frank Gabriel gestanden, der hilflos gestarrt und einen Steifen bekommen habe.

«Ich schwöre es», sagte Ronny. «Ich hab die Latte gesehen! Und Luna guckt eiskalt hin und sagt: ‹Haben Sie da auch 'ne Wasserpistole versteckt?›» Er lachte heiser.

Ich gab die Erinnerung zum Besten, wie Luna eine Weile lang zu jeder sich bietenden Gelegenheit die Ophelia gegeben und auch im Unterricht ungefragt ganze Verse skandiert und wild dreingeschaut hatte. Leider konnte ich mich an kein Zitat erinnern, und so wirkte meine Anekdote halbgar, führte aber sofort zu einer neuen, von Nadja erzählten Geschichte. Darin ging es um einen offenbar legendären Discoausflug, den ich nicht miterlebt hatte.

Die Fahrt verging schnell, und als Nadja meinen Saab durch das Hamburger Schanzenviertel steuerte, kam es mir vor, als habe Luna eine Weile mit uns im Auto gesessen, Kaugummi gekaut und mal mehr, mal weniger passende englische Ausdrücke in ihre theatralischen Reden eingestreut. Ich wunderte mich, dass mir diese Erinnerungen so ein behagliches Gefühl bereiteten. Vielleicht lag es daran, dass mir diese Menschen einerseits vertraut erschienen und ich andererseits glaubte, sie morgen wieder hinter mir lassen zu können. Es sprach nichts dagegen, den nostalgischen Traum zu genießen, solange er andauerte. Ich drückte mich in den Sitz, behielt einen Schluck Bier im Mund und freute mich daran, wie sich sein Geschmack dort ausbreitete.

Nadja fand nach einigem Gekurve einen Parkplatz unweit des Schulterblatts. Wir hatten Hunger und entschieden uns nach kurzer Diskussion gegen das aufgeräumte asiatische Restaurant «Mikawa» und für die rustikale «Taverna Plaka». Dort, in dunkler Stube, wurden Grillteller mit Tsatsiki gereicht. Auf den Tischen lagen rot-weiß karierte Decken. An einem dunklen Holzbalken prangte ein Bündel grüner Plastik-Weintrauben. Es wunderte mich, dass sowohl Ella als auch Nadja ohne Umschweife Fleischgerichte bestellten. Bei Ronny hatte ich nichts anderes erwartet, und mir erschien auch die neue Runde Bier stimmig, die er für uns alle orderte, Nadja mittlerweile inbegriffen.

Ich beobachtete Ella aus dem Augenwinkel. Im dämmrigen Licht der Taverne sah sie anders aus als im nüchternen Wohnzimmer von Luis und Marion: jünger, weicher, die große Schwester der echten Ella. Ich freute mich, mit ihr hier zu sitzen. Es war ein Beweis, dass sie mir nichts nachtrug. Auch ich trug ihr nichts nach, und ich hätte ihr das gerne gesagt. Gerne hätte ich von ihr auch erfahren, was in ihr vorgegangen war, als sie damals die FSS verlassen hatte. Ich sagte mir, dass sich dazu vielleicht heute noch eine Gelegenheit bieten werde. Dann sagte ich mir, dass ich bereits mehr als angetrunken sein musste.

Während des Essens erzählten wir reihum weitere Anekdoten von früher. Dabei vermieden wir in stiller Übereinkunft alles, was düster oder bedrückend hätte wirken können. Ella und Nadja vermieden es sogar, die Wielands zu erwähnen. Mir gefiel es, wie Ella lachte, und es gefiel mir, wie sie einmal an ihr Ohrläppchen griff. Sie saß mir gegenüber, sah aber öfter zu Ronny oder Nadja als zu mir. Ich hatte allerdings das Gefühl, dass ihr eigentliches Interesse mir galt. Und auch wenn ich mich nicht im engeren Sinne körperlich von ihr angezogen fühlte, schmeichelte mir dieses Interesse.

Als ich wenig später von der Toilette zurückkam, hatte sich die Stimmung am Tisch verändert. Ella redete leise auf Ronny ein. Kaum stand ich neben meinem Stuhl, warf sie mir einen flüchtigen, misstrauischen Blick zu.

«Ich habe Ronny gerade erzählt, dass sich ein weiteres Opfer bei Nadja und mir gemeldet hat», sagte sie in einem geschäftsmäßigen Tonfall.

Ich nickte, bevor ich verstand, wovon Ella sprach.

«Ich denke, wir haben so oder so genug Fälle zusammen, um an die Presse zu gehen.»

«Und was soll das bringen?», fragte ich. Auf Ellas Stirn bildete sich eine steile Falte.

«Gerechtigkeit?», fragte Nadja und hielt jesushaft ihre Handflächen in Richtung Decke. Ich setzte mich möglichst gerade hin, um mich zu sammeln und trotz meiner Angetrunkenheit seriös zu wirken. Dann sagte ich: «Und wenn auf jeden, der alles ans Licht bringen will, mindestens einer kommt, der das nicht will – ist das dann immer noch Gerechtigkeit?»

Nadja sah mich feindselig an. «Nicht dein Ernst? Vorhin hast du doch noch gesagt, wir sollten es versuchen.»

So gelassen wie möglich versuchte ich meine Sicht darzulegen. Ich sprach von mangelnden Beweisen, von Verjährung, von einer Schlammschlacht, die auch Unschuldige treffen würde, vom unnötigen Aufreißen alter Wunden und davon, dass das Image der Schule danach komplett zerstört sei und mit ihm auch der Wert eines Schulabschlusses dort.

«Ach, darum geht es dir», sagte Nadja. «Ums Image.»

Ich nickte: «Ich habe keine Lust, als Missbrauchsopfer dazustehen. Andere Autoren können das von mir aus anders halten, aber ich will in keine Schublade, und damit bin ich nicht alleine.»

«Aber das ist doch das Problem», sagte Ella. «Die Angst vor Schubladen führt zum Schweigen, das Schweigen schützt solche Strukturen, und es ändert sich nichts.»

«Es fühlt sich auch nicht jeder zum Weltverbesserer berufen», sagte ich.

«Dabei würde gerade dein Name wirklich einen Unterschied machen.»

Ich versuchte, Ellas Blick standzuhalten. «Ja, und danach würden alle in meinen Büchern nach Anzeichen für meine schweren Traumatisierungen suchen. Darauf kann ich verzichten.» Ich machte der Kellnerin ein Handzeichen und deutete auf mein leeres Bierglas.

«Ich nehm auch noch eins», sagte Ronny und meldete sich damit das erste Mal seit einigen Minuten zu Wort.

«Warum ist es dir eigentlich so wichtig, die Wielands zu schützen?», fragte Ella.

«Ich will *mich* schützen», sagte ich. «Ich will selbst darüber bestimmen, wie andere meine Biographie sehen. Ihr redet von Übergriffen und seid selbst übergriffig.»

«Wir zwingen dich doch zu nichts», sagte Nadja.

«Salvador und Valerie haben mich auch zu nichts gezwungen.»

Nadja schüttelte den Kopf, als sei ich ein hoffnungsloser Fall.

«Aber sie haben deine Jugend und dein Unwissen ausgenutzt», sagte Ella. «Sie haben deine Bedürfnisse ausgenutzt. Sie haben dich abhängig gemacht.»

Ich lächelte. «Das meine ich mit übergriffig. Du sagst mir, wie ich es sehen soll. Du weißt ganz genau, was ich angeblich empfunden habe.»

«Ich weiß nicht, was du empfunden hast», sagte Ella. «Ich weiß, was die beiden getan haben. Mit uns allen.»

«Und wenn ich mich nicht ausgenutzt fühle?»

Ella faltete die Hände und legte den Kopf ein wenig schief. Vermutlich sah sie so ihre Patienten an, wenn sie ihnen «aktiv zuhörte». Ich ärgerte mich darüber, dass ich mich unvorbereitet auf dieses Thema eingelassen hatte. Ella und Nadja redeten vermutlich seit Jahren immer wieder darüber, wie die FSS uns alle schwer beschädigt hätte und welche Rechnungen noch beglichen werden müssten. In ihren Augen nahm Leid offenbar ab, wenn es öffentlich gemacht wurde. Aus meiner Perspektive wurde es dadurch vergrößert und genau genommen erst real.

Niemand antwortete auf meine Frage. Ronny spielte ein wenig mit seinem Bierdeckel, dann sagte er: «Also, ich kann beide Seiten verstehen.» Da ihm diese Plattitüde die ungeteilte Aufmerksamkeit der Frauen eintrug, redete er weiter. Natürlich seien die Wielands Freaks und ihr Verhalten nach heutigen Maßstäben in manchen Punkten inakzeptabel. Er glaube auch, dass Sex zwischen Schülern und Lehrern problematisch sei. Und die beiden hätten ja immerhin Fotos und sogar Filme gemacht. Da müsse man schon von Ausnutzen reden. Im Kinderheim sei es ihm allerdings schlechter gegangen. Bei den Wielands habe er etwas gelernt, uns kennengelernt und davon abgesehen ganz generell das Negative der Vergangenheit für sich abgehakt. Je mehr er über bestimmte Dinge nachdenke, desto schlechter gehe es ihm. Also denke er nicht darüber nach. Damit wolle er nicht sagen, dass Aufklärung schlecht sei, aber es solle eben jeder selbst entscheiden, ob er mit seinem Namen wirklich in der Öffentlichkeit stehen wolle. Bei mir könne er die Bedenken verstehen. Außerdem sei aus uns allen doch etwas geworden. Klar, er sei bloß Kneipier, aber immerhin nicht arbeitslos und drogensüchtig.

Obwohl Ronny am meisten von uns getrunken hatte, klang er zunehmend nüchtern. Sein Ausdruck gewann an Klarheit, seine Gedanken an Präzision, je später es wurde.

«Ihr habt recht», sagte Ella schließlich. «Es sind eure Geschichten. Ihr könnt damit umgehen, wie ihr wollt. Ich habe vermutlich tatsächlich etwas übergriffig geredet.»

«Da sind wir Therapeuten super drin», sagte Nadja in einem ähnlich versöhnlichen Tonfall. «Hunderte von Supervisionen und am Ende ...»

«Es ist mir egal», unterbrach ich sie. «Ich halte nicht viel von dem Modewort ‹übergriffig›. Es stört mich nicht, wenn jemand versucht, mir nahezukommen oder für mich zu denken.»

«Nicht?», fragte Ella.

«Warum sollte es?», sagte ich. «Ich entscheide, was ich zulasse.» Dann erklärte ich, dass ich mit der neuen Empfindlichkeit nichts anfangen könne. Ich wisse nicht, warum auf einmal so viele darauf aus seien, sich zu Opfern zu machen, warum es plötzlich «aware» sei, anderen die Schuld dafür zu geben, wie man sich selbst fühlt. Mittlerweile seien viele Menschen ja besessen von Grenzen. Nicht mehr lange, und das ganze Leben sei ein einziger Übergriff: ein Blick, ein Wort, ein Gedicht an der Wand. Aber wie sollten sich Menschen kennenlernen, nahekommen oder vielleicht sogar mal wachrütteln, wenn die Grenzen immer unnachgiebiger gezogen würden und alle Ambivalenzen verschwänden?

Während Ella und Nadja nach meinen Ausführungen schwiegen, pflichtete mir Ronny bei. Was früher als ganz normal gegolten habe, werde ja mittlerweile als fast kriminell betrachtet. Ein bewundernder Blick sei heutzutage eine halbe Vergewaltigung. Und dieses Hippietum der Wielands sei früher eben auch nicht so ein Skandal gewesen. Vielleicht würde man das jetzt im Rückblick dramatisieren, weil die Zeiten hysterischer geworden wären.

«Genau das», sagte ich.

«Entschuldigung», sagte Nadja, «das waren keine Hippies. Das waren eiskalte Täter. Das hatte doch alles Methode.»

«Ich weiß nicht.» Ronny warf mir einen Blick zu. «Vielleicht irgendwas in der Mitte.»

«Okay», sagte Ella. «Vielleicht hast du recht. Ich fürchte allerdings, die sexuelle Gewalt war das Zentrum der Wielandfamilie und alles andere nur Mittel zum Zweck.»

Ich nahm einen großen Schluck von meinem Bier. Mir fiel ein, dass Ella schon vor Jahren im Mailverteiler von einem «System Wieland» geschrieben hatte. Ich fand das so destruktiv. Alles, was wir jemals mit den Wielands erlebt hatten, alles, was wir ihnen möglicherweise eben doch verdankten, wurde durch dieses Etikett in den Schmutz gezogen. Als ich diesen Gedanken vorsichtig äußerte, schüttelte Ella den Kopf. «Du tust so, als ob ich das Problem schaffen würde, dabei bin ich bloß die Überbringerin der schlechten Nachricht. *Die beiden* haben mit ihrem Verhalten alles andere in den Schmutz gezogen. Ich finde das ziemlich offensichtlich.»

«Du misst dem eben ein anderes Gewicht bei», versuchte ich es versöhnlich und behielt einen Gedanken für mich, der während des Gesprächs zunehmend an Kontur gewann:

Wie unzufrieden musste man mit sich selbst sein, um fast drei Jahrzehnte lang diesen Groll mit sich herumzutragen? Was lief in der Gegenwart schief, wenn man die Vergangenheit nicht sich selbst überlassen konnte? Sollten Valerie und Salvador nun für alle schlechten Gefühle büßen, die manche ihrer Schüler heutzutage hatten? Warum war es Ella so wichtig, ein Opfer zu sein? Sagte es nicht mehr über sie aus als über die Wielands?

«Wir müssen darüber auch nicht die ganze Nacht reden», sagte Ella. «Ich will jetzt nur wissen, wer dabei ist. Denn Nadja und ich, wir machen es sowieso. Heute sind wir nicht mehr machtlos. Die Odenwaldschule ist schon geschlossen, und dieses Jesuiteninternat in Bonn wird auch bald dichtgemacht.»

Ich nickte. Dann fragte ich, ob die anderen es denn gut fänden, wenn die FSS geschlossen würde? Ob es ein Triumph sei, wenn es das kleine Internat mit seinem reformpädagogischen Ansatz ihretwegen bald nicht mehr gäbe? Ronny verneinte, Ella und Nadja meinten, darum gehe es doch gar nicht. Die anderen Schulen seien nur ein Beispiel dafür, dass die Betroffenen heute gehört würden. Auch uns werde man hören.

«Und ich habe nichts dagegen, wenn die FSS finanziell blutet», sagte Ella. «Solange keine Entschädigungen gezahlt werden, gibt es kein echtes Bekenntnis zur eigenen Verantwortung.»

Ronny wurde beim Wort «Entschädigungen» hellhörig und fragte, ob solche Zahlungen an uns realistisch seien. Daraufhin erklärte Ella eine ermüdend lange Zeit Modalitäten und Erfahrungswerte, wobei sie überraschenderweise von Nadja in ihrem Elan gebremst wurde. «Der Geldaspekt» sei mit Vorsicht zu behandeln, er könne uns auch viele

Unterstützer kosten. Während die Frauen debattierten, hörte ich kaum noch zu. Stattdessen überlegte ich, wie ich mich verhalten sollte. Ich wollte nicht wortbrüchig werden, ich wollte mit Ella in Kontakt bleiben, und ich wollte zumindest ansatzweise die Kontrolle über die Ereignisse behalten. Also erklärte ich mich bereit, einen Zeitungsartikel mitzuverfassen oder zumindest Korrektur zu lesen, solange ich nicht namentlich erwähnt würde. Ronny fand das einen «guten Kompromiss», den wir mit «was Schärferem» besiegeln sollten.

«Gibt eh gleich 'nen Ouzo aufs Haus», sagte Nadja. «Heißt das, ihr schickt uns eure Berichte?»

«Wenn das nicht irgendwas Juristisches ist», sagte Ronny. «Also ich will da nichts aussagen oder bezeugen müssen.»

Nadja und Ella sicherten ihm zu, dass er anonym bleiben könne und in nichts reingezogen werden würde, was er nicht wolle. Es gehe jetzt darum, dass sich andere in den Fällen wiedererkannten und ebenfalls meldeten. Es sei wie bei der Geschichte mit dem Filmproduzenten aus Hollywood: Man könne das meiste nicht beweisen, aber je mehr Zeugen eine Aussage machten, desto schwerer wögen die Indizien.

«Gut», sagte Ella zufrieden. «Wir sind im Geschäft.» Sie lächelte mich an, und mit dem Ouzo, den die Kellnerin brachte, besiegelten wir diesen Teil des Abends. Jetzt, da wir zumindest vorübergehend Frieden geschlossen und die weniger angenehmen Fragen geklärt hatten, wirkte unsere kleine Gruppe wie erfrischt. Nadja führte uns in eine Bar namens «Mutter». Sie und Ella schienen öfters hierher zu kommen, zumindest kannten sie den bärtigen Barmann, der ihnen durch ein Wabern aus Zigarettendunst und Rockmusik zulächelte und sie bei der Bestellung bevorzugte. Wir drängten uns mit unseren Gin Tonics in einen kleinen, dunklen Nebenraum, verteilten uns auf Sessel und ein Sofa und entzündeten Zigaretten. Dabei verhielt es sich noch genau so wie früher: Ronny und Nadja waren richtige Raucher, Ella und ich rauchten nur bei bestimmten, alkoholgeprägten Gelegenheiten.

Eine Weile redeten wir über unsere Berufe. Dann kamen wir wie einem bewährten Protokoll folgend auf Beziehungen zu sprechen. Weder Nadja noch Ella hatten einen Partner. Ronny sprach von wechselnden Bekanntschaften und erzählte ausführlich von einer «Hammerfrau», die ihn vor ein paar Jahren «total fertig gemacht» habe. Er würde sich gerne wieder verlieben, aber sein Herz sei derzeit leider vernarbtes, taubes Gewebe. Nadja nickte ernst. Ein normaler Flirt zwischen Menschen um die vierzig.

Ich erzählte von Martha. Ich hätte einfach das Glück gehabt, jemanden zu finden, der mit meinen Macken klarkam.

«Und, hat sie auch Macken?», wollte Ella wissen.

«Klar», sagte ich, ohne weitere Gesprächsbereitschaft anzudeuten.

Ronny fragte, ob wir Kinder hätten, und nachdem ich verneint hatte, wirkte er ein wenig traurig.

«Es ist komisch, oder?», sagte er und zog eine neue Zigarette aus der Schachtel. «Keiner von uns hat Kinder. Und die ganzen braven Langweiler von damals haben heute Familie.»

«Stopp», sagte Ella. «Hab ich vergessen zu erwähnen: Ich habe eine Tochter.»

«Cool, Glückwunsch», sagte Ronny. «Ich wollte ja auch immer Familie. Immer schon.»

Wir redeten weiter über Kinder und Familie, und nach

einer letzten Getränkerunde gab sich Nadja als Mutter der Kompanie und zeigte auf Ronny: «Du zu mir?» Dann zeigte sie auf mich: «Und du zu Ella?»

Ronny und ich sahen uns an. Dann nickten wir und redeten mit unseren freundlichen Gastgeberinnen noch ein wenig über ihre Wohnorte und deren Entfernung zur «Mutter». In Hamburg hießen auch zentrumsnahe Stadtteile in der Regel wie Kuhdörfer – in diesem Falle Ottensen und Eimsbüttel. Einerseits fühlte ich mich erleichtert, weil nun die Frage eine Antwort fand, die den ganzen Abend über im Raum gestanden hatte. Andererseits drängte es mich nicht danach, mit Ella alleine zu sein. Ich befürchtete, dass diese Zweisamkeit enttäuschend und vielleicht auch peinlich verlaufen würde. Ronny zögerte allerdings nicht lange mit dem Aufbruch. Zügig trank er seinen Gin Tonic leer und sah Nadja an, bis diese Ella umarmte, sich vom Sofa erhob, mir bedeutungsvoll lächelnd die Hand gab und mit Ronny in der Februarnacht verschwand, während Ella und ich noch am Tresen standen und zahlten.

Als wir ins Freie traten und mir die kalte Luft entgegenschlug, sagte ich: «Ich kann auch einen frühen Zug nach Berlin nehmen.»

Ella nickte, zückte ihr Smartphone und klickte darauf herum.

«6.48 Uhr vom Hauptbahnhof», sagte sie schließlich. Dann sah sie mich an: «Moment mal, dein Auto!»

Wir lachten beide los.

«Egal», sagte Ella, drehte sich schwungvoll auf der eigenen Achse und zeigte sehr gerade mit dem rechten Arm eine breite, dunkle Straße hinunter: «Kleinraumdisko.»

Die «Kleinraumdisko» ähnelte der «Mutter», nur dass die Räume auf mich noch schlauchartiger und verwinkelter wirkten. Ich überlegte: Schwenkte ich nun auf Cola um, konnte das sowohl eine unangenehme Ernüchterung als auch das Aufrechterhalten einer notwendigen Restfrische bedeuten. Blieb ich bei den Gin Tonics, hielt womöglich der angenehm entrückte Zustand an, aber ich riskierte ein baldiges Zusammensacken, eine drastische Einschränkung meines Handlungsspielraumes.

Bei Ella handelte es sich offensichtlich um eine mindestens semiprofessionelle Barfly: Auch in der Kleinraumdisko kannte man sie, auch hier bestellte sie ungerührt Gin Tonic, und zwar für uns beide, ohne dass ich gefragt wurde. Während ich einen freien Platz in einer Ecke fand, fragte ich mich, was Ella von mir wollte. Sollte noch etwas geklärt werden? Ging es um Sex? Wollte sie mich noch stärker für ihr Gerechtigkeitsprojekt verpflichten?

Wir hatten uns gerade gesetzt, miteinander angestoßen und ein paar Allgemeinplätze ausgetauscht, als Ella auf das niedrige Tischchen vor uns schaute und fragte: «Was wirst du als Nächstes schreiben?»

«Keine Ahnung.»

«Kein neues Projekt?»

«Ehrlich gesagt habe ich weder eine Idee noch Antrieb, nach einem Stoff zu suchen.»

«Wie kommt's?»

«Das Schreiben erscheint mir seit einer Weile nicht mehr zwingend nötig. Vielleicht sogar sinnlos.»

«Alles erzählt?»

«Kann sein.»

«Oder hat es dir nicht gebracht, was du dir erhofft hast?» Ella sah mich an. Ein ironisches Lächeln verzog ihre Mundwinkel.

«Du stellst gute Fragen», sagte ich.

«Vielleicht habe ich sogar gute Antworten», sagte Ella und richtete sich ein wenig auf. «Also: Ich habe alle deine Romane gelesen und mich ein bisschen gewundert.»

«Warum?»

«Ich finde so wenig von dir darin.»

«Womöglich habe ich mich weiterentwickelt.»

Ella schüttelte den Kopf. Sicher habe sich mein Intellekt weiterentwickelt. Meine Bücher seien auf fast schon entrückte Weise schlau. Wenn sie darin lese, fühle sie sich selbst schlau und überlegen. Plötzlich sehe sie mit einem wissenden Blick auf die Leute in meinen Geschichten. Sie durchschaue ihre Antriebe, ihre kleinen und großen Niedrigkeiten. Alles liege auf einmal klar vor ihr. Aber am Ende frage sie sich: wozu?

Da ich schwieg, redete Ella weiter: Ich sei sehr gut darin, Paarbeziehungen zu analysieren und den Unterschied zwischen Anspruch und Wirklichkeit schmerzhaft deutlich abzubilden. Das sei für sie als Mensch wie als Psychologin sehr interessant und inspirierend. Sie sagte diesen Satz in einem angenehm ironischen Tonfall. Dennoch entging mir nicht, dass sie es ernst meinte, als sie mit ihrer Analyse fortfuhr: «Wenn ich das emotionale Zentrum deiner Geschichten suche, dann ist da nichts, eine Leerstelle.»

«Ich muss ja dem Leser nicht meine eigene Position aufdrängen.»

«Aber das tust du doch, indem du alle möglichen Illusionen und Lügen aufdeckst. Es fehlt mir halt nur der nachvollziehbare Grund dafür.»

«Vielleicht können wir das hier abkürzen», sagte ich. «Du sagst doch im Wesentlichen, dass ich mein wahres Ich hinter Schlauheit verstecke und über Menschen urteile, ohne mich selbst angreifbar zu machen.»

Ella tat, als denke sie nach, dann lächelte sie breit und sagte: «Ja!»

Unwillkürlich musste ich auch lächeln. Die Einzige, die sich mir gegenüber ähnlich respektlos verhielt, war Martha. Ich griff nach meinem Glas, nahm einen Schluck und sagte dann: «Tust du als Therapeutin nicht genau dasselbe?»

«Ich glaube nicht», sagte Ella und nahm ebenfalls ihr Glas in die Hand. «Der erste Unterschied ist: Die Menschen kommen zu mir, weil sie einen Leidensdruck verspüren.»

«Wer liest denn, der keinen Leidensdruck verspürt?», sagte ich. «Und sei es nur die Langeweile.»

«Okay. Aber erstens versuche ich nicht, die Illusionen meiner Klienten zu zerstören, sondern helfe ihnen, ihre Ressourcen zu stärken. Und zweitens mache ich das mit einem klaren Ziel: damit es Menschen und ihrem Umfeld langfristig bessergeht.»

«Tja», sagte ich. «So hehre Ziele habe ich nicht. Ich schreibe nur auf, was ist.»

«Kein Problem», sagte Ella. «Mich wundert nur, dass du gegenüber Beziehungen so analytisch und bilderstürmerisch vorgehst, die FSS aber wie ein rohes Ei behandelst.»

Ich lachte auf.

«Ach, da sind wir wieder», sagte ich und schüttelte den Kopf. «Was hast du nur gottverdammt noch mal mit der FSS? Das ist bald dreißig Jahre her.»

Ella lächelte, aber ihre Augen schimmerten angriffslustig. «Hast du die Tillymails geschrieben?»

«Was?»

«Diese krassen Geschichten. Die waren ziemlich gut formuliert.»

«Nein», sagte ich, tatsächlich aufgebracht über die Anschuldigung.

«Dann war es Luna. Ich habe alles durchdacht.»

«Warum sollte Luna so was getan haben?»

Ella wiegte den Kopf hin und her. «Was weißt du über Traumata?»

«Keine Ahnung», sagte ich. «Ich weiß, dass heute eigentlich alle traumatisiert sind und jeden Mist in ihrem Leben mit irgendwelchen Verletzungen in der Kindheit rechtfertigen. Toll für Therapeuten. Meine Güte, jede Geburt ist ein verschissenes Trauma. Wir sind alle Opfer. Und jetzt?»

«Warum macht dich das Thema so wütend?»

«Oh, bitte», sagte ich. «Das ist so durchschaubar. Wer gegen deine Theorie ist, bestätigt sie damit nur. Das ist Sektenlogik, Ella.»

«Es geht nicht um deine Gegenwehr, sondern um deine Wut», sagte sie ruhig und sah auf den Drink in ihrer Hand. «Deine emotionale Reaktion finde ich interessant. Wenn das Thema ‹Trauma› so lächerlich ist, warum regt es dich dann auf?»

«Du meinst das ernst?», fragte ich. «Du ziehst das jetzt wirklich durch.»

«Im Durchziehen bin ich gut», sagte sie und nahm einen sehr großen Schluck von ihrem Gin Tonic. Ihre Pupillen wirkten groß und feucht im Dämmerlicht der Kneipe.

«Gut», sagte ich. «Vielleicht trage ich ein gefrorenes Meer aus Leid in mir. Bisher ist noch keine Axt durchgedrungen. Was rätst du mir?»

Ella nickte versonnen. Dann sah sie mir plötzlich in die Augen und fragte ernst und mit Nachdruck: «Warum bist du hier?» Dabei schielte sie ein wenig.

Ich stutzte, dann quoll aus meiner Körpermitte ein Lachen und schüttelte mich, ohne dass ich es hätte aufhalten können. Ich lachte, wie ich lange nicht gelacht hatte. Ellas

Gesicht öffnete und verzog sich, als sie ebenfalls von einem Lachanfall gepackt wurde, sich bald nach Luft ringend auf dem Sofa krümmte und mit ihrem Kopf an meine Seite rutschte.

VIERTES KAPITEL

Ich bewegte mich durch altertümlich eingerichtete Räume: dumpf, schwer, dunkel, halb 19. Jahrhundert, halb romantische Phantasie über ein ewiges Mittelalter. Eine dunkelhaarige Frau führte mich mit Kerzenleuchter in der Hand wie eine Poe-Figur durch eine Abfolge von Korridoren, verlassenen Sälen, Privatgemächern, aber wir fanden das eine Zimmer nicht. Ich meinte, das fröhliche Rufen eines Mädchens zu hören. Ein Schmerz gemischt aus Heim- und Fernweh reifte in meinem Körper, eine alle anderen Gedanken und Gefühle und Antriebe verbrennende Sehnsucht. Ich wollte weinen, dann wachte ich auf.

Das Mädchenrufen hallte noch einen Augenblick lang nach. Schließlich löste sich die Verkrampfung in meiner Brust, und das Gefühl, den Tränen nahe zu sein, verebbte.

Mit verdrücktem Schädel und ranziger Mundhöhle fand ich mich im Zwielicht eines fremden Zimmers. Ein Lichtkegel ragte durch eine offene Tür über den Boden fast bis an meinen Rand des breiten Bettes. Neben mir erstreckte sich der Rücken einer Frau wie eine selten gesehene Landschaft. Groß und schwer, fremd und lebendig hob und senkte sich Ella Winters Körper. Mir fiel nicht ein, wann ich zuletzt mit einer erwachsenen Frau das Bett geteilt hatte. Ich wusste, dass Ella und ich nicht miteinander geschlafen hatten, wir hatten uns auch nicht geküsst. Dabei ist es mir gerade unter Alkoholeinfluss möglich, mit einer Frau zu schlafen, wenn auch eher aus Höflichkeit und um mich vor ihr und vor mir selbst in ein bestimmtes Licht zu rücken. Ich folge dabei einem Kalkül, keinem Drang, und ich fühle mich nicht sonderlich wohl damit. Je weniger eigenen Willen die Frau zeigt, desto besser ist es für mich. Ich kann die Augen schließen und mich in mein Nymphenreich verflüchtigen. Anweisungen oder offensiv ausgedrückte Lust verursachen mir tiefen Widerwillen. Dann verwandeln sich die großen, schweren Leiber der Frauen von etwas in Maßen Reizvollem in etwas Ekelerregendes. Plötzlich rieche ich den sauren, abgestandenen Schweiß aus ihren groben Poren, ahne ich die Hornhaut ihrer alternden Füße, fällt mir der Nabokov-Halbsatz «während ich durch das Unterholz dunkler, welkender Wälder hetzte» ein. So lustig es klingen mag: Mehrmals schon habe ich Höhepunkte vorgetäuscht, ohne zu wissen, ob ich damit der Frau oder mir etwas vormachen wollte. Und doch war es so oft besser gewesen, denn besonders heikel hatten sich Situationen entwickelt, in denen ich aus Unlust am Verkehr den Romantiker gegeben hatte. Ich sei zu aufgewühlt, der Kontakt sei mir zu wichtig für eine kurze Nacht, ein One-Night-Stand erscheine mir jetzt zu profan. Damit hatte ich in den jeweiligen Frauen ein Tor zu weitaus größeren Begehrlichkeiten aufgestoßen: der Mann, der mich als Menschen sieht, der mich wirklich will, der mir Liebe verheißt. Es ist viel leichter, eine Frau nach einem vollzogenen One-Night-Stand loszuwerden als nach einem mit romantischen Ausreden vermiedenen.

Ich dachte über den letzten Teil des Abends nach: Wir hatten ein Taxi genommen, auf der Fahrt hatte Ella kurz ihre Hand auf meine gelegt. Wie so oft an diesem Tag hatte ich gar nicht reagiert. Vordergründig nüchtern und kontrolliert und gleichzeitig von Grund auf betrunken, hatte ich Ellas Wohnung betreten – eine angenehme Wohnung –, hatte eine Weile mit Ella vor einem hohen Bücherregal im Wohnzimmer gestanden und mitten in einer etwas unkonzentrierten Konversation über die Autorin Katrin Seddig plötzlich über Martha zu sprechen begonnen. Ella hatte gelächelt und mir kurz darauf eine Zahnbürste in die Hand gedrückt.

«Wenn es dir lieber ist, kannst du mein Bett alleine haben», sagte sie. «Ich schlafe in Lucias Zimmer.»

«Ich kann auch in Lucias Bett schlafen», sagte ich, ohne nachzudenken. Ella zog die Stirn ein wenig in Falten. «Das fände sie sicher nicht cool.»

Ich lachte künstlich und sagte: «Dein Bett ist bestimmt groß genug für zwei.»

«Ist es», sagte Ella und ging ins Bad.

Ich lag bereits in ihrem Doppelbett, als sie in einem Pyjama ins Zimmer kam, die Decke auf ihrer Seite aufschlug und sich neben mich legte. Ein Gefühl der Beklemmung verengte meine Gedanken und überzog meine Haut mit unangenehmer Spannung. Am liebsten hätte ich etwas Gemeines gesagt: Du riechst nicht gut. Stattdessen lag ich da und versuchte, mich auf meinen Atem zu konzentrieren.

Ella löschte das Licht, drehte mir den Rücken zu und sagte: «Schlaf gut. Wenn du kotzen musst: Du weißt ja, wo das Bad ist.»

Ich lag noch eine ganze Weile da und verwaltete meinen Aufruhr, bis mit den regelmäßigen Atemzügen Ellas meine Anspannung nachließ und ich schließlich einschlief.

Jetzt, im Licht des Tages betrachtet, erschien mir die Situation absurd. Gerade versuchte ich zu ergründen, welcher Wille mich hierher, in Ella Winters Bett, geführt hatte, als die Frau neben mir wohlig gemeinte Geräusche machte. Sie drehte sich auf den Rücken, winkelte die Beine an und sagte: «Heiliger Bimbam!» Dann sagte sie eine Weile nichts. Irgendwann sah sie zu mir rüber und sagte: «Sehe ich auch so aus?»

«Du siehst sehr gut aus», sagte ich: «Falls du mir das sagen wolltest.»

«Schon gut.» Sie räusperte sich. «Ich mach uns Kaffee.»

Ich blieb noch liegen. Von einer Sekunde auf die andere drängten sich mir Vorstellungen davon auf, wie es sein musste, jeden Tag neben einer Frau aufzuwachen und ihr beim Verfall zuzuschauen. Tag für Tag, Woche für Woche, Monat für Monat, Jahr für Jahr, bis ans Lebensende. Wie die Haut vertrocknete und erschlaffte, wie Brüste und Hintern zunehmend verbraucht vom Skelett hingen, die Gelenke steif und die Bewegungen eckig wurden, der Mund verdörrte und steile, schlecht gelaunte Falten sich an seinen Seiten in ein von Tag zu Tag reizloseres Gesicht gruben. Schließlich brach der Blick der Augen im Stumpfsinn der Demenz, im Geruch ungeleerter Bettpfannen und gesüßter Tees aus Plastikbechern.

Ella rief aus dem Flur, ob ich Milch in den Kaffee wolle. Ich bejahte und bekam kurz darauf mein Getränk gereicht.

Ella setzte sich auf die Bettkante und umklammerte ihren großen Becher mädchenhaft mit zwei Händen, so, wie es Frauen auf Reklamebildern tun.

«Wenn du eine Schmerztablette willst – frag ruhig. Ich halte dich dann nicht für unmännlich.»

«Geht schon», sagte ich. «Und bei dir?»

«Ich glaube, der letzte Schluck vom letzten Gin war vielleicht nicht die allerbeste Idee. Habe ich geschielt?»

Ich nickte.

«Ich habe von Luna geträumt», sagte Ella unvermittelt. «So ein schlimm realistischer Traum.»

Ich machte ein Geräusch, das Ella als Einladung auffasste weiterzureden: «Sie ist in die Kleinraumdisko gekommen und hat sich zu uns gesetzt. Als Erwachsene, aber auch so wie damals. Sie hat uns abwechselnd angeguckt und gelacht. Dann hat sie gesagt: ‹Dadurch ändert sich jetzt auch nichts mehr. Was tot ist, ist tot.›»

«Performativer Widerspruch», sagte ich.

«Ja. Aber ätzend, echt.»

Ich wollte gerade fragen, was Ella gerne ändern würde, ob es etwas aus der Vergangenheit gab, das sie nicht losließ, als uns ein Geräusch an der Wohnungstür innehalten ließ. Ein Schlüssel drehte sich im Schloss. Sofort stellte ich mir einen nichtssagend aussehenden Mann vor, der mich gleich mit kaltem Blick aus kleinen Pupillen und einem sehr festen Händedruck daran erinnern würde, dass noch immer er ganz oben auf dem Affenfelsen saß. Dann aber hörte ich ein «Fuck», das nicht nach erwachsenem Mann klang, und mein Herz machte einen Sprung. Ella erhob sich, konnte sich aber nicht rechtzeitig vor mich und das Mädchen stellen, das aus dem Flur zu uns ins Schlafzimmer spähte und nur eine einzige, entzückende Silbe ausstieß: «Ups!»

«Was machst du denn hier?», fragte Ella mehr verblüfft als ärgerlich.

Das Mädchen stützte die Arme in die Hüften: «Wohnen?»

Ich musste lachen.

Das Mädchen legte den Kopf ein wenig schief und sagte: «Die Frage ist: Was macht der denn hier?»

«Kaffee trinken», sagte ich.

«Okay, Lucia», sagte Ella. «Das ist Tilman. Tilman, das ist Lucia.»

«Sehr erfreut», sagte das Mädchen, vollführte eine halbe Pirouette und schlug dann den Weg in die Küche ein. Ich fühlte mich wach. Plötzlich hatte ich Lust auf ein ausgedehntes Frühstück im Wohnzimmer der Winters. Und dieser Wunsch wurde mir erfüllt. Nach einer schnellen Dusche stand ich mit noch nassen Haaren und geputzten Zähnen neben Ella in der Küche und sah ihr dabei zu, wie sie Dinge aus einem mit Aufklebern und Stundenplan beklebten Kühlschrank nahm und auf einem Tablett platzierte. Lucia stand ebenfalls in der Küche und musterte mich mit unverhohlener Neugier. Ich spürte, dass ich Gnade in ihren hellwachen Augen fand.

«Ist gestern länger geworden?», fragte sie ihre Mutter.

«Hmm. Und bei dir ist es heute früher geworden.»

«Ich hatte keinen Bock mehr auf den Lauch.»

«Habt ihr euch gestritten?»

Lucia lächelte mich an, spielte mit ihren Haaren, machte eine unkontrollierte Bewegung mit der freien Hand und sagte: «Das kann man genau so sagen.»

Ich versuchte, nicht zu offensichtlich in ihr Gesicht zu starren. Mein Blick sog ihre weißen Turnschuhe, ihre engsitzende Jeans, den roten Pullover und ihre schwarz darauf fallenden Haare in sich auf, aber ich vermied es, ihr noch einmal direkt in die blitzenden Augen zu sehen, ganz einfach, weil ich mich für diese Art von Schönheit zu schwach fühlte.

«Worüber?», fragte Ella kühl.

«Er hat wieder voll rumdarthvadert.»

«Was?», fragte ich unwillkürlich.

Lucia imitierte ein tiefes, asthmatisches Atmen, dann sagte sie mit dunkler Stimme: «Ich bin dein Vater, Lucia!»

Ich konnte nicht anders, als übers ganze Gesicht zu lächeln. Lucia grinste fröhlich zurück.

«Das ist nicht lustig, Lu», sagte Ella ernst, die erwachsene Spielverderberin in einer Sonntagsküche voller Freude. «Er ist nämlich wirklich dein Vater.»

«Was? Nein! Ogottogott!», rief Lucia und schlug sich die Hände vor den Mund.

«Lach nicht.» Ella stieß mich mit dem Ellenbogen an. «Du spornst sie nur an.»

«Entschuldigung», sagte ich. «Leider ist es wirklich lustig.»

«Danke!» Lucia verbeugte sich theatralisch vor mir.

«Ging es um die Schule?», fragte Ella ungerührt.

«Jaha», sagte Lucia. «Um was sonst?» Dann sah sie mich halb herausfordernd, halb fragend an: «Hatten Sie auch Probleme in der Schule?»

Auch wenn mich das «Sie» schmerzte, fand ich sofort meine Sprache und sagte: «Kann man so ausdrücken, ja.»

«Tilman und ich waren an der gleichen Schule», sagte Ella und schloss den Kühlschrank. «Wir waren gestern zusammen auf der Beerdigung.»

«Da gab es doch keine Noten», sagte Lucia und drehte ohne Anlass eine weitere Pirouette. «Wie kann man denn da Probleme haben?»

«Also ich habe das hinbekommen», sagte ich. «Was macht dir denn Schwierigkeiten?»

«Warten Sie mal.» Lucia hob das Gesicht zur Decke und schloss die Augen. Dann zählte sie auf: «Also Mathe, Chemie, Physik, Bio, Erdkunde und ehrlich gesagt auch Geschichte.»

«Na, das geht doch noch», sagte ich und wagte für einen weiteren köstlichen Moment, Lucia anzulächeln und ihr dabei in die Augen zu sehen. Sie erinnerte mich stark an die echte Ella, jedoch in einer freieren, lebendigeren Version. Ihre Energie konnte ungehemmter fließen, ihre Jugend blühte weniger verschattet.

«Sie ist einfach stinkend faul», sagte Ella.

«Ja nice», sagte Lucia mit gespieltem Schmollen. «Mach mich nur vor fremden Männern fertig. Pädagogisch megawertvoll.»

«So, komm jetzt mal runter. Willst du mitfrühstücken oder hast du zufällig eine wichtige Verabredung mit deinem Smartphone?»

«Smartphone», rief Ella. «Smartphono. Mein Phonolino!»

Ich musste wieder lachen.

Beim Frühstück vermisste ich das Mädchen, Lucia, Lu, aber ein Lächeln hielt sich auf meinem Gesicht, und ich aß mit Appetit und ohne Eile. Meine Gastgeberin fühlte sich augenscheinlich weniger munter, Ella sagte nicht besonders viel, stöhnte stattdessen hin und wieder, wobei sie mir nach jedem dieser kleinen Ausbrüche ein schiefes Lächeln zeigte und etwas Ödes wie «Man wird nicht jünger» sagte. Schließlich bequemte sie sich doch zu einer weniger einsilbigen Konversation, fragte, was ich jetzt vorhätte und wie sie sich einen Tag und eine Woche bei mir eigentlich vorstellen müsse. Ich setzte gerade zu einer Improvisation über verschiedene tatsächliche und imaginierte Tätigkeiten an, mit denen ich mir als nicht schreibender, finanziell einstweilen abgesicherter Schriftsteller die Zeit vertrieb, als Lucia aus ihrem Zimmer gestürmt kam und laut rief: «Sina ist so ’ne Bitch!»

«Mensch, was soll denn das Theater?», fragte Ella. «Wir unterhalten uns hier gerade.»

«Ja, sorry, aber ich bin hier gerade emotional im Ausnahmemodus, okay?»

«Können wir helfen?», fragte ich halb zugewandt, halb ironisch und lächelte erst Ella, dann Lucia zu.

«Ihr könnt zuhören. Danke! Also, checkt das mal: Die hat mich gestern bei Insta entfreundet, weil ich ihren terrormäßigen Veganerspruch gedisst habe, und jetzt finde ich raus ... ey man, wie erkläre ich das jetzt?»

Ich hätte am liebsten ihren glühenden Kopf in meine Hände genommen und geküsst. Dann hätte ich sie so lange gehalten, bis sie sich beruhigt hätte, und anschließend hätte ich gerne alles über Sina und Insta aus ihrem schnell und energisch redenden Mund gehört. Stattdessen beherrschte ich mich aufs Neue und setzte eine interessierte Miene auf.

«Lass mich raten», sagte Ella. «Sie macht ’ne Party, und du bist nicht eingeladen, hast es aber über eine gemeinsame Freundin bei Snapchat mitbekommen.»

«Jaaa», rief Lucia aufgeregt. «Becci hat einen Screenshot gemacht. Von der Einladung. Ich bin so, so wütend. Können Sie das verstehen?» Sie sah mir geradewegs in die Augen, mit aller Wut und Trauer und Koketterie, die eine Dreizehnjährige in einen einzigen Blick legen kann.

«Ja, das ist scheiße», sagte ich. «Da bist du eiskalt gefickt worden, würde ich sagen.»

«Ähm», machte Ella. Ich spürte ihren missbilligenden Blick.

«Genau das!», rief Lucia begeistert. «So ungerecht.»

«Okay», sagte Ella. «Geht das auch mit weniger Drama? Wir reden nachher darüber. Mein Tipp: Schreib und poste nix, was du nachher bereuen könntest. Am besten gehst du für heute mal offline.»

Ich nickte.

«Und was mache ich dann den ganzen Sonntag, wenn ich mich weder aufregen noch abreagieren soll?»

«Wir könnten zusammen einen Ausflug machen», hörte ich mich sagen.

Ella lachte kurz auf: «Bist du dir sicher? Ich meine ...»

«Wohin denn?», unterbrach Lucia.

«Hmm. Bei dem Wetter?» Ich sah dramatisch aus dem Fenster. «Ins Kino!»

«Yeah!», rief Lucia und lief den Flur hinunter. Aus dem Hintergrund hörten wir sie rufen: «Ich check die Filmlage!»

Kurz darauf versuchte sie, uns in den neusten Film einer Horrorreihe mit FSK 18 zu lotsen. Ella zeigte ihr einen Vogel.

«Dann der neue *50 Shades of Grey*», sagte Lucia, aber die gestrenge Mama schüttelte nur den Kopf. Ich hätte es sofort erlaubt.

«Aber wenn ich euch Erziehungsberechtigte mitnehme, darf ich da rein», flehte Lucia mehrmals vergeblich und wusste nicht, welche Freude sie mir mit dem Wort «euch» machte.

Auf dem Weg zum Kino erzählte sie mir munter plaudernd von *Game of Thrones*, einer krassen Fantasyserie, von der sie alle Folgen gesehen habe, manche mehrmals. Ella gebot ihr Einhalt, wenn sie besonders brutale Szenen zu schildern versuchte, aber da Lucia mein Interesse bemerkte, fing sie immer wieder voller Inbrunst an. Ich stand kurz davor, von den Horrorfilmen zu erzählen, die ich in ihrem Alter im scheunenartigen Refugium der Wielandkinder gesehen hatte. Aus Angst, Ella könnte solche Schilderungen für pädagogisch wenig sinnvoll halten, hielt ich jedoch den Mund.

Der «Kompromiss-Film», auf den sich Ella und Lucia schließlich verständigt hatten, hieß *Black Panther* und fuhr einen aalglatten schwarzen Superhelden auf, der sich in einer vorhersehbaren Drei-Akt-Struktur durch ein buntes, grelles, lautes, aber seltsam actionarmes Spektakel manövrierte. Lucia fand den Film «Bombe». Ich ärgerte mich, dass Ella zwischen uns saß. Hin und wieder sah sie sorgenvoll zu mir herüber, und als wir zur Abspannmusik durch die Dunkelheit und den Popcorngeruch des Kinosaales gingen, sagte sie, ich würde sonst sicher nicht so einen Hollywood-Quatsch sehen. Ich erklärte, der Film sei in meinen Augen kein Quatsch, sondern verhandele mit Bezugnahme auf den Afrofuturismus wichtige Fragen rund um Öffnung und Widerstand, die in Afrika und innerhalb der schwarzen Diaspora diskutiert würden.

«Ach so», sagte Ella.

Lucia strahlte ihre Mutter an, zeigte auf mich und sagte: «Ich mag den.».

«Ich mag dich auch», sagte ich und wollte mit der Hand in ihre Haare greifen, stockte aber in der Bewegung. Ich ärgerte mich über meine Unsicherheit und lobte mich gleichzeitig für meine Vorsicht. Ich hätte nichts dagegen gehabt, eine weitere Nacht bei Ella und Lucia Winter zu verbringen, sah dann aber die wachsenden Schatten unter Ellas Augen und wunderte mich nicht, als sie auf dem Rückweg vom Kino beim Verlassen der S-Bahn-Station Sternschanze stehenblieb und mich anlächelte. «Das war sehr nett, dass du uns deine Zeit geopfert hast. Und toll, dich mal wieder zu sehen. Ich hoffe, du findest dein Auto.»

«Ich denke schon», sagte ich wie ein Automat, in dem ein wundes, ängstliches Menschenherz schlug. «Sonst rufe ich Nadja an.»

«Hast du ihre Nummer?»

Ich verneinte und ließ mir Nadjas und natürlich auch Ellas Telefonnummer geben.

«Willst du meine auch?», fragte Lucia. Ella verdrehte die Augen, ich nickte und tippte die gewissenhaft diktierten Zahlen in mein Smartphone, als wäre es ein Witz.

«Also», sagte Ella ein wenig ungeduldig und trat einen Schritt auf mich zu. Ich umarmte sie. Dabei wanderte meine Hand an ihre rechte Hüfte und hielt sie einen Augenblick lang fest. Ella löste sich sachte aus der Umarmung, hob eine Augenbraue und sagte: «Gute Reise. Und schöne Grüße an Martha.»

Ich lächelte und streckte Lucia die Hand hin. Sie aber breitete ihre Mädchenarme in der bundeswehrgrünen Winterjacke aus. Ich neigte mich wie vom Sturmwind verbogen zu ihr, sog den Duft ihres Haares und ihrer Haut ein und fürchtete mich davor, die Kontrolle zu verlieren, von Gefühlen durchflutet zu werden, für die ich ein zu kleines Gefäß bildete. Einen elektrischen Schlag lang fühlte ich Lucias kleine, feste Ohrmuschel an meiner Wange. Ich ließ los, nickte unsinnig und ging davon. Erst nach einigen Metern fiel mir ein, mich noch einmal nach Ella umzusehen.

Auf der Rückfahrt liefen mir plötzlich Tränen aus den Augen. Der dunkle Himmel vor meiner Windschutzscheibe erschien mir so schön und einmalig, so aufgeladen mit Frische und Geheimnis, dass sich eine Brücke von diesem Moment bis weit in meine Jugend spannte, als die Erfüllung aller meiner Sehnsüchte zum Greifen nahe schien und ich in einem fortgesetzten Zustand des Hoffens meine Wahrnehmung verzauberte und mein eigentliches Glück fand.

«Lucia», sagte ich immer wieder leise vor mich hin, kostete den Namen auf meiner Zunge und schämte mich nicht. Natürlich wusste ein Teil von mir, was ich mir da ausmalte und welche Konsequenzen ich billigte, wenn ich mich nicht sofort und konsequent von meinen Wünschen lossagte. Aber: Wie Wasser Hindernisse ungerührt umfließt, findet der Verliebte einen Weg zur Geliebten und wird sich durch Widrigkeiten seiner Verliebtheit nur umso bewusster. Ich weiß, dass das wie eine Ausrede klingt. Ich weiß, wie unreif und vermutlich auch krank meine Pläne in den Augen der Welt erscheinen mussten, aber die Augen der Welt erschienen mir halbblind, ihr Blick von Neid und Kleinlichkeit und Angst und Konvention getrübt. Ich stellte mir vor, wie ich mit Ella und Lucia zusammenlebte, wie ich mit der einen tat, was mir die andere an Leidenschaften eingab, wie ich allen, auch mir selbst, gerecht werden, wie ich Ella glücklich machen und Lucia unverdorben lassen konnte. Ich phantasierte in so plastischen Bildern und so scharf konturierten Gefühlen, dass ich die Zukunft bereits jetzt zu erleben glaubte. Es musste wahr sein, es konnte funktionieren.

Als ich in der aufziehenden Dunkelheit endlich einen Parkplatz im Bötzowkiez fand, stand mein Plan fest. Ich wusste, wie ich das Telefonat mit Ella beginnen und wie ich es je nach Verlauf fortsetzen würde. Es gab im Grunde genommen nicht viele Möglichkeiten, wie sie reagieren konnte, und auf alle fühlte ich mich gut vorbereitet. In meinem Kopf hatte sich während der Fahrt ein Skript mit alternativen Mittelteilen und Enden entwickelt, ein sich verzweigender Gesprächsbaum. Das Problem bestand darin zu warten. Übermorgen, frühestens morgen, durfte ich anrufen, um nicht maßlos zu wirken und dadurch Ella zu verschrecken. Ich wanderte durch die dunkle, stille, marthalose Wohnung, setzte mich mit einem Glas Wein in die Küche und stand wieder auf. Müde und unruhig ging ich hin und her, trank vom Wein und überlegte, was dagegensprach, gleich jetzt anzurufen. Ich würde einfach sagen, dass ich gut in Berlin angekommen sei, und mich noch einmal bedanken. Würde das nicht vielleicht sogar lockerer und absichtsloser wirken als dieses taktvolle Warten, dieses Vorspielen der genau richtigen Distanz? Noch bevor ich nennenswerte Gegenargumente formulieren konnte, hatte ich mein Telefon gegriffen und Ellas Nummer gewählt. Schon nach dem zweiten Klingeln wurde in Hamburg abgenommen, und ich hörte Ellas Stimme, ein wenig außer Atem, forschend, vielleicht auch ängstlich oder gestresst. Ich zwang mich, ruhig, langsam und unter der vollen Ausnutzung meines Tenors zu sprechen. Zunächst fragte ich, ob es gerade passe, dann erklärte ich, ich sei trotz meines Zustandes sicher in Berlin angekommen, und schließlich sagte ich, ich hätte mich bisher nur unzureichend für die Gastfreundschaft und die Inspiration bedankt. Jetzt arbeite es in mir, ja ich sei vermutlich ein wenig aufgewühlt und rufe wahrscheinlich auch deshalb an. Eine Weile hörte ich nichts außer meinem eigenen Herzschlag. Dann sagte Ella vorsichtig: «Das freut mich. Es freut mich für dich.»

Ich wagte mich weiter vor: «Ich habe den Eindruck, wir haben über ganz vieles noch gar nicht geredet. Bisher dachte ich immer, es gäbe da auch nichts zu reden. Jetzt bin ich mir nicht mehr so sicher.»

«Ja», sagte Ella rätselhaft, während ich mein Ohr anstrengte, in der Hoffnung, im Hintergrund ein Geräusch von

Lucia zu hören, und sei es nur ein Schritt oder das Klappern einer Tür, die sie mit ihrer Hand berührte.

«Wäre es okay, wenn ich nächstes Wochenende noch einmal vorbeikomme, und wir reden weiter?», fragte ich.

«Nächstes Wochenende bin ich nicht da», sagte Ella. Ich wartete kurz, ob sie mir eine Alternative vorschlagen würde, dann sagte ich: «Und das danach?»

«Auch nicht, ich fahre an die Ostsee und hüte das Sommerhaus von Freunden. Was ist mit Mails?»

«Du bist dann ganz allein zwei Wochen an der Ostsee?»

«Lucia ist dabei.»

«Ach», entfuhr es mir.

«Ist nicht gerade ihr Traumurlaub, aber es hat sich nichts anderes ergeben.»

«Ja, wir können mailen», sagte ich. «Ich versuche mal, einen Artikel zu schreiben, und dann sehen wir weiter.»

«Klingt gut.»

«Ich weiß nur nicht, ob ich das schaffe.»

«Wie meinst du das?»

Ich zögerte, setzte an, stoppte und sagte schließlich: «Ich könnte da vielleicht irgendwie Unterstützung gebrauchen. Ist nicht so leicht, manche Dinge aufzuschreiben.»

«Ja, klar.» Ella klang jetzt frischer und befreiter. «Ich habe da gerade eine Idee. Luis wohnt doch in Lübeck, Ronny in Rostock, Nadja in Hamburg, du in Berlin – ihr könntet doch alle an die Ostsee kommen, und wir machen da ein richtiges Strategietreffen und sprechen uns in Ruhe aus. An einem der beiden Wochenenden.»

«Gute Idee», sagte ich und versuchte, nicht enttäuscht zu klingen. Zum Glück fiel mir in diesem Augenblick mein Skript ein.

«Ich bin nun doch auf dem Weg zu einem neuen Stoff»,

sagte ich und wartete auf eine Reaktion Ellas, bevor ich ihr erzählte, die Beerdigung und das Treffen danach, vor allem das Wiedersehen mit ihr, hätten etwas in mir bewegt. Ich wisse noch nicht, in welche Richtung es nun gehe, aber ich bräuchte erst einmal Veränderung. Ich müsse raus aus Berlin, mich anderen Einflüssen aussetzen, vielleicht auch Kontakt zu Teilen meiner Persönlichkeit aufnehmen, die ich von meinem Bewusstsein abgeschottet hätte.

«Wie sieht das Martha?», unterbrach Ella meinen Redestrom.

«Martha?», fragte ich. «Die ist heilfroh, wenn ich mal eine Weile weg bin. Ich denke, ich gehe ihr mittlerweile vor allem auf die Nerven. Und ich kann es leider gut verstehen.»

«O-kay», sagte Ella gedehnt. «Das klingt ja nicht so bombombastisch.» Nach einer Pause fügte sie hinzu: «Vermutlich hast du mittlerweile ein paar Macken entwickelt, mit denen sie doch nicht so gut klarkommt.»

Ich lachte auf. Es klang künstlich. «Wer klar bei Verstand ist, lebt nicht mit einem Schriftsteller zusammen», sagte ich. «Vor allem dann nicht, wenn der mit sich nichts anzufangen weiß.»

«Und jetzt willst du mal eine Weile lieber anderen Menschen auf die Nerven gehen als deiner Martha?» Ellas Stimme klang nicht unfreundlich. Ich spürte, dass ich jetzt die Ruhe bewahren musste. «Am besten Menschen, die du danach schnell wieder hinter dir lassen kannst, habe ich recht, mein lieber Tilman Weber?»

«Genau. Und dabei will ich der Frage nachgehen, ob Psychologinnen nicht noch destruktivere Persönlichkeiten sind als Autoren, meine liebe Ella Winter.»

«Immerhin Persönlichkeiten», sagte Ella fröhlich. «Also, wenn du uns an der Ostsee besuchen willst – komm vorbei.

Dann kann Lucia zur Abwechslung mal dir auf die Nerven gehen.»

«Okay», sagte ich.

«Am Ende benutzen wir uns alle schön gegenseitig. Halt jeder so, wie er es gelernt hat.»

«Sehr gerne», sagte ich und fügte von kaum gezügelter Euphorie beschwingt hinzu: «Falls Lucia vielleicht etwas dagegen hat – ich könnte selbst mit ihr sprechen.» Ich bemerkte, dass ich schneller sprach. «Also jetzt.»

«Nicht nötig», sagte Ella nach einer kurzen, sehr unangenehmen Pause. Ich ärgerte mich, dass ich Lucias Stimme heute nicht mehr hören sollte, und ich ärgerte mich über meine mangelnde Vorsicht. Ich musste geduldiger sein, einen Schritt nach dem anderen tun, die Kontrolle über mein Verlangen behalten.

«Sie freut sich sowieso», sagte Ella.

FÜNFTES KAPITEL

Seiner Erzählung «Der Doppelmord in der Rue Morgue» hat Poe das Zitat eines Philosophen aus dem 17. Jahrhundert vorangestellt: «Welch' Lied die Sirenen sangen oder welchen Namen Achill annahm, da er sich unter Frauen verbarg, sind wohl verwirrende Fragen, doch liegen sie nicht jenseits aller Mutmaßungen.»

Als Jugendlicher hatte mich dieses Zitat zusammen mit den Lehren der Wielands angespornt, Geheimnisse als Rätsel zu betrachten. Was andere für unhinterfragbar hielten, musste mich nicht vom Fragen abhalten. Was vielen als unergründlich galt, wies mir den Weg zu tiefem Wissen. Eine Weile ging ich tatsächlich der Frage nach, wie sich wohl ans Licht bringen ließe, welches Lied die Sirenen gesungen hatten. Bald aber interessierte mich viel mehr, wie der blinde Homer sie sich vorgestellt hatte. Ich füllte die Lücke meines Wissens mit Vorstellungen von nackten Mädchen mit herrlichen Brüsten, anders als bei Jungen, anders als bei Frauen: feine Wölbungen, die etwas andeuten, ohne es preiszugeben, die sich in die Gesamterscheinung stimmig einfügen, anstatt wie große Beulen aus dem Oberkörper zu wachsen und an Geburt, Tod und Tiersein zu erinnern. In meiner Phantasie entzog ich den Sirenen die Flügel, sah sie aber dennoch nicht als Menschen an, sondern als Mischwesen, wie ich laut meinem Vater ja selbst eines war. Später las ich, dass antiken Dichtern zufolge der Flussgott Acheloos die Sirenen mit einer der neun Musen gezeugt hatte. Nichts hätte besser passen können. Die meisten Dichter nannten die schönstimmige Kalliope oder die singende Melpomene als Mutter der Sirenen und damit genau jene Musen, die zur heroischen oder tragischen Dichtung inspirieren.

In meinen guten Zeiten stehe ich unter ihrem Schutz, und meine Liebe zu ihren Kindern fließt frei durch mich hindurch, öffnet meine Sinne, füllt mein Herz und strömt von dort in alle Winkel meines Wesens. Jetzt erst bin ich wirklich lebendig, zurückgekehrt aus dem Totenreich, der Dunkelheit und Winterstarre. Jetzt fallen mir die Worte zu, lieben mich die Ideen, Klänge und Rhythmen zurück.

Ich spürte, dass Atome meines Musenkindes Lu sich bereits mit meinen vermengt hatten. Ich trug sie mit mir. Schaffenslust, Hoffnung, Angst und Schmerz kehrten zu mir zurück. Die Berliner Wohnung erschien mir ohne Lucia kalt und leer und wie ein Gefängnis, allerdings wie ein Gefängnis, in dem ich schreiben wollte. Es drängte mich, eine Geschichte für meine Sirene zu schreiben, eine große Saga, die sie alle anderen Geschichten vergessen ließ, ein verwickeltes Abenteuer, das alles enthielt, was Lucia fesselte, was ihre Wangen glühen und ihre Augen leuchten ließ. Und gleichzeitig wollte ich in diesem Text Lu in ihrem jetzigen wunderschönen Zustand bewahren, sie beschreiben von außen und von innen, in all ihren Facetten. Dieses Buch sollte nur vor Lucias Augen bestehen. Keine Agentin, kein Lektor würde es je zu Gesicht bekommen. An meine lächerliche Karriere würde ich irgendwann zu einem späteren Zeitpunkt wieder denken.

«Life is a pure flame, and we live by an invisible sun within us», so schrieb jener Philosoph in dem Text, aus dem Poe für seine Detektivgeschichte zitierte. Diese innere Sonne ist mir tatsächlich ein Geheimnis geblieben. Ich wollte aus ihr kein zu lösendes Rätsel machen. Die Angst vor der Auflösung ist immer eine existenzielle gewesen: Löse ich diesen halb fremd, halb selbst geknüpften Knoten, löse ich mich selbst auf. Heute sehe ich das anders. Heute sehne ich mich nach dieser Auflösung mehr, als dass ich sie fürchte.

Ich spürte den drängenden Schlag meines Herzens, als die Stimme aus dem Navigationsgerät sachlich verkündete: «Sie haben Ihr Ziel erreicht!» Durch die von Regentropfen besprenkelte Windschutzscheibe sah ich ein großes Haus aus dunkelroten Ziegeln unter schwarzfeucht glänzenden Schindeln. Alles wirkte farbenarm, dumpf und unbewohnt. Ich befand mich in Redewisch, einem Ortsteil am Rande des Ostseebades Boltenhagen, unmittelbar am Meer und vielleicht 15 Kilometer Luftlinie von der FSS entfernt.

Eine Weile schlich ich wie ein Hühnerdieb um das große Haus mit seinen drei Eingängen herum, bis ich das von Ella erwähnte Namensschild samt Klingel gefunden hatte. Immerhin sah ich nun auch einen Lichtschein aus dem Inneren des Baus. Dann wurde die Tür aufgerissen, und

Lucia stand in einem zu großen schwarzen Pullover, blauen Jeans und schwarzen Sneakern vor mir, die Haare frisch gewaschen, die Augen groß vor Erwartung:

«Na endlich!», sagte sie, drehte dann den Kopf nach hinten und rief: «Er ist da!»

«Hallo Lucia, schön dich zu sehen.» Ich beugte mich zu ihr, umarmte sie und atmete ihren Geruch ein.

«Schön, *dich* zu! Ich bin kurz davor, freiwillig Mathe zu üben oder so'n Scheiß.» Lucia winkelte das rechte Bein ein wenig an. Ich musste die Augen schließen.

«Vielleicht sollten wir das tatsächlich tun», sagte ich.

«Was?»

«Mathe üben», sagte ich und lächelte dann über Lucias Schulter Ella zu. Auch sie trug Jeans, aber ihr Pullover war grau und lag enger an. Ich glaubte zu sehen, dass sie ihre Hüfte beim Gehen ein wenig mehr einsetzte als beim letzten Treffen, und ihr halb fragendes, halb aufforderndes «Na?» klang erschreckend intim. Bei der Umarmung roch ich, dass sie ein dezentes, leicht herbes Parfüm aufgetragen hatte.

Ella sagte die ersten Minuten nach meiner Ankunft kaum etwas. Vielmehr begnügte sie sich damit, mich hin und wieder aus den Augenwinkeln zu beobachten, während sie an einem wuchtigen Vollautomaten in einer zum Wohnzimmer hin offenen Küche einen Kaffee für uns zubereitete. Dafür redete Lucia, und zwar derart viel, als habe sie mehrtägigen Schweigearrest hinter sich. Alles sei langweilig hier, hässlich, dämlich und so sinnlos, dass sie fast schon depressiv geworden sei. Ob ich auf der Fahrt den Bauernmarkt gesehen habe, diese eitergelbe Riesengarage, in der es ein Café für Scheintote gebe und alle, die es werden wollten? Sie habe mit ihrer Mutter dort ein Eclair gegessen.

«Ein Eclair», wiederholte sie bewusst überkandidelt.

«Ulala!» Ihre Lieblingsbeschäftigung hier in Boltenhagen sei es, durch den großen Markant-Supermarkt zu gehen und zu überlegen, was sie heute alles *nicht* kaufen werde.

«Übertreib doch nicht so», sagte Ella. «Du hast gelesen, mit deinen Freundinnen gechattet, wir waren an der Steilküste ...»

«Wie hoch ist die? Zwei Meter?»

«Immer dieses Drama», sagte Ella und warf mir einen Blick zu.

«Die da», Lucia zeigte auf ihre Mutter, «hängt den ganzen Tag vor ihrem Laptop oder telefoniert, aber ich soll nicht stundenlang netflixen oder pandapoppen oder chatten. Nur ein gutes Buch lesen ist okay. Ein gutes Buch. Kein schlechtes.»

«Was ist denn pandapoppen?», fragte ich.

«Soll ich es dir mal zeigen?»

Natürlich hätte ich mir am liebsten sofort alles Mögliche von Lucia zeigen lassen, aber meine Intuition sagte mir, dass ich mich nun der Mutter zu widmen hatte, an deren Stirnseiten sich kleine Vertiefungen abzeichneten.

«Später», sagte ich. «Jetzt trinken wir erst einmal Kaffee.»

«Und ich brauche mal Lucia-Pause», sagte Ella. «Nichts gegen dich, Tochter, aber mir bluten die Ohren.»

Lucia warf mir einen empörten Blick zu. Dann rauschte sie aus dem Wohnzimmer. Eine ermüdende Stille breitete sich aus. Ich setzte mich mit Ella auf das graue Ikea-Ecksofa vor einem ovalen Glastisch und blickte auf die schwarze Fläche eines Flachbildfernsehers vor einem schwarzen Regal, das sich aus offenen Quadraten zusammenfügte wie ein übergroßer Setzkasten. In den Kästen standen einige wenige Bücher und dekorative Elemente wie eine Pierrot-Puppe in einem weißen Strampelanzug mit schwarzen Punkten. Da saß ich nun selbst wie eine Clownspuppe neben meiner Mutter gewordenen Jugendliebe inmitten des so günstig wie zweckmäßig eingerichteten Zimmers und beantwortete langweilige Erwachsenenfragen über meine Fahrt, meine Aufenthaltsdauer, meine Pläne. Nach diesem höflich gemeinten Vorlauf erzählte mir Ella, sie konzentriere sich hier ganz darauf, mit der FSS voranzukommen. Ich nickte, stellte Fragen und hörte zu. Ella zeigte mir Bücher über die Odenwaldschule und das Aloisiuskolleg, die sie gelesen hatte oder noch las. Sie hatte Post-it-Zettel an Stellen geklebt, die sie für besonders interessant hielt und von denen sie glaubte, dass sie mir beim Verfassen meines Artikels hilfreich sein konnten. Die Bücher trugen Titel wie «Sündenfall», «Unheiliger Berg» oder «Wie laut soll ich denn noch schreien?» und stießen mich mit ihrer Anmutung von Verbissenheit, Sensationsgier und selbstgerechter Zerstörungswut bereits ab, bevor ich mich näher mit ihnen auseinandergesetzt hatte.

Ella erzählte mir, Luis, Ronny und Nadja hätten für das nächste Wochenende bereits zugesagt. Vielleicht kämen noch weitere Betroffene zu unserem Treffen. Dann erwähnte sie die Berichte von zwei anderen Ehemaligen, die sie per Mail erhalten hatte und die ich anonymisiert für meinen Artikel verwenden könne. Sie stand auf, kam mit Ausdrucken in der Hand zurück und streckte sie mir entgegen. Ich nahm die Blätter, sah sie ein wenig durch, ohne einen Satz zu lesen, und nickte. Dann fragte mich Ella nach meinen Pressekontakten und wollte meine Meinung darüber hören, ob es nicht gut sei, ähnliche Artikel bei mehreren Zeitungen veröffentlichen zu lassen. Schließlich wollte sie wissen, ob ich mein gutes Verhältnis zu den Wielands nicht nutzen könne, um an belastende Informationen und vielleicht sogar ein juristisch handfestes Indiz zu kommen. Irgendwo müssten doch die Fotos und Filme von damals sein.

«Du willst mich wirklich benutzen», sagte ich ohne Vorwurf in der Stimme. Ella nickte.

«Weiß Lucia, was du hier machst?», fragte ich, als Ella gerade aufstehen wollte, um einen weiteren Kaffee aufzubrühen.

«So halbwegs», antwortete sie. Dann stand sie eine Weile wie ein Katalog-Model neben dem Vollautomaten, stützte sich mit einer Hand auf der Anrichte ab und sprach darüber, was sie Lucia erläutert hatte und was nicht. Schließlich setzte sie sich wieder neben mich und redete weiter über die FSS. Trotz des zweiten Bechers Kaffee fühlte ich mich immer müder. Schließlich bemerkte meine Gastgeberin, dass ich nicht recht bei der Sache war, und führte mich eine Treppe hinauf, um mir mein Zimmer zu zeigen. Ein schmaler Schreibtisch stand vor einem Fenster mit Blick auf einen Rasenabschnitt, der nach wenigen Metern an einer rechteckig geschnittenen Hecke endete. Mitten auf dem kurz gemähten Gras stand eine Kleinkinderrutsche aus gelbem und rotem Plastik. Mein Blick fiel in die Ecke des Raumes, in der eine schmale Matratze auf einem provisorisch wirkenden Bettgestell lag.

«Ist nicht schick», sagte Ella, «aber deine Privatsphäre.» Sie atmete einmal tief ein und aus, dann sagte sie: «Ich habe keine Ahnung, was zwischen uns laufen soll und was nicht. Ehrlich, ich habe keine Ahnung.»

«Ich auch nicht», sagte ich.

Den Nachmittag verbrachte ich in dem mir zugewiesenen Arbeitszimmer. Anstatt mich mit dem Artikel zu befassen, ging ich hin und her und versuchte, mich zu sammeln. Ich spürte, wie der Wunsch in mir anschwoll, einfach ehrlich sein zu können. Ich kannte diesen Zustand, und ich wusste, dass er zu nichts Gutem führte. Ich musste die wesentlichen Fragen stellen und die bestmöglichen Antworten darauf finden. Ich musste vor allem auf mögliche Zielkonflikte in meinen Bestrebungen achten: Wenn ich beispielsweise Ellas Vertrauen und Lucias Nähe wollte, konnte ich dann gleichzeitig ehrlich gegenüber den Wielands sein und darum herumkommen, sie auszuspionieren? Mir lag nichts daran, meine Mentoren einer öffentlichen Hinrichtung auszuliefern. Mir lag auch nichts daran, Ella anzulügen, auch wenn ich es in gewisser Weise längst tat. Ich musste nicht lange nachdenken, um zu erkennen, dass es hier keine rundum gute Lösung geben konnte. Ich legte mich auf den Boden, konzentrierte mich auf meinen Atem und fühlte, wie er durch die Nasenlöcher einströmte, meinen Bauch und meine Brust füllte und dann wieder aus mir entwich. Nach wenigen Minuten verloren meine Gedanken an Bedeutung, die Unruhe legte sich, eine Idee erschien mir. Ich würde Lu entscheiden lassen, was ich zu tun hatte. Wegen meinem Musenkind befand ich mich hier. Ihrem Sirenengesang war ich in diese Ferienwohnung und in diese Situation gefolgt. Längst wirkte Lucias Zauber auf mich. Warum sollte ich sie nicht ganz zu meinem Leitstern ernennen?

Beim Abendessen gab es einen sonderbaren Moment. Ich saß wie in einer Raumkapsel in einem fremden Wohnzimmer, an einem fremden Tisch mit zwei Menschen, die mir gleichzeitig fremd und vertraut erschienen, wobei ich Lucias Fremdheit als aufregend und Ellas Fremdheit als beunruhigend empfand. Ich saß da und sah mir selbst dabei zu, wie ich Butter über den Tisch reichte, mein Brot mit Tomaten belegte, irgendetwas Belangloses daherredete. Ich hörte das glockenhafte Klappern von Lucias Löffel, als sie Avocadocreme aus einer kleinen Schale aß, sah das Licht der Lampe auf ihren Scheitel fallen und stellte mir vor, sie, Ella und ich seien eine Familie. Immer hatte ich es mir lächerlich oder beklemmend und im Kern sinnlos vorgestellt, Kinder zu haben, Teil einer Kleinfamilie zu sein, einer sich reproduzierenden Einheit innerhalb eines Staates. Jetzt, für einen Augenblick, während vor den Luken unserer Kapsel Regen fiel, glaubte ich kurz zu begreifen, wie Menschen aus solchen Konstrukten mit der Zeit etwas erschufen und darin Heimat finden konnten. Ich hörte mich den Vorschlag machen, in den nächsten Tagen zur FSS zu fahren und mich einmal umzuhören. Ich fragte die beiden, ob es nicht eine gute Idee sei, wenn Lucia mitkäme. So könne sie das Internat einmal kennenlernen, und vier Augen sähen mehr als zwei. Ella verstand die Implikation schneller als ich selbst: Die Wielands würden Lucia für meine Tochter halten, und ich konnte so tun, als wolle ich sie an der FSS unterbringen. Sie sprach den Gedanken nicht direkt aus, aber ich sah an ihrem Blick, dass sie diesen Plan durchspielte, mich für abgebrüht hielt und zwischen Skepsis und Begeisterung schwankte. Lucia fand die Idee, etwas «Agentenmäßiges» zu unternehmen, «tausendmal besser», als einen weiteren Nachmittag im Markant zu verbringen.

«Ihr könnt mich Red Sparrow nennen», sagte sie und fragte fröhlich, welchen Namen unsere «Operation» bekommen solle.

Nach dem Essen sahen wir eine DVD auf dem großen Bildschirm, ein Fantasy-Abenteuer namens «Die Insel der besonderen Kinder». Ella goss sich und mir Rotwein ein. Lucia nuckelte an einer Flasche Zitronenlimonade.

«Und?», fragte Ella, als wir den Film einmal anhielten,

weil Lucia aufs Klo musste, «hast du es dir mit uns so vorgestellt?»

«Eigentlich schon», sagte ich.

«Machst du mit Martha auch so durchschnittliche Sachen wie DVDs gucken?»

«Ja klar», sagte ich.

«Keine Ahnung, wieso», sagte Ella, «irgendwie habe ich da so die Vorstellung, ihr geht nur in Ausstellungen und Konzerte und lest abends hochwertige Literatur und Essays oder hört euch eine bestimmte Aufnahme der Goldberg-Variationen an.»

Ich schüttelte den Kopf und lächelte, fühlte mich allerdings alles andere als wohl. Seit der Film lief, hatte ich Lucia verstohlene Blicke zugeworfen, ihre Erscheinung halb dankbar, halb gequält in mich aufgesogen und zugleich beklommen überlegt, ob Ella wohl etwas Sexuelles von mir wollte. Ich mochte Ella, ich mochte sie sehr. Sonst hätte mich die Situation weniger bedrückt.

Als Lucia sich die Zähne putzte und ich mit einem weiteren Glas Rotwein bei Ella saß, sagte sie ein wenig hastig: «Es klingt vielleicht etwas schräg, aber ich würde gerne mit dir im gleichen Bett schlafen, ohne dass etwas läuft.»

«Das klingt nicht schräg», sagte ich.

«Wie fände das Martha?»

«Okay.»

«Sicher?»

Wieder erzählte ich Ella, dass die Beziehung mit Martha vor dem Ende stehe. Ich befände mich in einer Umbruchphase, wisse nicht, wohin sich mein Leben in den nächsten Monaten entwickeln würde. Vielleicht sei auch deshalb seit der Beerdigung gleich wieder eine Nähe zu ihr da gewesen. Ich könne das noch nicht richtig einschätzen.

«Ja», sagte Ella. «Du sendest widersprüchliche Signale.» Sie hielt inne, dann fügte sie hinzu: «Vermutlich tu ich das auch. Ist ja auch kein Wunder bei unserer Geschichte.»

Als wir nicht viel später im Bett lagen, wuchs ein Druck in mir und mit ihm der Drang, Ella Gemeinheiten zu sagen. Ich versuchte, mich auf meinen Atem zu konzentrieren, als Ella fragte: «Weißt du, was *traumatic bonding* ist?»

Ich verneinte und bekam einen Vortrag zu hören, dessen Sinn ich zunächst nicht begriff. Ella erklärte mir, es gebe Beziehungen, die von Verwirrung, Abhängigkeit und Übergriffen geprägt seien. Zuwendung wechsle plötzlich mit Missachtung, Zärtlichkeit mit Gewalt, Intimität mit Bloßstellung. Solche Beziehungen seien in der Regel besonders intensiv, zumindest für das Opfer. Und sie erzeugten eine tiefe Abhängigkeit. Der ausgelieferte Partner sei bald wie ein Spielsüchtiger, der immer wieder Geld in einen Automaten wirft, aus dem anfangs ein- oder zweimal die Münzen herausgerasselt sind. Sein Selbstwertgefühl steige und falle mit dem Verhalten des Gegenübers. Solche Beziehungen seien machtvoller als normale Freundschaften oder Liebesbeziehungen. Gerade die ständige Unsicherheit mache es so schwer, sie zu verlassen.

Mitten in ihren Ausführungen, in denen es schließlich auch um Biochemie und Pfade im Gehirn ging, fragte mich Ella, ob ich ihr folgen könne.

«Ja», sagte ich. «Aber warum erzählst du mir das?»

«Weil wir durch die Wielands so geprägt wurden.»

«Kann sein», sagte ich, ohne dass ich etwas fühlte.

«Nachdem ich die FSS verlassen hab, bin ich depressiv geworden», sagte Ella. «Du etwa nicht?»

«Ich erinnere mich nicht genau. Ich glaube, mir ging es nicht schlecht. Ich war damals eher stumpf.»

«Du und stumpf», sagte Ella.

«Ich war auch ziemlich wütend damals», sagte ich. «Mir gingen diese ganzen heuchlerischen, oberflächlichen Spießer so unfassbar auf den Sack. Und ich wusste nicht, wo ich hinsollte.» Ich versuchte, entspannt zu klingen, aber Ella ging auf meinen lockeren Tonfall nicht ein. «Depressive Männer reagieren oft gereizt und aggressiv. Das ist kulturell eher die Regel als die Ausnahme.»

«Ich dachte, wirklich Depressive liegen tagelang herum und können sich nicht mehr aufraffen. Wenn jeder wütende junge Mann eigentlich ein Depressiver sein soll, dann wird die Definition aber ziemlich schwammig.»

«Es gibt noch ein anderes Phänomen, das man mit *traumatic bonding* umschreiben könnte», fuhr Ella unbeeindruckt fort. «Traumatisierte Menschen, die aufeinandertreffen und sofort eine große Nähe zueinander spüren. Sie fühlen sich wie füreinander bestimmt. Ihre tiefen Verletzungen wirken wie Magneten.»

«Und ist das gut oder schlecht?», fragte ich.

Ella lachte auf: «Das ist die erste typische Männerfrage, die ich aus deinem Mund höre.»

Auch ich ließ ein kurzes Auflachen hören. «Du bist die Expertin», sagte ich dann. «Aber ich frage mich, wie Wunden heilen sollen, wenn man ständig in ihnen wühlt. Mir kommt es so vor, als sei diese Fixierung Teil des Problems und nicht der Lösung.»

«Ich weiß, was du meinst», sagte Ella. «Ich kenne auch so Leute, die jahrzehntelang in Therapien gehen und immer wieder das Gleiche erzählen, und es scheint nichts anderes zu passieren, als dass sie ständig um die Vergangenheit kreisen und mit ihr alles erklären, was ihnen heute Schwierigkeiten macht.»

Ich wartete auf ein «Aber» und daran anknüpfende Erklärungen. Da Ella jedoch nichts mehr hinzufügte, wagte ich mich vor und sagte: «Du bist doch über diese Wielandscheiße längst hinweg.»

«Nein, bin ich nicht», sagte Ella. Danach schwieg sie.

So lagen wir nebeneinander, das Haus wirkte sehr still, bis auf das von unten leise heraufdringende Summen des Kühlschranks. Auf der anderen Seite des Flurs war Lucias Zimmer. Ob sie im Bett lag? Ob sie einen Schlafanzug trug? Ob sie schlief? Ob sie träumte? Was träumte sie? Ob sie es sich bereits selbst machte? Ich ging davon aus. Zu gerne hätte ich gewusst, welche Phantasien sie dabei erregten, wie sie sich Sex vorstellte, was sie sich wünschte, wovon ihre Vorstellungen bisher geprägt worden waren und was sie noch prägen würde.

«Habe ich dich platt geredet?», hörte ich Ellas Stimme und schrak auf. Für einen Augenblick hatte ich vergessen, dass sie neben mir lag. Ich nuschelte etwas Beschwichtigendes. Ella meinte, für heute sollten wir es gut sein lassen. Wenn sie zu viel rede, solle ich sie stoppen. Sie habe bei mir das seltene Gefühl, ich könne viel verstehen und aufnehmen, da hole sie weiter aus. Das habe sich seit damals nicht geändert. Ella kam auf ihren Ex-Freund zu sprechen, Lucias Vater. Dem habe sie sich immer weniger mitteilen können, obwohl er sich zunehmend für Psychologie interessiert habe, allerdings auf eine sektenhafte und zerstörerische Weise. Ella sprach lange über das Abdriften ihres Ex-Freundes, bei dem sie das Gefühl wiederholt habe, jemanden an eine Sekte zu verlieren, wie damals ihre Eltern. Marcus sei kurz nach Lucias Geburt durch einen Kollegen auf eine Psychotherapeutin namens Steinbrecher und deren «Coaching Company» aufmerksam geworden. Bald habe sich alles um diese Gruppe gedreht. Ella habe nur die Wahl gehabt, auch Mitglied zu werden oder künftig alleinerziehende Mutter zu sein. Ihre ganzen alten Gefühle des Verlassen- und Erpresstwerdens seien hochgekommen, eine krankmachende Zerrissenheit zwischen Liebe, Abhängigkeit, Loyalität und dem Wunsch, der eigenen Stimme und nicht dem Wahnsinn des Gegenübers vertrauen und folgen zu dürfen. Damals habe sie sich zum ersten Mal die Verletzungen bewusst gemacht, die sie durch den Weggang ihrer Eltern erlitten habe. Die Verletzungen durch die Wielands hätten sich erst viel später gezeigt. Und sie sei damit noch nicht fertig.

«Und wie ist es mit deinem Ex weitergegangen?», fragte ich, weil ich keine Lust hatte, wieder einmal über die Wielands zu reden. Ella stockte kurz, dann erzählte sie mir, wie ihr Ex sie auf alle erdenklichen Arten gedrängt habe, aber sie nie wieder Mitglied irgendeiner Gruppe habe sein wollen, die irgendwelche bescheuerten Regeln aufstellt. Der Trennungsprozess habe drei Jahre gedauert, der Streit um das Sorgerecht für Lucia noch einmal zwei weitere. Mittlerweile laufe alles in eingefahrenen Bahnen. Marcus sei immer noch nach außen hin überzeugt von den Heilslehren der Gruppe, aber er nerve damit nicht mehr allzu sehr.

«Liebt Lucia ihn?», fragte ich.

«Wie kompliziert muss es eigentlich in deinem Gehirn zugehen, dass du ausgerechnet diese Frage stellst?» Ella sah mich halb amüsiert, halb skeptisch von der Seite an.

«Ich finde die Frage eigentlich recht naheliegend.»

«Okay. Ich weiß nicht, wie weit ich da jetzt ausholen soll. Sagen wir es so: Es ist kompliziert.»

«Klar», sagte ich und meinte es als Ermunterung, aber Ella schien die Lust am Reden verloren zu haben.

«Lucia hatte es wirklich schwer mit uns», sagte sie wie

zu sich selbst. «Ich war einfach eine grauenhafte Mutter. Ich hätte nie gedacht, dass es mich so triggert, ein Kind zu haben.»

«Ist sie ein Wunschkind?»

«Nein.»

«Weiß sie das?»

«Nein.»

«Sie hat sich doch prima entwickelt.»

«Danke.» Es entstand eine Gesprächspause. Schließlich lächelte Ella müde und sagte: «Wir haben es geschafft. Ich bin nicht mehr gesprächig.»

Sie drehte mir den Rücken zu. Ich weiß nicht, warum ich es tat, aber ich legte eine Hand auf ihre Hüfte.

«Okay?», fragte ich.

«Okay», sagte Ella.

SECHSTES KAPITEL

Sie saß neben mir im Auto, duftend und frisch, so unendlich süß und eigenwillig, mit Augen, die ich am liebsten getrunken hätte. Ich widerstand dem Drang, meine Hand auf ihre Oberschenkel zu legen, auch wenn es Momente gab, in denen sich meine innere Spannung in einem Zittern der Hände zeigte. Ich versuchte, stets einen Sicherheitsabstand zu ihrem Gesicht zu halten, weil ich fürchtete, es sonst zu küssen. Ich behielt meine Hände und meinen Mund unter Kontrolle, auch wenn mein ganzes Wesen in manchen Augenblicken allein aus sehnsüchtigen Fingern und Lippen bestand.

Wir fuhren in meinem Saab und unterhielten uns über Filme und Bücher, über ihre Freundinnen in Hamburg und meine Freunde in Berlin. Ich fragte sie nach ihrem Lieblingsessen, ihrer Lieblingsfarbe und ihrer Lieblingsmusik. Lucia liebte Blau, manchmal aber auch noch mehr Lila oder Altrosa. Sie erzählte mir, dass sie Musik immer dann besonders gut finde, wenn sie den Rhythmus so richtig im Körper spüren könne und Lust bekomme zu tanzen, die einzelnen Titel merke sie sich in der Regel gar nicht. Früher habe sie besonders gerne Hühnerbrust in Currysauce gegessen, aber seit fast einem Jahr sei sie Vegetarierin und finde Fleisch mittlerweile eklig. Jetzt seien ihr Lieblingsessen vegane Bowls und die Sommerrollen bei einem Vietnamesen in Hamburg, aber auch die veganen Burger, die ihr Freund Lukas manchmal mache. Eifersucht verengte meinen Brustraum, als ich fragte, ob sie Lukas toll finde.

«Ja, absolut», sagte sie fröhlich und begann, von ihm zu erzählen. Nach einigen Sätzen bemerkte sie meinen unzureichend verborgenen Kummer und sagte: «Nee, aber doch nicht so! Nee, echt nicht!»

Wir fuhren zum Schloss Bothmer, einem riesigen, roten Barockbau mit mehreren Flügeln und Anbauten inmitten eines von Wasserkanälen umgrenzten Landschaftsparks. Außer uns liefen an diesem kühlen, aber sonnigen Tag noch andere Schaulustige um die Anlage herum: Rentner, Paare mittleren Alters – mal mit, mal ohne Kinder – und einige wenige jüngere Paare.

Ich erklärte Lucia ein paar architektonische Details, aber sie interessierte sich nicht dafür. Lieber redete sie darüber, dass hier doch sicher genug Platz für Flüchtlinge oder eine besondere Schule sei. Ansatzlos kam sie dann auf den Klimawandel zu sprechen und dass sie gerne Forscherin werden würde oder politische Aktivistin. Ich freute mich darüber, wie viel und ungezwungen sie auch dann mit mir sprach, wenn Ella nicht dabei war. Zwar stellte sie mir kaum

Fragen, aber das kannte ich von ihren Altersgenossinnen. Dauernd werden sie von Erwachsenen daran erinnert, was sie alles nicht wissen, was sie alles noch nicht können, was sie noch nicht dürfen – in dieser Atmosphäre Fragen zu stellen verlangt den meisten Jugendlichen zu viel ab. Einmal mehr sollen sie ihr Unwissen und ihre Unterlegenheit eingestehen. Jugendliche wie Lucia wollen sich aber nicht ständig und immer wieder für Erwachsene und deren Weltsicht interessieren müssen, sie wollen, dass sich Erwachsene für sie und ihre Sicht interessieren, und werden in diesem Wunsch fast immer enttäuscht. Sie sollen lernen, nicht mitteilen. Ich glaube aber, dass Jugendliche lernen, indem sie sich mitteilen. Sie erklären eine Sichtweise voller Überzeugung und probieren sie doch nur aus wie eine neue Jacke, neugierig, welche Reaktion sie hervorruft.

Ich wollte so viel wie möglich von Lucia wissen, gleichzeitig wusste ich, dass ich nicht zu viel und nicht zu bohrend fragen durfte, denn wer Antworten geben soll, kann falsche Antworten geben und sich dann wieder dumm fühlen. Ich verstand das.

Ich hatte meine digitale Spiegelreflexkamera dabei und fragte Lucia hin und wieder, ob ich ein Foto von ihr machen könne. Glücklicherweise fand sie das nicht seltsam und zeigte sich vor meinem Objektiv auch keinesfalls scheu. Sie posierte, wie sie es aus Filmen und Magazinen kannte, und es kostete mich Geduld und kluge Worte, bis sie diese künstlichen Posen abgelegt hatte. Ich wollte sie in ihrer Essenz ablichten, nicht als austauschbares Teeniegirl. Dabei gelang mir ein Profilbild von ihr, das mir beim späteren Betrachten die Tränen in die Augen trieb. Lucia stand vor der roten, in Sonnenlicht getauchten Backsteinmauer des Schlosses, den Kopf zur Seite gedreht. Der Wind spielte mit ihrem schwarzen Haar, ihr Blick richtete sich in ein fernes Traumreich, Licht brach sich in ihren Augen und strahlte von dort zurück in die Welt. Ich wollte vor ihr auf die Knie gehen. Sie hätte mir alles Erdenkliche befehlen können, ich hätte es getan. Ich fühlte mich wie ein Ritter, bereit, für die karge Gunst seiner Königin auf die Erfüllung seiner handfesteren Wünsche zu verzichten und sein Wesen im Feuer unerfüllter Leidenschaft zu schmieden. Tatsächlich musste ich mir das Ideal der hohen Minne ins Gedächtnis rufen, um nicht nach der besonders gelungenen Fotoaufnahme in einem menschenleeren Winkel des Parks über das Mädchen herzufallen.

Lucia wollte die Kamera auch einmal ausprobieren, allerdings nicht, um Fotos von mir zu machen. Vielmehr suchte sie nach Details wie einer Krähe auf dem Dach, einem Stück Fries, der Uhr über dem «Pferdestall Ost» oder einem schmalen Fenster in einem der quadratischen Kavaliershäuser. Ich überließ ihr die Kamera, folgte ihr, wohin immer sie wollte, und als uns beiden kalt wurde, schlug ich vor, im Schlosscafé einen Kakao zu trinken. Bei dieser Gelegenheit verspeiste Lucia mit großem Appetit ein Stück Käsekuchen und die Hälfte meiner Himbeerschnitte. Ich bekam kaum etwas herunter. Mich störten die anderen Gäste. Sie erinnerten mich daran, mit welcher blöden Selbstverständlichkeit die Leute sich das Recht nahmen, öffentlich als Paar in Erscheinung zu treten, während sie mir dieses Recht untersagten. Sie führten die richtigen Beziehungen. Meine Wünsche hingegen konnten nur als widerlich, krank und zerstörerisch betrachtet werden. Man lächelte mir zu, weil man mich für Lucias Vater hielt. Als Vater durfte ich das Mädchen lieben, als Mann nicht. Ich durfte nicht einmal daran denken.

Da saßen sie mit ihren Kuchengabeln in der einen Hand und ihren Smartphones in der anderen. Und in den Telefonen steckten von Zwangsarbeitern, vergewaltigten Frauen und Kindern abgebaute Mineralien. Dass Neugeborene in Afrika verhungerten, dass täglich Millionen Tiere litten, damit diese guten Bürger ihre billigen Schnitzel essen konnten – das war der Lauf der Welt. Dass täglich Tausende von Kindern in Deutschland von den Erwartungen ihrer Eltern verformt und für eine angebliche Leistungsgesellschaft abgerichtet wurden – nicht weiter erwähnenswert. Dass ich Lucia liebte, galt hingegen in den Augen dieser braven Bürger als eines der größten denkbaren Verbrechen.

In dem Wort «Kinderschänder» ist die altertümliche Idee verewigt, ein Jugendlicher, der das zufällig festgesetzte Schutzalter noch nicht hinter sich gelassen hat, trage nach sexuellen Akten eine «Schande». Dabei ist es die Gesellschaft, nicht der Sex, die Schande erzeugt, indem sie ihren Kindern den Gedanken und das Gefühl gibt, besudelt, beschädigt und «geschändet» zu sein. «Man muss den Opfern oft erst klar machen, dass sie Opfer sind», sagte im Fernsehen mal ein sogenannter «Missbrauchsbeauftragter» und fand sich vermutlich besonders weise.

Natürlich ist die wissenschaftliche Forschung rund um die Themen «Sex von Minderjährigen mit Erwachsenen», «Pädophilie» und «Parthenophilie» ein besonders vermintes Gebiet, da hier Ideologien, Privatmeinungen und gesellschaftliche Erwartungen den Blick verzerren, noch bevor er überhaupt auf die Forschungsobjekte fällt. Auch in scheinbar nüchterne Publikationen schleichen sich immer wieder Wertungen ein. Es ist aber nun einmal nicht nachgewiesen, dass sexuelle Handlungen an sich für Kinder oder Jugendliche schädlich wären. Erforscht ist, dass die Begleitumstände beim Sex zwischen Minderjährigen und Erwachsenen sehr stark verletzen können: Heranwachsende leiden, wenn ihr Vertrauen missbraucht wird, wenn sie gezwungen und irregeführt, bedroht und belogen werden. Sie tragen Beschädigungen davon, wenn ihre Gefühle verwirrt, wenn sie übergangen und gedemütigt werden. Und sie leiden, wenn sie als Opfer stigmatisiert werden und Menschen hassen und ausliefern sollen, die sie lieben oder denen sie sich zumindest nahe fühlen. Die Heimlichkeit solcher Beziehungen ist gefährlich für die Kinder und Jugendlichen, denn sie können sich niemandem anvertrauen, wenn sie Sorgen haben. Die Dämonisierung dieser Art von Sexualität ist gefährlich; sie führt nämlich dazu, dass nicht zwischen Gewalt und Zärtlichkeit unterschieden wird, dass man gegenüber Fremden überreagiert, aber wegsieht, sobald das Undenkbare im familiären Umfeld geschieht. Ein weiteres Faktum, soweit es die Untersuchungen bisher hergeben: Etwa 80 Prozent der Pädophilen fühlen sich zu Jungen hingezogen. Etwa 70 Prozent der minderjährigen Opfer sexueller Gewalt sind Mädchen. Die Erklärung für die scheinbare Unstimmigkeit dieser Befunde fällt nicht schwer: Die meisten Pädophilen sind nicht gewalttätig. Die meisten Menschen, die sich an Kindern vergehen, sind nicht pädophil.

Ich behaupte nicht, dass ich ein guter Mensch bin. Es ist mir auch nicht besonders wichtig, in den Augen der Gesellschaft als guter Mensch dazustehen, zumal in diesen Augen riesige Balken stecken. Ich will nur erklären, warum ich an diesem Tag in diesem Café eine ungeheure Wut auf all die dämlichen Paare um uns herum empfand, wie sie mit ihren Dorffrisuren und Outdoorjacken und undefinierten Speckgesichtern auf breiten Ärschen saßen und nicht mitbekamen, was sie da Tag für Tag anrichteten mit ihrer bescheidenen Art, zu denken und die Welt zu sehen – Monster, die mich zum Monster erklärten und mich gleichzeitig übersahen.

«Was ist das da?» Lucia zeigte auf meine Stirn.

«Was?»

«Die Falte. Du siehst plötzlich ganz gruselig aus.»

«Ich habe an was Ärgerliches gedacht.»

«Ah, okay, ja. Das kenne ich», sagte sie und machte sich wieder an meiner Himbeerschnitte zu schaffen. Ich bestellte mir noch einen Kaffee bei einer Kellnerin, die mir einen glutvollen Blick zuwarf, weil sie mich wohl für einen alleinerziehenden Vater hielt und ich im Unterschied zu fast allen anderen hier ein konturiertes Gesicht hatte und vernünftig gekleidet war.

Während ich mir Kondensmilch aus kleinen Portionsschälchen in den Kaffee goss, fragte ich Lucia, ob ihr das Fotografieren Spaß mache und ob wir noch an andere besondere Plätze fahren sollten. Sie zog die Schultern ein Stück nach oben und schob die Unterlippe vor. Sie sah reizend aus, aber ich fühlte mich alarmiert. So rasch Lucias Interesse aufflammte, so rasch fiel es in sich zusammen. Dann wurde sie wortkarg, müde, guckte lange in ihr Smartphone oder wollte heim. Auf einmal war ich ein fremder, alter Mann, mit dem sie zufällig durch die Gegend fuhr. Ich nahm einen letzten Schluck Kaffee und versuchte, nicht eingeschnappt zu sein. Meine Fee war erschöpft und überreizt, das war alles.

«Sagt dir *lost places* was?», fragte ich. Lucia schüttelte den Kopf, und ich erklärte ihr, dass es derzeit sehr cool sei, verlassene Orte, Ruinen und leerstehende Gebäude zu fotografieren. Auf Instagram könne sie mit solchen Fotos nicht nur ihre Freunde beeindrucken. Ich zeigte ihr auf meinem

Smartphone ein paar professionelle Aufnahmen und sagte dann, die Gegend hier sei voll von solchen Orten. Und tatsächlich leuchteten ihre Augen auf, und sie fragte mich, ob ich dieses stählerne Kirchengerüst am Rande von Redewisch gesehen hätte, dieses absurde Ding in den Feldern. Ich bejahte und erzählte, was ich im Internet recherchiert hatte, dass das nämlich keine Kirche war, sondern eines der Gebäude einer ehemaligen Milchwirtschaft.

«Lass uns hinfahren», sagte ich. «Liegt ja auf dem Weg.»

Die ehemalige Milchwirtschaft Redewisch hatte zu DDR-Zeiten sicher einer LPG gehört. Inzwischen lagen die langen, flachen Stallbaracken ebenso verwaist wie der sonderbare, in seinen Formen an eine romanische Kirche erinnernde Bau, den Lucia und ich schon vom Auto aus gesehen hatten. Das Gebäude bestand größtenteils aus einem blanken Stahlgerüst, flankiert von einem Kamin aus Ziegeln und einem unverputzten Betonanbau. Es erhob sich aus einem brachliegenden Feld am Rande einer wenig befahrenen Straße. Um die Ruine wucherten Brombeersträucher wie blassgrüne Wellen, die gegen Stahl und Beton anbrandeten. Wir bahnten uns über eine wenig bewachsene Stelle einen Weg ins Innere des Komplexes. Eine grün gestrichene Holztür hing in rostigen Angeln. Ich verließ mit Lucia den Bezirk des Alltags und der Realität und betrat ein Reich, in dem andere Gesetze galten. Hier in diesem Tempel verloren die profanen Mythen der Gesellschaft ihre Macht und wichen dem Einfluss uralter Geschichten aus wilderen und freieren Zeiten. Ohne nachzudenken, nahm ich Lucia bei der Hand und führte sie ein Stück, während ein Schauder durch meinen Körper lief. Als ich spürte, dass sie die Verbindung lösen wollte, ließ ich los, noch minutenlang berauscht vom Gefühl ihrer Haut in meiner Handfläche.

Goldenes Licht fiel durch Fensteröffnungen, an deren Rändern gläserne Zacken blitzten. Bunte Graffiti zogen sich großflächig über den nackten Beton. Ein kleiner Baum wuchs in einer von drei Seiten ummauerten Kabine wie in einer grauwandigen Telefonzelle. Schaltkästen lagen frei, Kabel ragten über unseren Köpfen. Ein paar Schritte weiter fanden wir uns auf einer weiten Fläche unter dem Stahlgerüst. Im moosbewachsenen Betonboden klafften schwarze Löcher. Wir blickten vom Rand des größten Loches in das darunterliegende Kellergeschoss und sahen eine halbe Tür und Elektroschrott aus trübem Wasser ragen.

Ich gab Lucia meine Kamera, beugte mich über ihre Schulter, sah mit ihr auf das kleine Display, wenn sie mir die Ergebnisse ihres Fotografierens zeigte. Ich hielt sie an der Hüfte, ich roch an ihrem Haar. Ich sagte ihr, wie viel Freude es mir mache, mit ihr hier zu sein. Sie reagierte nicht auf dieses Kompliment, aber ich ließ mich nicht verunsichern und sagte: «Ich finde dich sehr schön.»

Lucia tat einen Schritt zurück und sah mich an. «Echt jetzt?»

«Warum nicht? Du *bist* sehr schön.»

«Okay», sagte sie, eher verwirrt als geschmeichelt. Ich zeigte Lucia einen kleinen Raum, in dem elektronische Vorrichtungen an den Wänden vor sich hin rosteten. An einer Stelle hingen Kabel aus einer Buchse. Es sah aus wie der Kopf eines Hampelmannes, aus dem lange, schmale Beine wuchsen. Ich fragte Lucia, ob sie die nicht auch noch fotografieren wollte, aber sie schüttelte den Kopf. Dann fragte sie: «Findest du meine Mutter auch schön?»

«Ja», sagte ich und unterdrückte den Nachsatz: «Aber dich finde ich noch schöner.» Stattdessen sagte ich: «Und du kannst gut fotografieren. Du hast ein gutes Auge.»

«Finde ich nicht», sagte Lucia. «Ich finde, ich habe kein gutes Auge. Vielleicht fahren wir jetzt besser.»

Ich stand regungslos da, während die Gedanken in mir rasten. Ich kannte derlei Situationen, und doch trafen sie mich jedes Mal unvorbereitet. Eine Verletzung brach in mir auf und schmerzte so sehr, dass ich kaum klar denken konnte.

«Okay», sagte ich heiser. «Lassen wir es gut sein.»

Auf dem Rückweg zum Auto fragte mich Lucia, ob ich böse sei. Ich schüttelte den Kopf.

«Es tut mir leid», sagte ich. «Ich bin manchmal eine schreckliche Mimose. Ich wollte dir einfach nur ein Kompliment machen, und dann hat es mich verletzt, dass du es nicht annehmen konntest. Du hast wirklich ein gutes Auge.»

«Und ich dachte, du sagst das nur, um dich bei mir einzuschleimen. Wie Marcus: Erst schimpft er und sagt fiese Sachen, dann tut es ihm leid, und er labert, wie toll und schön und klug ich bin, und ich glaube ihm kein Wort.»

«Aber ich schimpfe doch gar nicht mit dir.»

«Nee, ich weiß. Ich erklär ja nur, was in mir abgeht.»

«Schon in Ordnung. Es ist schwer, Menschen zu vertrauen. Irgendwie geht es am Ende nie um dich, sondern immer um die anderen.»

Lucia sah mich an. Dann nahm sie kurz meine Hand, drückte sie, stellte sich auf die Zehenspitzen und gab mir einen Kuss auf die Wange. Die letzten Meter zum Auto legten wir schweigend zurück.

Natürlich verbrachte ich meine Zeit nicht alleine mit Lucia. Mindestens genauso oft unternahmen wir etwas zu dritt, oder ich blieb für mich in der Ferienwohnung und arbeitete an dem Artikel, während Ella und Lucia Boutiquen in Boltenhagen aufsuchten oder auf einen Biobauernhof fuhren, auf dem es süße Ferkel, teure Öle und Eier von im Rahmen ihrer Möglichkeiten glücklichen Hühnern gab. Manchmal verbrachte ich auch Zeit alleine mit Ella, meist am späten Abend, wenn sich Lucia in ihr Schlafzimmer verabschiedet hatte und wir Wein trinkend im Wohnzimmer saßen. Ellas Lieblingsthema blieb die FSS, aber sie interessierte sich auch für Romane, Filme und Theaterstücke. Ich unterhielt mich gerne mit ihr und erlebte sie als klug, humorvoll, ehrlich, aufgeschlossen und interessiert. Dass sie noch nennenswert unter Verletzungen aus der Kindheit oder Jugend litt, konnte ich mir nicht vorstellen, auch wenn sie ihr Selbstbild offenbar darauf aufgebaut hatte. Gerne hätte ich von ihr erfahren, warum sie damals die FSS verlassen und sich so rasch von mir entfremdet hatte. Aber ich scheute die möglichen Antworten. Als ich doch einmal halbherzig versuchte, unser Gespräch auf diesen Gegenstand zu lenken, ignorierte Ella das Angebot. Am nächsten Abend brachte sie im Bett das Thema auf, aber nun hatte ich keine Lust, darauf einzugehen. Ella meinte darauf, alles habe seine Zeit, man müsse nichts mit Gewalt ans Licht zerren, was sowieso dorthin wachsen würde. Ich verkniff mir den Kommentar, dass wir in Bezug auf die FSS gerade genau das taten: gewaltsam etwas ans Licht zerren, für das die Zeit noch nicht reif war.

Mittlerweile hatte ich telefonisch einen Termin mit den Wielands für Freitagnachmittag ausgemacht. Lucia würde mich begleiten, dann würde ich sie zum Bahnhof in Travemünde fahren, damit sie mit dem Zug nach Hamburg reisen und dort über das Wochenende bei einer Freundin bleiben konnte. Es bedrückte mich, wie sehr sich Lucia auf das Wochenende in der Stadt freute. Aber ich freute mich auch auf das Wiedersehen mit ihr und auf das süße Vermissen davor.

Mit dem Artikel kam ich nicht voran. Ich machte mir Notizen, überlegte mir eine Struktur, füllte ein paar Zeilen mit Erinnerungen, fand aber keinen Zugang zu dem, was Ella «Missbrauch von Schutzbefohlenen» nannte. Ich hatte den Sex mit Valerie und Salvador als etwas Verwirrendes in Erinnerung: peinlich, schmeichelhaft, unangenehm, erregend, gleichgültig, auf komplizierte Weise sehr lebendig und gleichzeitig entrückt. Ich konnte keine Wut, keine Empörung und keine Betroffenheit aufbringen. Ich versuchte, die Vorfälle nüchtern aufzuschreiben, im sachlichen Stil eines Berichts, aber etwas in mir sträubte sich. Wen ging das etwas an? Und warum musste die Vergangenheit zum Skandalon aufgeblasen werden? Egal, wie unaufgeregt ich darüber schrieb – es musste ja etwas von allgemeiner Bedeutung sein. Sonst hätte ich es ja für mich behalten.

Nach dem Frühstück am Freitag verschwand Lucia im Bad und kehrte nach etwa zwanzig Minuten geschminkt zurück. Ihre Lippen glänzten feucht, die dunkelblauen Augen strahlten besonders intensiv unter langen, schwarzen Wimpern. Ich mochte das nicht. Sie sah jetzt aus wie eines der unzähligen austauschbaren Mädchen auf Tinder, Facebook oder Instagram, die sich auf die immer gleiche Weise viel zu stark bemalten und mit Kussmund, püppchenhaft lächelnd oder mit gespieltem Schmollen selbst ablichteten. Mit dem Schminken begann die Verpuppung, die verkehrte Metamorphose vom freien, wilden Schmetterling in eine über den Boden kriechende Raupe. Obwohl es mich drängte, sprach ich das Thema auch dann nicht an, als wir zusammen in meinen Wagen stiegen und ich endlich mit Lucia alleine war. Stattdessen legte ich ihr beiläufig meine Hand auf die schmale Schulter und sagte: «Sind Sie bereit, Red Sparrow?»

«Wenn Sie es sind.»

Auf der Fahrt fragte ich Lucia, was sie von ihrer Mutter über die FSS gehört hatte, und sie erzählte bereitwillig. Offenbar hatte Ella die Schule selbst als im Prinzip gut und die reformpädagogischen Ansätze als sinnvolle Alternative dargestellt. Die Wielands hatte sie jedoch als Verbrecher gezeichnet, die alle an der Schule täuschten und manipulierten und deren sogenannte Familie einer Sekte glich. Der Zweck dieser Sekte sei kein anderer, als Jugendliche für die eigene Befriedigung herzurichten. Ich spürte, dass Lucia nicht ganz verstand, was damit gemeint war. Zwar wusste sie im Prinzip, was sexuelle Gewalt bedeutete, aber sie konnte sich ihre Mutter und mich nicht als Opfer vorstellen, das lag jenseits ihrer Weltwahrnehmung. Und es machte sie mir zusätzlich liebenswert.

Kurz bevor wir die Schule erreicht hatten, stellte Lucia doch eine Frage: «Hast du nicht Angst?»

Ich überlegte kurz, dann schüttelte ich den Kopf.

«Klar. Männer können ja auch irgendwie nicht vergewaltigt werden. Ich meine, wie soll das gehen?»

«Es geht schon», sagte ich.

«Ach so, ja richtig», Lucia schlug sich mit der flachen Hand an die Stirn, als habe sie eine simple Quizfrage falsch beantwortet. Dann sagte sie: «Aber halt nur von einem Mann, von einer Frau ja eher nicht, oder?»

«Das ist anders. Ich kann es dir nicht richtig erklären.»

«Ja, egal. Ich muss das auch nicht wissen.»

Ich parkte meinen Saab auf dem Lehrer-und-Eltern-Parkplatz. In meiner Erinnerung sah er anders aus, ohne dass ich sagen konnte, warum. Ich stieg aus und sah mich um. Das

Gutshaus und die Anbauten, aber auch der Platz, die Wege und die Bäume – alles wirkte kleiner, unbedeutender, ein wenig glanzlos. Bei einer langweiligen geometrischen Bronzeskulptur auf dem Platz war ich mir immerhin sicher, dass sie zu meiner Zeit noch nicht dort gestanden hatte.

Es war Nachmittag, der Unterricht schien beendet. Ich hörte aus der Ferne die Rufe von Jugendlichen.

«Cool», sagte Ella. «Da drin hätte ich gewohnt.» Sie zeigte auf das Haupthaus. Ich lächelte. Während wir über den Platz gingen, erklärte ich Lucia, was damals in welchen Gebäuden stattgefunden hatte. Dabei fühlte ich einen Anflug von Nostalgie, einen Wunsch, in die damalige Zeit zurückzukehren, vielleicht auch: die Vergangenheit und die Gegenwart zu vereinen und zu versöhnen.

Schließlich standen wir vor dem roten Backsteinbau. Ich erinnerte mich an einen Zustand der Verheißung, die sich nie erfüllt hatte. Die Erfüllung hatte bereits in der Ahnung gelegen, mehr war nicht zu wollen.

Ich klopfte an der Tür und stand plötzlich einem Jungen mit hochgegelten Haaren und hübschem, sommersprossigem Gesicht gegenüber. Er sah abwechselnd Lucia und mich an und rief dann hinter sich: «Sie sind da.»

Ich weiß nicht, was ich mir von diesem Ausflug versprochen hatte, aber als mir plötzlich Salvador gegenüberstand, fühlte ich mich müde und ausgelaugt. Während wir das nach kaltem Rauch riechende Büro-Wohn-Schlaf-Zimmer betraten, hielt mich die Müdigkeit umfangen und erstickte jedes aufkeimende Gefühl in diffuser Unleidlichkeit. Salvador sprühte vor Energie. Er legte Lucia die Hand auf die Schulter und betonte, wie sehr er sich über ihren Besuch freue, fragte nach ihrem Namen und ihrem Alter und ihrem Wohnort.

«Hamburg», sagte Lucia geschmeichelt und schenkte Salvador ein langes, schönes Lächeln.

«Hamburg», wiederholte er. «Ich dachte, du wohnst in Berlin, Tilman.»

«Tut er auch», sagte Lucia und strich sich durch die Haare.

«Verstehe, verstehe», sagte Salvador und lächelte geheimnisvoll. «Setzt euch, ihr Lieben. Valerie kommt auch bald. Was führt euch zu uns?»

«Wir wollten einfach mal ‹Hallo› sagen», sagte ich matt.

Salvador hob die Hand und sagte: «Hallo!» Dann wiederholte er den Witz mit Lucia, die tatsächlich kichern musste. Sie fragte Salvador, ob er in diesem Zimmer wohne. Er freute sich erkennbar über ihr Interesse, stand auf und führte sie herum. Als er ihr sein Bett hinter dem alten Paravent zeigte, sagte ich: «Wir wollten wirklich nur kurz vorbeischauen.»

«Tatsächlich?» Salvador sah mich mit einem prüfenden Blick an. «Dafür seid ihr den ganzen Weg gekommen? Für ein kurzes Hallo?»

«Wir sind auf der Durchfahrt», sagte ich. «Es lag auf dem Weg.»

«Wollt ihr einen Kaffee?», fragte Salvador. «Ich hab auch Kuchen.»

«Cool», sagte Lucia.

Kurz darauf saßen wir um einen abgewetzten Tisch, mein Stuhl war unbequem, der Kuchen schmeckte trocken. Lucia plapperte, und Salvadors Augen funkelten. Ich spürte, wie er einen Kokon aus Wohlwollen um Lucia wob. Wahrscheinlich verlor ich in dieser Situation zeitweise nicht nur die Kontrolle über mein Innenleben, sondern auch über meine Gesichtszüge. Jedenfalls registrierte Salvador meine

Miene und warf mir einen Blick zu, aus dem Erkennen und Komplizenschaft sprachen. Ich schaute zu Boden und verriet mich damit endgültig. Lucia schien von alledem nichts mitzubekommen, sondern redete, futterte in kindlicher Unschuld ihren Kuchen und wippte dazu mit den Gazellenbeinen.

«Wenn ich hier aufs Internat gehe», sagte sie, «was erwartet mich denn da?»

«Ein Prinzessinnenreich an der See», sagte Salvador und zwinkerte mir zu. Ich schob meinen Teller zur Seite, obwohl ich nicht aufgegessen hatte.

«Cool. Käme ich dann in deine Familie?»

«Da könnten wir bestimmt was arrangieren. Natürlich frage ich auch immer erst die anderen.»

«Zum Schein», sagte ich zu Lucia. «Er fragt sie zum Schein.»

Lucia sah mich fragend an.

«Wenn er dich in der Familie will, kommst du rein. Und du fliegst raus, sobald er dich nicht mehr will. Die anderen haben da nichts zu melden.»

In diesem Moment ging hinter mir die Tür auf, und Valerie kam hereingerauscht.

«Entschuldigung», sagte sie schnell atmend. «Ich musste noch einen überlasteten Mathelehrer trösten.»

«Gut so!», sagte Salvador. Valerie gab Lucia die Hand, dann umarmte sie mich und sagte leise: «Schön, dass du da bist.»

«Du siehst müde aus», sagte ich.

«Ja?» Sie setzte sich.

«Irgendwie ausgelaugt. Ich stelle mir das auch sehr anstrengend vor. Ihr seid ja immer im Dienst.»

«Wenn man Kinder liebt, ist das keine Arbeit», sagte Salvador und lächelte mich breit an.

«Es ist schon auch anstrengend», sagte Valerie. Dann wandte sie sich Lucia zu: «Wo gehst du denn zur Schule?»

Lucia erzählte munter von ihrem Gymnasium in Hamburg, von ihren Problemen in etlichen Fächern, weil sie sich nicht gut konzentrieren könne. Sie müsse ein Schulbuch nur in die Hand nehmen, schon verschwimme alles vor ihren Augen. Valerie sah Salvador an und nickte.

«Für manche ist das auch nichts», sagte sie. «Für viele.»

«Was?», sagte ich gereizt.

«Na, gegen die eigenen Interessen lernen zu müssen, benotet zu werden, standardisiert zu werden. Das weißt du doch am besten, Tilman. Du bist doch nie ein Typ von der Stange gewesen.»

Mit einem Mal kam mir das Gerede von Valerie unglaublich bescheuert vor. Sie roch nach etwas, das mir Kopfschmerzen bereitete. Auch Salvador widerte mich an, wie er da hockte, ein lüsterner alter Affe, und seine gierigen Blicke immer wieder zu Lucia wandern ließ. Ich erinnerte mich an ein Gefühl, das ich schon einmal gehabt hatte, ganz am Anfang meiner Beziehung zu Ella, als wir uns gerade näherkamen: eine unerklärliche Wut auf Valerie und ein noch stärkeres Genervtsein von ihrer jugendlichen Art. Jetzt kehrte das Gefühl mit Wucht wieder, verstärkt durch Salvadors kumpelhaftes Getue und dieses ranzige Freakzimmer, die verlotterte Unterkunft eines eitlen Sacks, der seine Defizite zur Außergewöhnlichkeit verklärte. Nichts passte zusammen. Der Paravent nicht zum Bett, der Schreibtisch nicht zum Teppich, der runde Teetisch nicht zum pompösen Bücherregal voller kreuz und quer gelagerter, seit Jahren ungelesener Bücher. Auch auf dem Boden und dem Schreibtisch lagen Bücher und Zeitschriften, die mir jetzt wie absichtsvoll drapiert vorkamen. Ehrlicher erschienen mir die vielen leeren Weinflaschen, die in verschiedenen Winkeln des Raumes standen, und die Pflanzen, die gelb und vernachlässigt in ihren Töpfen vegetierten.

«Also, ich bin sehr interessiert», sagte Lucia. «Was meinst du, Papa? Du schwärmst doch auch immer so von der FSS.»

Erst schockierte mich das Wort «Papa» aus Lucias Mund. Dann begriff ich, dass sie tatsächlich die ganze Zeit ihre Rolle als verdeckte Ermittlerin spielte. Sofort fühlte ich mich besser.

«Ich kenne keine bessere Schule», sagte ich.

«Eben.»

«Aber wir müssen uns mal nach den Kosten erkundigen.»

«Ach, Papa!»

«Mein lieber Tilman», sagte Salvador. «Wie du weißt, ist bei uns alles Verhandlungssache. Jeder nach seinen Möglichkeiten.» Er grinste mich an. «Und jeder nach seinen Verdiensten.»

«Vielleicht bekommst du ja ein Stipendium», sagte Valerie zu Lucia. «Du machst einen sehr aufgeweckten Eindruck.»

«Ganz der Papa», sagte Salvador und sah mich einen Moment länger an, als ich komfortabel fand.

«Wie wäre es?», fragte Salvador und neigte sich ein Stück in Richtung Lucia. «Ich zeige dir das Gelände, und dein Vater unterhält sich mit Valerie über die gute alte Zeit?»

Lucia sah mich an. Herausforderung und ein Anflug von Verunsicherung mischten sich in ihrem Blick. Ich spürte den Impuls, mit der Faust auf den Tisch zu schlagen. Salvador sollte seine widerlichen Hände von Lucia lassen. Aber ich widerstand der Aufwallung und wog in Sekundenschnelle das mögliche Risiko gegen den möglichen Nutzen ab.

«Warum nicht?», sagte ich und blickte Lucia für einen Moment eindringlich in die Augen. Sie verstand mich. Sie würde sich zu wehren wissen. Salvador stand auf und streckte die Hand aus. Lucia griff danach und ließ sich aus dem Stuhl helfen. Ich sah ihr noch einmal in die Augen, dann schenkte ich Salvador ein falsches Lächeln.

Auf das Gespräch mit Valerie konnte ich mich kaum konzentrieren. Meine Handflächen schwitzten, und ich log nicht besonders einfallsreich, als mich Valerie nach Lucia, ihrer Mutter und unserem Beziehungsstand ausfragte. Zum Glück gab sie sich schnell zufrieden und wechselte das Thema.

«Denkst du noch manchmal an die schönen Zeiten, die wir miteinander hatten?», fragte mich Valerie nach einem kurzen Moment des Schweigens. Ihre Stimme klang weich.

«Ja, natürlich», sagte ich.

«Du warst einer meiner absoluten Lieblingsschüler.» Ihre Augen strahlten mich an.

«Wie viele waren es denn insgesamt?»

«Was?»

«Lieblingsschüler.»

«Ach Tilman, da geht es doch nicht um Zahlen. Ich schnitze mir doch keine Kerben ins Holz.»

«Nicht?»

Valerie sah mich an. «Du kennst unseren Ansatz hier: Im Mittelpunkt steht, was die Schüler wollen.»

Ich sah sie wortlos an. Das alternde, jetzt eher hühnerhafte Gesicht sah grotesk aus, beinahe unwirklich.

«Manche Schüler wollen das eine lernen», sagte Valerie, «andere etwas anderes. Und wir stehen nur zur Verfügung. Manchmal ist das hart.»

«Hmm», sagte ich. «Ihr habt euch ganz schön aufgeopfert.»

«Ja.» Valerie klang jetzt nachdenklich. «Aber wir haben es gern getan. Es kommt so viel zurück.»

«Vielleicht kommt demnächst noch viel mehr zurück», sagte ich, ohne zu wissen, ob ich noch die Kontrolle über mich hatte. Die Worte rutschten mir einfach heraus. Valerie begann ihre eigene Hand zu streicheln. Gleichzeitig geriet ihr Mund in Bewegung, während sie mit ihren Zähnen abwechselnd über die Ober- und die Unterlippe rieb. Sie sah mich besorgt an. «Du siehst nicht glücklich aus.»

Ich antwortete nicht.

«Armer Tilman», murmelte sie. «Immer so viel im Kopf.»

«Sag mal», fiel ich ihr ins Wort. «Gibt es den Keller noch?»

Valerie betrachtete mich mit einem skeptischen Lächeln: «Worüber machst du dir jetzt wieder Gedanken?»

«Ich meine: Nehmt ihr das mit der Einweihung noch ernst?»

«Hast du es damals ernst genommen?»

«Ich frage für Lucia.»

«Sie wird selbst wissen, was für sie der richtige Weg ist. Wir zeigen nur, was möglich ist. Gehen muss sie selbst.»

«Meinst du denn, sie passt hierher?»

«Sie sieht dir gar nicht ähnlich», sagte Valerie.

«Das heißt?»

«Nichts. Es heißt nichts.» Valerie stand auf. «Ich hole ein Tablett aus der Küche.»

Nachdem sie den Raum verlassen hatte, dachte und fühlte ich ein paar Augenblicke lang nichts.

Erst als Lucia und Salvador zurückkehrten, erwachte ich aus dem tranceartigen Zustand und freute mich, als mir Lucia ein verschwörerisches Lächeln zuwarf. Sie sah so wunderschön aus in diesem Moment, so wissend, wie man sein kann, wenn man unschuldig ist, und so unschuldig, wie man sein kann, wenn man wissend ist.

Mit Verweis auf einen Zug, den Lucia erwischen müsse,

verabschiedeten wir uns ziemlich rasch. Wir würden uns bald wieder melden, um alles Weitere zu besprechen. Salvador strahlte Lucia an. «Also dann, bis bald!»

Valerie umarmte mich nicht, sondern legte mir nur kurz die Hand auf den Oberarm. Als Lucia und ich endlich draußen vor der Tür standen, wischte ich unwillkürlich über die Stelle. Wir gingen ein Stück schweigend über den Platz. Ich spürte Lucias Energie, sie brannte darauf, mir alles zu erzählen.

«Und?», fragte ich mit einem unangenehmen Geschmack im Mund. «Sollen wir dich hier anmelden?»

Lucia sah mich von der Seite an: «Der Typ ist ja vielleicht spooky.»

«Was ist passiert?»

«Der wollte voll viel wissen. Über dich, mich, meine Mutter. Warum du und meine Mutter an verschiedenen Orten wohnen. Blablabla.»

«Was hast du gesagt?»

«Er soll dich fragen.»

«Sehr gut.»

«Ich sag dir, ich bin eine Top-Geheimagentin. Echt!»

«Ja, das glaube ich dir.»

«Der hat mir ständig irgendwo seine Hand hingelegt. Ich hab irgendwann angefangen mitzuzählen.»

«Scheiße», sagte ich.

«Egal.» Lucia strahlte mich an. «Ich hab was rausgefunden. Erzähl ich dir im Auto.»

Auf der Fahrt nach Priwall und von dort mit der Fähre nach Travemünde berichtete mir Lucia aufgeregt und in wiederkehrenden Details von ihrem Rundgang mit Salvador. Sie erzählte, wie sie versucht hatte, sich alles einzuprägen, die Orte, die Sätze und die Art, wie er ihr Komplimente gemacht oder sie an der Schulter, am Arm, am Rücken und einmal auch kurz am Hintern berührt habe. Sie erzählte von der Bibliothek, von ein paar anderen Lehrern, die ihnen entgegengekommen wären und die Herrn Wieland wie einen Meister angehimmelt hätten. Dann endlich rückte sie mit ihrer Entdeckung heraus, nicht ohne vorher einige Verzögerungen einzubauen; so wichtig sei es vermutlich nicht, vielleicht fände ich es ja bloß peinlich. Ich musste noch einmal mein besonderes Interesse bekunden, bis sie endlich sagte: «Also, pass auf. Der hat mir echt seltsame Fragen gestellt. Zum Beispiel, ob du mich sehr liebhaben würdest und ob wir viel kuscheln und schmusen und so.»

«Und was hast du gesagt?», unterbrach ich sie nervös.

«Ich hab einfach nur gelächelt. Aber er hat immer weiter gefragt. So Sachen wie, ob es schön mit dir sei. Und da hab ich das erst kapiert. Also wie sage ich das jetzt? Der denkt voll krasse Sachen von dir, weil er selbst so ist. Verstehst du? Ich finde das ja megaverräterisch.»

«Ja, ist es», sagte ich mit trockenem Mund.

«Das müssen wir Mama erzählen.»

«Ja», sagte ich.

Den Rest der Fahrt blieb ich still. Lucia schien das nicht zu stören. So hatte sie mehr Raum, ihre Gedanken zur FSS zu sortieren, während sie sie vor mir ausbreitete. Sie fand unseren Ausflug aufregend. Und genauso spannend kam es ihr vor, dass ihre Mutter und ich nun Verbrechen aufdecken würden, die viele Jahre zurücklagen. Sie fand das «voll gerecht» und hielt es für «höchste Zeit», aber ich merkte, dass sie das nur sagte, weil sie glaubte, dass es meine Meinung am besten traf, ja, dass man als vernünftiger, erwachsener Mensch gar keine andere Meinung dazu haben konnte als die, die sie von ihrer Mutter kannte.

Ich trug ihr die Tasche noch ein Stück hinterher und reichte sie ihr schließlich durch die Zugtür hoch. Zum Abschied hob ich eine Hand. Viel lieber hätte ich Lucia geküsst. Ich blieb stehen, während sich die Tür schloss. Sie schaute mich durch die Scheibe weiter an. Dann warf sie mir eine Kusshand zu, drehte sich um, der Zug rollte an und trug sie davon.

Ich stand auf dem Bahnsteig und spürte eine Verlassenheit und Verzweiflung, zu überwältigend, als dass ich hätte weinen können. Ich sehnte mich so nach Lucia. Ich wollte in einen Zug steigen, ihr nachreisen und mich Kilometer für Kilometer verwandeln in einen reinen, frischen Jungen. Sie hatte mir eine Kusshand zugeworfen. Ich durfte mir nicht zu viel darauf einbilden. Vielleicht aber doch. Wir hatten aufregende Dinge zusammen erlebt. Es verband uns etwas. Sie mochte mich. Sie vertraute mir.

Ich liebe dich, dachte ich. Lucia. Lucia. Meine Lu. Ich will dich baden. Ich will dir deine kleinen Füße waschen, deine Schultern, deine Beine. Ich will dich abtrocknen, ganz vorsichtig. Ich trage dich ins Bett. Ich decke dich zu. Ich lese dir vor. Ich erzähle dir die schönsten Geschichten und streichle deinen Kopf. Ich werde immer für dich sorgen. Ich will nur dir gehören. Ich will dein Einziger und Auserwählter sein. Kleine Königin, stell deinen Fuß auf mich, wenn ich vor dir zu Boden gehe. Ich will zu deinen Füßen weinen. Du hast mich besiegt. Ich vergehe. Ich will sterben in deinen Armen. Ich will dich essen. Ich will von dir gegessen werden. Sag mir, was ich tun soll. Lass es ein unschuldiges Spiel sein, frei und schön und voller Vertrauen. Wir können nichts Böses tun. Wir können nicht böse sein. Ich liebe dich. Ich liebe, liebe, liebe dich.

SIEBTES KAPITEL

Als ich beim Ferienhaus in Redewisch ankam, befand ich mich in einem unheimlichen Zustand. Meine Sehnsucht nach Lucia war so total, dass ich äußerlich völlig ruhig wirkte. Freundlich begrüßte ich Ella und Konrad, der zu meiner Überraschung vor einer halben Stunde aus München angereist war. Sie habe vergessen, es mir zu erzählen, sagte Ella. Unser Schulfreund trug die an den Schläfen ergrauten Haare nun kurzgeschnitten. Er hatte zugenommen.

Konrad und ich setzten uns an den Esstisch. Ella wirkte aufgeregt. Sie machte mir einen Kaffee mit der großen Maschine und erzählte Konrad, ich sei gerade an der FSS gewesen. Dann sagte sie mir, Konrad habe auch etwas Interessantes zu berichten. Ich schaute ihn erwartungsvoll an.

Er erzählte, wie er als Schüler zunächst in der Bayernfamilie gewesen sei und Valerie regelrecht um ihn geworben habe. Das habe ihm geschmeichelt, und da er sich in Yukio verguckt habe, sei er der Einladung, «ein Wieland» zu werden, sofort gefolgt. Den Keller und das Banner dort habe er noch vor Augen. All das sei ihm sehr schräg vorgekommen, und er habe seiner Mutter in einem Telefonat davon erzählt. Die habe das aber irgendwie cool und alternativ gefunden. Auch habe Valerie ihn eingeladen, mit ins Ferienhaus zu kommen. Er habe jedoch nie Lust gehabt. Dann habe sie ihm aber einmal einen Job angeboten. Er sollte mit einem anderen Jungen gegen Geld die Veranda streichen. Als sie sich dann am Parkplatz der FSS getroffen hätten, habe es geheißen, der andere Junge sei kurzfristig abgesprungen. Das sei ihm komisch vorgekommen, aber irgendwie habe er nicht wortbrüchig sein wollen. Außerdem habe Valerie ja so eine Art gehabt, ihr gegenüber wollte man nicht verklemmt oder spießig oder ängstlich wirken. Sie seien also losgefahren, und sie habe ihm während der Fahrt die Hand aufs Knie gelegt und viel gelächelt und geredet. Er habe dann die Veranda gestrichen, mit nacktem Oberkörper, wie ihm erst später peinlich gewusst geworden sei, und Valerie habe ihn fotografiert.

Während Konrad erzählte, drängte sich mir der Gedanke auf, dass Valerie mich nicht fotografiert hatte. Ich verspürte Eifersucht, seltsamerweise. Es war mir doch egal, was Valerie und Salvador über mich dachten. Es musste mir egal sein. So rasten meine Gedanken, während ich Konrad nach außen hin gelassen zuhörte und hin und wieder nickte. Valerie, erzählte er, habe ihm Alkohol angeboten. Er habe abgelehnt. Dann habe sie ihn gebeten, ihm den Rücken mit Sonnenmilch einzucremen. Er habe es getan, schnell und grob. Von ihr habe er sich nicht eincremen lassen. Sie habe ihn alles Mögliche gefragt und schließlich auch, ob er nicht im Ferienhaus übernachten wolle. Er habe dann gesagt, die Veranda sei fertig und er wolle zurück zur FSS. Sie habe gelächelt und gefragt, was denn mit dem zweiten Anstrich sei. Er wolle sofort zur FSS, habe er da gesagt, und er werde es seiner Mutter erzählen, wenn sie ihn jetzt nicht zurückfahren würde. Darauf habe sie ihn zurückgefahren und so getan, als ob alles in Ordnung, aber er eben uncool sei, was ihn tatsächlich getroffen habe. Kurz darauf habe er einfach die Familie gewechselt. Seiner heimlichen Beziehung mit Yukio habe das eher gutgetan. Er habe es nicht seiner Mutter erzählt und den Vorfall auch schnell vergessen. Nie habe er daran gedacht, dass es anderen ähnlich ergangen sein könnte. Er dachte, es sei um ihn ganz speziell gegangen.

Ella stellte den Kaffee vor mir ab und berührte mich kurz am Arm. Ich brauchte einen Moment, um zu verstehen, wo ich mich befand. Was Konrad denn bei dieser Versammlung in der Aula gedacht habe, fragte Ella, damals, als der Vorwurf laut wurde, die Wielands betrieben einen Sexkult.

«Das war schräg», sagte Konrad. «Dieser komische Tag mit Valerie kam mir da gar nicht in den Sinn. Auch dass wir da mal im Keller gesessen haben und der Wieland irgend so ein Zeug erzählt hat – da sah ich in dem Moment keinen Zusammenhang.»

Konrad erzählte, dass er zwei Tage später aus einer Eingebung heraus dann doch mit seiner Geschichte zum Vertrauenslehrer Frank Gabriel gegangen sei.

«Der meinte bloß, ich soll das als Kompliment sehen», sagte Konrad und lachte auf. «Valerie würde eben gerne flirten. Das sei ja nun auch für eine Frau nicht verboten.»

Ich nickte. Plötzlich standen mir ihre rot lackierten Zehennägel deutlich vor Augen. Ich roch den Nagellack. Ich stand auf, ging aufs Klo und übergab mich. Anschließend machte ich den Fehler, beim Händewaschen mein Gesicht einen Moment lang im Spiegel anzusehen. Ich kam aus dem Bad zurück, zittrig und zugleich ganz leicht, als bestünde ich aus Gas. Ich entschuldigte mich bei Konrad und Ella; ich hätte gerade Einfälle, die ich sofort notieren wolle. Konrad hob entschuldigend die Hände, als hätte er einen Fehler gemacht, indem er von seinem Erlebnis mit Valerie erzählt hatte. Ella sah mich verständnisvoll und ein wenig besorgt an. Ich suchte das kleine Arbeitszimmer auf, zückte mein Telefon und wählte Lucias Nummer. Sie nahm sofort ab. Ihre Stimme klang fröhlich. «Was willst *du* denn?»

«Hören, ob du gut angekommen bist.»

«Ja, klar. Im Zug hat sich so ein Typ neben mich gesetzt, und ich dachte: Ist der jetzt in Scheiße getreten, oder was? Hat der ein sieben Tage altes Wurstbrot in der Tasche? Oder beides? Ey, der sah aus wie von Pegida entlassen. Du glaubst mir nicht.»

«Wo bist du jetzt?»

«Ich steh hier am Bahnhof rum und warte auf Lenamausi.»

«Gut.»

«Lustig.»

«Was?»

«Dass du anrufst.»

«Wieso?»

«Ich hab gerade an dich gedacht.»

«Wirklich? Ich habe auch an dich gedacht.»

«Klar. Sonst hättest du ja nicht angerufen. Meine Mutter hätte ja auch mal nach mir fragen können. Ob ich gut angekommen bin und so.»

«Sie will das ja auch wissen.»

«So? Hat sie dich beauftragt?»

Ich schwieg.

«Nee, hat sie nicht. Du denkst dran. Sie nicht. Sagt ja irgendwie alles. Egal. Also, sonst alles cool bei euch?»

«Ja.»

«Okay, dann bis Montag, oder so.»

«Warum *oder so*?»

«Ach, ich quatsche einfach irgendwas daher.»

«Nein, ganz ehrlich, was hast du gemeint?»

«Ey nichts, man. Entspann dich!»

«Lu?»

«Ja?»

Ich wusste nicht, was ich sagen sollte, da ich nicht wusste, ob ich das sagen konnte, was ich sagen wollte. Die Pause geriet zu lang, um nicht seltsam zu wirken.

«Ich vermisse dich», sagte ich. Dann lauschte ich in die Stille. Es klang, als ob Lucia aufgelegt hätte.

«Ich vermisse dich auch», hörte ich sie plötzlich sagen. «Unsere Aktion an der Schule war so cool.»

«Ja», sagte ich. «Du warst so cool.»

«Hast du Mama schon alles erzählt?»

«Nein, noch nicht.»

«Dann mach mal. Boh, da wär ich so gern dabei. Okay, ich muss auflegen, da kommt Lena. Bussi. Tschüssi!»

Ich küsse dich auch, dachte ich und hielt noch eine ganze Weile das Smartphone in der Hand wie einen Schatz. Dann setzte ich mich an meinen Laptop und schrieb auf, was sich mir jetzt zu den Wielands aufdrängte. Ich schrieb darüber, wie ich sie das erste Mal getroffen hatte. Ich schrieb über die Bewunderung, die sie in mir ausgelöst hatten, den Stolz, den ich empfunden hatte, weil diese Menschen mich ernst nahmen, wie gut mir ihre Zuwendung getan hatte. Ich schrieb über die Aura von Freiheit und Abenteuer, die die beiden in meinen jugendlichen Augen umgeben hatte, und ich streute ein paar Sätze ihrer zusammengewürfelten Selbstbefreiungsphilosophie ein, die mich geprägt hatte und an die ich in gewisser Weise noch immer glaubte: Ob wir Opfer sein wollen oder nicht, entscheiden wir selbst. Unsere Wahrnehmung wird von den Urteilen der Gesellschaft geformt. Wir entwickeln unser Weltbild, indem wir uns an den Stärkeren und Mächtigeren orientieren, denn wir wollen so werden wie sie. Erst jetzt, als ich diese Sätze aufschrieb, ging mir auf, dass ich genau das getan hatte, wovor die Wielands gewarnt hatten: Wir übernehmen die Glaubenssätze von denen, die Macht über uns haben, und ich hatte ihre Glaubenssätze übernommen. Ich schrieb: «Betrügt man am besten, indem man jemandem die Wahrheit sagt, der sie nicht erfassen kann?» Dann strich ich den Satz wieder durch, weil er mir für einen Zeitungsartikel zu kompliziert anmutete. Ich formulierte weitere Fragen: Glaubten die Wielands selbst, was sie sagten? Liebten sie auf ihre verquere Weise ihre Schüler, oder lagen sie abends nebeneinander und lachten über die kleinen Idioten? Warum erscheint mir die Selbstinszenierung der Wielands heute so durchschaubar, manipulativ und abgeschmackt? Und warum fühlt sich ein Teil von mir den beiden noch immer verbunden und von ihrem Urteil abhängig? Wieso spüre ich in ihrer Gegenwart eher Verwirrung oder Trotz als Wut? Wieso will ein Teil von mir nicht glauben, dass sie mich verarscht haben? Haben sie mich verarscht? Bin ich austauschbar gewesen?

Ich las den letzten Satz noch einmal. Ich hatte ihn geschrieben, ohne darüber nachzudenken. Nun, da ich ihn mir Wort für Wort zu Bewusstsein brachte, platzte in mir ein kleiner, harter Ball auf, und Gift floss durch meine Innereien, sickerte durch meinen Magen, meine Lunge, mein Herz. Es war schon vorher in mir gewesen, aber erst jetzt vergiftete es mich. Ich ekelte mich nicht alleine vor Valeries Zehennägeln und Salvadors Händen, vor ihren Augen und Mündern, ich ekelte mich vor mir selbst. Ich würde nie wieder aufhören, mich zu ekeln.

Der Ekel und die abgrundtiefe Scham hatten mir ein besiegtes Lächeln ins Gesicht geschmiert, als ich zu Ella und Konrad zurückkehrte. Wir aßen zu Abend; ich bekam kaum einen Bissen hinunter. Wir tranken Rotwein, was mir deutlich leichter fiel. Ich berichtete von meinem Ausflug zur FSS, versuchte zu schildern, was sich dort verändert hatte und was noch so aussah wie damals. Ich gab das Gespräch mit Valerie und Salvador Wieland so gut wieder, wie ich konnte, und erwähnte auch, was Lucia auf ihrem Rundgang mit dem Schulleiter wahrgenommen hatte. Ich sagte: «Die dachten, Lucia wäre meine Tochter, und Salvador hat mich ihr gegenüber als Pädophilen dargestellt. Vielleicht, um die Entfremdung zwischen Eltern und Kind einzuleiten, auf die sie da ja bauen, oder um zu testen, was für Lucia normal ist. Ich meine, wer gibt sein Kind zu den Wielands, der selbst dort gewesen ist?»

Schließlich wechselten wir vom Esstisch in die Sofaecke, und Ella erzählte eine weitere Geschichte von damals. Es ging um Salvador und sie und das Fotolabor. Ich merkte zu spät, wie sehr mich ihre ruhig vorgetragenen Ausführungen überforderten, und stellte dann unglücklicherweise die Frage, ob sie bei einem der Filme der Wielands mitgemacht habe. Sie schüttelte den Kopf, aber ich hakte nach; vielleicht erinnere sie sich nicht mehr richtig, vielleicht wolle sie sich nicht mehr erinnern. «Nein», sagte sie, «wirklich nicht.»

Wir saßen zu dritt auf dem Sofa. Vor uns stand der ovale

Glastisch. Ich weiß nicht, was in mich fuhr, es war ja eigentlich viel besser so, es war viel besser, dass Ella nicht in einem Film der Wielands mitgewirkt hatte, aber etwas packte mich, und ich schlug mit der geballten Faust auf den Glastisch, mit so großer Kraft, dass ein taschenbuchgroßes Stück herausbrach. Danach saß ich benommen da und fühlte das Pochen in meiner immer noch geballten Faust. Blut lief auf das Sofa.

«Entschuldigung», sagte ich leise. Konrad legte mir einen Arm um die Schulter.

«Ich bezahle das», sagte ich.

«Zeig mal!» Ella nahm meine Hand, die ich ihr bereitwillig hinhielt.

Später lag ich mit bandagierter Faust im Bett. Die Wunde hatte nicht genäht werden müssen, aber sie tat weh. Ich war dem Schmerz dankbar. Konrad hatte sich verabschiedet, er schlief in einer Pension ganz in der Nähe. Ella saß neben mir am Bettrand. Ihr Blick wirkte weich. Erst jetzt wurde mir klar, dass sie mich bisher fast durchgängig mit einem Anflug von Misstrauen angesehen hatte.

«Wie geht es dir?», fragte sie.

«Ich weiß es nicht», sagte ich wahrheitsgemäß. «Durcheinander.»

«Das hört wieder auf», sagte sie. «Vertrau mir. Ich bin die Therapeutin.»

«Hat es bei dir aufgehört?»

«Es kommt manchmal wieder. Aber es ist kein Dauerzustand mehr.»

«Wieso sind mir diese Menschen nicht einfach scheißegal?», sagte ich, halb zu mir selbst.

Ella lächelte und drückte meine unbandagierte Hand. «Das ist das Wesen eines Traumas», sagte sie. «Weil es nicht im Bewusstsein integriert ist, heilt es nicht. Es wird nicht verarbeitet.»

Ich schwieg. Einerseits kam mir diese Theorie sattsam bekannt vor, andererseits verstand ich sie nicht richtig. Aber ich wollte nicht nachfragen und weitere Ausführungen von Ella hören. Sie saß noch etwa eine Minute still neben mir. Dann stand sie auf, sagte, sie müsse für den nächsten Tag noch etwas vorbereiten, wünschte mir eine gute Nacht und ging.

Als ich sie unten im Wohnzimmer herumräumen hörte, nahm ich mein Smartphone in die unverletzte Hand und sah mir Fotos an, die ich von Lucia gemacht hatte. Dann stahl ich mich ins Bad.

Ich schlief noch nicht, als Ella leise ins Zimmer trat und sich auszog. In Unterwäsche legte sie sich neben mich, ich hörte sie atmen.

«Schläfst du?», fragte sie.

«Nein», sagte ich in einer aus Erschöpfung gespeisten Ehrlichkeit.

«Kann ich dir etwas sagen?»

«Ja.»

«Sag aber bitte, wenn es dir zu viel wird.»

Ich nickte, und Ella begann zu erzählen. Dass sie in der Realität selten Lust auf Sex habe. Alle ihre Beziehungen hätten darunter gelitten. Die ersten Wochen gehe es, dann verspüre sie nur noch Unlust und wachsenden Widerwillen. Kleinigkeiten fielen ihr ins Auge, störten sie, griffen nach und nach auch auf andere Bereiche der Beziehung über und zerstörten sie. Sie könne diesen lüsternen Ausdruck in den Augen eines Mannes kaum ertragen.

Ella wusste nicht, wie sehr mich ihre Worte erleichterten. Sie fühlte sich nun aber offenbar selbst wie von einer Last befreit und redete immer weiter: Sie spüre Erregung beim Gegenüber und verschließe sich. Männer sähen so dumm aus, wenn sie über einem lägen und arbeiteten und dann kämen und irgendetwas riefen und sich selbst feierten. Es sei, wie jemandem beim Scheißen zuzusehen. Man könne das zwar mit viel gutem Willen tun, aber der Ekel werde nicht weniger. Der Respekt schwinde. Es sei so lästig, immer Ausreden finden zu müssen, immer zu warten, dass ein Typ seine Fummelversuche aufgebe. Es sei zermürbend, die Spielverderberin zu sein, die Schuld zu tragen am kollabierenden Selbstwertgefühl des Mannes, der es erst sanft versuche, dann mit kaum verhohlener Ungeduld, dann mit Vorwürfen reagiere, dann mit Selbstanklagen, schließlich mit Affären, Depressionen, Therapie.

«Es ist so doof», sagte Ella. «Immer muss einer schuld sein. Entweder stimmt mit ihm oder mit dir etwas nicht. Dabei bin ich ganz normal. Was ich erlebt habe, das war halt nicht normal.»

Ich atmete laut aus. «Ist es dir zu viel?», fragte Ella. «Sag ehrlich, ich kann es verstehen.»

«Nein», sagte ich. Von mir aus konnte sie ewig so weiterreden.

«Ich denke, diese Nacht da im Keller ist daran nicht unschuldig. Du weißt, wovon ich spreche.»

«Das habe ich befürchtet», sagte ich.

«Ich weiß, dass du nichts dafürkannst», sagte Ella schnell. «Wir waren sehr jung. Wir waren auf Drogen. Wir waren total bekloppt.»

«Es tut mir leid.»

«Das glaube ich dir. Es geht auch gar nicht um Schuld. Ich will es dir nur sagen. Ich will dir sagen, was mit mir ist.»

«Ja», sagte ich und legte ihr kurz meine Hand auf den Kopf.

Sie neigte ihn stärker zu mir und flüsterte nun fast. «In meinen Phantasien nehme ich mir die Männer. Gutaussehende Männer, die ich nicht mag. Die ich verachte. Da bin ich wie ...» Sie brach ab.

«Nadja?», fragte ich.

«Na, früher oder später merkt es auch jemand, der nicht deine Beobachtungsgabe hat.»

«Wärst du gerne so?», fragte ich.

«Ich kann es nicht mit mir vereinen», sagte Ella nach einem Moment des Nachdenkens. «Und ich stelle es mir auch sehr anstrengend vor.»

Dann erzählte Ella von einer Phase in ihrem Leben, in der sie experimentiert habe: One-Night-Stands, Club-Besuche, Online-Dates. Während sie immer expliziter von ihren Erlebnissen berichtete, dachte ich an Martha, dann an Lucia.

«Es ist wie saufen», sagte Ella in meine Gedanken hinein. «Du deckelst nur etwas, das dabei mit der Zeit immer einflussreicher wird.»

«Was deckelst du?»

«Die Wunde. Aber das kostet immer mehr Kraft. Statt zu heilen, wird sie größer.»

«Meinst du denn, die Wunde heilt, wenn du die Vergangenheit ans Licht bringst? Willst du deshalb die Wielands bloßstellen?»

Ella richtete sich auf, bis sie mit dem Rücken am Kopfteil des Bettes lehnte. Es war zu dunkel im Zimmer, um ihren Gesichtsausdruck zu sehen, aber ihre Stimme klang nachdenklich, als sie antwortete: «Nein. Das heilt nicht die Wunde. Es gibt ihr nur einen Sinn.»

ACHTES KAPITEL

Am nächsten Tag erwachte ich früh. Ella lag gleichmäßig atmend neben mir. Ich stand auf, ging ins Arbeitszimmer und machte mich wieder an den Artikel. Da ich nur mit einer Hand tippen konnte, musste ich meine Gedanken verlangsamen, um nicht vor lauter Ungeduld den Laptop gegen die Wand zu werfen. Diese Verlangsamung fiel mir anfangs schwer, kam aber dem Artikel zugute. Aus den größeren Zwischenräumen stiegen Bilder auf, manche verknüpften sich mit weiteren Sinneseindrücken oder Gefühlen.

Als keine zwei Stunden später zunächst Nadja, Ronny und Luis, dann Konrad in kurzem Abstand klingelten, hatte ich eine solide Rohfassung des Artikels fertig und konnte sie mehrfach ausgedruckt gleich nach der Begrüßung vorlegen. Alle lasen still. Ich saß da und trank Kaffee. Luis ließ die Blätter als Erster sinken, sah mich an und nickte. Er wirkte ernst, aber sonderbar offen und nahbar. Vielleicht lag es daran, dass er ohne seine Frau gekommen war. Auch die anderen beendeten die Lektüre und bestätigten reihum, was ich nach der Niederschrift geahnt hatte: Ich hatte entscheidende Punkte getroffen, wichtige Fragen gestellt und eine Dramaturgie gefunden, die betroffen machte, ohne dass sie hysterisch oder unnötig aggressiv wirkte. Ella sagte, in der Küche stünden ein paar Teller mit belegten Broten und Brötchen. Ronny bat um ein Bier. Eine Weile sprachen wir über nichts anderes als über den Artikel: was noch ergänzt werden könnte, was wir vielleicht besser als Munition für einen zweiten Artikel zurückhalten sollten. Ob ich ihn unter meinem Namen veröffentlichen würde, ob es schon einen Pressekontakt gebe. Ich rief gleich einen befreundeten Journalisten an, mit dem ich manchmal in Berlin einen trinken ging und der das Feuilleton der Onlineausgabe einer großen Wochenzeitung leitete. Er zeigte sofort Interesse, fragte mich, ob ich sicher sei, ob es noch andere Zeugen gebe, ob in dem Artikel etwas «Handfestes» stehe, das über bloße Meinung hinausgehe. Guter Journalismus lasse immer auch die Gegenseite zu Wort kommen. Ob ich darauf vorbereitet sei. Außerdem wollte auch er wissen, ob der Beitrag unter meinem Namen erscheinen könne. Ich bejahte. Danach wurde er aufgeregt und bat mich, ihm den Text sofort zu mailen und mich in den nächsten Stunden bereitzuhalten. Er schlage vor, den Artikel schnellstmöglich online zu bringen und dann in ein paar Tagen bei der Printausgabe nachzulegen. Zum Schluss fragte er, ob ich einen guten Rechtsanwalt hätte. Ich sagte, er solle sich keine Sorgen machen, bedankte mich und legte auf.

Die Stimmung im Raum war mit einem Mal gelöst. Ich

sah, wie Zufriedenheit Ellas Züge entspannte. Etwas würde in Bewegung geraten, ihre Arbeit würde sich auszahlen. Ich meinte, auch noch etwas anderes in ihrem Blick zu lesen, als er auf mich fiel: Wärme.

Ronny saß da, hielt sich an seinem Bier fest wie ein Baby an einem Schnuller und schien erstaunt, dass er nun Teil einer Sache zu sein schien, die über eine Kneipe in Rostock hinausging. Mehrmals versuchte er, Blickkontakt mit Nadja aufzunehmen, die sich wieder stark zurechtgemacht hatte. Aber sie sah ihn nur einmal am Anfang an, als frage sie sich, wie sie mit diesem Typen die Nacht hatte verbringen können, und interessierte sich ansonsten sichtlich stärker für Konrad.

Als sich alle wieder beruhigt hatten und es für einen Moment still in der Ferienwohnung wurde, räusperte sich Luis und sagte: «Was noch fehlt, sind die Auswirkungen.»

Ich sah ihn interessiert an. Mein Artikel, führte er aus, beschränke sich auf das, was ich erlebt und wie ich damals darüber gedacht hatte und wie es mir aus heutiger Sicht vorkam. Das sei alles sehr überzeugend dargestellt. Entscheidend sei aber doch obendrein, was das alles mit uns gemacht habe.

«Das dürfte ordentlich triggern», sagte Nadja.

«Wird der Artikel sowieso», sagte Ella.

«Da hast du recht.» Nadja strich sich ein paar Haare hinters Ohr und streifte Konrad mit einem flinken Blick. «Ein paar Ehemalige werden keine leichte Zeit haben, wenn sie das lesen. Aber die Auswirkungen – das ist vermutlich noch mal eine Nummer härter.»

«Könntet ihr das mal für Nichtpsychologen erklären?», fragte Ronny.

«Du hast etwas Schlimmes erlebt, Jahre später wirst du

daran erinnert und erlebst die schlimmen Gefühle noch einmal», fasste Ella für ihn zusammen. «Und das ist auch gleich eine der Auswirkungen sexueller Gewalt, über die du schreiben solltest», sagte sie, an mich gewandt. «Ich geb dir später Beispiele.»

«Okay, was noch?», fragte ich und sah in die Runde.

«Das gehört vermutlich dazu», sagte Nadja. «Die Angst vor Kontrollverlust. Der Versuch, Situationen mit anderen Menschen zu kontrollieren, vor allem intimere Begegnungen. Die wahnsinnige Anstrengung, die das bedeutet.»

«Ich notiere mal Kontrollzwang», sagte ich und schrieb das Wort auf das vor mir liegende Blatt.

«Vielleicht lieber ‹Angst vor Kontrollverlust›», korrigierte Ella. «Das klingt weniger unsympathisch.»

«Es ist nur ein Stichwort», sagte ich. «Wie wir das dann später füllen, ist eine andere Sache.»

«Schlafstörungen», sagte Luis.

«Flashbacks halt», sagte Ella. «Und Depressionen.»

«Ja», sagte Luis. Nadja sah mich intensiv an und diktierte: «Gefühlschaos. Wenn dir jemand nahekommt, zerreißt es dich zwischen übermäßigem Wunsch nach Nähe und dem Impuls wegzulaufen. Du traust den anderen nicht mehr, oder du traust ihnen zu sehr. Du traust dir selbst nicht mehr. Du weißt nicht mehr, was du glauben sollst. Und irgendwie bist du meistens gar nicht in deinem Körper.»

Ella diktierte mir den Begriff «strukturelle Dissoziation».

«Du hast keine Heimat», sagte Luis. «Dein Vertrauen ist total gestört. Die Welt wird ein sinnloser Ort.»

Ronny sagte nichts.

«Und das hat auf jeden Fall alles mit der sexuellen Gewalt zu tun?», fragte ich.

«Du klingst, als wärst du nicht betroffen», sagte Konrad.

«Eben», sagte Nadja. «Wie würdest du denn deine eigenen Symptome beschreiben?»

«Keine Ahnung», sagte ich. «Aber ich würde nicht alles, was mich beschäftigt, unbedingt auf die FSS zurückführen.»

«Sondern?» Nadja reckte angriffslustig ihr Kinn.

«Meine Gene, meine Familie, meine Entscheidungen – was weiß ich.»

«Ach so.»

«Ronny war vorher im Heim», redete ich ungerührt weiter. «Ella wurde von ihren Eltern im Stich gelassen. Luna und Luis haben ihre von einem Tag auf den anderen verloren. Bei dir gibt es bestimmt auch was. Wir können jetzt doch nicht all unsere Probleme den Wielands anlasten.»

«Alter!» Nadja stand auf und blieb mit in die Hüften gestemmten Händen stehen.

«Tilman hat gestern eine Ecke aus dem Glastisch geschlagen», meldete sich Ella. «Vorher hatten wir über die Filme der Wielands gesprochen.»

«Ach, *das* meintest du eben mit ‹eine Boxverletzung›.» Nadja wies auf meinen Verband.

«Ich muss mit meinen Problemen nicht hausieren gehen», sagte ich.

«Nee.» Sie lachte kurz auf. «Du haust lieber mal was kaputt. Gut, dass es diesmal nur ein Glastisch gewesen ist.»

«Leute», sagte Luis. «Können wir bitte konstruktiv bleiben? Das hier ist schon genug Stress.»

«Nein, verdammte Scheiße», sagte Nadja. «Mir sagt keiner, ich soll mich mal locker machen. *Entspann dich, Schätzchen*», äffte sie mit verzerrtem Gesicht ein imaginäres Gegenüber nach. Luis senkte müde den Kopf.

«Und außerdem.» Nadja zeigte mit dem Finger auf mich. «Ich will nicht, dass er immer weiter die Wielands in Schutz nimmt. Küsschen hier und Küsschen da. *Ich will das nicht mehr*. Alle nehmen sie in Schutz. Alle. Immer.»

«Du hast recht», sagte ich. Ich sagte es nicht aus Überzeugung, kam mir aber auch nicht wie ein Lügner vor. Es ging nicht um Recht. Es ging um Wut.

Nadja entspannte sich etwas, aber ihre Stimme hatte immer noch einen metallischen Klang. «Was hat es mit dir gemacht? Bist du beziehungsfähig? Alles schön mit deiner Martha?»

«Meine Güte», sagte Luis leise, aber laut genug.

«Das muss hier jetzt keine Selbsthilfegruppe werden», sagte Ella.

«Nicht?», ließ sich Ronny zum ersten Mal seit geraumer Zeit hören. «Dann würde ich noch ein Bier nehmen.»

Der Rest des Tages verlief friedlich. Ich fragte nicht mehr nach der Zeit vor den Wielands, Nadja regte sich nicht mehr auf. Vielmehr versuchte sie nun, sich besonders entspannt und humorvoll zu geben und vor allem Konrad gegenüber wie eine Erwachsene zu wirken, die ihre Beschädigungen überwunden hat. Wir sprachen nicht mehr über das, was Ella «Trauma» nannte, sondern über die FSS.

Wie konnte es sein, dass solche drastischen Übergriffe unbemerkt geblieben waren? Sicher hatte nicht allein Konrad den Versuch unternommen, Verantwortliche auf das sonderbare Verhalten des Schulleiters und seiner Frau anzusprechen. Wer wusste noch davon? Wer profitierte direkt oder indirekt von den Wielands? Mit welchen Tricks wanden sich die Wielands immer wieder heraus? Und welche Vertuschungsmanöver würden sie und andere an der FSS unternehmen, sobald der Zeitungsartikel eine Leserschaft fand? Die völlige Folgenlosigkeit der Übergriffe schien alle Versammelten mindestens so sehr zu bewegen wie die Übergriffe selbst. Ella präsentierte uns Notizen zu den Wielands, ihrem Netzwerk, Menschen, die die FSS finanzierten. Sie breitete aus, was sie über die Vorgeschichte des Schulleiters und seiner Frau recherchiert hatte, und gelangte von da aus zu der Theorie, dass die Wielands die ganze FSS als große Fassade für ihre Umtriebe errichtet hätten, als reformpädagogisches Mäntelchen, hinter dem sie tun und lassen konnten, was sie wollten. Sie sprach über die fragwürdigen Einstellungskriterien, die nicht vorhandenen pädagogischen Maßstäbe, über die Gutgläubigkeit und Ignoranz der Eltern, die ihre Kinder zusammen mit der Verantwortung an der FSS abgaben.

Was ich für meine ganz persönlichen Erlebnisse gehalten hatte, entpuppte sich mit jeder weiteren Geschichte der anderen als weitgehend typisch für ein «Wielandkind».

Der einzige Moment, der die wachsende Harmonie unserer Gruppe gefährdete, kam, als Ronny irgendwann fragte: «Bin ich jetzt krank, weil ich den Sex mit Valerie eigentlich ziemlich gut fand?»

«Nee», sagte Nadja. «Nur doof.»

Danach sagte Ronny sehr lange nichts mehr und vertrat sich eine ganze Weile im Garten die Beine. Ella ließ sich davon nicht beirren. Mit nicht nachlassender Energie ging sie mit uns die Themen durch, die sie sich notiert hatte. Bei einem einzigen Fall, erklärte sie, stünde Aussage gegen Aussage, bei vielen Anklägern hingegen komme der Angeklagte zunehmend in Erklärungsnot. Sie erwähnte den Fall Harvey Weinstein und sagte mehrmals, wie wichtig es sei, dass jemand die Wielands anzeige, am besten, bevor der Artikel erscheine. Luis wandte ein, dass die Taten längst verjährt seien. Man könne doch nicht Delikte anzeigen, die fast dreißig Jahre zurücklägen.

«Eben doch», sagte Ella triumphierend. «Die Verjährung ist nach den Skandalen um die Odenwaldschule, das Canisiuskolleg und so weiter von drei auf dreißig Jahre erhöht worden.»

Ella zitierte aus dem Kopf ein paar Zahlen, die uns alle daran zweifeln ließen, dass die Vergehen der Wielands noch strafrechtliche Relevanz besaßen. Da die Lehrer keine Gewalt angewendet hatten, glaubten wir, dass es sich nur um das handeln konnte, was sich juristisch «einfacher sexueller Missbrauch von Kindern» nannte.

«Von wegen», sagte Ella triumphierend und hielt einen Ausdruck hoch. Während wir die Köpfe über das Papier beugten, las sie laut vor: «Dringt ein Erwachsener auf irgendeine Weise in den Körper eines Kindes ein, gilt das juristisch als schwerer Missbrauch, der erst nach zwanzig Jahren verjährt. Seit 2015 setzt die Verjährungsfrist nicht mit dem achtzehnten, sondern erst mit der Vollendung des dreißigsten Lebensjahres ein.» Sie erläuterte uns den juristischen Begriff der «unechten Rückwirkung». Da wir nach altem Gesetz 2015 noch klageberechtigt gewesen wären, galt für uns die neue Verjährungsfrist. Wir konnten also sowohl zivil- als auch strafrechtlich gegen die Wielands vorgehen.

«Aber wir waren doch keine Kinder mehr», sagte Luis und klopfte mit der Hand auf das Papier.

«Juristisch bist du als Dreizehnjähriger natürlich noch ein Kind», sagte Ella beinahe fröhlich. Ich setzte mich aufs Sofa. Müdigkeit breitete sich in meinem Körper aus. Ich sehnte mich danach, Lucias Hand zu halten. Ich erinnerte mich so deutlich an sie, ihren Duft, ihre Stimme, das Gefühl, das ihre Haut auf meiner Haut erzeugte.

In dem Gesetzestext stand klar und deutlich, dass ich aus juristischer Sicht als Kind Opfer schwerer Verbrechen geworden war. Auf diese Taten standen Gefängnisstrafen bis zu zehn Jahren. Natürlich wusste ich um die Eigenwilligkeit der Gesetzgebung gerade in Hinblick auf alles Sexuelle. Dennoch traf es mich unvorbereitet, dass die Gesellschaft meine Erlebnisse als so gravierend einstufte. Es drückte mich in den Sitz wie ein großes Gewicht, das mir jemand plötzlich ungefragt zugeworfen hatte. Allerdings hatte ich wenig Zeit, mich niedergeschlagen zu fühlen, denn nun wollte Ella wissen, wer von uns die Anzeige erstatten würde.

Konrad bot sich an. Als Nichtbetroffener sei es vermutlich leichter, sich einem Verhör zu stellen. Ella schien nicht überzeugt.

«Wie wäre es mit einer Sammelklage?», sagte Luis. Was er als bitteren Scherz gemeint hatte, fand sofort die Zustimmung der Frauen. Ella schlug vor, gleich am Montagmorgen zur Polizei zu fahren und vorher lokale Radio- und Fernsehsender sowie die Ostseezeitung zu informieren.

«Der Artikel sollte dann am Dienstag erscheinen», sagte sie geschäftig. «Kannst du das einrichten?»

Ich hob die Schultern. Versuchen konnte ich es. Ella erzählte uns von einem kleinen Fernsehteam, das im Zuge einer Anzeige in das Jesuiteninternat Aloisiuskolleg gegangen war und den amtierenden Rektor interviewt hatte. Der tief in die Fälle verstrickte Mann habe sich vor laufender Kamera derart um Kopf und Kragen geredet, dass er bereits anderntags zurückgetreten sei – angeblich aus freien Stücken. Sie hielt es nicht für ausgeschlossen, dass sich auch Salvador oder Valerie Wieland entlarvend äußern würden, wenn man sie unvorbereitet mit Fragen konfrontierte.

«Die fühlen sich doch seit Jahrzehnten sicher», sagte sie. «Vielleicht sehen sie sich noch nicht einmal als Straftäter. Keiner widerspricht ihnen. Aber das wird jetzt anders.»

Irgendwann bestellten wir Pizza. Ella bot Kaffee und Tee, Sprudelwasser und Bier an. Während wir aßen, sprachen wir über andere Ehemalige. Konrad wusste, dass Yukio als Diplomat in New York lebte. Er hatte per Mail mitgeteilt, dass er sich nicht für die Vergangenheit interessiere und in Ruhe gelassen werden wolle. Er lebe im Hier und Jetzt. Und das laut Konrad ziemlich gut. Mit Simona stand niemand von uns in Kontakt, aber Luis hatte ein Facebook-Profil von ihr gefunden. Offenbar lebte sie auf Mallorca. Über Tilly wusste niemand etwas.

Ella kam auf den nächsten Punkt ihrer Liste zu sprechen. Sobald der Artikel erschien, würden sich andere Ehemalige melden. Damit sie uns kontaktieren konnten, brauchten wir einen Blog oder zumindest eine Visitenkarte im Netz. Konrad erklärte sich bereit, gleich über das Wochenende eine kleine Homepage zu basteln. Wir diskutierten über den Namen unserer Gruppe und einigten uns nach einer längeren Debatte auf «Die Wielandkinder», auch wenn Luis meinte, der Begriff könne gerade die unangenehm berühren, die unsere Ziele teilten.

Der Himmel hatte sich bereits verdunkelt, als ich mit Luis auf dem Rasenstück hinter dem Haus stand, kühle Meeresluft in meine Lungen sog und ihn sagen hörte: «Nimm meine Schwester ruhig auch noch in den Artikel. Oder in den nächsten.» Dann erklärte er mir mit ruhiger Stimme, dass er die Wielands für mitschuldig an Lunas Leiden und ihrem Tod halte. Und dass er glaube, es gebe noch mehr Selbstmorde von ehemaligen Wielandkindern. Vielleicht gehe den Leuten der Zusammenhang durch meinen Artikel auf. Ich nickte. Luis sah mir forschend in die Augen. «Ella ist nicht so stabil, wie es den Anschein hat. Pass ein bisschen auf sie auf.»

Ich senkte den Blick.

«Du wahrscheinlich auch nicht», sagte er und deutete auf meinen Verband.

«Was weißt du von Ella?», fragte ich, und Luis erzählte mit ruhiger Stimme von einem Selbstmordversuch, den sie vor ein paar Jahren unternommen hatte.

«Das hätte ich nicht gedacht», sagte ich.

«Etwa anderthalb Jahre, bevor sie sich zum ersten Mal wieder bei uns gemeldet hat», sagte Luis. «Später meinte sie, es wäre kein Hilferuf gewesen. Sie hätte einfach keine Kraft mehr gehabt, sich und anderen etwas vorzumachen.»

«Und das hat sie dir erzählt?»

«Per Mail», sagte Luis, «damals, als wir alle für eine Weile wieder Kontakt hatten.»

«Mir hat sie nichts davon geschrieben.»

«Dachte ich mir. Deswegen erzähle ich es dir jetzt. Du wohnst immerhin mit ihr zusammen.»

Einen Moment standen wir schweigend da und blickten auf die zurechtgestutzte Hecke, die das Grundstück von der Straße abtrennte. Dann fragte ich Luis, was er sich von der ganzen Sache verspreche, ob er glaube, es werde einem von uns hinterher bessergehen.

«Ich bin Christ», sagte er. «Ich glaube nicht an Rache. Ich glaube an Vergebung.»

«Was bedeutet das?»

«Dass wir die Schmerzen, die uns andere zufügen, nicht weitergeben müssen.»

«Also die andere Wange hinhalten.»

«Auf die rechte Wange schlug man die Freien», sagte Luis. «Auf die linke die Sklaven. Wenn es also heißt: ‹Schlägt dir jemand auf die linke Wange, dann halt ihm auch die rechte hin›, dann bedeutet das nicht Unterwerfung unter die Gewalt. Stattdessen zeigst du dem Gegenüber, dass du bist wie er: ein freier Mensch.»

«Interessant», sagte ich, tatsächlich verblüfft von dieser mir völlig unbekannten Deutung.

«Viel Wissen über das Christentum scheint heute verloren», sagte Luis. «Nimm die Sache mit der Kreuzigung. Auch dabei geht es nicht um ein Einknicken vor der Gewalt in der Welt.»

«Sondern?»

«Um einen Ausweg aus dem Kreislauf von Gewalt und Gegengewalt.»

Luis erklärte mir, dass Menschen vor zweitausend Jahren noch stärker dazu geneigt hätten, Gewalt mit Gewalt zu vergelten und ihren Frust an Sündenböcken auszulassen. Um diesen Kreislauf zu durchbrechen, habe sich Gott selbst als Opfer angeboten. Er habe die Schuld für das Leiden in der Welt auf sich genommen und damit die Menschheit entschuldet. Schließlich hätten wir die Welt nicht gemacht, und unsere Ahnen wären unschuldige Kinder gewesen, als sie die Frucht vom Baum der Erkenntnis gegessen hätten. Es sei eindeutig: Die Schuld für den Sündenfall könne nur beim allmächtigen Gott liegen. Nur er habe die Folgen gekannt. Und er habe für uns entschieden, freie Entscheidungen treffen zu können, mündig zu werden. Dazu bekenne er sich, indem er sich als wahrer Sündenbock ans Kreuz schlagen lasse. Damit werde Gott zum Spiegel unserer Gewalttätigkeit und übernehme die Verantwortung. Das sei die frohe Botschaft: Wir seien alle verstrickt, aber an der Gesamtsituation unschuldig. Wir müssten uns nicht gegenseitig dafür hassen, dass wir leiden müssten. Das sei die Haltung des Vergebens.

«Das ist eine interessante Interpretation», sagte ich. «Aber was nutzt sie dir hier und jetzt?»

«Ich brauche weder mich noch die Wielands zu hassen.»

«Okay. Aber an die Öffentlichkeit willst du doch mit den alten Geschichten.»

«Ja, ich will zu meinen Wunden stehen und den Wielands die Gelegenheit geben, ihre Verfehlungen zu benennen. Das steht vor jeder Vergebung.»

«Aber vermutlich werden sie nichts zugeben. Und ändern werden sie sich erst recht nicht», sagte ich.

«Das liegt in Gottes Hand.»

«Und wirst du ihnen dann trotzdem vergeben können?»

Luis dachte nach. Er sah plötzlich sehr gut aus: interessant, würdevoll. «Auch das liegt in Gottes Hand», sagte er. «Aber ich strebe es an. Für mich selbst.» Es gab eine weitere Pause, in der wir nebeneinanderstanden und geradeaus schauten, wie alte Freunde.

«Eigentlich geht es eher darum, mir selbst zu vergeben», sagte er schließlich.

«Was hast du denn falsch gemacht?»

«Ich habe mich nicht gewehrt. Ich habe meine Schwester nicht beschützt. Ich habe meine Eltern nicht retten können.» Er sah mich an: «Ich weiß, dass ich ein Kind gewesen bin, dass ich nicht anders konnte, dass meine Eltern ganz ohne mein Zutun gestorben sind – aber so fühlt es sich an. Und die Wielands können auch sagen, dass sie nicht anders konnten, dass sie emotional noch Kinder sind, oder was weiß ich.»

«Aber das ist doch etwas anderes», sagte ich. «Die Erwachsenen tragen die Verantwortung, nicht die Kinder.»

«Und wann ist jemand erwachsen? Mit achtzehn?»

Ich lächelte. «Irgendwo muss man anfangen.»

Gegen neun fuhr Luis nach Hause. Konrad nahm den betrunkenen Ronny mit. Ob er ihn bis nach Rostock fahren oder in einer Pension unterbringen oder mit ihm in Boltenhagen weitertrinken würde, schien beim Weggang der beiden noch nicht entschieden. Nadja und Ella unterhielten sich im Wohnzimmer, ich entschuldigte mich mit Hinweis auf Schreibverpflichtungen, setzte mich in mein Arbeitszimmer und schrieb Lucia eine WhatsApp. Ich schickte ihr einfach das Foto einer «Kitler», einer Katze, die wie Hitler aussah. Sie antwortete prompt mit einem ähnlichen Bild. So ging es eine Weile hin und her. Irgendwann antwortete sie nicht mehr. Ihre letzte WhatsApp hatte aus einem Kuss-Emoticon bestanden. Ich sah mir einmal mehr einige der Fotos an, die ich von ihr gemacht hatte, dann zog ich mich aus, legte mich aufs Bett und dachte an Lucia, ihr Gesicht, ihre Lippen.

Als ich ausgeträumt hatte, hörte ich noch immer die Stimmen der beiden Frauen von unten heraufdringen. Ich fühlte mich nicht erleichtert, nur erschöpft. Ich hatte mich kurz abgelenkt, aber es hatte mir keine Ruhe verschafft. Ich versuchte, an Erwachsenendinge zu denken. Was würde passieren, wenn unter meinem Namen der Artikel erschien? Was würde mein Lektor sagen, was die Frau von der Presseabteilung, der Verlagsleiter? Wie würde sich der Blick auf mein Schreiben verändern? Würde ich danach noch einmal ein Buch wie bisher schreiben können? Wollte ich überhaupt noch einmal ein Buch wie bisher schreiben? Etwas drängte an die Oberfläche, das ich bisher ignoriert hatte: ein tiefes Gefühl der Verachtung für die Leser, den Literaturbetrieb und mich als Schriftsteller. Ich log etwas aufs Papier, Leute kauften es, weil sie dachten, dass es ihnen etwas nutze, ein paar Kulturmenschen verdienten damit ihr Geld und fühlten sich wichtig. Die kompakten Tanten in den Literaturhäusern standen mir vor Augen, mit ihrer Mischung aus Machtbewusstsein und Geilheit, der sie das Mäntelchen literarischer Leidenschaft umgelegt hatten. Dann die immer an Hunde erinnernden Geschäftsmänner, die als Agenten oder Verlagsleiter kaum einen Hehl daraus machten, dass es ihnen in erster Linie ums Geld ging und in zweiter Linie um eine Tätigkeit, die Zugriff auf junge, unsichere Mademoiselles ermöglichte. Ich dachte an die Literaturkritiker, die man bereits an ihren Visagen erkannte, das ganze Spektrum vom FDP-Pferdemädchen mit gepresster Stimme bis zum dicklichen Glatzkopf mit Politikervisage. Schließlich die Kolleginnen und Kollegen mit ihren verwundeten Seelchen und glatten Gesichtern. Alle überdurchschnittlich eitel, überdurchschnittlich gebildet und überdurchschnittlich dumm. Und ich stellte keine Ausnahme dar. Vermutlich lag auch mein nun entdeckter Selbstekel im Trend, ich hatte es nur zu spät bemerkt. Ich liebte das Schreiben nicht, sondern sah darin lediglich das geringste Übel. Ich wollte nicht die nächsten Jahrzehnte so weitermachen, aber ich konnte nichts anderes. Als kinderloser Autor mochte ich vielen Konventionen des Erwachsenendaseins entgehen, und doch fühlte ich mich zunehmend ausgeliefert. Warum konnte ich nicht einfach mit Lucia durch die Welt reisen, Hand in Hand mit ihr durch die Öffentlichkeit gehen, Hotelzimmer mit ihr teilen, Geschichten mit ihr spinnen, Details fotografieren, ihren Bauchnabel küssen, ihr etwas von der Welt zeigen, mir von ihr die Welt zeigen lassen?

Es klingelte an der Wohnungstür. Ich lauschte, hörte Stimmen, die ich nicht zuordnen konnte, und wartete einfach ab. Wenige Minuten später klopfte Ella an meine Tür und sagte, dass Konrad wiedergekommen sei und Nadja abgeholt habe.

Ronny habe er in eine andere Pension gebracht, morgen kämen alle wieder, wir seien jetzt allein. Ich folgte Ella nach unten, wo wir auf dem Sofa sitzend den obligatorischen Rotwein tranken. Ella wirkte müde und zufrieden.

«Es läuft», sagte sie und ließ ihren Kopf an meine Schulter sinken.

«Ich bestelle dann mal einen neuen Glastisch.»

«Das hat Zeit.» Sie setzte sich wieder aufrecht hin, stellte ihr Weinglas ab und sah mich an.

«Was hältst du davon?», begann sie, und ich wusste bereits, was kommen würde. Ich weiß nicht, warum ich ihr ins Schlafzimmer folgte. Vielleicht sehnte ich mich vor allem nach Nähe, vielleicht hatte ich Schuldgefühle, vielleicht wollte ich sehen, was passieren würde.

Ella wollte alles bestimmen. Sie zog mich aus. Ich lag da. Sie machte sich an mir zu schaffen. Ich schloss die Augen und dachte an Lucia, aber Ella redete dazwischen oder erinnerte mich mit ihren kontrollierten Bewegungen zu sehr an eine erwachsene Frau. Ich hasste das Gefühl, das nun aufstieg. Ich hasste Ellas Wollen. Ich bekam keine Erektion. Ella hauchte mir ins Ohr, sie sehe das als Kompliment, ich sei aufgeregt, sie bedeute mir offenbar etwas. Sie begann, mit der Zunge an meinem Körper entlangzugleiten. Wieder dachte ich an Lucia, und sofort richtete sich mein Glied auf. Leider machte Ella ein anerkennendes Geräusch, es klang furchtbar. Was versprach sie sich? Wollte sie sich selbst etwas beweisen? Sah sie in mir einen der widerlichen Männer, mit denen sie in ihrer Phantasie Sex hatte? Wieso roch sie auf einmal anders? Wie würde Lucia es finden, dass ich mit ihrer Mutter Sex hatte? Warum konnte ich mich nicht einfach auf ihren schönen, kleinen Körper konzentrieren, ihre unverbogene Lebendigkeit? Meine Erregung stieg an und sackte in sich zusammen, die Schwankungen erzeugten eine schwer auszuhaltende Spannung. Ich wollte schreien, Ella wegstoßen, weglaufen, mich in Luft auflösen, wegdriften. Stattdessen lag ich hilflos da. Ella rieb ihr Geschlecht an meinem Glied. Ihr Stöhnen brachte mich endgültig aus der Fassung. Dieses dämliche Muhen einer brünftigen Kuh, zu groß, zu schwer, zu dicht, zu geil. Ich fühlte mich wie eine Gliederpuppe, deren Gliedmaßen man nach Belieben verdrehen konnte, ein Objekt, an dem man sich gütlich tat. Ella griff nach meiner Hand und führte sie an ihre nass klaffende Scheide. Mechanisch machte ich ein paar Bewegungen, dann ließ sie plötzlich von mir ab. Ich fühlte mich gleichzeitig benutzt, wütend und schuldig. Ich hatte eine bodenlose Angst, dass sie böse auf mich sein würde, dass sie mich spießig und verklemmt und lächerlich fand. Ich würde alles verlieren.

«Tut mir leid», sagte Ella.

Halt die Fresse, dachte ich. «Mir tut es leid», sagte ich. Meine Stimme klang unnatürlich hoch. Zum Glück wollte Ella nicht reden. Als sie das Zimmer verließ, hatte ich furchtbare Angst, dass sie nicht zurückkommen würde. Als sie zurückkam, wünschte ich, sie ginge wieder. Ich konnte ihren Körper kaum neben meinem ertragen.

In der Nacht träumte ich das erste Mal seit vielen Jahren von meinem Vater.

NEUNTES KAPITEL

Mein Vater hat etwas mit mir gemacht. Versuche ich, es aufzuschreiben, stimmen die Worte nicht. Ich erlebe etwas, wirklicher als die Wirklichkeit, aber wenn ich es sagen will, existiert die Verbindung zwischen dem Erlebnis und der Sprache nicht. Er hat mich mit jemandem verwechselt, hat er gesagt. Hat er das gesagt? So oder so: Zu der Zeit, als er mich verwechselte, war ich längst tief geprägt. Als ich ein Säugling gewesen bin, soll meine Mutter stundenlang geistig abwesend gewesen sein. Mit welchen Augen hat sie mich angesehen und vor allem nicht angesehen? Ein kleines, schreiendes Bündel, aus ihr herausgeschnittenes Fleisch, kaum mehr als ein schnell lernendes Nervensystem, eine bedürftige Haut, ein suchender Blick, ein hungriger Magen, ein wachsames Ohr, eine Angst, ein Verlorensein.

Als ich aufwachte, war Ella bereits aufgestanden. Aufgeweicht von meinen Träumen, wünschte ich mir, sie käme zurück zu mir, damit ich ihr sagen konnte, wie es um mich stand. So gerne hätte ich ihr alles erzählt und gehofft, dennoch ein Freund bleiben zu können, dennoch Lucia weiter lieben zu dürfen. Aber ich glaubte nicht genug an diese Möglichkeit, wahrscheinlich traute ich Ella einen solchen Horizont nicht zu, vielleicht traute ich mir selbst nicht über den Weg, womöglich war ich nicht allein in Lucia, sondern auch in die Heimlichkeit verliebt. Ich sehnte mich danach, mich zu erkennen zu geben. Dachte ich jetzt an die letzten Jahre, stieg Trauer in mir auf. Dachte ich daran, bald in die Berliner Wohnung zurückzukehren, fühlte ich Verzweiflung.

Als ich in die Küche kam, saßen dort bereits Nadja und Konrad und unterhielten sich gedämpft mit Ella, die vor ihrem Laptop saß und etwas tippte. Sie begrüßte mich mit geschäftigem Nicken. Wie die Kaffeemaschine funktioniert, wisse ich ja. Gerade laborierte ich an dem Gerät herum, als Luis klingelte.

Der Tag verlief ähnlich wie der vorhergehende, nur viel ruhiger. Das Debattieren war einer nüchternen Arbeitsatmosphäre gewichen. Es ging nun um Details in Bezug auf unsere Berichte, unsere Anzeige und unser weiteres Vorgehen. Ronny tauchte nicht mehr auf. Als Ella ihn anrief, war er bereits auf dem Rückweg nach Rostock. Es gehe ihm nicht gut, eine Anzeige wolle er nicht erstatten, einen Bericht schreibe er höchstens anonym. Interessanterweise wollte auch Nadja keine Anzeige erstatten. Auch in unseren Berichten wollte sie nicht erkennbar sein.

«Ich bring das nicht», sagte sie.

«Das habe ich mir gedacht», sagte Ella ruhig. Jeder im Raum konnte die Kälte spüren.

«Also wir drei», sagte Luis diplomatisch und sah erst Ella, dann mich an.

Am nächsten Tag erstatten wir zu dritt Anzeige. Wir fuhren zur Polizeistation in Boltenhagen und gaben unsere Anschuldigungen zu Protokoll, genauso, wie wir es vorher abgestimmt hatten. Die Beamten wirkten wenig beeindruckt und nicht einmal überrascht.

Interessierter zeigte sich die Redakteurin eines Lokalsenders, die wir vorher informiert hatten. Wir trafen uns mit ihr, einem Kameramann und einem Assistenten auf dem Parkplatz der FSS. Die Redakteurin stellte einige Fragen, bevor sie das Mikrophon einschaltete. Ella sprach ein vorbereitetes Statement am Auge der Kamera vorbei, während Luis und ich still danebenstanden. Dann ließen wir uns dabei filmen, wie wir auf die Schule zugingen. Das Gelände selbst betraten wir nicht, wir warteten am Parkplatz auf das kleine Team des Fernsehsenders, das sich unangemeldet auf den Weg zum Hauptgebäude machte. Wir standen in der Kälte des sonnigen Wintermorgens und sprachen dabei wenig. Ella gab sich mir gegenüber wie eine Kollegin, die Leiterin unseres Projektes. Immer wieder sah sie in ihr Smartphone, manchmal sagte sie leise etwas zu sich selbst.

Eine gute halbe Stunde später kam das Team zurück. Die Redakteurin erklärte ernst, da hätten wir wohl in ein Hornissennest gestochen. Die Wielands hätten jede Aussage verweigert, aber der Rektor der Schule habe sich eine ziemlich interessante Bemerkung erlaubt: Ihm sei ja bewusst, dass das Verhalten der betreffenden Pädagogen Anlass zu Missverständnissen gebe. Er müsse ja nicht zum ersten Mal beschwichtigen, lege aber seine Hand dafür ins Feuer, dass an der FSS niemand unter Zwang Dinge tun müsse, die er nicht tun wolle, auch wenn es nicht immer den Konventionen des Mainstreams gemäß zugehe.

«Nicht schlecht», sagte Ella. «Der wird sich bald ein paar Fragen gefallen lassen müssen.»

«Das glaube ich auch», sagte die Frau, gab uns auf eine komplizinnenhafte Weise die Hand und steckte Ella dabei noch ihre Visitenkarte zu: «Ich denke, wir bringen es gleich heute Abend ab 19 Uhr. Wir hören voneinander.»

Anschließend holten wir Lucia vom Bahnhof in Travemünde ab. Mir kam es vor, als sei sie über das Wochenende noch schöner geworden, noch blühender, anbetungswürdiger. Mein Herz schlug unangenehm stark im Brustkorb. Ich konnte es so einrichten, dass wir im Auto hinten nebeneinandersaßen. Ich strich ihr eine Strähne zur Seite und sah sie an: «Schön, dass du wieder da bist.»

Sie schenkte mir einen strahlenden Blick. Am liebsten hätte ich ihren schlanken Hals mit Küssen bedeckt. Ella redete mit Luis: die FSS, wieder und wieder. Ich fragte Lucia nach ihrem Wochenende, und sie erzählte bereitwillig von Lena und Simon und Paula und Karaoke und Waffeln, die sie selbst gebacken hatten. Sie erzählte mir den Inhalt von YouTube-Videos nach und fragte mich, ob ich Ossi Glossy kenne. Ich verneinte, und sie redete ausführlich über ein Make-up-Tutorial bei YouTube. Dabei beobachtete ich ihre zum Glück ungeschminkten Lippen, wie sie sich öffneten und schlossen, öffneten und schlossen.

Abends saßen wir in der Redewischer Ferienwohnung zusammen vor dem Fernseher und sahen verblüfft, dass es sich beim aktuellen Rektor der FSS um den stark ergrauten Frank Gabriel handelte. Er wirkte weder besonders professionell noch überzeugend, wie er in die Kamera sprach und sich bei der Beteuerung, er lege seine Hand für die Kollegen ins Feuer, kurz die Nase rieb. Ich hatte ihn sympathischer in Erinnerung. Seine immer noch jungenhaften Gesichtszüge schienen vor lauter faulen Kompromissen im Laufe der Jahre an Kontur verloren zu haben und immer schwammiger geworden zu sein. Schließlich kamen auch die Wielands ins Bild. Sie standen im Lehrerzimmer im Haupthaus und blickten unpassend fröhlich in die Kamera.

«Solche Vorwürfe hat es in drei Jahrzehnten nicht gegeben», sagte Salvador in einem Tonfall, der offenließ, ob er die Anzeige überhaupt ernst nahm. «Und ich kann mich an nichts erinnern, was sie rechtfertigen würde.»

«Wir bedauern natürlich sehr, wenn sich jemand durch unsere erzieherische Praxis verletzt fühlt», ergänzte Valerie. «Mehr gibt es erst einmal nicht zu sagen.»

«Arschlöcher», sagte Ella und schlug mit ihrer zur Faust geballten Rechten in die flache linke Hand. «Wir kriegen euch dran.»

Lucia warf mir einen Blick zu, als wolle sie sagen: Jetzt geht Mama wieder ab.

In der Nacht lag ich neben der Mama, während die Sirene keine vier Meter Luftlinie entfernt von mir allein in ihrem Schlafanzug und unter ihrer Decke steckte. Ella schaute in ihr Smartphone, hin und wieder tippte sie länger darauf herum.

«Sollen wir reden?», fragte ich halbherzig. Ella sah mich kurz müde an, dann wandte sie sich wieder ihrem Smartphone zu und sagte leise: «Ein Satz wie aus einer Vorabendserie.»

Ich drehte mich zur Seite und versuchte einzuschlafen. Ellas Energie nestelte an mir, dafür hatte ich ausgezeichnete Sinne entwickelt. So kam es nicht überraschend, als sie sich plötzlich von hinten an mich schmiegte und mit weicher Stimme sagte: «Okay, reden wir.»

Mein Körper versteifte, mein Gehirn arbeitete in panischem Tempo. Einem Impuls folgend, sagte ich: «Wie kann man versuchen, sich zu töten, wenn man ein Kind hat?»

Ella rückte von mir ab. Es dauerte eine Weile, bis sie sagte: «Luis kann ja eine richtige Plaudertasche sein. Ich könnte dir auch ein paar abgefahrene Sachen über ihn erzählen. Aber ich gehe davon aus, dass ihm das zu persönlich wäre.»

«Er will vermutlich, dass ich auf dich achtgebe.»

Ella lachte auf: «Wie geht es deiner Hand?»

«Ich frage es mich vor allem als Autor. Was geht in jemand vor, der Kinder hat und sich umbringen will.»

«Was glaubst du denn, was in diesem Jemand vorgeht?»

«Völlige Ausweglosigkeit. Tunneldenken. Alle anderen werden unwichtig.»

«Meinst du?»

Ich konnte aus Ellas Tonfall nicht heraushören, ob sie aufgebracht war.

«Ich weiß es nicht», sagte ich. «Deswegen frage ich.»

«Ja, wer nicht fragt, bleibt dumm.»

«Wir müssen nicht darüber reden.»

«Doch, gerne, es ist eine großartige Idee.»

«Ella ...»

«Es ist eben dein Autoreninteresse. Und ich erkläre es dir: Wenn du dich umbringen willst, obwohl du ein Kind hast, dann hasst du dich dafür so sehr, dass du dich umbringen willst, obwohl du ein Kind hast. Besser kann ich es nicht erklären, aber ich finde, es klingt ein bisschen literarisch!»

«Es tut mir leid», sagte ich.

Am nächsten Tag erschien mein Artikel. Als ich die Treppe herunterkam, saß Ella bereits am Laptop. Ohne mich anzusehen, begann sie, Kommentare vorzulesen, die unter dem online veröffentlichten Artikel standen.

«Es sind noch zu wenige», sagte sie schließlich. «Ich überlege, mir einen Account zu machen und selbst zu kommentieren.»

In den nächsten Stunden war sie nicht vom Laptop wegzubekommen. Und so erlebten Lucia und ich sie auch in den nächsten Tagen die meiste Zeit über. Ella aß und trank vor ihrem Laptop, biss achtlos in Brote und trank aus Bechern, während ihre Augen weiter über den Bildschirm wanderten.

Lucia und ich wandelten uns zu den Eltern eines entrückten Teenagers: Wir kauften ein, ich kochte, ging mit Lucia spazieren und fuhr einmal mit ihr ins Kino nach Wismar. Dabei sprachen auch wir hin und wieder über die FSS: Lucia fand es spannend, dass ein Artikel von mir in der Zeitung stand, dass wir Anzeige erstattet hatten und daraufhin der schmierige Typ, den sie vom Sehen kannte, wohl seine Stellung verlieren würde. Tiefer befassen wollte sie sich jedoch nicht mit der Materie, und ich war ihr dafür dankbar.

Ella hatte kaum Ohren und Augen für uns. Wenn sie sich einmal vom Laptop ab- und uns zuwandte, hielt sie lange Monologe. Es passierte ja auch einiges. Einen Tag nach der Ausstrahlung traten sowohl Salvador Wieland als auch Frank Gabriel von ihren Posten als Schulleiter und als Rektor zurück – «freiwillig», wie in der Presse zu lesen stand. Man wolle der Aufklärung nicht im Wege stehen. Ein Schuldeingeständnis sei damit jedoch keineswegs verbunden. Ella rechnete nun mit einer Flut von Mails, aber die Zuschriften erreichten uns in geringerer Anzahl als erwartet. Es meldeten sich vor allem Ehemalige über die Mailadresse, die ich im Artikel hatte abdrucken lassen und die auch auf der schlichten Homepage zu finden war, die uns Konrad am Sonntag präsentiert hatte. Etwa ein Drittel der Zuschriften unterstützte uns ganz direkt. Ella las Sätze vor wie: «Es ist alles wahr», «Danke, dass ihr den Mut hattet, diesen notwendigen Schritt zu gehen» oder «Auch ich erinnere mich an sehr unorthodoxe Erlebnisse mit den Wielands». Ein weiteres Drittel formulierte eher neutral. Manche schrieben umständlich, sie seien auch an der FSS gewesen und hätten die Wielands und ihre Familie seltsam gefunden, könnten sich so etwas andererseits aber nicht in dieser Drastik vorstellen. Heute sei der Zeitgeist ja auch ein anderer. Manche schrieben, sie seien selbst nicht an der FSS gewesen, würden aber jemand von dort kennen und jetzt manches besser verstehen. Etwa ein Drittel der Mails schlug einen abwehrenden bis aggressiven Tonfall an. Auch diese Zuschriften las Ella Buchstabe für Buchstabe vor. Eine einzige, natürlich anonyme Mail enthielt eine knappe Morddrohung und das Wort «Fotze». Die anderen Absender fragten, ob wir nichts Besseres zu tun hätten, als der bitter benötigten Reformpädagogik in Deutschland den Todesstoß zu verpassen. Ob es unsere erbärmlichen Leben besser machen würde, wenn die FSS auch noch schließen müsse. Was wir denn im Vergleich zu den Wielands geleistet hätten, die sich mit so viel Herz und so viel pädagogischem Feingefühl Hunderter teils sehr schwieriger Kinder und Jugendlicher angenommen hätten. Eine Zuschrift richtete sich an mich persönlich: Man wisse ja, dass Autoren heutzutage alles täten, um rückläufigen Verkäufen entgegenzuwirken. Sicher sehe man meine blasierte Visage bald in einer Talkshow, bei der ich rein zufällig auf ein neues Buch hinweisen würde. Dass es uns nur um Geld gehe, fand sich in mehreren Mails. Gerade die negativen Zuschriften las Ella nicht nur vor, sie kommentierte sie auch ausführlich.

Lucia verfolgte die aggressive Geschäftigkeit ihrer Mutter mit Widerwillen. Oberflächlich tat sie gelangweilt oder genervt, aber ich spürte ihre Verunsicherung durch Ellas manisches Verhalten. Was Ella erzählte, schien sich zunehmend zu wiederholen, auch zu verwirren. Sie regte sich immer stärker auf, je öfter sie die gleichen Sachverhalte wieder und wieder vor uns ausbreitete. Manchmal wurde sie dabei derart fahrig und wütend, dass Lucia den Raum verließ. Ich bemerkte natürlich, wie sehr Ella die Auseinandersetzung mit dem Thema aus dem Gleichgewicht brachte. Andererseits drang es nicht richtig in mein Bewusstsein. Meine Gedanken zogen immer engere Kreise um Lucia und drehten sich halb als kühle Planung, halb als fiebrige Träumerei um die Frage, wie ich meiner Sirene, meinem Schicksal nahe und immer näher sein konnte. Alles, was mich von Lucia ablenkte, störte und ärgerte mich. Ich interessierte mich nicht dafür, dass mein Lektor anrief und mit mir über mein «Coming-out» reden wollte. Er sagte das im Plauderton. Vermutlich wollte er so solidarisch wie unsicher signalisieren, dass er den vertraulich-humorvollen Tonfall, der zwischen uns herrschte, nicht aufgeben würde. Ich ließ ihn reden, das beruhigte ihn verlässlich. Dann sagte ich, ich hätte mir alles genau überlegt; wie die Rezeption sein werde, liege aber nicht in meiner Hand.

Natürlich bekam ich Anfragen, per Mail oder Anruf, oft vermittelt durch meine «Pressefrau». Weitere Sender und Zeitungen wollten sich mit mir über meine Zeit im Internat der FSS unterhalten. Wer auch immer sprach oder schrieb: Sie oder er äußerte sich vorsichtig, oft auch verdruckst. Es schien an Standards zu mangeln, die man in solchen Situationen abrufen konnte. Nur ein Journalist formulierte seine Anfrage kumpelhaft: Nachdem ich ja in der ZEIT schon so ein Fass aufgemacht hätte, wolle ich nun sicher auch ein Interview für seine Zeitung geben. Sicher hätte ich noch immer einiges auf dem Herzen.

Auch Martha meldete sich. Zu meinem Artikel sagte sie nur drei Worte: «Stark, aber dumm.» Dann zählte sie auf, was so alles in der Post gewesen war. Hellhörig wurde ich, als sie von einem Brief der Wielands sprach. Ich bat sie, den Inhalt einzuscannen und mir umgehend zu mailen. Keine zwei Stunden später las ich auf meinem Smartphone:

«Lieber Tilman,

mit großer Bestürzung haben wir deine Anschuldigungen in der ZEIT gelesen. Und wir wundern uns bis jetzt. Wieso bist du mit deinen Fragen nicht zu uns gekommen? Wieso hast du nicht uns direkt diese Vorwürfe gemacht, die du da erhebst? Stattdessen bist du mit deiner Tochter (sie war doch deine Tochter?) bei uns aufgetaucht, hast uns umarmt und mit uns über die alten Zeiten gesprochen. Sollen die jetzt auf einmal so schlecht für dich gewesen sein? Wir haben Briefe und Mails von dir aus den letzten Jahren, die etwas ganz anderes nahelegen. Solltest du psychische Probleme haben: Wir sind immer noch für dich da! Wir wollten dir nie etwas Böses! Wir lieben dich! Hätten wir sonst deine Karriere gefördert, wo immer wir konnten und ohne je mit Dritten darüber zu reden?
Salvador geht es sehr schlecht. Er hatte nach der

Anzeige und dem Besuch der Medienleute einen Zusammenbruch. Jetzt ist er bei Freunden, bei Menschen, die ihn so nehmen, wie er ist. Er befürchtet, dass es dir noch viel schlechter geht als ihm. Er denkt an dich. Genau wie ich, fragt er sich, was mit dir los ist. Tilman – wir haben dich als wunderbaren Schüler und Menschen in Erinnerung. Wir hoffen, dass sich alle Missverständnisse klären lassen, dass du uns und vor allem dir selbst für alles vergeben kannst, was du als schlimm empfunden haben magst.

Herzliche Grüße

Deine Valerie und dein Salvador»

Der Brief verunsicherte mich. Natürlich erkannte ich Valeries manipulative Art wieder. Aber warum war ich denn eigentlich nach so langer Zeit aktiv geworden? Aus lauteren Gründen? Hatte ich mich denn beschädigt gefühlt, bevor Ella mich wieder und wieder mit ihrer Sicht der Dinge konfrontiert hatte? Und hätte ich nicht wirklich erst mit Salvador und Valerie reden müssen, anstatt meine Privilegien zu benutzen und einen langen, vordergründig nüchternen und dadurch nur umso vernichtenderen Artikel in die Welt zu setzen? Andererseits: Enthielt dieser Brief nicht zwei Drohungen? Warum erwähnten sie meine Mails und Briefe aus den letzten Jahren? Warum erwähnten sie, dass sie meine Karriere gefördert hatten?

Ella hatte ihre Wut. Vielleicht hatte sie auch tatsächlich keine Zweifel. Ich aber fühlte mich verwirrt und zerrissen zwischen ihrer Sicht auf die Vergangenheit und der Sicht der Wielands. Ich ging im Kopf durch, was ich an mehr oder minder Greifbarem benennen konnte. Hatte ich die beiden bei meinem letzten Besuch nicht abstoßend gefunden? Ich hatte doch ihre Masche klar erkannt, ihre Inszenierung. Aber vertraute ich da meiner eigenen Wahrnehmung, oder sah und hörte ich das, was Ella wollte, dass ich es sah und hörte? Gab es überhaupt so etwas wie meine eigene Wahrnehmung, der ich vertrauen konnte? War ich ein Opfer, war ich ein Täter? Waren die Wielands meine Freunde, nutzten sie mich nur aus? Spielte das überhaupt eine Rolle? Ich konnte diese Fragen für mich manchmal beantworten und fühlte für einen Moment Klarheit, dann schlug etwas in mir um, und ich hielt das Gegenteil für richtig. In mir kämpften zwei Stimmen um die Deutungshoheit, und beide waren einem dritten Teil von mir zuwider. Aber einen Kompromiss konnte es nicht geben, die eine Sicht schloss die andere aus. Der Riss in mir wuchs und weitete sich auf andere Fragen aus: Wollte ich wirklich noch ein Schriftsteller sein? In Berlin wohnen? Dieses Leben fortsetzen? Ich passte immer weniger zu mir selbst. Wenn es so ein Selbst überhaupt gab. Nur ein Wille leuchtete rein und unzweideutig in dieser Finsternis: Ich liebte Lucia.

Am späten Freitagmorgen, als sich die Hamburger Frühjahrsferien bereits dem Ende näherten, regte sich Ella bei ihrer Durchsicht der Tagespresse furchtbar darüber auf, dass etliche Lehrer, Schüler und Ehemalige einen Pro-Wieland-Brief unterzeichnet und in einer überregionalen Tageszeitung veröffentlicht hatten. Viele der Unterzeichner kannte ich nicht, aber an den Namen Dominik Oertel konnte ich mich noch erinnern. Hatte der nicht die Wielands immer für Freaks gehalten?

In Ellas Augen trug der Brief eindeutig Salvadors Handschrift. Den verlogenen Tonfall kenne sie. Ich verstand, was sie meinte. Zwar drückten die Unterzeichner ihr Bedauern für «potenzielle Betroffene» aus. Es sei traurig, wenn es manchen ehemaligen FSSlern ganz offensichtlich heute, viele Jahre später, nicht gutgehe. Sie bedauerten aber genauso sehr, dass ausgerechnet Menschen wie Salvador Wieland und Frank Gabriel nun so schnell das Handtuch geworfen hätten. Mit diesen verknüpfe man schließlich die allerbesten Erinnerungen, so wie die FSS ohnehin eine ganz außergewöhnlich gute Schule sei. Man fürchte, dass sie nun Opfer einer Schmutzkampagne und einer Hexenjagd werde. Das Wort «Hexenjagd» stand in Anführungszeichen. Zum Schluss mahnte der Brief zu «Besonnenheit». Natürlich müsse man jedem begründeten Missbrauchsverdacht entschlossen nachgehen, man dürfe aber dabei nicht allen unbewiesenen Gerüchten vorbehaltlos Glauben schenken, die schnell in die Welt gesetzt und dann nur schwer wieder zu entfernen seien.

Ellas Augen blitzten, und sie schlug mit der flachen Hand auf das Zeitungspapier: «Ausgerechnet Menschen wie Salvador Wieland und Frank Gabriel. *Ausgerechnet*!» Es wirkte nicht so, als seien ihre Tochter und ich die Adressaten ihres Ausbruchs. «Die allerbesten Erinnerungen! Ich erzähl denen mal meine allerbesten Erinnerungen!»

Lucia warf mir einen Blick zu, als wolle sie sagen: Das wird ja immer schlimmer. Ich lächelte. Sie lächelte zurück, legte den Kopf ein wenig schief, sah mich verträumt an und spielte mit den Haaren.

«Komm», sagte ich einem Impuls folgend. «Wir lassen deine Mutter in Ruhe und machen einen Ausflug.»

«Ja», sagte Ella. «Und erwartet hier kein Abendessen. Kümmert euch selbst. Verdammte Scheiße.»

Lucia wollte wieder «einen verwunschenen Ort» aufsuchen, und so fuhr ich uns zu der Ruine von Schloss Broockhorst, die ich seit siebenundzwanzig Jahren nicht betreten hatte. Wir brauchten eine Weile, um den Weg zu finden, aber Lucia zeigte sich geduldig und gut gelaunt. Ganz offensichtlich war sie froh, dem Energiefeld ihrer Mutter entkommen zu sein, und – ich empfand es als so beglückend wie einfach – je verliebter ich mich ihr gegenüber zeigte, desto offener und fröhlicher wurde sie. Ich wusste, dass sie Gruselgeschichten liebte. Also erzählte ich ihr vom Lenorenwald, von dem Mädchen, das sich dort vor Jahrhunderten erhängt hatte, aber noch immer umging, bis sie jemand erlöste. Ich schmückte die Geschichte aus, erfand einen Hintergrund, ein Motiv für den Selbstmord: Lenore hatte sich getötet, weil der Sohn reicher Adeliger mit ihren Gefühlen gespielt hatte. Lenore war schön, aber nicht adelig. Der junge Mann sprach von großen Gefühlen und einer Hochzeit, bis sie sich ihm schließlich hingab. Danach lachte er sie aus und jagte sie fort. Lenore erhängte sich im Wald, einen Fluch auf den Lippen, ein Kind in ihrem Bauch.

Ich freute mich, als Lucia meine Geschichte begeistert aufnahm und um eine weitere ergänzte, die sie irgendwo aufgeschnappt hatte: Wenn man nachts dreimal den Namen des toten Mädchens in einen Spiegel spricht, dann erscheint es ganz in der Nähe und rächt sich an den Lebenden, an den glücklich Liebenden.

Die Ruine des Schlosses sah tatsächlich noch so aus, wie ich sie in Erinnerung hatte. Wir stiegen über das Mäuerchen, gingen durch den verwilderten Park, Lucia nahm meine Hand. Ich erzählte, wie ich in ihrem Alter allein in der Abenddämmerung durch den Lenorenwald bis hierher zur Schlossruine gelaufen war. Es kam mir nicht lange her vor. Nun ging ich nicht allein. Nun hielt ich das schönste, interessanteste und interessierteste Mädchen an der Hand, das ich je getroffen hatte.

«Ich finde es echt unheimlich», sagte sie. Ihr Ernst machte sie noch schöner, und ich musste sie fotografieren. Anfangs sträubte sie sich, aber ich versprach ihr das leckerste Abendessen im tollsten Restaurant und danach noch etwas Besonderes. Irgendwann zierte sie sich nicht mehr. Ich postierte sie vor der Mauer der Schlossfassade. Ich riet ihr, nicht in die Kamera zu sehen, nicht zu posieren, zu vergessen, dass ich überhaupt anwesend war. Es wurden die besten Fotos, die ich von Lucia besitze.

Später gab ich ihr die Kamera und ließ ihr die Zeit, die sie brauchte, um das Gebäude mit dem Objektiv zu erkunden. Ich zeigte ihr den Abgrund, über den ich hatte balancieren müssen. Er klaffte noch immer, aber es lag kein Brett mehr darüber. Wir störten Fledermäuse auf. Wir fanden ein Bündel mit Lumpen und zwei leere Weinflaschen in einer Ecke. Wir entdeckten ein leeres Schwalbennest. Lucia fotografierte alles. Wir erfanden Geschichten zu dem Ort. Wer hatte hier früher gelebt? Was war passiert? Natürlich verknüpften wir die neuen Einfälle schnell mit der Geschichte von der unglücklichen Lenore, auch wenn Lucia zwischendurch halb bleich, halb lachend meinte, sie kriege jetzt wirklich langsam Schiss.

Als das Licht des Frühlingstages verblasste und Dunkelheit auf einen helleren, melancholischen Horizont drückte, fuhr ich Lucia zu einem Restaurant, das zu einem Schlosshotel gehörte.

«Da muss man sich doch schick machen», sagte sie. Und ich erwiderte, dafür sei heute leider keine Zeit. Wir zelebrierten das Rendezvous. Lucia spürte genau wie ich, dass wir ein besonderes Verhältnis hatten, nicht wie Vater und Tochter. Sie flirtete mehr mit mir als ich mit ihr. Blicke warf sie mir zu, voller Süße und Verstehen, aber auch tastend und fragend, die meinen Körper berührten, in ihn eindrangen und meine Brust von innen streichelten. Wir machten Witze über den Kellner, der aussah wie ein Barsch und uns offenbar nicht mochte. Wir aßen drei Gänge. Lucia schaffte alles. Ich trank Wein, sie trank Cola, wollte aber von meinem Rotwein probieren und fand ihn *lecker*. Ich sah ihren Kopf an meinem Glas, ihre roten Lippen, die durch den Wein noch roter wurden. Sie aß als Hauptgang Boddenzander, ich eine rosa gebratene Rehkeule. Wir machten Blödsinn, sprachen aber auch ernst über ihre Mutter. Lucia erzählte mir, was sie störte. Sie sprach auch über ihren Vater und warum sie Probleme mit ihm hatte. Sie erzählte von ihren Freundinnen und Freunden und dass sie sich in der Schule so schwer konzentrieren könne. Ich versprach, ihr alles beizubringen, was sie für die Schule brauche, ich sei ein guter Lehrer.

«Das glaube ich sofort», sagte sie fröhlich. «Du bist ja auch sehr klug.»

Als ich die Rechnung bezahlte, ließ ich mir von dem fischköpfigen Kellner eine offene Flasche Rotwein bringen und nahm sie mit nach draußen.

«Was wird das denn jetzt?», fragte Lucia. Ich legte einen Finger an meine Lippen und führte sie dann vom Schlosshotel aus durch einen Krüppelweidenpfad an den Meeresstrand. Dort suchten wir uns einen Platz im Schutz einer Düne. Ein sachter Wind ging, der Mond stand weiß über den Wassern. Lucia lehnte sich an mich. Ich trank vom Wein und hielt ihr dann die Flasche hin.

«Nicht Ella erzählen», sagte sie. Ich schüttelte den Kopf. «Du bist so cool», sagte sie. Weit draußen auf dem Meer konnten wir den Umriss einer Fähre erkennen, die blinkenden Lichter. Eine Weile saßen wir still und schauten. Hin und wieder nahm ich einen Schluck Wein, seltener sie.

«Ich möchte dir etwas sagen», brachte ich schließlich heraus. Ich konnte es nicht länger mit mir herumtragen. «Ich liebe dich.»

Lucia rückte von mir ab und setzte sich aufrecht hin.

«Das hab ich mir schon gedacht», sagte sie dann. «So wie du mich manchmal anguckst. Aber was heißt das jetzt?»

«Dass du für mich der wichtigste Mensch auf der Welt bist.»

«Wichtiger als Mama?»

«Ja.»

Lucias Wangen färbten sich rot. «Seid ihr nicht irgendwie zusammen oder so?»

«Nein. Wir sind gute Freunde.»

«Die in einem Bett schlafen?»

«Schläfst du nicht mit deinen guten Freundinnen in einem Bett?»

«Ja, schon. Aber das sind keine Jungs. Das ginge nicht.»

«Bei Erwachsenen ist das manchmal ein bisschen anders.»

«Ja, und du bist erwachsen und ich nicht. Ich glaub, das ist nicht so gut, wenn du mich liebst.» Sie klang jetzt so, als spreche sie einen Text nach.

«Warum nicht?»

Lucia dachte nach. «Ich weiß nicht», sagte sie.

«Aber es ist einfach so.»

«Wenn ich das Mama erzähle!»

«Dann könnten wir uns vermutlich nicht mehr sehen.»

«Ja», sagte sie traurig. «Die fände das voll scheiße.»

Ich nickte. Dann erklärte ich der schönen Lucia, dass

meiner Erfahrung nach die Beziehung zu einem älteren Menschen ihre Eigenheiten habe. Die Geheimhaltung sei unangenehm und lästig, verstärke aber auch die Magie. Man könne sich so viel schenken, was der jeweils andere brauche: Frische, Wissen, Tiefe. Leider sei die Gesellschaft dagegen und zwinge einen daher zur Heimlichtuerei.

«Aber wenn die Gesellschaft so dagegen ist, dann kann es doch auch nicht gut sein», sagte Lucia. «Kannst du nicht jemand anderen lieben?»

«Das sucht man sich nicht aus», sagte ich. «Und die Gesellschaft war auch sehr lange Zeit dagegen, dass sich Menschen gleichen Geschlechts lieben. Viele sind heute noch dagegen.»

«Ich weiß nicht, ob ich dich auch liebe», sagte Lucia. «Also so.»

«Das macht nichts», sagte ich. «Wahre Liebe lässt frei. Sie will nichts, was der andere nicht auch will.»

«Dann ist es ja echt easy», sagte Lucia, als habe sie eine Matheaufgabe gelöst. «Du liebst mich einfach, und wir sagen es keinem.»

ZEHNTES KAPITEL

Als ich den Wagen gegen zehn in der Nähe der Ferienwohnung geparkt hatte, griff ich ins Handschuhfach. Dann streichelte ich Lucia die Wange und sagte: «Mach mal das schöne Mündchen auf!» Sie sah mich mit kraus gezogener Stirn an, öffnete aber gehorsam den Mund. Ich schob ihr ein Zahnpflegekaugummi zwischen die Lippen und hielt meine Finger dort einen Moment länger als nötig. In meinem Unterleib staute sich Energie. Mein Kopf wurde wach und klar wie lange nicht mehr.

«Wegen der Fahne», sagte ich und nahm mir selbst einen Kaugummi. Lucia sah mich an und schüttelte den Kopf. Es war ein verblüfftes, aber auch anerkennendes Kopfschütteln. Sie löste den Gurt, stieg aus und zerstörte somit die Hoffnung auf einen Kuss. Mit einer jugendlichen Mischung aus

Geschmeidigkeit und ungelenken Bewegungen zog meine beschwipste Komplizin aus einer Tasche ihrer Jeans den Zweitschlüssel, den Ella ihr mitgegeben hatte. Ich sah sie an und legte einen Finger an die Lippen. Geheimagentin Red Sparrow nickte.

Ella beachtete uns kaum, als wir die Wohnung betraten. Sie saß am Esstisch und starrte immer noch in ihren Laptop. Neben dem Computer standen eine Flasche Wein und ein Glas.

«Na», sagte sie abwesend, «habt ihr was Schönes gemacht?» Lucia sah mich an und grinste.

«Jede Menge», sagte ich.

«Abendbrot hattet ihr?», fragte Ella, als hake sie ein weiteres Kästchen in ihrer kurzen Fürsorge-Liste ab.

«Wir waren schick essen», sagte Lucia. «Drei Gänge. Und der Kellner sah aus wie ein Fisch.»

«Okay», sagte Ella und schenkte Lucia die Andeutung eines Lächelns.

«Und du?», fragte ich. «Hast du gegessen? Gibt es was Neues?»

«Jede Menge», sagte Ella. «Ist es okay, wenn ich morgen früh nach Berlin fahre und ihr über das Wochenende hierbleibt?» Mir wurde schwindlig.

Aufgeregt hörte ich zu, wie Ella von einem Treffen erzählte, das sie mit zwei ehemaligen Odenwaldschülern verabredet hatte, «führenden Köpfen der Aufklärung». Mit denen werde sie sich austauschen und weitere Schritte planen. Außerdem wolle sie in Berlin einen anderen Ehemaligen treffen, der Kontakt zu ihr aufgenommen habe. Vielleicht sei es auch besser, wenn ich mitkäme, ein Wochenende könne Lucia schon alleine bleiben.

«Gute Idee», sagte ich. «Allerdings habe ich für morgen

zwei Interviewanfragen und muss bis Montag einen Text für eine Anthologie fertig haben.»

«Kannst du das nicht auch in Berlin schreiben?», fragte Ella genervt. «Und Interviews kannst du überall geben. Ich fahre ja.»

«Das wird diesmal leider nichts.»

Ella redete weiter, es schien nicht so, als ob sie mich verstanden hätte. Sie sprach von Mails, Telefonaten, Artikeln und Facebook-Kommentaren. Eine Weile regte sie sich wieder über die Hetze auf, die einige anonym gegen unsere Gruppe betrieben. Sie sprach nun immer von «unserer Gruppe». Dann wechselte sie mitten im Satz das Thema und redete plötzlich über die Idee eines öffentlichen Plenums, zu dem sie Betroffene und Vertreter der FSS einladen wolle.

Ich ging nicht darauf ein und sagte, Lucia müsse nun bald mal ins Bett. Die Erwachsenen hätten sich noch alleine zu unterhalten. Mir gefiel, wie sie ihren Mund zu einer Schnute verformte. Natürlich hätte ich sie gerne persönlich ins Bett gebracht, ihr gesagt, wie schön ich den Tag mit ihr gefunden hatte, aber nun hieß es stark bleiben, langfristig denken und Lucia in Gegenwart ihrer Mutter wie eine Halbwüchsige behandeln. Mein Verhalten ergab sich von alleine und folgte weniger bewusster Planung als einem längst verinnerlichten Instinkt. Ich hatte einen entscheidenden Schritt nach vorne gewagt, nun war es geboten, mindestens einen halben Schritt zurückzutreten. Im Übrigen hatte ich den Eindruck, dass auch Lucia mit mir spielte. Schließlich hatte sie mich in der Hand, nicht umgekehrt. Ich war der Verliebte. Ich war der Erwachsene, den sie mit einem Satz aus ihrem Leben entfernen und zutiefst demütigen konnte. Ganz sicher spürte sie diese Macht und spielte mit mir wie mit einem gerade geschenkten Hündchen.

«Kann ich nicht mit nach Berlin?», fragte Lucia quengelnd. «Es ist so langweilig hier.» Dabei warf sie mir einen Seitenblick zu. Ich spürte einen Stich im Herzen, beruhigte mich aber mit dem Gedanken, dass es sich um einen Teil des Spiels handelte, das Lucia und ich nun spielten.

«Ich dachte, ihr beiden habt immer so wahnsinnig viel Spaß zusammen.»

«Tilman ist so furchtbar anhänglich», sagte Lucia. «Manchmal komme ich mir vor wie seine Mutter.»

«Lu, du spinnst», sagte Ella. «Jetzt spinnst du so richtig.»

«Ich kann sie auch zur Bahn nach Hamburg bringen», sagte ich mit einer Stimme, wie sie erwachsener nicht hätte sein können.

«So viel Zeit hast du dann doch?», sagte Ella. «Okay. Macht das unter euch aus. Ich fahre morgen nach Berlin und komme am Sonntagabend wieder. Es gibt ja Handys.»

«Vielleicht bleiben wir auch hier und machen was Schönes», sagte Lucia.

«Mal sehen», sagte ich ruhig. «Das können wir ja morgen entscheiden.»

Schließlich ging Lucia ins Bett, und ich saß mit Ella auf dem Sofa, hörte ihr geduldig zu, trank mit ihr noch ein Glas Rotwein, lobte sie für ihren Einsatz und betonte, was wir, vor allem sie, schon in so kurzer Zeit erreicht hätten.

«Die Zeit war nicht kurz», sagte sie. «Für mich war die Zeit bis hierhin ganz und gar nicht kurz.» Dann lächelte sie plötzlich und sagte: «Das habe ich ganz vergessen: Nadja ist doch wieder an Bord. Wir haben uns ausgesprochen. Sie hat mir ihren Bericht gemailt.»

«Sehr gut», sagte ich und legte ihr kurz meine Hand aufs Knie.

Als wir ins Bett gingen, war Ella so müde, dass sie sofort

einschlief. Ich hätte erleichtert sein müssen, aber meine Sehnsucht nach Lucia machte alle anderen Gefühle zunichte. Lange lag ich wach, bald verzweifelt wie ein verlassenes Kind, bald planend wie ein Erwachsener. Ich träumte von meiner Lu. Ich wäre gerne in ihren Armen gestorben, ihre kleinen Zähne an meinem Hals, sie trinkt mein vergiftetes Blut, füllt sich damit, bis ich wegdämmere und sie für immer jung und rosig die Erde bereist.

Meine Phantasie wanderte vom eigenen Tod zu einem Autounfall, der Ella auf ihrer Fahrt nach Berlin ums Leben brachte und mir aus irgendwelchen Gründen die Vormundschaft für Lucia eintrug. Ich sah mich mit ihr um die Welt reisen. Keiner würde uns belästigen.

Ich lag wach und driftete zwischen schweren Gedanken und fiebrigen Phantasien. Noch setzten sich die einzelnen Teile meiner Überlegungen und Träumereien nicht zu einem Gesamtbild zusammen, aber anhand der ungewöhnlichen Spannung, in der ich mich befand, hätte ich die weitere Entwicklung erahnen können.

Ich schlief ein, wachte auf, merkwürdige Stimmen im Ohr, ein helles Weinen oder Lachen. Ich schlief wieder ein, träumte von Lucia, wie sie nackt auf dem Sofa in der Ferienwohnung liegt und mich mit rätselhaftem Blick ansieht. Ich will mich zu ihr beugen, bin aber völlig betrunken, verliere das Gleichgewicht und stürze auf den Glastisch, schneide mir die Schläfe an den Zacken auf, dort, wo das Stück fehlt.

Mit pochendem Herzen wachte ich auf. In der Dunkelheit klang Ellas Schnarchen, als läge gleich neben mir ein Monster.

Später in der Nacht drängten sich mir Sätze aus einer Geschichte von Poe auf: «Sie war ein Mädchen von seltenster Schönheit und so heiter wie liebenswürdig. Und verhängnisvoll war die Stunde, in welcher der Maler sie sah, liebte und zur Gattin nahm.»

Ich erinnerte mich: Der Maler porträtiert seine junge Frau. Je lebendiger ihr Abbild erscheint, desto kraftloser wird das Mädchen. Als das Bild fertig ist, ist die Gemalte tot.

Am nächsten Tag sah ich kurz mein müdes, altes, hässliches Gesicht im Spiegel. Dann zog ich den kleinen Plastikbeutel aus meinem Portemonnaie und zählte die MDMA-Tabletten: fünf rosafarbene Vögelchen.

Beim Frühstück zeigte Ella sich gut gelaunt, während Lucia mürrisch in ihrem Früchtemüsli stocherte. Ich selbst fühlte mich müde und zugleich aufgeregt.

«Ihr macht das schon», sagte Ella und legte einen Fünfzig-Euro-Schein auf den Tisch, als wären wir zwei Halbwüchsige, die sie für ein Wochenende alleine ließ.

Als die Tür ins Schloss fiel, wurde ich vor lauter Aufregung zittrig. Meine Gedanken kreiselten wie im Rausch, und ich hatte nur Augen für Lucia: ihren Mund, ihre Hände, ihren Gang, ihre Ohren, ihre Haare, ihre Wangen, ihre wunderschönen Augen.

«Musst du wirklich einen Text fertigschreiben?», fragte Lucia.

«Ja, aber ich habe schon ganz viel. Das mache ich morgen.»

«Wieso bist du nicht mit nach Berlin gefahren?»

«Weil ich bei dir sein will.»

«Schön. Ich darf bestimmen, ja?»

«Wir machen alles so, wie du es willst.»

«Cool», sagte Lucia, aber sie klang nicht wirklich fröhlich.

Es war klar, dass ich ihr etwas bieten musste, mehr als bisher, mehr als Schloss Bothmer, die Ruine in Broockhorst und das Abendessen mit dem Karpfenkellner. Sie wolle etwas erleben wie in der FSS, sagte Lucia, etwas Aufregendes.

«Okay», sagte ich. «Das kannst du haben. Wenn du mir befiehlst, dich zum krassesten Ort Deutschlands zu bringen, dann sollten wir gleich packen.»

«Was ist das für ein Ort?»

«Eine riesige Nazi-Ferienanlage. Auf einer Insel.»

«Was?»

«Also, wie sieht es aus?»

«Sind da noch Nazis?»

«Quatsch. Das sind Ruinen. Riesige Ruinen direkt am Meer. Und es gibt da eine Hafenstadt, wie du sie noch nicht gesehen hast.»

Lucia sah mich skeptisch an, dann sagte sie: «Okay», und fragte, ob wir dort übernachten würden. Ich nickte.

«Meine Mutter wird mich töten.»

«Sie wird *mich* töten.» Ich lächelte.

«Dich sowieso», sagte Lucia, ohne mein Lächeln zu erwidern.

Wir fuhren mit meinem Saab Richtung Osten, hörten Musik von Lucias USB-Stick, die Sonne schien, ich legte meine rechte Hand auf Lucias Oberschenkel. Sie besah meine Hand und hatte keine Einwände. Wir redeten über Drogen. Was Lucia darüber dachte, welche sie einmal probieren würde, welche nicht, welche sie für cool hielt und welche für scheiße. Ich lenkte das Gespräch auf Ecstasy, erzählte von meinen eigenen Erlebnissen, spürte, wie Lucia neugierig wurde, aber auch, dass sie Respekt vor dieser Droge hatte.

In Stralsund machten wir eine Mittagspause. Ich fotografierte Lucia, Tränen standen mir in den Augen. Dann fuhren wir weiter nach Rügen und checkten im teuersten

Hotel von Sassnitz ein. Lucia hatte es ausgesucht. Als wir das großzügig bemessene und ausgestattete Zimmer betraten, um unsere Taschen dort abzustellen, blickte sie misstrauisch auf das Doppelbett.

«Schnarchst du?», fragte sie.

«Nein.»

«Und wenn ich ein eigenes Zimmer will?»

«Kannst du gerne haben. Ich gehe zur Rezeption und frage nach.»

Einen Moment lang stand Lucia unschlüssig da. Dann machte sie eine beschwichtigende Handbewegung. «Lass mal, voll die Umstände.»

Kurz darauf fuhren wir nach Prora. Auf der Fahrt erzählte ich Lucia aufregende Geschichten über das Nazi-Urlaubsprojekt, die DDR-Bausoldaten und über geheime U-Boot-Tunnel unter der Anlage. Der Ausflug wurde so gut, wie ich es erhofft hatte. Während wir einen entlegenen Parkplatz suchten, folgte uns ein Polizeiauto, und als wir an den Strand kamen, brannte dort eine Imbissbude, ein paar Männer von der Feuerwehr rückten an, löschten und fragten uns, ob wir etwas gesehen hätten. Lucia war begeistert. Dann führte ich sie von der besten Stelle aus an den Ruinenkomplex heran. Ich zeigte ihr die alte Hafenmole und brachte sie schließlich in einen der Kolosse aus Beton und Stahl, die den kilometerlangen Gebäuderiegel längs des Ostseestrandes bildeten: Prora, von den Nazis als riesige Urlaubsanlage erbaut und wegen des Kriegsausbruchs nie in Betrieb genommen. Über flache, breite Stufen stiegen wir in die oberen Stockwerke, von denen aus man über Kieferwipfel und Sandstrand aufs Meer blicken konnte. Jemand ließ einen Drachen steigen, blau und gelb, ein Bild, das sich mir einbrannte.

Einmal, als Lucia in einem Raum den Kopf schief legte

und mit ihren Haaren spielte, fühlte ich den Impuls, sie auf den Mund zu küssen. Ich tat es nicht, und meine Lippen brannten für Minuten.

Später in einem Fischrestaurant am Hafen von Sassnitz öffnete sie mir ihr Herz. Ich hörte ihre Sorgen, ihren Widerwillen gegen Autoritäten, Erwachsene, die angeblich das Beste für einen wollten, aber man komme in ihren Plänen gar nicht wirklich vor, alles sei immer schon fertig gedacht von denen, man dürfe sich nur fügen, aber darauf habe sie keine Lust. Sie spüre den Zwang, und etwas in ihr sperre sich. Ihr Vater rede oft schlecht über die Schule, ihre Mutter rede oft schlecht über die Schule, und sie als Einzige solle die Schule irgendwie gut finden. Lucia erzählte mir von ihren Problemen mit Mitschülerinnen, von dem Gefühl, ausgeschlossen zu sein. Sie sprach von Jungs, die sie plötzlich nicht mehr als Menschen sähen, sondern entweder vor Ehrfurcht erstarrten oder abweisend und gemein würden. Alles, alles wollte ich wissen. Ich hörte zu, ich fragte nach, ich erzählte von mir selbst, so offen und ehrlich, wie ich es selbst gegenüber Martha nie getan hatte. Ich erzählte von meinem Vater, dem Selbstmord meiner Mutter, meiner lebenslangen Einsamkeit und Sehnsucht. Zwischendurch vergaß ich die Umgebung, den Altersunterschied, dass uns Menschen sehen und zuhören konnten. Lucia wünschte sich Wein. Ich gab ihr von meinem zu trinken, ließ sie aber kein eigenes Glas bestellen.

Endlich fuhren wir satt und angesäuselt in unser Hotel. Auf dem Zimmer drohte Lucia müde zu werden. Ich fragte, ob sie Lust hätte, mir ihre Lieblingslieder vorzuspielen. Ich hatte meinen Laptop dabei, und Lucia konnte ihren iPod damit verbinden. Wir hörten Musik, tranken noch etwas Wein, tanzten. Es lief Musik, die ich nicht kannte. Dann wählte ich die nächsten Stücke aus und brachte Lucia ein paar Tanzschritte bei: Walzer, Foxtrott, ein bisschen Tango. Sie zeigte sich gelehrig. Ihre Wangen glühten. Ich bat sie, sich die Schminke abzuwischen. Sie weigerte sich. Sie bestimmte. Das hätte ich doch versprochen. Sie wollte eine Tango-Queen sein. Ich solle ihr ein Kleid kaufen, jetzt gleich, am späten Samstagabend, über Zalando, Direktlieferung, s'il vous plaît. «Geht nicht», sagte ich. Dann wollte sie fernsehen. Ich fragte sie, ob sie auch Ecstasy wolle. Lucia lehnte ab. Ich sagte: «Du hast Angst, was?»

«Vielleicht», sagte sie. «Ich will nicht total abgehen oder so.»

Ich lächelte und zeigte ihr die MDMAs in meinem Portemonnaie.

«Wir können uns eine teilen, dann kannst du mal gucken, wie du es findest.»

«Oh Mann, Alter, ey, das glaubt mir keiner. Ich hier mit dem Schriftsteller Tilman Weber, der mir Drogen anbietet.»

«Wie cool bist du wirklich?», sagte ich und setzte ein Lächeln auf, das offenließ, ob ich meine Frage ernst gemeint hatte oder eher als Parodie blöder Werbeslogans, über die wir uns schon öfter lustig gemacht hatten.

«Wenn meine Mutter das erfährt, dann bist du wirklich tot», sagte Lucia.

«Und du hast die Macht, mich zu töten», sagte ich.

Sie grinste. «Okay, eine halbe.»

Ich legte eine Tablette auf den kleinen Glastisch vor dem Fernseher. Ich musste an den Tisch in Redewisch denken, das herausgeschlagene Stück, das Blut auf dem Teppich. Ich sagte mir: Ich kann es nicht fassen. Hier stehe ich mit dem schönsten Mädchen, der Erfüllung all meiner Träume, und sie will mit mir Ecstasy nehmen. Aber eine andere Stimme redete gleichzeitig in mir: Du bist ein Lügner. Du bist ein Betrüger.

Ich hatte es mir schon so oft vorgestellt: Jetzt drängten meine Phantasien in die Wirklichkeit. Lucia würde eng umschlungen mit mir tanzen, ich würde sie in meinen Armen wiegen, ich würde ihre Wange an meiner spüren, ihre kleine Pobacke unter meiner Hand, ihre kleinen Brüste an meinem Bauch, vielleicht würde sie mich küssen wollen, vielleicht würde sie ihre Zunge in meinen Mund schieben und mir in den Schritt fassen wollen. Warum soll ein junges Mädchen nicht neugierig sein? Vielleicht würde sie fordern, dass ich sie auszog und ihren makellosen Körper bewunderte, dass ich sie streichelte. Nur so, wie sie es wollte. Nichts anderes.

Ich sah auf meine Hand, die eigentlich nach dem rosafarbenen MDMA hatte greifen wollte: die wulstigen Finger, die Riffelung der Haut, die Adern auf meinem Handrücken, wie Würmer unter dem Fleisch.

«Wir lassen das besser», sagte ich.

«Jetzt hast du Angst», sagte Lucia.

«Ja, das stimmt.»

«Du siehst so blass aus.» Lucia klang plötzlich besorgt. «Richtig übel!»

«Okay. Ja. Ich gehe mal an die frische Luft. Guck du doch einfach Fernsehen.»

«Aber du kommst gleich wieder!»

«Klar.»

Ich verließ das Zimmer, ging die Treppen hinunter und an der Rezeption vorbei hinaus in die Frühlingsnacht einer DDR-Stadt am Meer. Die Häuser der Altstadt schimmerten knöchern im Licht eines fast vollen Mondes. Mechanisch ging ich durch schiefe Gassen in Richtung des schwarzen

Wassers. Die Angst steigerte sich in kurzer Zeit von Beklemmung zu Panik. Mit einem Mal presste etwas meinen Brustkorb zusammen. Ich bekam keine Luft mehr. Das Klicken einer Nachttischlampe. Ich kann mich nicht bewegen. Ich bin zu groß, ich bin zu klein. Die Nacht zerdrückt meine Brust. Mein Herzschlag stolpert. Setzt aus, hämmert, setzt aus, setzt aus, hämmert bis in meine Ohren. Ich habe keine Kontrolle mehr, ich sterbe. Es passiert nie. Es passiert jetzt. Es hat nie stattgefunden. Es hat nie aufgehört stattzufinden. Es geschieht an einem anderen Ort. Es geschieht genau hier. Dieser Ort ist nicht wirklich. Dieser Ort ist die einzige Wirklichkeit.

ELFTES KAPITEL

Erkenne dich selbst, rät man denen, die man vernichten will. Je mehr sich ein Mensch von außen betrachtet, desto mehr erkennt er seine Schädlichkeit und Ohnmacht, und desto trübsinniger wird er, bis hin zur völligen Lebensunfähigkeit. Die Gewalt wendet sich jetzt nach innen. Ich denke, das Gleiche gilt für ganze Gesellschaften: Je mehr wir unsere Verstrickungen in das Leid anderer Kreaturen erkennen, je mehr wir verstehen, dass wir nichts sind als Zufälle in einem desinteressierten Universum, desto irrer werden wir an uns selbst, desto größer wird der Druck, Schuld und Ohnmacht abzuwehren und andere zu Sündenböcken zu ernennen, bis alle mit dem Finger auf alle zeigen und der Krieg im Inneren zum Krieg in der Gesellschaft wird und diese zu zerreißen droht, wovon dann zwangsläufig ein Krieg gegen ein weiteres Außen, also eine andere Gesellschaft, ablenken muss, bis Unzählige tot oder an Leib und Seele verstümmelt sind und eine Weile die Schuld so groß ist, dass es keinen Platz mehr gibt für Schuldgefühle. Danach beginnt der Kreis von neuem. Noch kennen wir keinen anderen Verlauf.

Wir kontern die Selbsterkenntnis mit Illusionen, die uns die Schuld und die Ohnmacht ertragen und uns in einem besseren Licht dastehen lassen. Wir brauchen bessere Geschichten als die Wahrheit. Wir brauchen die Religion und die Kunst, damit wir nicht an dem, was ist, zugrunde gehen. Gesellschaften finden oder erfinden Mythen, scharen sich um sie wie um ein wärmendes und die Dunkelheit erhellendes Feuer. Die Äste, die das Feuer am Leben erhalten, sind die Geschichten, die wir uns über uns selbst und andere erzählen. Über das Eigene und das Fremde, das Gute und das Böse.

Wir erzählen uns, wie wir leben sollen. Was wir dürfen und was nicht, wann ein Leben gelingt und wann ein Leben scheitert. Wir erzählen noch heute wie für einen Gott, an den wir doch nicht glauben: Wir sind die Guten! Vergib uns! Wir sind doch die Guten, nicht wahr?

Je länger ich über Schuld nachdenke, desto widersprüchlicher erscheint mir die menschliche Situation. Wenn wir schuldig werden können, müssten wir die Macht besitzen, es nicht zu werden. Aber ist Schuld nicht nur die Geschichte, die wir uns übereinander erzählen, um unsere Ohnmacht zu vergessen? Oder behaupten wir vor allem, ohnmächtig zu sein, um unsere Schuld nicht einzugestehen? Gibt es jemanden, der nicht schuldig ist? Der nicht ohnmächtig ist? Werden wir nicht deshalb so oft zu schuldigen Tätern, weil wir uns als ohnmächtige Opfer fühlen, bis wir schließlich tatsächlich wieder zu Opfern werden, wenn uns die Gesellschaft zu Sündenböcken ernennt, also jenen unter allen Schuldigen, die bestraft werden müssen?

Es gibt dazu im Neuen Testament eine besonders rätselhafte Stelle: «Wenn ihr nicht umkehrt und wie die Kinder werdet, könnt ihr nicht in das Himmelreich kommen. Wer so klein sein kann wie dieses Kind, der ist im Himmelreich der Größte. Und wer ein solches Kind um meinetwillen aufnimmt, der nimmt mich auf. Wer einen von diesen Kleinen, die an mich glauben, zum Bösen verführt, für den wäre es besser, wenn er mit einem Mühlstein um den Hals im tiefen Meer versenkt würde. Wehe der Welt mit ihrer Verführung! Es muss zwar Verführung geben; doch wehe dem Menschen, der sie verschuldet.»

Diese Welt kann also gar nicht anders, als Verführer hervorzubringen, denn wie sollte es sonst eine freie Wahl geben? Wer aber trifft wissend und freiwillig die Wahl, ein Verführer oder ein Verführter zu sein?

Ich habe viele Jahre wie ein Blinder gehandelt. Vielleicht ist es meine Schuld, dass ich nicht sehen wollte, vielleicht ist es meine Ohnmacht, dass ich nicht sehen konnte. Es heißt in der Bibelstelle: «Wenn dich deine Hand oder dein Fuß zum Bösen verführt, dann hau sie ab, und wirf sie weg.» Aber wer ist schon in der Lage, einen Teil von sich selbst abzutrennen? Ich muss an die Mädchen denken, den Blick ihrer Augen. Sie stehen an meinem Bett und sehen mich an. Ich versuche, ihre Fragen zu beantworten. Aber wenn ich ehrlich bin, interessiere ich mich mehr für mich selbst, wenn auch auf eine verquere Art: Ich bemitleide mich, dabei mag ich mich nicht einmal. Ich glaube zu leiden, fühle aber keine Trauer. Ich denke, dass ich nun ein besserer Mensch bin, und ekele mich vor mir mehr als je zuvor. Ich habe mein

Begehren nach Lucia verstoßen. Dabei glaube ich nicht an eine Hölle, vermutlich noch nicht einmal an eine allgemeingültige Moral. Ich wollte nur nicht so sein wie Salvador, Valerie, mein Vater. Ich konnte es nicht mehr sein. Immer habe ich geglaubt, eine einmalige Nähe zu suchen, dabei bin ich vor jeder Art von Nähe geflohen. Immer habe ich geglaubt, Lucia zu lieben, dabei habe ich sie als Prothese gebraucht. Ich habe mir eingeredet, die Erfüllung zu suchen, dabei bin ich doch nur mit dem Finger um die Wunde herumgefahren. Wer Jugendliche so begehrt wie ich, sucht die Unschuld und will sie doch nehmen. Er behauptet, das Kind an sich zu lieben, seine Lebendigkeit, und träumt davon, es auf ewig konservieren zu können wie eine Biene im Bernstein. Dabei ist er selbst erstarrt, während das Leben um ihn herum weiter und weiter fließt. Er sehnt sich nach diesem Leben, kennt aber nur den Tod.

Ich bin in der Nacht zu Lucia zurückgekehrt und habe ihr erklärt, was eine Panikattacke ist, und dass es falsch war, ihr Drogen anzubieten. Sie wollte mich umarmen, aber ich konnte es nicht zulassen. Ich nahm mir ein anderes Zimmer. Ich flog weit hinaus in ein bereits totes Weltall voller erloschener Sonnen. Am nächsten Tag habe ich Lucia nach Redewisch gefahren.

«Du bist ganz anders», sagte sie und versuchte, mich zu trösten. Aber ich wollte nicht, dass sie sich um mich kümmerte, ich wollte keine vertauschten Rollen mehr.

Kurze Zeit später habe ich den Kontakt zu Lucia und Ella bis auf gelegentliche Mails abgebrochen. Inzwischen habe ich sogar das Land verlassen, vorgeblich wegen des Buches, das ich schreiben müsse. Allein wie ein Kind, das sich selbst ausgesetzt hat, hocke ich nun in einem kleinen Holzhaus in

Schweden und kann mich an meiner moralischen Entscheidung und dem pathetischen Rückzugsort nicht wärmen. Es ging wieder nur um mich. Ich komme aus mir nicht mehr heraus. Nur die Arbeit an diesem Buch hält mich beisammen. Ich wollte alles möglichst so festhalten, wie ich es damals wahrgenommen habe, ohne das Erleben der Vergangenheit zu sehr mit dem Wissen der Gegenwart einzufärben. Ich habe dieses Buch als Erklärung für Ella und Lucia und zur Klärung für mich geschrieben. Ich habe versucht, niemanden zu schonen. Das ist alles, was ich Ella und Lucia zu geben habe. Und jetzt, während ich die letzten Zeilen schreibe, fühle ich mich wunder denn je. Ein Teil von mir wünscht sich, in den Text zurückkehren und in die gegenläufige Richtung leben zu können.

Zu erzählen habe ich nur noch, dass die Staatsanwaltschaft unserer Klage gegen die Wielands nur sehr zaghaft nachging. Die Wielands und die ganze FSS versuchten den Skandal auszusitzen. Wo es ging, spielten sie ihn herunter, und es gelang ihnen zunächst gut. Zugegeben wurde nur, was sich beim besten Willen nicht mehr verleugnen ließ. Es meldeten sich jedoch weitere Betroffene. Ella richtete einen Blog mit ihren Berichten ein und bespielte Zeitungen und Sender. Die Elternschaft, der Förderverein und das Lehrerkollegium der FSS gerieten zunehmend in Unruhe, zerstritten sich, hin und wieder äußerte ein Verantwortlicher in der Öffentlichkeit etwas Entlarvendes.

Die Wende kam, als sich Simona von Mallorca aus meldete (sie betrieb dort eine BDSM-Finca). Sie gab Ella den Tipp, nach einer früheren Sekretärin des Internats zu fahnden und sie nach Unregelmäßigkeiten bei den Abrechnungen zu fragen. Laut Simona hatte Salvador ihr gegenüber immer damit geprahlt, wie sie den Staat bescheißen würden, so gut sie könnten, und das wisse keiner, höchstens ebendiese Sekretärin.

So kümmerlich diese Fährte anfangs schien, am Ende brach sie der FSS das Genick. Ella konnte eine Frau Schnitzler ausfindig machen und zum Reden bewegen. Die alte Dame erklärte, zu ihrer Zeit sei es an der FSS üblich gewesen, Jahr für Jahr eine höhere Zahl an Schülern anzugeben als die tatsächliche. Dafür habe man widerrechtlich Gelder vom Kultusministerium kassiert. Salvador Wieland habe ihr gegenüber von einem guten Zweck gesprochen, als sie die Abweichung einmal zufällig entdeckt habe. Sie habe nichts gesagt, sie sei ja auch stets gut behandelt worden. Beweise habe sie nicht, aber heute und nach all den «Schweinereien», die jetzt ans Licht kämen, sei sie bereit, eine Aussage zu machen.

Danach zeigten sich die Behörden tatenfreudiger, die Staatsanwaltschaft ließ Computer und Aktenordner beschlagnahmen und ordnete eine sofortige Prüfung der Schülerzahlen und Bilanzen der letzten zehn Jahre an. Es endete mit Haftbefehlen für Salvador und Valerie Wieland. Die FSS wurde geschlossen. Ich habe gehört, dass Salvador im Gefängnis einen Schlaganfall hatte. Valerie erfreut sich stabiler Gesundheit.

Ich hingegen habe aufgrund zunehmender Unpässlichkeiten vor meinem Rückzug nach Schweden eine Vorsorgeuntersuchung machen lassen. Dabei wurde festgestellt, dass sich mein Immunsystem gegen mich selbst richtet und die schützende Hülle meines zentralen Nervensystems angreift. Natürlich ist es magisches Denken, wenn ich die schubförmige Multiple Sklerose mit meinem neuen Selbstbild in Verbindung bringe, aber es fühlt sich stimmig an, dass sich ein

Teil von mir gegen einen anderen Teil von mir richtet. Man hackt sich eben keinen Fuß ab, ohne den ganzen Organismus zu beschädigen. Ich fühle mich keineswegs als Gewinner, nur weil ich mich selbst durchschaut habe, aber in manchen Stunden schaut etwas Drittes mit Heiterkeit auf die Schlacht in meinem Körper und meinem Geist. Es ist alles nicht wichtig. Ich kann gehen, wenn ich nicht mehr will.

Poe tat gut daran, mit vierzig Jahren zu sterben. Die einen meinen, er sei heillos betrunken aufgefunden worden und im Delirium tremens verendet. Andere verweisen auf Dr. Michael Benitez, der die Krankenakten des Schriftstellers untersuchte und keinen Hinweis auf Alkohol fand, wohl aber auf Tollwut. So oder so: Poes Ende passt zu seinem Werk. Und er tat auch gut daran, Rufus Griswold zu seinem Nachlassverwalter zu ernennen, einen bigotten literarischen Stümper, der ihn hasste und beneidete. Griswold schrieb einen derart vernichtenden und mit grausigen Unterstellungen angereicherten Nachruf, dass die Menschen neugierig wurden – allen voran Charles Baudelaire und Stéphane Mallarmé, die daraufhin Poes Texte lasen, manche davon übersetzten und so den Grundstein für seinen Ruhm legten.

Ich habe nichts mehr aufzuschreiben, hier nicht und in keinem anderen Text. Ich bin des Beschreibens und Erfindens müde. Hier endet es. Bald werde ich kein Erzähler mehr sein, sondern nur noch etwas Erzähltes: ein paar verwickelte und sich möglicherweise widersprechende Geschichten. Aus irgendeinem mir verborgenen und wahrscheinlich lächerlichen Grund hoffe ich, dass sie nicht so schnell vergessen sein werden.

DANKSAGUNG

Es sind viele Menschen, deren Gedanken und Erfahrungen mir geholfen haben, dieses Buch zu schreiben. Ich kann nicht allen danken; auch nicht allen, die mich auf die eine oder andere Weise zu diesem Projekt ermutigt haben.

Für Inspiration, Austausch und Begleitung danke ich dem Eckigen Tisch Bonn e.V. (vor allem Jörg-Alexander Heinrich, Heiko Schnitzler, Christian Thibault, Rudolf Jekel, Jürgen Repschläger und Engelbert Decker) sowie Anna Schriefl, Ebba-Hagenberg-Miliu, Iris Elfgen und Angelika Oetken. Außerdem danke ich Conny Schulte von der «Beratungsstelle gegen sexualisierte Gewalt» in Bonn, Hans-Willi Kernenbach vom Polizeipräsidium Bonn, Marijke Malessa für ihre Diplomarbeit und Gespräche über sexuelle Gewalt, Esther Hattenbach für ihre Masterarbeit an der Charité und Gespräche über Statistiken und den Ansatz von Prof. Beier, Helga Pregesbauer für ihren auch politisch-soziologischen Blick auf das Phänomen «sexuelle Gewalt» sowie Charlotte Koppenhöfer für ihre Perspektiven aus der Odenwaldschule und Anietta Kindermann für ihre Internatseindrücke.

Mein Dank gilt außerdem der «total seriösen Schreibgruppe» sowie Nora Gomringer, Marcus Gärtner und Regina Steinicke für ihre direkte oder indirekte Unterstützung dieses Projekts. Schließlich danke ich Maren Kaschner für große Reserven an Glaube, Hoffnung und Liebe.

ZITATNACHWEISE

S. 5: Edgar Allan Poe, Morella, zit. nach The Works of the Late Edgar Allan Poe, Bd. 1, hg. v. Rufus Wilmot Griswold u. a., New York 1850.

S. 89 f.: Die Ärzte, Schlechte Noten, Text: Bela B. Felsenheimer, Farin Urlaub.

S. 128: William Shakespeare, Hamlet, zitiert nach William Shakespeare, Hamlet, Deutsch/Englisch, hg. v. Holger Klein, Ditzingen 2014.

S. 295: Rose Ausländer, Nicht vorüber, zitiert nach Rose Ausländer, Mutterland. Einverständnis, Frankfurt am Main 1982.

S. 370: Edgar Allan Poe, Der Doppelmord in der Rue Morgue, zitiert nach Edgar Allan Poe. Gesammelte Werke in 5 Bänden, Band 2, übersetzt von Arno Schmidt und Hans Wollschläger, Zürich 1994.

S. 458: Edgar Allan Poe, Das ovale Porträt, zitiert nach Edgar Allan Poe, Erzählungen in zwei Bänden. Mit Zeichnungen von Alfred Kubin. Übersetzung von Hedda Eulenberg, München 1965.

MIX
Papier aus verantwortungsvollen Quellen
FSC® C083411

Das für dieses Buch verwendete Papier ist FSC®-zertifiziert.